实用影视艺术丛书

电影编剧学

【修订版】

汪 流 著

DIAN YING BIANJU XUE

中国传媒大学出版社
·北京·

电影编剧学

DIANYINGBIANJUXUE

汪流，生于上海，原籍浙江绍兴。新中国成立前就读于上海沪江大学中文系，新中国成立后经电影专业培训后进入电影界。1954年起任教于北京电影学院。教授，博士生导师。重庆美视电影学院教学院长。1987年曾去日本讲学。主要著作有《电影剧作的结构形式》、《电影剧作概论》(主编)、《为银幕写作》、《中国的电影改编》、《艺术特征论》(主编)、《中外影视大辞典》（主编）等15本。其中《电影剧作的结构形式》一书获1987年广播电影电视部颁发的优秀教材奖。创作的影视剧本有《哦，香雪》(合作)、《新来的营养师》、《母子情深》等11部。其中影片《哦，香雪》荣获第41届柏林国际电影节“国际儿童和青年电影中心奖”和第4届“铜牛奖”。此外在影视刊物上发表文章百余篇。1988年出席第5次全国文学艺术代表大会。现为中国作家协会会员，中国电影家协会会员，中国电影文学学会理事。中国电影“金鸡奖”第15、第16两届评委，第5、第6届“夏衍电影文学奖”评委，中央电视台音乐电视顾问及历届评委。国务院为表彰他“在发展我国高等教育事业上作出的突出贡献”，颁发给他政府特殊津贴。

汪　流

第三届中国高校
人文社会科学研究优秀成果奖

成果名称：　《电影编剧学》

北京广播学院出版社

主要研究者：　汪流 著

成果类型：　著作

学科、等级：　艺术学一等奖

中华人民共和国教育部

二零零三年七月三日

教社政证字（2003）第 015 号

前　言

写作这本书的目的，是想向读者介绍写作影视剧本必须具备的一些知识。通过这本书，我想告诉读者，写影视剧本不同于写小说，或写舞台剧本。尽管无论是小说，还是舞台剧本，或是影视剧本，它们都包含主题、人物、情节、结构、语言等要素，但影视剧本有它自身的一些特点。这些特点概括起来说：一是，因为影视是造型和叙事相结合的艺术，因此写影视剧本的人必须具备强烈的造型意识，要学会用镜头去讲故事；二是，因为影视是画面和声音相结合的艺术，因此写影视剧本的人必须掌握视听语言，要学会用声画结合的方式去讲故事；三是，因为影视是时间和空间相结合的艺术，因此写影视剧本的人必须具备影视的时空结构意识，要学会用时空的变化去结构剧本。而无论是造型和叙事的结合，还是视听结合，或是时空结合，又都离不开影视语言蒙太奇，因此写影视剧本的人又必须具备"蒙太奇思维"的能力，即一种作用于视觉的构思。如果我们掌握并具备了上述这些特点和能力，那么我们就可以做到为银幕而写作（而不是为书本或舞台而写作），写出真正的影视剧本来了。

因此，尽管影视剧本也包含小说或戏剧剧本所必须具备的诸如主题、人物、情节和结构等要素，但出于影视造型这一特征，影视的主题都是造型的主题，法国大导演雷内·克莱尔就曾说过：电影的主题，是"视觉的主题"①。同样，影视中的人物，应是造型的人物；影视中的情节，应是造型的情节；影视中的结构，应是造型的结构。诚如苏联电影艺术大师普多夫金曾明确指出过的："剧情发展的每一个基本要素都具有通过明确的、造型的素材而表现出来的特征。"②

总而言之，影视剧本的含义只有通过造型的元素才能够达到。这是我写作此书时所要着重强调的。

在论述的过程中，我以中外电影为例，其中法国影片《广岛之恋》是西方意识流电影的代表作，我又需从总体结构上去进行剖析，所以读者最好能够看到

① 〔法〕雷内·克莱尔：《电影随想录》，中国电影出版社 1981 年版，第 95 页。

② 〔苏〕普多夫金：《论电影的编剧、导演和演员》，中国电影出版社 1980 年版，第 24 页。

剧本的全貌(却又不易看到),故我将它附录于后,并在本子上加注了一些分析性的标记,目的是方便读者的阅读和理解。此外,也是为了方便读者自学和思考,我在每章之后增添了思考题,并在书后给出思考题的答案,同时还开列了每章的参考阅读书目。

汪　流

2000年1月1日

目录
CONTENTS

(1) ………………… 前 言

(1) ………………… 一剧之本

上编 造型
——用画面写作

(3) ………………… 第一章 影视剧本是叙事和造型的结合

(18)………………… 第二章 影视剧本是画面和声音的结合

(35)………………… 第三章 影视剧本是时间和空间的结合

第一节 影视是时、空结合的艺术

第二节 影视的新时空

第三节 怎样造成影视的新时空

第四节 电影时间的三个含义

第五节 电影时空观念的变化

(53) …………… 第四章 蒙太奇思维是影视剧作的构思和形式

下编 叙事

(77) ……………… 第一章 视觉的主题

第一节 主题的一般概念

第二节 “无中生有”

第三节 影视剧的主题

第四节 电影的主题要求单纯、明确

第五节 样式不同,主题的表达方式不同

(91) ……………… 第二章 视觉的人物

第一节 人物是影视剧作的核心

第二节 人物性格的塑造

第三节 人物的视觉造型

(107) …………… 第三章 视觉的情节

第一节 人物性格的发展史

第二节 情节的典型化和提炼

第三节 影视剧情节的基础

第四节 影视剧中的情节点与场面的有效积累

第五节 西方现代主义的电影情节

(132) …………… 第四章 影视剧作的结构

第一节 结构的依附性及其能动作用

第二节 影视剧本的蒙太奇结构

第三节 影视剧作结构的表现技巧

(154) …………… 第五章 影视剧作中的语言
第一节 读不如看
第二节 叙述性语言
第三节 对话的艺术
第四节 独白和旁白
(179) …………… 第六章 影视剧的风格样式
第一节 戏剧性观念形成的风格样式
第二节 纪实性观念形成的风格样式
第三节 散文诗的观念形成的风格样式
第四节 表现性观念形成的风格样式
(256) …………… 第七章 再创作——电影改编
第一节 改编是影视创作的重要来源之一
第二节 文字形象能否转化为银幕形象
第三节 电影和文学是两种不同的艺术形式
第四节 电影改编的几种方式
第五节 忠实于原著精神基础上的创造
第六节 关于将话剧改编成电影
第七节 电影改编理论需要突破
第八节 电影改编者必须具备的几个条件
(291) …………… 附 录
(334) …………… 思考题答案
(371) …………… 后 记

一剧之本

一部影视剧是由编剧、导演、演员、摄影、美工、灯光、化装、道具、剪辑等许许多多影视艺术工作者合作制作而成的。但也必须指出:编剧是第一个接触生活素材的人。影视编剧既是对生活、形象和美的发现者,又是将这三者统一起来的创造者。因为,正是通过他的创造性的劳动,将生活变成艺术,把生活素材提炼、构思成为具有美学意义的银幕或屏幕形象。所以,有人把影视编剧在整个影视剧艺术中的作用概括为“无中生有”四个字,是不无道理的。

影视剧本是影视剧的基础,尽管在影视编剧手里的“银幕或屏幕形象”尚处在用文字表现的阶段,但它却能“独立地描绘出鲜明的生活图画”(巴拉兹语)。所谓“独立地”,是指它将适宜于体现在未来的银幕或屏幕上,是一种用独特的银幕或屏幕画面来构造形象的剧本。因此,它虽是文字的,却已经能够充分地向未来以导演为首的再创造者们提供出拍摄影视剧的“基础”,包括思想和艺术这两个方面的基础。可见,影视艺术是离不开这个“基础”的;离开它,就意味着离开了影视艺术的思想和形象。可以这样说:影视剧本决定了未来影视剧反映生活的深刻程度和艺术造诣的高下。

我们这样来强调影视剧本的“基础”作用,无意贬低以导演为首进行“再创造”的其他影视艺术部门;而恰恰是由于至今还存在着对影视剧本地位的不公正看法,使我们不得不来维护它的“尊严”。

比如,有这样两种意见是对电影剧本的基础作用持否定态度的。其一,某些人认为,电影剧本只能是“未完成的草图、尚待执行的计划书或一部艺术作品的提纲”。他们在谈到电影剧本的作用时,总爱讲述一个陈旧的故事:一位电影工作者在餐厅里就餐时,突然想到了一个电影故事,于是顺手把它写在餐巾纸上。应该说,这是事实,生活里确实发生过这样的事情。但是,也必须指出,它不是发生在今天,而是发生在电影的幼年时期。时至今日,如果还拿当年餐巾纸上的故事梗概来涵盖今天电影剧本的含义,那只有一种可能:无非是想有意贬低影视剧本的地位和作用。其实,持这一观点的人所缺乏的,恰恰就是电影发展的观点。世界上许多电影理论家已经明确地指出:随着声音在影片中的出现，电影剧本的艺术地位也已同时得到确立。这倒并非是由于电影至此已不再像过去那样单纯地依靠画面，还需要一批文人参加到电影工作者的行列中来，写出优美的人物对白；而正是由于他们的到来，把他们长期积累起来的一整套塑造形象的方法也带入电影中来，使电影开始摆脱一味摄制打闹喜剧的那种状况，走向对人物性格的描绘和刻画；同时，随着人物关系的配置，也就需要把结构渐趋复杂的内容，事先在纸面上做出详尽的设计来。这样，电影剧作便从“草图”、“提纲”、“梗概”阶段发展成为一种新的艺术形式。它通过对人物性格的描绘和刻画，反映出时代的基本特征，电影“不仅可以使人们得到娱乐，而且还可以对他们有所裨益，其微妙和复杂的程度，并不亚于其他任何艺术形式”（温斯顿语）。可见，电影剧本之所以能够上升到“基础”这一新的地位，是由于其自身思想艺术性的提高，使得影片的质量离不开电影剧本的质量这样一种现实状况所决定的。所以，巴拉兹认为，电影剧本在有声影片时期，“已经不再是一个技术性的附属品，像是屋子建好后就要拆卸的脚手架那样”，电影剧本“本身就是一部完整的艺术作品，它为未来的影片奠定基础”①。

其二，电影发展至今天，在西方，有些电影艺术家认为，电影更多的是和色彩、构图以及情绪联系在一起，而不是和句法或逻辑联系在一起。换句话说，电影存在着非语言表现的思想。因此，他们认为，电影是导演的艺术，甚至认为“电影是导演在拍摄之中完成的”。因为一部影片首先是出现在导演的脑子里的，未来的银幕形象，甚至一些细枝末节在导演的脑子里已经完成了。所以，对导演来说，就没有必要先用文字去描绘出银幕形象，再转换成银幕形象。对他们来说，不需要电影剧本，或只需要一些“半成品”就可以了。因此，在西方就有所谓“脚本作者”、“对话作者”等称呼。编剧的任务仅仅是给导演提供一个故事梗概，或是编写人物的对话，显然这一切活动都必须被纳入导演的总体构思之中。

那么，应该怎样来理解上述现象呢？我们认为，西方某些导演，如戈达尔等，他们是“身兼二任”的，即他们实际上既是编剧又是导演。而在创作过程中，他们省略了用文字去描绘银幕形象这一环节，直接去用镜头讲故事了。可是，必须指出，“身兼二任”是有条件的，必须要提高导演的素质，使他有直接把生活素材变成电影艺术的本领。可见，导演要强调“电影是属于导演的艺术”，那是

① 〔匈〕贝拉·巴拉兹：《电影美学》，中国电影出版社 1979 年版，第 261 页。

要有前提的，这就是你这个导演凭一个简单的故事就能拍出一部好影片来。如果导演在很大程度上还要依赖电影剧本，就不应该再去突出自己。因此，发生在我们某些中国导演身上的矛盾情况变成这样了：他们到处找好剧本，因为没有剧本他们拍不出电影，但一旦找到剧本，他们却又极不尊重编剧已经付出的劳动，强调什么"电影是完成在银幕上的艺术"了。1987 年，我访问日本时，在和日本著名导演新藤兼人（他既是编剧，又是导演）探讨这个问题时，他说过一段很精彩的话，他说："电影剧本在摄制影片中所起的是'骨架'作用。在拍电影之前，如果不先写好剧本，就很难拍出好影片。这一观点，和西方某些人士的看法很不相同。在西方，比较普遍认为电影是属于导演的艺术，电影是导演在拍摄之中完成的。因此，对导演来说，就没有必要先用文字去描画影像，然后再转换成银幕形象。所以，对西方导演来说，他们不需要电影剧本，或者只要一个很简单的'脚本'就可以了。编剧的任务仅仅是向导演提供一个故事，或给导演编写人物对话。"

我以为，中国导演在这个问题上必须分清东西方的区别。

其实，就在西方某些电影艺术家否定用文字表现影片思想的同时，他们又承认在拍摄影片之前需要先写好电影剧本，如认为"电影存在着非语言表现的思想"的伯格曼却又认为："写电影剧本尽管困难，但却是非常有意义的，因为这可以迫使他首先通过纸上的文字从逻辑上来证明他的影片构思是否确实行之有效。"[①]伯格曼的话至少可以证明这样一点：凡是有逻辑的影片构思，都离不开电影剧本这个"基础"。

此外，西方某些电影艺术家反对写电影剧本，并不等于说在西方就没有编剧或电影剧本，相反，在西方有许多出色的编剧和大量优秀的电影剧本。我们只要列出罗伯特·本顿和大卫·纽曼合作的电影剧本《邦尼和克莱德》，罗伯特·本顿参加编写的另一个电影剧本《超人》，玛格丽特·杜拉编写的出色的电影剧本《广岛之恋》，以及罗勃－格里叶编写的富有视觉感的电影剧本《去年在马里昂巴德》等便可证明。显然，上述这些剧本并不属于"脚本"或"对话剧本"之列，相反，它们是真正的电影剧本。这些电影剧本为导演提供了极其良好的基础，甚至导演在拿到这样的电影剧本后，一字不改就可拍成电影，因为这些电影剧本是用电影思维写成的，视觉感很强，如玛格丽特·杜拉所写的《广岛之

① 转引自〔美〕D. G. 温斯顿：《作为文学的电影剧本》，中国电影出版社 1983 年版，第 84 页。

恋》。更何况，西方一些著名导演，如瑞典的伯格曼、英国的大卫・里恩、意大利的德・西卡、美国的奥立伟・斯通，他们自己也写出过许多漂亮的电影剧本（也并非“脚本”或“对话本”）。为什么这些导演在拍摄前要写出一个详尽的电影剧本来呢？这可能和上面我们引用过的伯格曼的话有关，“通过纸上的文字从逻辑上来证明他的影片构思是否确实行之有效。”可见，我们说西方电影界把电影剧本看成是“半成品”，这是事实，也是一种倾向；但它又不是事情的全部，因为在西方确实还存在着大量的优秀编剧和优秀的电影剧本。

总之，我们不想否认，影视剧本并不等于完成的影视剧；我们也承认，银幕或屏幕形象在表现光影、色彩和构图时，要比文字形象更为直接和鲜明。正因为如此，当把文字形象转化为银幕形象时，有些影视艺术上的处理，如镜头、构图等，恰恰是需要影视导演加以发挥和补充的。但是，最为重要的是，影视剧本已向再创造者们提供了包括思想和艺术这样两个方面最根本的内容。何况，导演对剧本的补充和改动，恰恰也“是在与剧作者那总的、根本的意图相符合”的情况下实现的，因此，“导演在体现剧作者的作品时，总是应当力图尽可能更深刻、更充分、更丰富地展示出正是作者意图中所包含的东西，而不是‘自外面’加进去一些与电影剧本的实质和精神、与它的艺术形象结构格格不入的东西。”[①] 所以，虽然一部影视剧的主要创作者是影视剧本的作者和导演（他领导着整个摄制组的工作），一部影视剧的成败也往往取决于他们两个人的努力，然而，正如希德・菲尔德所言：“一个电影导演可能用一部很好的剧本拍出一部很糟糕的影片，但他绝对不可能用一部很糟糕的剧本拍出一部很好的影片。”这说明，剧本在影视中所起的正是“基础”的作用。

无论是国内或国外电影界的有识之士，都曾肯定影视剧作的“基础”作用。在我国，许多影视界的知名人士都曾极力主张：如要提高影视剧的质量，首先必须提高影视剧本的质量。在国外，一些著名的电影理论家和电影艺术家也都认可电影剧本的地位和作用。如巴拉兹说：“有声电影诞生后，电影剧本就自动跃居首要的地位。”[②]“自动”二字用得十分贴切，它既含有“有声电影诞生后”的那种形势感，又有电影编剧在这种形势下自身得到提高后的那种“当仁不让”的自豪感。

---

① 〔苏〕吉甘：《论导演剧本》，中国电影出版社 1979 年版，第 11 页。

② 〔匈〕贝拉・巴拉兹：《电影美学》，中国电影出版社 1979 年版，第 264 页。

影视剧本的地位和作用还可以从“没有好剧本就拍不出好影视”这个角度来得到论证。苏联的杜甫仁科说：“艺术电影是以文学，即电影剧作为基础的，因此，影片的高质量首先要以具有创作上真正的优秀的剧本为前提。”他又把电影剧本的作者称为“在纸上设计影片的总设计师”①。日本著名电影导演黑泽明在谈到这个问题时，就说得更为透彻了：“弱苗是绝对得不到丰收的，不好的剧本绝对拍不出好的影片来。剧本的弱点要在剧本完成阶段加以克服，否则，将给电影留下无法挽救的祸根。这是绝对的。无论拥有多么优秀的导演力量，也无论在导演时做了多大的努力，结果也无济于事。当然，导演对剧本要尽一番努力，那是另外一个问题，正因为有人把这种努力和导演工作混为一谈，所以才认为导演能够掩饰剧本的缺陷，那完全是一种错觉。总之，一部影片的命运几乎要由剧本来决定。我甚至认为，抓住一个好的剧本是导演艺术的第一步。”②结合中国电影的情况，可以证明黑泽明的话是非常符合实际的：几乎没有一部好影视剧，不首先来自一个好剧本；我们也找不到这样的实际例子——一部好的影视剧竟然是根据一部十分糟糕的剧本拍摄出来的。正因为如此，我们的导演才会四处物色好剧本，他们并不认为，剧本对他们的“二度创作”来说是无足轻重的。也正因为如此，当我们的影视处于不景气的时候，领导也往往要从影视剧本的质量抓起。影视剧本是“一剧之本”，这已是一句常被影视界强调的话。

对影视剧本的地位和作用问题的探讨，自然也会使从事影视编剧工作的人们产生一种重大的责任感。如黑泽明所说，“一部影片的命运几乎要由剧本来决定”，这就意味着：电影剧本的地位和作用只有在有才能的编剧手中才得以体现出来，而它也很有可能丧失在一个无能的电影编剧手中。

思考题

1. 电影剧本是在电影发展的什么形势下应运而生的？
2. 为什么说电影剧本是电影创作的“基础”？
3. 苏联的杜甫仁科和日本的黑泽明是怎样论述电影剧本的“基础”作用的？

---

① 〔苏〕杜甫仁科：《杜甫仁科选集》，中国电影出版社 1982 年版，第 872、第 898 页。
② 转引自〔日〕野田高梧：《剧作结构的基础》，《世界电影》，1984 年第 4 期。

本章参考阅读书目

1. 〔匈〕贝拉·巴拉兹:《电影美学》中的第二十节“电影剧本”。

2. 〔苏〕吉甘:《论导演剧本》。

3. 〔美〕D. G. 温斯顿:《作为文学的电影剧本》中的第三章“电影的叙事形式:对小说的借鉴”和第七章“《野草莓》:一出梦的戏”。

4. 〔苏〕杜甫仁科:《杜甫仁科选集》中的“艺术片电影剧本中的语言”一文。

5. 〔日〕野田高梧:《剧作结构的基础》,刊于《世界电影》1984 年第 4 期。

上编 造型
——用画面写作

第一章 影视剧本是叙事和造型的结合 **第二章** 影视剧本是画面和声音的结合 **第三章** 影视剧本是时间和空间的结合 **第四章** 蒙太奇思维是影视剧作的构思和形式

第一章
影视剧本是叙事和造型的结合

在确立了影视剧本的地位和作用之后，我们就可以进入对影视剧本写作特点的探讨了。

影视剧本的第一个写作特点：它是叙事和造型的结合。

影视和小说、戏剧一样，都要在一定的篇幅内叙述一个故事。小说在书本里叙述，戏剧在舞台上叙述，而影视是在银幕上或屏幕上叙述。因此，它们都属于叙事艺术，或者叫做时间艺术。可是它们的表现方式却很不一样：小说是用文字描写，戏剧是用对话，而影视则是用具有视觉造型性的画面。

请看下面的比较：

相　同——叙事	相　异——表现方式
小说（在书本上）	小说（文字描写）
戏剧（在舞台上）	戏剧（对话）
影视（在银幕或屏幕上）	影视（造型性的画面）

苏联电影艺术大师普多夫金对此曾说过一段著名的话，他说："小说家用文字描写来表述他的作品的基点，戏剧家所用的则是一些尚未加工的对话，而电影编剧在进行这一工作时，则要运用造型的（能从外形来表现的）形象思维。"①我们不难从上面的介绍中得出：影视剧要讲故事，而它又是运用造型性的画面来讲故事的，所以它是叙事和造型的结合。有些人更直截了当地说：影视是一门什么样的艺术？是用镜头讲故事的艺术。这也就成为影视区别于其他艺术，如小说，如戏剧的自身最主要的特征。

凡是写过影视剧本的同志都会有这样的体会：当他写电影剧本时，即在用

① 〔苏〕普多夫金：《论电影的编剧、导演和演员》，中国电影出版社 1980 年版，第 32 页。

文字将电影形象体现在稿子上的同时，他的脑海里出现了视觉性的画面，未来的银幕形象已经在他的眼前浮现出来（俗称“放小电影”）。这种体会应当说是一条很好的经验，它至少可以防止一些不带“视觉形象性”的东西进入到影视剧本中来。普多夫金就此曾说过：“他（指电影编剧）必须锻炼自己的想象力，必须养成这样一种习惯，使他所想到的任何东西，都能像表现在银幕上的那一系列形象那样地浮现在他的脑海。”①

可见，在描写方法上，小说、戏剧和影视是各不相同的。这是一个很值得初学者重视的问题。有些初学者由于没能掌握影视剧本的这个写作特点，便会出现违反影视视觉造型性的写法。比如一个初学写作的人在剧本里这样写道：“老天爷很不公平地为他安排了一条不幸的人生道路，虽然他从小就很聪明、能干。”显然，这样的描写，导演是很难用视觉形象将它体现在银幕上的。如果要在电影剧本里表现这一内容，那么，剧作家必须通过“他”的一些具体行动，使得观众一望而知“他”从小就很聪明和能干；剧作家也必须在银幕上通过具体事件表现“他”遭到什么样的不公平，以及“他”是怎样的“不幸”。老导演张骏祥在他所著的《关于电影的特殊表现手段》一书中，也曾谈到这个问题，他说：“在电影里，与在小说里不同，作者也不能挺身而出，对人物的思想感情加以描绘，替观众对这个人物作出评价……没有直接的视觉听觉感受，形象就会落空。像这样的写法在电影里可以说是犯忌的：‘不平凡的道路上走着一个不平凡的人’，‘他到处都遭到冷淡和歧视’，‘他是一个从小被母亲的溺爱所宠坏的怯懦的人’。因为这样的语句是没有办法翻译成具体形象，出现在银幕上的。当你要使观众体会到某人是怯懦时，你必须通过这个人的一些具体活动，使观众一望而知其为怯懦；你说一个老婆子是个孤独的人，你必须能够在银幕上通过具体事件表现出她是怎样的孤独。”②

所以，写影视剧本，首先要考虑到影视的视觉造型性。所谓视觉造型性，如普多夫金所说，指的是电影剧作者所写的东西必须是看得见的，是能够被表现在银幕上的。张骏祥在上面那段话里指出，“在电影里，与在小说里不同，作者也不能挺身而出，对人物的思想感情加以描绘，替观众对这个人物作出评价。”这说明，写影视剧本和写小说不大一样。写小说可以夹叙夹议，即作者可以在

① 〔苏〕普多夫金：《论电影的编剧、导演和演员》，中国电影出版社 1980 年版，第 22 页。
② 张骏祥：《关于电影的特殊表现手段》，中国电影出版社 1959 年版，第 5 页。

叙述故事的同时，现身说法，从旁进行说明，甚至发表议论。而这个“说明”或“议论”的部分，往往是不具备视觉造型性的。比如在谌容所著的小说《人到中年》里，有这样一段文字叙述：“医院和别的单位不同，一级一级，等级森严。这倒也没有什么明文规定，然而，低年大夫要服从高年大夫；住院医生要听主治医生的；教授、副教授的意见则是不容辩驳的，如此等等。这个还算不上高年大夫的陆文婷竟然能对主治医生的诊断提出不同的看法，不能不引起孙逸民格外的重视。”小说家谌容在这一段落里，是对人和事做一种抽象的介绍，并在表示自己的观点，但却不具备视觉造型性，无法直接将它们转化为视觉形象。这也就是我们通常指出的，在小说和影视写作上最为主要的不同之处。总之，影视“编剧必须经常记住这一事实，即他们所写的每一句话将来都要以某种视觉的造型的形式出现在银幕上。因此，他们所写的字句并不重要，重要的是他的这些描写必须能在外形上表现出来，成为造型的形象”[1]。法国著名导演雷内・克莱尔也说过：“电影剧本的文字质量，对整部影片的价值几乎是没有什么影响的。……因为在一部影片中，画面是唯一的叙述手段。”[2]日本著名导演黑泽明也说过：“一部好的剧本，很少有说明性的东西，要知道，用种种说明来代替描写这种偷懒的办法，是写剧本时最危险的陷阱。说明某种场合的人物心理是比较容易的。但是通过动作或者对话的微妙变化来描写人物心理却要困难得多。”

我们再来谈谈写影视剧和写话剧剧本的区别。正如普多夫金所说，“戏剧家所用的则是一些尚未加工的对话。”这说明，戏剧家塑造人物形象的主要手段是性格语言，即通过富有性格特征的语言（对话）去塑造人物。影视中的人物语言当然也要求性格化，但它更要求运用造型动作和人物造型去刻画人物。而戏剧与影视最大的不同之处则是表现在时空上。戏剧因受三堵墙的限制，它在时空转换上是很不自由的。所谓“三幕六场”，人物只能在很少的场景中活动，这就必然限制了空间的丰富多样，削弱了表现人物的环境手段。而影视的视觉造型，恰恰需要在空间转换上享有自由。它要求突破舞台的有限空间，把人物外延到广阔的空间中去，这就丰富和扩大了影视的生活画面。我们拿舞台上演出的《雷雨》和银幕上放映的《雷雨》做一个比较，就可以感觉到前者在空间上是不自由的，只有两个空间：周朴园的大客厅和鲁贵的小套房。而后者则有近百个

---

① 〔苏〕普多夫金：《论电影的编剧、导演和演员》，中国电影出版社 1980 年版，第 32 页。

② 〔法〕雷内・克莱尔：《电影随想录》，中国电影出版社 1981 年版，第 89 页。

场面，大大丰富了视觉造型。影视用视觉形象的感染力去代替冗长的舞台对话。总之，影视要求在多场景的空间中去刻画人物、展示情节。

那么，影视剧本的叙事部分和造型部分，又各应包括哪些方面呢？

影视剧本的叙事部分，包括主题、人物、情节、结构、语言等。我们将在本书的“下编”中，逐一介绍这些组成部分。

而影视剧本的造型部分，实际上是指综合了画面的光影、色彩、构图以及镜头剪辑所造成的节奏和情节冲击力等。

例如，美国早期(1940年)影片《魂断蓝桥》，写的是一个悲剧性的故事。芭蕾舞女演员玛拉和军官罗依相识并相爱。但玛拉是平民，罗依是贵族，他们之间本来就存在着等级差距。后来，玛拉为生活所迫，又误以为罗依已经阵亡，沦为妓女。这样，沦落扩大了玛拉和罗依之间原已存在的等级差距，终于导致最后玛拉的自杀。影片结束处表现玛拉自杀，剧本是这样写的：

桥上，一长队军用汽车亮着车灯，轰轰隆隆地向桥头驶来。

玛拉转过头去，望着驶来的军用卡车。

车队从远处驶近。

玛拉迎着车队走去。

车队在行驶，黄色车灯在浓雾中闪烁。

玛拉继续迎着车队走。

车队飞速行进。

玛拉迎面走去。

车队轰鸣，越来越近。

玛拉迎着车队走，越来越近。

玛拉宁静地向前移动，汽车灯光在她脸上照耀。

玛拉的脸，平静无表情的眼神。

巨大的刹车闸轮声，金属相磨的尖厉声。

车戛然停止，人声惊呼。

人们从四面八方向有红十字标记的卡车涌去，顿时围成一个几层人重叠的圈子。〔**镜头推近**〕人群纷乱的脚。

地上，散乱的小手提包，一只象牙雕刻的“吉祥符”〔**化**〕。

这样，观众从银幕上所看到的玛拉准备自杀的行动，并非是拍她迎向战车，最后倒在车轮下，而是通过车灯愈来愈近，因此也就愈来愈亮，愈来愈快地闪过她的面部，以及画外巨大的刹车声得到体现的。影片充分利用了画面内的光影变化，使观众理解其象征性的表现和微妙的含义。

同时，影片通过这样一组镜头的组接："玛拉迎着车队走去；车队在行驶，黄色车灯在浓雾中闪烁；玛拉继续迎着车队走；车队飞速行进；玛拉迎面走去；车队轰鸣，越来越近；玛拉迎着车队走，越来越近……"以造成越来越近、越来越快的节奏感，从而产生出情绪冲击力来，使观众的心情也随之紧张起来。

而影片中无论是车队还是玛拉由远及近的构图变化，以及镜头推拉所造成的"人群纷乱的脚"和"一只象牙雕刻的吉祥符"，这些不同景别的构图，则又突出强调并表达了创作者的意图。

光影、色彩、构图、镜头剪辑等等固然是影片导演必须考虑并要精心设计的诸种画面因素。但是作为一名电影编剧，他不仅要懂得构成画面诸种因素的奥秘，而且要运用到写作中去。这个道理上面已经说过，因为电影编剧是运用视觉造型性的画面语言去写电影剧本，去讲述一个电影故事的。

所以，在电影编剧的高手们所写的剧本里，我们可以看到，他们是充分调动视觉造型性的画面语言的。在这方面，我想再提一下电影理论家曾经多次引用过的例子——"新小说"派的主将，电影女编剧玛格丽特·杜拉所写的电影剧本《广岛之恋》。这部影片的开端部分，写一名法国女演员来广岛拍摄一部宣传和平的影片，就在她即将于次日离开日本回法国的那天晚上，她遇到了一个日本建筑师，他们之间产生了一段过眼云烟般的恋情。她和他在旅馆里做爱，剧本是这样写的（文中的英文字母是我加的）：

> 影片一开始，两副赤裸的肩膀一点一点地显现出来〔A〕。我们能看到的只有这两对肩膀拥抱在一起——头部和臀部都在画外〔B〕，上面好像布满了灰尘、雨水、露珠或汗水，随便什么都可以〔C〕，主要的是让我们感到这些露珠或汗水都是被飘向远方、逐渐消散的"蘑菇云"污染过的，既使人感到新鲜，又充满情欲〔D〕。两对肩膀肤色不同，一对黝黑，一对白皙〔E〕。弗斯科的音乐伴随着这种几乎令人窒息的拥抱〔F〕。两个人的手也截然不同。女人的手放在肤色较黑的肩膀上。"放"这个字也许不大恰当，"抓"可能更确切些〔G〕。

杜拉所写的剧本，虽然还处在文字阶段，我们还看不到银幕形象。但是，由于她运用了视觉造型性的画面语言，在用文字勾勒画面，因此，当我们读她写的电影剧本时，似乎已能看到和听到她所需要的画面和声音。她的电影剧本已经把构图、色彩、光影、镜头剪辑，甚至对导演、表演的具体要求都一一规划好了。请依据上面的英文字母来探讨一下：

〔A〕：对摄影技巧处理的要求　　〔B〕：对画面构图的要求

〔C〕：对画面造型的要求　　〔D〕：对导演的提示

〔E〕：对色彩的要求　　〔F〕：对音乐的要求

〔G〕：对演员的提示

正因为杜拉的电影剧本是用“画面”写的，所以，导演阿仑·雷乃把她所写的东西都保留下来，摄制成影片。美国电影理论家李·R. 波布克在《电影的元素》一书中说，《广岛之恋》的导演阿仑·雷乃“在把文字转化为形象的过程中，剧本无论是在细节上或是在思想意图上都几乎原封未动地保留了下来”。所以，李·R. 波布克归结道：“如果作家能清楚地‘看见’剧本，它就能变成创造一部影片的起点，成为营建的基础。”①

也正因为杜拉的电影剧本是用“画面来写的”，因此她也能通过未来的画面充分而又准确地展示出她所要表达的思想内涵。杜拉对上述这段影片的开端部分的画面设计，曾做过这样的解释：“影片开始时，既见不到她，也看不见他。见到的是一些残缺不全的躯体——被齐头齐腰截去的部分——在蠕动着，在欲海情焰中或在临终挣扎中的蠕动着。”

可见，杜拉对影片开始时的画面设计，是为了达到把“反战”和“情欲”从一开始就结合起来的目的（并且贯穿影片始终）。所以，她把法国女演员和日本建筑师做爱的镜头，处理得既让人感到在做爱，又可以理解为在遭受原子弹灼伤后的临终挣扎。

用画面设计去写影视剧本，在西方被称作“把摄影机纳入剧作构思”。其含意是指：编剧应当在构思剧本形象时就考虑到摄影机，即从摄影机镜头中看到未来的图像。这可能会被有些人斥为“越俎代庖”，也就是说编剧侵犯了导演的职责范围。可是，许多经典性的理论著作，不是已经向电影剧作者们强调了“必须养成这样一种习惯，使他所想到的任何东西，都能像表现在银幕上的一系列形象那样地浮现在他的脑海”，那么编剧的构思又怎能离开摄影机的“眼睛”呢？

① 〔美〕李·R. 波布克：《电影的元素》，中国电影出版社 1986 年版，第 7、第 22 页。

既然剧作者以塑造电影形象为己任，着力地要去表现人物的思想、感情和动作，以及他们所处的地理环境，等等，而摄影机恰恰又可以通过多角度、多景别、多位移、多空间、多时态的造型形式，使人物和环境得到不同寻常的、富于动作性的感染力的揭示，以造成电影独具的艺术魅力，那么，电影剧作者在构思时又怎能不考虑到摄影机的巨大创造力并充分地加以运用呢？所以，让摄影机的位置在剧作构思时就得以确定，决不是什么“越俎代庖”，而是电影编剧的“职责所在”。否则，他将失去多少有力的电影语言和电影表现手段呀！国外许多电影艺术大师已经充分认识到将摄影机纳入剧作构思的重要性。苏联著名电影导演罗姆说：“今天电影正在经历着这样一个阶段——‘摄影机的位置’在剧本构思中就应当加以确定，并用体现这一构思所必需的电影剧作手段在剧本中表现出来。”[①]法国电影编剧罗勃—格里叶也说：“构思一个电影故事……实际上就是构思这个故事的各种形象，包括与形象有关的各种细节，其中不仅包括人物的动作和环境，同时还包括摄影机的位置和运动，以及场景的剪辑。”[②]当然，必须说明，我们所说的摄影机参与剧作，并非是要剧作者在他的剧本里充塞一些“特写”、“全景”、“推、拉、摇、移”之类的电影术语；不是从技术上，而是从艺术上，即用“艺术家的视角”具体而可以感觉到地体现在剧本构思之中。

把摄影机纳入剧作构思，最常见的是，剧作者在构思时已经考虑到景别和构图的变化。如美国影片《金色池塘》中老教授诺曼摘草莓的段落，在剧本中是这样写的：

诺曼沿着村道走来，寻找着草莓。他仍然提着两个空桶。诺曼转身离开了村道。

诺曼在林间穿行。他撞着一根树枝，抬头看看，慌慌张张地后退了几步，站在那里打量着四周。

然后他又继续寻找着草莓。

诺曼在寻找草莓。他撞到一棵小树上，他看看那棵树，惊恐地打量着四周。他朝左右和前后看看，然后绕过小树继续前进。

诺曼在树林里穿行，然后停了步，不知所措地望着前方。他转身继续朝树林深处走去，一面喘着大气。

---

① 〔苏〕罗姆：《当代电影剧作的语言》，《世界电影》，1982年第2期。

② 〔法〕罗勃—格里叶：《关于影片〈去年在马里昂巴德〉》，《电影艺术译丛》，1963年第4辑。

诺曼来到一棵大榆树前,气喘吁吁,心慌意乱。他望着树上的一个洞,想看看能不能把这棵树当做一个标志,他抬头望着画外的树顶。这棵树一侧的树枝被剪得干干净净。

诺曼垂下头来,忧心忡忡,因为他认不得这是一棵什么树。

诺曼气喘吁吁,惊慌失措地在树林里奔跑。他突然止步,向四面张望。

摄影机仰拍树林。画外传来诺曼喘息的声音。

诺曼上气不接下气地在树林里奔跑,他停在一棵树下,缓口气,又继续奔跑起来。

诺曼气喘吁吁在树林里奔跑。神色慌张,害怕得要命。

诺曼从左边入画,跑到右边一根倒下的木头跟前。他气喘吁吁地在木头上坐下休息,手里仍旧提着两个空桶。惊惶地打量着四周,发现前面有一堆干树枝。他站起来,东张西望,想找一个可以充当路标的东西。

影片想通过这场戏,表现老教授垂暮之年的痛苦心情和迷茫惶惑的感觉。但可以设想,若剧作家不通过摄影机的构思,即或仰(如"他抬头望着画外的树顶"),或俯(如"寻找着草莓"),或摇(如"打量着四周"),或推(如"朝树林深处走去"),或跟拍(如"惊慌失措地在树林里奔跑"),或作画面构图的处理(如"诺曼从左边入画,跑到右边一根倒下的木头跟前")这一系列不同景别、不同构图、不同运动形式的镜头所造成的压迫感、恐怖感和悬念感,以及镜头忽儿从旁观察老教授的行动(如"诺曼沿着村道走来,寻找着草莓","他撞着一根树枝","诺曼来到一棵大榆树前"等),忽儿参与到老教授的动作中来(如"抬头看看"、"打量着四周"、"不知所措地望着前方"、"他望着树上的一个洞,想看看能不能把这棵树当做一个标志"等等),造成身临其境的主观感。那么,老教授的这种痛苦和惶惑的心情,是不可能像现在的影片那样,在银幕上表现得如此充分的。这说明,电影剧本中描写的一切,只有通过摄影机的角度去进行思考,才是最具体和最准确的。它能够最清楚和生动地表达出剧作家的意图。《去年在马里昂巴德》的编剧罗勃－格里叶说过:"《去年在马里昂巴德》的剧本是由我直接写出来的,而且注明了每个镜头中摄影机的运动及取景等。我没有给导演阿仑·雷乃讲故事,我只是逐一描述了镜头的结构。"[1]"逐一描述了镜头的结构"这句话再

① 《世界电影》,1984 年第 6 期,第 206－207 页。

好不过地说明了什么叫做“把摄影机纳入剧作构思”。

所谓把摄影机纳入剧作构思，当然还应包括剧作者对生活中光影变化的观察和捕捉，别出心裁地将其运用到剧本中去。例如在苏联影片《雁南飞》中有一个轰炸场面。女主人公薇罗尼卡不愿去防空洞，陪伴她的马尔克在恐怖的警报声中企图侮辱她。她反抗，连连打他的耳光。这时候，导演卡拉托卓夫巧妙地将轰炸时出现的闪电般的白光运用到影片里，一个接一个地在他们的脸上掠过，造成一种震动人心的场面，似乎悲剧即将发生。光效的力量在于体现了此时此刻女主人公的不幸。

把摄影机纳入剧作构思，其好处不仅在于它可以决定凡是能进入电影剧作中的素材必须是运动性的造型素材；而且，它确立了一个电影剧作的原则：使得银幕的造型表现成为电影剧作者在用文字表现时最重要的思考形式。

这个问题，已经引起我国电影工作者的注意。如导演丁荫楠就曾提出“造型先行进入剧作”。他说：“要提醒编剧注意的就是造型与声音的思维，‘造型先行进入剧作’，这是我们常宣传的观点，而这个观点的实质就是，编剧必须具备造型意识。既然是电影编剧，那就要运用电影的思维，而电影的思维就是声音和画面的思维。停留在文学思维、诗的思维，以至于戏剧的思维，都不能完成电影剧本的创作。所谓‘造型是导演的事’，这是一个极为陈旧的论调。不懂造型思维的电影编剧是很没有前途的。”①

可能有人要说，电影是完成在银幕上的艺术，电影编剧考虑那么多是否有用呢？我想借用电影编剧叶楠的话来回答这个问题。他说：“一个电影编剧对电影的完成是无能为力的。编剧不能规定镜头的位置、视角、运动的方向、运动速度——镜头的轨迹；也不能规定光线——往往起神奇的作用；更不能规定人物的动作，预测出演员的面部神经和细胞运动，等等。所以，电影使很多编剧入迷，又使他们苦恼。

但是，编剧写剧本的时候，应该怎么办呢？他仍然要考虑这一切，考虑有关声画的一切。不但考虑，而且自己应该看到和听到（当然是在想象中）。编剧永远是在想象中制作永远无法让人们看到的电影。”②

本书中举过的许多例子都可以说明这一点，无论是《广岛之恋》，还是《金色

---

①　珠江电影制片公司：《影视信息报》，总第 4 期，《孙中山》研讨专辑。

②　叶楠：《电影艺术讲座》，中国电影出版社 1985 年版，第 86—87 页。

池塘》，编剧考虑到了有关声画的一切，而且在写作时，他已经看到和听到了将要出现在银幕上的一切。

还有一种理论认为，编剧写剧本要给导演留有“余地”。似乎编剧写出真正用视觉形象构成的电影剧本，倒会限制了导演创作个性的自由发挥。对此，我想借用弗雷里赫的一段话来做回答：“电影剧本在文学上的完善，丝毫不会侵害影片导演的创作积极性。相反，如果剧作家能够预先确定整部影片的最高任务和总的处理，那就恰恰可以发挥导演的真正的创作，他的个性不仅不会为剧作者的个性所束缚，反而由于和剧作者的意图相融合而彻底呈现出来。”这说明，没有一种艺术创作过程是可以完全分割成为各个彼此独立阶段的。电影编剧应当把电影综合的各种元素纳入剧作构思，为导演提供综合发挥的机会。因为，导演的创作过程，他利用电影表现手段的可能范围，都要取决于编剧所提供的那个银幕形象。如果编剧缺乏对电影诸种表现元素的综合思维的本领，就必然会使写出的东西在银幕形象上显得模糊不清，难以表达，反而会使导演无所适从，限制他创作个性的自由发挥。

以上我们侧重谈了电影的造型性，那么是否会造成一种误解，我们是重造型、轻叙事的呢？先让我们引用一位著名电影理论家从电影历史发展的角度所谈的意见：

在电影百年史上，“电影是什么”这一理论倾向及其实践曾在二三十年代和六七十年代两次大举入侵，打出的旗号名目繁多，诸如“先锋派”、“纯电影”、“抽象电影”、“实验电影”、“现代派”、“新浪潮”、“哲理电影”等等。他们提出的主张五花八门，令人眼花缭乱，但千变万化之余，仍有其共同之处，那就是不同程度地反对电影有情节、讲故事。

他又说：

值得一提的是电影百年史上的这场“电影是什么”的争论实际上是一场“单方面”的争论，也就是说，只是自封为“艺术电影”的一方拼命攻讦、诋毁为大众拍片的主流电影“不是电影”、“不是艺术”……而被攻击的一方却笑骂由他，从不还手。“电影是什么”本是一个应由观众来回答的问题，这个答卷就是票房。你说你的“艺术电影”才是电影，面向广大观众的电影不是电影，可恨的是大众却用不买票来否定了你的高论。主流电影实际上是让广大观众来替它进行争论。不还手实际上是最有力的还手。所以当我们在世纪之交放眼观察世界电影的总体状况时，我们发现即使是崇尚“艺术”最烈的欧洲国家，也终于承认了电影作为20世纪消费文化的产物的不可改变的本性，已明显地改变了与好莱坞竞争的策略，从“文化斗争”转为“商业竞争”了。

最后他归结说：

> 走非叙事化、高雅化和沙龙化道路的电影艺术家们在最好的情况下也只是一次性地过把瘾而已。①

我十分同意这位电影理论家的意见，在我们身边就有这样一些经院式的“学者”。他们骂“好莱坞不是电影”；他们以懂得光波、声波、视点、构图而自傲；他们认为，只要懂得这些就可读解影片了。他们还拉出一些电影艺术大师来为自己立论：“不管是爱森斯坦还是巴赞，在讨论结构时，只谈到段落为止。”意指大师们是不管影片总体构思的。可是我仔细地去翻阅了爱森斯坦的论著，找不到“只谈到段落为止”的话，相反，我倒找到了爱森斯坦的另一段话，他十分强调说：“这种共同的结构规律必须严格地服从于作品的内容和任务。只有这样才能获得情节和整个作品的真实性。”②可见，大师毕竟是大师，他们绝不会如这位“学者”那样只着眼于某一画面，某一“单镜头纵深空间的运用”，某一“跳轴的运用”等等。平心而论，“学者”的有些话说得还是相当清楚的，只是在理解上偏激了一些，他说：“就一部影片来说，其表现形式是镜头画面，而不是什么文学性。”毕竟他还承认了“镜头画面”只是表现形式，而非叙事内容。那么内容是什么呢？它和镜头画面的关系又是什么呢？这恰恰是这位“学者”不屑一顾的，似乎一谈叙事内容，就会掉身价。于是只谈镜头画面，不谈叙事内容，就成了这位学者的偏激所在。这种非叙事化的结果，恐怕也只能使他“一次性地过把瘾而已”。

所以，我们在强调造型手段的同时，又必须指出，一切叙事艺术都是以人为描写对象的。因此，剧作者不能脱离人物命运而专门去追求造型，也只有在描写人的活动时，剧作者才去调动造型手段。如果只强调了画面的造型功能，而忽略了画面的叙事功能，这必然会导致造型失去意义。例如，我们有些影片把

---

① 邵牧君：《世纪回眸说电影》，《戏剧电影报》，1999年12月17日第7版。

② 〔苏〕爱森斯坦：《爱森斯坦论文选集》，中国电影出版社1982年版，第458页。

画面拍得十分讲究，无论是人物的外形，还是自然、社会环境，都拍得宛若油画一般，然而却不十分注意这一幅幅画面与电影中的性格塑造，不注意表现人与人之间的关系和人在环境中必然会产生的动作之间的联系。这样的画面造型再美，光影、构图再讲究，它的意义最多也就局限在画面本身，不可能产生出更多的内容和更丰富的意义来。在早期的电影理论中，曾一度出现过把电影看做是活动的绘画的观点。如美国的佛里伯格教授在他所著的《银幕上的绘画美》一书中说，电影除了作为绘画以外，不可能作为任何其他东西欣赏。这实际上是把电影看成是一种纯视觉的艺术。日本电影理论家岩崎昶对这种观点做了很准确的批评，他说："佛里伯格的《银幕上的绘画美》，正像书名本身已经说明了的那样，是围绕着画面美来论述电影的，然而从他认为电影'除了作为绘画以外，不可能作为任何其他东西来欣赏'这点来说，这种理论是落后于现实的。无论是塞纳特、卓别林，或是克鲁兹，这些电影创作的实践者都认为剧情是电影的骨架，而且早就懂得如果只是注意画面'美'，往往就会妨碍剧情的发展。"[①]佛里伯格的观点以及岩崎昶的批评，是值得剧作家们重视并当做经验来汲取的。

在谈到应该把画面的造型功能和叙事功能结合在一起时，我们很容易想到一位西班牙籍的电影摄影师奈·阿尔芒都。他的观点和佛里伯格教授的相反。他不主张用画面"美"去妨碍剧情的发展，而是主张把两者很好地结合起来。他建立起一种叫做"新古典主义风格"的电影摄影流派。这种风格的影片的特色具体表现为"天衣无缝"四个字。阿尔芒都对此解释说："所谓天衣无缝，我的意思是故事展开得非常自然，没有斧凿的痕迹。这就是摄影机不宜介入的主要理由。"他又说："我想拍一部观众觉察不到摄影风格，只有同行们才会注意的影片。"[②]这就是说，阿尔芒都认为，摄影应当从属于角色的感情和心理状态，创造性的画面应对叙述故事起重要作用，而不应当让观众觉察出摄影机和摄影师的作用，摄影的创作应该寓有形于无形之中。这就是所谓的"天衣无缝"了。

阿尔芒都的"新古典主义风格"引起国际电影界的密切注意，很多人对此发表意见，认为：在近十年电影技术的新成就带来一阵冲击之后，大家都开始考虑到，愈是技术方面提供了新的可能性，愈应该使这种可能性服务于电影故事本身，应该使观众觉不出摄影机和摄影师的作用。

---

① 〔日〕岩崎昶：《电影的理论》，中国电影出版社 1982 年版，第 63 页。

② 〔西〕奈·阿尔芒都：《〈克莱默夫妇〉的摄影艺术》，《世界电影》，1982 年第 1 期。

总之，电影剧作者一定要把画面的造型功能和画面的叙事功能很好地结合起来。因为电影是造型艺术和叙事艺术的结合。其实，在我国，这个问题也有类似的争议。20世纪80年代，中国电影理论界引进了西方的"影像美学"概念，这一理论的核心是对片基、光影、声画等电影性元素进行探索，研究其表现力。这种研讨，对中国电影来说，无疑是极为有益的。因为长期以来，中国电影重叙事，而忽视了对画面造型的探讨。从北京电影学院毕业以后拍出许多著名影片，如《一个与八个》、《黄土地》、《猎场扎撒》、《盗马贼》等，被称为中国电影"第五代"的年轻导演，就是这方面的探索者。所以，可以肯定地说，第五代导演在电影造型方面立下的汗马功劳将会被载入电影史册。但也毋庸讳言，第五代导演在重造型的同时，却曾一度忽略了叙事的重要性。特别是在中国这块土地上，广大电影观众的审美趣味是爱看有故事情节的影片。这就造成中国第五代导演的影片得不到广大中国电影观众的欢迎。他们的影片拷贝卖不出去。有些批评家把中国的第五代导演称为"孤独的离群索居者"，言下之意是，他们离开群众，独居一处。并且指出他们之所以成为"孤独的离群索居者"的原因是：一、中国绝大部分观众远远不能理解他们影片的层次；二、第五代导演在影片中透发的意识，观众也难以与之共鸣；三、将叙事放到了一个无足轻重的地位。

如果从张艺谋、陈凯歌、田壮壮这些第五代导演1982年从北京电影学院毕业算起，那么，他们在进行了近10年的电影艺术实践之后，出现了惊人的、可喜的变化。这就是他们拍出类似《霸王别姬》、《秋菊打官司》、《大太监李莲英》这样一批影片。他们也开始认识到叙事的重要；他们也要在今后拍摄的影片中着重去写人，写人与人之间真实的情感和他们所做的事情。

请看田壮壮1991年接受香港《大公报》记者采访时谈的一些看法：

> 田壮壮认识到，拷贝少的很大原因，恐怕是影片拍得太主观与意念，而这种意念其实完全可以用人们较易接受的另一种形式来表现。在银幕上，最能令观众产生共鸣的，还是电影中所塑造的各式各样的"人"，以及人与人之间真实的情感。……
>
> 田壮壮很肯定地说，像《盗马贼》、《猎场扎撒》那样的影片今后是不会再拍了。[①]

---

① 《镜头对准历史中的人物——访〈大太监李莲英〉导演田壮壮》，香港《大公报》，1991年4月1日。

我的理解，田壮壮所说的不再拍《盗马贼》、《猎场扎撒》那样的影片，是指不想仅仅在画面、色彩，或者主观意念上下工夫，而且也要在叙事上——即写人和人的情感上下工夫。

另一位第五代导演张艺谋，在拍摄完《秋菊打官司》之后，也说了类似的话：

> 过去我们拍电影，总喜欢讲究点别的东西，画面、色彩什么的，人在里面其实仅仅是个符号。拍《菊豆》时，我试图去关注点儿人的事，但做得还不够。我们第五代都有这个特点，奔着一个哲学、理念去了……我当然也是其中的一个。但别人看了觉得我们太使劲，绷得太紧，不够松弛，结果人物相对弱了。人们不满，甚至说了些不好听的话，也是有一定道理的。我看过一篇文章，认为我们"第五代"不太注意"叙事"，这是我们的一个问题。首先要有故事，要有人。我现在才明白，拍电影最主要的是说点儿人的事儿，应当把人物推到前景，着重表现他们。我并不排除还会拍我以前那种类型的电影，但我会设法做得更好些。①

无论是张艺谋还是田壮壮的话，说的都是同一个道理，而且值得我们十分重视。这是他们在艺术实践道路上历经了10年之久得出的切身体会。我以为第五代导演在进步，在上升，尽管这是螺旋形的上升。我深信，第五代导演将拍出超过他们过去的更好的影片。

那么，我们从"第五代"身上又能得到什么教益呢？电影毕竟是叙事性和造型性相结合的一门艺术，说得白一些，电影是一门用镜头（或造型画面）讲故事的艺术。离开造型不行，离开故事也不行。还是让我们从这两个方面同时去下工夫吧！

综上所述，电影是通过造型画面来叙事的，因此，对初学电影剧本写作的人来说，重视电影剧作的视觉造型性，是掌握电影剧本写作的重要一环，必须予以重视。

思考题

1. 请将电影和小说、戏剧做比较，说明电影属于"视觉造型性"的艺术。

---

① 《张艺谋和〈秋菊打官司〉》，《北京青年报》，1992年8月1日。

2. 所谓视觉造型性的画面语言，包含哪些方面？
3. 如何正确对待画面的造型功能和叙事功能？

本章参考阅读书目

1. 〔苏〕普多夫金：《论电影的编剧、导演和演员》中的第二章“造型的素材”。
2. 〔法〕玛格丽特·杜拉：电影剧本《广岛之恋》，刊载在中国电影出版社的《外国电影剧本丛刊》第 19 辑上。
3. 〔美〕李·R. 波布克：《电影的元素》中的第一章“故事和剧本”。
4. 〔苏〕杜甫仁科：《杜甫仁科选集》中的“在第二次苏联作家代表大会上的发言”。
5. 〔日〕岩崎昶：《电影的理论》。
6. 〔西班牙〕奈·阿尔芒都：《〈克莱默夫妇〉的摄影艺术》，刊载在《世界电影》1982 年第 1 期上。
7. 〔中〕柯灵：《电影文学丛谈》中的“电影剧本的特性”。
8. 〔美〕乔治·布鲁斯东：《从小说到电影》中的第七章“包法利夫人”。
9. 〔德〕齐格弗里德·克拉考尔：《电影的本性》中的第 13 节“穿插：电影和小说”。

第二章
影视剧本是画面和声音的结合

观众接受影视剧，无非是通过两个渠道，视和听，也就是影视剧中所提供的画面和声音。

在上一章中，我们突出强调了画面的重要性；在这一章里，我们又要来谈谈影视剧中的声音问题。这必然会引出另外一个问题：如何正确对待影视剧中的声音？要讨论这个问题，又必然会涉及作为视听结合的影视艺术，究竟是以“视”还是以“听”为主的问题。

这个问题，自从 1927 年有声电影问世以来就存在争议，至今也还有争议。比如，法国著名的电影理论家巴赞认为，不要分什么主要和次要，电影就是一门视听结合的艺术。可是，世界上另有不少著名的电影理论家却主张，电影是一门以视觉为主、听觉为辅的艺术。如英国著名电影理论家欧纳斯特·林格伦在他所著的《论电影艺术》一书中，以意大利文艺复兴时期的三杰之一达·芬奇的下列理论——被称为心灵之窗的眼睛是人的理解力的主要工具，它使人能最充分地和丰富地欣赏自然界中无限的创造；而耳朵则是次要的，因为它之所以重要，是由于它能听到眼睛所已经看到的事物——为依据，提出了自己的看法：“在电影中……画面和声响不是同等重要的。通常有声电影中的视觉部分是比较重要的，因为总的来说，它表现更多的东西。这是毫不足怪的事，因为视觉在我们的感官中是最重要的，通过我们的眼睛，我们可比通过耳朵更了解和熟悉周围的世界。”①匈牙利电影理论家贝拉·巴拉兹在他的《电影美学》一书中专门以“画面赋予声音以形态”为题论说道：“光靠声音是不能造成空间感的。”我国老一辈的电影艺术家们也普遍持这种看法。

---

① 〔英〕欧纳斯特·林格伦：《论电影艺术》，中国电影出版社 1979 年版，第 102 页。

但这也并非要求我们走向另一极端，轻视声音。贝拉·巴拉兹在《电影的精神》一书中说：“一个完全无声的空间……在我们的感觉上永远不会是很具体、很真实的；我们觉得它是没有重量的、非物质的，因为我们看到的仅仅是一个视像。只有当声音存在时，我们才能把这种看得见的空间作为一个真实的空间。因为声音给它以深度范围。”[①]这说明，视觉空间在实际生活中总是和声音联系在一起的，也只有当两者结合起来时，才能给人以完整的真实感。所以，电影编剧在重视电影的视觉造型的同时，还应重视对声音的描写，应当善于把两者结合起来。

此外，我们也不可否认这样一个事实：有些影视作品就是侧重于对话，而且作者将对白写得十分漂亮，依然能取得十分好的艺术效果。如意大利影片《木屐树》（又译《木鞋树》），编导运用了大量令人动容的对白，表现了 19 世纪末期意大利北部贫穷困苦的农村生活，是一部成功的电影作品，获得第 31 届戛纳国际电影节（1978 年）金棕榈奖。而这种情况，在电视剧中更为常见。因此，林格伦在论说到“有声电影中的视觉部分是比较重要的”之前，也加了一个修饰词“通常”。

下面先让我们一起来回顾一下电影的历史，看看电影是怎样从单纯依靠画面而发展成为声画结合的艺术的。

电影诞生于 1895 年，一直到 1927 年电影才开口说话，这中间相隔了整整 32 年。我们现在把这一段时期的影片叫做“默片”。它很了不起，不仅能够单纯依靠画面来叙述清楚一个故事，而且能够表情达意，甚至能引起观众的共鸣。我们只消回忆一下杰出的电影艺术大师卓别林拍摄的默片，以及它所取得的剧场效果，便可认识到这一点。正是由于上述原因，人们往往把“默片”称为“伟大的哑巴”。

我们已经没有机会去光顾早期放映电影的场所，但资料告诉我们，“默片”在放映时其实也有声音。不过声音并不来自胶片上的声带，而是来自放映场所内。老板们在放映电影时，往往要雇用一名钢琴师或一支小乐队来伴奏。当我们今天从资料上看到这种场景时，不禁要为这些演奏家的努力而折服：他们两眼看着银幕，两手不停地演奏，努力要使音乐的节拍能够符合动作的节奏。甚至，当银幕上出现枪战场面时，老板还会早早地在观众席里安排好一名制造音

---

① 《声音与电影》，北京电影学院编译《国外电影参考资料》，“电影声音专辑之二”。

响效果的人，放出“啪”的响声。今天看来，这些努力固然显得可笑，但从中也可使我们感到，早期从事电影的人们已经盼望电影能发出声音来，因为生活本身是充满声响的。除此之外，编导还依靠视觉形象来产生声音的幻觉。审美经验告诉我们，艺术可以通过对视觉形象的描摹，间接地表现声音。在无声影片时期，就曾有过许多杰作通过视觉形象创造出音响的幻觉。常用的手法有：一、通过反映镜头来表现声音。如一幢楼房坍塌，紧接一个带有惊恐表情、双手掩耳的人的镜头，则可产生出楼房坍塌时发出巨响的幻觉。二、通过特写镜头，吸引观众注意力，并揭示出人物的心理活动。如我们给一个打电话的人以特写镜头，他时而注意听对方讲话，时而哈哈大笑，观众便能够理解这个人接到一个很有趣的电话。三、用多次曝光等手法，创造出一种与画面配合的旋律感。如杜甫仁科拍摄的《兵工厂》，用滚落的手风琴潜在的音响，衬托出火车脱轨时的画面。

1927 年 10 月 23 日，美国生产出第一部有声电影《爵士歌王》，使单纯依靠画面来表情达意的影片，一下子变成了声画结合的艺术。中国第一部有声片是拍摄于 1931 年的《歌女红牡丹》，比西方晚了四年。

电影一旦能发声，便导致了影片创作者过于依赖声音的倾向。如大量使用“对话”，故而早期的有声片又被称为“会话电影”。这种电影丧失了运用造型画面叙事的功能，于是遭到了一些电影艺术大师，如爱森斯坦、卓别林等人的反对。

当时的电影除了依赖用对白去表情达意，在其他方面也仿效戏剧，如：表演上的戏剧化和程式化；主张在摄影棚内搭景拍戏；在照明上追求戏剧光效；编剧则从戏剧编剧那里借用了把剧作建立在“冲突律”基础上的编剧方式……总之，当时的电影在各个方面都受到戏剧的强烈影响，于是，便也产生出“戏剧式电影”这样一种样式来。

在拒绝使用电影声音的艺术大师们中，卓别林是表现得最激烈和最严厉的一个，而且，他似乎是“步步为营”的。1930 年他拍摄的《城市之光》中只有音乐（没有对白和音响），1935 年拍摄的《摩登时代》中有了音乐和音响，但人物仍然拒不开口说话，一直到 1940 年，他才拍出有对白的影片《大独裁者》。但是，我们从这位电影艺术大师接受电影声音的过程中，却可以得到许多有益的东西：首先，卓别林并不反对声音，但是，他必须寻找到与默片中已经创造出的形象（流浪汉）相适应的音画结合体。而卓别林认为已有的默片形象是难以与声音配合的，因为流浪汉是为默片服务的。所以，卓别林说："如果我（流浪汉）一开始讲话，我的步伐就应该完全改变。"[①]因此，在有声片诞生后的整整 12 年里，也就是一直到他拍出《大独裁者》之前，卓别林先运用音乐，后运用音响，最后才运用对白。卓别林并非在与"电影声音"对抗，或在"步步为营"，而是在创造一个新的形象——真正能说话的形象。所以卓别林说："如果我想扮演'说话的'角色，那么，我就要改变我所创造的形象。"[②]

到了 1940 年，这个形象终于在卓别林手下诞生了，这就是《大独裁者》中的理发师。真是"不鸣则已，一鸣惊人"。那段长达六分钟、脍炙人口的理发师的讲话，不仅惹恼了纳粹德国的首脑希特勒，给了法西斯有力的鞭笞；而且创造了一个运用对白的出色的音画体系。那长达六分钟的发言反复地在"广场"和"奥地鲁农场"两地切换；在具有良知的、被发言鼓动起来达到狂热程度的群众和时刻提心吊胆、关心理发师命运的哈娜之间反复切换。可见，无论是卓别林暂时还难以叫他默片中的流浪汉开口说话，还是后来他创造一个全新的开口说话的理发师来，都证明了一点：声音和画面（包括人物动作）应当是一个完整的艺术形象，它们不是简单地相加。这恰恰是当时滥用对白的影片所未能做到的。

可见，无论是卓别林，还是爱森斯坦，他们拒绝的不是电影声音，他们拒绝的是滥用声音，拒绝的是把声音和画面简单相加的那种并非是一个完整艺术形象的做法。

在有声电影的初期，由于技术条件的限制，还闹出过种种笑话。当时只能采用同期录音，于是，导演把小型录音话筒放在演员的胸前，拍完之后，放出来一听，除了演员的对白声音外，竟然还有"砰、砰"的心脏搏动声。在这种情况下，导演把话筒改放在演员的右肩上，可是当演员侧向右边说话时，声音就很清晰，而当他侧向左边说话时，声音就变得微乎其微了。

但是，尽管在初期，有声电影遭到过电影大师们的反对，或由于电影技术条件的限制，出现过一些笑话，毕竟电影声音的出现是一大进步，使电影逐渐远离了单纯依靠画面去讲述故事，去表情达意的年代；使电影像生活一样逼真，既充满视觉形象，又有丰富多彩的声音。到这时候，电影也真正成为要用"视听语言"去进行创作的一门艺术，声音和画面的结合也已成为电影的主要特征，而画

---

① 〔苏〕库卡尔金：《卓别林评传》，中国电影出版社 1984 年版，第 186 页。

② 同上。

面和声音的不同组合方式，则成了电影极为有力的表现手段。

在介绍画面和声音的不同组合方式之前，让我们先来弄明白影视中的声音包括哪些方面。

电影中的声音应包括三个方面：人声、音响和音乐。这三个方面，都是电影剧作者在用文字塑造银幕形象时必须考虑到并处理好的。电影剧作者应使声音成为剧作的元素。

人声主要是指人物语言，我们将在本书的《电影剧作中的语言》这一章中专门来谈这个问题，以表明人物语言在剧作中的重要性。

人声除了人物语言以外，还有喘息声、呼吸声，以及群众场合中的嘈杂人声、交谈声等等。如果编剧能够考虑到上述种种人声的运用，自然会有助于创造出真实环境中的气氛来。

声音中的第二个元素是音响。对于音响，人们往往容易轻视或忽视。以为音响无非是指街道上的汽车声，工厂里的汽笛声，教室里上下课的铃声……是无足轻重的。其实不然，音响在整个电影声音中是占比重最大的一个。一般来说，它约占声音总和的三分之二。这不仅意味着观众从一部影片中获得的音响艺术感受最多，而且意味着它的艺术功能是多方面的。比如为了显示环境的真实，火车的汽笛声把你带进候车室，上课的铃声使你感觉到已置身于教室之中……创作者往往利用观众的听觉经验，选择具有特征性的音响来充分展示环境空间。又如音响能衬托人物的思绪，在意大利著名的新现实主义影片《偷自行车的人》中，主人公安东要去偷车，但又犹豫不决，导演用了从足球场中传出来的"加油"声和欢呼声来衬托他想偷又不敢偷的内心激烈斗争。又如，在德国导演法斯宾德拍摄的影片《玛丽娅·布劳恩的婚姻》里，当第二次世界大战结束后，许多德国妇女背着寻找丈夫的牌子去火车站上等候。这时，画外传来"哐通、哐通"沉重的声音，活画出此时此刻人们同样沉重的心情。有时，声响还能收到和对白相同的表现思想的效果。如北京电影学院青年电影制片厂拍摄的影片《邻居》，一开始，随着电台报时声和刘兰芳说书声的出现，响起了炒菜声、剁馅声、锅铲撞击声、楼道内的嘈杂声，构成了音量不同、音色各异、音响起伏的"厨房交响乐"。此时，虽然其他的一切都还没有登场，但是喧闹的筒子楼已经把这部影片的主题——房子问题摆到了观众的面前。难怪巴拉兹说，"声音将不仅是画面的必然产物，它将成为主题，成为动作的源泉和成因。换句话说，它将成为影片中的一个剧作元素。”①

声音中的第三个元素是音乐。我们知道，在所有的艺术中，音乐是最善于表达人的内心世界和表现节奏的。因此，电影音乐也就成为电影在叙述故事、表现情绪、完成影片节奏等方面的有力手段。

电影音乐基本上分成两大类：一是故事空间内的音乐，又称画面音乐或写实性的音乐。具体来说，是指影片中的人物所演唱、演奏或播放的音乐。这类电影音乐，最多见于以音乐为题材的影片中，用以展示人物的身份、性格和内心情感。如在获奥斯卡最佳影片奖的《莫扎特》中，莫扎特弹奏他自己谱写的钢琴曲，展示出他的才华横溢和少年气盛；在日本影片《砂器》中，音乐家和合英良演奏他的作品，表现了他的奋斗历程和悲惨结局；在德国影片《英俊少年》中，海英特的演唱则又表现出他对纯真友情的渴望。当然，如上所述，空间内音乐并非只出现于以音乐为题材的影片中，凡画面中的人物发出的音乐声均属此类，如在美国早期影片《魂断蓝桥》中，有一场发生在烛光俱乐部里的戏，乐师们一边演奏著名的乐曲《一路平安》，一边熄灭他们面前的蜡烛，造成一种哀婉动人的意境。就其中的音乐而言，它是画面内乐师们的演奏，故也称画面音乐，或写实性的音乐，虽然它不是一部音乐片。二是画面空间外的音乐，又称表现性音乐或假定性音乐。具体来说，这类音乐不是画面中的人物发出的，而属于画面外的音乐。它应用的范围甚广：既可展示环境，烘托气氛，又可抒发人物感情，表述创作者的主观评价，甚至还可以制造悬念，表现各种情绪效果。虽然它所应用的范围各异，却又出现在几乎每一部影片之中。如在美国影片《鸽子号》中，画外音乐表达了男女主人公对急切相见的盼望，以及重逢时的喜悦心情。又如在日本影片《裸岛》中的画外音乐，则展示了一对夫妇在艰难环境中的奋争。而在美国影片《现代启示录》中，有一个著名的段落，即美军坐着直升机扫射越南村庄时，施行心理战术，播放瓦格纳的音乐。这个由 65 人演唱、由 12 个声部组成的大合唱，配合以疯狂屠杀的场面，表述了创作者对剧中人的主观评价：人们中存在的疯狂。

在电影音乐中最常见的做法是，一部影片的音乐由一首主题曲构成(它可能是画面音乐，也可能是画面外音乐)，它贯穿影片始终，反复出现，用以烘托思绪、构成回忆、揭示含义、表现人物的命运，甚至起到结构全剧的作用。如我们

---

① 〔匈〕贝拉・巴拉兹：《电影美学》，中国电影出版社 1979 年版，第 209 页。

上面提到过的美国早期影片《魂断蓝桥》中的主题音乐《一路平安》，首次出现在烛光俱乐部里，以后每当男女主人公生离死别之时都重新响起，既起到了烘托思想感情的作用，又加深了老军人回忆的哀婉动人的情调，还起到了结构全片的作用。又如在日本影片《人证》中，我们不会忘记一开始就出现的那首由日本音乐家的故事大野雄二创作的主题音乐《草帽歌》。在剧情发展中，它以画外音的形式出现过两次，最后，则以画外低沉的男声重新唱出，并配合以悬崖上的八杉恭子扔草帽、草帽飘然落下，以及悬崖上空无一人（象征她已跳崖身亡）这样三个画面，表现了八杉恭子在生活与事业上的矛盾，以及她最终被社会吞噬的悲惨结局。

有些人认为，电影中音乐的使用是音乐家或导演的事。其实不然，一名好的电影编剧，他不仅应当懂得音乐，还应善于把音乐作为一个剧作元素运用到剧作中去。法国著名女作家玛格丽特·杜拉在她创作的电影剧本《广岛之恋》中，在描写法国女演员和日本建筑师做爱时，没有忘记用“弗斯科的音乐伴随着这种几乎令人窒息的拥抱”这样一句话去提示导演，因为她觉得只有这样的音乐最适宜于表现这种特定的情景。更不用说如果我们撰写的是一部以音乐家的故事为题材的电影剧本，编剧不懂或不重视音乐那简直是难以下笔的。这是因为，在这类影片里，音乐已和剧情紧密地联系在一起了。比如，我们前面提到过的德国影片《英俊少年》，海英特演唱的《忆童年》，抒发了他在父亲入狱之后，寄居在外公家，得不到温暖的寂寞和孤独。后来，他演唱的《夏日最后的玫瑰》是一首爱尔兰的著名民歌，这首歌勾起了老外公对女儿的深切思念，同时也融化了他那颗冰冷的心，改变了对外孙海英特的冷漠态度。这里的音乐已经成为推动剧情发展的主要手段。又如，在美国影片《莫扎特》中，莫扎特的音乐也已不仅是剧情的陪衬，同样始终推动着剧情的发展，成为剧作的主要手段。正是由于莫扎特在皇家音乐会上的出色表演，才引起宫廷乐师萨利埃利的忌恨，于是产生了一方面骗取莫扎特的信任，另一方面造谣中伤，并限制莫扎特演出，把他推入生活艰难的境地，最终致使莫扎特病逝这样一系列情节。

其实，不仅仅是在以音乐为题材的影片中音乐可以成为推动剧情发展的重要手段，就是在其他题材的影片中，音乐同样可以起到剧作作用，成为剧作中的一个重要元素。如在英国影片《苔丝姑娘》中，安琪尔和苔丝初次相逢跳舞时的欢快音乐，在后来安琪尔良心发现，重返旧地寻找苔丝时重新在他耳边响起，表现了他对自己过失的悔恨，也表现了他想重见苔丝的急切心情。这里的音乐实际上起着“闪回”的作用。又如在苏联著名影片《两个人的车站》中有这样一段情节：车站女服务员薇拉去探望从牢中出来会面的普拉东，普拉东必须在第二天早晨赶回劳改营报到，可是他们误了时间，当他们紧赶慢赶快到劳改营时，报到的时间已经到了。这时候，薇拉让普拉东拉起手风琴，琴声向劳改营内送出按时归队的信息。无疑，这里的手风琴声又起到了推动剧情的作用。再如，在德国影片《铁皮鼓》中，编剧用喜剧的手法，让男主人公奥斯卡敲响他那面有神奇功能的铁皮鼓，把法西斯庄严肃穆的阅兵音乐转变为优美、抒情的《蓝色多瑙河》，不仅表现了正义和邪恶的冲突，也暗示出人们对美好事物的向往。

关于声音，我们还需指出一点，电影剧作者应该懂得“于无声处寻有声”的道理。即通过声音去表现寂静。我们在生活中常会遇到以下情况：当屋内十分宁静时，我们就可以听到远处的叫卖声或赶马车的鞭哨声，而屋内的钟摆声或器皿碰撞发出的声响，似乎也要比平时响亮得多。可见影片中用声音去烘托寂静，正来自生活中这种有声和无声之间的辩证关系。影片《邻居》中有一场戏，叫做“喜凤年夫妇夜话”，原设计用闹钟的嗒嗒声去衬托夜间的宁静，后来改为在两人的悄悄话之间，夹杂以翻身时床架发出的嘎吱声。这样，不只显示出夜深人静的环境，同时也渲染了喜队长简陋的居住条件，这是很成功的声音处理，不仅赋予空间以具体的深度和广度，而且起着推动剧情的作用。

除了“于无声处寻有声”外，还有一种关于声音的用法，即“此时无声胜有声”。在意大利著名电影导演安东尼奥尼拍摄的影片《奇遇》中，便有这种用法。当女主人公克劳迪亚发现她的男友和一个妓女鬼混在一起时，影片没有任何声音，空气似乎凝固了起来一样，表现出女主人公此时此刻受到意外打击的悲痛心境。

而在美国著名导演科波拉拍摄的影片《谈话》里，声音已经成为剧作的重要元素和冲突的焦点。男主人公卡里考尔是美国西海岸著名的窃听专家，他跟踪窃听他人，最终自己被别人窃听。他惊恐万状，把自己的住房拆毁了，想寻找到窃听器。影片通过声音，既展现了录音技术的发展，同时也反映了美国社会人际关系的极度冷漠气氛。

以上我们讲的是组成电影声音的三个部分，下面我们再来说明一下它们之间的关系。

声音的三个组成部分——对白、音响和音乐，不是简单地相加。在电影里，这三个组成部分只有当它们合在一起，相互交织，相互补充，成为一个艺术整体时，才有意义。有人做过这样一个试验，把美国影片《壮志凌云》中的一个片段空战实习中的三种声音——驾驶员之间的对话声、飞机的轰鸣以及射击的声响、音乐——分离开来，造成只有对白，或只有声响，或只有音乐，人们会发现，那不仅不成其为一个完整的东西，而且是毫无意义的。这说明了一个道理：电影艺术创作者必须具备将这三者组合起来的本领，以便达到最佳的艺术效果。

上面我们讲的是电影中的声音，下面再来说说声音和画面的结合。

声音和画面的结合，呈现出三种形态。

1. 声画合一

声画合一，又可叫做"声画同步"或"写实声"。

声画合一是声画蒙太奇中最常见的一种，也是在影视作品中被运用得最多的一种。尤其是在有声电影初期的影片中，几乎全部都是声画合一。因为在那时候，电影工作者尚不懂得将声音和画面分开来使用。

所谓"声画合一"，是指画面中的形象和它所发出来的声音同时出现，又同时消失，两者互相吻合。所以又可以叫做"声画同步"。

比如，画面中是关门的动作，声带上同时发出"吱呀"的声音。又如，画面中是一头狗朝天狂吠，声带上同时发出"汪汪"的声音。

"声画合一"又可以叫做"写实声"。因为声音是从银幕上展现出的那个环境中发出来的。因此，只要是银幕上展现出的那个环境中发出来的声音，不管是看得到声源的，还是虽然看不到、却能感觉到声源的，都应叫做"写实声"。以法国影片《广岛之恋》为例：法国女演员和日本建筑师坐在咖啡馆里，法国女演员向他诉说自己被关在地下室里的情况，此时，画面上是法国女演员在诉说，声音是法国女演员诉说的声音，声源当然是法国女演员，这便是看得到声源的写实声。又如，还是在上述的环境中，第一个镜头，把唱针放在唱盘上，第二个镜头中不再出现唱机（声源），但仍在咖啡馆这个环境中，听到唱机中发出的乐声，这种声音尽管看不到声源，仍应叫做"写实声"。

声画合一的作用是加强画面的逼真性和可信性，使银幕或屏幕上所展示的一切显得有声有色、自然真实，提高了视觉形象的感染力。诚如我们在前面所引用过的巴拉兹所说的那句话，"光靠声音是不能造成空间感的"，"一个完全无声的空间在我们的感觉上永远不会是很具体、很真实的"，所以只有当声音和画面结合在一起时，银幕或屏幕上展现的世界才是具体的和真实的。

2. 声画分立

在有声电影诞生后的第 8 个月，即 1928 年的 8 月，苏联的三位电影工作者爱森斯坦、普多夫金和亚历山大罗夫，联合发出《有声电影声明》，提出了著名的“声画蒙太奇”理论，改变了有声电影初期只知道“声画合一”的状况。

声画合一在影视中被运用固然必要，但毕竟它只能告诉观众他们已经知道了的东西，关门时当然会出现“吱呀”声，狗叫时当然会出现“汪汪”声，对于增强电影形象无所裨益，有时甚至还会走向自然主义的模仿。因此，在影视剧作中，更重要的是通过“声画分立”来调动声音这一元素。普多夫金在他的《有声电影的一个原则——音画分立》一文中着重指出：“有声电影的主要因素不是音画合一，而是音画分立”，因为“音响的首要作用是增加电影内容的可能的表现力”①。从此以后，在一些成功的影片里，各种声音往往交叉出现，各司其职，却又与画面配合，凝结成为一个整体，构成一个完整的银幕形象。

所谓“声画分立”，是指画面中的声音和形象不同步，互相离异；或者说，观众听到的声音和观众所看到的画面不一致，所以叫“声画分立”。

苏联电影艺术大师爱森斯坦曾举过一个著名的例子，用以说明什么叫做“声画分立”。

他说，“严格地说，作为艺术中一个特殊领域的音画电影，是从这样一个时刻开始的：皮靴的吱吱声已经从那吱吱作响的皮靴的画面中脱离出来，不再和皮靴接在一起，而是接在焦虑不安地倾听着这种吱吱声的人脸上。……这种新的联系已不仅符合‘事物的秩序’，而且符合我在各种情况下认为需要加以表达的主题。”②

爱森斯坦所举的这个例子向我们说明：如果我们把皮靴的吱吱声（音）和吱作响的皮靴（画）结合在一起，那就属于“音画合一”，它最多只能告诉我们：皮靴发出了吱吱声，或吱吱声是从这双皮靴中发出的。而如果我们把皮靴的吱吱声（音）和一张焦虑不安地倾听着这种吱吱声的人脸（画）结合在一起，那就是“音画分立”了。尽管“吱吱声”和“焦虑的人脸”似乎各自在表现自己的内容，然而当它们结合在一起时，却表达出一种新的含义，增加了电影的表现力，说明这吱吱声是十分令人讨厌和心烦的。

---

① 〔苏〕普多夫金：《论电影的编剧、导演和演员》，中国电影出版社 1980 年版，第 128—129 页。

② 〔苏〕爱森斯坦：《爱森斯坦论文选集集》，“彩色电影”，中国电影出版社 1982 年版，第 439 页。

所以,“音画分立”总是以声音和发声物体不在同一画面内,声音用画外音的方式出现。

声画分立有其生活依据,用爱森斯坦的话来说,就是“符合‘事物的秩序’”。

首先,人感知客观事物,并不总是同时既感受到形象又感受到声音,而往往是视听不一致的。正如英国电影理论家林格伦所说:“我们常常发现我们自己的眼睛在看着一件事物而同时耳朵却在听着其他方面来的声音;基于上述的这种事实,在一部影片中,使声响与画面从头到尾地保持配合绝不就是等于现实主义,它反而会产生不自然的效果。音响与形象的自由联合以及在某种情况之下把一件事物的声音和另一件事物的形象配在一起,不仅更逼真地表现了生活;而且能使音响和形象不是简单地互相重叠,而且能互相陪衬。”[①]林格伦在讲完这段话之后,又举例说,在影片《监狱里面的人》中,有一个场面,监狱教堂里的囚犯们在讲台的阴影中传递武器,而配合这个画面的却是牧师讲道的声音:“你们不要杀人。”因此,林格伦总结说:“他(指观众)所听的应当不仅是重复他所看的,而是应当丰富和增加他所看的。”[②]

其次,人的耳朵和眼睛,在生理性能上不完全相同。先说眼睛,当人把视点集中在某一事物上时,他就不可能同时看清别的事物。人的耳朵则不然,只要听力所及,所有声音都会进入我们的耳朵。而我们又通过心理上的选择决定让某些声音进入我们的耳朵,而不让别的声音进入,甚至让所有的声音都不进入耳朵。就这样,外界的声音有的变得清晰可闻,有的声音微弱,有的完全被排斥。比如,一个人专心做某件事情的时候,尽管他身处嘈杂的环境中,却能“充耳不闻”;又如,都市的喧闹声,在一个长久处于宁静农村环境中的农民的耳朵里,被放大了,比在早已习惯于这种声音的城市居民的耳朵里热闹得多。这说明,存在于客观世界里的同一种声音,在不同人的耳朵里,有的被注意,有的被忽略;有的显得强烈,有的显得微弱。这就出现了客观的声音不等于感觉到的声音的现象,成为电影“音画分立”的依据。电影剧作者往往让画面去表现客观部分,而让声音去表现主观部分,于是出现了:应该是喧闹的街头,而在专心思考问题的主人公的画面上却显得寂静无声;行走在车辆拥挤的街上的农民,他所听到的嘈杂声又是加倍地嘈杂。电影剧作家正是利用现实中人们的这种心

① 〔英〕欧纳斯特·林格伦:《论电影艺术》,中国电影出版社 1979 年版,第 99 页。
② 〔英〕欧纳斯特·林格伦:《论电影艺术》,中国电影出版社 1979 年版,第 100 页。

理感受和心理选择去反映剧中人的心理状态，达到刻画人物心理的目的。如在美国影片《回首当年》中，一对恋人在课堂上，教员正在讲课。当他们眉目传情时，教员的讲课声消失了，而当他们不再互相看望时，教员的讲课声重新出现。随着主人公的心理变化，声音忽而消失，忽而出现，表现出他们的心理影响了他们的听觉。反过来说，这种声画结合的方式也起到了刻画主人公心理的作用。又如悬念大师希区柯克在他拍摄的第一部有声片《讹诈》中，就已经出色地运用了"声画分立"和"心理选择"的原理。少女爱丽斯为了自卫，用面包刀杀死了企图污辱她的画家。回家后，她听到一个饶舌的邻妇正在那里议论画家被杀，并已经找到了凶器小刀。此时，希区柯克让爱丽斯的耳边重复出现"Knife"（刀）的声音。希区柯克用这种心理选择以示她犯罪后的恐惧心理。可见剧作家如能掌握人们这种感觉过程，就会让音响和形象互为补充，这不仅能增强影视的表现能力，而且能更逼真地表现生活。

总之，声画分立的意义在于声音和画面摆脱了相互的制约，获得了相对的独立性，同时，在新的基础上求得和谐和统一的结合。所以，如果说声画合一的出现宣告了有声电影的诞生，那么，声画分立的发现则标志着有声电影的进步。

经常被使用的声画分立有以下三种：

第一，反应镜头。

在两个人谈话时，插入听话人的反应镜头，用以描绘他的表情变化。此时，虽然观众看不到说话人，却听得到他的声音（画外音）。于是，观众可以从听话人的感情变化中突出感受到说话人的语言力量；同时，说话的内容又表明了听话人感情变化的原因。

巴拉兹说："有声特写不仅能解释声音所造成的人物面部表情的细微变化，另一方面，它也能解释听者所听到的声音。"[1]

可见，声画离异，从形式上看来似乎远了，实质上它们之间的内在联系被加强了，从而使画面产生出新的艺术力量。

第二，用声音代替形象。

人们根据自己的经验，从熟悉的声音中，不仅可以从脑海中出现发声体的形象，而且还能联想到周围的环境。这是利用人们对形象的记忆，以达到用声音代替形象的技巧。

---

① 〔匈〕贝拉·巴拉兹：《电影美学》，中国电影出版社 1979 年版，第 220 页。

例如,我们大多数人都有过在足球场上观看球赛的经验。因此,当我们在新现实主义影片《偷自行车的人》中,看到画面上是主人公里奇想偷自行车而又怕被人发现的状况,而听到的声音则是从足球场上传来的"加油"声和欢呼声。观众凭借这个声音,不仅脑海里会出现足球场上热气腾腾的景象,而且还会将这一景象与里奇的孤立无援对比起来,对他产生无限的同情。

第三,影视艺术不但能把人的思维活动变为视觉形象,而且可以用声音来表达人物的回忆或幻觉。

例如,在悬念大师希区柯克拍摄的影片《精神变态者》中,银行女出纳员玛丽利欲熏心,把为顾客代存的四万美元巨款窃为己有。在潜逃的途中,我们可以看到,画面上是她驾驶轿车,声音则是她不时地想起当时的情景。她想到事发后经理、同事、顾客会怎样议论她,感到自己会成为众矢之的,便不寒而栗;又想到有人会为她辩护,脸上又露出一丝微笑……希区柯克用声音充分表现了玛丽此时此刻的回忆和幻觉。

3. 声画对位

所谓"声画对位",是指声音和画面分别表达不同的内容,它们各自以其内在节奏独立发展,分头并进,最终而又殊途同归,从不同方面说明着同一含义。这种声画结构的形式,就叫做声画对位。

那么,声画合一、声画分立和声画对位三者的区别在哪里呢?

声画合一和声画分立是指它们的结合形式;而声画对位是指它们的相互作用。

所以,声画分立常常具有对位的性质,因为声音和画面在分立之后,又要在相互作用的情况下结合起来。

但我们又不能把"声画分立"和"声画对位"不加区别地等同起来,因为,不能认为凡是分立开来的声音和画面必然要作对位处理。

例如,画面是一个正在听别人说话的脸,声音是另一个人说话的声音。如果只是想表现一个人在听,一个人在说,那么,尽管声画是分离的,但没有对位的关系。

另一方面,对位也不仅仅是发生在声画分立中,有时也可以发生在声画合一中。

比如,一个人说话的声音及内容都非常慈善甜蜜,然而脸上却是一副伪善的笑容。此时,虽然声画在同一画面上,但说话声和表情却是相悖的,构成了对位。因为,它表明这是一个口是心非的家伙。所以,布鲁斯东说:“抛弃音画吻合的合理现象,就意味着抛弃一种极有价值的、主要的对位形式,亦即一句对白与说话者的面部表情这两者间的对比。”①

可见,无论是把声画对位和声画分立等同起来,还是把声画对位和声画合一对立起来,都是错误的。

声画对位之后,它的艺术效果如何呢?它可以产生出自身并不具备的新的含意,如对比、象征、隐喻(类比)等艺术效果。

(1)对比

在新现实主义影片《德意志零年》中,导演罗西里尼把战后前纳粹总理府的断垣残壁的画面,和战前希特勒向人民许愿,要给大家幸福、安宁生活的画外音对照起来,愈益分明地揭示出希特勒欺骗老百姓的真面目,具有极强的讽刺性。

又如在前西德影片《玛丽娅·布劳恩的婚姻》的结尾部分,画面上出现的是:丈夫赫尔曼发了财回家,妻子玛丽娅情绪亢奋,正在这个时候,女律师来宣布法国工厂主奥斯瓦尔德的遗嘱,玛丽娅从中知道赫尔曼曾经把她转让给奥斯瓦尔德,于是她十分痛苦,无意中去点烟,引起煤气爆炸,夫妻双双身亡……而伴随这一系列画面的却是一场足球赛的实况广播,观众的叫喊声、播音员的解说声,喧嚣成一片。而当德国足球队踢赢这场球时,播音员喊出:“德国是世界冠军!”与画面上的夫妻身亡形成强烈的对照,再好不过地表明了法斯宾德的观点,即批判了西德战后的经济奇迹:物质的富裕和精神的极度空虚。德国诗人歌德说过:“物质的繁荣我们需要,精神的崇高我们坚持。”然而战后重建时期德国的历史和现实,恰如影片中玛丽娅那样的德国妇女的思想行为,经历着经济起飞和精神没落两者不可调和的矛盾。

(2)象征

匈牙利电影理论家贝拉·巴拉兹在他所著的《电影美学》中举过这样一个极为生动的例子,这个例子出自影片《太阳仍将升起》中。巴拉兹说:“一位参加抵抗运动的神甫被德国人判处了死刑,正在走向刑场。他身旁挤满了群众,并且一路上愈聚愈多,愈靠愈近。神甫开始做祈祷,起初声音很低,然后愈往前走,声音愈高。摄影机始终正对着他。神甫的形象一直停留在镜头里,但是周围的群众始终只有两三个面孔进入镜头。神甫背诵着祷文。三两个群众低声

① 〔美〕乔治·布鲁斯东:《从小说到电影》,中国电影出版社1981年版,第31页。

地应答着：'为我们祈祷。'但是神甫愈往前走，应答的声音愈变愈响。我们看到的不过是两三个人，但是我们听到的声音却以逼人之势逐渐增强。镜头始终是特写，不可能表现出更多的群众，但是有愈来愈多的声音喊着'为我们祈祷'。我们仿佛听到一条急流在奔腾而来。这是人民反抗的声音。正因为我们看不到群众，所以这股声音的威慑力量和强烈感情便转化成一个惊心动魄的音响的象征。如果我们看到了群众，这股声音的巨浪便有了来由，因为人既然有那么多，声音当然就不会小。但这样便剥夺了声音的特殊含义。我们通过这股象征性的、不给人任何真实空间感的声音所能想象出的群众数量，决不是影片所能表现出来的。这是民族的呼声，然而我们都是在赴难前的神甫的特写里听到它的，它回答了神甫的无声的面部表情。"①

(3)隐喻(类比)

在德·西卡导演的意大利新现实主义影片《米兰奇迹》里有一个场面：两个资本家为买卖一块土地在讨价还价，最后争吵声变成了犬吠声。导演将争吵声类比成犬吠声，暗示了这两个资本家贪婪成性，就如两条争抢肉骨头的狗。

又如在日本影片《远山的呼唤》中，民子对逃亡在她牧场里的耕作萌发出爱心，那天晚上，民子要耕作不要再睡在牛棚里，到她屋里来住。但耕作已经注意到侦缉队发现了他，他必须马上离开，因此，他告诉民子明天要走。民子被这突如其来的决定弄得心慌意乱、手足无措。导演山田洋次让此时的民子提起水壶，往暖瓶里灌水，发出了夸张的"咚——"声响。导演这样处理，无疑是用灌水声衬托出民子此时表面平静，实际若有所失的心境。

在有些影片里，声音与画面相配合，各种声音又交叉出现：画面音乐与画外音乐，音乐与音响……凝结成一个整体，构成一个复杂出色而完整的银幕形象。如在苏联影片《夏伯阳》中有一场戏，剧作家是这样写的：匪军上校保罗兹金在他的参谋本部的车厢里弹奏着贝多芬的《月光奏鸣曲》。乐声庄严而平和。在他身后，勤务兵波塔波夫在擦地板。蓦地，一声"噼啪"划破了这平和乐曲的流畅声浪。保罗兹金怔了一下，但由于对自己仆人的信赖，他并没有停止弹奏，只是回过头来，看了一眼。勤务兵不好意思地拾起掉落的刷子。忽然，在这温柔的乐曲的织物上，荒谬绝伦地"织入了"嘶哑的、粗糙的人的嗓音："我兄弟……死啦！……桑卡……死啦！"琴声立刻终止了，保罗兹金没有转向波塔波夫，只

① 〔匈〕贝拉·巴拉兹：《电影美学》，中国电影出版社 1979 年版，第 214 页。

是猛烈地撂下了琴盖。琴盖发出一声棺材盖似的喑哑的碰响，扣了起来。剧作家在这段戏里充分地运用了各种声音，与画面配合，并让声音“说话”，表达了很深的含义。贝多芬的优美的《月光奏鸣曲》，无疑不只是为了表现白军上校的文化素养，而且像是一个讽刺性的旁白，起着反衬上校凶残性格的作用；掉落板刷的“噼啪”声以及乐曲的并未终止，起着对这两个人物之间原有关系的描写（白军上校对自己勤务兵的信任）以及推进剧情发展的作用（为下一场戏做好准备）；而勤务兵嘶哑的语言和随之而来的像棺材盖碰撞发出的琴盖声，则又预示着在这对似乎平和的主仆之间，终将发生一场逐渐激化起来的矛盾冲突。可见，各种声音巧妙配合出现在这段戏的各个层次上，刻画着性格，推动着剧情发展，类似隐喻蒙太奇的作用表达了各个动作的内涵。可以设想，若是没有各种声音的“合奏”，是很难以电影的独特手段，生动地表现出这场发生在敌军阵营中的内部矛盾的。

总之，声画对位已成为蒙太奇的重要组成部分。它含蓄而富有诗意。正如雷内・克莱尔所说：“有声电影中一些最优美的效果，正是交替表现（而不是同时表现）可见形象和形象发出的声音的结果。”[①]雷内・克莱尔所说的“交替表现”，就是声画对位。

关于电影声音，最后还想说的一点是，在现代的西方电影中，出现了一种艺术倾向，创作人员在剪辑一部影片的时候，不像过去传统的做法那样，主要依靠画面，而是依靠声音的节奏。这就使得电影声音在影片里变得越来越重要，而且也使得画面的变化显得非常简明、快速。这就是所谓的“速剪艺术”。

那么，是不是可以这样说，“速剪艺术”是重视声音而轻视画面的呢？不是。速剪艺术对画面的要求非常高，包括艺术和技术两个方面。

从艺术方面来说，它要求画面拍摄得非常优美，要求摄影师的职能接近画家的职能。比如，它要求摄影师特别注重画面的光线、色彩和构图。又如，它要求多用特写和近景，纵深镜头也越来越多地被使用。再如，它要求演员的服装和化妆都很讲究。外景在这种影片里也显得特别重要，常常把自然景象的变化作为拍摄对象。在拍摄风格上主张具有象征性。

从技术方面来说，速剪艺术运用的都是最新技术，如电脑绘画、动画卡通、蓝幕合成等等。它讲求高、精、尖，追求艺术的高质量，达到豪华型。因此，它的

---

① 〔法〕雷内・克莱尔：《电影随想录》，中国电影出版社 1981 年版，第 126 页。

制作成本也相当昂贵。

这种影片，我们还见得不多。但“速剪艺术”除了被运用在速剪艺术片中，还被普遍地运用在“MTV”，即我们通常所说的“音乐电视片”中。它们在许多方面存在着相同之处：第一，依靠声音的节奏来剪辑；第二，把画面拍得很讲究，具有象征意义；第三，使用新技术，达到豪华型的质量。不同点在于：一个是速剪艺术片，一个是音乐电视片。

在结束本章时，我们需要突出强调一点：既然影视是一门声画结合的艺术，那么，影视编剧就应当锻炼自己，成为一名熟练掌握“视听语言”的能手。

思考题

1. 你认为，电影中的声音和画面哪一个更为重要？
2. 有声电影诞生于哪一年？第一部有声片产生于哪一个国家，叫什么名字？初期的有声电影遭到哪些人的反对，为什么？
3. 电影中的声音包括哪三个方面？它们之间的关系如何？
4. 音响在整个电影声音中占有多大比重？它能起到哪些作用？
5. 电影音乐基本上可以分成哪两类？它们所起的作用有哪些？
6. 有人认为，电影音乐的使用是属于音乐家或导演的事，编剧可以不管。你认为这种看法是否正确？
7. 为什么要提出“声画分立”的原则？它的依据是什么？
8. 什么叫“速剪艺术”？它的特点是什么？

本章参考阅读书目

1. 〔英〕欧纳斯特·林格伦：《论电影艺术》中的第六节“音响论”。
2. 〔匈〕贝拉·巴拉兹：《电影的原理》，见北京电影学院编译《国外电影参考资料》“电影声音专辑之二”。
3. 〔苏〕库卡尔金：《卓别林评传》。
4. 〔匈〕贝拉·巴拉兹：《电影美学》中的“十六、声音”。
5. 〔苏〕普多夫金：《论电影的编剧、导演和演员》中的“有声电影的一个原则——音画分立”。

第三章 影视剧本是时间和空间的结合

第一节 影视是时、空结合的艺术

影视是时、空结合的艺术，它既具有时间艺术的特点，又具有空间艺术的特点。

德国文艺批评家莱辛在他所写的著名的古典美学著作《拉奥孔》一书中，把艺术分成两大类："诗"与"画"。他说：

> 绘画运用在空间中的形状和颜色。
>
> 诗运用在时间中明确发出的声音。

可见，绘画属于空间艺术，而诗属于时间艺术。

接着他又说：

> 绘画描绘物体，通过物体，以暗示的方式，去描绘运动。
>
> 诗描绘运动，通过运动，以暗示的方式，去描绘物体。

这说明，绘画是在空间中展开的艺术，画家往往是抓取生活中的瞬间，将空间场面的全貌表现出来，至于这个空间形象的时间流程，它无法表现，需要观众自己去想象和补充。

正是由于绘画的长处在于它有具象，而它的弱点在于它只能表现运动中的一瞬间，而不能表现出运动的全过程。为了弥补这一不足，画家往往采取一种表现方法，也就是莱辛提出的"绘画要选择最富于孕育性的那一顷刻"。他说：

> 既然在永远变化的自然中，艺术家只能选用某一顷刻，特别是画家还只能从某一角度来运用这一顷刻；既然艺术家的作品之所以被创造出来，并不是让人一看了事，还要让人玩索，而且长期地反复玩索；

那么,我们就可以有把握地说,选择上述某一顷刻以及观察它的某一角度,就要看它能否产生最大效果了。最能产生效果的只能是可以让想象自由活动的那一顷刻了。我们愈看下去,就一定在它里面愈能想出更多的东西来。我们在它里面愈能想出更多的东西来,也就一定愈相信自己看到了这些东西。在一种激情的整个过程里,最不能显示出这种好处的莫过于它的顶点。到了顶点就到了止境,眼睛就不能朝更远的地方去看,想象就被捆住了翅膀,因为想象跳不出感官印象,就只能在这个印象下面设想一些较软弱的形象,对于这些形象,表情已达到了看得见的极限,这就给想象划了界限,使它不能向上超越一步。①

莱辛所说的"绘画要选择最富于孕育性的那一顷刻",实际上是指运动发展到顶点前的那一顷刻(请注意,不是"顶点",因为一到顶点,正如莱辛所说,"就到了止境")。举个例子来说明一下,比如,如果我们要表现赌博的全过程,那么势必要从赌徒们下赌注写起,然后是庄家从碗里拿起骰子,朝碗里扔去,骰子在碗中旋转。此时赌徒们个个伸长脖子,聚神凝气,注视着碗里的骰子,等候它停下来。终于骰子停住了,于是,有些赌徒欢呼雀跃,他们赢了;而有些赌徒垂头丧气,因为他们输了。有一个画家画了一幅名叫"赌"的画,他从整个赌博过程中撷取了"最富有孕育性的那一顷刻",或者叫做"顶点前的顷刻",他画的是:骰子尚未停下,赌徒们专心致志地注视着骰子。观众看了这幅画,展开了想象的翅膀,想出了更多的东西,如赌徒们在这之前是怎样下赌注的,这之后又是怎样的高兴和丧气。正如莱辛在上面这段话中所说,这是"最能产生效果的……可以让想象自由活动的那一顷刻了"。但是,尽管空间艺术可以用这种方法来弥补它的不足,然而它终究是一门不能表现运动过程的艺术。

那么,诗,或者说文学呢?它是一种在时间上展开的艺术。它在叙述故事时,是按照时间的推移,把情节和事件逐点写出,然而在每一个点上的具体形象,则要由读者自己去想象构成。这就是说,读者接受文学形象,要靠语言文字的时间积累。

例如在林海音的小说《城南旧事》里,描写秀贞家的墙上贴着一幅杨柳青年画。作家写道:"那画的是一个白胖大娃娃,没有穿衣服,手里捧着大元宝,骑在一条大大的红鱼上……"作者对这幅年画是逐点写出来的,先写有一个"白胖大

① 汪流主编:《艺术特征论》,文化艺术出版社1984年版,第56、第59、第53页。

娃娃”，然后写他“没有穿衣服”，又写他“手里捧着大元宝”，最后写他“骑在一条大大的红鱼上”。而读者要获得完整的形象则需要“按照时间的推移”，随着阅读的每一个字，脑海中先出现局部的形象，在读完整段文字之后，才能获得年画的整体形象。而且，最终形象的获得，还要靠读者自己的想象去构成。一百个读者脑海中浮现出的年画，可能会有一百个不同的具体模样。这一方面说明，读者接受文学形象，要靠语言文字的时间积累；另一方面也说明，诗，或者文学，是在时间中展开的艺术，它的长处在于能表现事物运动的过程，而它的弱点在于它缺乏具象，它只是以形象性的语言做桥梁，具象的形成最后还要靠读者自己去完成。所以，有人把文学称为间接的、二度体验的艺术。

影视则对时间艺术（文学）和空间艺术（绘画）的长处兼而有之。影视以镜头画面去构成银幕形象，直接作用于观众的视觉，具有视觉形象的确定性；同时，影视又以运动的画面去表现事件的过程，按照时间的推移，把情节和事件逐渐展示出来。比如，我们上面所举的例子，表现赌徒赌博，影视可以用若干个镜头，拍摄赌徒们如何下赌注，庄家如何掷骰子，赌徒们怎么专注地注视着旋转的骰子，以及有的赌徒高兴，有的赌徒丧气……把这些镜头组接起来，不仅与客观世界的成像一致，而且完整地表达了事件的全过程。

总之，影视将文学从时间的发展中去描写生活的能力和绘画从空间去展现生活的能力结合起来，成为一门时空结合的艺术。在银幕上，我们不但可以通过画面表现出具体可见的场面，而且通过画面的运动可以表现出情节发展的时间流程。这样，影视艺术家就不仅可以依靠时空的元素，让人物活动在时间的进程之中，通过情节的发展去刻画人物；他还可以依靠造型的表现力，把情节线上的每一个空间画面具体地展现在观众的眼前。这样，影视在获得了双重的艺术手段之后，就成为具有最大表现可能性的艺术品种。

第二节　影视的新时空

影视可以和客观世界的成像一致，是时间和空间的结合体。然而，影视中出现的时空又并非是现实时空的照录。或者说，影视的时空不等于现实时空。我们往往把影视中的时空叫做影视的新时空。

如果拿影视中出现的时空去和现实时空做比较，可以发现，影视时空不是把现实时空压缩了，就是把现实时空拉长了。

先说说压缩。比如,影视要表现一个人从北京驾车去天津,就没有必要在银幕上也用两个半小时(过去)或一个小时(现在有了高速公路)的时间去描绘他的全部旅程。影视艺术家只消用不到一分钟的时间,就能表现出他从北京至天津的这一过程。如,第一个镜头是这个人开动汽车,背景是天安门,然后是两三个从车窗望出去一闪而过的镜头,表现出旅途中经过的几个城镇,最后一个镜头是他停车在天津劝业场的门口。这种压缩的手法在影视中是经常被运用的,运用的就是"省略原则"。可见,现实时间在影视剧中往往被压缩和集中。所以,在银幕上表现一个事件的时间往往要短于这一事件在现实生活中的实际时间。如果一部影视剧描绘运动的事件都和现实时间等同,那么这部影片看起来是会相当冗长和沉闷的。所以,时间的压缩,意味着艺术的取舍原则,并且扩大了影视剧的表现容量。

现实时间在影视剧中有时被拉长或延伸,但这在影视剧中不是经常被运用的,只有当需要突出、夸张、强调、渲染某一事物或某一种思绪时才被运用。延长时间的手法又有两种:一是高速摄影,一是多方位、多视点、多景别地拍摄同一事物,再加以剪辑。高速摄影,又可以叫做"时间的特写",因为它放大了时间,能捕捉到时间的每一瞬间,起到突出和加强的作用。例如在美国影片《谢尔特·乌克》中,当女主人公得知自己受到核辐射的伤害而致癌时,与她的情人告别。离开时,影片用高速摄影拍摄她的小车缓缓启动,慢慢开走。渲染了这对情人难以割舍的生离死别的思绪,使观众对女主人公的遭遇感受更深。

延长时间的另一种手法是多方位、多视点、多景别地拍摄同一事物,然后加以剪辑,也可以把现实时间延伸拉长。最突出的例子便是苏联电影艺术大师爱森斯坦拍摄的影片《战舰波将金号》中的一个段落"敖德萨阶梯"。

(1)(字幕)0·33 "突然!"

(2)(特写)2·00 兵士的脚从阶梯上一步步地走下来。

(3)(特写)0·29 端起枪齐射。

(4)(特写)0·39 一个妇女仆倒。

(5)(中景)2·10 断腿的人和其他的人们从阶梯上跑下来,画面被一个妇女的伞遮住。

(6)(中景)2·19 断腿的人从阶梯上一跳一跳地走下来。人们逃命。

(7)(中景)1·38 纪念像。军队走过。

(8)(中景)1·07 阶梯。人们逃命。

(9)(全景)2・41　人们争先恐后地从阶梯上跑下来。
(10)(特写)1・10　男人的脚。(膝部弯下来)
(11)(中景)0・10　一个男人。
(12)(特写)0・23　一个男人倒下。
(13)(特写)0・09　两脚朝天。
(14)(中景)1・00　一个男人倒下。一个男孩子坐在地上。
(15)(全景)3・15　阶梯的一角。人们慌张逃命。
(16)(中景)0・10　一个小孩坐在死者的尸体旁边,两只手抱住头。
(17)(全景)1・11　阶梯的一角。人们乱作一团,拼命逃走。
(18)(中景)1・13　军队走过。
(19)(全景)1・13　阶梯的一角。人们乱作一团拼命逃走。
(20)(中景)1・24　军队走过。阶梯上许多尸体。
(21)(全景)1・42　从树木中间看到人们在逃命。
(22)(特写)0・30　一个男人和一个女人躲在石头后边。
(23)(中景)1・04　老人、中学生、妇女。
(24)(中景)1・01　士兵站在那里。
(25)(特写)0・51　一个男人和一个老太婆倒在石头旁边。
(26)(全景)0・36　阶梯的一角。慌慌张张跑着的人群。
(27)(特写)0・36　一只脚从老人身上跨过去。
(28)(全景)1・14　阶梯的一角。倒在地上的尸体。人们慌慌张张跑着。
(29)(全景)2・09　阶梯的一部分。母子从阶梯上跑下来,人们乱作一团。
(30)(中景)0・35　军队开枪。……
(31)(中景)1・24　倒在婴儿车车轮下的妇女。
(32)(特写)0・24　婴儿车的车轮。
(33)(全景)0・17　阶梯上的混乱情况。(军队从上边走下来)
(34)(全景)0・46　阶梯口。人们慌乱地奔跑着。
(35)(中景)0・30　一个老人在死人身旁。栅栏外的混乱情景。
(36)(中景)0・17　倒在地上的妇女。头撞在婴儿车上。
(37)(特写)0・25　躺在车里的婴儿。(婴儿车滚动)
(38)(特写)0・19　婴儿车的车轮旋转。妇女倒下去。
(39)(特写)0・10　婴儿车的车轮旋转着。

(40)(特写)0 • 14　发狂的老太婆。
(41)(中景)1 • 13　婴儿车从阶梯上滚下来。
(42)(全景)0 • 44　阶梯的一部分。婴儿车从尸体旁滚过。
(43)(全景)1 • 48　婴儿车在滚动。
(44)(全景)1 • 04　阶梯口一片混乱。
(45)(特写)0 • 27　死去的妇女。
(46)(中景)0 • 23　里面躺着孩子的婴儿车从阶梯上滚下来。
(47)(特写)0 • 30　戴眼镜的老太婆。
(48)(中景)1 • 19　婴儿车急速地滚下来。
(49)(特写)0 • 20　戴眼镜的男子。
(50)(中景)0 • 36　躺在车里的婴儿。
(51)(中景)0 • 44　栅栏旁边。在死人身旁的一个老人。
(52)(特写)0 • 32　戴眼镜的男人。
(53)(中景)0 • 39　婴儿车在滚动。
(54)(特写)0 • 37　躺在车里的婴儿。
(55)(中景)0 • 32　婴儿车在滚动。
(56)(特写)0 • 15　躺在车里的婴儿。
(57)(特写)0 • 32　两个士兵向倒下的人群乱开枪。
(58)(特写)0 • 08　戴眼镜的男人。
(59)(中景)0 • 14　孩子躺在里面的婴儿车在滚动。
(60)(特写)0 • 40　船舷的一部分。
(61)(字幕)2 • 42　“这时,战舰向岸上的军警开炮,作为对他们暴行的回答。”
(62)(特写)0 • 18　战舰的一部分。炮口。
(63)(特写)0 • 35　建筑物的屋顶上一排排神像。
(64)(字幕)1 • 07　“袭击刽子手的巢穴”。
(65)(特写)1 • 07　战舰的一部分。开炮。
(66)(特写)0 • 12　屋顶上的女神像。
(67)(特写)0 • 10　屋顶上的女神像。
(68)(特写)0 • 06　屋顶上的女神像。
(69)(特写)0 • 32　大门被击中。

(70)(特写)0•09　门被浓烟掩盖。

(71)(中景)0•41　门楼塌下来。

(72)(特写)0•15　睡狮。

(73)(特写)0•20　张开大嘴的狮子。

(74)(中景)0•21　前足站着的狮子。

(75)(特写)0•11　烟雾。

(76)(中景)0•22　浓烟笼罩着整个建筑物。

(77)(中景)0•32　门楼塌下来。

(78)(中景)0•40　浓烟中的建筑物。①

这场戏包含四个部分：

一、反动军队突然屠杀人民，群众逃跑；

二、母亲和儿子；

三、婴儿车沿台阶滑下，高速摄影和快速剪接把剧情推到高潮；

四、舰队开炮还击，三个石狮的不同形象，从睡狮到怒吼。

这四个部分，也只有两三组镜头，不算长。但是，爱森斯坦将不同方位、不同视点、不同景别拍摄的镜头反复组接，延长了屠杀的时间，使得它比实际时间要长得多；同时也扩大了空间，敖德萨阶梯显得又高又长，似乎总也走不完似的。而这种时间和空间的变形，又是为了突出、夸张、强调和渲染反动军队的残暴，对情绪的积累和推进起着巨大的艺术感染作用。

当生活中的时间在银幕上被延长和扩展的时候，观众是能够接受和理解的，这是因为影片延长一个动作的时间，意味着电影艺术家要加强这个动作的意义，使之成为最紧张和最重要的时刻。下面我们再以“敖德萨阶梯”中的另一个屠杀的场景为例，它被誉为在延长时间的电影手法上“达到最充分最完善的程度”。

在拥挤的人群中，男孩被挤脱了母亲的手，跌倒在石阶上。

(全景)母亲不由自主地仍然向前奔跑。

(特写)小男孩用肘支撑着满脸鲜血的头，紧闭两眼，诉苦地喊出：“妈妈！”

---

① 〔苏〕爱森斯坦：《战舰波将金号》，中国电影出版社1958年版，第124页。

(全景)奔跑着的母亲立刻回转身来……

……看到……

……自己的儿子,他满脸鲜血的头无力地倒在石阶上。

……母亲惊恐地叫了起来。

奔跑中的男女们的脚在小男孩身上跨过。

(大特写)母亲失魂落魄的眼睛紧盯着。

……人群。

在奔跑中跨过她的

(特写)……儿子。

人群沿着阶梯奔跑。

(特写)……踢开,

(特写)……并踩踏男孩的尸体。

从孩子跌倒一直到他被人群踩死,在现实生活里,是在短暂的时间内发生的事情,然而,由于爱森斯坦运用了"同时原则",把一个短暂的动作分解成一些尺数很短的镜头组合起来,产生出延长实际时间的效果,造成了无与伦比的激情描写。爱森斯坦正是通过这种分解和组合,不仅充分地反映了现实中沙皇政府对人民残酷镇压的事实,而且,以惊人的准确性表现了痛苦、怜悯、庄严……的感情变化。

又如在另一部苏联影片《晴朗的天空》里,导演丘赫莱依也有一段拍摄得十分出色的延长实际时间的戏。一列载满士兵的火车路过家乡的小站,亲人们到车站上来想和士兵见一面。可是列车没有停下来。丘赫莱依从不同方位拍摄行进中的火车,又以不同的视点——一会儿是火车上士兵的视点,一会儿是车站上亲人们的视点,运用不同的景别去拍摄人们的表情,然后组接在一起,延长了火车驶过站台的实际时间,渲染、强调了渴望相见而未能见面的思念之情。

可见,虽然观众知道现实中的时间是固定的,是不可改变的,然而,观众却又能理解并要求按照我们的心情和愿望在影片中改变时间,使它更快或更慢地移动。

我的有些学生,在他们所写的电影作业中,动不动就用高速摄影,或通过镜头的反复组接来扩展时、空,这是没有必要的。正如我在上面所强调过的,只有当需要渲染某种情绪,或突出某一事物时才去运用,这样做才是为内容服务的。

那么,有没有这样的影片,它的故事时间和放映时间是等同的呢?有一部美国西部影片，叫《正午》，它追求故事时间和放映时间的同步，它采用戏剧的“三一律”，把发生在上午 10 点到 12 点的故事，拍摄成为放映时间差不多也是两个小时的影片。(资料告诉我们:“《正午》的整个故事发生在两个小时里，而影片以一百一十五分钟结束。”)这一方面说明，电影具有表现实际时间的能力，也就是说，电影具有和实际生活时间同步的能力。这是因为，电影每秒钟 24 个画格的连续运动，是和实际时间同步的。因此，只要你连续拍摄，或不用快拍、慢拍和定格，就能使放映时间和实际时间等同。但是，强求电影时间和生活时间等同是没有什么意义的，因为电影中的时间似乎总是随着人物的心理，或表现内容的需要，不是被缩短，就是被拉长。因此，它总是需要破坏生活时空的连续性，运用蒙太奇的穿插，去延长或缩短实际时间。所以，另一方面我们也必须懂得，只要你破坏时空的连续，使用了镜头的穿插，就会延长或缩短实际时间，造成电影时间和现实时间的不同步。关于这一点，苏联著名电影导演罗姆说过:“任何蒙太奇的穿插都将破坏实际占用时间的连续性，从而不可避免地使时间缩短或拉长。”所以，虽然影片《正午》力求与现实时间同步，最终还是未能完全做到。放映时间差不多也是两个小时。

第三节　怎样造成影视的新时空

造成电影时空的手法是多种多样的。如:第一，光影的变化。一个人伏案工作，第一个镜头，阳光照在他工作室的西墙上，第二个镜头，阳光照在他工作室的东墙上。这就意味着他工作了一个白天。第二，季节的变化。在美国影片《魂断蓝桥》中，芭蕾舞女演员为生活所迫，沦为妓女，为了表现她在凄风苦雨中挣扎了整整一年，影片把春雨、秋雾、冬雪几个镜头用光学技巧剪接在一起。第三，景色的变化，服饰的更换。在美国经典影片《公民凯恩》中，表现凯恩和他的妻子爱米丽的感情变化，运用同一场景——共进早餐，但六次进早餐的景色有变化，服饰也有更换，从刚结婚时第一次甜蜜地进早餐，一直到最后凯恩手拿自己的《问世报》，而爱米丽则拿着凯恩对手办的报纸遮住自己的脸，表现了九年中凯恩夫妇关系的变化。换句话说，影片把九年时间压缩为六组镜头，而放映时间只有短短的两分钟。第四，用更迭地名的方式来表现时间。如在美国影片《一曲难忘》中，写波兰著名钢琴大师肖邦在离开小说家乔治·桑之后，为了反对沙皇的统治，拖着病体去作环球演出，这时我们看到的画面是肖邦弹奏歌颂祖国的《波兰舞曲》，穿插进来的镜头是不断更迭地名的招贴宣传广告，以表现他历时数月、行程10万里的演出……

我们不可能在这里一一列举各种手法，而且这也容易挂一漏万，可是，我们从前面所列的一些手法中，却可以归纳出一点来，即影片中的时间离不开空间。同样，影片中的空间也离不开时间。第一个例子，表现一个人伏案工作了一个白天，是由两个空间镜头表述出来的；第二个例子，玛拉沦落了一年，是通过四季变化的空间镜头得到表现的；同样，凯恩夫妇九年中的关系变化，也是通过六组空间镜头来表现的……试想一下，我们在前面提到过的"从北京到天津"的压缩时间的例子，或是《战舰波将金号》和《晴朗的天空》中反复组接后延长时间的例子，哪一个又离得开空间的变化？

这说明，在电影里，时间的体现离不开空间。不仅如此，就连表现时间的长短，也离不开空间的变化。比如说，我们写一个干部去上班，第一个镜头是他拿起公文包离开家，第三个镜头是他拿着公文包回到家里，中间插入一个他在办公室里工作的镜头，便产生出他从离家去办公到回家的这段时间。但如果我们把中间那个镜头改动一下，插入一个他在美国纽约一家大公司里谈话的镜头，那么在观众心理上所产生的时间感觉就要长得多了。再如，我们上面所举的例子，伏案工作了一个白天无疑也是和空间变化分不开的，这是由于两个光影不同的空间产生的，而如果把第二个镜头改成这个人在台灯下伏案工作，窗外一片漆黑，那么，他工作的时间已不是一个白天，而是从早晨一直延续到夜里了。

反过来说，影片中的空间表现也离不开时间。正是由于要表现出一个干部离家去办公到回家这一长度的时间，所以才会出现他在办公室里工作的空间；同样，为了表现出他离家去纽约又回到家里这段时间，所以才会出现他在纽约与人谈话的镜头。所以，电影中的时间和空间是交织在一起的，它们相互依存，彼此渗透。它们的关系可以用两句话来概括，这就是：时间随着空间的变化而流动，空间随着时间的延续而变化。这也就是所谓的时间艺术空间化，空间艺术时间化。

可见，电影剧作者一时一刻也离不开对时间和空间的把握，也就是说，电影剧作者必须具备电影的时空结构意识。如果离开了对时间和空间的把握，电影剧作者也就无法去结构他的剧本。电影剧作者必须具备以具有直观性的视觉画面去表现具有时间特征的故事的能力。所以美国电影理论家布鲁斯东说："电影处在不断的运动中，使它有可能模仿时间的流动。"这也就是说，电影剧作者应善于用运动的画面去表现出时间的流动。

因此，电影剧作者无论是处理一场戏、一段戏，或者在构思整个剧本的过程中，都要运用时空的结构意识。

比如，为了造成上下两个场面之间有一定的时间距离，通常的做法是，在这两个场面之间插入一个"以另外地点为背景"的场面。当我们再看到原来的地点时，就会觉得已经过了一段时间了。举例来说：两个人在办公室里谈话，为了省略掉谈话内容，并为了造成一定的时间距离，我们可以在两个谈话的场面之间，插入一个女秘书在侧屋倒茶，然后端茶进来的镜头。

这种最普通的造成"时间距离"的手法，在剧作中，经常被运用在两条故事线索的平行发展中，交叉出现，既可以省略掉这两条故事线索中的带过程性的东西，又可以造成时间感。举例来说，美国影片《克莱默夫妇》的开端部分是这样写的：

……乔安娜走出孩子的房间。她脸色恼怒，粗暴地从壁橱里取出旅行用的皮箱来。

同一个时刻，在美国广告业中心的纽约麦迪逊街的办公室里。才华横溢的广告员泰德·克莱默正和上司奥克纳谈笑着："我刚当上美术主任助理的时候，去买一件英国制的呢大衣，想不到紧张得冒汗，连手都发抖啦……"奥克纳一手拿着酒杯，倾听着泰德说的这些话，显出非常理解的样子。

工作完毕的男职员们——在回家途中，奥克纳向泰德透露了给他升级的消息：大西洋中部沿岸地区的业务，就由你一个人负责吧——

乔安娜继续整理行装。她从柜子里胡乱拉了一些衣服塞进箱子里……随手拉上了拉链。于是她在沙发里坐下，点燃了一支纸烟来排遣焦躁的心情，等候着丈夫回来——

门铃声。尽管这正是期待的声音，但她还是吃了一惊。门打开了，泰德慌慌张张地进来……①

这里有两条平行的故事线索：一条是妻子乔安娜收拾东西，等候丈夫回来，在向他交代后要离家出走；另一条是丈夫泰德在广告公司里和上司聊天，上司

① 电影剧本《克莱默夫妇》，《外国电影丛刊》第1辑，中国电影出版社1980年版，第2—3页。

向他透露将被升级。这两条平行的故事线索在剧本中交叉出现,省略掉这两条故事线中带过程性的东西,如乔安娜是怎么收拾东西的,泰德在离开上司后是怎么走回家的。同时,又可以造成时间感,即从乔安娜收拾东西一直到她等候丈夫回来的这段时间,以及从泰德和上司聊天一直到走回家里的这段时间。

下面我们再以美国影片《为戴茜小姐开车》的开端段落来说明影片是怎样用空间画面去表现时间的。

这个开端段落的时间是从戴茜小姐出门开始,一直到车子出事后,人们用吊车将滑入坡下的汽车吊出为止。

由于时间是看不见的、触摸不到的,但空间是可以感觉到的,因此,影片是以空间的更迭和物体的变化来表现这段时间的。我们从影片中可以看到,它通过以下 11 个空间画面的更迭和连接表现了这段时间:

1. 戴茜小姐对镜戴上草帽,走下楼梯。她告诉黑人女管家艾德拉:"我要上市场。"
2. 戴茜小姐从楼房里走出来,进入院子,又走向停车库。
3. 戴茜小姐打开车门,坐进崭新的小轿车内,插入车钥匙,发动车后,转头看车后,开始倒车。
4. 车缓缓从车库中倒出,戴茜小姐想刹车,但错踩了油门,车滑向车库前的斜坡。
5. 车窗内戴茜小姐惊恐的脸。
6. 楼房的窗户内女管家艾德拉观看的脸。
7. 戴茜小姐从车里走出来,车子失去重心,下滑。戴茜小姐举起双手,感到失望。
8. 一群孩子兴致勃勃地在观看着什么,其中的一个女孩说:"散了。"画外是隆隆的吊车启动声。镜头摇过来,原来孩子们正在观看大吊车吊起滑落在坡下的小轿车。
9. 大人们也在围观,他们不仅看,还在议论着戴茜小姐。这时,有人送来饮料,足见他们观看已有一段时间了。
10. 镜头摇至吊车附近,戴茜小姐的儿子布利正和一个人说话,并摇头。看来,布利对自己母亲的这一事故,显得有些无可奈何。
11. 楼房内,玻璃窗的后面,戴茜小姐正在偷偷地看着这一切。

正如苏联的查里希扬说:“时间仿佛是以一种潜在的形态存在于一切空间展开的结构之中。”①

一场戏或一段戏是如此,就整部影片的结构而言,电影剧作者同样离不开对时间和空间的把握。换句话说,影片的结构形式和电影的时空变化有着密切的关系。

电影因时空结构的变化而造成的不同电影样式,基本上可以分成两大类,这就是“时空顺序式结构”和“时空交错式结构”。

所谓“时空顺序式结构”,就是按照故事发生、发展的时间顺序向前推进的一种结构样式。属于这种结构样式的影片主要有两种。一种叫“戏剧式结构”的影片。这种影片按照冲突的发生、发展和解决来完成。因此,它也往往要按照现实生活中冲突发生、发展的时间顺序去进行结构。这类影片很多,如《祝福》、《林家铺子》、《从奴隶到将军》等都是。有些散文电影也属于时空顺序式结构,因为这些影片注重于如实地反映出生活的原来形态和生活的流程,在时空上也是顺序式的,如我国影片《城南旧事》、《红衣少女》,日本影片《远山的呼唤》,美国影片《金色池塘》,英国影片《十字小溪》等。

所谓“时空交错式结构”的影片,是把故事的现在、过去和未来相互穿插起来结构成的一种影片,它往往是为了深入刻画人物的心理活动。比如,中国影片《天云山传奇》,其中大部分篇幅是以主人公宋薇的回忆来表现的。因此,整部影片由宋薇要为罗群改正错案的现实动作和宋薇回忆 20 多年前与罗群相处的那段生活,一纵一横地交织起来,形成了时空交错式结构的形式。它把历史和现实对照起来,展现在宋薇面前,促使她解剖自己,从而使宋薇的精神世界得到了充分的展示。同样,在法国影片《广岛之恋》里,其中大部分篇幅是以女主人公法国女演员的回忆来表现的。因此,整部影片由法国女演员向日本建筑师诉说她过去的遭遇的现实动作,和法国女演员回忆 14 年前与一名德国士兵相爱,并因此遭到亲人的辱骂,被剃光了头、关在地下室里的那段生活,一纵一横地交织起来,形成了时空交错式结构的形式。它把历史和现实对照起来,展现在法国女演员面前,促使她解剖自己,从而使法国女演员的精神世界得到了充分的展示。

总之,电影剧作者无论是处理一个细节、一场戏、一段戏,甚至是整个剧本,

---

① 〔苏〕查里希扬:《银幕的造型世界》,中国电影出版社 1983 年版,第 27 页。

一时一刻也离不开对时间和空间的把握。因此,我们特别强调,写电影剧本的人,必须具备电影的时空结构意识。

第四节 电影时间的三个含义

马赛尔·马尔丹说:"在贝拉·巴拉兹看来,电影给时间带来了三个含义,首先是放映时间(影片的延续时间),其次是剧情的展示时间(影片故事的叙述时间)和观看时间(观众本能地产生的印象的延续时间,这种印象是武断的、主观的,这里也包括观众印象所产生的消极结果和厌烦感,也就是说,由于一种长得难以忍受的长度而产生的冗长感)。"①

足见,电影时间包含三个含义:

第一,放映时间。一般为100分钟到120分钟。

第二,表现时间,即影片故事的时间长度。如中国影片《陈毅市长》的故事时间长度为一年,从陈毅接管上海一直写到庆祝中华人民共和国成立一周年。而苏联影片《莫斯科不相信眼泪》的故事时间长度约为十多年。从女主人公卡捷琳娜受骗怀孕后生下孩子,自强不息,一直写到她成为苏联一家化工厂的经理和莫斯科的市委委员。法国影片《老枪》表现的则是男主人公于连在一天一夜里的复仇行动。而在另一部美国影片《教父》里,我们不仅看到男主人公柯尔良的一生,而且看到他的儿子也逐渐长大,上了年纪。在一些时空交错式结构的影片里,往往有两个时间,一是现实时间,一是回忆或梦幻的时间。如在中国影片《天云山传奇》中,现实时间是1978年,也就是女主人公宋薇为改正罗群的错案而努力的那段时间;而穿插进来的她的回忆部分,则要从1957年开始,即她和罗群在天云山相识、相爱,然后出于政治上的虚荣心,她又和罗群"划清界限"等等,前后长达21年。又如在法国影片《广岛之恋》中,也有两个时间。现实时间只有一天,即法国女演员和日本建筑师的邂逅,而回忆部分则是在1943年,即第二次世界大战期间,法国女演员因和一名德国士兵相爱而遭到亲人的辱骂,被剃了光头、关在地下室里等等。

第三,观众的心理感受时间。心理感受时间在不同层次的观众中,其时间的长度是不等的。举一个最简单的例子,比如我们只用三个镜头去表现一个人

---

① 〔法〕马赛尔·马尔丹:《电影语言》,中国电影出版社1980年版,第187—188页。

在高速公路上驾车从北京到天津。如果这名观众从来没有到过北京或天津，那么他就无从判断这个人跑了多长的距离，最多他也只能凭人家告诉他的经验，约莫知道这有多长。而另一名观众，曾经在过去的老公路上从北京跑过天津，那么他的心理感受时间约为两个多小时。而如果还有一名观众知道现在在高速公路上跑这段距离只需要一个多小时，那么他的心理感受时间就接近于影片所要表述的时间了。

对于电影剧作家来说，放映的时间是要遵守的，必须让自己所写的剧本，在拍成影片后，控制在100分钟到120分钟左右的放映时间内。剧情展示的时间，对剧作者来说是相对自由的，可以根据剧情的需要或长或短。而对剧作家来说，最为重要的应是观众的心理感受时间。为什么一部不太长的影片却使观众感到拖沓和冗长，而一部并不短的影片反倒给人以时间短暂的感觉呢？无疑，这除了和观众的个人感受有关外，也和影片的艺术感染力有着密切的关系。

有一部影片，可以很好地说明时间的三个概念。这就是根据美国小说家埃姆布洛斯・比尔斯的小说《猫头鹰桥上的事件》改编的，获得1963年第36届奥斯卡短片奖的同名法国影片。这部影片的开始，是一个人被敌人抓住后执行绞刑前的情况，他悬空站在桥上的一块木板上，桥下是河水。他的脖子被套上绞索，并被反绑住手和脚。此时，他闭上眼睛，眼前出现了自己的妻子和孩子，但他被执行绞刑的喊声惊醒，他感觉到死在临头，十分痛苦，重新闭上眼睛，并流下了眼泪。他似乎感到执行开始，但绞架上的绳索断了，他掉入河中，不断下沉。在水中，他挣脱手上的绳索，解开套在脖子上的套绳，又解掉绑在脚上的布条，脱掉沉重的靴子，奋力往水面上游去，终于他露出水面，听到优美的歌声，看到生机盎然的自然景物。此时，桥上的敌人发现了他，向他射击。于是，他努力向远处游去，并潜入水中。接着，他随波逐流，漂流到一处岸边。他为获得新生而高兴，但追击他的枪声又起，他拔腿飞奔。忽然，他发现自己跑回到家，妻子出来迎接他。正当他要与妻子温存拥抱时，他的耳边传来了执行绞刑的口号声，他被悬空吊死在桥上。原来，刚才发生的一幕幕都是他被执行前的幻觉。

这个例子说明：故事时间虽然只有"上吊处死"的一瞬间，但创作者却将它扩充成一部放映时间长达30分钟的影片，而且，造成了甚至更长的观众心理感受时间。但它却并不让观众感到冗长，这是因为它始终让观众沉醉在艺术的享受之中。无疑，这和影片的精美的画面和声音的绝妙处理有着极为密切的关系。

第五节 电影时空观念的变化

关于电影时空观念的演变，大致可以分成四个阶段，即：记录性电影时空，舞台式电影时空，电影的新时空，以及心理时空。下面分别叙述一下。

1. 卢米埃尔——记录性电影时空阶段

在电影的幼年时期，拍摄影片时还不懂得挪动机位，变换景别，只是如实地记录一段现实生活场面和事件的全貌，因此映现在银幕上的这段生活，在时间和空间上未加任何删节和选择，和现实中的时空相同。如法国的卢米埃尔兄弟拍摄的早期影片《婴儿喝汤》、《火车进站》等，是电影对生活最简单的模仿，属于记录性的电影时空影片。

2. 梅里爱——舞台式的电影时空阶段

继记录性电影时空阶段之后，法国电影艺术家梅里爱，在一个偶然的机会里，发现和创造了"停机再拍"的省略原则。关于梅里爱的这个"偶然机会"，法国电影史学家萨杜尔，在他所著的《世界电影史》中曾有记载："他（梅里爱）对于特技摄影的运用，是在偶然的情况下领会到的。某次他在放映从巴黎歌剧院广场摄来的影片时，发现一辆行驶于马德兰—巴斯底间的公共马车忽然变成了运灵柩的马车，他感到非常奇怪。但稍经思索之后，他就找到了发生这种变化的原因：原来在摄影时胶卷被挂住了，而摄影机仍在继续运动。当然巴黎的交通是不会因为摄影机顷刻之间的故障而停止的，就在胶片挂住这样短短的刹那间，运灵柩的马车恰好来到了公共马车的地方。这件事对梅里爱来说，实在和'牛顿的苹果'一样，使他由舞台的专家一变而成为银幕上的特技专家了。"[①]梅里爱发现"停机再拍"的省略原则之后，他用一个镜头拍摄剧情中的一段戏，于是，这段戏就类似舞台剧中的一幕或一场。至于在这段戏里，由于镜头是固定不变的，连续的，因而时空也没有得到根本改变。然而，毕竟在段与段之间由于出现停顿和再接，产生了时空的转换，改变了现实时空的原貌。这和舞台剧换幕所造成的时空处理非常相似，虽然在同一场戏内，戏剧时空和现实时空是同步的，然而，通过换场，上一场与下一场之间可以相隔数小时、数天、数月或数

① 〔法〕萨杜尔：《世界电影史》，中国电影出版社 1982 年版，第 25—26 页。

年。总之，这一时期的影片，还不能说已经形成了电影的时空，只能说是局部地改变了现实时空。但毕竟比起"记录性的电影时空"来，已进了一步。所以被称之为"舞台式的电影时空"。

3. 格里菲斯——电影的新时空阶段

再后，美国电影艺术大师格里菲斯从梅里爱的"停机再拍"的省略原则中得到启示，他把每段戏中的事件和动作再加以分解，并在布景前换取不同的方位拍摄，或运用不同景别的镜头，以造成空间运动超出舞台范围的印象。他们还选用外景，让叙事范围明显地越出舞台的有限空间，以省略掉原来的事件和动作中的部分环节，形成电影自由处理时空的转换原则。到这时候，电影开始摆脱早期的"记录性时空"和后来的"舞台式时空"，出现了一个飞跃，形成了自己独特的电影语言。

4. 伯格曼——心理时空阶段

传统电影大都是按照顺时空的方式着重表现人物的外部动作。到了20世纪50年代，瑞典的电影艺术大师伯格曼在影片《野草莓》（又名《杨梅树下话当年》）里，运用时空交错的方式着意表现人物的内在心理，他把现实与梦幻并列起来加以表现，创造了电影的心理时空。由于这部影片开拓了电影的语言，改变了电影的时空结构，震动了世界影坛，并引起了电影研究家的注意，被称为"梦的电影"。

这部影片几乎没有什么情节，其全部内容是表现一位76岁的退休老教授埃萨克在开车去接受荣誉学位的那一天，从早到晚的所见所闻，以及由这些见闻所引起的对往事的追忆和思考。这就构成了这部影片把现实时空和梦幻时空交织在一起，并巧妙地利用"梦"的部分表现出老教授的内心世界："在我的暮年，我发现我相当孤独。""梦"在这里，不仅成为影片的结构原则，成为影片思想的主要源泉，同时也成为抒发感情，表现意识，渲染情绪，创造意境的有力手段。

从此之后，西方出现了一大批比较成熟的反映人物内心世界和意识活动的心理时空影片，如意大利导演费里尼的《八部半》，法国导演阿仑·雷乃的《去年在马里昂巴德》等。我国导演于1978年借鉴了西方意识流电影和新浪潮电影的手法，也相继拍摄出如《小花》、《生活的颤音》、《苦恼人的笑》、《天云山传奇》这样一些心理电影来。

5. 两点结论

从上述的电影时空观念演变的四个阶段中，我们可以得出以下两点结论。

第一，电影从早期的记录性时空发展到电影的新时空，可以说明这样一点：即电影新时空的出现，和事件与动作的分解和再组织，也就是蒙太奇的运用有着直接的关系。换句话说，影片的每一次剪接都会打乱现实时间的进程，现实的时空就会遭到破坏。而电影艺术家正是利用这种"破坏"去省略掉那些过程性的东西，并突出或强调出那些有意义的和具有特征性的东西，使电影的内容变得凝练、深刻和动情，同时也扩大了电影叙事的容量。而且，电影艺术家通过镜头的组接，把省略的部分留给观众自己去思考和补充，这又可以调动起观众的观赏积极性，让他们参与到"再创造"中去，必将给观众带来审美的愉悦。

第二，电影的心理时空，使电影的表现力突破了外部叙事的功能，进入人的精神、情绪、潜意识思维活动的领域。而且，由于心理时间的不确定性，造成时间的延伸和压缩，又可以把人物瞬间的思维活动加以突出、强调和渲染，增强影片抒发感情、表现意识、渲染情绪、烘托气氛、创造意境的种种艺术感染力量、这不能不说是电影语言的又一进步。

思考题

1. 你能证明电影是时间和空间结合的艺术吗？
2. 电影中的时空与现实生活中的时空是否相同？它呈现出哪几种状态？
3. 有没有这样的影片，它的故事时间和放映时间是相等的呢？或者说，电影中的时空和现实时空是同步的呢？
4. 影片怎样造成电影的新时空？
5. 就整部影片而言，因时空结构的变化而造成的电影的不同样式，基本上可以分成哪两大类？
6. 电影时间包括哪三个含义？
7. 电影时空观念的演变，可以分为哪几个阶段？

本章参考阅读书目

1.〔德〕莱辛：《拉奥孔》。参阅汪流主编的《艺术特征论》中"第一部分　绘画·雕塑"里的"莱辛"条目。
2.〔苏〕罗姆：《简论蒙太奇》。
3.〔法〕马赛尔·马尔丹：《电影语言》中的第十三章"时间"。

第四章
蒙太奇思维是影视剧作的构思和形式

我们在前三章中，谈了三个问题。第一个问题是，影视是叙事和造型的结合，主要指出，影视剧要用具有视觉造型性的画面去讲故事；第二个问题是，影视是声音和画面结合的艺术；第三个问题是，影视是时间和空间结合的艺术。同时，我们也已经说过，无论是用具有视觉造型性的画面去讲故事，还是声音和画面的结合，时间和空间的结合，都离不开镜头组接起来的原理，这就是蒙太奇。所以，对电影剧作者来说，必须懂得什么是蒙太奇和什么是蒙太奇思维。电影剧作者正是运用蒙太奇思维把一个电影剧本构筑起来的。

有人认为，蒙太奇是由电影导演去掌握的，电影剧作者可以不管，这种看法是完全不对的。既然蒙太奇是电影的语言，电影的特殊表现手段，那么包括编剧、导演、演员、摄影、剪辑等在内的所有的电影艺术工作者，都应当学会、掌握和运用它。这是因为，在电影里没有一个创作过程是能够分割开、处于完全独立的状态中的。普多夫金说过："蒙太奇是电影艺术家所掌握的最重要的造成效果的方法之一，因而也是编剧所掌握的最重要的造成效果的方法之一。"①

下面让我们简单地回顾一下蒙太奇理论的产生过程。

20 世纪 20 年代初期，苏联的库里肖夫做过一个试验：他把当时著名演员莫兹尤辛的一张无表情的脸分别与一盆汤、一副棺木和一个小女孩组接起来，便可产生出"饥渴"、"悲伤"和"喜悦"的神情。这说明两个镜头的组接，可以产生出一种"新的含义"，这就是著名的"库里肖夫效应"。

其后，他的弟子爱森斯坦也从中国的象形文字中得到启示。如把"口"字和"鸟"字组合起来，就会产生新的含义："鸣"。

① 〔苏〕普多夫金：《论电影的编剧、导演和演员》，中国电影出版社 1980 年版，第 41 页。

到了20世纪20年代中期，"蒙太奇电影理论"在库里肖夫、爱森斯坦、普多夫金等电影艺术大师的努力下诞生。由于他们都是苏联人，所以，也有人把"蒙太奇电影美学学派"叫做"苏联电影美学学派"。

"蒙太奇"(MONTAGE)这个词的原意是安装、组合、构成，是法国建筑学上的一个名词，借用到电影中，指镜头和镜头的组接。

我们知道，电影有它自己的叙述方式，电影艺术家将影片所要表达的内容，拍成许多镜头(一般来说是五六百个镜头)，然后再按照原定的构思，把这些镜头组接起来。这就叫蒙太奇。

比如，我们要表现"汽车轧死人"这样一个不幸事件，可以拍摄六个镜头，并按照以下的顺序把它们剪接起来：

(一)车辆来往行驶的街道：一个背向摄影机穿过街道的行人；一辆汽车驰来把他遮住了。

(二)很短的闪现镜头：司机刹车时一副惊骇的面孔。

(三)同样短的瞬间场面：因惊叫而张大嘴的被轧者的面孔。

(四)从司机的座位俯拍：在转动的车轮旁边的两条腿。

(五)因刹车而向前滑行的车轮。

(六)停止不动的车旁的尸体。①

可见，拍摄影片，首先是要从实际生活(如车祸)中，精选出若干(如六个)主要的片段，然后按照一定的顺序，把它们组接成一个整体，从而表现出所要表达的内容(如汽车轧死人的不幸事件)。

一部电影中的一段戏，也要由几十个镜头来组成。下面我们再以20世纪80年代的美国影片《白鹤》中的一段戏来说明段落蒙太奇的构成。

这段戏，讲述年老的男主人公和少妇狄安娜来到肯尼亚谋生。男主人公生性残忍，当他获知妻子和农场主卡尔瓦尔有恋情时，便要杀害自己的妻子。最终他天良发现，自己撞墙而死。狄安娜则骑着快马，离开了这个留给她痛苦回忆的地方，去找卡尔瓦尔。

影片《白鹤》的这段戏，用了51个镜头，组接成不到4分钟的放映长度。它既表现了影片的内容，还用不同景别、长短不一的镜头表现了情绪、节奏，展示出时空的变幻。

---

① 〔苏〕普多夫金：《论电影的编剧、导演和演员》，中国电影出版社1980年版，第62—63页。

比如，影片一开始就用了几个隐喻镜头：男主人公先用枪射杀白鹤，接着又打死一条小狗，以示他的残忍。

又如，为了表现男主人公的忌恨和狄安娜的恐惧，都用了特写镜头。

再如，男主人公追杀妻子时用了一组短切镜头，加强了节奏感；男主人公撞墙前的思想斗争，则用长镜头，节奏放慢。

影片一开始，地点在廊檐下，以后女主人公逃跑，男主人公追逐到后院，随着镜头的组接，时空不断发生变化。

从以上"汽车轧死人"的一场戏和《白鹤》中的一段戏，我们可以归纳出这样两个道理：

一、电影镜头组接的理论来源于生活中人们对周围事物观察的习惯。人们在生活里观察某一事物，总是要不断变换视点，他们正是通过视点的变化，以及从不同视点上所得的综合印象了解和掌握对象。电影依据人们的这种习惯，产生了远景、中景、近景、大写、特写、俯拍和仰拍，以及包括推、拉、摇、移、升、降在内的各种移动镜头，并将各种镜头组接起来，使观众可以像在现实生活中那样去观察反映在银幕上的生活，产生一种接近于现实生活的逼真感。林格伦说，"蒙太奇作为一种表现周围客观世界的方法，它的基本心理学基础是：蒙太奇重视了我们在环境中随注意力的转移而依次接触视像的内心过程。电影是用画面记录物像和重视运动的，它能使我们看到栩栩如生的景象；它应用了蒙太奇后，就能准确地重现我们通常察看事物时的方式。这说明了为什么现代的电影能如此生动、有趣和逼真，能远胜那些局限于不自然、不真实的舞台方式的初期影片。"①

二、电影镜头的组接过程，意味着电影对生活进行了去粗取精的工作，选取了那些能表现事物实质的有意义的素材，去掉了那些带过程性的无意义的素材。普多夫金就十分主张运用蒙太奇"对素材进行严格选择"。他说："那就是要删去现实中必然带有的、但只能起过场作用的无意义的素材，而只保留那些能表现出戏剧高潮的极富戏剧性的素材。电影创作的基本方法——蒙太奇的重要意义，就在于这种去粗存精的可能性。"②

下面让我们介绍一个有关蒙太奇理论的重要观点。蒙太奇美学理论的奠

---

① 〔英〕欧纳斯特·林格伦：《论电影艺术》，中国电影出版社 1979 年版，第 51 页。

② 〔苏〕普多夫金：《论电影的编剧、导演和演员》，中国电影出版社 1980 年版，第 63—64 页。

基人爱森斯坦说："两个蒙太奇镜头的对列不是二数之和，而更像二数之积……"[①]什么叫做"二数之积"呢？苏联电影艺术家罗姆解释得好："把两个镜头连接起来，有时可以产生这两个镜头本身所没有包含的第三种意义，同样地，把画面和声音配合，也可能产生这种新的意义。可惜现在的剧本往往过分依靠语言，几乎不运用画面，把画面完全留给导演去处理，电影不应滥用语言。"[②]

匈牙利著名电影理论家巴拉兹也曾举例说明过这一道理。他说：一个人走出一间屋子，接着我们看见室内乱七八糟，紧接着是一个特写，表现鲜血正从椅背上滴下来。这三个镜头告诉我们这里刚发生过一场格斗，走出去的那个人打伤了另一个人。无需再看格斗和受伤者，我们完全可以想到这是怎么回事。巴拉兹最后归结说："镜头的组接，能使我们感受到镜头里看不到的东西。"[③]

这告诉我们一个十分重要的道理：电影编剧不仅要善于创造出具有视觉性的画面，还必须善于把画面和画面，或画面和声音相组接，用以产生出"第三种意义"来，并克服"过分依靠语言"或"滥用语言"的弊端。

关于画面和画面的组接可以产生出"第三种意义"的例子我们已经举过一些。下面再举一个画面和声音组接的例子。在苏联电影导演吉甘拍摄的《我们来自喀琅施塔得》这部影片里，一个被俘后被押在战壕里的白匪军官，当他听到红军冲锋的呼喊声时，赶紧把自己的帽徽和领章摘去；当他又听到白匪军进行反扑的军号声时，又忙着把帽徽和领章安上。通过声音和画面的组接，已经不是单独的画面和单独的音响概念，而已配制成为一种新的形象和新的概念：白匪军官身虽被俘，心却不死。

可见，电影剧作者为了使自己写在稿纸上的艺术形象和将来出现在银幕上的艺术形象一致，就必须自己掌握处理生活素材的这一方法。蒙太奇应当是电影剧作者所需掌握的重要的、能够造成电影形象的方法之一。

而且，电影剧作者不只是在处理生活片段材料时需要运用蒙太奇，就是在处理一个"场面"，一个"段落"，甚至整部影片的时候，也都要运用蒙太奇将场面、段落和整部影片结构起来。普多夫金在论述这个问题时，将它们称为"处理素材的方法——蒙太奇结构"、"场面的蒙太奇结构"、"段落的蒙太奇结构"以及"电影剧本的蒙太奇结构"。由此可以看出蒙太奇和电影剧作结构的密切关系。

---

① 〔苏〕爱森斯坦：《爱森斯坦论文选集》，中国电影出版社 1982 年版，第 349 页。
② 〔苏〕罗姆：《电影剧作讲话》，中国电影出版社 1958 年版，第 31 页。
③ 〔匈〕贝拉·巴拉兹：《电影美学》，中国电影出版社 1979 年版，第 124 页。

我们不可能将普多夫金的有关理论全部引用过来，但我想把他最主要的观点摘录过来。

关于“处理素材的方法——蒙太奇结构”，他说：“一部电影总是分成许多的片段（更正确地说，电影就是由这些片段构成的），因此，一个电影剧本也是分成许多片段的。整个镜头剧本要分作若干段落，每个段落又分作若干场面，而最后，场面本身则是由许多从不同角度拍摄的片段构成的。一个真正能用来拍摄的电影剧本，必须具备电影的这个基本特性。编剧在纸上对于素材的处理，必须和这些素材在银幕上出现时完全一致，这样才可以精确地说明每一个镜头的内容以及它在一个段落里面的地位。将若干段落构成一个片子的方法，就叫做蒙太奇。”

关于“场面的蒙太奇结构”，他说：“场面的蒙太奇结构把分散的片段构成场面，但每个片段只应当把观众的注意力集中于对动作极其重要的因素。片段并不是可以随便构成场面的，它们的次序应该和一个假想的观察者（最后就是观众）的注意力的自然转移相一致。”

关于“段落的蒙太奇结构”，他说：“各个场面组合起来便构成整个的段落。段落是由各个场面剪辑而成的。……在这里我们不仅要把摄影机从这边转向那边，而且要把它从一个地方搬到另一个地方。”

关于“电影剧本的蒙太奇结构”，他说：“一个电影剧本是由许多段落构成的。……各个段落连接起来所具有的连贯性，不只是依靠把观众的注意力简单地从这个地方引到另一个地方，而且还要由构成剧本基础的剧情的发展来决定。”①

以上摘录了普多夫金的有关剧作蒙太奇的重要论述，读者如要进一步弄清道理，请按上述出处去阅读原著。

蒙太奇使电影拥有自己独特的构思和形式，从而也使它摆脱了过去对戏剧艺术的依赖，成为一种独立的创造性艺术。于是也就产生出电影与戏剧之间的三个不同之点。

第一个不同之点是：电影打破了舞台演出和观众之间所保持的一定距离，使电影的镜头能够迫近人物。我们知道，初期的电影是把摄影机放在一个固定的位置上，不停地往下拍，所以所摄的画面等于舞台的全景，既没有景别的变

① 〔苏〕普多夫金：《论电影的编剧、导演和演员》，中国电影出版社 1980 年版，第 40—46 页。

化，更谈不上有镜头组接的原理。1900年，英国人斯密士根据剧情的需要，第一次把摄影机推动起来，变换镜头的方位（包括距离和角度），从而产生出不同的景别（如特写、大写、近景、中景、全景、远景等），使电影从原来固定的距离和固定的视点中解脱出来，并将不同景别的镜头组接起来，去表现故事情节。镜头迫近人物这一点对电影编剧来说十分重要，他必须善于利用不同景别的镜头去表现事物，把观众的注意力集中到至关重要的方面去。例如，在根据同名小说改编的苏联影片《安娜・卡列尼娜》里，影片正是通过律师捕捉飞蛾的动作，以及他自我抑制的表情这些特写镜头，引导观众去注意这一切，从而充分揭示出律师复杂的内心状态：在贵族卡列宁面前他地位低微，因而感到委屈，然而，他又因掌握了这位贵族要离婚这一丑事而幸灾乐祸。也正是这种心理状态，构成了律师敢于在卡列宁面前去捕捉飞蛾和发出抑制的微笑的内心依据。可见，镜头的迫近人物扩大了电影的表现能力，使得在舞台上不得不依靠人物的对话去展开的冲突，在电影里可以用视觉形象去展开。在上面这个例子里，卡列宁和律师之间的那场谈话，实际上已经远远不如谈话之外的那些东西能够提供给观众以更为深刻的冲突内容。

可见，电影正是通过各种镜头的运用，去突出电影所要表现的内容，并引导观众去欣赏和注意这些内容的。难怪有人把电影叫做"强迫性的艺术"。电影正是通过电影艺术家所做的"蒙太奇处理方案"，让观众去接受他对显现在银幕上的形象所做的解释。爱森斯坦自己说过："蒙太奇的力量就在于：它把观众的情绪和理智纳入创作过程之中，使观众也不得不通过作者在创造形象时所经历过的同一条创作道路。"①

第二个不同之点是：电影的蒙太奇语言使得舞台上不能表现的东西在电影中变为可能，这就是动作的平行发展。在实际生活中，几个场面同时发生这是常有的事，比如一边是病人垂危，一边是急救车闻讯出动。但要同时表现这两个平行动作，在舞台上显然是难以做到的。但由于美国电影导演格里菲斯发明了"平行蒙太奇"（或称"交叉蒙太奇"），电影可以使发生在同一时间内交替出现的场景呈现在观众眼前，使之和实际生活相似。而且，由于场面和场面之间的相互加强，能给人以动人心魄的印象。如果我们电影剧作者把病人垂危和急救车闻讯出动这两组镜头交替组接起来，就会产生紧张的气

① 〔苏〕爱森斯坦：《爱森斯坦论文选集》，中国电影出版社1982年版，第36页。

氛，具有极强的感染力。

第三个不同之点是：运用电影的蒙太奇，还可以打破戏剧所受的时间和空间的限制，创造出一种新的电影的时间和空间来。电影在时空转换上享有极大的自由，这也是电影编剧必须掌握的一个特点。戏剧中的“三一律”在电影中是不适用的。电影完全可以突破舞台有限的空间，把电影所要表现的冲突外延到广阔的空间去。阿盖忒说，“戏剧的本质是：每件事情都是发生在一个由人工照明的小匣（译注：指舞台）中的；电影的本质是：它拥有整个充满日光的世界作为活动场所。”[①]例如，在曹禺的名著《雷雨》中，只用了两个场景：周家客厅和鲁贵家的一个小套间。这无疑是受舞台只可能有几个场景的限制。因此，鲁妈和周朴园过去的一段生活，完全是通过他们的嘴说出来的。电影则完全可以不必拘泥于此。而且，由于电影表现空间的自由，也丰富和扩大了电影中的生活画面，使之更加逼肖自然。关于这个问题，我们将在下一节中去谈。

在时间上，戏剧也要求高度集中，往往一个长达数十年的戏剧故事，能够表现在舞台上的，也不过是从中择取的那几个生活片段的实际时间。《雷雨》的故事长达 30 年，然而表现在舞台上的时间还不到 24 小时。电影则不然，它可以利用各种电影手段，按照时间的顺序一直叙述下去，造成一种连续绵延的时间印象。巴拉兹举过一个例子：

> 表现长期过流浪生活，可以脚不停地走，在化入化出的画面里看到坚实的军靴变成碎片，草鞋也变成碎片，接着是包在脚上的破布化成碎布块，最后我们看到的是流着血的赤脚。行进中的这四个镜头，实际放映时间不过三分钟，可感觉上却似过去了几个月、甚至几年。

这就是所谓的“新的电影时间”。这一时间和映出所占用的时间完全不相等同，可是观众却完全可以接受，能够产生出实际时间长度的效果来。

总括起来说，镜头的迫近人物，动作的平行发展和时空的自由转换，是电影和戏剧的三个主要不同之点。而造成它们之间这种种区别的，就是电影的蒙太奇。电影剧作者要使自己所写的电影剧本突破舞台框框，具有电影剧本自身的特点，注意和掌握这三个主要方面是很重要的。

下面我们来谈谈蒙太奇的种类。蒙太奇的种类很多，但为了电影剧作者更

---

① 〔英〕欧纳斯特·林格伦：《论电影艺术》，中国电影出版社 1979 年版，第 42 页。

好地掌握其性质和功能，我们不妨把它们分成两大类，这就是叙事性蒙太奇和表现性蒙太奇。

所谓“叙事性蒙太奇”，顾名思义，它们是用来讲清楚故事，交代清楚情节的。它们是蒙太奇中最简明和直接的一种表现形式。它们起到连接段落与段落，转换场景与场景，贯穿动作线索的作用。正是由于有了叙事性蒙太奇，才使影片显得清晰易懂，并且凝聚成为一个有机的整体。

所谓“表现性蒙太奇”，是指用来加强情绪感染力的那种蒙太奇。拍电影和写文章一样，要文字通顺，叙述清楚，就要依靠“叙事性蒙太奇”；要把内容表现得生动优美，给人以艺术的享受，这又要依靠“表现性蒙太奇”。表现性蒙太奇往往以镜头和镜头的对列为基础，利用画面之间的类比、象征等关系，来获得独特的艺术效果。可见，表现性蒙太奇追求的是镜头和镜头组接后所产生出的“新的含义”，正如爱森斯坦所言，“不是二数之和，而更像二数之积。”所以，如果说“叙事性蒙太奇”讲求镜头和镜头之间的连接，以达到镜头间线索的连贯，那么，“表现性蒙太奇”讲求镜头和镜头之间的对列，用以迸发出艺术的感染力量。

叙事性蒙太奇可以分为连续式、平行式、交叉式、积累式、复现式和颠倒式等几种基本形式。表现性蒙太奇又可分为对比蒙太奇、隐喻蒙太奇、象征蒙太奇、抒情蒙太奇等。下面，我们分别举例做一些介绍，以便读者掌握。

连续式蒙太奇　这是电影中运用得最多的一种蒙太奇手法，因此是影片的主要叙述方式，它按照电影故事的结构顺序、情节线索的发展，条理分明、层次井然地表现下去，造成叙事上的连贯性。如美国在1990年拍摄的影片《漂亮的女人》，描写一个妓女在偶然的机会中遇上一个亿万富翁，他们开始的时候彼此还有些警惕，后来，男的发现女的虽身为妓女，但不仅长得漂亮，而且心地善良、单纯、有自尊，不甘心堕落，于是逐渐萌发爱心，终于同意和她结合。这个故事显然属于一个古老童话的翻版：贫穷、善良的灰姑娘遇上了地位显赫、高贵的王子，然后王子把她从苦难和贫穷中拯救出来。而这个现代的灰姑娘式的“童话”，最多也只能给观众带来不切实际的幻想。但影片从他们偶然相遇，到彼此逐渐了解，直至两人相爱，完全是随着时间的顺序，人物动作的连续性，以及段落与段落之间的因果关系，表现出他们两人的感情变化。正是由于这种叙述上的连贯性，不仅把故事讲述清楚了，而且显得十分通俗易懂。

平行式蒙太奇　平行式蒙太奇和连续式蒙太奇的不同之处在于，后者是单线索的，而前者是多线索的。平行式蒙太奇把发生在同一时间内不同场合的事件平行地叙述出来，因此，它具有同时性。而这种同时发生的平行事件，往往互相衬托和补充，使得矛盾更加激烈。比如在美国影片《致命的诱惑》中，一方面是母亲打开房门，发现炉子上的锅开了，她走过去，揭开锅盖，骇然发现一只兔子被煮熟了；另一方面，女儿正奔向兔窝，去看她心爱的兔子。这两个镜头的同时展现，形成了对照，观众脑海里很容易产生联想：女儿心爱的东西不知被谁煮熟了。所以，库里肖夫说过："通过平行式蒙太奇来表现出所发生的动作的对照和比拟，就可能给予观众以联想和比喻。"①

交叉式蒙太奇　如果让具有同时性的两个以上的平行动作或场面交替出现，这就是交叉式蒙太奇。交叉式蒙太奇由于让两个动作或场面交叉出现，相互加强，因此能给人以"惊心动魄的印象"。这种蒙太奇最早出现在格里菲斯拍摄的影片中，后来在西部片中经常被运用，如一方面是盗贼劫夺，另一方面是英雄营救，故被称为"最后一分钟营救"。在日本影片《追捕》中，一方面是杜丘在逃，另一方面是侦缉队员在追捕，而在警视厅内又有人在指挥，镜头在这同一时间内的三个不同场景间反复切换，造成激烈而又紧张的气氛。又如在英国著名影片《三十九级台阶》中，希腊首相来访，德国间谍企图谋杀首相，他们用楼顶上的大钟来引爆炸弹，当时针指向 45 分时炸弹就要炸响。而此时离 45 分只剩下短短的一分钟，怎么办？加拿大热血青年汉奈爬出楼外，将自己的身体悬挂在时针上，阻止时针指向 45 分。此时英国警察赶来，消灭掉想杀害汉奈的间谍，并拆除引爆装置。于是镜头在间谍、英国警察和汉奈之间反复切换，造成一种紧迫感和紧张感。接着，英国警察把悬挂在时针上的汉奈拉回来，镜头再一次在英国警察、汉奈和楼下仰望的群众间反复切换，把观众的情绪推向紧张的极点。可见，交叉式蒙太奇是通过镜头的交替，把观众的视点不断地从这一点移向那一点，让他们看到同时发生的两个方面的情况，从而引起他们的强烈关注，是一种激发观众情绪的蒙太奇手法。

积累式蒙太奇　把一连串性质相近、说明同一内容的镜头组接在一起，造成视觉形象的积累效果，叫做积累式蒙太奇。如在影片《城南旧事》的一开始，用了三组镜头："蜿蜒的长城，长城上倾塌的箭垛、烽火台，长城脚下随风摇曳的荒草"，"大道上缓慢行进着的骆驼队，懒洋洋地骑在驼峰上的人，沉重的驼步扬起大道上的尘土，风沙中夹着悠悠的驼铃声"，"碧云寺飞檐上的铃铛，枫叶萧

---

① 〔苏〕库里肖夫：《电影导演基础》，中国电影出版社 1961 年版。

萧，满山红遍的枫林”。并配以深沉的旁白：“不思量，自难忘，半个多世纪过去了，我是多么想念北京城南的那些景色和人物呀！而今或许已物异人非了，可是，随着岁月的荡涤，在我，一个远方游子的心头却日渐清晰起来。”表述了一个海外游子对祖国的思念之情。又如在影片《天云山传奇》中，描写冯晴岚去世，也用了一组镜头：“桌边，蜡烛燃尽了最后一段，斑斑烛泪，一缕青烟”，“竹竿上，挂着冯晴岚那件曾经是美丽鲜艳的破羊毛背心，它在晨风中微微晃动”，“灶边，切了一半的咸菜和案板、刀”，“缀有补丁的褪色旧窗帘半掩着窗户，一动不动。”影片用这一系列“睹物思情”的方式追念死者冯晴岚。

复现式蒙太奇 影片的前面已经出现过的画面，包括人物的动作或对话，场面、道具、音乐等等，后面重复出现，产生出前后呼应的艺术效果，叫复现式蒙太奇。如美国在1940年拍摄的影片《魂断蓝桥》中，就曾多次运用复现。影片开始时罗依和玛拉出现在滑铁卢桥上，警报响起，匆忙中，玛拉的手提包跌落，包中的吉祥符滚出；影片结束时，仍然在滑铁卢桥上，玛拉被战车撞死，手提包跌落，包中的吉祥符又一次滚出。这是人物动作、场面以及道具的复现。又如，在这部影片里，吉祥符先后出现六次，这是道具的复现，起到了贯穿始终、结构影片的作用。再如，影片的序幕和尾声，都是罗依手执吉祥符，站在滑铁卢桥上，耳边响起玛拉的声音：“这给你。……它会给你带来运气，……你现在不会忘记我了吧？”“我爱过你，别人我谁也没有爱过，以后也不会。这是真话，罗依！我永远也不……”这是人物的动作和语言，以及场景、道具的复现，表现出一个老军人哀怨、悲切和无限眷恋的心情。

颠倒式蒙太奇 把剧情从现在转到过去，又从过去转回到现在，造成倒叙或插叙的艺术效果，这就是颠倒式蒙太奇。如我们上面提到的美国影片《魂断蓝桥》，整个影片的故事发生在第一次世界大战期间，贵族军官上尉罗依和芭蕾舞女演员玛拉相识、相爱，但由于等级差距，终于不能结合，玛拉含恨而死。影片在处理这一故事时，却从第二次世界大战写起：已经是上校的罗依在参战前来到滑铁卢桥上，追忆发生在上次大战时与玛拉的那段悲欢离合的故事，影片结束在罗依的回忆终止上。这里使用的就是颠倒式蒙太奇，不仅使影片增强了悬念，而且给整部影片蒙上一层老军人回忆所产生的哀婉动人的情调。

以上介绍的是属于“叙事性蒙太奇”的几种蒙太奇类型。熟悉并掌握这类蒙太奇，对于剧作者运用各种方式去讲述故事无疑是有裨益的。

下面再介绍一下属于“表现性蒙太奇”的几种蒙太奇类型。

对比蒙太奇　把不同内涵，不同画面形象的镜头组接起来，造成强烈的对比关系，这就是对比蒙太奇。如将一贫一富，一美一丑组接起来，就会强调出不同对象的本质。诚如普多夫金在《论电影的编剧、导演和演员》一书中所说："这就仿佛是在强迫观众不得不把这两种情形加以比较，因而收到互相衬托、互相强调的作用。"对比蒙太奇可以用在镜头和镜头之间，也可用在场面和场面、段落和段落之间，以造成强烈的对比效果。如在苏联导演丘赫莱依拍摄的影片《晴朗的天空》中，飞行员因被俘过而不被信任，他屡次上访也无结果，而在斯大林去世后，有关部门不仅给他改正了错案，并颁发给他一枚勋章。导演将这两段戏形成鲜明对比，相互衬托，相互强调，再清楚不过地表现出丘赫莱依的观点。

隐喻蒙太奇　它和对比蒙太奇的不同之处在于，对比蒙太奇是将两个截然相反的事物放在一起，形成对比，而隐喻蒙太奇则是将外表相同、实质不同的两个事物加以并列，以此喻彼，故又称"类比蒙太奇"。在这方面，最为人知的例子有：爱森斯坦在他的影片《罢工》中，将宰牛和屠杀工人并列，隐喻在反动统治下，工人就像牲口一样遭人残杀；又如在卓别林拍摄的影片《摩登时代》里，把羊群和群众并列，隐喻任人驱使的工人的非人生活。在这两个例子中，遭屠杀和被驱赶是相似的，但牛、羊和工人的实质又不相同。将它们并列起来，加以类比，正是为了突出其相似的特征。

象征蒙太奇　用某一具体事物去和另一事物并列，用以表现出这一事物的某种意义，叫象征蒙太奇。在我们上面提到过的苏联导演丘赫莱依的影片《晴朗的天空》里，就有一个著名的象征蒙太奇的镜头。苏联飞行员屡次上访，毫无结果，突然，有人告诉他："斯大林死了。"接着，影片用了 18 个镜头描写冰河解冻、春潮激荡。无疑，影片在这里是用冰河解冻来象征政治上的解冻。因此，《晴朗的天空》这部影片也被认为是苏联"解冻电影"的诞生。

抒情蒙太奇　电影属于叙事艺术，但好的电影往往又具有诗情。抒情蒙太奇就是创造影片诗意的一种手法。如在中国影片《巴山夜雨》的"祭子"那场戏里，白发苍苍的老人洒红枣的镜头之后，是几个江水旋转的写景镜头，红枣随波而去。人们由此想到：随波而去的不仅是洒下的红枣，也是那千万个无辜的牺牲者……这是一种诗中寓意的手法，即将那种升华了的感情，通过寓意的手法加以表现。诚如《巴山夜雨》的导演所说："如果我有什么追求的话，那么我只希望能在有限的时间、空间里，寓意多一些，表现更多一些内容。”[1]抒情蒙太奇不仅使影片具有一定诗的意境，也抒发了电影创作人员自己的情怀和愿望。

以上介绍的是“表现性蒙太奇”的几种类型。它们和叙事性蒙太奇的不同之处，在于它们不是用镜头的连接，而是通过镜头和镜头之间的对列，产生出特殊的艺术效果，以达到对比、隐喻、象征、抒情等目的。

对于电影剧作者来说，掌握电影语言——蒙太奇，是要掌握它的实质，并非要在电影剧本中注上“平行蒙太奇”或“象征蒙太奇”等等；重要的恰恰是要求电影剧作者熟练地将它们运用到电影剧本中去。所以，那种认为熟悉并掌握蒙太奇是导演的事的说法是完全错误的。学习电影编剧的人不仅要懂得蒙太奇，而且要掌握各种类型的蒙太奇的不同性能。唯有如此，才能在撰写电影剧本时，真正运用蒙太奇语言去构筑自己的剧本，而且能够得心应手，运用自如。

但是，对电影剧作者来说，更加重要的，是在电影创作中学会“蒙太奇思维”，而不仅仅是把蒙太奇当做一种手法去学会和应用。那么，什么叫“蒙太奇思维”呢？阿·希区柯克认为，这就是电影的形象化思维能力。为了说明这一点，他举了个例子：

> 回顾电影的早期年代，如卓别林的影片：他有一次拍了一部名叫《流浪者》的短片。第一个镜头是在监狱的大门外，一个看守走出来贴了一张通缉告示。下一个镜头：一个瘦高个子的男人在河里游完泳上岸，发现衣服不见了，放在原地的是一套囚服。再下一个镜头：在一个火车站上，卓别林穿着一条过于长大的裤子朝摄影机走来。

希区柯克认为，这三条胶片之所以能把故事的内容讲述得那么清楚，主要是因为剧作者具有电影的形象化能力。法国电影理论家雷内·克莱尔惋惜那些“习惯于文学创作的人”不能“鉴赏这种纯粹作用于视觉的构思”，指的便是这种独特的电影构思——蒙太奇思维。可见，电影剧作者的思维和小说家、戏剧家都有所不同。小说家用文学语言去叙述；戏剧家要注意人物动作的连续性；而电影剧作者则必须懂得如何从无限丰富的生活素材中，发现和选择出那些通过画面（或镜头）的组接而能够清楚、生动地表现他的全部思想意图的形式和动作。所以，我们说蒙太奇思维决定着剧本的构思和形式。这种独特的形象思维

---

① 《却话巴山夜雨时》，《电影艺术》杂志，1981年第1期。

方法，突出了主要的东西，省略了过程性的东西，通过镜头的连接，把省略掉的部分留给观众自己去想象和补充。这样，蒙太奇思维所造成的艺术效果就不仅是压缩掉烦琐的交代。由于删去了中间过程，导演就使观众节省了不必要花费的精力，而使观众的精力集中起来。因为，由一系列富有意义的细节所组合的现象在银幕上的表现力，要比在实际中所看到的现象有力得多，它能“深刻地揭示和鲜明地表现出现实生活中所存在的一切联系”①，而且电影剧作家还为观众提供了“再创造”的条件。观众恰恰最不喜欢“和盘托出”的艺术品，他们在欣赏的时候，总是喜欢经过自己的想象和思考而有所发现，这样的欣赏活动才会给观众带来审美的愉悦。试想，当观众从上面三个镜头中判断出这个穿着过于长大的裤子的人就是逃犯的时候，他会为这种欣赏活动感到审美的满足和愉快。

更为重要的是，这种独特的思维方法是和作品的内容以及剧作家的思想相联系的。爱森斯坦说：“每一个蒙太奇单位就已经不是作为什么互无关联的东西而存在，而成为统一的总的主题的某一部分的画面了。”②这就使作为电影艺术表现手段的蒙太奇和内容统一起来，避免了那种脱离内容，玩弄蒙太奇技巧的形式主义做法；也克服了那种认为蒙太奇可以决定一切的绝对化的理论倾向。这种独特的思维方法，同时也是和作家的思想相联系的，爱森斯坦说：“蒙太奇思维与整个思维的一般思想基础是分不开的。”③说明了蒙太奇与电影艺术家的整个思维有关，确定了蒙太奇首先是通过形象来展示思想的。这种联系，出于电影艺术家加强形象的含义和感染力的需要，因此具有全面展示和阐释现实生活中各种现象之间联系的功能。

所以，对电影剧作者来说，所谓要掌握电影的特殊表现手段，决不是要在电影剧本中充塞一些“特写”“全景”“推、拉、摇、移”之类的电影术语，这是导演的工作。重要的恰恰是要求电影编剧掌握蒙太奇思维的本领，给导演提供用电影思维和手法写出来的剧本。普多夫金说：“虽然编剧不必去规定要拍什么和如何拍，也不必去指明要剪辑什么和如何剪辑等等，但是如果他懂得并且能够考虑到导演工作上的可能性和特点，他就能给导演提供可用的素材，因而使他能

① 〔苏〕普多夫金：《论蒙太奇》，《普多夫金论文选集》，中国电影出版社 1982 年版，第 141 页。
② 〔苏〕爱森斯坦：《爱森斯坦论文选集》，中国电影出版社 1982 年版，第 351 页。
③ 〔苏〕爱森斯坦：《爱森斯坦论文选集》，中国电影出版社 1982 年版，第 256 页。

够创作出一部用电影的手法表现出来的影片。”①

总之,电视编剧向导演提供的,应该是运用电影思维写作的电影剧本。但事实往往不是如此,我们有些编剧并非在用电影思维,而是在用文学思维写电影剧本。

先讲两件真实的事情。

1984 年 10 月,中国电影剧作家代表团和日本电影剧作家协会代表团座谈,日本代表团的团长八住利雄代表日方致开幕词,在他的开幕词中有这样一段话:“中国的许多同行都是既写小说,又写电影的,我认为,无论小说也好,戏剧也好,和电影剧本的写法从构思阶段开始就不相同,因此,我很想听听中国同行们从写小说到写电影剧本这一转折时期有无苦闷和犹豫。这可作为我研究电影剧本特性时的参考。”八住利雄的话表示了他对中国电影编剧的“两栖状况”很惊讶,而这种惊讶说穿了是怀疑我们的电影编剧会不会让文学“串”了电影的“味”,能否真正掌握电影剧本的特性。因而,日本代表团的另一名成员、著名的导演新藤兼人干脆在会上提出一项建议:双方一起来研究一下“什么是电影剧本”。

第二件事也发生在 1984 年。有人写信给夏衍,对第三、第四届电影“金鸡奖”中的“最佳编剧奖”连续空缺提出问题,问夏衍原因何在。夏衍回答说:“我们的电影剧作家很少考虑到电影是综合艺术这一特点。似乎这方面的事都应该由导演来改编和补充。”②

我很同意夏衍这个看法,因为他短短的一句话指出了我们电影编剧的一些通病:第一,把电影剧本看成是单纯的文学,很少考虑到电影是综合艺术这一特点,更少考虑到这种综合不是捏合,因为被综合进去的各种因素已经融会到电影成形的基础之中。因此,我们的电影编剧只擅长于向导演提供一个文学形象,而不长于通过文字向导演提供一个电影形象。这就难怪日本的八住利雄先生要问我们的电影编剧“有无苦闷和犹豫”,而且特别强调,“电影剧本的写法从构思阶段开始”就和小说、戏剧不同。第二,正因为如此,我们电影编剧写出来的许多剧本,都不能马上投入拍摄,而要由导演来改编和补充。这里说的改编和补充,不是指分镜头,而是指导演在分镜头前,把剧本拿来,先要经过一番电

① 〔苏〕普多夫金:《论电影的编剧、导演和演员》,中国电影出版社 1980 年版,第 14 页。

② 《夏衍就电影编剧问题答读者问》,《电影艺术》,1984 年第 8 期。

影的艺术加工，把文学形象加工改造成为电影形象。说得挖苦一些，导演拿到的似乎还不是电影剧本，是小说，是话剧剧本，因此，他还要做“改编”工作。于是，我们看到这样一种特殊的情况，在“电影文学剧本”和“电影分镜头剧本”之间，又多出一种剧本，叫“导演工作台本”。导演为什么要在“分镜头”前增加这样一道工序，先要写出“工作台本”呢？说穿了，编剧提供的剧本太文学化了，无法马上投入“分镜头”，于是就像夏衍所说，还要由“导演来改编和补充”。我建议大家多去研究研究“电影文学剧本”和“导演工作台本”之间的不同，把它们对照起来研究，对于编剧还不掌握电影思维能力，会有一个十分具体的感受。这里限于篇幅，我只能举一些简单的例子来说明。比如，在一个电影文学剧本里这样写道，“井边已结了厚厚的冰柱子。”而到了导演的工作台本里改成：“井窝旁满地是水和薄冰。”导演把“已”字去掉了。虽是一字之差，却是两种思维，前者属文学思维，后者属电影思维。用克拉考尔的话来说：“出现在银幕上的东西都必然带有当前事件的烙印。”故而对电影来说，无所谓“已”不“已”了。又如，电影文学剧本写道：“胡同拐角的井窝子旁，吱吱呀呀的独轮水车一辆来一辆往。”导演的工作台本改成：“水从深井里被打上来倒在水槽里流向接水的独轮车，吱吱呀呀的独轮水车一来一往接水送水。”显然，前者侧重于文学描写，把情景交代清楚就完了，而后者则侧重于视觉的流动感。我们似乎可以看到：水怎样被打上来，又被倾倒在水槽里；沿着水槽，水流向了在水槽另一端等待接水的独轮车；当它装满之后，吱吱呀呀地被推走；另一辆空车又被推到水槽口。这样一改，镜头的运动感以及动作的层次感均得到了加强。这样的例子举不胜举，却又总的可以说明一点，我们有些电影编剧已经习惯于以文学思维代替电影思维。哪里知道“没有能以电影语言提供的剧本，导演就没有可供加工的材料”①。正是这种状况，极大地影响着电影剧本的艺术质量；也正是这种状况，导致第三、第四届电影“金鸡奖”中的“最佳编剧奖”的连续空缺。

现在到了必须明确这样一个问题的时候了：电影剧本不是单纯的文学，而是电影艺术综合因素的集中体现。因此，电影剧作者在写电影剧本时所运用的，不应是文学思维，而应是电影思维。

毋庸讳言，我国现有的、大量刊载在电影杂志上的电影剧本，还不是真正运用电影思维写出来的剧本，它们只是从形式上做了一些电影的分场，而实质上，

---

① 〔美〕比利·怀尔德：《身兼二任更好》，《电影艺术译丛》，1980 年第 6 期。

剧作者还是在运用文学思维塑造文学形象。这样的剧本，严格地讲，无异于小说或戏剧剧本，还不属于一种电影现象，最终很难达到银幕的再现。

对一个电影剧作者来说，他必须明确：电影剧本是一种具有电影美学要求的特殊作品。因此，他在写作时，就不能只调动文学这一种因素，他还必须将各种综合因素都在剧本中体现出来。这恐怕也就是通常所说的电影剧作者必须具备的"电影思维能力"了。

其实，电影剧本的这一写作特点，是早已被一些电影艺术家们论述过的。杜甫仁科在苏联电影大学里曾明确地说过："应当把培养电影思维作为各种课程的基础。"另一名苏联电影理论家瓦尔坦诺夫也说过，电影剧本创作的"主要危险……不在于一些编剧喜欢把电影剧本写得适于阅读，主要危险在于文学思维压倒了电影思维"。

这种区别于文学思维的电影思维，我们在前面已经论说过，它诚如希区柯克所说，是电影的形象化能力，而对于这种电影的形象化能力，普多夫金又着重指出，"要运用造型的（能从外形来表现的）形象思维"来实现。普多夫金为什么要把电影的思维叫做造型的形象思维呢？这说明，电影虽属综合艺术，但在电影的各种综合因素之中，造型却是使电影这门艺术得以成形的基础，因此也是电影思维的主要特征。

我们试以电影和戏剧这两门综合艺术做一个比较来说明这一点。中国戏剧家熊佛西说过："我们称戏剧为'综合的艺术'，是指它用文学、音乐、绘画以及其他艺术当着媒介，而另成了一门独立的艺术。"（《佛西论剧》）这么看来，戏剧所综合的诸种艺术因素，与电影所综合的诸种艺术因素颇为相似，然而它们又是两门独立的艺术。其原因就在于：戏剧得以成形的基础是对话，如果离开了对话，戏剧便不复存在；而电影得以成形的基础却是视觉形象（造型），如果离开了视觉的造型形象，电影也将不复存在。

所以，在有声电影问世已有二十多年之后（20 世纪 50 年代左右），普多夫金还曾这样指出过："我至今还认为，视觉形象乃是电影中一个主要的但还远远没有被充分利用的力量。"[①]而这一点，恰恰是被我们那些习惯以文学思维去代替电影思维的电影剧作者们所忽视的。如我们有些电影剧本，因为过分依靠台词，不善于从视觉形象的角度去进行思考，于是导演在拿到这样的剧本之后，不

---

① 〔苏〕普多夫金：《普多夫金论文选集》，中国电影出版社 1982 年版，第 53 页。

得不再来一番电影的艺术加工。而等到影片放映在银幕上时，连编剧自己也会发现，原剧本中的很多台词是多余的，只消用几个特写镜头或蒙太奇句子便可代替。而且这样取得的艺术效果，并不比长段对话显得逊色，甚至在构思和节奏上，显得更为精巧和适宜了。这说明，如果电影剧作者不充分运用视觉形象，不掌握电影的思维能力，那么，他写出来的剧本将不适宜于银幕表现。

20世纪70年代，在我国电影界出现了一种偏颇的看法，认为蒙太奇理论"落后"了，只有运用长镜头理论才能创新。因此，有必要在这里简略地介绍一下巴赞的长镜头理论。

电影从1895年诞生至今的一百多年的历史里，就电影美学学派而言，总共只有两派，这就是前面我们所说的蒙太奇美学学派和产生于20世纪50年代的长镜头美学学派。

法国的电影理论家安德烈・巴赞是长镜头电影理论的奠基人。他于1953年和1957年在《电影手册》上发表了两篇有关长镜头电影理论的文章。后来，他将这两篇文章合成一篇，取名《被禁用的蒙太奇》(又译《蒙太奇使用的界限》，载安德烈・巴赞著《电影是什么?》一书中)。这是一篇篇幅不长的经典性论文，他通过对三部影片《白鬃野马》、《红气球》、《异鸟》的评论，论述了他对蒙太奇和长镜头的看法。

巴赞认为，过去研究电影的特性时，太偏重蒙太奇，过于强调把现实分切之后重新组合的作用。他认为，蒙太奇"创造一个含义，它是形象在客观上并不包容的，仅仅是从它们的关系中引出来的"，于是"尽管每一个画面都是具体的，却只有叙事的价值，而没有真实性的价值"[①]。简言之，巴赞对蒙太奇理论的批评集中到一点上，就是蒙太奇使电影离开了真实。所以他又说："蒙太奇是典型的反电影性的文学手段，与此相反，电影的特性，暂就其纯粹状态而言，仅仅在于从摄影上严守空间的统一。"于是他把自己的理论也建立在艺术家应当尊重现实本身的完整性这一点上。而为了能够完整地再现现实，不去破坏现实中的事件和空间、时间的真实关系，他提倡运用长镜头。所谓长镜头，就是连续地用一个镜头拍摄一场戏或一段戏，以完成一个比较完整的镜头段落，而不破坏事件发展中时间和空间的连贯性，所以，又称"段落镜头"。它真实再现空间原貌，给人以身临其境的感受。而且，巴赞主张，影片应当由若干长镜头组成。在这些

---

① 〔法〕安德烈・巴赞：《电影是什么?》，中国电影出版社1987年版，第59页。

镜头之间，虽也需要剪辑，但这种剪辑只应当起连接作用，而不应当像蒙太奇理论所提倡的那样，起创造思想和含义的作用，这样，就不仅可以免除作者对现实的歪曲，而且观众也可以从长镜头中自由地去进行审美判断，发挥自己的思考和评价的主动性。

为了说明这一点，巴赞举了一个例子。他说："我举出如下实例，或许能够解释得更清楚些：在一部平庸的英国影片《鹫鹰不飞的时候》中，有一个令人难忘的段落。这部影片描写的是一个真实的故事：一对年轻夫妇在战争期间到南非某地创办和管理动物保护区。为了事业，夫妇带着一个孩子生活在密林中。我所说的那个段落的开端是很一般的。孩子没告诉父母就离开宿营地，遇到一只暂时离开母狮的幼狮，不知道危险的孩子竟抱起小狮子把它带走。这时，母狮或是由于听到了响声，或是由于嗅到了人的气味，赶回兽穴，随后，追赶不知危险的孩子。母狮离孩子只有一段距离。当孩子、幼狮和母狮来到宿营地附近时，父母惊恐万状，他们看见了那头随时都会扑过来夺走它的小宝贝的母狮和鲁莽的孩子。我们暂时叙述到这里。直到此时，影片都是用的平行蒙太奇，这种相当幼稚的悬念显然是俗套。但是，这时，使我们惊奇的是，导演摒弃了分割表现剧中角色的近镜头，而把父母、孩子和狮子同时摄入同一个全景中。在这个镜头里，任何特技都是不可设想的，仅仅这一个镜头即刻就使前面十分平庸的蒙太奇成为真实可信的。这时，我们还是在这个全景中看到，父亲叫孩子停住不动（母狮也停在附近的地方），然后，他让孩子把幼狮放在草地上，还要他不慌不忙地走过来。这时母狮也安稳地走过来，叼走幼狮，返回丛林；这时候双亲才放了心，连忙朝孩子那边跑去。"

巴赞讲完上述故事后，紧接着，便分析评价道："显然，如果把这一段落仅仅当成一段故事，那么，无论是完全采用蒙太奇的简便手法，还是采用背景放映法，这个段落表面意义严格来说都是相同的。但是，利用上两种方法就不可能在空间和物质的真实环境中展开这场戏。结果，尽管每一个画面都是具体的，却只有叙事的价值，而没有真实性的价值。这样的电影段落与描写同样一段幻想故事的小说就不会有本质的差别，这段插曲的戏剧性和伦理观念显然就会极为平庸，而让人物处于真实情境中的最后这一镜头却把我们一下带入电影造成的最令人激动的境界。当然，因为狮子差不多是驯化了的，并且在拍片前已经熟悉了这一家人，所以才有可能摄下这一惊险场面。但是，这并不重要。问题不在于孩子是不是真的遇到了那种危险，而在于表现危险时，是否遵守了事件在空间上的统一。在这里，写实主义就表现为保持空间的同质性。因此，可以看到，在有些情况下，蒙太奇远非电影的本性，而是对电影本性的否定。同一场戏，用不同的方法处理（或蒙太奇，或全景镜头），可以有不同的结果：或者仅仅是拙劣的文学，或者成为伟大的电影。"①

巴赞在上面这段话的末尾处说，"在有些情况下，蒙太奇远非电影的本性，而是对电影本性的否定。"那么，在巴赞看来，电影的本性应是什么呢？在他的另一篇文章《摄影影像的本体论》中，他作了解答。

首先，他对摄影（即照相）的本性作了解释，他说："一切艺术都是以人的参与为基础的；唯独在摄影中，我们有了不让人介入的特权。"

因此，他又说："摄影的美学特性在于揭示真实。"

接着，他从摄影谈到电影，他说电影和摄影的本质是一致的，都要强调客观真实，不同的是："电影的出现使摄影的客观性在时间方面更臻完善。"②

总起来说，在巴赞眼里，电影和摄影（照相）一样，都在于揭示真实，不同的仅仅是照相只有一个画面，因此它只能表现时间的一瞬，而电影由于拥有运动的画面，因此在表现时间上显得完善。

另一位长镜头美学学派的代表人物，德国电影理论家齐格弗里德・克拉考尔在他的重要著作《电影的本性》中也这样说道："电影按其本质来说是照相的一次外延，因而也跟照相手段一样，跟我们的周围世界有一种显而易见的近亲性。"③他的这一观点，极其鲜明地体现在《电影的本性》一书书名的副标题中——"物质现实的复原"，也就是说，电影的本性是什么呢？是记录和揭示具体的现实。

因此，人们往往也把长镜头美学学派称为"纪实主义美学学派"，而把长镜头称为纪实派的主要创作手段。它们追求的是真实。

那么，对于这样两种形似对立的电影美学学派，究竟孰优孰劣，孰是孰非，我们应该如何去正确看待它们呢？

前面已经说过，蒙太奇不仅是一种手法，而且是一种艺术方法、一种电影思维原则，包括作品内容与作家思想之间的联系。从以上的介绍中，我们同样可以看到，巴赞的长镜头理论也不只是一种电影手段或技巧，它也是一种艺术方

---

① 〔法〕安德烈・巴赞：《电影是什么？》，中国电影出版社 1987 年版，第 59 页。
② 〔法〕安德烈・巴赞：《电影是什么？》，中国电影出版社 1987 年版，第 11—13 页。
③ 〔德〕齐格弗里德・克拉考尔：《电影的本性》，中国电影出版社 1981 年版，第 3 页。

法、一种电影思维原则,因为它不只是要求人们去运用时空统一的长镜头,更主要的是他强调了这种镜头所带来的纪实性。既然蒙太奇理论和长镜头理论是两种不同的电影观念,它们的分歧之点恰恰又发生在电影如何反映现实这一根本性问题上,这就说明,在它们之间并不存在什么“先进”和“落后”的分别,恰恰需要我们去认真对待和加以研究,弄清它们的长短。在国外,电影艺术家往往根据自己的审美趣味和艺术需要对这两种理论进行选择,或汲取其合理的部分。我国电影艺术工作者则根据马列主义美学原则,既看到长镜头理论在追求真实上有其值得称道的方面,特别是巴赞在景深镜头的美学功能和艺术运用方面做出了可贵的建树,在发掘镜头内部的潜力、开阔电影语言的视野方面作出了贡献;同时,也注意到,巴赞的理论是一种很不完善的纪实性理论,不能“唯新就好”。巴赞在他的论文中固然也提到电影艺术家不可能不对现实做出选择,然而,他又十分强调影像是在“没有人的创造性干预下自动形成”的。所以,巴赞所主张的“选择”,是在不破坏“完整再现这个现实”前提下的选择。这就使他的理论必然要反对艺术家对生活进行提炼和加工,以揭示出事物的本质真实,使电影所反映的生活内容进入更高、更真实的境界。他所推崇的长镜头,以及主张镜头之间的剪辑不应起创造含义的作用,便是这种反对艺术加工的具体体现。所以,巴赞的理论虽还不属于那种纯客观主义的电影理论,但他是反对典型化的,应当说他的理论是有缺陷的。同时,巴赞对蒙太奇的看法也是相当走极端的。不能说蒙太奇必然会使电影离开真实。固然,蒙太奇若被使用不当,确会产生一种人工的痕迹,甚至有作假的可能。产生这种可能的原因,也正如巴赞所指出的,因为事物经过分解与组合,已经破坏了时间和空间的真实关系,被从原来状态的各种关系中抽出来,放置在艺术家虚假的构思之中。但是,若是这种构思不是虚假的,而是来自艺术家对生活的真切见解,是能够“反映出生活的内在联系”(爱森斯坦语)的,那么,它不仅不会引导电影离开生活,而且能更加接近生活,形成一种高度的艺术美。故而,蒙太奇虽是一种重视艺术家思维作用的艺术方法,但是它们以追求真实为目的,不能说一用蒙太奇就必然会导致失真。以上便是我们对这两种不同的电影美学观点的看法。

因此,我们没有必要去提倡一种,否定另一种。正确的做法是发挥它们各自所长。在英国著名导演大卫·里恩拍摄的影片《阿拉伯劳伦斯》中,为了表现劳伦斯因车祸丧生,便用短切镜头去表现摩托车的翻滚,增强了节奏感;而在表现沙漠征战时,为了造成真实感,便用长镜头将天上的飞机、地下奔驰的马群同时摄入同一个全景中。大卫·里恩的这个例子告诉我们：电影有时需要对现实进行再造，有时又需要再现，没有必要强求一致；相反，只有两者兼用，才能增强我们的艺术表现能力。

普多夫金说："电影艺术的基础是蒙太奇。"这句话无论从电影需要按照这种方法去摄制，或是从电影依靠它去摆脱对生活的"临摹"，进入艺术的虚构和创造来理解，都是准确的。所以，英国电影理论家林格伦在1963年写道："'电影艺术的基础是蒙太奇'——普多夫金的那本薄薄的经典著作《论电影的编剧、导演和演员》是以这句话开始的。这句话是在1928年说的，但直到今天它仍然是适用的，并且极可能在电影存在的日子里永远适用。有声电影的发明没有推翻这句话，同样的，彩色电影、电视或立体电影等等的发明都不会使它的价值有所减损。"①

最后还要说明一点：初学者要使自己真正掌握蒙太奇思维和蒙太奇手段，除了要从理论上去学懂之外，还应当参加到电影的制作过程中去，了解和掌握电影制作的全过程。这是因为，电影剧作者用文字所表达的，是未来银幕的综合艺术形象。正如法国影片《去年在马里昂巴德》的作者阿仑·罗勃一格里叶所说："考虑一个电影故事，在我就已经是用画面来构思的过程，这里涉及一切细节，不仅包括表演和背景，而且也包括摄影机的方位和运动，镜头段落的剪辑。"②因此，一个电影剧作者，不仅要懂得创作，还应当懂得电影制作的全套工艺过程，包括摄影机的运动、照明的变化、美工的设计、画面的构图、演员的表演、音响的选择，特别是镜头的剪辑等等。只有这样，他才能真正理解什么是电影的蒙太奇手段，什么是电影的蒙太奇思维，什么是电影剧作。美国影片《吾土吾民》的编剧尼古尔斯写过一篇文章，谈到电影最重要的是制片，学电影必须从制片开始。他说，在他成为电影编剧之前，先学会了电影的整个拍摄过程。他以为，不懂这些，就不能当编剧。他写的电影剧本，不是单纯用文字，而是用画面加文字来表达的。这些话是很有道理的。凡是有条件的初学者，都应争取去了解影片生产过程中的一切方面，这将有助于写出真正的电影剧本来。

到了该结束本书"上编"的时候了。我们在"上编：造型——用画面写作"里，谈到了写作影视剧本必须具备的一些能力，比如：必须具备造型意识，必须

---

① 〔英〕欧纳斯特·林格伦：《论电影艺术》，中国电影出版社1979年版，第43页。

② 〔法〕阿仑·罗勃一格里叶：《思维的规律和剧作的规律》，《电影艺术译丛》，1963年第4辑，第96—97页。

掌握视听语言，必须具备电影的时空结构意识，必须具备蒙太奇思维的能力等等。但是，千言万语归结起来却是一句话：要为银幕写作。如果电影剧作者具备很强的为银幕写作的意识，那么他写下来的东西，就不会类同于小说或戏剧剧本，而是一部真正的电影剧本了。

思考题

1. "蒙太奇"这个词来源何处？它的原意是指什么？作为一种电影美学学派，它的奠基人是谁？这一美学学派理论主张的核心内容是什么？
2. 有人认为，蒙太奇应由电影导演去掌握，电影剧作者可以不管，对此你怎么看？
3. 电影镜头组接理论的心理学基础是什么？
4. 请谈谈通过电影镜头的组接，对素材进行去粗取精工作的意义。
5. 电影和戏剧有哪三个主要不同之点？
6. 蒙太奇的种类很多，基本上可以分成哪两大类？
7. 请简述各种类型蒙太奇的基本特征。
8. 什么叫"蒙太奇思维"？
9. 什么叫"长镜头"？这一电影美学主张和蒙太奇电影美学理论有什么不同？
10. 应如何正确看待蒙太奇和长镜头这两大电影美学学派？

本章参考阅读书目

1.〔苏〕普多夫金：《论电影的编剧、导演和演员》中的"造型的素材"。
2.〔英〕欧纳斯特·林格伦：《论电影艺术》中的"蒙太奇论：若干基本原则"、"故事片论"。
3.〔匈〕贝拉·巴拉兹：《电影美学》中的"十、剪辑"。
4.〔苏〕爱森斯坦：《爱森斯坦论文选集》中的"蒙太奇在1938"。
5.〔苏〕罗姆：《电影剧作讲话》。
6.〔苏〕库里肖夫：《电影导演基础》。
7.〔苏〕普多夫金：《普多夫金论文选集》中的"论蒙太奇"。
8.〔法〕巴赞：《电影是什么？》。
9.〔法〕阿仑·罗勃－格里叶：《思维的规律和剧作的规律》。

下编 叙事

第一章 视觉的主题 **第二章** 视觉的人物
第三章 视觉的情节 **第四章** 影视剧作的结构
第五章 影视剧作中的语言 **第六章** 影视剧的风格样式 **第七章** 再创作——电影改编

我们在上一编中,已经明确指出:写影视剧本不同于写小说和舞台剧本。因此,尽管无论是小说、舞台剧本还是影视剧本,在叙事方面,它们都包含主题、人物、情节、结构、语言等要素,但影视剧本有它自身的一些特点。而在这些特点中,最为主要的,正如普多夫金所言,电影剧本中所写的一切,必须是能从外形上表现出来的,也就是说,要能"成为造型的形象"。因此,影视剧本中的各个叙事要素,也必须是能够"成为造型的形象"的。这是本编开宗明义所要突出强调的。

第一章
视觉的主题

著名的法国电影导演雷内·克莱尔把电影的主题称为"视觉的主题"。① 因为,在他看来,"在一部影片中,画面是唯一的叙述手段。"②他的话,很值得影视编剧们重视。

足见,影视剧的主题,与其他艺术样式,如文学、戏剧、音乐、舞蹈等的主题,除有其相同的一面外,还有其不同的一面,它必须是"视觉的"。

让我们先来谈谈相同的方面。

第一节　主题的一般概念

关于主题的概念,还是苏联文学巨匠高尔基下的定义最好。他说:"主题是从作者的经验中产生、由生活暗示给他的一种思想,可是它聚集在他的印象里还未形成,当它要求用形象来体现时,它会在作者心中唤起一种欲望——赋予它一个形式。"③

首先,高尔基认为,主题是"生活暗示给作家的一种思想"。所谓"暗示",即"启示"的意思。这就是说,作家创作一部作品,他在构思时所确立的主题,既非来自政策条文,也不是来自哲理文章中的某一概念,而应来自生活,是从作家的生活经验中产生的。作家在生活中,凭着自己对生活中的人和事的切身体会,自然而然地领悟到其中所含的意义,于是,以其为"主旨"去取舍素材,塑造人物,构思情节。总之,如高尔基所言,借助一个"形象",将它反映出来,这便是主

① 〔法〕雷内·克莱尔:《电影随想录》,中国电影出版社 1981 年版,第 95 页。
② 〔法〕雷内·克莱尔:《电影随想录》,中国电影出版社 1981 年版,第 89 页。
③ 〔苏〕高尔基:《高尔基文学论文选》,人民文学出版社 1959 年版,第 296 页。

题。可见，在高尔基给主题所下的这个定义中，十分重要的一点便是：主题是和有血有肉的生活紧密相连的，是和生活中具体的人和事相联系的。主题决非来自抽象的思想或意图。

请看作家铁凝谈她如何获得《哦，香雪》的主题的：

日子定在晚秋，我重返九年前曾经住过的那个小村苟各庄，当年它是河北涞水县最穷的村子之一。《哦，香雪》的拍摄点就在这村子附近——北京房山与河北涞水交界处的十渡风景区。我记得那年也是晚秋，我在苟各庄下了火车，站在高高的路基向下望去，就看见了路基下村口那个破败的小学校：没有玻璃，没有窗纸的教室门窗大敞着，一群衣衫褴褛的小学生正在黄土院子里做着手势含混、动作随意的课间操，几只黑猪白猪在学生的队伍里穿行……土地的贫瘠和多而无用的石头使这里的百姓年复一年地在困顿中平静地守着自己的一份日子，没有怨恨，没有奢求，没有发现他们四周那奇妙峻美的大山是多么诱人，也没有发现一只鸡和一斤挂面的价值区别，于是就有了北京人只需乘二百华里的火车，用一斤挂面到这里换一只鸡的怪事。几年前一个奇异的外部世界到底冲破了这里的困顿，人们才发现这里原本有着奇珍异兽出没的原始森林，有着可与非洲白蚁媲美的成堆的红蚁，有着气势磅礴的百里大峡谷，有着清纯明净的拒马河，还有我的香雪。

……

……香雪分明地站在我的眼前，她挎着一篮核桃，是要卖给火车上的旅客的，可是她还不会讲价钱，只会说："你看着给吧！"我想起我所尊敬的一位老作家曾经说过，"在女孩子们心中，埋藏着人类原始的多种美德……"我明白了，香雪并非从前一个遥远的故事……那本是人类美好天性的表现之一，那本是生命长河中短暂然而的确存在的纯净瞬间。有人类就永远有那个瞬间，正是那个瞬间使生命有所附丽。

……

我深知这一切都是因了我的无中生有，虽然香雪的确是我在那个小村苟各庄的发现。[①]

---

① 铁凝：《共享好时光》，群众出版社 1994 年版，第 104—106 页。

可见，铁凝所体会到的香雪“表现着人类心灵能够共同感受到的东西”，它决非来自某种抽象的思想，而是她切切实实地从生活中发现并发掘出来的。

其次，从高尔基的这一定义中，我们可以认识到，“文革”中曾被大力提倡过的“主题先行论”是完全违背艺术创作规律的。所谓“主题先行论”，是艺术家的脑子里先有一个抽象的思想，然后作者根据这一“主题”去设置几个人物，编造一些情节。其实，这种做法在新中国成立以后的“十七年”中早已有之，不过在“文革”中达到了登峰造极的地步。记得在上个世纪50年代初，我曾听到电影界的老编剧孙谦以一种无可奈何和调侃的口吻说过：我们接到任务，比如要歌颂“肃反”或“三反”、“五反”运动，便从口袋里掏出几个“人干”来（犹如“葡萄干”、“鱼干”），放在水里，发一发，再编个故事，去说明主题。其结果，往往由于思想和形象是两张皮，思想并非是蕴涵于形象之中的，因此，毫无艺术感染力的“概念化”作品由此产生。甚至，由于有些作家拙于编造，大家“编”到一块儿去了，便出现了人物雷同、情节雷同、思想雷同的作品，于是“公式化”的作品也由此而产生。当然，除了孙谦所说的派任务，“出题目做文章”，即勉强作家去写他不熟悉的东西之外，另有一种情况，即有些作者不愿经受熟悉生活、了解生活、分析和研究生活，从而从生活中获得暗示给他的某种思想的艰苦过程，采取了一种极为偷巧的办法，从某一现成的概念或条文出发去进行创作，这种情况也是有的。然而，一部成功的作品，它的主题，必须在作家对生活作出深层次的总体把握和判断之后才能获得。

第二节　“无中生有”

主题在作家的心中逐渐明确和清晰起来之后，它就成为创作的目标，作家始终在这一灵魂的统率下进行着全部创作活动。于是，未来作品中的“无中生有”或“乌有之乡”也随之产生出来。

请看，《哦，香雪》中一个关于女孩子和火车的故事产生了；一群女孩子像等情人那样等待那辆只停一分钟的火车的事也产生了；香雪拿着一篮鸡蛋去换铅笔盒的故事也产生了；甚至产生出凤娇和列车员的故事……这些故事，生活中未曾有过，都是作家“无中生有”出来的，都是在“主题”的统率下，围绕着它产生出来的。但是，你可曾想到，正如作者当初在生活中感悟到的那样，由于像香雪那样敢于去想象大山之外的世界，如今现实生活中的苟各庄也真的变了：

如今的苟各庄已是河北省著名的旅游风景区野三坡的一部分了，从前的香雪们也早已不再像等情人一般地等待火车，她们有的考入度假村做了服务员、导游，有的则成了家庭旅馆的女店主。她们的眼光从容、自信，她们的衣着干净、时新，她们的谈吐不再那么畏缩，她们懂得了价值，她们说："是啊，现在我们富了，这都是旅游业对我们的冲击啊。"而仅仅两年前，她们还把旅游说成"流油"——真是一桩流油的事哩！

于是，作者不无感慨地说道：

我越来越觉得因了我的无中生有，香雪才获得长存的意义；因了无中生有的香雪，才有读者觉出她表现着人类心灵能够共同感受到的东西。

那么，从生活中发现主题，进而通过"无中生有"去开掘主题，两者的关系是如何的呢？铁凝说：

我想无论对于小说还是电影，懂得艺术来源于生活并不困难；但要明白无中生有对小说和电影的意义，就似乎不太容易。而我所说的无中生有，恰恰是指作家对生活和生命本身更深层次的总体把握与判断。你理应知晓生活是创造的源泉，你更应懂得无中生有对于创造的重要。①

总之，正确获得主题的途径应当是对生活做"更深层次的总体把握与判断"；而一旦获得之后，作者想象的翅膀便应张开，通过"无中生有"去表现和深化主题。而"无中生有"的一切，恰恰是围绕着主题所展开的，而且"无中生有"的目的恰恰又是为了比生活本身更真实。关于这一点，电影编剧张弦在创作完《被爱情遗忘的角落》之后，深有体会地说过："生活是广阔无限的，是纷纭复杂的，是绚丽多姿的。但生活又是以其狭窄的、局限的，杂乱无序的，平淡无奇的自然形态呈现在我们面前的。创作，只有比生活本身更真实，才能比生活本身更丰富、更生动、更深刻，才能比生活本身更能说明生活。于是，我找到了'乌有之乡'和实实在在的'角落'；我找到了素不相识，又亲如家人的三个女性，三个

---

① 铁凝：《共享好时光》，群众出版社 1994 年版，第 105－107 页。

被爱情遗忘的女性。”①

第三节　影视剧的主题

在了解了主题的一般特征之后，让我们再来探讨一下影视剧的主题。影视剧的主题除了包含主题的一般特征之外，还具有它自身的特点，即雷内·克莱尔所言，应是“视觉的主题”。

怎么才能使主题视觉化，可以从以下几个方面去努力。

1

普多夫金认为：“主题既经确定以后”，“编剧就要进入通过剧情来处理主题的阶段”。“在这一阶段，作者必须已经清清楚楚看到了未来作品的形式。”“如果忽视这一点在电影工作中的重要性，那就可能发生素材不适合于造型的处理以致不能表现出来的情况。”②

这就是说：主题必须通过具有造型形式的剧情去体现。

接着，普多夫金以美国影片《怨偶》为例。这部影片的主题是：不同阶级的人结婚，是永远不会幸福的。故事是这样的：

> 有一个汽车司机，因为爱上他自己每天接送的一个资本家的女儿，便拒绝了一个洗衣姑娘对他的爱情。另外一个资本家的儿子，偶然在他的宅第里看到了那个年轻的洗衣女，便和她发生了恋爱。这两对男女都结婚了。汽车司机所住的那个窄小的顶楼，在那位住惯高楼大厦的小姐眼中看来简直像是一个狗窝。那个汽车司机在整天辛苦工作之后，自然希望回到家里时看到晚饭已经给他准备好了，但他却遇到了无法解决的困难：他的妻子是完全不会生火和使用厨房用具的。火弄得太旺了，她动一动锅子又把她的玉手给弄脏了，结果半生不熟的食物撒了满地。当汽车司机的朋友们在晚间来到他家里正玩得兴高采烈的时候，这位娇生惯养的小姐却觉得他们的行动太粗鲁

---

① 张弦：《感觉与探索》，见《被爱情遗忘的角落——从小说到电影》，中国电影出版社 1984 年版，第 199—200页。

② 〔苏〕普多夫金：《论电影的编剧、导演和演员》，中国电影出版社 1980 年版，第 21—22 页。

了，以致她激动地跑到屋外，令人意想不到地大哭大闹起来。

那个洗衣女在有钱人的宅第里也生活得很不愉快。她被周围嘲弄她的仆人们弄得窘态百出，那些侍候她穿衣的侍女们也使她惊奇，她穿了一件长曳及地的外衣时，显得很笨拙可笑。她在宴会上成为众人取笑的对象，以致她的丈夫和他的亲戚们都因她而感到难堪。汽车司机和已经成为有钱人太太的洗衣女又偶然遇到了。不用说，两人在失望之余，过去的感情就复活了。于是两对不幸的夫妇离婚之后重新幸福地结合。洗衣女在厨房里显得非常能干，资本家的新妻子则打扮得很体面而且能很出色地跳狐步舞。

普多夫金认为，这是一部幼稚的，没有什么特别价值的影片。但它的内容虽然无聊，却提供了主题突出、剧情处理得简明而生动的绝好的范例。这是因为，它里面的每一个细节都很适当而且和贯穿整个电影的主题思想有着直接的关系。而更为重要的是：剧情发展的每一个基本要素都具有通过明确的、造型的素材而表现出来的特征。如厨房、汽车司机的朋友、很讲究的衣服、宴会上的客人，然后又是另一种样子的厨房和衣服……

普多夫金为了强调造型对体现电影主题的重要性，还专门总结出一段话：

小说家用文字描写来表述他的作品的基点，戏剧家所用的则是一些尚未加工的对话，而电影编剧在进行这一工作时，则要运用造型的（能从外形来表现的）形象思维。他必须锻炼自己的想象力，必须养成这样一种习惯，使他所想到的任何东西，都能像表现在银幕上的一系列形象那样地浮现在他的脑海。此外，他还要学会掌握这些形象，学会选择那些在他脑海中显得最生动和最明确的形象。他必须像作家掌握文字和戏剧家掌握对话一样来掌握他的形象。①

总之，在普多夫金看来，电影的主题要通过剧情来体现，而剧情的每一个基本要素又都必须具有明确的、造型的素材特征。

2

美国电影理论家悉德·菲尔德则认为："当我们谈论电影剧本的主题时，我

① 〔苏〕普多夫金：《论电影的编剧、导演和演员》，中国电影出版社1980年版，第22页。

们实际谈的是剧本中的动作和人物。”

> 动作就是发生了什么事情；而人物，就是遇到这件事情的人。
>
> 以《邦妮与克莱德》为例，它讲的是大萧条时期，克莱德·巴巴罗匪帮在美国中西部地区抢劫银行以及他们终于落网的故事。动作和人物，这是使你的一般化想法成为特殊的戏剧化前提的要素。
>
> 每个故事都有明确的开端、中段和结尾。在《邦妮与克莱德》之中，开端把邦妮与克莱德相遇，以及他们结成匪帮戏剧化了。中段叙述他们抢劫几家银行，警察在追捕他们。在结尾处，他们被社会势力所制服并且被打死。这里有建置，有对抗，有结局。①

实际上，悉德·菲尔德所说的“动作和人物”也就是普多夫金所说的“剧情”，因为剧情正是由人物的动作发展而成的。所以，悉德·菲尔德也提到了人物动作所引起的开端、中段和结尾这些剧情要素。这就告诉我们，影视剧的主题必须要由人物的动作发展而成的剧情来体现，而决不能像小说家那样，用夹叙夹议的手法去体现主题，也不能像舞台剧那样，用大量的对话去体现主题，这是第一点。第二点，剧情又必须用造型的素材去表现。

3

普多夫金在分析美国影片《怨偶》时还曾提到，“它里面的每一个细节都和电影的主题思想有着直接的关系”，而且必须是“造型的素材”。关于这一点，美国电影理论家李·R.波布克也曾说过：“影片中出现的每一个细节——叙述手法、视觉形象的性质、表演、音响，都是为探讨这一主题而设计的。”

他以费里尼的影片《道路》为例说明：

> 在费里尼的影片《道路》中，人在一个没有爱的世界中的自我孤立这一主题，在剧本中得到了细致的处理。情节是描写一个巡回杂技演员藏巴诺的，他走遍了意大利荒僻而贫瘠的土地，表演一套廉价庸俗的把戏。海报上把他的表演说成是大力士的一个绝招，他用铁链捆着胸脯，一鼓气，挣断了铁链。藏巴诺是个粗野、残忍和郁郁寡欢的人，他为农村演出，他吃饭、睡觉，此外便同动物并无不同之处。在巡回演

---

① 〔美〕悉德·菲尔德：《电影剧本写作基础》，中国文联出版公司1985年版，第9—19页。

出中，藏巴诺邂逅了杰尔索米娜，一个奇怪的注定短命的生物，半是孩子半是女人。她是一个“奇迹般的”孩童，她的迟钝使她保持质朴，使她能自由地表示爱和欢乐。藏巴诺从她母亲那里买下了她，教她在他演出时吹喇叭给他伴奏。通过这个角色她成长了起来，并显示出一种卓别林式的杂技团小丑的素质。最重要的是，她产生了爱，她照顾藏巴诺，尊重他为人的本色。当一个救世主式的人物——走绳索者马托——进入他们的生活时，危机发生了。他们一块儿在一个小杂技团里工作，马托不断地刺激藏巴诺，他自己的欢乐和对世界的美感同藏巴诺的动物行为形成了对比。他对杰尔索米娜和蔼可亲而又无限钟情，他试图通过爱情来使她感到自己的价值。最后，一场希腊式悲剧已不可避免，他挑动藏巴诺，直到藏巴诺把他杀死。这个暴力行动吓坏了杰尔索米娜，使她得了痴呆症。藏巴诺在他的邪恶天性的驱使下，只图眼前利益，没有半点使人变得可爱的品质，他丢下睡在路旁的她，径自走了。抛弃杰尔索米娜后，藏巴诺体验爱情的唯一机会也随之丧失。他过着凄惨而悲哀的生活。奇怪的是，他怀念杰尔索米娜，他找到了她，但发现她已经死了。在影片的结尾，藏巴诺独自躺在沙滩上，呼喊着他自己的名字。

李·R.波布克在叙述完影片《道路》的故事之后指出：

为了揭示各个主要人物的相互形成对比的素质，影片中的每一个重要的戏剧性事件都是经过精心结构的，而且每一细节都在加强着影片的主题。藏巴诺被放在这样的情境之中，除了那些能满足他的生理需要的基本行为外，他不可能有任何其他作为，甚至他的显示力量的“伟大”绝招，也被如实地表现成一种骗人的把戏。与藏巴诺形成对比的是快活而可爱的杰尔索米娜，是她吹喇叭的表演，是她舞蹈式的步伐，是她对大自然和宇宙的好奇。影片中出现的每一个细节——叙述手法、视觉形象的性质、表演、音响，都是为探讨这一主题而设计的。在沙滩上的结尾场面里，藏巴诺认识到他因失去孩童般的女人杰尔索米娜而遭受多么大的损失，他向聋聩不灵的苍天呼唤，这个场面令人痛苦的效果是自始至终直接关系到主题的剧本结构和剧本所设计的细节的直接结果的。[1]

一部电影的剧情如果分成六七段，每段又可分成一二十场，每场戏又是由许多细节构成的。所以，细节是剧情中的小单位，虽然它还可以由若干镜头去构成。因此，如果说普多夫金指出的是主题要由具有造型形式的“剧情”去体现，而悉德·菲尔德指出的是“谈主题，实际谈的是动作和人物”，那么，李·R.波布克指出的是更小的单位——细节，他认为每一个细节都应为主题而设计。其实，我们所引用的这三位电影理论家的观点是一致的，这就是，影视剧的主题必须由细节所构成的剧情，或由人物和动作所构成的剧情去体现；而无论是细节，还是人物和动作，必须是视觉的，因而剧情也必定会以造型的形式出现。我们之所以要不厌其烦地列举各种观点，无非是想向读者证明一点，这些电影理论家都十分强调电影的主题必须是能够体现在银幕上的。

第四节　电影的主题要求单纯、明确

创作经验告诉我们，电影的主题要求单纯、明确，剧情也不要太复杂。

匈牙利电影理论家贝拉·巴拉兹在他所著的《可以看见的人类》一书中就曾明确指出，大多数文学作品改编成电影之所以失败，主要是由于编剧拼命地把过多的素材塞在一部长度有限的电影里。

虽然贝拉·巴拉兹指的是改编作品，但对所有的电影来说，都存在一个要求主题单纯的问题。在英、印两国合拍，曾荣获八项奥斯卡奖的影片《甘地传》的片头字幕里，第一句话就是：“一个人的一生是很难用一部影片说尽的。”这说明，人的一生内容丰富，而影片的容量有限。

贝拉·巴拉兹主张主题单纯的理由，是电影的长度有限。确实，影片的长度是受限制的。从观众心理来说，一部超过七千呎的影片就会造成观众的疲倦感。此外，凡有电影创作经验的人都知道，影片为了把一个想法表现出来，并给予观众以深刻的印象，就必须要有许多细致的描写。而且，往往在小说中的一个简单描写，要将它变成能够使观众产生联想的视觉形象，就需要运用许多复杂的形象。总之，电影在有限的长度内比小说或戏剧需要更多的素材。这也就决定了影片在有限的长度内不可能去表现一个很复杂的主题。

---

① 〔美〕李·R.波布克：《电影的元素》，中国电影出版社 1986 年版，第 24—25 页。

这一点，对电视连续剧来说并不存在。它可以描写主人公一生中许多不平常的经历，这些事件彼此间可以很少关联，而且每一集都有独立的趣味中心。即便是没有看过上集的观众，也可以通过片头介绍略知上集的内容，而毫无妨碍地去看下集。这也就决定了电视连续剧不存在一个主题必须单纯的问题。

对电影主题的另一个要求便是明确。

这不仅是对电影主题的要求，也是对电影制作整个过程的要求。因为电影是"一次过"的艺术；它不像小说，读不明白时，还可以翻回去重读，读到弄明白为止。电影中的每一个问题都必须绝对明确，尤其是电影的主题，如果作为基础的主题思想是模糊不清的，那么就必然要失败。当然，我们这里所说的明确，并不排除电影主题的意蕴流向，因为生活和情感的复杂性往往会造成主题的复杂韵味，甚至也会造成观众难于完整地讲述，或即使讲述出来，也有理解上的不同。但这并不等于说，创作者在创作时也可以是不明确的。因为，主题的不明确必然会导致作者失去创作的目标，也不可能把整个剧本组织起来，获得思想和艺术上的统一性。

普多夫金在谈到这个问题时，曾举过一个例子：

有一位编剧给我们送来了一个已经完成的电影剧本，描写的是俄国革命以前一个工人的生活情形。剧本的情节是以一个工人为中心而展开的。他在情节发展过程中接触了许多人，有敌人，有朋友；敌人伤害他，朋友帮助他。剧本开始时，主人公被描写成一个满不在乎的、放荡不羁的人，在剧本结尾时他变成了一个正直的、有阶级觉悟的工人。剧本具有细致而真实地描写环境的特色，有趣而又生动的素材证明了作者的确具有观察的能力和丰富的知识，可是这个剧本仍然没有被采用。仅仅按着时间的顺序连接起来的许多生活的片段、偶然的会晤和遭遇等，只不过是一些插曲而已。但作为主导思想而贯穿在所描写的全部事件中的主题，却正是这个剧本所缺少的东西。因此，剧本里面的各个人物就显得没有意义，主角以及他周围的人物的动作就像从窗口前面走过的行路人的活动那样地混乱和偶然。

这位作者依照别人给他提出的意见，把剧本修改了一遍。他在一个很明确的主题引导之下，小心地把主角的那条线索重新加以结构，以下述思想作为基础："一个人仅仅倾向于革命是不够的，要为革命事业服务就必须对现实具有正确的、有系统的认识。"剧本开始时那个只会嚷叫的工人，被改成一个轻举妄动的无政府主义者，因此，敌友就分明了，他同敌人以及他将来的朋友之间的接触都具有很明确的目的和意义，于是所有不必要的混乱的情形都消失了。这样，经修改以后，就成为一个很完整而且很有说服力的剧本。

普多夫金在举完这个例子之后，归结说："上面所规定的那个思想可以称为主题，主题明确，就必须能把整个剧本组织起来，因而也必定能使创作出来的作品很有力量。必须严格注意：要明确地拟定主题，否则作品就不会获得任何艺术作品所必须具备的思想性和统一性。"①

第五节 样式不同，主题的表达方式不同

一般来说，戏剧式电影的主题表现得较为明显。这是由于按照"冲突律"，矛盾的双方在经过一番较量之后，总会有一个是非分明的结局，而主题思想也往往会在此时明显地表露出来。

比如美国影片《魂断蓝桥》，由于战争造成玛拉的失业和沦为妓女，扩大了她和罗依之间原有的等级制度，导致她最后自杀。因此，这部影片的主题是反战和反对英国社会中壁垒森严的等级制度。

又如法国导演让·雷诺阿拍摄的影片《大幻灭》的主题是和平主义。

而美国影片《巴顿》的主题则是宣扬美国人的尚武精神（或英雄主义）。

美国影片《邦妮和克莱德》的主题，诚如导演阿瑟·潘所说，是"两个无意识的革命者"代表了美国20世纪60年代青年人的"反叛精神"。

而在写意性、抒情性较强的散文电影，或一些西方现代电影中的主题，则就表现得不那么显明。

如《哦，香雪》便属于一部写意性和抒情性较强的影片。关于它的主题，铁凝有一段记载：

1985年在纽约一次同美国作家的座谈会上，曾经有一位美国青年要我讲一讲香雪的故事，我毫不犹豫地拒绝了他。原因有二：一是我认为我的小说无法当做故事讲；其次在我的内心深处，觉得一个美国

① 〔苏〕普多夫金：《论电影的编剧、导演和演员》，中国电影出版社1980年版，第19—20页。

青年是无法懂得中国贫穷的山沟里一个女孩子的世界的。然而这位美国人把持着话筒再三地要求我,以至于那要求变成了请求。身边我们那位读过《哦,香雪》的美国翻译也竭力撺掇着我,表示他能把我的故事译得精彩。于是我用三言两语讲述了小说梗概,我说这是一个关于女孩子和火车的故事,我写一群从未出过大山的女孩,每天晚上是怎样像等待情人一样地等待在她们村口只停一分钟的一列火车。

我没有想到在场的人们竟为这小说兴奋不已:主持会议的作家马拉默德(今已故)为我鼓起掌来;两个不修边幅的大学生走上来拥抱并且吻我;一家名叫《毛笔》的杂志的主编对我说:"你知道你的小说为什么打动了我们?因为你表现了一种人类心灵能够共同感受到的东西。"接着他又问我是否读过肯尼迪总统的就职演说,我说很抱歉我从未读过。他说肯尼迪在演说里向人们描述过他当年是怎样从家乡小村里走出来第一次坐上火车的,肯尼迪的内心感受令人泪下。我没有过多地关注肯尼迪的感受,令我留意的是主编前边那句话:"你表现了一种人类心灵能够共同感受到的东西。"与其说我因了这句褒奖而获得了虚荣心的极大满足,不如说这句话使我忽然有点明白我为什么要写小说。细细地去想,这又是一句多么苛刻的咒语——我觉得事实上我是终其一生也未见得能够达到这一境界,或者我愿意终其一生去追逐这种苛刻。①

那位主编说:"你表现了一种人类心灵能够共同感受到的东西。"这"东西"究竟又是什么呢?

一位评论家说:"小说《哦,香雪》写在八九年前,农村承包责任制刚实施的时候,于是有人把它理解为颂扬和配合农村的新气象。这样说当然未尝不可,但它何以在今天依然那么动人,就回答不出了。这里忽视了美的存在和美的超越性。另有人则把它理解为所谓文明与愚昧的冲突,说它写的是现代工业文明对落后、保守、封闭的农业文明的冲击。这样理解也无不可,但把它纳入一个光秃秃的主题,复杂的韵味将会大受损伤。这里又忽视了生活和情感的复杂性。可以说,无论小说或电影,《哦,香雪》的成功,恰恰在于它与切近的、直露的思想主题保持了一定距离,而在更大的心灵空间里,让生活自然流淌,让意蕴自然展

① 铁凝:《共享好时光》,群众出版社1994年版,第102—103页。

现。影片并不是没有自己的主旨和结构重心的,但它是意象化、隐喻化的。在我看来,火车和大山,就是纵贯全片的两个对峙的象征,一个是速度、文明、新的时空和节奏的代表,一个则是稳定、沉默、缓慢、坚韧的象征。在这样的框架和结构里,冲突无处不在:动与静,快与慢,躁动与沉静,开放与封闭,追求与依恋,等等。而冲突的承担者,就是香雪、凤娇、朵儿这些大山的女儿。不过,所谓'冲突'完全是心灵化、内向化、情绪化的,一切都是朦胧的,含蓄的。那火车的长鸣,似在诱惑,似在呼唤,要唤醒沉睡的大山;而大山呢,是沉默而又多情的,它应和着,向往着,却又固执地婉拒着,含情脉脉地看火车穿过自己的胸膛。这就是我所感知的影片的基调。"①

看起来,这"共同感受到的东西",其具体内容又会因人而异:有认为是颂扬农村新气象的;有认为是表现了文明与愚昧的冲突;也有认为是现代工业文明对封闭的农业文明的撞击。而评论家的理解似乎比较接近这最后一种。但我以为,评论家的总的看法是对的:把《哦,香雪》纳入一个光秃秃的主题,复杂的韵味会大受损伤,因为,这样做忽视了生活和情感的复杂性。

西方现代派电影的主题就往往表现得晦涩难懂。

如由法国"左岸派"著名电影导演阿仑·雷乃拍摄的影片《广岛之恋》,影片映出后,引起各国评论界对影片的不同理解。有人说,这部影片的主题是描写一对异国男女的爱情;有人说,这是一部宣扬和平、反对原子战争的影片;也有人说,影片是要人们忘却痛苦的过去……对于上述种种理解,我们似乎都可以从银幕上找到它们各自的根据。那么,我们怎样来理解这一现象呢?这是由于在西方现代主义电影中,"生活流"影片"按照生活原来的样子"去记录生活,客观主义地将生活片段混杂在一起,而"意识流"电影又是将一些彼此缺少联系的回忆、幻觉构成影片,因此,都给人以支离破碎、晦涩难懂的感觉。当然这并非说作者创作时并无主题,如果我们看一下影片作者玛格丽特·杜拉在《广岛之恋》的"剧本大纲"中的阐述(她在阐述中表明了她的创作意图),我们可以了解到,这部影片主要还是要让人们去"汲取广岛事件的历史教训",而杜撰的爱情故事,是为了让创作意图"更具有说服力"。

① 《〈哦,香雪〉的味》,《大众电影》,1990年第5期,第10—11页。

思考题

1. 请述说主题的概念。
2. 什么是“无中生有”?
3. 影视剧的主题具有什么样的特征?
4. 为什么电影的主题必须单纯、明确?
5. 是否由于样式不同,主题的表达方式也会不同?

本章参考阅读书目

1.〔法〕雷内·克莱尔:《电影随想录》中的“用画面写作”。
2.〔苏〕普多夫金:《论电影的编剧、导演和演员》中的“主题”。
3.〔美〕悉德·菲尔德:《电影剧本写作基础》中的“主题”。
4.〔美〕李·R.波布克:《电影的元素》中的“主题”。

第二章
视觉的人物

第一节　人物是影视剧作的核心

叙述艺术作品的主题思想，是要通过对人物的塑造才能得到体现的。所以，人物在叙事艺术作品中处于一个很重要的位置。它是叙事艺术作品的核心，因此，高尔基把“文学”称作“人学”。叙事艺术家把研究人作为自己的职业，把写作的焦点放在塑造人物身上。当然，这里的“人”不是抽象的人，指的是“社会的人”，艺术家正是通过对人的研究和描画，去研究和反映社会的。

为什么人会成为叙事艺术的中心呢？这是因为，人是社会生活的主体。马克思说，人是“社会关系的总和”①。这就是说，社会生活中的各种关系、各种矛盾和斗争，都是从人和人的关系中体现出来的。所以，艺术要反映社会生活就要写人，叙事艺术是以人的活动为内容的。

哪一部故事影片能离开写人呢？《沙鸥》如果离开了沙鸥的经历和遭遇，就不成其为《沙鸥》了。《克莱默夫妇》离开了特德、乔安娜和儿子比利这些人物，存在于美国社会中离婚率高因而给家庭带来的严重不幸，以及父子从格格不入到须臾不能离开这些内容也无从体现。

甚至，包括那些写动物和写自然环境的作品，实际上也还是在写人。摄制于1988年的法国故事影片《熊》，写了两头熊：大熊卡尔和小熊汝克。在字幕表上扮演这两头熊的演员巴特和尤克的名字被排在扮演猎人的演员前边。因为他们是主角。他们在影片中代表着“善”，而猎人却代表了“恶”。这两头熊善良、充满同情心，特别是懂得“尊重”别人——卡尔甚至放走了曾经打伤过它的

① 《关于费尔巴哈的提纲》，《马克思恩格斯选集》，人民出版社1972年版，第一卷，第18页。

猎人。似乎动物对这些情感记得比人类还要清楚。显然，这两头熊在这部影片里是被拟人化了的，生活里的熊不会像卡尔和汝克那样善良、富有同情心和懂得尊重人。导演让一雅克·阿诺借人化了的熊表达了他的理想。

但是，这个道理，并非是所有的人都能懂得的。特别是初学写作的人，他们往往更看重故事，他们认为只要把故事写得曲折、生动，作品就能取得成功。这种看法对不对呢？如果是一个初学写作的人，我们不能去责备他，但如果是作家，我们就要责备他了。关于这一点，我们可以从两个方面来证明。

第一，从观众的感受来说，为什么有些影视剧看起来很热闹，过后不能耐人寻味，不能给人留下一个深刻的印象？相反，有些成功的作品，恰恰由于塑造出几个栩栩如生的人物来，而给观众留下难忘的印象？因此，人们称颂的好的艺术作品，也总是以人物的鲜明、生动为其主要特征的。如《红楼梦》中的贾宝玉、林黛玉，《水浒传》中的鲁智深、武松、李逵，《雷雨》中的繁漪、周朴园，《日出》中的陈白露，《阿Q正传》中的阿Q，《祝福》中的祥林嫂，《林家铺子》中的林老板，《骆驼祥子》中的祥子和虎妞……这些人物就像生活中的真人那样，有血有肉。他们似乎比真人还要真，因为在他们的身上概括着一类人的特征，体现出一定的社会意义来。

第二，从创作过程来说，其中心问题就是要塑造好人物。这是因为，人物是影片主题的体现者，矛盾冲突要靠人物来展开；情节的安排、场面的处理、细节的选择和运用，也都要以人物为依据。所以，影视创作必须抓住写人这个中心，抓住了人物，也就抓住了影视剧创作的关键。

以日本影片《远山的呼唤》为例。这部影片的主题是反映通过人们之间的友爱和帮助才能克服种种困难。那么，可以设想一下，如果离开了对民子和耕作这两个人物的塑造，以及对他们思想感情细致变化——从戒备到相爱——的描写，那么上述这个主题就会无从体现。而且，正是由于创作者将这两个人物写得十分逼真和丰满，因此主题也就体现得很充分。

再说这部影片的矛盾冲突，从开始民子对耕作戒备，到她们相爱但又不能相爱，都是沿着这两个人物的性格轨迹展开的。你看，最初民子对这个突如其来闯进她生活中的流浪汉当然要戒备，因为她和她的孩子是孤儿寡母；尔后，她不戒备了，也是因为她感到了耕作是一个朴实、稳重、能帮她劳动，可以依靠的男子汉；再后来，她爱上他，不仅因为她需要一个男人来帮助她，而且经过她细心的观察，他对她的儿子武志也很好，就像亲生父亲一样，而在民子看来，不爱武志的人是不能做她的丈夫的。可见，在剧情中的矛盾冲突的变化和发展，都是要以人物的性格为依据的，要靠人物来展开的。而且，只有依据人物性格展开的矛盾冲突，才是可信的、具有感染力的。

安排情节同样也是这样，必须要按照性格发展的逻辑，有先有后，有起伏、有跌宕地安排下去。民子对耕作从戒备到不戒备，从相识到相爱，以致发展到高潮时，民子竟然对耕作说出："你不能走，你走了我会感到孤独。"这些都是按照人物性格的轨迹来安排的，唯有如此，才能让观众感到可信，而不至于感到突然。

细节的选择和处理又何尝不是以人物性格为依据的呢？武志第一次给耕作送饭，腰里别了一把小木刀；武志第二次送饭，腰里的小木刀没有了，只有一句话："叔叔，你真行！"并学着耕作拳打虻田的样子，对这位叔叔怀着深深的敬佩。民子从医院治愈腰伤回来，看到武志缠着耕作要去骑马，耕作假装踢他一脚。这一细节，又积聚了他们各自的性格特征：从耕作这边来说，他爱武志，但又觉得妈妈刚回来，你应该去和妈妈亲热，现在要去骑马不是时候；从武志来说，妈妈住院期间，他已经把耕作看成是自己的父亲，一会儿也离不开他了。而此时民子的心绪就更加复杂了：耕作和武志日益亲密融洽的关系，有力地撞击了她寂寞的心，表达出她内心绵绵的情意，于是她发自内心地笑了。你看，仅仅是"一脚"的细节，又何尝不是以人物各自的性格为依据的呢？与此相反，若不依据人物性格去选择和处理细节，则必然流于一般，我们从一些失败的影片中经常可以见到这些类似的细节动作：正面人物激动起来，不是猛一下推开窗子，就是解开扣子，敞开胸怀，甚至捂住胸口，心脏病大发作……

这里，我们还要补充一句。高尔基说"文学是人学"，但他又说："艺术是创造性格的工作。"可见，创造人物，实际上指的又是创造人物性格。因此，我们说要以创造人物为核心，实际上也就是要以创造人物性格为核心。所以，作家应将自己的全副精力和笔力放到人物性格的创造上，就像德国著名文艺批评家莱辛说的那样："一切与性格无关的东西，作家都可以置之不顾。对于作家来说，只有性格是神圣的，加强性格，鲜明地表现性格，是作家在表现人物特征的过程中最当着力用笔之处。"①

而创造人物性格，其关键又必须掌握好性格逻辑。人的性格犹如车轨，有

---

① 〔德〕莱辛：《汉堡剧评》，上海译文出版社 1981 年版，第 125 页。

它发展之必然，因此也有人将性格逻辑称为“性格轨迹”。作品中人物的一言一行必须符合人物的性格逻辑，或者说，要按照人物性格的轨迹向前走，必须是他可能说的和可能做的。亚里士多德在《诗学》中说：“刻画‘性格’，应如安排情节那样，求其合乎必然律或可然律：某种性格的人物说某一句话，做某一桩事，须合乎必然律或可然律；一桩事件随另一桩而发生，须合乎必然律或可然律。”①离开人物性格的轨迹，主观臆造，是脱离生活的表现，既不可信，也毫无现实价值。因此，在创作中，作家不应将人物当傀儡，任意去牵动他。

相反的事情倒是有的：不少有成就的作家，当他深入到人物性格之中，便会产生出一种身不由己的状况，由人物牵着他走。在世界文学史上，不乏这样的例子。

鲁迅笔下的阿Q最后的“大团圆”（被枪毙），据鲁迅先生自己说：“其实‘大团圆’倒不是‘随意’给他的；至于初写时可曾料到，那倒确乎也是一个疑问。我仿佛记得：没有料到。”他又说：“……而阿Q却已经渐渐向死路上走。”②可见，阿Q的结局是他自己往死路上走去，鲁迅先生事先也并未料到。

托尔斯泰《复活》的结局，在第一稿中，他让聂赫留朵夫和喀秋莎结婚。但托尔斯泰马上感觉到聂赫留朵夫是有罪的，他是“为这些妓院制造商品的人”。因此，作者感觉到喀秋莎跟那个毁了她一生的人和解，显得没有内在的理由，甚至是虚伪的。他觉得，尖锐的生活悲剧被人为地装上了一个幸福的尾巴。于是，托尔斯泰说：“整个结尾都得重写，把那幸福的尾巴——在英国的生活——删去。”1898年7月，托尔斯泰怀着非常满意的心情把旧的结尾一笔勾掉。苏菲亚·安德烈耶夫娜在8月23日的日记中写道：“早晨列夫·尼古拉耶维奇写了‘复活’，对那天的工作非常满意。当我走到他面前的时候，他对我说：‘告诉你，他没有跟她结婚。今天我把全部写完了。换句话说，解决得非常好！’”③可见，托尔斯泰在经过了激烈的思想斗争，甚至是巨大的痛苦之后，终于，人物性格战胜了作家的主观假定，沿着人物自己的轨迹往前走了。

在托尔斯泰的另一部巨著《安娜·卡列尼娜》中，安娜最后自杀，也是她性格发展的必然，不带任何神秘色彩，也并非是托尔斯泰任意派给她的。

---

① 《西方文论选》上卷，人民文学出版社1964年版，第72页。

② 鲁迅：《〈阿Q正传〉的成因》，《鲁迅全集》第3集，人民文学出版社1956年版，第279页。

③ 〔苏〕多宾：《论情节的典型化与提炼》，作家出版社1956年版，第40页。

第二节　人物性格的塑造

在生活里，对一个孤零零的人，我们恐怕很难了解到他的性格和个性特征，因为他没有表现，没有语言和行动。但如果让他和别人发生关系，也就是说，把这个人放到一定的人物关系当中去，特别是放到包含着矛盾冲突的人物关系当中去，那就不一样了。我们从他的行动和语言中，从他和他人的关系中，看到了他的性格特征。所以，要想塑造好人物性格，必须写好人和人的关系，即将人物放到矛盾冲突中去表现他们的性格。

那么，什么是“人物关系”呢？所谓人物关系实际上就是我们通常所说的“环境”。一说到环境，我们常常会简单地理解为自然环境，如我们所住的房子，上课用的教室、公园、森林……其实这只是环境的一个组成部分。环境的另一个主要部分就是社会环境。艺术创作主要反映的是以人为中心的社会环境。马克思指出：“人的本质并不是单个人所固有的抽象物。在其现实性上，它是一切社会关系的总和。”[①]马克思告诉我们：第一，人并非是抽象的人，他是社会人，在人的身上打着社会的烙印，这就是人的现实性。因此，通过艺术作品中描写的人，我们可以看到社会的一斑。第二，社会中的人处在特定的社会关系中，换句话说，他被人与人之间复杂多样的关系所决定。所以，马克思告诉我们，在艺术作品中社会环境（人与人的关系）不仅围绕着主人公，而且是驱使他行动的力量。

举例来说。影片《天云山传奇》中的女主人公是宋薇，构成她的社会环境，也就是人与人的关系的，便是罗群、吴遥、冯晴岚、周瑜贞等人。她是一个天真、纯洁，但又软弱、幼稚的女性。当作者将这样一个女性放置到“反右”斗争中去时，她面临的是一场扩大化了的阶级斗争的暴风雨。于是，当她心爱的人罗群突然成了右派分子后，她的表现必然是晕头转向，不知道该怎么办。尽管理智告诉她，据她以往对罗群的了解，他不可能成为阶级敌人，但是，她更“怕犯错误，怕挨批评，怕孤立，怕被人瞧不起”，最后，她木然了。当吴遥要她站稳立场，和罗群划清界限，彻底决裂，当面对来自四面八方的批评时，她木然了。作者就是这样，将环境的巨大压力和她自己性格上的因素结合起来，沿着她自己的性

---

① 《马克思恩格斯选集》第1卷，人民出版社1972年版，第18页。

格轨迹,被驱使与罗群划清界限,酿成爱情悲剧。

接着,特区陈书记来给宋薇做媒了,他说吴遥"原则性强,有能力,生活作风也很严谨,将来政治上还要大有发展的"。宋薇当时完全没有想到,慌忙摇头:"他?不行……"哪知陈书记严肃起来:"你呀,你是相信组织上的呢?还是相信你自己的?"作者将宋薇放在当时很难与组织抗衡的环境之中,按照她软弱的性格,她必然屈从了。

总之,宋薇的软弱、无知的个性,在以吴遥、陈书记为代表的当时的历史环境中,她把盲从当做就是听党的话,把政治上的虚荣当做积极进步。

环境不仅驱使人物行动,同样也显示着它自身的典型意义。宋薇的爱情悲剧揭示了极"左"路线不仅损伤了我们的党和国家的形象,而且扭曲了人性,异化了人性,破坏了伦理道德,破坏了我国人民应该享有的自由爱情生活。影片剧本的作者鲁彦周曾指出:"可以这样说,没有宋薇这个人物,《天云山传奇》就不可能反映我们二十年来的'左'倾思想的危害,仅仅有个罗群是远远不够的。"影片中宋薇有一段内心独白,正好说明了性格与环境的关系。宋薇扪心自问道:"我为什么那样无情地抛弃了他?我该怎么解释我当初的行为呢?"她自己回答说:"我不由想起了当时的情况,当时的历史环境和我们这一代人的思想。我们那时是真诚地把政治当做第一生命的,党组织的话是绝对神圣不容怀疑的。那时我们常说,为了党,可以牺牲一切,也绝对不是假话,既然生命都可以牺牲,又何况个人的痛苦。当时我们毕竟是年轻呀!"宋薇单纯、幼稚,她对党充满信任,而代表着当时历史环境的吴遥和陈书记便利用她的幼稚和单纯,以革命的需要为名,束缚她的思想,践踏她的情感,作品显示出具有代表性的历史环境,和它是怎样驱使着人物行动,并造成一场爱情悲剧的。所以,宋薇的爱情悲剧打着我们20世纪50年代特有的印记。

后来,宋薇思想感情的变化仍然离不开围绕着她的那些人物关系所构成的环境。他们从正反两个方面影响着宋薇,驱使她走向转变。

首先是冯晴岚和罗群。1978年,冯晴岚给宋薇寄来一封信,宋薇从信中得知自反右她离开罗群后的一切:冯晴岚不仅和罗群结合,历经"大炼钢铁"、"大跃进"、"文化大革命"多次运动,受尽折磨,冯晴岚的身体被摧垮了,随时都有死亡的可能。但冯晴岚告诉宋薇:"即使我今天就离开人世,我也可以骄傲地宣告,我是幸福的。"冯晴岚接着反问宋薇:"宋薇同志,你呢?"宋薇被问住了,她心情悲凉、茫然,无以答对:"我……"但冯晴岚是相信宋薇的:"你这个心地善良而聪明的人……我相信也一定能够总结历史经验,迈开新的步伐。至于罗群的问题,即使有人还想阻挠,但我相信很快就会解决的,这是历史的必然。我只希望你不要做一个阻挠历史前进的人。"无疑,冯晴岚以其高洁的心灵,与宋薇的人生道路形成强烈的对比,把宋薇推向思考过去和反省自己的行动上去。

另一个女性周瑜贞,同样起到推动宋薇转变的人物关系作用。周瑜贞怀着对罗群钦佩的心情,以其青年人特有的棱角,撞击着宋薇的心灵,触及她的隐痛,促使她既去解剖自己,也去解剖那段历史。她毫不掩饰地指责宋薇:"我认为他们(指罗群和冯晴岚)的情操是高尚的,对党是忠诚的,信念是坚定的。我真不明白,你们组织部怎么对她的申诉连理也不理!"周瑜贞走过来,猛地抓住宋薇的膀子对她说:"我们别再弯弯绕了!当初你为什么那样无情地抛弃了他?!难道你真的认为你丢掉的是真正的右派分子,我认为,你丢掉的是一颗最宝贵的心!大姐,不能再像冰库里的鱼那样生活了!又冷又不见天。是认真思考的时候了。"周瑜贞动情的话每句都打在宋薇的伤痛处,她开始反省自己了。

同时,吴遥又作为宋薇环境的另一个组成部分,从反面推动着她的转变。婚后的生活,都是吴遥说了算,宋薇的工作是吴遥安排的,名曰地委组织部副部长,却有职无权,连吴遥的心腹朱科长都可以给她软钉子碰。在家里没有情感,没有生活理想,吴遥从疗养地带回来两名女客人,宋薇要为客人下厨做菜。影片中有一场戏无疑是深深触动了宋薇的:当吴遥发现宋薇在他疗养时要为罗群改正错案,便将纸屑扔到宋薇脸上,却又让她擦擦脸,不要叫人看出刚吵过架的样子。在会议上,他说为罗群改正错案的这个申诉是颠倒是非的,并说宋薇以庸俗的家庭关系代替了严肃的工作关系。宋薇忍无可忍退出会场,吴遥还解嘲地说,"女同志哟,就是脆弱一些。"吴遥这一切促使宋薇反思:"这是一种什么生活?二十年来,凡是要引起冲突的地方我始终退让,尽量往好处去想……现在重新工作以后,他又把挨整当做资本,认为自己一贯正确。连我们的家庭生活,也不知不觉地又回到那种冷冰冰的状态,甚至把纸片砸到你的脸上,还得让你坐在那里听他训话……"吴遥是当时历史条件下阻碍"三中全会"精神贯彻的代表人物,开始觉醒起来的宋薇逐渐对他有了认识,原来她的悲剧是吴遥一手造成的。她终于忍无可忍地发作了,她尖声地对吴遥哭叫着:"你还有完没完啦?!你不能欺人太甚了!你以为你的用心别人就看不出来吗?你!……你是欠了债的!"大环境的变动和生活的教训,使宋薇终于摆脱了精神桎梏,从被愚弄中觉醒并站了起来。总之,在两个不同的环境中,二十年前后,作者沿着宋薇性格发展的轨迹，表现了她灵魂的历程。

诚如黑格尔所说，叙事艺术无一不是通过对不断变化的各种社会关系及寓于其中的人物命运的描写，来塑造艺术形象、反映特定现实的。可见，环境（人物关系）和人物性格在叙事艺术作品中都不是静止的。环境（人物关系）的变动驱动着人物按照其自身的性格轨迹向前发展，显示出人物性格的特征；而人物思想性格的发展和变化，反过来，又展示出由人物关系所构成的环境的发展和变化。它们是一种相辅相成的关系。

第三节　人物的视觉造型

以上我们谈的是一般叙事艺术作品中塑造人物的应注意之点。下面我们再来谈谈影视剧塑造人物的特点——视觉造型性。

影视剧主要依靠视觉形象作用于观众，因此，影视剧中的人物必须具有视觉造型的特点。

在托尔斯泰的著名小说《安娜·卡列尼娜》的一开始，作者在"幸福的家庭都是相似的；不幸的家庭各有各的不幸"这两句读者所熟知的话之后，讲述了一个故事：妻子发觉丈夫和法国家庭教师有暧昧关系，妻子拿到一封信，是这封信泄漏了秘密。当妻子拿着这封信责问丈夫时，托尔斯泰这样写道："那一瞬间，在他身上发生了一般的人在他们的极不名誉的行为突如其来地被揭发了的时候所常发生的现象。他没有能够使他的脸色适应于他的过失被揭穿后他在妻子面前所处的地位。没有恼怒，否认，替自己辩护，请求饶恕，甚至也没有索性不在乎——随便什么都比他所做的好——他的面孔却完全不由自主地（司忒潘·阿卡谛耶维奇是喜欢生理学的，他认为这是脑神经的反射作用）——完全不由自主地突然浮出了他那素常的，善良的，因而痴愚的微笑。"①显然，这一段描写完全是用于塑造丈夫司忒潘·阿卡谛耶维奇处于窘境中的神态的，但其中的许多描写都不具备视觉造型性，唯有最后一句"不由自主地突然浮出了他那素常的，善良的，因而痴愚的微笑"是能够被表现在银幕或屏幕上的。

可见，影视剧中的人物塑造，归根到底，是以这种描写能否展现在银幕、屏幕上为准则的。能则留，不能则去。

---

① 〔俄〕列夫·托尔斯泰：《安娜·卡列尼娜》，人民文学出版社1956年版，第3页。

虽然影视是通过声画结合的银幕形象诉诸观众的视觉和听觉，但视觉应是构成银幕形象的主要因素，所以，影视剧作家往往把“沉默是金”作为创作的座右铭。因而，直观的造型动作，包括人物的脸部表情和形体动作，就成为影视剧塑造人物形象的极为重要的手段。

西方有一位电影理论家说过这样的话：电影中人物的一个微妙手势所取得的效果，小说家可能要重复二三十次才能取得。这说明了影视剧用动作去刻画人物所能取得的艺术魅力和艺术效果。如果说，小说用文字描绘，戏剧用大段大段的性格语言作为刻画人物的手段，那么，影视剧作家则应十分重视人物造型动作的描写。这方面优秀的例子是举不胜举的，如《城南旧事》中小英子看着骆驼嚼草，自己的上下腭也不由自主地动起来的动作，表现了她的天真和稚气。又如日本影片《远山的呼唤》中耕作佯装踢武志的动作，又显示出他们之间犹如父子的关系。《红衣少女》中安然那双纯净坦荡的眼睛，表现了这位少女对生活有着自己独特的审视。《李双双》中的李双双听见喜旺说，要她“放点人情，少给干部提意见”，她立马把包袱摔了过去。《董存瑞》中的董存瑞已经被五大三粗的对手摔倒了两回，还拽住人家要一比高低。这些为大家所熟悉的造型动作，既符合人物性格逻辑，即“性格选择着动作”，同时又活脱脱地揭示出人物性格的特征。它们所造成的强烈的视觉上的冲击力，是语言难以企及的。影视剧作家们，从在生活里搜集素材开始，就应懂得在不同的情境和场合里，摄取个性化的造型动作，使它们成为刻画人物的主要艺术手段。

在影视剧中刻画人物，除了动作，还有语言，我们将在“语言”一章中详谈。

前面我们已经说过，环境主要是指社会环境，在影视作品中它又往往体现为具体的人与人的关系。这种关系，包括主人公以及围绕着他的各种人物，也都应当通过视觉造型的手段去加以表现，这是不言自明的。那么，对自然环境又应怎样去描画呢？

应该着重强调：影视是一种十分强调对自然环境描写的艺术，它似乎要比戏剧、小说重要得多。所以有些影视剧作家，先要列出场景表，然后再根据所列出的每一场景，去写活动在其中的人物的动作和语言，从这种做法里也可以看出影视艺术重视对自然环境的描写。

我们所说的自然环境是指电影剧本中人物所处的活动场所，它必须是真实可信和具有表现力的。与戏剧相比，戏剧受舞台的限制，环境描写具有很强的假定性，不仅明显可以看出布景是画的，而且观众还可以看到侧幕。戏剧的场景也不可能多,因为只有三小时左右的演出时间和二三十平方公尺的舞台面积可以活动。所以,早期的话剧分为三四幕,至多不超过五幕。在近代话剧里,也是三至五幕(十数景),有时一幕两场,但景不换。这样,无形中缩小、局限了对生活画面的展开。我国的戏曲,环境的设置则更加简略,有时到了象征性的地步。由于不用灯光和布景,所以无论是地点、季节还是气候的变换,都得依靠演员的动作配合以音乐(或声响)去表达。有的小说十分讲究环境描写,如曹雪芹写的《红楼梦》和托尔斯泰写的《安娜·卡列尼娜》,都能非常准确而有力地在读者的想象中呈现出人物活动的场面。他们不仅是善于刻画人物性格的巨匠,也是描绘人物活动环境的能手。但有的小说却往往忽视对环境的描写,根据作者所提供的文字形象,读者很难在想象中构成一个清晰的场面。比如,人物究竟活动在一间什么样的屋子里,墙壁的颜色是什么样的,光线如何,等等。我们通常把这样的作者称为"对视觉因素不感兴趣"的作者。然而,对电影剧作者来说,决不能"对视觉因素不感兴趣"。电影剧作者对环境的描写,必须真实、具体,要使人物如同生活在现实世界里一般。这是观众对电影的要求。观众可以允许舞台上出现的环境带有假定性,也可以允许有些小说不作环境描写,却不能容忍银幕上出现的环境有任何虚假,更不用说影片只有人物而没有环境了。电影摄影机的镜头具有真实表现环境的功能,而且随着科学技术的不断发展,这种能力还在不断得到加强。比如,在影片《乡音》中,妻子为丈夫倒洗脚水的那场戏,妻子手持小油灯从灶间走到堂屋里来,光影的变化运用了照明辅助光,因此显得虚假;如果使用高速感光胶片,不用辅助光即可拍出真实得多的影调昏暗的小屋来。现代电影之所以越来越多地采用外景,虽然和摄影机的轻便化有关,但更主要的却是和电影要求真实地表现环境有关,因为画出来的布景总不如生活中固有的处于动态中的背景真实。

电影剧本对环境的描写必须真实,但又不能只限于追求真实,还应给每个人物找到独特的环境(尽管这些人物在实际生活中完全可以出现在任何地方),应使环境和人物发生内在的联系,成为人物行动的依据,或是成为渲染人物思想感情的重要手段。这时候的"环境"已可称为"情景"。北京电影学院青年电影制片厂拍摄的两部影片《邻居》和《沙鸥》,都是能将环境当做"情景"来描写的。在影片《邻居》里,筒子楼杂乱拥挤的摆设和做饭、炒菜的繁忙情景以及喜队长家的双层床不小心就会碰头,夫妇深夜交谈翻身时床板的吱吱声等所造成的三代同堂的真实气氛,都跟人物、人物性格和命运有着内在的联系。影片《沙鸥》的作者，在沙鸥经过极度的悲痛之后，安排她去重访圆明园，感受我们伟大民族的不屈不挠的精神。作者在这里利用各种富于抒情性的场景细节，如秋日的细雨，寂寥的枫林，圆明园的石柱、柱顶、残破的石块，还有与这一切形成鲜明对照的——归途上一群群欢笑的青年带着鲜红的枫叶骑车而过……比较生动地烘托出沙鸥的内心思索和激情。这些经过精心设计和安排的人物环境，不仅具体到使观众感到历历在目，而且具有极其鲜明的特性。

高明的电影剧作者，还能使环境成为构成诗一般意境的有机部分。这有助于使电影剧本摆脱单纯的叙述故事，达到艺术的境界。如在英国影片《苔丝姑娘》的开始，作者是这样构思的："一望无际的田园和森林的远景，英格兰多瑟特地区，翠绿景色显得格外动人。随着女主人公苔丝的流离变迁而不断出现的森林、牧场、河流、山谷，景致是那样的绚丽多彩。"于是，我们随着剧情的发展，看到了各种各样的自然景色：初秋的原野，一条乡间大道伸向远方；夕阳西照，草地金黄，树丛呈现出深棕色；慢慢地，夕阳的残照转换成茫茫的暮色……这些画面几乎可以和19世纪欧洲的农村风俗画媲美。而在这些画面中，贯穿着两种诗一般的意境：一种是英格兰多瑟特地区恬静的田园风光（实际是在法国诺曼底的布列塔尼地区拍摄的），另一种则是作者为苔丝姑娘"流离变迁"的规定情景而设置的冷峻的色调。电影艺术家正是凭借他们对本民族风土人情的熟悉和了解，以及他们深厚的艺术造诣，把这两种意境汇集成一种诗情，具体地融会在自然环境中了。在我国影片《巴山夜雨》中，也有类似的自然环境描写：三峡中的波光水色、岸壁洲渚，霏霏细雨中神女峰的朦胧剪影……也都是我国特有的自然景色。若把影片《苔丝姑娘》中的自然环境描写比作一幅幅精致的油画，那么，《巴山夜雨》中的自然环境描写就像中国传统的水墨长卷，联系着人对自然的深切感受，也显得那么冷峻，使人联想到处在浩劫年代的人民仿佛正在那湍急的江流中航行。总之，用电影画面去表现自然环境的诗情画意，是值得电影剧作者给予重视的。

既然我们谈的是电影的环境描写，那么，剧作者还需充分调动和运用电影所特具的光影和镜头变化等诸种手段去描写环境。比如在影片《沙鸥》里，当沙鸥听说球队获得世界冠军的喜讯后，立即让人推着她坐的轮椅，走出病房。此时，轮椅被安排在长长的走廊里行进，走廊上的灯照在沙鸥身上，时明时暗地变幻着。这一光影的变化，增强了此时此刻对沙鸥不平静的心情的渲染。这场戏是将长镜头和光影的变化配合应用的，取得了独特的艺术效果，成为揭示人物内心状态的重要段落。

总之,电影剧作者应当十分重视环境描写,在求真的基础上创造出"背景"和"意境"来。此外,剧本中的环境描写宜详不宜略,因为这将有助于以导演为首的摄制组进行再创造。苏联电影艺术家杜甫仁科以他自己的创作实践经验这样写道:"应当这样来写作电影剧本,就是要使得情景说明即使长些,但是确切而富有创造性,不仅能帮助导演,而且能帮助刚来参加拍摄工作的演员正确地理解剧本作者的意图。"①

以上说的是影视剧作中人物和环境的视觉造型性,那么心理描写(或者叫做"内心直视")与人物的视觉造型性是否相抵触呢?过去,我国电影界认为,心理描写是电影所不能胜任的。如著名的电影剧作家柯灵曾这样说过:"在电影里,如果要观众了解片子里的人物是什么性格,抱有什么样的思想,那只有请人物用自己的行动和语言(主要是行动)来表现,让观众从他们的行动和语言中得出明确的印象。……小说里对人物的心理描写部分,也是电影所不能胜任的。"②这说明,在过去的影片里,要想表现人物的心理活动,必须找到相应的外部动作。如运用电影的特写镜头,去"放大"人物动作,以显示内心状态:双指夹着的纸烟在颤动,表示人物内心的紧张状态;两只脚在地面上急促地来回走动,反映出人物惶急的心情;一对发光、兴奋的眼睛,表达出人物遇到了意外的高兴事情……或借助电影在展现环境方面的特殊能力,去揭示出相应的人物内心活动。如在苏联著名影片《夏伯阳》中有这样一场戏,是描写夏伯阳送别政委富尔曼诺夫的:

夏伯阳阴郁地望着地面。

富尔曼诺夫坐上汽车。旅长在他身旁坐了下来,"砰"的一声关上了车门。

夏伯阳走近了几步,他的脸面显得非常忧郁。

富尔曼诺夫亲切地看着他。

司机开动了汽车。

夏伯阳想要追上前去,但又停止下来。

汽车加快了速度……夏伯阳兀立不动。

---

① 〔苏〕杜甫仁科:《杜甫仁科选集》,中国电影出版社 1982 年版,第 884 页。

② 柯灵:《电影文学丛谈》,中国电影出版社 1979 年版,第 22 页。

汽车加快着速度，驰向了远方。政委的战友们目送着他。

夏伯阳很久很久地站在那里，凝望着那逐渐逝去的黑点。

在这个段落的结尾处，剧本用了一个夏伯阳的主观镜头：他凝望着富尔曼诺夫远去的汽车以及伸向远方的扬起尘土的车道。拍成影片后，这是一个很长的段落，刻画出夏伯阳此时此刻复杂的惜别心情。这种用人物生活于其间的环境去体现人物心理活动的方式，显然已脱离了单纯依靠人物的形体和动作的那种方式，而且充分发挥了电影不可比拟的、用视觉形象以及不同的"景别"去展示具体环境的能力。因此，它比其他艺术运用这种"以景写情"的手法，要显得优越。

值得我们特别提出的是，随着电影表现手段的不断丰富和发展，电影像小说那样，可以直接去描写人物的心灵。它用直接的视像去表现，形成一种电影独具的心理描写手段，我们称之为"内心时空"。比如，在影片《天云山传奇》中，罗群被错划成右派，特区党委运动办公室主任吴遥要宋薇和罗群划清界限，他向宋薇做思想工作，讲述罗群如何"反党"。这时，影片切入一个个过去宋薇和罗群相处的美好的、朝气蓬勃的镜头：

吴遥："罗群是有组织、有计划地向党进攻。……"

宋薇的听觉模糊起来，她不知道吴遥说些什么，脑海里出现了——

森林。罗群靠着大树，爽朗地大笑。他又抬头看笔直参天的大树，笑声在森林回荡。

罗群牵着马（马上坐着老工程师）向欢呼的同志们笑着招手。

宋薇回忆中木然的脸。画外音：罗群笑声。

上古堡的罗群，背一个皮包，笑声。

罗群在古碑前，大笑着说："我是学者？"

宋薇陷入回忆的脸。画外音：罗群笑声。

吴遥还在严肃地讲着什么。

宋薇陷入回忆的脸。

罗群与宋薇河边相见时的笑脸。笑声。

吴遥说得起劲的嘴。

宋薇陷入回忆的脸。

罗群和大家握手。

宋薇陷入回忆的脸。

宋薇和罗群甜蜜地依偎在一起。

罗群画外音："让我们永远在一起。"

(拉)宋薇的回忆被吴遥的说话声打断，她又回到现实中来了。

影片就是以这种用直接视像来揭示心灵的手法，体现了宋薇此时此刻复杂矛盾的内心感情：罗群是这样一个好干部，他能是一个反党反社会主义的右派分子吗？这里，电影运用声画对位蒙太奇（吴遥的声音和美好的罗群的画面）以及现实和回忆的组合（吴遥做宋薇思想工作的现实动作和宋薇对过去的回忆），达到了揭示人物内心世界的目的。

可见，今天的电影已经和小说一样，可以直接去描写人物内在的思想感情。不同的是，小说用文字去做心理分析，而电影则是通过画面（直接视像）和时空技巧的运用，使自己大大优越于戏剧而接近小说。

我们说，在描写人物内在的思想感情方面，电影已经接近于小说，这说明，电影还不完全等同于小说。这是因为，电影在表现心理方面还不能和小说享有同等的自由。这一点，也是我们必须明确的。布鲁斯东曾经指出：电影"无法表现超时间性的感觉或者神秘的灵感一现，因为即使在那备受赞扬的'闪回'中，故事也照旧随着影片的前进运动而不断地向前推进。不论电影有多大的能力造成幻觉，它终归把观众限制在一个可测量的有规律的时间系统之内"[①]。克拉考尔曾以伯格曼的《野草莓》为例说明这个观点。他说："伯格曼的《野草莓》中的老医生深感内心空虚、世态炎凉，便不时堕入回忆，对某些往事愈来愈有如在眼前之感。然而这些闪回的画面并非孤立的插入镜头，他亲身进入这些镜头，他往昔的朋友们、年轻时代的他和害得他腼腆难言的可爱的姑娘，都跟他近在咫尺。"因此，"过去和现在之间……这种距离也被消除了。……过去不再是一个与现在相隔绝的领域，它于是就名副其实地变成了现在，而当渐次展开时，老医生本人便发生了变化。"[②]所以，我们必须明确：小说可以随心所欲地把过去的事情和现在的事情交杂在一起，而电影虽然也可以运用"闪回"把过去和现在交织起来，但是出现在银幕上的"过去"仍会带有当前事件的烙印。因此，电影运用"闪回"展现人物的心理，不仅不如小说自由，其所展现的内容也不尽相同。

---

① 〔美〕乔治·布鲁斯东：《从小说到电影》，中国电影出版社 1981 年版，第 226 页。

② 〔德〕齐格费里德·克拉考尔：《电影的本性》，中国电影出版社 1981 年版，第 298—299 页。

所以，影视剧作者在注意到电影造型性的同时，还必须认识到，影视的造型性不仅不与展示人物内在的心理活动相抵触，而且，它恰恰适用于对人物内在思想感情的刻画和表现，这是一个方面。另一方面，也还必须认识到，影视运用画面去展现人物的心理往事，往往带有当前事件的烙印，致使它和小说又有差别。

上面我们分别谈到了人物造型、动作造型、自然环境的造型，以及影视剧中的心理描写。它们在影视剧本中结合成为一个整体，形成整个影视剧本的视觉造型性。下面我们以意大利新现实主义电影的代表作《偷自行车的人》这部影片为例，从中可以看到人物的视觉造型（包括人物的动作造型），场面的选择，环境气氛的渲染和掌握，都以视觉造型的形式出现，并融为一体。

在这部影片里，描写了一个长久失业的工人安东好不容易得到了一份贴海报的工作，条件是必须自备一辆自行车。安东从当铺里赎出自己的自行车，高高兴兴地去上班了。哪里知道，就在他爬上梯子贴第一张海报的时候，他的自行车被偷了。他带着自己的儿子布鲁诺跑遍了整个罗马城，最终也未能找回自己的自行车。处于穷困潦倒中的安东，迫不得已也去偷别人的自行车。可是，他一下就让人抓住了。人们打他、骂他。安东在布鲁诺面前失去了父亲的尊严。这部影片运用纪实主义的手法，揭示了第二次世界大战结束后意大利严重的失业和贫困的状况。作者为了阐明安东这一失业者的悲剧，在结尾处，安排了父亲走投无路去偷别人的自行车而被人逮住时，父亲在儿子面前被夺去了尊严这样一段震撼人心的情节。而这一情节，完全是通过人物的视觉造型、场面的选择以及对环境气氛的渲染而得到体现的：

安东和布鲁诺又慢慢在街上荡来荡去。布鲁诺擦干了眼泪，扬起小脸来望着他父亲。

旁边还是那样车来人往，熙熙攘攘。这爷儿俩时常被人家撞开或是碰着一下。但他们好像什么也不觉得。

安东两眼发直，什么也没有看见，始终呆望着一点。

……最后一批观众也从体育场出来了。人们谈论着自行车竞赛的结果，都非常兴奋。谁也没有注意到安东和布鲁诺，他们在茫茫人海中显得多么孤独。

安东一眼又一眼地看着儿子。稀稀落落的几滴眼泪顺着他的脸流下来。

布鲁诺紧紧握着父亲一只手。安东也握一握他的手来答谢他。

他们就这样越走越远，在人丛中不见了。

在这个段落里，有些属于“人物的视觉造型”（包括“人物的动作造型”）：

1. 布鲁诺含泪扬脸看父亲；

2. 而安东“两眼发直，什么也没有看见，始终呆望着一点”；

3. 后来他又含泪“一眼又一眼地看着儿子”；

4. 终于父子俩互握对方的手，鼓励和表示答谢。

有些是既属于“场面的选择”，又属于“环境气氛的渲染”：

1.“旁边还是那样车来人往，熙熙攘攘”；

2.“爷儿俩时常被人家撞开或是碰着一下”；

3. 从体育场中走出最后的人群；

4. 父子俩消失在这“茫茫人海之中”。

而作者之所以要选择这些看起来极其真实、而又很平常的场面和“喧闹”、“兴奋”的环境气氛，无非又是为了反衬出安东父子俩的极度孤独。

可见电影剧作者正是通过这种种造型处理，完成叙述故事的功能，并调动起观众无限关切和惆怅的情绪的。故而，电影剧本虽然同样是以人物的命运去征服观众的，然而，它又是通过具有视觉造型性的画面得到直接体现的。因此，通过造型因素传达剧本的含义，应该说是电影最独特的手段。

思考题

1. 为什么说人物是影视剧作的核心？

2. 怎样塑造人物性格？

3. 在影视剧中塑造人物形象，需注意什么特点？

本章参考阅读书目

1.《关于费尔巴哈的提纲》，《马克思恩格斯选集》第1卷，第18页。

2.〔德〕莱辛：《汉堡剧评》，第125页。

3. 鲁迅：《〈阿Q正传〉的成因》，《鲁迅全集》第3集。

4.〔苏〕多宾：《论情节的典型化与提炼》。

5.〔美〕乔治·布鲁斯东：《从小说到电影》。

6.〔德〕齐格弗里德·克拉考尔：《电影的本性》。

第三章
视觉的情节

第一节 人物性格的发展史

什么是叙事艺术的情节？历史上许多名家曾对它下过定义。

最早给情节下定义的人，当属被恩格斯誉为“最博学的人”，也是古希腊著名的哲学家和美学理论家的亚里士多德(公元前384—公元前322)。他在《诗学》一书中，十分强调情节在悲剧中的重要性。他说：“情节乃悲剧的基础，有似悲剧的灵魂。”他又说：“……整个悲剧艺术包含‘形象’、‘性格’、‘情节’、‘言词’、‘歌曲’与‘思想’。六个成分里，最重要的是情节……”

亚里士多德的话，无疑是强调了情节在悲剧中的重要性，是第一位的。

正因为他如此看重情节，因此，他在《诗学》中用了大量的篇幅来谈情节，如：“……情节，即事件的安排。”而且情节必须“完整”。那么，什么是完整呢？他解释说：“所谓‘完整’，指事之有头、有身、有尾。所谓‘头’指事之不必然上承他事，但自然引起他事发生者；所谓‘尾’，恰与此相反，指事之按照必然律或常规自然地上承某事者，但无它事继其后；所谓‘身’，指事之承前启后者。所以结构完美的布局不能随便起讫，而必须遵照此处所说的方式。”[①]

有人指责亚里士多德的说法，认为作品中的人物应该有他的“前史”和“后史”，因此，上场前应“上承他事”，下场后也应有“它事继其后”。其实，我以为这个指责是没有必要的，因为亚里士多德在这里谈的是悲剧中情节的完整性，而不是在谈生活的完整性。

关于情节的定义，与亚里士多德的看法不尽一致的是苏联文学巨匠高尔

---

① 《西方文论选》上卷，人民文学出版社1964年版，第59、第60、第62页。

基，他对情节的看法被广大文艺工作者认同并经常引用。他说："文学的第三个要素是情节，即人物之间的联系、矛盾、同情、反感和一般的相互关系——某种性格、典型的成长和构成的历史。"①

我们通常把高尔基给情节下的这个定义简化为：情节是人物性格的发展史。

如将亚里士多德和高尔基对情节的解释相比较，其差别是很明显的：亚里士多德认为情节是悲剧的第一要素，而高尔基认为情节是文学的第三要素（注：高尔基认为，文学的第一要素是语言，第二要素是主题，第三要素是情节。请参阅高尔基《文学论文选》中《和青年作家谈话》一文）。问题似乎还不在于将情节排在第一位还是第三位，问题在于，在亚里士多德看来，情节是"基础"，是"灵魂"，而高尔基则认为，情节是由性格决定的，或者说，性格决定情节的发展。

为什么会造成这种认识上的巨大差异，其原因是容易搞清楚的。亚里士多德虽处在希腊文化的发达时期，他又是个最博学的人，但他还是要受到历史的局限。在公元前三百多年的那个年代里，科学还不发达，主宰世界的不是人，而是命运，因此人的地位是低下的。这可以从古希腊悲剧中得到反映。人往往要受到命运的控制。所以，亚里士多德不把"性格"放在悲剧艺术的首位，这是可以理解的。

而高尔基认为情节是人物在人与人的发展关系中的必然结果这一点，却可以在所有优秀的艺术作品中得到印证。

比如，在影片《牧马人》中，摆在主人公面前的是两条路，一条是他的父亲——一个香港的大资本家乘回国之际要把他带走；另一条是他继续留在村里和他相爱的妻子、孩子生活下去。主人公的人物关系当然就是他的父亲、妻子和孩子了。何去何从？应由主人公的性格来决定。结果，拥有百万家产的父亲非但没能带走他的亲生儿子，反而从中受到了教育。

又如，在影片《沙鸥》中，女主人公沙鸥屡遭挫折，自己受伤，丈夫又因运动事业而牺牲，摆在她面前的有两条路（或者说，可以有两条截然不同的情节发展线），一条是垂头丧气，中途而止；另一条则是，自己的身体条件不行了，但还要去教育下一代。她终于实现了自己一生的愿望，让自己亲手培养的徒弟获得了世界女排冠军。显然，决定按照第二条情节线索发展的还是沙鸥的人物性格。

---

① 〔苏〕高尔基：《文学论文选》，人民文学出版社1958年版，第297页。

可见，在一切优秀的艺术作品中，我们都可以看到，性格决定情节发展，情节是人物性格的发展史这样一个道理。当然，在那些胡编乱造的“情节戏”里，恰恰相反，我们所看到的正是脱离人物性格发展的必然而编造出来的“情节”。

所以，在亚里士多德和高尔基给情节所下的定义里，我们认为高尔基的定义更为正确。

其实，在高尔基之前的18世纪，也就是在亚里士多德给“情节”下定义约两千年后，一位杰出的启蒙运动思想家，也就是著名的经典之作《拉奥孔》的作者莱辛，也已提出和高尔基相似，而与亚里士多德不同的“情节”主张。他说：“诗人（莱辛用‘诗’指一般文学——作者注）之喜欢选择这个事件而不喜欢选择另外的事件，是由纯粹的事实、时间和地点决定的呢，还是由能使事实变得更真实的人物性格决定的呢？如果决定于人物的性格，那么诗人究竟可以离开历史的真实多远这个问题就迎刃而解了。对那一切与人物性格无关的事实，他愿意离开多远就离开多远。只有性格对他来说是神圣不可侵犯的；他的职责就是加强这些性格，以最明确地表现这些性格。”①

莱辛用十分强调的口吻指出：与人物性格无关的事实愿意离开多远就离开多远。比如，我们上面所举的例子，牧马人随他父亲去香港的事实，沙鸥一蹶不振的事实，愿意离开多远就让它们离开多远，因为，只有性格是神圣不可侵犯的，而作家的职责就是加强和明确表现这种性格。因此，牧马人只有一种可能，继续留在村子里，而沙鸥也只有一种可能，悉心培养自己的下一代去圆自己的冠军梦。

在谈完什么是情节之后，还有必要来谈谈什么是“故事”，因为人们常把“故事”和“情节”混为一谈。因此，区别一下情节和故事，对我们进一步认识什么是情节很有好处。

有些人常把故事和情节连在一起用，叫“故事情节”，其实，故事是故事，情节是情节。爱·摩·福斯特在他所著的《小说面面观》中是这样区分的：

> （故事）它是按照时间顺序来叙述事件的。情节同样要叙述事件，只不过特别强调因果关系罢了。如“国王死了，不久王后也死去”便是故事；而“国王死了，不久王后也因伤心而死”则是情节。虽然情节中也有时间顺序，但却被因果关系所掩盖。又例如“王后死了，原因不

① 段宝林编：《西方古典作家谈文艺创作》，春风文艺出版社1980年版，第132—133页。

详，后来才发现她是因国王去世而悲伤过度致死的”，这也是情节，不过带点神秘色彩而已。这种形式还可以再加以发展。这句话不仅没涉及时间顺序，而且尽量不同故事连在一起。对于王后已死这件事，如果我们再问：“以后呢?”便是故事。要是问：“什么原因?”则是情节。①

概括地说，福斯特认为：按照时间顺序来叙述事件的叫“故事”；而强调了事件中因果关系的则是“情节”。

福斯特对于故事的理解，是和华莱士·马丁的说法一致的，他说：“对于热拉·若奈特来说，‘故事’由顺时次序(Chronological Order)之中的那些尚未被形诸语言的材料所组成。”②

而亚里士多德的观点和福斯特的相同，认为故事和情节是两个不同的概念。他说：“不管诗人是自编情节还是采用流传下来的故事，都要善于处理。”③他向我们清楚地指出：故事是流传下来的，而情节是作家自编的，显然这是两个概念。

如果以上我们只是引用了理论上的一些说法，那么，故事和情节的不同之处，更表现在一些知名的作家在创作时是怎样将故事变为情节的。

例如鲁迅先生的名著《狂人日记》(写于1918年4月)，其中的“狂人”是谁?其实并非小说中所描写的“余昔日在中学校时良友”，也不曾“赴某地候补”。据鲁迅先生的兄弟周遐寿回忆说：

这人乃是鲁迅的表兄弟，我们姑且称他为刘四，向在西北游幕，忽然说同事要谋害他，逃到北京来躲避，可是没有用。他告诉鲁迅他们怎样的追踪他，住在西河洞客栈里，听见楼上的客人深夜橐橐行走，知道是他们的埋伏，赶紧要求换房间，一进去就听到隔壁什么哺哺的声音，原来也是他们的人，在暗示给他知道，已经到处都布置好，他再也插翅难逃了。鲁迅留他住在会馆，清早就来敲窗门，问他为什么这样早，答说今天要去杀了，怎么不早起来，声音十分凄惨。午前带他去看医生，车上看见背枪站岗的巡警，突然出警，面无人色。据说他那眼神

① 爱·摩·福斯特：《小说面面观》，花城出版社1984年版，第75—76页。
② 〔美〕华莱士·马丁：《当代叙事学》，北京大学出版社1990年版，第127页。
③ 亚里士多德：《诗学》，人民文学出版社1982年版，第44页。

非常可怕,充满了恐怖,阴森森的显出狂人的特色,就是常人临死也没有的。鲁迅给他找妥人护送回乡,这病后来就好了。[1]

原来小说《狂人日记》来源于鲁迅先生亲身经历过的一段极普通的事,一个“迫害狂”的病人,后来好了。但鲁迅先生却从这一极为平常的生活事件中生发出一篇巨著,他写道:

我翻开历史一查,这历史没有年代,歪歪斜斜的每页上都写着“仁义道德”几个字。我横竖睡不着,仔细看了半夜,才从字缝里看出字,满本都写着两个字是“吃人”![2]

生活里的病人是“迫害狂”,而小说里的狂人则是受封建礼教的代表人物赵贵翁一伙的迫害而发狂的。于是,鲁迅先生从一件普通生活事件中发掘出它的内涵:封建礼教吃人。

类似《狂人日记》的创作经过,我们还可以举出很多很多,一些伟大的作家往往从生活中见到某件普通的事,或是听到某个故事,萌发出含有情节的构思,创作出流传千古的名著。

例如,普希金的《黑桃皇后》来自生活中的一个故事。

年轻的高利曾公爵告诉普希金,有一次他打牌输了,向他的祖母纳塔利雅·彼得罗夫娜·高利曾娜公爵夫人要钱。钱,祖母没有给他,却拿出了三张牌,那是圣才尔曼在巴黎教她的。“去试一下吧”,祖母说。孙儿照着去打牌,把输掉的钱都翻了回来。[3]

普希金从这个故事里发掘出深刻的东西。工兵赫尔曼听到他的同事说,他的祖母伯爵夫人有一手绝招能连续猜中三张牌。赫尔曼为了知道这是三张什么牌,便以极大的耐心去接近伯爵夫人的养女,使他得以混入伯爵夫人的房间。他强迫伯爵夫人说出三张牌,却把她给吓死了。赫尔曼心情懊丧。可是,伯爵夫人突然显灵,并告诉他这三张牌是三、七、爱司。他去赌了,赢了一笔大数目;第二次去赌,赢了更大的一笔钱。第三次,他下了更大的赌注,可是,他押的牌

---

① 周遐寿:《鲁迅小说里的人物》,上海出版公司 1955 年版,第 11 页。

② 鲁迅:《呐喊》,《鲁迅全集》第 1 卷,人民文学出版社 1956 年版,第 12 页。

③ 〔苏〕多宾:《论情节的典型化与提炼》,“普希金的朋友们听讲的关于普希金的故事——1851 年至 1860 年,п·и·巴尔楚涅夫记”,作家出版社 1956 年版,第 61 页。

不是A,而是黑桃皇后。赫尔曼疯了,他不能回答任何问题,只会非常快地念叨:“三、七、爱司!三、七、皇后!……”普希金从在交际场中听来的一个故事中提炼出一个具有深刻的社会意义的悲剧性情节,“它揭示了那种具有毁灭性的有毒的黄金的威力,暴露了金钱社会里那些玩弄人的命运,像天命一样不可思议不可制服的力量。”①

又如,俄国作家屠格涅夫以他母亲瓦尔瓦拉·彼得罗夫娜(一个专横的、性情暴躁的女地主)的庄园里发生的一件事,构成了《木木》这篇小说的情节。

瓦尔瓦拉·彼得罗夫娜的养女席托娃在她的回忆中写道:

“他(瓦尔瓦拉·彼得罗夫娜的农奴、看门人、哑巴安德烈)力大无比,手也很大,有时当他把我抱在手里的时候,我就觉得好像坐在什么马车里一样;有一次我就这样被他抱到他的小屋子里去,在那里第一次看到了木木。一只白毛褐斑的小花狗躺在安德烈的床上。”瓦尔瓦拉·彼得罗夫娜对她的这个看门的巨人表示特殊的好感:“……他总是穿得漂漂亮亮,除了红色的斜纹布衬衫,别的就不穿。”这个女地主的“特别的好感”并不妨碍她在脾气发作的时候发下残酷无情的命令,强迫安德烈亲自把自己的爱犬溺死。哑巴安德烈在亲手淹死木木之后,据目击这桩惨事的席托娃说:“安德烈对于女主人的忠心依然如故。不管安德烈心里有多么痛苦,他对女主人还是忠心耿耿,替她效劳,直到她去世之日。”瓦尔瓦拉·彼得罗夫娜给他穿漂亮的短皮袄和腰部打裥的假天鹅绒的外衣。安德烈奴性十足地重视她的好意,“而且,除她之外,决不承认别人是自己的主人。”席托娃说,有一次,“一个瓦尔瓦拉·彼得罗夫娜所不喜欢的夫人”忽然想起送哑巴一块浅蓝色的假缎子,给他做衬衫。安德烈“轻蔑地向那块布看了一眼”,把它扔在壁炉旁边的一张凳子上。女管家为了讨女主人的欢心,便对她说,哑巴还指了指自己的红衬衫,用手势表示他的女主人给他很多这样的衬衫。受了恭维而高兴的女地主把安德烈喊到面前来,赏了他十块纸卢布。“安德烈由于满意和高兴,震耳欲聋地嗷嗷大叫,并且笑了起来……他一面走出去,一面用手指指着女主人,并且拍拍自己的胸脯,意思是说,他非常喜欢女主人。他甚至原谅她害死了他的木木!”②

但是,屠格涅夫却把发生在他家庭中的这个故事变成了《木木》的情节:

① 〔苏〕多宾:《论情节的典型化与提炼》,作家出版社1956年版,第62页。

② 〔苏〕多宾:《论情节的典型化与提炼》,作家出版社1956年版,第67—68页。

哑巴加拉新力大无比，太太将他从乡下弄来，派他去管院子。起初他很不喜欢他的新生活，后来他习惯了。他喜欢什么事都有个规矩，因此院子被他管理得井井有条，连公鸡都不敢在他跟前打架。他住在厨房房顶上的小阁楼里，不喜欢别人进他的小屋。一年后，他爱上了洗衣妇塔季扬娜，孰知太太要把她许配给酒鬼、鞋匠卡皮通。但他们又怕加拉新反对，便想出了一条诡计，教塔季扬娜假装喝醉酒。因为他们知道加拉新最讨厌酒鬼。诡计成功了，加拉新果然将她推到卡皮通身上，可是他自己却一天一夜都没有走出自己的阁楼。又过了一年，卡皮通完全堕落成一个酒鬼，太太将他和塔季扬娜一起遣送到遥远的乡村去。加拉新将一年前为塔季扬娜买的红布头巾送给她，并送他们到城门口。在返回的路上，加拉新救起一条小狗，他像照料"养女"那样照料它，给它取了个名字叫"木木"。一天，太太看见了这条可爱的小狗，正要抚摸它，木木咧嘴龇牙，把太太吓坏了。太太整天心情不好，晚上她抱怨狗叫了一整夜，没有睡好，命令立即把木木弄走。管家乘加拉新不在，将木木抓住，偷偷卖掉。加拉新到处寻找，没能找到。可是木木自己跑回来了。加拉新决定将木木偷偷地藏在自己的小屋里。一天夜里，木木发出叫声，惊动了太太，整个宅子里的人都被叫了起来，加拉新紧闭小屋的门。第二天，管家带着人到阁楼前，门一下敞开了，加拉新用手势表示要亲自去处死木木。他带着木木先到饭馆里，含泪看着它喝完肉汤，然后亲手将它淹死。加拉新回到阁楼上，收拾衣物，打成一个小包，搭在肩头，急切地不停地大步向乡下走去。

屠格涅夫对原来生活中发生的故事的结尾做了改动：在亲手淹死小狗木木之后，加拉新没有继续留在太太那里，而是离开女主人出走了。屠格涅夫的改动，反映出农民对贵族的放肆行为是越来越愤慨了。而这一改动，正如高尔基或莱辛所指出的那样，情节是由"使事实变得更真实的人物性格所决定"的。

上面的三个例子告诉我们：故事，就像福斯特所言，只"是按照时间顺序来叙述事件"；而情节，则如高尔基所言，是"人物性格的发展史"，它必须符合人物性格发展的轨迹。因而，作家在故事的基础上，进行构思和提炼，总是要使情节更加符合性格的发展，使情节更合乎情理，更能合乎事物发展的规律。

第二节　情节的典型化和提炼

实际上，一些故事在伟大的作家手中被改造成情节，这也就是情节的典型化和提炼的过程。这个过程，不仅发生在将故事变成情节的创作过程中，也应发生在作家在生活素材的基础上，对生活进行提炼，构思出作品情节的过程之中。

上面我们谈到有关《木木》的故事，这个故事发生在屠格涅夫自己的家里，实际上，这已经属于屠格涅夫对生活素材的提炼。而在生活里，这个哑巴看门人在淹死小狗之后，确实依然留在女主人家并忠实于她，故事是以这样的"一团和气"的结局来结束的。但是，屠格涅夫却从加拉新（哑巴看门人）的另一些生活侧面中深刻地看透了他的性格。

> 据席托娃证明，被女地主从乡里强迫要来的、"骤然离乡背井"的安德烈，"起初的确很悲伤"。这情形只有屠格涅夫一个人看到。其余的人，据席托娃说，"甚至注意都没有注意"。"一定要具有像我们永念不忘的伊凡·谢尔盖耶维奇对农奴那样的爱和同情，才能够窥探到我们平民的感情和内心世界！"
>
> 屠格涅夫指出，"哑巴曾经想过家而且哭过"。这是后来一直隐隐作痛的初次创伤。木木的死给安德烈带来了新的沉重的打击。痛苦被一种使主人和奴隶都受到腐蚀的畸形的农奴制度的关系所压抑，而且被它所排挤了。但是在哑巴的心底却隐藏着一个永不愈合的创痕。我们从席托娃的回忆中可以看到这几句话："值得注意的是，在他的爱犬惨死之后，他从来没有摸过一只狗。"①

屠格涅夫不仅从生活中发现了哑巴看门人这个隐藏在内心深处的秘密，而且将它表现在自己小说中的那个提炼过的情节之中。他撇开了木木死后，哑巴对女主人的态度的真实情况不写，因为它歪曲了一般的生活真实，而是按照哑巴的性格以及他的环境，按照它们内在的必然性，既揭示了哑巴的性格，又暴露了农奴与地主冲突的环境。于是，屠格涅夫改变了生活的结局，他让哑巴离开

① 〔苏〕多宾：《论情节的典型化和提炼》，作家出版社 1956 年版，第 70 页。

女地主出走——沉默地但是有力地表示了自己的顽强不屈,这就反映出"农民对贵族的放肆行为是越来越愤慨了"。屠格涅夫看得很清楚,如果艺术不是偶然事物的体现,而是合乎规律的事物的体现,那么,即使生活中的哑巴在淹死爱犬之后依然留在庄园里,这也是不真实的。这是因为,离开庄园这样一个虚构的结局,它所暴露的现实,要比如实地描写哑巴在木木死后对女主人的态度更加真实,更加深刻。

可以设想,如果屠格涅夫对《木木》的情节不加以提炼,那么,《木木》就不会成为世界和俄罗斯古典文学的杰作。

再举一个电影的例子,获得1981年"金鸡奖"最佳编剧奖的《被爱情遗忘的角落》。

作家张弦是怎样提炼生活,创作出《被爱情遗忘的角落》的情节的呢?

张弦在《感受和探索——〈被爱情遗忘的角落〉创作回顾》一文中谈到了这个过程:

> 创作不仅需要激情,还需要契机。这契机往往是偶然得之。
>
> ……
>
> 半年后在一次旅途中,我和一位朋友谈起农村的买卖婚姻时发生了争论。我不由自主地为那些搞买卖婚姻的家长们分辩起来:"能全怪他们吗?日子穷,没有钱。生老病死,天灾人祸,养猪要本,房塌了要盖,怎么办?前几年,自留地的蔬菜,家禽家蛋,不许卖,说是'资本主义'!偏偏变相卖女儿倒成了'合理合法'的了!爱情?从哪儿来呵……"我很激动,这个话题突然打开了我感情的闸门……
>
> 我仿佛又来到农村的"相亲席"上。满堂宾客中间有个衣冠整齐、正襟危坐的青年,而这家的姑娘躲在灶后羞于露面。喧闹声中,双方很难有机会相互正视一眼。但为时不久,他俩拍了订婚照。又过些日子,姑娘就离开了家乡……
>
> 我又想起民兵连长作为趣闻轶话告诉我的事:山后那个队里,一对小青年在库房倒仓,"打打闹闹地,搞到一块儿去了!"被发现后,小伙子挨了一顿揍,送劳改了。"阶级斗争新动向嘛,还了得?"那姑娘,一直也没人娶她。民兵连长在一次开会时悄悄地指给我看,她孤独地坐在一角,神色憔悴。我发现她眼里有一种畏惧、狐疑、阴沉的光……
>
> 我又记起一个阴雨的清晨,大家正在收听公社"批林批孔"广播大

会。忽然传来了哭喊声。我跟着乱哄哄的人群跑到塘边，赤脚医生正在为一个浑身湿透的民校女教师做人工呼吸。周围七嘴八舌，说她的父母不许她和一个同事谈恋爱……

张弦从上述生活中萌发出一种感受："爱情是需要物质文明和精神文明的营养才能生长的。"他不禁感叹道："呵，被爱情遗忘的角落！被爱情遗忘，又岂止爱情；角落，又岂止是角落！"

此时的张弦尚处在掌握点点滴滴的生活素材，以及对生活现象的感受之中，他尚需去组织，去提炼，依靠作家的想象产生出未来作品的情节，用张弦自己的话来说，即"找到了乌有之乡，又实实在在的'角落'"。他说：

于是，我找到了乌有之乡，又实实在在的角落；我找到了素不相识，又亲如家人的三个女性，三个被爱情遗忘的女性。

……

最初我构思了两个故事：存妮和小豹子，荒妹和母亲菱花。但又觉得两个故事都显得单薄了，主题单一了。我苦苦思索，想把这两个故事放到一起来，也就是要把这三个女性放在一个家庭里来。这就需要一个起贯穿作用的细节。忽然想到了绣花线，从绣花线联想到毛线，又发展成毛衣。这一下豁然开朗了：母亲有了嫁妆，小豹子盲目的冲动有了导火线，存妮有了遗物，荒妹的怀念和怨恨有了依托，物质生活的贫困有了象征，买卖婚姻有了凭证……毛衣这个生活化的细节收到了意外的多种效果，人物丰富了，故事合二而一，又显得主题丰富了起来。[①]

于是，《被爱情遗忘的角落》的情节诞生了。虽然显得那么平常，毫不曲折离奇——一个姑娘（荒妹）因目击自己的姐姐（存妮）的爱情悲剧而变得对一切男人都冷漠、敌对，但最终仍被爱情的需要所战胜——但它却真实地反映了我国农村在新中国成立后的二十多年里，由于"左"的路线所造成的贫困落后的面貌，以及爱情的悲剧。

足见，电影编剧如欲从生活中选取素材，组织情节，首先要求编剧熟悉生

① 张弦：《感受和探索——〈被爱情遗忘的角落〉创作回顾》，《被爱情遗忘的角落——从小说到电影》，中国电影出版社 1984 年版，第 198－202 页。

活、理解生活，这是情节典型化的基础。当然，对电影编剧来说，情节还需要“编”，即张弦所说的“要编出一个乌有之乡”来。但这个“编”，也绝不允许脱离生活、脱离性格去胡编乱造；相反，“编”的目的又恰恰是为了比生活更真实、更丰富、更生动、更深刻，因而作品比生活本身更能说明生活。

我们在强调情节的典型化和提炼的同时，很容易联想到情节的模式化问题。

我们知道，好莱坞有“类型片”。所谓“类型片”，就是按照不同类型的规定去制作影片。美国的影片分类学家一共列出75种故事片和非故事片的类型。我们比较熟悉的故事片的类型有：西部片、强盗片、喜剧片、恐怖片、灾难片、战争片、科学幻想片等。

制作类型片有一个特点，即严格遵守制片人指定的影片类型的规定去进行制作。在这些规定中，有一条便是“公式化的情节”，如“西部片里的铁骑劫美、英雄解围；强盗片里的抢劫成功，终落法网；科幻片里的怪物出世，为害一时；歌舞片里的小人物终于成名等等”①。其次便是定型化的人物及图解式的视觉形象。类型电影作为一种拍片方法，实质上是一种艺术产品标准化的规范。

在戏剧界也有类似的做法。如L.福乐曼将戏剧的情节模式归类为爱情、飞黄腾达、灰姑娘式、三角恋爱、归来、复仇、转变、牺牲、家庭等几种。在他之前，更有法国戏剧家乔治·普罗第所归纳的著名的“三十六种模式”。为了方便读者了解，我们将“三十六种模式”附录在本书的结尾处。

那么，究竟应该怎样看待和对待情节模式呢？它和我们所主张的从生活中提炼情节有无矛盾呢？

首先应该承认，普罗第的三十六种情节模式也并非是他凭空想象出来的，是他从已有的戏剧作品中分析归纳所得，是对规律的探讨和反映。因此，它不仅间接地来自生活，而且这种概括又带有一定的普遍性。所以，我们发现，当代的一些影视剧的情节能够从“三十六种情节模式”中找到符合它们的模式。如《泰坦尼克号》的情节，是属于“为了恋爱两个不同势力的竞争”（种类：24）中的“富人与穷人”（细目：A7）；而杰克将生推给露丝，把死留给自己，则又属于“为了亲戚或所爱的人的生命而牺牲自己的生命”（种类：21，细目：A1）。我们再来看看美国影片《闻香识女人》的情节：瞎子中校斯莱德想自杀是“不幸的人”“失去

---

① 《电影艺术词典》，中国电影出版社1986年版，第97页。

希望”，中学生查利援救他是“救援”“不幸的人”（种类:7，细目:D）；而斯莱德中校帮助查利摆脱校长对他的无理制裁，则又属于“受过恩惠的人报恩施救”（种类:2，细目:B2）。

可见，模式是某些事物的标准形式，或者是让人可以去照着做的标准样式。

对待“模式”有两种不同的态度。

一种是把好莱坞的电影情节模式说得没有可取之处，说得一钱不值。常用的办法就是在美国好莱坞电影的头上戴上“模式”二字，企图彻底把它否定掉。可是就是这些反对者所崇拜的新浪潮的重要人物法国著名导演特吕弗，却极其虔诚地专程去拜谒希区柯克，不仅看了他拍摄的全部影片，还像小学生那样和他做了数百小时的交谈，并将谈话记录整理成书出版，书名叫做《希区柯克电影技巧》。这本书已成为美国大学的教科书。事实说明，希区柯克的电影模式竟然得到了新浪潮派的主将特吕弗的推崇。结论是显而易见的:想轻易地否定模式，还不太容易！而同时，我们还不能不看到，就是那些反对“模式”、推崇新浪潮的人们，他们自己又在那里制造“新的模式”:什么三无（无人物、无情节、无主题），什么三淡化（淡化主题、淡化情节、淡化人物），什么跳接，什么反轴线……我们无意否定新浪潮，也无意贬低这些追逐者，因为艺术各有所好，更何况在电影的百花园中应当多开出一些艳丽多姿的花朵来。

另一种人则是所谓的“墨守成规”者。他们只会“依样画葫芦”，不懂得艺术贵在独创。模式在这些人的手里变成僵死的东西。他们不善于去利用模式的合理性和实用性，从中得到有用的启发，寻找到具有新意的情节。于是，似曾相识的公式化的东西产生了，它缺乏艺术的生命力。

那么，正确的观点应当是怎样的呢？有人指出:“电影要求在观众认可的大模式中做文章。会用模式的人就能不落俗套。必须承认:任何创作都离不开以往既成的范式，任何艺术家都是在现成的形式体系中发挥自己的创造力。”

在这方面，新德国电影的主将法斯宾德的做法是最具有说服力的。在以情节为核心的叙事性电影一度被认为是传统的、陈旧的、通俗的、模式的形态而遭到轻视和摒弃时，法斯宾德却清醒地认识到，要对现代电影作出贡献恰恰需要重新呼唤电影的叙事性。他崇拜好莱坞，他要运用好莱坞的情节模式，同时，他又不墨守成规，把一种对历史的思辨力注入传统的情节模式之中，把传统的叙事外壳和现代的叙事内涵融为一体，从而赋予了叙事性电影以新的活力和现代的内涵，创立了他一生迷恋并已实现了的“德国式的好莱坞电影”。用他自己的话来说，就是："你想看德国的好莱坞影片吗？是的，我很赞赏这种影片。我设想最好的影片就是一种结合体，它像好莱坞影片那样美，那样有力和那样奇妙，然而它又无疑是一部德国影片，能对制度持批判态度。"这就是说，他要运用好莱坞的情节模式，去批判德国的现存制度。他所拍摄的影片《玛丽娅·布劳恩的婚姻》便是这两者很好的结合。

可见，运用情节模式，仍须作家有深厚的生活底蕴，才有可能像法斯宾德那样，把对历史的思辨注入情节模式之中，才能把传统的叙事外壳和现代的叙事内涵融为一体。

第三节 影视剧情节的基础

在一些已经出现的影视剧的理论书籍中往往这样写道："情节的基础是冲突。"这对戏剧艺术来说无疑是正确的，因为法国戏剧理论家布伦退尔说，"没有冲突就没有戏剧。"所以戏剧情节是以冲突来构成情节的。因此，它也必然会形成一条由冲突的动作所引起的，包括开端、发展、高潮和结局在内的情节线索。但如果说，影视剧的情节基础也全是冲突，这就有失偏颇或不够准确了。这是因为不同风格样式的影视剧，它们的情节基础是不一样的。

比如，在线状的散文电影中，就没有强烈的矛盾冲突，而只有差异和抵触。如美国影片《克莱默夫妇》，在乔安娜出走之后，留下了特德和比利父子二人。他们二人开始格格不入，父亲打了儿子屁股，还发过三次脾气；儿子也不喜欢这个不善做家务的父亲，他思念自己的母亲。这些都称不上"矛盾冲突"，最多只能算是情感上的抵触和差异。但是，当特德向儿子自责，父子俩在情感上沟通之后，便变得须臾不能离开了。所以，这部影片，实际上写的是父子思想感情的细微变化，从格格不入到须臾不能离开；影片把真正的矛盾冲突：即存在于美国社会中由于高离婚率而带给许多家庭的不幸和痛苦推到幕后去了。固然，影片最终还是通过父子感情的变化，以及最后尽管法院将比利判给乔安娜，而乔安娜因看到了父子之间已经建立起的情感而放弃了抚养权，因而更加痛苦这些细节，表现出"离婚给家庭带来了不幸和痛苦"这一社会性的冲突和主题；但毕竟构成影片情节线索的已经不是这一社会冲突，而是父子之间思想感情的细微变化。

再举一例，在情节构成上与《克莱默夫妇》非常相似的一部日本影片《远山的呼唤》。整部影片的情节，写的就是民子怎样从戒备耕作到和他相爱的过程。

在民子和耕作之间，谈不上有什么矛盾冲突，即使是一开始的戒备也只能算作是小小的“抵触”，接着而来的描写，便是耕作帮助民子清理牛棚，挤牛奶，民子教耕作开拖拉机，耕作教民子骑马……这样一些日常生活琐事，更谈不上有什么矛盾冲突。所以，整部影片的情节表现的是民子从戒备耕作到和他相爱的思想感情细微变化的过程。当然，这部影片也像《克莱默夫妇》那样，当民子爱上耕作之后，侦缉队来带走了耕作——因为耕作曾将逼死他妻子的放债人打死。所以影片也是通过二人思想感情的变化最终表达了一个社会性的主题。

我们通常把这种影视剧称为“情节淡化”了的影视剧。这种影视剧的最大特点是接近生活，去除了戏剧冲突的人为痕迹。

又如，在块状的散文电影中，我们就更难找到强烈的矛盾，甚至连一条由冲突所引起的、必然要有的、贯穿首尾的情节线索也很难找到。如我国拍摄的影片《城南旧事》，它由三个板块组成：疯女人和小妞、小偷、宋妈。它们各自独立成为一个故事，有各自的情节。而在这些故事中也没有什么强烈的矛盾冲突，有的则是对旧北平的社会现象的细微描绘。使它们形散而神不散，总起来抒发着作家林海音（台湾）的“淡淡的哀愁和沉沉的相思”。在这类影片中，找不到由戏剧冲突所形成的那种紧张发展过程，也没有矛盾激化后必然要出现的高潮形势；它以匀称、平衡的画面，从容不迫地展示着生活中发生的一个个事件。

再如，有些影视剧虽然也有冲突，但它不属于戏剧冲突，而是表现为人物的内心冲突。而更应加以区别的是，在这种表现人物内心冲突的影视剧中，情节的表现形式与戏剧冲突的情节表现形式迥异，它并不呈现出一条包括开端、发展、高潮和结局的情节线索，而是运用闪回，将现在、过去和未来交织起来，形成时空交错，用以剖析主人公的内心世界。这方面的例子很多，如中国影片《小花》、《苦恼人的笑》、《生活的颤音》、《天云山传奇》等，以及西方的意识流电影《广岛之恋》、《去年在马里昂巴德》、《野草莓》、《八部半》等。总之，这类影片虽然含有冲突，它的情节虽由冲突组成，但组成情节的主要元素已不是带有戏剧性的外部冲突，而是能够展示人物心理的内部冲突。

当然，在影视剧中也确实有以冲突为基础构成情节的，那就是与戏剧艺术相似的戏剧风格样式的电影。它和戏剧艺术一样，以冲突律来结构情节。而且，它是以人与人之间的外部的矛盾冲突来构成情节的。这方面的影视剧极多，且以好莱坞影片居多，中国电影也大多采用这种样式。它依据冲突的发生、发展、顶点和解决来展示情节。写的虽然是人与人之间的矛盾冲突，实际上透过人与人的矛盾展示出社会矛盾和时代矛盾,使剧本具有深刻的社会和时代意义。

总之,根据影视剧不同的样式,有的以人物与人物之间的外部冲突构成情节(如戏剧式电影),有的以人物之间的性格差异或抵触的情境构成情节(如散文式电影),也有以剖析主人公的内心世界来构成情节的(如中国的心理电影及西方的意识流电影)。必须指出的是,越是那种不以冲突所造成的情节为重的影视作品,越应注意对人物心理的细微刻画以及细节的运用,用以造成场面的有效积累。

第四节 影视剧中的情节点与场面的有效积累

我们在上一节中谈到了两种情节,一种是以冲突为基础形成的情节,一种是以表现人物思想感情的细微变化,或以剖析主人公内在心理为基础的情节。与这两种情节相关的,是“情节点”和“场面的有效积累”。

我们先谈第一种,即在以冲突为基础的情节中的“情节点”。

美国电影理论家悉德·菲尔德在他所著的《电影剧本写作基础》一书中专门辟出一章,谈什么是“情节点”。

他说:“情节点,它是一个事件,它‘钩住’动作,并且把它转向另一方向。”接着他又强调说:“它把故事推向前进。”

他在解释情节点时,以戏剧为例,说明应当在每一幕结尾处出现情节点。

那么电影呢?他说:“当你的电影剧本完成时,它可能包含有十五个情节点之多。究竟要有多少,全靠你自己故事的需要。每一个情节点都把你的故事推向前进,一直到结局。”①

概括起来说,悉德·菲尔德对情节点的解释是三点:第一,它是一个事件;第二,它把故事转向另一方向;第三,它把故事推向前进,直至结局。

从戏剧冲突律的角度来分析悉德·菲尔德的“情节点”理论,是有一定道理的。因为,打从在开端部分点着矛盾之后,必须在发展部分不断深化矛盾,才能使它奔赴高潮;而如果没有不断地出现新的事件、新的转折,或新的推进力,是很难有足够的力量将矛盾冲突推至高潮的。

---

① 〔美〕悉德·菲尔德:《电影剧本写作基础》,中国文联出版公司1985年版,第106页。

举两个例子。

在美国影片《魂断蓝桥》中大概出现了7个把故事转向另一方面，或把故事推向前进的事件(或情节点)。这就是：1. 罗依与玛拉相遇在滑铁卢桥上；2. 罗依推迟赴前线，欲与玛拉结婚；3. 罗依又提前赴前线，玛拉屡犯团规被开除；4. 被开除后生活陷于贫困，加上误传罗依阵亡，玛拉沦落；5. 罗依生还；6，舞会上贵族们窃窃私议玛拉出身贫寒，玛拉出走；7. 沦落扩大了等级差距，玛拉自杀。

正是“相遇”、“结婚”、“开除”、“沦落”、“生还”、“出走”、“自杀”这一系列的“情节点”成为新的事件、新的转折、新的推进力，将情节推向高潮，直至结局。而其中，尤以第2“结婚”、第6“出走”和第4“沦落”为最重要的情节点。因为，正是由于2、6中出现的“等级差距”和4中的“沦落”相结合，沦落又扩大了等级差距，才使情节有足够的推动力奔赴高潮，导致最后自杀的结局。

在美国影片《泰坦尼克号》中，同样出现了约8个把故事推向前进的事件(或情节点)：

1. 杰克赌博赢得一张船票，得以和露丝相遇；
2. 露丝不满无感情的婚姻，自杀，杰克救露丝；
3. 杰克参加答谢他救露丝的晚宴，面对奚落，毫无怯意，赢得露丝的好感；
4. 杰克邀露丝参加三等船里举行的派对，露丝的情感得到完全释放；
5. 杰克为露丝画像，露丝委身杰克；
6. 船触冰山，露丝在齐胸深水中救出杰克；
7. 沉船，杰克将生推给露丝，自己选择了死；
8. 露丝获救。

这部影片正是由“船票”、“救露”、“晚宴”、“派对”、“画像”、“救杰”、“沉船”、“获救”这些情节点，环环相扣，钩住动作，不断把情节转向新的方向，并将情节推向前进的。而其中，尤以在贫富之间的爱情矛盾刚刚解决之时，又出现了“海难”这样一个新事件(或情节点)，两相结合，才得以推动情节直奔高潮，并至结局。

与以冲突为基础的情节不同的是，有些影片着力去表现人物思想感情的细微变化。而为了达到这种转变，它往往要依靠细节的前后照应所造成的场面的有效积累，正是它将人物和人物之间的关系转变过来，并达到将情节推向前进的目的。

如我们在前面举过的例子，在美国影片《克莱默夫妇》中，克莱默先生和他的儿子之间的思想感情的变化是通过一系列前后照应的细节得以体现的。这些细节有：一、在影片开始时父子俩做法式煎面包，由于特德一贯不做家务，儿子对他不信任，烫了手，特德由于乔安娜离家而去，本来就窝了一肚子的气，大发脾气。但在影片结束时父子俩又一次做法式煎面包，此时特德不仅已熟悉做家务，而且由于父子之间的感情已经变得非常亲密，须臾不能离开，他们配合得非常默契。而此时儿子知道即将离开父亲去母亲那里，父亲心里也难受，便以安慰的眼光去看父亲，再也不是影片开始时那种不信任的目光了。二、乔安娜刚走时，儿子思念她。特德带他去自选市场购物，儿子按照母亲的习惯要求特德购买东西；而当父子俩建立起情感后，特德要求他必须一星期洗两次头，不再是儿子说了算了……

同样，在日本影片《远山的呼唤》中，也有一系列前后照应的细节，造成民子和耕作之间由戒备到相爱的感情变化。如开始时民子将耕作安排在牛棚里住，结束时要他住到自己家里；开始时将去世丈夫的衣服给耕作穿，结束时替他买新衬衣；虻田欺侮民子，耕作不知内情，不敢管，民子将虻田送来的"寿司"给耕作吃，无疑是一种无言的谴责，而当耕作知道民子需要他来保护，赶走虻田后，民子给耕作送来螃蟹和酒，这无疑又是一种无言的嘉奖……

除上述两种外，第三种情节便是以剖析主人公内在心理为情节线索。而推动它前进的，既非"情节点"，也不是"场面的有效积累"，而是主人公的意识流动或心理变化。而且这类影片的情节往往由两个部分交错组成，即现实时空和过去时空（指回忆、联想或梦幻）。而过去的时空，又往往是因现实时空触发而产生的对往事的回忆、联想或梦幻。如在影片《广岛之恋》中，现实时空是法国女演员和日本建筑师在一起，而过去时空则是因法国女演员和日本建筑师在一起的环境触发而产生的法国女演员对往事的回忆，即和德国士兵在一起，并被剃了光头，受到家人的惩罚。影片的情节就是依照根据法国女演员的意识流动而产生的两个时空的相互交织而向前推进的。又如在中国影片《天云山传奇》中，现实时空是女主人公宋薇在 1978 年为她旧日情人罗群改正错案；而过去时空则是宋薇对 1956 年以后和罗群相识、相爱、分离的往事的回忆。宋薇对往事的回忆，则又是受现实环境的触发，沿着她的心理变化而产生的。

可见，不同影片样式的情节，它的构成及推动力均不相同。有的依靠"情节点"，有的依靠"场面的有效积累"，还有的则是依靠主人公意识的流动或心理变化，不可一概而言。

第五节 西方现代主义的电影情节

所谓西方现代主义电影包括甚广，从上世纪20年代中期的先锋电影、50年代的新浪潮，到60年代的安东尼奥尼、戈达尔派，都可以囊括在内。但是，西方现代主义电影却有一个共同的最基本的特征，便是对传统的情节的否定。

这种否定，我们可以从西方现代主义电影和传统电影的比较中得到。美国电影理论家D. G. 温斯敦对此曾做过一个概括的叙述。他说："在1960年以前，大部分故事片的结构方式受到三个非常重要的人物亚里士多德、易卜生和弗洛伊德的直接影响。亚里士多德在公元前330年左右的一篇论文中指出，一切有价值的舞台剧都必须包含一个情节。他对情节下的定义是：根据可能和必要性的法则(或因果)而相互联系起来的一系列事件。在亚里士多德看来，一个剧作家(或如他所说'戏的制作者')实质上是一个情节的制作者。19世纪末，易卜生首创了一种舞台剧，它成了嗣后75年后起剧作家们的主要模式。……更重要的是，在这种戏剧里无论情节和人物的结构或设计都力求证明或说明一个具有社会意义的前提。弗洛伊德对戏剧和电影的最大影响，并不在于他采用或创始的任何技巧，而在于他特别强调往事的重要性，认为它对人们现在或将来的行为举止起着决定性的作用。照弗洛伊德看来，为了理解一切行为举止，必须对它加以解释或分析，而'过去'正是关键所在(在电影里，闪回始终是一切电影表现手段中最符合弗洛伊德理论的)。"①

温斯敦这段话的可取之处，在于他概括出传统的故事片的结构方式，必须包含一个情节。而这个情节，是根据可能和必要的法则(或因果)相互联系起来的一系列事件。易卜生则进一步提出，这一情节还必须说明一个具有社会意义的前提。但是，温斯敦的这段话也有不足之处，因为他只指出受弗洛伊德影响的情节原则是强调往事的重要性，并将此看成是现在和将来行为的依据。他却未能从根本上指出，弗洛伊德所特别强调的这个"往事"，正是他所主张的以性本能和下意识来体现创作者的"自我"。因此，受其理论影响所产生的电影情节便也把受下意识支配的回忆、梦境和幻觉，以及通过回忆、梦境和幻觉所表现出来的狂乱的内心活动，认作是最好的表现对象。而与此相反，传统的情节却是

① 〔美〕D. G. 温斯敦：《安东尼奥尼和无情节的电影剧本》，《电影艺术译丛》，1980年第4期。

以人的理性活动为基础的。正因为西方现代主义电影主张以非理性的直觉、本能和下意识来体现创作者的“自我”，因此，他们不把情节作为电影的基本结构，而是采用了适宜于非理性的主观想象任意跳跃的非情节的模式。先锋派电影理论家让·艾普斯就曾指出，电影应当“摆脱与情节的任何联系”。法国现代派电影导演特吕弗也说，他信奉的是“非连续性的哲学”。这也就谈不上会有一个结构完整的电影剧本了。可见，西方现代主义电影情节是以其哲学观为基础的。正因为他们从自我出发，从非理性的观念出发，割断了人和社会的联系，因此，他们必然要否认客观世界的发展有其规律性，否认事物之间包含着因果联系。所以，在他们看来，没有规律、逻辑和因果联系的事件才是真实的，而有逻辑的情节反而是违背生活真实的。

为了进一步说明西方现代主义电影的情节特征，我们且以上世纪 50 年代后期西方电影受意识流小说的影响而兴起的所谓“流”的电影为例。“流”的电影，是和上世纪 20 年代先锋派电影一脉相承的，其中又包括两种基本倾向不同的影片。一种是直接记录“生活的流动”，所谓纯客观的“生活流”；另一种则是直接表现“意识流动”，所谓纯主观的“意识流”。两者虽然不同，但在反对理性，反对艺术概括，以及在艺术上都主张破坏传统的情节结构这些点上相通。

“生活流”电影主张“让生活本身说话”，按照“生活本身的自然流动”，对生活作一种“纯”客观的记录。换句话说，这种影片要求“按照生活原来的样子”去记录生活，对于所描写的对象不作任何思考和概括，也不作任何评价和分析；认为应该由观众自己去得出结论。这种力主以“自我溶解”于客观之中的影片，必然会导致艺术家的创作活动仅仅是不偏不倚地、客观主义地去摄录日常的“生活流”，而不必去考虑作品的情节。而事实上，他们也正是这样主张的，即在艺术上，主张用事件的无逻辑组织去代替或打乱有逻辑的情节结构，造成这类影片是根本排斥情节的。于是，在“生活流”的影片中，时间的联系被打断了，世界上的一切似乎都处于分崩离析之中。对这类影片，德国电影理论家爱因汉姆曾经做过这样形象的描绘：“在此之前，我从未想到过某些纪录片的风格竟和现代抽象艺术的特有倾向联系如此密切。令人疲倦的无休止的人群的喧闹和拥挤，无数的行人和景物的迅速交换，它们组成一幅匀净的仿佛是从时间的织机上随手剪下来的、描写无尽混乱的画面。”[①]然而，就是这种“仿佛是从时间的织机上

① 《电影艺术译丛》，1962 年第 2 辑，第 220 页。

随手剪下来的、描写无尽混乱的画面”却曾一度被西方电影理论界认为它将取代传统的有情节的影片。法国电影批评家马赛尔·马尔丹在一次国际电影节举行的讨论会上盛赞这种影片说:“他(指意大利导演米开朗琪罗·安东尼奥尼)的影片的剧本,既没有传统的开头也没有结尾。影片反映的是一个生活片段,一段生活插曲,所有其余的东西——过去和未来——都留在镜头以外,但是对于现在,却表现得极其充分,其中有许许多多细节和插曲,这些细节和插曲看起来仿佛跟剧情的发展很少联系,跟它没有直接的关系。不论在《奇遇》或是《喊叫》里,安东尼奥尼都没有力求把他选取的每一条线索贯彻到底。他是按我们所看到的生活的原来模样来表现生活面貌的,既表现主要的东西,也表现次要的东西。他既没有挑选本质的东西,也没有抛弃掉无足轻重的东西。”①从马尔丹的这段发言中,我们可以清楚地看到他的电影美学观:不必对生活作任何选择,只需抓取一些生活片段,客观主义地将它们混杂在一起即可。马尔丹的电影美学观也正是“生活流”电影所积极主张的那些东西。

“生活流”的代表作品,有法国导演特吕弗拍摄于1959年的影片《四百下》。这部影片描写一个叫安托万的儿童,由于他得不到家庭的温暖,走上了犯罪的道路,被送进教养院,最后他又从教养院中逃出来,毫无目的地向大海跑去。整部影片平淡无奇地描述安托万的逃学、逛马路、逛市场等一系列毫无戏剧性的事件。而其中安托万逃出教养院奔向大海的镜头,竟长达数分钟之久。最后影片用了一个定格,似乎为了表现他逃脱后的喜悦,又似乎在那里暗示他不知向何处去。“生活流”影片结构的特征在于,把一个个冗长的独立的生活事件,毫无联系地用一个人物把它们串联起来,在观众面前,展现出没有任何内在的紧张发展的“流”。美国电影理论家斯·梭罗门在评论这类影片时说:“如果电影创作者跟着任何一个人的生活走,都会给人以混乱和随波逐流的感觉,因为几乎任何人的日常生活看来都是这个样子的。”他接着指出这类影片的弱点:“即使是最有技巧的电影创作者,如果他按照同现实生活一样的场面来安排影片的结构,他最终是否有可能只让我们看到少量具体的细节呢?”②

“意识流”电影主张以非理性的意识流动构成影片的内容。所谓“非理性的意识”,是指一种不清醒状态的意识活动,如梦、幻觉等都是。所以,意识流电影

① 苏联《电影艺术》,1962年第4期。

② 〔美〕梭罗门:《现代电影的结构》,《世界电影》,1981年第4期。

即是由一连串彼此毫无联系的回忆、幻觉等景象的流动所构成的影片。如果说，“生活流”主张以“自我溶解”于客观之中，那么，“意识流”主张以“自我表现”去代替客观。而且就连影片中的时间和空间也被“主观化”了。于是，映现在观众眼前的是一幅被主人公主观认识到的，那种颠倒、错乱了的世界形象。正因为这类影片在内容上是颠倒、错乱、无联系的，所以，在情节上也表现为“用非理性的意识活动”来代替或打乱有逻辑的情节，使得这种影片也是根本排斥情节的。这方面的代表作品，有法国和意大利于1963年合拍的影片《去年在马里昂巴德》（导演阿仑・雷乃，获1961年威尼斯电影节的圣马克金狮奖）。

这部影片的故事发生在一所带有中世纪色彩的豪华的国际疗养院里，这里住着一些无名姓的、有教养的人，影片中的三个主要人物——分别用A（女人）、X（陌生人）、M（丈夫）为代号——充满着神秘色彩。代号X的陌生男人，突然闯进代号A的女人的生活里来，他告诉她一件难以置信的往事：去年他们曾在这里相识、相爱，而且约定今年在此重逢。现在，他就是来赶赴女方向他提出的约会的。这个男人缠住女人，不断向她描述往事，并一再使她相信确有其事，而且要带她一起私奔。这女人开始时只当他是在“做游戏”，后来她逐渐怀疑自己的记忆力。此时男子又向她提出如珍珠、手镯、照片等种种证据，使她把男子描绘的情景和在她脑海中产生的幻觉混杂起来，难以分辨真假，终于一步步相信了这神秘、奇特的陌生人，跟他一起私奔，走向“那不可知的地方，那遥远的所在，那里有爱情、诗意和自由，也许还有……死亡……”

这部影片的编剧是法国“新小说派”的主将阿仑・罗勃一格里叶。他在《思维的规律和剧作的规律》一文中对这部影片的故事做了一个极其概括的叙述。他说：“它基本上是两个人——一个男人和一个女人——之间一次交谈的记录，一人提出种种暗示，一人拒不承认，最后以和合一致作结，仿佛过去确有其事似的。”①“仿佛过去确有其事”是“不确定”的意思。在这部影片里，一切都是不确定的：人物没有姓名，他们只是下意识的影子，是不确定的；他们在梦境般的回忆中闪现，在下意识的境界中展现其行为，也是不确定的；影片的最后，也不能确定地告诉观众是确有其事，还是女主人公受了男主人公的影响，产生了幻觉，才觉得真有其事。这些无疑都是为了向观众说明：现实是不确定的，而且，现实也是无法认识的。这陌生的男人和陌生的女人最终所要去的那个地方就是一

① 《电影艺术译丛》第4辑，1963年，第101—102页。

个“不可知的地方”，因此，等待着他们的究竟是爱情、诗意和自由，还是死亡，便也成为不可知的了。可是，不正是由于他们所向往的那个“不可知的地方”，本来就是不受意志和理智的支配所产生的一种幻觉的景象，所以它只能让主人公向着不可知的地方消极地游荡去吗？

意识流电影主要是通过人的心灵的非理性的下意识去表现世界，这就必然使下意识成为影片情节的基础。于是，相应地产生出意识流电影的一些结构上的特点：一、抛弃了传统的叙述顺序，以非理性的心理连续代替传统的叙事逻辑顺序；二、在时、空方面打破了传统的顺序结构，影片中大量地运用闪回和倒叙，把过去、现在和未来交织在一起，把回忆和幻想、真实的物象和错觉糅合在一起。阿仑·罗勃一格里叶自己曾说：“这种手法，显然是与沿用的习惯、与已为观众所接受的手法相对立的。沿用的习惯手法跟人类精神作用的整套构造是没有联系的，它只跟艺术——如果愿意也可以说是跟小说的进行次序有联系，但跟思想的进行次序则全不相干。……但是，在《去年在马里昂巴德》中，情况则稍有不同，它甘冒受人耻笑的危险，干脆从头到尾都如此(原译注：指打乱现在、过去，一律用现在式来表现)。它使用这种手法，并不是为了打破常规，相反的，这是为了体现从现实主义角度来看是完全可以想象的(也许更易于想象的)思想活动的一般次序。当我们谈到现实时，那是指我们头脑中的东西，也指我们眼前的东西，我们现在就可以安排这样一个电影画面：它忽而表现我们面前的东西，例如一台录音机，忽而又去表现我们正在谈论的事情，忽而又表现我们之间多少带有共同之处的想法，表现你头脑中的想法和我头脑中的想法等等。在这一点上，影片还只是某种程式的产物，但是，这种程式在某种程度上要比只是系统地表现现实的一个方面的程式更现实主义一些。”[①]如果我们把阿仑·罗勃一格里叶的这段话概括一下，便可清楚地看到，他所主张的“意识流”影片的情节公式就是：回忆(包括联想、幻觉和梦)＋现实。但是，这不是一般正常人的现实和回忆的结合，而是狂乱的心理活动不间断地侵入影片人物的现在生活所形成的一种影片的剧作情节。而使这部影片受到西方电影界的赞赏和获奖的原因，恰恰就是在这一点上。评奖委员会认为，由于影片“对电影语言有所贡献，由于影片在表现这样一个世界的时候闪射出风格的光芒，在这里现实与幻

① 《电影艺术译丛》第4辑，1963年，第100页。

想在一种新的空间度中共存着”[1]。但是，在我们看来，由于这种艺术所追求的是一种下意识活动，所以往往给人以支离破碎、晦涩难懂的感觉。在情节上也是不和谐、不统一的。西方的有些电影理论家也承认这一点。梭罗门就曾指出过：西方现代主义电影情节，“还没有成为一部完全统一的艺术作品”，“如果没有一个能让人很快就看清楚的电影结构，那么要表达电影思想会遇到什么困难。”[2]

可见，“生活流”和“意识流”不是相同而是完全相反的东西：一个标榜“客观性”，一个强调“主观性”。但两者殊途同归，前者反映极其琐碎、偶然的不带有生活客观规律性的东西，后者反映由下意识所产生的混乱的世界视像。既然所反映的生活是混乱的，人的思想是无逻辑的，当然也就无结构可言，所以两者都是排斥情节的，都是令人费解的。梭罗门说，“现代主义对电影叙事所持的态度是反映了现代的人生观：人生无结构可言，所以表现某些有趣的现代人生活中的现代精神的影片也是无结构的。”

西方现代主义电影在上世纪 60 年代中期度过了它的顶峰时期以后便逐渐衰落，其原因之一，便是它缺乏真正的艺术生命力，不为观众广泛接受。具有讽刺意义的是，随着西方现代主义电影的衰落，往日一些竭力鼓吹“非理性”电影的艺术家，提出了电影应有时代背景、人物性格和情节结构的新理论。而那些在西方现代主义电影界具有赫赫声望的艺术家们，如费里尼、安东尼奥尼、特吕弗、夏布罗、马勒等人，在创作中也开始放弃贯彻他们原有的主张，恢复故事性，拍出了有人物、有情节结构的新影片。1981 年获法国电影艺术最高恺撒奖，由特吕弗拍摄的《最后一班地铁》便是一部被西方电影理论界认为“恢复了传统的叙事方法”的影片。当然，对于这种“恢复”，应当看成是艺术家在他自己的艺术实践中进行的一种探索。因此，其结果必然是一种“否定的否定”，不可能完全“恢复”到原来情节化的老路上去。所以，恢复后的影片故事，就不可能像原来那样交代得清楚，人物和情节的进展也不一定有很密切的结合。但是，就是这种“恢复”，毕竟也是对“无情节、无结构”的否定，对于我们某些盲目崇拜西方现代主义电影的人来说，是一个值得注意和思考的现象。

以上简略的介绍主要想说明，西方现代主义电影产生自西方资产阶级的哲

---

① 《生活真实与貌似真实》，苏联《十月》杂志，1962 年第 11 期。

② 〔美〕梭罗门：《现代电影结构》，《世界电影》，1981 年第 4 期，第 23 页。

学思想、美学原则的土壤上，其结构上的特征也是由影片的内容所决定的，是内容和形式的统一。所以，无论形式还是内容，我们的电影都是无法照搬的。我们看到这些影片之后，不应当产生思想上的动摇，甚至对自己的优秀传统也开始产生怀疑。若我们因此而去主张电影的“非戏剧化”，谈论要摆脱情节的束缚，要求按照生活的流动去表现生活，甚至在剧作中也开始去挖掘人的下意识领域，去表现非理性的意识活动，那么，这种种“时髦”的观点，显然是和传统的情节结构原则相抵触的。我们的情节结构必须能够表现出生活的辩证法，如高尔基所说，是“人们的联系、矛盾、同情、反感和一般相互关系，也就是这一或那一性格、典型成长和形成的历史”。这一原则是不应动摇的。当然，随着现实生活的发展和人们思想的变化，在情节结构上也必然会相应地出现一些变革，如在造型手段上，以及对那种古老的情节结构的程式的改革上，但这绝非是指对基本原则的推翻。所以，“革新”和“传统”是一种辩证的关系：传统只能在不断革新之中得到继承和发扬，而不是在革新中日趋消亡。优秀的传统是不可能、也不应该被取消的。可以这样讲：那种连自己优秀的传统都丢掉了的“革新”，恰恰是盲目模仿西方现代主义电影的结果。

自然，这也并非是说，对待西方现代主义电影，我们可以采取一概排斥的态度。我国《诗经》中有“它山之石，可以为错”（小雅・鹤鸣）的说法。“错”是“砺石”、“磨刀石”的意思。这句话后来被借用到艺术的借鉴和创新的问题里，指取别人艺术中的长处，丰富和发展自己的艺术手段。不过，对西方现代主义电影中表现技巧的借鉴，也必须使之和原来的内容剥离，经过改造，以适合于表现我们的生活内容为前提。这样的借鉴才有可能为创造出具有中国民族气派的电影服务。我们在前面已经提到过，1979 年以来，我国一些电影艺术工作者已经从“意识流”电影中借鉴了通过人的意识活动（包括梦、回忆、幻觉等）和时空上的多穿插，形成一种比较倾向于心理因素结构的影片，便是一个例子。从这些例子中，我们既可看到西方现代主义电影中的某些艺术技巧可以拿来为我所用；又可看到，这种借鉴必须经过从根本上进行的改造。如，在影片《小花》、《天云山传奇》里所表现的意识活动，早已不是那种扑朔迷离、难以理解的下意识活动，而是合乎逻辑的、顺应心理习惯连接的那种正常的意识活动了。这些影片里出现的梦、回忆和幻觉，也已经不是那种狂乱、矛盾内心活动的反映，而是被理性化了的、被纳入情节发展和性格形成的逻辑之中，被作为解释人物行为动机或预示情节发展的补充手段了。显然，这种从根本上进行的改造，是由我们社会的哲学思想、美学原则、创作方法所决定，服从于我们所要表达的内容需要。正是在这一点上，我们和西方现代主义电影是完全对立的。

向外国电影学习借鉴，是为了创新。但创新必须是创社会主义之新，创中华民族之新，而不是也去创出一个什么"流"的电影来（其实也早已不新了）。这就又要归结到本书一开始说过的那句话上：内容决定结构形式，若没有我们国家自己的新现实、新的思想感情作依据，那么，即或想借鉴一些西方的电影手法，也是创造不出什么新意来的。

思考题

1. 高尔基是怎样解释情节的？
2. 为什么要强调情节的典型化和提炼？
3. 有人说影视剧的情节基础是冲突，你如何看待这个问题？
4. 什么叫"情节点"？
5. 西方现代主义电影的情节特征是什么？

本章参考阅读书目

1.《西方文论选》上卷中的《诗学》。
2.〔苏〕高尔基：《文学论文选》。
3.《西方古典作家谈文艺创作》。
4.〔美〕华莱士·马丁：《当代叙事学》。
5.〔苏〕多宾：《论情节的典型化与提炼》。
6.〔美〕悉德·菲尔德：《电影剧本写作基础》。

第四章 影视剧作的结构

第一节 结构的依附性及其能动作用

什么是影视剧作的结构？结构就是对创作素材的布局和裁剪，也就是对情节的安排。这犹如日常生活中的裁剪衣服，布料即为创作素材，裁剪即为结构。所以情节或素材是内容，结构是形式、手段。

影视剧作的结构是千姿百态的，而造成影视剧作结构千姿百态的根本原因，是影视剧本内容的丰富多彩。至于“影视剧本的内容”，又不外乎这样两个方面：一是剧作家所要反映的生活内容；二是剧作家处理这些生活材料时的创作意图和审美趣味。既然现实生活是如此的复杂多样，作家的创作构思又是如此的新颖多变，这就造成了剧本的结构必然是千姿百态的。

我们且以影片的不同开端来说明上述观点。

有的影片是从头说起的。比如，北京电影制片厂拍摄的故事影片《从奴隶到将军》，便是从罗霄还是一个彝族娃子写起，一直写到他成长为一名革命军队中战功显赫的将军。影片之所以要采用从头说起的结构形式，显然是为了能够完整地刻画出主人公从一个旧民主主义者转变为一个自觉的共产主义者的一生。这无疑是受人物的素材以及作家的构思制约的。

有的影片从结局开始。如美国影片《魂断蓝桥》，影片开始时已是第二次世界大战期间，上校罗依站在滑铁卢桥上，回忆他亲身经历过的，发生在上一次世界大战时的一件往事：他和一位芭蕾舞女演员玛拉相识并相爱，但由于战争和英国社会的等级观念（罗依是贵族，玛拉是平民），造成最后悲剧性的结局——玛拉自杀了。这种从结局开始，然后倒叙的写法，形成了整部影片是一个老军人的回忆，给整部影片蒙上一层美好的、动人心弦的回忆情调。可见，这也离不开影片所要反映的生活内容和剧作家的创作意图。

也有这样的影片，它既不从头写起，也不从结局开始，而是从高潮部分落笔。比如日本影片《人证》，便是从女主人公八杉恭子杀死她的黑人儿子焦尼写起。这种从高潮写起的结构，把悬念推到了高峰，具有极为强烈的吸引力。

那么，有没有从发展部分写起的电影剧本呢？也有。有一部意大利影片叫《意大利式的结婚》，这部影片就是把剧情拦腰切断，从发展部分开始着笔的。这部影片的内容极为平庸，但它的结构方式却可以供我们借鉴。它叙述一个面包房的经理和一个妓女相好，生了几个孩子。后来，妓女的年岁大了，经理想遗弃她。于是，妓女心生一计，装作病危的样子，要求经理请牧师来为他们举行死前婚礼。经理心想反正她行将就木，便同意了她的要求。那知婚礼刚一结束，妓女便从床上起来。经理心知受骗，诉诸法律。律师说，这种婚礼只有在女方死后才能生效。妓女一气之下，带着几个孩子自己谋生去了。最后，经理因想念孩子和旧情复燃，终于和妓女言归于好。这部影片的作者并没有从经理如何和妓女相遇，他们又如何相爱，如何共同生活多年写起，而是在影片的开始，写一辆汽车驶到一座公寓前，许多人轻手轻脚地从车里抬出一个垂危的病人，这就是女主人公。作者在对女主人公的病危作了许多渲染之后，接着就写她躺在床上，用有气无力的声音向经理提出举行死前婚礼的要求。这时候，就连观众也都误认为她真的是命在旦夕了。这种从发展部分写起的结构方式，由于观众不知前因和后果，同样也能产生很大的艺术魅力。

此外，就在这开端部分里，有的影片让配角先出场。如上海电影制片厂摄制的影片《燕归来》，主角是汉华和路燕，但影片却安排他们的子女谢烽和乌兰先出场，让配角为主角的出场做好铺垫和陪衬。而有的影片却又让主角先出场，如苏联影片《夏伯阳》。影片一开始，夏伯阳坐着架了机枪的三套马车，威风凛凛地急驰而来，他遇上受到捷克干涉军袭击正在溃逃的他的队伍，一挥手说："咱们走！"身先士卒地冲了上去。这样的安排，使影片极有气势地从一开始就展示了夏伯阳的英雄气概，能够留给观众第一个难忘的美好印象。

再则，有的影片从一开始就安排下以一个人物来串许多事情的结构格局。如意大利影片《偷自行车的人》，便是从男主人公里奇好不容易得到一个贴广告的工作，而这个工作必须要有一辆自行车，可是上班的第一天自行车就被人偷走写起。接着，影片通过里奇寻找被窃的自行车，展示了看相人、旧货市场、妓院、慈善机构、贼窝等各个阶层的生活面，带出许多事情来，反映意大利人民在第二次世界大战后的生活状况。而有的影片却从一开始就安排下以一件事来串许多人物的结构格局。如意大利影片《罗马 11 时》，影片开始写一家公司要招聘一名女打字员，结果来了二百多名应聘者，她们挤在年久失修的楼梯里，最后楼梯被压塌，造成一人死亡数十人受伤的悲惨结果。影片通过这件事，接着表现当时在场的许多少女的遭遇和命运，展示了战后意大利社会中极为普遍的失业和贫困的现象。这两种不同的结构格局，实际上也都受到作家所选择的生活特点，以及作家把他所选择的生活联结成一个有生命的艺术整体的能力这两个方面的制约。换句话说，是受新现实主义者们以高度的纪实性去选择生活和组织生活的能力所制约的。

罗列了这么多影片，还只是从结构的角度，稍稍涉及了一下影片不同的开端（远远没有说尽），更何况整部影片在结构上会出现变化多端的情况呢！但是，从上述这些例子中，至少可以说明这样一点：无论电影结构如何多变，它总离不开题材内容和作家的创作意图与审美趣味的需要。所以，和《诗学》的作者亚里士多德齐名的朗加纳斯，在他著名的《论崇高》一文中说过一句很精辟的话，他说："崇高的原因之一是选择所写事物的特点和把它们联合成一个有生命的整体的能力。读者是既为特点的选择所吸引又为联合它们的技能所吸引的。"①

总之，结构离不开影视剧的内容（包括题材内容和作家的创作意图），这就是结构的依附性。但同时，结构又能反作用于内容，这就是它的能动作用。而"内容"在影视剧中具体体现为主题、人物和情节。因此，结构的原则是为了更好地体现出主题和去塑造人物形象，并使剧情引人入胜。这就是结构的能动作用。

让我们先来谈谈主题和结构的关系，也就是结构对主题的能动作用。

许多影视理论家在他们的著作中都曾谈到主题和结构的关系。如苏联的查希里扬曾说过："在艺术作品中，思想并不是孤立存在的。思想存在于作品的艺术结构之中。"②美国戏剧电影理论家劳逊也说过："电影的结构是为了满足主题的需要。"③早在两千多年前的亚里士多德，在他所著的《诗学》中也曾多次谈到，结构技巧可以起到打动观众情感和帮助观众净化灵魂的作用（即教育作

---

① 《文艺理论译丛》，1958 年第 2 辑。
② 《世界艺术与美学》第 1 辑，第 107 页。
③ 〔美〕劳逊：《电影的创作过程》，中国电影出版社 1982 年版，第 340 页。

用)。他说:“……只要有布局,即情节有安排,一定更能产生悲剧的效果。”①

可见,结构和主题的关系是:结构的最终目的是为了突出主题,即对生活素材进行取舍,并根据主题的需要进行合理的安排和采取某种叙述方法。

以美国影片《邦妮和克莱德》为例。这是一部开创“新好莱坞电影”的影片。它一反强盗影片的传统模式,表现了对传统道德观念的反叛,影片中的强盗邦妮和克莱德成了反英雄式的英雄。影片的故事发生在20世纪30年代美国经济大萧条时期,在这样一个丧失了追求的目标和价值的社会里,邦妮和克莱德正是那个时期精神贫乏的人们的代表。正如导演阿瑟·佩恩所说:“我真正感兴趣的是那些被社会抛弃的人。他们与社会格格不入,想改变现状又得丧命,我同情那样的人。”

为了展现这样的主题,影片采用了“道路片”的单线结构方式。它由邦妮和克莱德一路上所经历的一连串事件来构成。如克莱德偷汽车;克莱德到一家停业银行抢劫;克莱德抢劫杂货店;他们在加油站认识毛斯后共同抢劫银行;戏弄追击他们的警官;毛斯父亲出卖他们;他们死于警察的乱枪之中……这是他们旅途中经历的一连串事件,没有情节上的连贯性,处于独立的游离状态。但是,由于所有的事件都是围绕着邦妮和克莱德而展开的,都是他们两人干的,因此,人物的命运给影片带来了凝聚力,事件使人物命运有了因果关系的连接,从而揭示出反对暴力的主旨,并且告诉人们,暴力归根结底是由社会造成的。

再说说结构和人物的关系,也就是结构对人物塑造的能动作用。

剧作的结构又必须服从于塑造人物形象的需要。上面我们已经说了,结构的目的是为了突出主题;而在“主题”一章中,我们也曾明确地说过,主题意义通过对人物形象的塑造才能得以体现。因此,塑造鲜明生动的人物形象也就成为结构的中心问题。

仍以美国影片《邦妮和克莱德》为例。

邦妮和克莱德都是以身试法的罪犯,但影片在着力表现他们抢劫、杀人的犯罪过程时,在结构上以人物感情、心理作依据,并注入了感情的暗喻。例如,影片中邦妮回家同母亲相聚,克莱德同情被银行夺走财产的农民,对兄嫂的亲情及不得已打死银行职员后的痛心等。使邦妮和克莱德在爱与恨、恩与仇、生与死的激烈冲突中得以展示他们深层的性格和感情上的追求,并赋予人物人性

---

① 〔古希腊〕亚里士多德:《诗学》,《西方文论选》上卷,人民文学出版社1964年版,第60页。

的一面。

最后再说说结构和情节的关系，也就是结构对情节的能动作用。

结构就是情节的安排。因此，剧作者总是要从如何能激发起观众的兴趣去安排情节。

例如美国影片《目击者》，由三条情节线索——惊险情节、爱情情节和不同文化冲突的情节——结构而成。正如制片人费尔德曼所说："《目击者》是一部惊险片加一部爱情片加一部关于不同文化之间冲突的影片。"而导演彼得·威尔又在这样一部具有追杀目击者情节的惊险影片中，糅进了阿门人生活和爱情的内容，并通过阿门人返璞归真的生活习俗和现代社会暴力行为的对比，深刻地揭示了现代文明社会的弊病。

那么，导演是怎样通过结构安排这三条情节线索的呢？

《目击者》共分113场，又可分成三大段。

第一大段（场景1－41），也就是从影片开始到警官约翰保护雷切尔母子驱车逃到阿门人居住区。

惊险情节在这一大段中表现为：出逃；

爱情情节在这一大段中表现为：相遇；

不同文化的冲突在这一大段中表现为：突入。

第二大段（场景41－90），从约翰去阿门人居住区到雷切尔和约翰拥抱在一起。

惊险情节在这一大段中表现为：隐蔽；

爱情情节在这一大段中表现为：相爱；

不同文化的冲突在这一大段中表现为：冲突与融合。

第三大段（场景90－113），从雷切尔和约翰相爱到约翰歼灭贩毒分子后，驱车离开阿门人居住区。

惊险情节在这一大段中表现为：歼灭；

爱情情节在这一大段中表现为：分离；

不同文化的冲突在这一大段中表现为：回归。

从以上分析中我们可以看到，虽然影片的情节比较复杂，但导演将它们糅合在一起，做到了繁而不乱，铺排得动静相宜、节奏有效、虚实得体。导演将惊险片的整个发展过程融入阿门人生活和爱情的故事之中，宁静而美丽的阿门人的生活环境又使观众得到新的感受。

第二节　影视剧本的蒙太奇结构

一个影视剧本，它是由许多段落构成的，而每个段落又是由若干个场面构成，每个场面则是由许多不同角度、不同景别、不同运动方式拍摄的镜头组成。所以，镜头是构成影视剧本的最小单位，而场面是构成影视剧本的最基本单位。

一个真正能供拍摄用的（不是用文学思维而是用电影思维写成的）影视剧本，必须具备上述的蒙太奇结构，唯有如此，才能保证编剧所写的东西和未来出现在银幕上的形象一致。也唯有运用蒙太奇结构，编剧才能精确地说明每一个镜头的内容，以及它在场面和段落中所处的地位。总之，影视剧就是将若干镜头构成场面，又将若干场面构成段落，最终将若干段落构成一部影片。这是影视剧特有的方法，叫做蒙太奇。必须明确：蒙太奇是影视艺术家，也是影视编剧用来结构剧本和造成效果的重要方法。

我们先来解释一下什么叫镜头，什么叫场面和什么叫段落。

镜头是指从开机到停机所摄制的影片中最小的单位。它所摄取的人或景，在时空上是延续的，没有被切断的感觉。它根据视距的远近，可以分为不同的景别（如特写、近景、中景、全景、远景等）。根据不同的拍摄方法，又可分成固定镜头和运动镜头两种。而运动镜头又包括推、拉、摇、移、跟、俯、仰等。根据描写方法，可分成主观与客观两种镜头。总之，一部影片，就是由不同长度、不同景别、不同拍摄方法和不同描写方法的镜头组成。通常一部影片由五六百个镜头组成。在影视剧本中，镜头的景别、长度、拍摄方法，以及描写方法均不写出，这个工作由导演在分镜头时完成。但这不等于说编剧可以没有镜头感，好的编剧应当在将笔落在稿纸上时，头脑里出现未来影视片的图像，这是影视编剧有别于小说家和舞台编剧最重要之处。苏联电影编剧格里戈里耶夫说："当我写作电影剧本的时候，在我的眼前就出现了一个小小的银幕，就像是在剪辑台上。而我感觉到了它。我在用语言写作自己的影片。"①关于这个问题，我们在"上编"中已有叙述，不再赘述。

影视剧中的场面，一般以时间或地点的转移为划分标准，即在同一时间和地点中展示的情节为一个场面。它通常由一组镜头组成，当然也不排除由一个

---

① 《世界电影》，1990 年第 2 期，第 69 页。

镜头来完成。一部影片的场景数在传统影片和现代影片中有着明显的差别。如:

传统影片

《祝福》(中)　　54 个场景

《魂断蓝桥》(美)　　59 个场景

现代影片

《邻居》(中)　　91 个场景

《人证》(日)　　175 个场景

场景的明显增多,表明了电影思维的明显变化:在传统影片时期,电影艺术家还没有完全摆脱戏剧思维的束缚。尽管他们拍摄的影片已经大大突破了戏剧的"三幕六场",但他们还有意无意地习惯于将故事局限在一些场面之中,所以,往往只有四五十个场面。这犹如放开的小脚,处于半大不大之中。而电影的一个重要特征是时空转换的自由,而且电影主张在多变化的背景之中去表现人物的思想情绪,从而能使人物性格得到充分的展示和刻画。这就是为什么电影场景增多的原因。

一集长 45 分钟的电视剧,其场景数约为 25—35 个。这只是就一般情况而言。正如我们大家都知道的,场景的多少,往往还受节奏的制约。另外,室内剧的场景自然要比别的样式的电视剧少得多。

段落是表现影片的一整段剧情的一组场面。一部影片大概可以分成若干段。中国电影界的前辈夏衍曾就此发表过他的见解:"这当然要'量体裁衣',根据不同的情况而定,但是,根据我个人的想法,你假如拍 800 尺胶片的一部影片,那么无论如何,不能多于十段……一般说来,有这么六七个也就行了,我以为这样比较紧凑,比较结实,多了就分散了。"①段落虽也有由一场戏构成一个段落的,但绝大多数的情况是由不止一场戏构成。

下面,我们以美国影片《魂断蓝桥》为例来分析一下它的构成。

影片《魂断蓝桥》如果去掉序幕和尾声,可以分成七段,情况如下:

第一段的剧情:警报声中,男主人公罗依和女主人公玛拉相遇,一直到在烛光俱乐部里跳舞后,两人告别。

这一段可以简称为"相遇"。

---

① 夏衍:《写电影剧本的几个问题》,人民文学出版社 1978 年版,第 45 页。

第二段的剧情:因海峡有水雷,放假 48 小时,两人又相聚。罗依提出要和玛拉订婚,但因罗依是贵族,玛拉是平民,他俩奔波于上校和将军之间,最终虽获得将军的同意,但耽误了时间,教堂要他们明天再来。

这一段简称为“结婚”。

第三段的剧情:玛拉正准备第二天和罗依去订婚,忽然部队又提前开拔,玛拉去送罗依,未参加演出,因屡犯团规被开除。

这一段简称为“开除”。

第四段的剧情:因处于战争时期,玛拉和她的好友凯蒂找不到新的工作,正处于生活困境时,罗依母亲来看望玛拉,玛拉本来可以随未来婆婆去贵族庄园生活,可是她在等待罗依母亲来时,见到报上登载罗依阵亡的消息,于是在见罗依母亲时,因受刺激而语无伦次,结果是不欢而散。玛拉在生活无望而又陷入贫困时,无奈沦为妓女。

这一段简称为“沦落”。

第五段的剧情:罗依并未阵亡,活着回来了。他俩回到贵族庄园准备结婚。玛拉暂时隐瞒沦落的事,怕伤害罗依向往美好爱情的心。

这一段简称为“生还”。

第六段的剧情:舞会上,贵族们窃窃私议玛拉是个“脱衣服的姑娘”,出身低微。此时将军来参加舞会,指着军服上的臂章对玛拉说,希望她不要辜负贵族的荣誉。英国社会中壁垒森严的等级差距这一严酷的事实,刺激了玛拉,加上隐藏在玛拉心底深处的沦落这一事实,使她愈加感到自己和罗依之间的差距是不可逾越的。这个性格求实的姑娘,终于向罗依的母亲讲述了自己曾经沦落过的事实,并决定出走。

这一段简称为“舞会”。

第七段的剧情:玛拉已无路可走,她迎向战车,自杀。

这一段简称为“自杀”。

这七个段落,无疑又分担着开端、发展、高潮和结局的任务。

第一段,“相遇”是开端;

第二至六段,“结婚”、“开除”、“沦落”、“生还”和“出走”是发展;

第六段末尾处,玛拉向罗依的母亲诉说隐情则为全剧的高潮;

第七段,“自杀”则是结局。

在每个段落中,又包含若干场,分场的情况如下:

第一段，开端，“相遇”，2场至11场，共含10场；

第二段，发展部分第一段，“结婚”，12—21场，共含10场；

第三段，发展部分第二段，“开除”，22—28场，共含7场；

第四段，发展部分第三段，“沦落”，29—36场，共含8场；

第五段，发展部分第四段，“生还”，37—40场，共含4场；

第六段，发展部分第五段，“出走”，41—49场，共含9场，其中第48场为高潮；

第七段，结局，“自杀”，50—58场，共含9场。

故而，这部影片若除去序幕和尾声，共分七段58场。

每场戏的写法，大致包含序号、地点、时间及叙述情节几个部分。如美国影片《金色池塘》开始的几场戏是这样写的：

1. 外景　金色池塘　白天

一头水鸟立在湍湍溪水旁的一块石头后面。

音乐声起。

夕阳余晖映照在湖面上。远处隐现出林木葱茏的湖岸。

一片树叶漂浮在暮色苍茫中的一泓湖水上。湖岸上有成行的树木，岸边的芦苇轻轻摇曳。一只水鸟在浅水处游来游去，然后钻入水中，朝湖中心游去。

朵朵粉红色的花在微风中荡漾。摄影机缓缓移向后景中塞耶的汽车。汽车沿着村道驶来。

2. 外景　塞耶家　白天

塞耶的汽车从右边驶入画面，然后拐弯。摄影机越过汽车，摇拍环绕着住宅的走廊。木制的家具胡乱堆放在走廊上。

音乐声止。

六十九岁的埃赛尔·塞耶走出司机座，她面带笑容，凝望着画外的房子。她的丈夫，七十九岁的诺曼·塞耶下了汽车。他们关上车门，走到汽车前面，埃赛尔听见画外水鸟的鸣叫，招手叫诺曼到她跟前来。

埃赛尔：诺曼，到这儿来，到这儿来，诺曼，快点。水鸟！水鸟！它们在欢迎我们归来呢。

埃赛尔指着画外的水鸟。诺曼朝左边张望,聆听了一会儿。

诺曼:我什么也没听见。

诺曼无动于衷的态度使埃赛尔不禁愕然。

3. 内景 塞耶家的起居室 白天

音乐声起。

所有的家具上都覆盖着单子,窗帷低垂。诺曼走到走廊上,用钥匙打开前门,走进室内四处打量,埃赛尔随他走进室内。

埃赛尔:你瞧瞧这地方。

音乐声止。

诺曼:乱糟糟的,对不对?

埃赛尔:别着急,一切又会变得整整齐齐,舒适温暖。

诺曼和埃赛尔在起居室门外东张西望。埃赛尔从肩上取下小皮包,把它挂在门旁的一个钩子上。她从钩子上取下一件毛衣,从前门走了出去。

音乐声起。

诺曼走到窗子跟前,拉开帷幔,把帽子挂在镜子上边的一个钩子上。镜子下边的墙上挂着一些旧照片和剪报。诺曼伸手去取挂在墙上镜子旁边的钓竿。

诺曼用手摸着钓竿。他的手移到照片上,然后跪下来看照片。那是他年轻时正在举重的照片。诺曼转向剪报,那是《宾夕法尼亚日报》的头版,上面有一张诺曼中年时的照片,大标题是:

"大学同意给全职教授以A级待遇,塞耶教授退休"

诺曼站起身来,注视着镜子中的自己。他对年迈的自己与画外照片上那个年轻人之间的差别感到十分吃惊。他戴上一顶便帽,又看了看镜子中的自己,哼了一声。

诺曼打开通往走廊的另一扇门上的锁。他开了门,刚动手去推纱门,纱门的合页脱开,掉在走廊上。

音乐声止。画外传来水鸟的叫声。

诺曼转身又回到室内,拉开窗帷朝外面张望,然后他走进黑洞洞的起居室,揭掉电话桌上的遮尘布,拿起话筒拨交换台的号码。

诺曼:电话没坏,至少我认为如此。(对着话筒)喂?喂?!喂!

诺曼跪下来，注视着桌上小镜框里的一帧照片。照片上是三十多岁的年轻的诺曼和埃赛尔，他们坐着，抱着婴儿切尔西。

诺曼：那家伙是谁呀？这张照片里的这些家伙都是谁呀?!

诺曼俯视照片，然后把话筒举到耳边，站起身来。

诺曼：这家伙是谁呀？(对着话筒)喂？你是谁呀？接线生吗？唔唔，你有什么事？嗯，你打电话来，一定有什么事。噢，你等一等。

诺曼抓起电话机，把它挪到铺着桌布的桌子上。他拉开窗上的窗帘，朝外面望了一会儿，拿起电话机，又走回电话桌前。

诺曼(对着话筒)：对啦，我给你打过电话，但你没有回答。哦，你好吗？是的，我很好。你听着，我是诺曼·塞耶，我在金色池塘，我有点事要请你帮忙。给我打个电话，可以吗？对啦，我想检查一下我的电话，看它还响不响。它整个冬天都不……没响过了。它可能有点什么毛病。你知道我的号码吗？唔，唔，唔，我一点记不得了。我只知道号码里带个“九”字。好吧，电话簿里有，你一定有电话簿吧。诺曼·塞耶。试试看吧，好吗？

诺曼放下电话机，挂上电话，然后再次俯视那张照片。

诺曼拿起埃赛尔、切尔西和他自己的那张照片。

诺曼注视着照片，拿着它走到窗前，凝视着照片。

诺曼：这家伙是谁呀？

诺曼听见敲门声，抬头张望。

诺曼：有人敲门。

埃赛尔(在画外)：那是我，老傻瓜！

埃赛尔站在后门外，肩上扛着一捆劈柴。诺曼穿过厨房，来到后门。他打开门，埃赛尔扛着劈柴径直走进起居室，把劈柴放在壁炉前。诺曼跟着她。埃赛尔转向诺曼，激动地向他打着手势。

诺曼：嘿，瞧瞧你。

埃赛尔：噢，瞧瞧我。(抿嘴一笑)不像个样子，对不对？啊，诺曼，这儿多美啊！万物都苏醒了。小鸟儿。(咯咯一笑)小树叶。我看见整整一片小花覆盖着老地窖的洞口。唉，我忘了它们叫什么花啦。黄颜色的小东西。(大笑，拍了拍手)好啦……愿意帮我收拾一下这些遮尘布吗？

诺曼：我正无事可干呢。

她拍拍诺曼的肩膀，然后走出去，诺曼跟着她。

埃赛尔：来吧。

4. 内景　塞耶家的起居室　白天

埃赛尔和诺曼走到沙发跟前。埃赛尔拉起一条盖着沙发的单子，把它递给诺曼。

……

当然，这并非是固定的格式，有的电影剧本不分场，只分段，如法国女作家玛格丽特・杜拉写的电影剧本《广岛之恋》，她将整个影片分成五个部分（见本书附录的《广岛之恋》电影剧本）。另有一些电影剧本，并不在每场戏前标明地点、时间，而将它们放在叙述情节时一起交代，如美国影片《魂断蓝桥》的开始部分是这样写的：

夜晚的伦敦街头

黑暗的马路，居民们在专心听广播。马路两旁堆积着沙袋，战争已经开始。

〔画外广播〕："全世界都知道了。1935 年 9 月 3 日，星期天，它将永远被人记住。这天的上午 11 点 15 分，首相在唐宁街 10 号会议上的演说宣布了英国和德国处于交战状态。而且殷切希望伦敦居民们不要忘记已经发布的紧急状态命令：在灯火管制时间里不得露出任何灯光。任何人在天黑以后不得在街上游荡。并且切记不得在公共防空壕里安置床铺。睡觉之前应该将防毒面具和御寒的衣物放在身边，而且不妨在暖水瓶中冲好热水或饮料，这对那些深夜不得不叫醒的儿童不是没有好处的。应该尽量稳定那些仍然留在伦敦的儿童，尽管直到今天夜里，撤退仍将持续不断。"

一队小学生默默走过。

1

上校军官罗依・克劳宁从军营大门出来。

一个军官喊："上校的汽车！"汽车驶来。

罗依两鬓花白，满脸皱纹，沉闷地对司机："达可唐纳，就在今天晚上……"

达可唐纳："你要去法国？"

罗依："是的，去法国，从滑铁卢车站出发。"罗依上车，车开动。

汽车内。罗依并坐在司机达可唐纳身旁。

达可唐纳："这些对你都很熟悉？"（罗依点头）

达可唐纳："我是说你经历过上次大战？"

罗依："是的，是很熟悉。从滑铁卢桥进车站。"

达可唐纳："滑铁卢桥？"

罗依："时间还够。"〔化〕

汽车驶入滑铁卢桥，罗依下车，对司机达可唐纳："你把车开到桥那边等我，我要走过去！"〔音乐起〕

罗依来到桥中间依在桥栏杆上，看着匆匆流去的河水，沉思。他转过身来，望着远方，然后从口袋里拿出一个象牙雕的"吉祥符"，凝视。

"吉祥符"的特写。

罗依回忆往事：

〔玛拉的画外音〕："这给你。"

〔罗依的画外音〕："'吉祥符'！"

〔玛拉的声音〕："它会给你带来运气，会带来，我希望它会带来！"

〔罗依的声音〕："你真是太好了！"

〔玛拉的声音〕："你现在不会忘记我了吧？"

〔罗依的声音〕："我想不会，不会的……一辈子都不会忘记你！"〔化〕

2

1914年第一次世界大战时期，英国青年军官上尉罗依·克劳宁正站在桥头上……

空袭警报声在空中呼啸。

桥头跑来三个姑娘。

姑娘们："你们听，警报！你别愣着了，玛拉，你听见没有？""我什么也没听见。""我听见了。"

里苔亚喊:“请安静,安静!”

玛拉问罗依:“对不起,这是空袭警报吗?”

罗依:“恐怕是,再仔细听就知道了。”

有人高声喊:“空袭——”

姑娘们更乱了,七嘴八舌讲着。

凯蒂:“我们要是回去晚了,夫人会发脾气的,我们得赶快回去呀!”

里苔亚:“我们……空袭,我们到哪里好呢?”

罗依:“到地下铁道!”

姑娘们一时不知往哪里去,乱跑起来。

罗依:“右边,右边!”

姑娘们往回跑时,玛拉失手掉了手提包,东西散落一地。罗依回身帮她去捡。

玛拉:“谢谢你!”

罗依:“别说了,飞机可能来炸桥,快走吧!”

玛拉:“哎呀,我的‘吉祥符’!”

〔特写〕失落在地上的“吉祥符”。

玛拉跑回去捡“吉祥符”,一辆马车飞奔过来,眼看就要撞上,幸亏被罗依拉了一把,及时躲过。

罗依:“你这个小东西,不想活啦!”

玛拉:“不能丢了,它带给我运气。”

罗依:“它带给你空袭!”他带她跑着。

玛拉边跑边问:“你搀着我跑,你觉得太不像军人了吧?”

罗依:“没关系!”

3

地下铁道。挤满了人,熙熙攘攘。

罗依、玛拉挤在人群中,外边传来爆炸声。

一个人:“……他说,哎,别挤我,先生!我就说,幸亏推了你,要不是我们这儿推,你还在门外边呐!”

一个女人:“我一向靠自己跑。我听上了年纪的人说,活动的靶子不好打,你说是吗?”

一个人:“当然。”

……

最后,我们再来谈谈一场戏中所含镜头的情况。我们还以上面引用过的《魂断蓝桥》中的第2场戏为例。

镜头1:〔叠印〕 老年的罗依变成年轻的罗依。

镜头2:〔近景〕 1914年第一次世界大战时期,英国青年军官上尉罗依·克劳宁正站在桥头上……

空袭警报声在空中呼啸。罗依抬头望天空,并凝神细听。

镜头3:〔远景〕 桥头跑来三个姑娘。

镜头4:〔中景〕 姑娘们:“你们听,警报!你别愣着了,玛拉,你听见没有?”“我什么也没听见。”“我听见了。”

里苔亚喊:“请安静,安静!”

镜头5:〔中景〕 玛拉问罗依:“对不起,这是空袭警报吗?”

罗依:“恐怕是。再仔细听听就知道了。”

有人高声喊:“空袭——”

镜头6:〔中景〕 姑娘们更乱了,七嘴八舌讲着。

凯蒂:“我们要是回去晚了,夫人会发脾气的,我们得赶快回去呀!”

镜头7:〔近景〕 里苔亚:“我们……空袭,我们到哪里好呢?”

罗依:“到地下铁道!”

镜头8:〔远景〕 姑娘们一时不知往哪里去,乱跑起来。

罗依:“右边,右边!”

镜头9:〔中景〕 姑娘们往回跑时,玛拉失手掉了手提包,东西散落一地。罗依回身帮她去捡。

玛拉:“谢谢你!”

罗依:“别说了,飞机可能来炸桥,快走吧!”

玛拉:“哎呀,我的‘吉祥符’!”

镜头10:〔特写〕 失落在地上的“吉祥符”。

镜头 11:〔中景〕 玛拉跑回去捡“吉祥符”,一辆马车飞奔过来,眼看就要撞上,幸亏被罗依拉了一把,及时躲过。

罗依:“你这个小东西,不想活啦!”

玛拉:“我不能丢的,它带给我运气。”

罗依:“它带给你空袭!”他带着她跑着。

镜头 12:〔跟拍〕 玛拉边跑边问:“你搀着我跑,你觉得太不像军人了吧?”

罗依:“没关系!”

可见,虽然这场戏发生在滑铁卢桥上这一个场面之中,但它是由分切为不同角度、不同景别的 12 个镜头组成的。

总之,一部影片由若干段落构成,一个段落又由若干场面构成,而场面又由若干镜头构成。这就是影视剧本的蒙太奇结构。影视编剧就用这样的结构方式去写他的电影和电视剧本。

第三节 影视剧作结构的表现技巧

剧作者有了总体构思后,必然要按照总的意图去进行具体组织。当然,这不仅仅指把各个场面连接起来,还应从心理上去引导观众,使之产生深刻的印象,乃至情感上的触动,这就要依靠结构技巧了。

电影已有百余年的历史,在这一百多年的历史中,杰出的艺术家们不断创造并丰富着结构技巧的宝库。这里不可能一一列出,仅就其中最基本和最重要的几种做一些介绍。

对比:生活中的人和物,为了显示出他们各自的特征,可以用对比的手法去获得。美与丑、善与恶、爱与恨、强与弱、是与非、黑与白,从格格不入到须臾不离、从戒备到相爱、从排斥到接纳……均可在对比中表现得愈发强烈,造成深刻动人的印象。所以,对比是影视剧结构技巧中最为重要的一种。而在影视剧中,这种对比,有时发生在镜头与镜头之间,有时发生在场面与场面之间,有时也发生在段落和段落之间,似乎它们无处不在地互相衬托、互相强调,使观众把两种矛盾的状况加以比较,收到很好的效果。

这种对比的手法,较多地出现在散文式电影之中。这是因为散文式电影往往要表现人物思想感情的细微变化。如美国影片《克莱默夫妇》要表现父亲特德和儿子比利在母亲乔安娜出走之后怎样从格格不入到须臾不离的情感细微变化;又如日本影片《远山的呼唤》表现的是寡妇民子和逃犯耕作之间思想感情的细微变化,从戒备到相爱;而美国影片《为戴茜小姐开车》则是表现犹太老妇人戴茜开始排斥黑人司机霍克,后来称他为"最可靠的好朋友"的情感变化。而影片为了表现出这种情感变化,往往要运用细节的对比和照应。如在影片《克莱默夫妇》中,有两个"做法式煎面包"的对比场面,给观众留下生动深刻的印象:第一次做法式煎面包是在影片开始乔安娜出走后的第二天早晨,由于特德从来没有做过家务,不知锅放在哪里,手忙脚乱,儿子比利不断地提醒和纠正他,还用不信任的眼光看着他,特德终于被热锅烫了手,大发脾气。第二次做法式煎面包是在影片快要结束时,父子俩已经须臾不能离开,偏偏法院将抚养权判给乔安娜,父子就要告别。这一次做法式煎面包,和第一次迥然不同,父子俩不仅配合得默契、熟练,而且儿子知道父亲离不开他,心里难受,便强笑着用眼光去安慰父亲,父亲同样勉强笑着望着儿子,终于两人忍不住抱在一起流出了眼泪。在这两场戏里,随处可见对比:手忙脚乱和配合默契,儿子不信任的眼光和安慰父亲的眼光,烫了手后的大发脾气和相拥在一起……剧作者正是有意通过这样的对比,将影片结构起来,表现人物思想感情的变化,从而揭示出生活的底蕴。

上面我们提到的另两部影片,也都运用了对比的手法。如在《远山的呼唤》中,民子开始时让耕作住在牛棚里,让儿子把菜刀收起来,生怕这个彪形大汉杀了他们孤儿寡母,并给耕作穿亡夫留下的工作服。后来,民子爱上了这个勤劳、正直、健壮的男子,于是,给他买新衬衣,让他到自己的屋里去住。这两种截然不同的态度对比,显示出民子对耕作从戒备到爱慕的过程。又如在《为戴茜小姐开车》这部影片里,开始时戴茜怀疑霍克偷吃了她的三文鱼,后来她对霍克说:"冰箱里的东西可以随便吃。"同样也是通过对比,表现出戴茜已从排斥霍克到离不开霍克。

上述这些例子,都属细节的对比,人物情感变化的对比。从而塑造了人物性格,展示了情节的发展。

正如普多夫金所说:"在银幕上,这两种情形的对比可以更强烈些,因为在银幕上不仅能够使……段落发生对比作用,而且能够使各个场面甚至各个场面的各个镜头互相对照。这样就仿佛是在强迫观众不得不把这两种情形加以比较，因而收到相互衬托、互相强调的作用。”[1]

可见，电影的对比手法是被运用得相当广泛的，而且它能取得较强的艺术效果，它能“迫使观众”把两种情况进行比较，收到衬托和强调的作用。

平行：影视较之舞台的特殊有利条件之一，便是可以运用“同时原则”，将在同一时间内两个不同场合发生的事情同时表现出来，让它们平行地发展着，它们相互衬托，相互补充，给观众带来联想。比如，在美国影片《克莱默夫妇》中，一方面是特德带儿子生活，产生了情感，离不开了；另一方面是乔安娜在暗处观察着父子两人相处的情况。这不仅使观众产生联想——乔安娜会采取什么样的措施？而且，乔安娜的观察和影片的结局是联系在一起的——她不愿儿子醒来时看不到小卧室墙上的蓝天白云，意味着她不愿儿子离开父亲遭受痛苦，决定放弃对儿子的抚养权，让父子生活在一起。这一令人悲痛的结局，无疑在观众的意识中是和前面的平行出现的场面相联系的。

象征：在中国影片《天云山传奇》里面，冯晴岚这个人物是作为女主人公宋薇的形象对比而存在的。宋薇忏悔她自己二十多年来没有过好，而冯晴岚在这同样的二十多年里过得充实而有意义。影片表现冯晴岚临终时的场面，用了一支燃尽的蜡烛。

镜号 931	特	冯晴岚的主观镜头：罗群望着她，泪如泉涌。（焦点最后变虚） 歌：“风雪漫漫……”
镜号 932	特	冯晴岚闭上了眼睛。 歌：“漫漫……”
镜号 933	特	桌边，蜡烛燃尽了最后一段，斑斑烛泪，一缕青烟。 歌：“啊……”

编剧似乎想说：冯晴岚就像蜡烛一样，燃烧着自己，照亮了别人，现在她已燃尽。正像普多夫金所说：“这种方法特别有趣，因为它通过蒙太奇处理，不用任何的字幕就把抽象的概念灌注到观众的意识里。”[2]

又如，在美国影片《魂断蓝桥》中，有一件道具——吉祥符，它贯穿全片，先后出现 6 次。

---

① 〔苏〕普多夫金：《论电影的编剧、导演和演员》，中国电影出版社 1980 年版，第 47 页。

② 〔苏〕普多夫金：《论电影的编剧、导演和演员》，中国电影出版社 1980 年版，第 48 页。

第1次，罗依手执吉祥符睹物思人，回忆往事。

第2次，罗依和玛拉在警报声中相遇，玛拉失手掉了手提包，从包内滚出她心爱的吉祥符。

第3次，他们从防空壕内出来，玛拉将吉祥符送给罗依，并说："会给你带来运气。"

第4次，舞会之后，罗依又将吉祥符还给玛拉，说，"玛拉，现在我俩就像一个人，不管谁收起来都一样。它给我的运气，现在又会给你啦。"

第5次，玛拉被军用卡车撞死后，从散乱的小手提包里，滚出象牙雕吉祥符。

第6次，罗依手执吉祥符，耳边依然响着玛拉甜美的声音："我爱过你，别人我谁也没有爱过，以后也不会。这是真话，罗依！我永远也不……"回忆结束。

玛拉和罗依企盼得到幸福是用6次出现吉祥符的镜头来强调的。编剧企图告诉观众，吉祥符象征幸运，但影片中的男女主人公最终却未能得到幸福。

动作的交叉发展：这又是一种结构技巧，即在动作平行出现的基础上，让具有同时性的两个以上的平行动作或场面交替出现，将观众的视点不断地从这一动作或这一场面移向另一动作或另一场面，既让他们看到同时发生的两个场面的情况，又引起他们莫大的关注。这种结构技巧是造成悬念和紧张的最好方法之一。

这种结构技巧常见于动作片或按照"冲突律"结构而成的戏剧式电影之中。如在美国影片《魂断蓝桥》中，玛拉和罗依因一个是平民，一个是贵族，存在着等级差距，第一次去教堂未能订婚。正当玛拉期盼着第二天再去教堂时，突然接到罗依的电话，部队提前开拔，玛拉决定去滑铁卢车站送行。接下去剧本是这样写的：

车站外。玛拉疾步跑来，穿过车站大门。

月台上，强烈的人声，火车启动声……

罗依上车，扶着车门张望……

玛拉从候车室大门冲出来……

在开动的车上，罗依发现玛拉。

罗依（大声喊）："玛拉——"

音乐起。苏格兰民歌《一路平安》压过一切嘈杂声。火车越来越快。

玛拉（在月台上追赶着开动的火车喊着）：“罗依——”

罗依（在车门口喊着）：“玛拉——”

一声汽笛声夹杂在音乐声中，最后一节车厢走远了。

孤零零的玛拉伫立在月台上〔淡出〕。

罗依翘首以待，等待玛拉来送行，和玛拉匆匆忙忙赶到滑铁卢车站，是处在同一时间里的两个不同的动作和场面。现在让它们交替出现在银幕上，于是观众一会儿看到罗依在等待，一会儿又看到玛拉在赶来。这就引起了观众的莫大关注，好心的观众迫切希望这一对恋人能最后见面告别，因此也就造成了悬念和紧张。直至交替结束，悬念和紧张解除，观众才怀着惋惜的心情看到他们只见了一面，而未能相互告别。

重复：在一部影片里，前面出现过的内容镜头，后面再次出现，目的是为了通过视觉上的重复引起观众的注意，从而突出重点，强调内容。比如，在美国影片《克莱默夫妇》里，影片一开始表现乔安娜准备出走，在与儿子比利告别，她陷入深深的痛苦之中。而到影片结束时，乔安娜决定放弃抚养权，她又一次陷入深深的痛苦之中。正是这重复的两次痛苦，强调与加深了在美国社会里高离婚率给家庭带来不幸和痛苦这一主题。

在运用重复这一结构技巧时，一定要注意，被重复的事物虽存在外部的相似性，但作者必须注意它们的内在差异性，而这种差异性恰恰显示出形象的发展（包括人物性格的发展，情节的发展等）和变化。若不是如此，这种重复会是机械的重复，显得毫无意义。如我们上面所举的例子，乔安娜的两次“痛苦”，其内涵是不一样的。开始时，仅仅是离子之苦。而最后，是在经历了一个争取抚养权，法院同意她抚养，而她又主动放弃抚养权的过程之后才痛苦的。其原因无非是她已知道，此时此刻父子俩建立起了感情，儿子离不开父亲。所以，这时候的痛苦，是乔安娜在做出巨大的克制和忍让后的痛苦。正像西方评论家在评论最后这些镜头时所指出的：她比影片开始时更痛苦。

视点：视点可分为客观视点和主观视点两种。又可称为客观镜头和主观镜头。

客观视点又可叫做“全能视点”。影视艺术家以旁观者的身份，通过镜头去表现人物的行动，并向观众讲述正在发生的事情。

如在影片《城南旧事》中，镜头中出现井窝子，两匹骆驼驮着沉重的煤袋缓缓行走在胡同里。一辆独轮车在打水，秀贞站在惠安馆的门口，远处有个放话匣子的，正放着"洋人大笑"的唱片。骆驼走到英子家门口，卸下煤袋。英子在看骆驼嚼草，自己的嘴巴也下意识地动了起来……这一系列镜头，都是用客观视点描写的，也都是用客观镜头拍摄的，它向观众讲述着英子生活的场所，以及将要发生的她和秀贞之间的事。

可见客观视点能够用生动的银幕形象向观众介绍环境，描写人物，交代剧情。它是影视剧中用得最普遍的，特别是在传统影片中常用的一种视点。它通过客观镜头，使观众像在生活中那样耳闻目睹周围发生的一切。

主观视点是用影片中人物的眼睛去观察他身边的人和事。这种用影片中某一人物的视线拍摄的镜头，又可以叫做主观镜头。

匈牙利电影美学家巴拉兹在他所著的《电影美学》中说："我们依靠这种方位变化的方法，从内部，也就是从剧中人物的视角来看一场戏，来了解剧中人物当时的感受。影片主人公跌入深渊时，深渊便出现在我们脚下，他在攀登一座高山时，我们面前就出现了一座高耸入云的大山。影片中的景物发生变化时，我们感到我们自己也好像搬了地方。"他又说："我们的眼睛跟剧中人物的眼睛合而为一，于是双方的思想感情就也会合而为一了。"总之，主观镜头能使观众与剧中人站在一起，产生出身临其境的特殊艺术效果。

有时我们也可以看到，在同一场戏中，主观视点和客观视点交替运用的情况，而这种用法也往往能产生出强烈的悬念和紧张感。如一个衣衫褴褛的人在飞机上看到另一个人将一颗定时炸弹放置在机舱内，这个镜头是用主观镜头拍摄的，因此观众也已看到了这一情况，但机舱内的其他人员都不知道。接着，用客观镜头表现这位衣衫褴褛者向乘务员陈说他刚才看到的这一幕，但因为乘务员并没有看到这一幕，他看到的却是一个衣衫褴褛者对他的喋喋不休。因此，他对他毫不信任，以为他在胡说八道。于是，衣衫褴褛者竭力想说服乘务员，而乘务员却表现得越来越不耐烦，观众却很清楚衣衫褴褛者说的是真话，加上随着时间的过去，危险的发生越来越近，观众心理上的紧张感也在不断加强。

在现代电影中，主观视点越来越多地被运用在影片中。特别是在意识流影片或中国的心理影片中。如法国影片《广岛之恋》便是以法国女演员的视点来结构全片的。而在中国影片《天云山传奇》中，则主要是通过女主人公宋薇的视点展开剧情的。

最后，我想借用普多夫金在论说完几种蒙太奇结构手法之后说的一段话来结束本节，他说："上面简略谈到的关于表示关系的几种蒙太奇手法，自然绝没有把所有的这类蒙太奇手法包括无遗。在这里，重要的是在于说明，蒙太奇结构这种专门和特殊的电影手法，在编剧手中是一种造成印象的重要手段。仔细研究它在电影中的用途，再加上自己的才能，必定会引导你发现一些新的可能性，从而创造出一些新的形式来。”①

思考题

1. 结构的依附性体现在什么方面?
2. 结构的能动作用又体现在哪些方面?
3. 影视剧本的蒙太奇结构是如何构成的?
4. 影视剧作结构的表现技巧主要有哪些方面?

本章参考阅读书目

1.〔古罗马〕朗加纳斯:《论崇高》,《文艺理论译丛》,1958 年第 2 辑。
2.〔美〕劳逊:《电影的创作过程》。
3. 电影剧本《金色池塘》,《世界电影》,1982 年第 5 期。
4. 电影剧本《魂断蓝桥》,见汪流著《电影剧本的结构样式》一书中的附录。
5. 电影剧本《克莱默夫妇》,《外国电影丛刊》第 1 期。
6. 电影剧本《为戴茜小姐开车》,《世界电影》,1991 年第 2 期。
7.〔匈〕贝拉·巴拉兹:《电影美学》。
8.〔苏〕普多夫金:《论电影的编剧、导演和演员》第二章“造型的素材”。

① 〔苏〕普多夫金:《论电影的编剧、导演和演员》,中国电影出版社 1980 年版,第 49 页。

第五章 影视剧作中的语言

第一节 读不如看

影视剧本是用文字语言写成的。但是,因为影视剧本是供拍摄用的影视基础,而不是供阅读用的小说,因此,尽管影视剧本是用文字语言写成的,但目的是要用文字语言去勾勒出画面,以供导演所领导的摄制组将这些文字形象转化为银幕形象。可见,作为从文字形象转化到银幕形象的这一媒体——影视剧本,它必须考虑到转化的可能。如果一个影视编剧写出一个文学味很强的本子,本子里充满象征性的语言、概括性的描写,甚至作者现身说法站出来议论一番,而唯独缺乏清晰的场面,以及人物的造型和造型动作,这样的剧本写得再漂亮,也只能是一篇小说,而不是影视剧本。

关于影视剧本是供拍摄用的,还是供阅读用的问题,是一个有争议的问题,而且是一个至今尚未能得出结论的问题,所以我想在这里多说几句。一般来说,有两种不同的看法:一种认为,影视剧本是单纯供拍摄用的;另一种则认为,影视剧本既可供拍摄用,也可供阅读用。

先从现象谈起。

在我国影视界,存在着一种情况,是外国同行们所不能理解的,这就是,办了那么多的杂志,发表了那么多的影视剧本,似乎影视剧本是可以供阅读用的。

我曾经就这个问题直接问过日本同行:"日本的电影剧本是供阅读用的,还是供拍摄用的?或者两者在同一剧本中可以兼有?"

日本同行直截了当地回答我说:"日本的电影剧本都是供拍摄用的,不供拍摄用的剧本是没有价值的。因此也不存在一个兼有的问题。"

我也曾接触过欧美一些国家的同行,他们对我们发表那么多的电影剧本,不是为了提供给导演拍摄，而是为了印成书提供给人们阅读的做法感到惊异。

我还曾以同样的问题直接问过香港的同行们，他们的回答是："大陆注重电影剧本，先要有一个发表了的剧本，导演然后合作。香港情况完全不一样，没有说一个作品发表后再拍的。"

看起来，这似乎是一个写作目的的问题：为拍摄而写作，还是为阅读而写作？但实际上，它却牵涉电影剧本写作的一个根本性的问题，即运用什么样的思维方式去进行写作。为拍摄而写作，必然要运用造型的形象思维，有可能写出一个真正的电影剧本；为阅读写作，就会运用文学思维，写出一个不具备电影特性的电影剧本来。所以，这是一个关系到电影剧本艺术质量的问题，也关系到电影编剧应该向导演提供一个什么样的电影剧本的问题。

有一种似是而非的观点认为，电影剧本既可供拍摄，又可供阅读。他们举出的例子有苏联著名电影编导杜甫仁科写的电影剧本，认为他的剧本是既可读又可拍的典范。但我的看法是：为拍摄而写的电影剧本，读起来决不会如小说那般饶有兴味；而一个供阅读用的剧本，若不经过电影的再处理，也是无法投入拍摄的。因此，我主张，要么为拍摄而写，要么为阅读而写。想两方面兼顾，其结果必然是写出一个"两不像"，既无法阅读，也无法拍摄，两方面都不讨好的影视剧本来。我国现有的大量电影剧本，实际上是为阅读而写的。但一个真正的电影剧本，应该为拍摄而不是为阅读而写，因此它是"读"不如"看"的。

至于说到杜甫仁科的电影剧本，就连为他写"序"的吉洪诺夫也不得不指出：

> 当然，在他的电影长诗和影片中，也有一些不足之处。也许，有的地方还缺少分寸感，而在运用果戈理曾经极为高超地加以掌握的黄金分割方面还嫌不足，也许，有的道理阐释得过于复杂，让人接受起来有些困难，也许，抒情的插叙过多……①

我们说一个真正为拍摄而写的电影剧本是"读"不如"看"的，那是基于以下几个方面的考虑。

我们已经说过，尽管电影剧本是用文字写的，但它属于"视觉文化"，是在

---

① 〔苏〕杜甫仁科：《杜甫仁科选集》，中国电影出版社 1962 年版，第 19 页。

“镜头的运动中完成对故事叙述的”。因此，在一个充满镜头感的电影剧本里，必然会出现以下这些情况：

第一，画面尚处在文字阶段而缺乏直接的视觉感染力，因此需要在投拍后才能体会到，而读起来是感觉不深的。

如在电影剧本《城南旧事》中有这样一段描写：“站在自家门口的英子看着骆驼吃草，上牙和下牙交错地磨来磨去。英子模仿着，她的上下腭也交错地动着。”

固然，读这段文字时，观众的脑海里也会浮现出骆驼和英子的形象。但真正产生情绪冲击力，是在导演吴贻弓把这段文字变成银幕形象之后。当观众看到银幕上的大骆驼在嚼草料，又看到沈洁扮演的那个英子先是瞪着一双稚气明亮的大眼睛，看着骆驼嚼草，自己的嘴下意识地也随之动了起来，接着，英子高兴地学着骆驼的嘴，也嚼咬着。这时，直接视像的感染力产生了。

又如，在日本著名导演新藤兼人编写的电影剧本《裸岛》中有这样的描写：

25. 山顶上的梯田。
阿丰来到山顶。
照旧小心翼翼地放下木桶。
千太挑着空桶下坡。
两人默默无语地擦肩而过。
阿丰擦擦额上的汗。
背上像浇了水似的。
她拿起舀子，向干旱的大地浇水。
26. 骄阳似火。
大地被烤焦了。
27. 海滩上的松球仍然不紧不慢重复着单调的运动。
28. 去梯田的路上。
千太又挑来新装满的水。
他们好像两只蚂蚁在灼热的大地上爬。
压弯了的扁担压进了肩头。
用劲登坡的脚，牛步一般笨重地向前，向前。

如果你先读《裸岛》这个剧本，然后再去看影片，那么，会深深地感觉到，银幕上给予你的许许多多感受,是在读剧本时感觉不到的—— 尽管影片是完全按照剧本来拍摄的。这就是因为剧本中的画面尚处在文字阶段,因而还缺乏直接的视觉感染力。同样,读完《裸岛》这个剧本,对这个剧本的思想内涵虽也能掌握,但也总不如看完影片后那样感受清晰。影片的画面形象清楚地告诉观众:水比生命更重要,和原始人一样的生活,单调的日复一日的劳动(新藤兼人语)。

第二,因场面和镜头的分切和组合所产生的省略和新的含义,会使读者在阅读时还不能完全体会其艺术效果。

例如:

> 一个人走出一间屋子。
>
> 屋子里乱七八糟,桌椅翻倒,破碎的玻璃器皿撒满一地。
>
> 屋子中央有一把椅子,鲜血正从椅背上滴下来。

这完全是电影构思的写法,作者想描写这样一个场景:刚才在这里发生过一场格斗,走出去的那个人打伤了躺在椅子里正在滴血的那个人。但是由于这种写法完全依靠镜头的组接,而且依靠镜头的组接让观众去感受到镜头里所没有的东西,所以,也是读不如看的。

第三,从总体构思来说,小说在形式上是完整的,而电影剧本却是由许多片段组合起来的,因此形式上是不完整的(实质上又是完整的)。正如普多夫金所说:"一部电影总是分成许多的片段(更正确地说,电影就是由这些片段构成的),因此,一个电影剧本也是分成许多片段的。……一个真正能用来拍摄的电影剧本,必须具备电影的这个基本特性。"[①]正因为电影剧本是由片段构成的,在形式上显得很不完整,因此也是读不如看的。

比如,我们来分析一下叶楠写的电影剧本《鸽子树》。这个剧本由四组人物关系相互穿插组成:受伤者、寻找者、越南女卫生员和小女孩以及她的两头牛。剧作家一会儿去写寻找者的情况,一会儿又去写受伤者的情况。寻找者没有找到受伤者,却遇上了两头牛和它们的主人小女孩。受伤者多次在伤痛中出现幻觉,预示着越南女卫生员的出场。在寻找者和越军的交接中,母牛被打死,小牛哀痛不已。女孩为救小牛,自己也被打死。这虽是剧本中的一条次线,却带有象征和比喻性,加浓了整个剧本的悲剧气氛。越南女卫生员为受伤者包扎,寻

---

① 〔苏〕普多夫金:《论电影的编剧、导演和演员》,第40—41页。

找者打死女卫生员，最后为女卫生员送葬。

从以上的分析中我们可以看到，电影剧作家从铺垫、伏笔、照应、对比、重复等需要出发，将场面或镜头穿插组织起来，以能造成视觉上的情绪冲击力为目的，形成独特的电影构思。这种构思方式，如果拿去和文学作品作比较，它似乎是破碎的、不完整的，但实际上却又正是通过貌似破碎的片段之间的种种衔接产生出完整的电影构思。而这种形似破碎、不完整的电影剧本读起来确实不会是饶有趣味的。

第四，电影是声画结合的艺术，它的感染力来自综合的力量。而这种综合的力量虽可以用文字去构成，但所产生的艺术效果却又很难通过文字传达出来，因此是"百读不如一闻一看"的。比如，《鸽子树》中有一段写受伤战士王明华的幻觉：

> （王明华的想象）雾中传来簌簌声……竟显现出一位头戴有"八一"军徽钢盔的女护士，背着红十字药箱，脸上浮现着让人宽慰的迷人的笑容。她冉冉走来，步伐是优雅的，像是随着微风飘来（略微升格拍摄）。
>
> 音乐是那么轻柔，蕴含着希望……

这里既有画面，又有声音。用文字表现，不仅是分离的（没有结合起来），而且显得那么无能为力。因此，不仅读起来不如小说有味，而且，声画结合所能产生的那种巨大的情绪冲击力，在这里是感觉不到的。

第五，在戏剧式电影中，由于重情节，场面也较为集中，读和拍还比较接近。而在散文电影中，由于情节的淡化，它的感染力来自情节的延续和场面的有效积累，因此，读起来更是不可能很有趣的。

如在苏联影片《恋人曲》的上半部分里，写了两件事：热恋和服役。那么作者是怎样描写热恋的呢？我们不妨去翻阅一下登载在《电影艺术译丛》1979 年第 4 期上的这个剧本。它没有过多的情节，完全靠情节的情绪延续，如在海滩边唱呀、跳呀、骑摩托车，回到家里对妈妈说他非常爱她……与其说这也是情节，不如说这是"情绪的延续"和"场面的有效积累"。这部影片完全靠这些看起来并不重要的形象信息积累起来产生动人的力量，而这些东西读起来更是不会有趣的。

第六，小说是用语言创造艺术形象的，它运用优美的语言文字去激发读者的想象；而电影剧本不需要优美的文字，它只需要能体现出银幕形象来的那种实实在在的文字。因此，电影剧本也是读不如拍的。

日本电影理论家野田高梧说："剧本的原来目的，不是想通过文字来传达故事，而是以文字作为一种手段来描写电影。因此，'避虚就实'的'实'的程度，以能彻底表现为电影为准。"

比如，在我们上面引用的《裸岛》这个剧本里，有这样一句话："用劲登坡的脚"，这实在不属于文学语言，一点也不优美，然而，它很实在，把造型画面用短短的一句话描画出来了，把动作勾勒得很清楚，画面也被具体地规定下来了，确实做到了"以能彻底表现为电影为准"。然而，这毕竟不是为阅读而写的语句。读者即使勉强去读，也不可能马上领略到其中的全部含义。显然，视像性愈强的剧本，其"可读性"就愈不如"可拍性"。

从以上六个方面我们无非想集中说明一点：真正的电影剧本，是为"看"（从银幕上看）而写，而不是为"读"（从书本上读）而写的。因此，真正的电影剧本是读不如看的。

剧作家写电影剧本，总希望能投入拍摄。这就像作曲家谱写乐曲，其最终目的绝非是为了供人阅读——作曲家绝对不会希望自己的乐曲停留在乐谱上，而是希望能在音乐厅里演奏出来让听众欣赏。同样，电影剧作家也绝对不会希望自己的剧本停留在文字上，他也希望剧本能够通过拍摄让观众在银幕上看到它。而无论是作曲家还是电影剧作家的这一愿望，恰恰又是出于他们各自对音乐和电影这两门艺术的最基本认识："音乐只能表现作用于听觉的东西"（法国作曲家拉赛裴德语），而电影是"视觉文化"（匈牙利电影理论家巴拉兹语），这就决定了他们一个必然要为"听"去谱曲，而另一个则必然要为"看"而去写作。

可能有人会问：戏剧也是综合艺术，为什么它既可供演出，也可供阅读，甚至还出现了莎士比亚，而电影剧本就不能既供阅读也供拍摄，不能出现电影界的莎士比亚？我以为，既然戏剧得以成型的基础是对话，而对话的特点是既能最精确地用文字记录下来，又能诉之于听觉，这就决定了我们既可以读剧本，也可以听戏剧。电影则不然，电影的情绪感染力和艺术说服力首先来源于视觉力量。我们虽然不能同意那种认为视觉的东西完全不能用文字去表达，企图废除电影剧本的观点，但我们也必须承认用文字去描述画面总是难以做得很充分。这就是说，用文字勾画出来的电影形象，毕竟不如体现在银幕上的形象在表现光影、色彩和构图等方面显得那么直接和鲜明。而且，文字语言是逐点出现的，它描摹的许多空间还需依靠读者通过自己的想象去补充，总不能像银幕画面那样，在一瞬间就给观众以总体的直观形象，在每一个部分都充满着影像和色彩。特别是由于电影形象是通过镜头的组接来构成运动中的视觉形象，这就更难用文字精确地把它们的全部含义都记录下来。这些都是造成电影剧本读不如看的原因。它总不能像人们读小说或戏剧剧本那样，容易引起审美情趣和艺术感受上的共鸣。

所以，归根结蒂，我认为，可读和可拍在同一剧本中难以兼顾。美国著名电影导演比利·怀尔德（两度获得好莱坞电影艺术科学院金像奖）从他的艺术实践中总结说："毛病在于，没有受过电影专业训练的作家往往把剧本写成供阅读的东西，而不是一个供摄影机使用的蓝图。如果作家不是首先用形象化的语言来进行构思的话，那么，无论是出色的故事、富于魅力的人物性格或是凝练的对话……总之，所有一切都将付之东流。"[①]比利·怀尔德的话，再清楚不过地表明了，绝不能把电影剧本写成供阅读的东西。可见，电影剧本的可读与否还不是问题的关键，关键在于：往往由于作家照顾了阅读，会使电影形象付之东流。

附带说一个问题：我们这样强调电影剧本的可拍性，而不强调它的可读性，是否会排斥电影剧本的叙事性呢？我以为，叙事性不等于可读性。所谓电影剧本的叙事性，应指它把文学长期积累起来的一整套叙述故事、构筑情节、塑造人物形象的方法汲取到电影中来。但是，当它进入电影剧本，一旦和造型性结合之后，就已变成电影的叙事，适宜于拍摄，而不适宜于阅读了。

我想用下面两句话来结束本节：尽管电影编剧对电影的完成是无能为力的，但是电影编剧仍要为银幕写作，而不应为阅读而去写作。

所以，电影编剧向导演提供的，应该是一个为拍摄，而不是为阅读写作的剧本。可能我的这个观点有些偏激，但至少它可以起到强调要用造型思维去写影视剧本的作用。而我认为，这个问题若不解决，就会影响影视剧本艺术质量的提高。

至于影视剧本中文字语言的功能，大致可以分成两种。这就是：一、叙述性语言，这部分在将来的影视片中是要被转化成视觉画面的，所以特别要注意我们在上一节中提出的原则；二、有声语言，这一部分包括人物对话、旁白和独白，是能直接体现在将来的影片中的。这两个部分是互补的，是一个完整的艺术形

① 〔美〕比利·怀尔德：《身兼二任更好》，《电影艺术译丛》，1980年第6期。

象,它们不是简单地相加。关于这一点,我们在后面还要突出谈到。

第二节　叙述性语言

叙述性的语言,包括人物造型描写,造型动作描写(包括表情、手势等)以及景物描写。有些剧作者还将对导演、演员的提示,以及技巧方面的要求(如摄影机的视点、视角、镜头的运动以及构图、色彩的运用等)也用叙述性语言表述出来,关于这方面的例子,请参阅本书上编第一章中所举电影剧本《广岛之恋》开端部分及其说明,这里不再赘述。

上面我们已经强调,叙述性语言是为勾勒画面服务的。因此,对叙述性语言最主要的要求,是它必须具备造型性,也就是必须是能够“看得见的”。在本书上编第一章中,我们已再三说过这个道理。下面我们再以美国1981年拍摄的、获奥斯卡奖的影片《金色池塘》的开端一段为例(文中的英文字母是本文作者加的)。

外景　金色池塘　白天

一头水鸟立在湍湍溪水旁的一块石头后面。(A)

音乐声起。

夕阳余晖映照在湖面上(G)。远处隐现出林木葱茏的湖岸。(A)

一片树叶漂浮在暮色苍茫中的一泓湖水上。湖岸上有成行的树木,岸边的芦苇轻轻摇曳。一只水鸟在浅水处游来游去,然后钻入水中,朝湖中心游去。(A)

朵朵粉红色的花(H)在微风中荡漾。(A)摄影机缓缓移向后景中塞耶的汽车。汽车沿着村道驶来。(B)

外景　塞耶家　白天

塞耶的汽车从右边驶入画面(B),然后拐弯。摄影机越过汽车,摇拍环绕着住宅的走廊。(B)木制的家具胡乱堆放在走廊上。(A)

音乐声止。

六十九岁的埃赛尔·塞耶走出司机座,她面带笑容,凝望着画外的房子。她的丈夫,七十九岁的诺曼·塞耶下了汽车。他们关上车门,走到汽车前面,埃赛尔听见画外水鸟的鸣叫,招手叫诺曼到她跟前来。(C、D)

埃赛尔：诺曼，到这儿来，到这儿来，诺曼，快点。水鸟！水鸟！它们在欢迎我们归来呢。(E)

埃赛尔指着画外的水鸟。诺曼朝左边张望，聆听了一会儿。(D)

诺曼：我什么也没听见。(E)

诺曼无动于衷的态度使埃赛尔不禁愕然。(C)

内景　塞耶家的起居室　白天

音乐声起。

所有的家具上都覆盖着单子，窗帷低垂。(A)诺曼走到走廊上，用钥匙打开前门，走进室内四处打量，埃赛尔随他走进室内。(D)

埃赛尔：你瞧瞧这地方。(E)

音乐声止。

诺曼：乱糟糟的，对不对？(E)

埃赛尔：别着急，一切又会变得整整齐齐，舒适温暖。(E)

诺曼和埃赛尔在起居室门外东张西望。埃赛尔从肩上取下小皮包，把它挂在门旁的一个钩子上。她从钩子上取下一件毛衣，从前门走了出去。(D)

音乐声起。

诺曼走到窗子跟前，拉开帷幔，把帽子挂在镜子上边的一个钩子上。镜子下边的墙上挂着一些旧照片和剪报。诺曼伸手去取挂在墙上镜子旁边的钓竿。(D)

诺曼用手摸着钓竿。他的手移到照片上，然后跪下来看照片。(D)那是他年轻时正在举重的照片。诺曼转向剪报，那是《宾夕法尼亚日报》的头版，上面有一张诺曼中年时的照片，大标题是：

"大学同意给全职教授以A级待遇，塞耶教授退休"(A)

诺曼站起身来，注视着镜子中的自己。他对年迈的自己与画外照片上那个年轻人之间的差别感到十分吃惊。他戴上一顶便帽，又看了看镜子中的自己，哼了一声。(C、D)

诺曼打开通往走廊的另一扇门上的锁。他开了门，刚动手去推纱门(D)，纱门的合页脱开，掉在走廊上。(A)

音乐声止。画外传来水鸟的叫声。

诺曼转身又回到室内，拉开窗帷朝外面张望，然后他走进黑洞洞

的起居室，揭掉电话桌上的遮尘布，拿起话筒拨交换台的号码。(D)

诺曼：电话没坏，至少我认为如此。(F)(对着话筒)喂？喂?!喂！(E)

诺曼跪下来，注视着桌上小镜框里的一帧照片。照片上是三十多岁的年轻的诺曼和埃赛尔，他们坐着，抱着婴儿切尔西。(D)

诺曼：那家伙是谁呀？这张照片里的这些家伙都是谁呀?!(F)

诺曼俯视照片，然后把话筒举到耳边，站起身来。(D)

诺曼：这家伙是谁呀？(F)(对着话筒)喂？你是谁呀？接线生吗？唔唔，你有什么事？嗯，你打电话来，一定有什么事。噢，你等一等。(E)

诺曼抓起电话机，把它挪到铺着桌布的桌子上。他拉开窗上的窗帘，朝外面望了一会儿，拿起电话机，又走回电话桌前。(D)

诺曼(对着话筒)：对啦，我给你打过电话，但你没有回答。哦，你好吗？是的，我很好。你听着，我是诺曼·塞耶，我在金色池塘，我有点事要请你帮忙。给我打个电话，可以吗？对啦，我想检查一下我的电话，看它还响不响。它整个冬天都不……没响过了。它可能有点什么毛病。你知道我的号码吗？唔，唔，唔，我一点也记不得了。我只知道号码里带个“九”字。好吧，电话簿里有，你一定有电话簿吧。诺曼·塞耶。试试看吧，好吗？(E)

诺曼放下电话机，挂上电话，然后再次俯视那张照片。(D)

诺曼拿起埃赛尔、切尔西和他自己的那张照片。(D)

诺曼注视着照片，拿着它走到窗前，凝视着照片。(D)

诺曼：这家伙是谁呀？(F)

诺曼听见敲门声，抬头张望。(D)

诺曼：有人敲门。(F)

埃赛尔(在画外)：那是我，老傻瓜！(E)

埃赛尔站在后门外，肩上扛着一捆劈柴。诺曼穿过厨房，来到后门。他打开门，埃赛尔扛着劈柴径直走进起居室，把劈柴放在壁炉前。诺曼跟着她。埃赛尔转向诺曼，激动地向他打着手势。(D)

诺曼：嘿，瞧瞧你。(E)

埃赛尔：噢，瞧瞧我。(抿嘴一笑)不像个样子，对不对？啊，诺曼，这儿多美啊！万物都苏醒了。小鸟儿。(咯咯一笑)小树叶。我看见整整一片小花覆盖着老地窖的洞口。唉，我忘了它们叫什么花啦。黄

颜色的小东西。(大笑,拍了拍手)好啦……愿意帮我收拾一下这些遮尘布吗?(E、C)

诺曼:我正无事可干呢。(E)

她拍拍诺曼的肩膀,然后走出去,诺曼跟着她。(D)

埃赛尔:来吧。(E)

对上面的例子,请注意以下几点:

一、虽然这个电影剧本还处在文字语言阶段,我们从中还看不到未来的银幕形象,但是,由于剧作者在用叙述性的语言勾勒画面,因此,在我们的脑海里似乎已能看到金色池塘的美丽景色,看到暮年的老教授诺曼·塞耶的迟缓、笨拙的动作以及他的怀旧情怀,也能听到他的乐天派的老妻埃赛尔对他宽慰的话语,看到"夕阳余晖映照在湖面上"的光影,"朵朵粉红色的花"的色彩,"摄影机缓缓移向后景"、"汽车从右边驶入画面"、"摄影机越过汽车,摇拍环绕着住宅的走廊"的摄影技巧。请大家依据上面的英文字母来感受一下:

〔A〕环境造型　〔B〕技巧提示　〔C〕人物造型

〔D〕造型动作　〔E〕对白　〔F〕独白

〔G〕光影　〔H〕色彩

记得我们在上编第一章中引用过美国电影理论家李·R.波布克的一句话,为了加强印象,我们在这里重复引用一次:"如果作家能清楚地'看见'剧本,它就能变成创造一部影片的起点、成为营建的基础。"[①]应该说,影视剧作家在写作时能'看见'剧本,这是最基本的要求,也是电影思维的具体体现。

二、同时,我们可以从上述的〔B〕、〔G〕、〔H〕等因素中看到,剧作者是将摄影技巧、光影、色彩等纳入剧作之中的。在影视剧作中表现出各种影视技术手段,这往往可以让人感觉到影视剧作者的银幕感或镜头感的强弱。换句话说,可以感觉到作者"看见"剧本的清晰度。如"摄影机缓缓移向后景中塞耶的汽车,汽车沿着村道驶来",以及"摄影机越过汽车,摇拍环绕着住宅的走廊"等描写,已使画面非常准确和具体地被规定下来了。这样的写法,正如日本电影理论家野田高梧所说,确实做到了"以能彻底表现电影为准了"。

三、我们在本编的第二章"人物"中已经强调过,写人是影视剧作的中心任务。但如何写人,影视剧和小说是有差异的。小说可以"虚"处理,而影视剧必

---

① 〔美〕李·R.波布克:《电影的元素》,中国电影出版社 1986 年版,第 22 页。

须求“实”，所以野田高梧说要“避虚就实”。《金色池塘》中描写人物是“实”的。如描写老教授对往事的追忆和对自己年迈的不满，作者是这样写的：

他的手移到照片上，然后跪下来看照片。那是他年轻时正在举重的照片。诺曼转向剪报，那是《宾夕法尼亚日报》的头版，上面有一张诺曼中年时的照片，大标题是“大学同意给全职教授以A级待遇，塞耶教授退休。”

诺曼站起身来，注视着镜子中的自己。他对年迈的自己与画外照片上那个年轻人之间的差别感到十分吃惊。他戴上一顶便帽，又看了看镜子中的自己，哼了一声。

剧作者没有用“诺曼老了，他对自己不满”这样抽象、概括的语句带过，在影视剧本中也不允许用这种语句去描写人物，它必须通过“看得见”的人物造型和造型动作去表现。比如，让诺曼先看自己年轻时举重的照片，然后再看镜子中的自己；就在要表现他对年迈的自己和照片中那个年轻人的差别十分吃惊时，作者也选择了一个十分准确和恰当的动作：“他戴上一顶便帽，又看了看镜子中的自己，哼了一声。”

四、生活中的人少不了会出现内心活动。既然影视是反映生活的，无疑也必须描写人物的内心世界。但以要有“具体视像”为根本的影视艺术，在表现人物的内心世界时，也切忌抽象。其手法之一便是，用相应的外部动作去揭示其内心活动，如：

埃塞尔：诺曼，到这儿来，到这儿来，诺曼，快点。水鸟！水鸟！它们在欢迎我们归来呢。

埃塞尔指着画外的水鸟。诺曼朝左边张望，聆听了一会儿。

诺曼：我什么也没听见。

埃塞尔惊讶于诺曼对秀丽的景色无动于衷，这是她的内心活动，在电影里使用了一个相应的人物造型动作“愕然”来表现。

表现手法之二便是用时空交错的手法，将过去（包括回忆、联想、梦幻等）组织到现实生活中来，用以展现出人物的内心活动。最具代表性的例子，如西方的意识流电影或中国的心理电影。法国影片《广岛之恋》就是运用回忆和现实生活的结合，反映出法国女演员的内心世界——忘却痛苦的过去，这里既有战争的痛苦，也有失去恋人的痛苦。而在中国影片《天云山传奇》中，也正是通过宋薇对往事的追忆，既促使她的现实行动——为罗群改正错案，同时也反映了她的内心世界——整整二十年没有过好，是一种忏悔的心情。

五、影视剧中对景物进行描写，其目的固然和小说相同，都要求做到“以景写情”，“情景交融”，但在写法上却不完全一样。小说可以用一些象征性的，或缺乏具象性的形容词去描写景物，如雨果在他著名的诗篇《愤怒的猎手》中写道：

树林中的叶子，随风颤动，
飒飒地响……就好像
一片夜间喧闹的鬼哭狼嚎声
充斥着整个森林。

雨果用“鬼哭狼嚎声”去象征性地比喻叶子的飒飒响声，在诗句中可以引起读者丰富的联想，也能达到诗人想要的艺术效果。但这种写法在影视剧中是不适用的，因为它缺乏具象。

又如尼采在《话语、譬喻和图像》中写道：

一颗星熄灭于荒漠，
荒漠更荒凉了……

无疑，“一颗星熄灭于荒漠”是有具象的，但“荒漠更荒凉了”是一种感受，更何况它在诗中还意味着“青春陨落后的荒凉”。由于缺乏具象，这种写法也不适用于影视剧。除非摄影师调动各种技巧，将星星熄灭于荒漠之中的情景拍摄得非常具有诗意，但还必须加上一个反应镜头，用人物造型去表现他忍受不了“青春的星星陨落于旷野之中”的痛苦。总之，影视剧中的景物描写，不允许脱离对景物的具体可见的形象描写去直接抒发抽象的情感。剧作者要把所要表达的情感意图寄托在对具体景物的切实描绘上。在《金色池塘》的开端部分里，有着大量景物描写，它们都是具体可见的：

一头水鸟立在湍湍溪水旁的一块石头后面。

夕阳余晖映照在湖面上。远处隐现出林木葱茏的湖岸。

一片树叶漂浮在暮色苍茫中的一泓湖水上。湖岸上有成行的树木，岸边的芦苇轻轻摇曳。一只水鸟在浅水处游来游去，然后钻入水中，朝湖中心游去。

……

多么美丽的景色！接着男女主人公出现在这令人心醉的湖光山色之中。当然，作者写景最终还是为了写情。它反衬出教授诺曼的年老体衰和他暮年的苍凉心境。他老了，耳朵不好使了，他听不见婉转动听的水鸟叫声。诺曼对美丽景色的无动于衷，也引起了妻子埃赛尔的情感，她不禁愕然了。这里的景色描写不仅起着写情的作用，而且起着推动情节发展的作用。

第三节　对话的艺术

对话是影视剧本中的人物之间交流思想情感的话语。它是有声电影中展示人物性格，推动剧情发展的有力手段。

1. 对话在影视剧作中的地位

在论述对话的功能之前，让我们先来看看它的地位，这是因为处在什么样的位子上，才能准确地发挥它什么样的功能。

有必要回顾一下电影的发展历史，察看一下画面和语言之间的相应变化，这对我们正确理解对白在电影中的地位和功能是有好处的。

电影中的语言经历着一个漫长的变化过程：从最初在默片上出现的字幕，到以后影片中的人物能发声说出对话，以至今天的影片不仅角色拥有内心独白或旁白，甚至作者还能直接去进行说明，这一切正如弗雷里赫所说："这一历史有三个明显的阶段。第一个阶段，人们坚决试图使画面摆脱语言。……第二个阶段，有声的语言成为电影表现手段的重要成分。……第三个阶段——除了有声的语言以外，又出现了画面外的作者的声音以及人物的内心独白。"[①]这一切，不仅导致了语言在进入电影之后它自身的变化，即电影画面使电影语言从属于电影；而且它也改变了蒙太奇的结构原则。

正如大家所知道的，默片时期除银幕上的少数字幕外，是没有语言的。这种局限性恰恰变成一种策动力，对电影起到了良好的作用。因为银幕上的人物不能开口说话这一点，使得许多电影艺术大师们，如卓别林、爱森斯坦等寻找到了最生动、最细致的造型表现手段。而"造型"正是电影本身所蕴藏着的基本特性。

---

① 〔苏〕弗雷里赫：《银幕的剧作》，中国电影出版社 1963 年版，第 186—187 页。

但是，在有声电影发展的初期，有声语言的出现，破坏了“造型”这一特性。我们往往把那时候的有声影片称为“百分之百的有声片”，意指这是一种滥用对白的有声片。

默片有着它自己的语言体系，这就是建立在默片蒙太奇上的“语言”体系，默片用这套“语言”承担着表情达意、叙述故事的任务。而初期的有声电影，由于还没有积累起写作对话的经验，于是他们采用了一条捷径，躺倒在话剧身上，硬把话剧中的“语言”体系原封不动地搬了过来。孰知电影和戏剧属于两种不同的艺术，在使用对话上，情况也是各异的：

首先，话剧受三堵墙的限制，因而必须用对话去交代被省略掉的时空中发生的事情(前史)，自然，对话也就增多了；而电影由于时空转换的自由，可以在多场景中交代事情的来龙去脉，前史减少，自然也就没有必要再用对话去交代。这是电影中的对话比话剧中的对话减少了的第一个原因。

其次，电影可以运用平行蒙太奇或交叉蒙太奇的手法，将发生在同一时间内两个不同场合中的动作表现出来，话剧做不到这一点。正如法国18世纪启蒙思想家、戏剧家狄德罗所哀叹的：“我们只能表现一个场面，然而在现实中，各个场面几乎总是同时发生的。”因而，话剧又要用对白向观众交代那些被作为“暗场”处理掉的动作。这是电影中的对话比话剧中的对话减少了的第二个原因。

再次，许多东西在小小的舞台上是无法表现的，大到惊心动魄的战争场面，小到一根银针掉落在地面，如果不用剧中人的对白去加以说明，观众是看不见也听不到的。但是，表现这些东西恰恰是电影之所长，可以用全景，可以用特写……这是电影中的对话比话剧中的对话减少了的第三个原因。

恐怕还能找出别的种种原因。但是，仅从上述这三个方面，我们已经不难理解，如果在电影已经用画面将事物叙述清楚的时候，你还要用对白来重复说一次，无疑这就成为多余。可见，电影有自己表情达意的能力和手段，话剧也有自己独特的表情达意的能力和手段，如果不加区别，而去重复运用，必然会造成同义重复。

记得在“上编”的“电影声音”一章中，我曾说过，电影艺术大师卓别林是拒绝使用电影声音“最激烈”和“最严厉”的一个。但当我们知道了卓别林反对让他默片中的流浪汉开口说话的理由时[“如果我(流浪汉)一开始讲话，我的步伐就应该完全改变。”“如果我想扮演‘说话的’角色，那么，我就要改变我所创造的形象。"〕,从中获益匪浅。原来,他并不反对语言,但他反对画面和声音所造成的"同义重复"。因此,他必须首先寻找到与流浪汉相适应的音画结合体,换句话说,电影中的声音和画面应当是一个完整的艺术形象,它们不是简单的相加。

正因为电影有自己强大的造型表现手段,没有必要像话剧那样完全去仰仗对白,因此,中外许多电影理论家都主张不要把电影剧本写成通篇都是对话,而应发挥电影之所长,让画面为观众提供更多的东西。有些关键的对话应起到画龙点睛的作用。

我们在前面已经引用过英国著名电影理论家欧纳斯特·林格伦的一段话,他说:"在电影中……画面和声响不是同等重要的。通常有声电影中的视觉部分是比较重要的,因为总的说来,它表现更多的东西。这是毫不足怪的事,因为视觉在我们的感官中是最重要的,通过我们的眼睛,我们可以比通过耳朵更了解和熟悉周围的世界。"紧接着他又说:"有声电影中使用对话是应该考虑这个事实的。"[①]意思是说,应当让视觉部分为观众提供更多的东西。他们认为,那种把电影剧本写成通篇都是对话、像话剧剧本的写法,是不符合电影的美学特征的。应当学会用视觉形象的东西去代替冗长的对话;把用对话展开的冲突,改变为用视觉形象展开的冲突。例如,在苏联早期的名片《夏伯阳》中有一场戏,写政委富尔曼诺夫初次来到夏伯阳的师部,遭到夏伯阳的冷落。这场戏的开始,是外表毫无出色之处的富尔曼诺夫从树林中走出来。夏伯阳正伏在桥栏杆上向下张望。小河里夏伯阳的战士纷纷钻进水中找寻刚才扔掉的枪支。富尔曼诺夫不知道战士们在干什么,便问道:"他们在干什么?"夏伯阳回答说:"洗澡哪……太热了。"在这整场戏里都是可视的画面,只有最后这两句短短的对话。而这两句对话,又起着画龙点睛、深化和扩大画面含义的作用。在夏伯阳看来,刚才他的部下被捷克侵略军打败,并把武器扔进河里这件事,是他们自己的事,与这个新来的政委无关。这里,隐藏着夏伯阳不愿意让富尔曼诺夫了解刚才发生过的事情的情绪,同时也体现出夏伯阳对上级派来这么一个人做他的政委是不大理解的。这个例子说明,在戏剧中必须通过对话展开的冲突,在电影里往往可以通过画面使冲突表现得更加紧张和激烈,这是电影的特殊表现手段,也是电影的长处。若能在充分发挥电影画面作用的前提下,配合以能够深化和扩大画面含义的人物对话,使之相得益彰,则是电影编剧极佳的表现手段。在日

① 〔英〕欧纳斯特·林格伦:《论电影艺术》,中国电影出版社1979年版,第102页。

本电影导演新藤兼人拍摄的《裸岛》里，只有音响和音乐，没有对白。这固然和影片所要表现的情景是吻合的：一家四口人生活在周围是海的孤岛上，以种菜为生。他们要用小船到对岸去运来淡水浇灌蔬菜。显然他们的生活是极其艰苦的。正是生活的重担压得他们似乎连话都不愿意说了。但是，新藤兼人之所以在这部影片里不用一句对白，还和他对电影的一个看法分不开。他说："有些影片对白太多，诗意被抹杀了。"新藤兼人的这句话，对于那些把电影剧本写成通篇都是对话的作者来说，应该有所启示。

2. 对话的剧作功能

前面我们已经说了，对话在影视剧中是作为音画结合体的一个有机组成部分出现的，因此，下面我们所谈的对话功能，也都是在画面的配合下实现的。

(1)展现和说明

话剧需要通过对白来交代前史，影视剧虽然可以将大量的前史用场面去表现，但毕竟一部影视剧所反映的仅是生活中的一个段落，因而任何一部剧作都会或多或少地需要通过人物的对白去做一些交代和说明。如人物的身份和职业，他和周围人的关系，以及故事发生的时间、地点、规定情境和将要发生的事情等。

这种说明，在影视剧中往往会出现在开端部分，如在美国影片《魂断蓝桥》的开端部分就有这样一段对白：

罗依：你是个学生吧？

玛拉(笑)：啊——

罗依：这话可笑吗？

在他们身后墙上贴着的广告：国际芭蕾舞剧团招生。

玛拉(望着墙上广告)：正巧，我们学校——笛尔娃夫人的国际芭蕾舞剧团。

罗依：国际芭蕾舞剧团？那么说你是舞蹈演员喽？

玛拉：是的。

罗依：是专业演员？

玛拉：我看差不离儿吧！

罗依：你说……你会转圈儿什么的？

玛拉(自豪地)：当然，我还会滑步哪！

罗依(不懂):你说什么?

玛拉(小小地吹嘘):我能够跳跃腾空打击6次,里琴斯基能够连续做10次。不过,这可是100年才出这么一个。

罗依:这对肌肉有好处!对肌肉有好处?舞蹈演员的肌肉就该像男人的喽!

玛拉:唔,不见得。我12岁就学舞蹈啦,我并不觉得肌肉过于发达!

罗依:你是例外!

玛拉(很想引起对方对自己的尊重):我像运动员一样锻炼……唔,我们生活有严格的纪律!

罗依:那么,你今晚还有演出吗?

玛拉:当然,10点钟开始。

罗依:我真想去看看。

玛拉:你就来吧!

罗依:可惜今晚上校那里有个宴会,我要不去那得有点胆子!

玛拉:你是回来度假的?

罗依:嗯,就到期了,我家在苏格兰……

玛拉:那你就该回去了?去法国?

罗依:明天。

玛拉是笛尔娃夫人主办的国际芭蕾舞剧团的舞蹈演员,12岁起就学舞蹈,能够跳跃腾空打击6次,芭蕾舞剧团里有严格的纪律,这些都属于玛拉的前史。罗依是个军人,他从法国前线回来度假,家在英国的苏格兰,明天就要回部队打仗去了,今晚他还要去参加上校举行的宴会,这些又是罗依的前史。我们看到,这两个人的前史,都是通过他们的一问一答交代说明的,观众也是从这种交代说明的方式中了解到他们的前史的。

上述这段用对话交代的前史,并不让人感到是故意说给观众听的,因此也并不让人感到枯燥。这是由于剧作者将这些对话纳入规定的情景之中,具有较强的心理依据,因而也就成为推动情节发展的有机部分。罗依和玛拉原本不相识,只是在跑警报时偶然相遇,此时他们两人当然十分希望了解一下对方的情况。当然,他们是属于一见钟情的那一种,所以,在相互介绍情况时,又免不了带有爱恋之情。罗依总觉得对方是个年轻、幼稚的小妹妹,这也就激起了玛拉需要对方尊重自己，于是在介绍自己时免不了会小小地吹嘘一番。而且，玛拉和罗依所处的大环境——第一次世界大战期间，和小环境——一个要回法国去打仗，一个要去美国演出芭蕾舞，汇总成影片的规定情景，将使这对恋人刚见面就要分手。于是他俩在感慨之余，也就披露出对战争的看法，显示出两个人的性格差异。

(2)塑造性格，推动剧情发展

俗话说，什么样的人说什么样的话。这说明，在人们的语言里渗透着性格的特征。因此，当我们观察一个人的时候，也往往要"观其行，察其言"。对影视剧作者来说，用对话去塑造人物性格，并推动剧情的发展，无疑是非常重要的手段。

好的对话，也就是能显示出人物性格特征的对话，是具有非常大的艺术魅力的。如我们上面举过的苏联影片《夏伯阳》的例子，明明是夏伯阳下令让他的战士们下到河里去找回刚才丢弃的枪，他却对刚来的政委说："洗澡哪……天热！"夏伯阳的话看起来似乎很客气，实际上却是拒政委于门外，等于告诉他："这是我的战士们的事情，你少管吧！"这短短的一句对白，不仅刻画了夏伯阳屡建战功后自视甚高的心态，也反映出他看不出站在他面前的这个平平常常的人有什么资格竟然可以做他夏伯阳的政委。于是一场发生在夏伯阳和政委之间的较量接着展开了。

又如我们上面所举的例子《魂断蓝桥》中的对白，接下去是这样说的：

玛拉："太遗憾了，可恶的战争！"

罗依："是的，我也是这么想。这战争，怎么说呢？它也有它的精彩之处——能随时随地叫人得到意外，就像我们现在这样儿。"

玛拉：和平时期我们也会这样的。

罗依：你真是个现实主义者。

玛拉：是的，你好像很浪漫。

影片结合着战争这一规定情景，巧妙地用对话展示了罗依和玛拉的性格。玛拉初遇罗依，却因罗依要去前线，不禁抱怨起来："太遗憾了，可恶的战争！"但性格浪漫的罗依却异想天开，认为战争能使人得到意外，就像他现在这样，跑警报竟然会遇上一个漂亮妞儿。按说谈话到此可以结束了吧，可是十分务实的姑娘玛拉表现得还非常地执著，最终还要补上一句："和平时期我们也会这样的。"

言下之意，若要是为了你我相遇，那么和平时期在商店、在大街上我们也可以相遇，战争总是可恶的！正是这样截然不同的性格，为戏剧冲突的展开奠定了基础。浪漫的军人罗依全然不顾他和玛拉之间的等级差距，将她引进贵族社会，与之发生碰撞，偏偏玛拉的务实又体现在对等级观念的极端重视上。于是剧情一步步地展开，导致最终悲剧的发生。

在中国影片《董存瑞》里也有非常性格化的对白，董存瑞不到参军的年龄就想当兵，找赵连长"蘑菇"。

董存瑞：连长，你应当再考虑考虑啊！边说边走向连长。

董存瑞：你可怎么能一眼就看透了我当不了八路军哪？啊？

赵连长不以为然地哼了一声。

董存瑞：别笑啊！连长……咱们说真格的。

董存瑞：你看我个头小是不是？……（连长暗笑）……这不要紧哪！到了队伍上在您领导下，小米饭一吃，还能窜一气哪！

连　长：别蘑菇了，这我说不行就不行！

董存瑞：嗬！你也太有点……

连　长：主观是不是？

董存瑞：不了解，不敢批评（向连长笑了），可你就不行灵活点？

董存瑞：可给你当个勤务兵总行吧！给你当小鬼！嗳！先不发枪也干。你说呀，点个头！

赵连长：嗳！我说，你这小家伙叫什么？

董存瑞：报告，董存瑞，小名四虎子，我不是早就跟你说了吗？

赵连长：我说四虎子！我不是也早就跟你说过吗？不行啊，说破了嘴也没用啊！

作者通过这段对话，把董存瑞活脱脱地呈现在观众面前。他会死磨硬泡，"小米饭一吃，还能窜一气哪！"他会委曲求全，明明觉得连长太主观，可又不敢得罪，马上改口说"不了解，不敢批评"。他还会讨价还价，"不发枪也干"，"给你当个勤务兵总行吧！"可是他再"鬼"、再机灵，也有误解的时候，连长问他叫什么？他自以为转机来了，马上报上大名，哪里知道"说破了嘴也没用"。作者正是通过这段极具性格特征的语言，表现出董存瑞急切想参加八路军的执拗劲儿。也正是这股执拗劲儿引出了下一场摔倒大汉的戏来。

3. 潜台词

所谓“潜台词”，是指在人物的对白背后隐藏着的想法和内心活动。所以，潜台词并非是对白之外的东西，而是观众通过演员所念的某些对白而能感受到的东西。所以苏联戏剧大师说：“请记住，观众到剧院来是为了潜台词，台词我可以在家里阅读。”这说明，需要依靠演员的表演将台词中的潜台词挖掘和表达出来，所以，要把富有潜台词的台词说好，是很考验演员的一件事。但演员若能将潜台词恰如其分地表达出来，则会让观众享受到魅力无穷的台词。同样，影视作者能否写好潜台词的台词，也是一种考验。但必须掌握住写作潜台词的根本原则，这就是虚实相间。

所谓虚是指说出来的台词；所谓实，就是指隐藏在台词后面的潜台词，经过演员的表演，它能让观众感受到。通常运用的方法有：一、让角色说出想说的意思中的一部分，而将大部分含而不露；二、让角色说话时的神态貌似平静，实际上内心却十分不平静；三、让角色用平常口气来说，其实说出来的话都很不平常；四、让角色将正面的话反着来说；五、由于某种原因，角色不便直说，借他人之口来说，等等。无疑，在这些方法里，都贯彻着虚和实。可见只有当台词和潜台词虚实结合在一起时，艺术魅力才能产生，观众才会兴趣盎然。因为，欣赏艺术有一条通则：观众不喜欢“和盘托出”的艺术作品，他们喜欢参与进来。“和盘托出”的艺术作品是不给观众留参与的余地的。潜台词之所以耐人寻味，就在于它给观众留有余地，给观众留下想象的空间，让观众与作者一起进行再创作。这样，观众由被动转为主动，他会感到愉悦，也会感到满足。

在日本影片《远山的呼唤》中，女主人公民子所说的台词就含有丰富的潜台词。民子是一个寡妇，和小儿子武志在一起，相依为命，生活得很艰难。这时候，一个为人正直、勤劳的彪形大汉耕作闯入她的生活。她有了帮手，有了依靠，逐渐对他产生了爱意。但又碍于自己是个妇道人家，羞于启口，只得用“潜台词”去传达她的心意。

耕作的哥哥来看耕作，带来了耕作爱喝的咖啡。耕作送走哥哥，正在煮咖啡，民子进来了。咖啡好香，耕作留民子也喝一杯。于是两人间有了下面一段对话：

耕作：“我小时候就是哥哥带大的。”

民子：“是呀，我们家都是女孩，挺亲热的，你们兄弟是不是也这么亲热？”

民子接着又说："我常想，武志要有一个兄弟就好了，他年纪小，到底是个男孩，有些事情跟做母亲的是没法深谈的。"

民子非常巧妙地用"武志要有一个兄弟就好了"和"到底是个男孩，有些事情跟做母亲的是没法深谈的"，向耕作表述了她还想给武志生个弟弟，并希望武志能有一个爸爸，因为这样武志有些事情就可以和爸爸深谈了。民子的潜台词不就是要让耕作来做武志的爸爸，并和她一起生一个武志的弟弟吗？这就是我们上面所说的，采用了"含而不露"的方法。

接着，民子喝完咖啡要走，临走前，她问耕作：

民子：对了，武志他一直想问问你，你能在这儿呆多久？

耕作：你说呆多久就多久，对我来说都一样。

民子：武志听了一定很高兴。

明明是民子怕耕作会突然离去，但不好意思直接去问，便借儿子之口来问。明明是她自己知道了耕作能待下去而高兴，又不好意思直接表露，便又借儿子之口来向耕作传达自己的心态。观众听了民子的这些话会感到是一种艺术享受，因为他们从中了解到民子说话的内涵，更加欣赏民子的聪慧和她的说话技巧。这就是我们上面所说的，采用了"借他人之口"的方法。

潜台词是对话中极其富有艺术魅力和感染力的一种，因为它不直，不白，不露，相反，它有着深藏着的思想和情感，向观众提供着艺术的享受。

第四节　独白和旁白

影视剧作中，除了常用的对白外，作者有时还要运用独白和旁白去塑造人物性格，特别是用来展示人物的内心世界。

1. 独白

独白是指角色在规定情景下产生的内心活动，并用语言的方式表述出来。因此，它也就成为一种从内部来揭示人物性格的手段。

比如，在法国影片《广岛之恋》中，法国女演员在一家美国化的咖啡馆内，将自己的往事——第二次世界大战期间，她曾和一个德国士兵相恋——告诉了她现在的情人，一个日本建筑师。事后，她回到自己的住处，在盥洗室里，一边洗脸，一边说了一段长长的独白：

你以为你知道，不，你不知道。

在内韦尔，在她年轻的时候，有一个德国情人……

我们要到巴伐利亚去，亲爱的，我们要在那儿结婚。

她从来没有去成巴伐利亚。(照镜子)

我倒要看看没有到过巴伐利亚的人谁敢对她谈论爱情。

你还没有完全死。

我把我们的故事告诉别人了。

我今天晚上在这个陌生人面前对你是不忠实的。

我把我们的故事告诉他了。

你看，这是一个可以告诉别人的故事吗?

十四年了，我没有再尝到……不能实现的爱情的味道。

自从内韦尔以后。

看我怎样正在忘掉你……

看我怎样已经忘掉了你。

看着我呀。

独白中的"你"指的是她过去的德国情人，"别人"指的是她现在的日本情人。无疑，这段独白，除了向过去的情人倾诉，她不该将他们的恋情告诉给现在的情人外，更主要的是，表现了法国女演员此时此刻激烈的内心冲突和对往日爱情的思念。正是这种强烈的内心冲突，导致她觉得今日的恋情也会像往日的恋情那样，不过是"过眼云烟"，导致了她和现在情人的诀别。所以，这段长长的独白，既表现了法国女演员此时此刻的心境，同时也揭示出她的性格和思想感情。她要忘却痛苦的过去，所以她说："看我怎样正在忘掉你，看我怎样已经忘掉了你。"

独白在形式上往往是完整的内心语言，有时并被诗化，带有强烈的抒情性。因而它并不起与他人交流的作用，而成为人物自己心灵的对话。如我们上面引用的那段法国女演员的独白，就被西方评论家们称为"祷文式的叠句"和"咏叹式的朗诵"。而且，它是以法国女演员自我心灵的对话的形式出现的，并非想和他人交流。

2. *旁白*

旁白在影视剧中往往以画外音的形式出现，它带有很强的主观色彩。通常它或以剧作者的身份出现，对剧情进行叙述或评述，我们称之为“第三人称式”和“客观式”；或以剧中人的身份出现，对剧情进行叙述或评述，我们称之为“第一人称式”和“主观式”。

客观式（或“第三人称式”）的例子如中国影片《祝福》的开场白：

> 对于今天的青年人来说，这已经是很早很早以前的事了，大约四十多年前，辛亥革命前后，在浙东的一个偏僻的山村里……

这段旁白所起的作用，是介绍影片故事发生的时间、地点和社会背景。介绍的方式是客观、平静的。

主观式（或“第一人称式”）的例子如中国影片《天云山传奇》的开场白：

> 宋薇旁白：我要讲的故事，就是从1978年冬天开始的。
>
> 我到组织部工作还不到半年，可是等待处理的错案、冤案已有无数起。每到这种时刻，我总是非常激动，恨不得一下子就把这些问题全部解决掉。粉碎“四人帮”已经两年了，我们国家正在发生巨大的变化，然而在我们这里，却依旧冷冷清清，停滞不前……

这段旁白所起的作用，也是介绍影片故事发生的年代和社会背景。但和上面例子不同，显然宋薇的介绍已带有浓重的主观感情色彩。

当然，旁白在影视剧中的作用，绝不仅仅局限于介绍地点和时间，有时它也向观众介绍人物，并作出评价。如还是在《天云山传奇》中，宋薇是这样向观众介绍女青年周瑜贞的：

> 宋薇旁白：周瑜贞来了。
>
> 宋薇笑着向周瑜贞招手，离开窗户。
>
> 宋薇旁白：她是一位革命前辈的女儿。
>
> 宋薇高兴地下楼来。
>
> 宋薇旁白：她开朗、大方、思想解放，但是，……
>
> 客厅的灯亮了。周瑜贞向宋薇打了个手势。
>
> 宋薇旁白：我万万没有想到，她这次到来……
>
> 宋薇走进客厅，向周瑜贞走近。
>
> 宋薇旁白：却把我心灵深处的琴弦拨响了。

这种用主人公的旁白介绍剧中其他人的方法，是一种十分快捷明了的方法，它可以让观众马上知道被介绍人的前史（"革命前辈的女儿"）、性格特征（"开朗、大方、思想解放"），并进入剧情，造成悬念（"万万没有想到，她这次到来，却把我心灵深处的琴弦拨响了"）。

有时，某些旁白在影视剧中还起着点评的作用。如英国影片《豺狼的日子》的序幕中有这样一段旁白：

> 一九六二年八月是法国面临严重危机的时刻。戴高乐总统承认了阿尔及利亚的独立，很多人认为，这是背叛祖国的行为。这些过激派几乎全是军人，他们为了报复，发誓要暗杀戴高乐。

显然，影片的作者是站在戴高乐一边在介绍、评点这个故事。因此，他也就很自然地将反对戴高乐的人称为"过激派"，而把暗杀戴高乐称为"报复"行动。

思考题

1. 影视剧作中的语言可以概括为哪几类？
2. 对叙述性的语言最主要的要求是什么？
3. 写作影视剧中的对话应注意什么？
4. 什么是潜台词？通常运用的方法有哪几种？
5. 什么叫独白和旁白？

本章参考阅读书目

1.〔美〕比利·怀尔德:《身兼二任更好》,《电影艺术译丛》,1980 年第 6 期。

2.〔英〕欧纳斯特·林格伦:《论电影艺术》。

第六章
影视剧的风格样式

"风格"一词来源于希腊。最初的意思是柱子或棍子，后来把写字用的棍子就叫做风格。并由此演变出另一种含义，即把"笔调"或"阐述思想的方式"叫做风格。

如今对风格最为普遍的解释，就是马克思引用法国著名评论家布封的那句名言："风格即人"。意指由于艺术家的生活阅历、思想性格、审美趣味、艺术才能以及文化修养等方面所形成的观念，所表现出的与众不同的艺术特色。艺术家表现生活，确实因不同人的不同观念而形成不同的风格特色。亚里士多德在其《诗学》中就曾写道："正像索福克勒斯所说，他按照人应当有的样子来描写，欧里庇得斯则按照本来的样子来描写。"[①]一个主张按照应当有的样子写，另一个主张按照本来的样子写，这就形成了观念上的分野，同时也就形成了两种不同的风格。这也是对浪漫主义和现实主义的最早论述。

艺术风格植根于作品的内容中，同时具体地表现在作品的艺术形式之中，即反映在作品的结构样式和语言等因素内。所以结构样式的特征具体地体现着艺术的风格。换句话说，有什么样的艺术风格就会有什么样的艺术结构样式。

那么，由不同的影视观念形成的不同的影视风格样式，其基本的概貌是怎样的呢？

第一节　戏剧性观念形成的风格样式

戏剧性观念形成了戏剧性的风格样式，这导源于对电影的戏剧本性的理

① 〔古希腊〕亚里士多德：《诗学》第 9 章，人民文学出版社 1962 年版。

解。而这一理解，产生于有声电影的诞生。

我们知道，1927 年 10 月 23 日是电影史上的一个重要日子，被称为“伟大的哑巴”的默片电影开口说话了，有了声音。这就使得单纯依靠画面（镜头）来讲故事，来表情达意的电影艺术，变成了同时运用画面和声音，即声画结合的艺术。但是，当时的影片制作工作者最为看重的还是电影声音中的对话说白部分，所以有人把初期的有声片叫做“对话影片”。如中国第一部有声影片《歌女红牡丹》的情况就是如此，“这部影片的编导是从拍摄无声片工作中转化过来的，没有经验，所以只注意了对话说白，却把音响效果——有声电影最重要的组成部分——忽略了。”[①]正是因为“没有经验”，使得初期的有声电影，开始依赖戏剧，躺倒在戏剧身上，形成戏剧性的观念。这种所谓的“百分之百的有声片”，就是把音响和形象录在同一影片上，以致蒙太奇的效果受到了限制。所以，反对有声电影的爱森斯坦等人断定：“仿照戏剧的形式，把一个摄成的场景加上台词的做法，将毁灭导演艺术，因为这种台词的增添必然要和主要由各分离的场面结合在一起而组成的整个剧情发生抵触。”（《有声电影宣言》）总之，初期的有声电影，使得在无声片中利用视觉形象的自由受到限制，甚至消失。因为有声电影的剧本是用对话写成的，而无声片是用画面写成的。而用长篇对白写成的剧本，在拍摄时，又必然会使摄影机在拍摄距离上受到极大的限制，为了让假想的观众听清台词，摄影机就只能靠近演员。此外，长篇的对白也会影响到摄影机的角度变换以及剪接的自由。所以，可以这样说，“百分之百的有声电影”使电影恢复到了 1908－1914 年曾经流行过的“舞台剧的电影化”阶段，使电影开了倒车。

尽管早期的有声电影遭到了无声片电影艺术大师们的反对，但是，电影向戏剧靠拢，这又是电影发展的必然。而且，电影从模仿戏剧中产生了新的影片样式，这就是后来一度风行于美国好莱坞的戏剧式电影。世界电影史学家萨杜尔曾说过：“对白、歌曲和音乐使电影不得不求助于舞台戏剧。对舞台剧的模仿曾引起不少错误，但就像梅里爱时代的情形一样，这却是一种必然的过程。而且从这种模仿中也曾产生了一些新的影片样式。”[②]

受戏剧性观念影响而形成的戏剧式风格样式，从戏剧那里借鉴了哪些东

---

① 程季华主编：《中国电影发展史》，中国电影出版社 1963 年版，第 163－164 页。

② 〔法〕萨杜尔：《世界电影史》，中国电影出版社 1982 年版，第 279 页。

西呢？

一、电影表演的戏剧化和程式化；二、仿效戏剧，主张在摄影棚内搭景拍摄；三、人工照明，讲求“戏剧光效”，以戏剧美为标准；四、电影编剧从戏剧编剧那里借用了把剧作建立在“冲突律”基础上的编剧方式，即剧情总是以一个主要矛盾的发生、发展和解决来完成，因而，戏剧式的电影剧本也就必然包含有开端、发展、高潮、结局等几个情节要素。这种电影剧本酷似戏剧剧本，讲求段落间的因果关系，在剧情发展过程中经常会出现偶然性所造成的突转……导演虽然在戏剧式电影中运用蒙太奇语言，但由于过于依仗对话，以及尚未完全摆脱戏剧思维的限制，故而它的叙事的基本单位还是场面，而不是镜头，即剧情的展开还被限制在一个个场面之中。这可以从传统的戏剧式电影和现代电影的场次比较中得到证明：传统的戏剧式电影，往往只有四五十场，而现代电影则多至一二百场。总之，无论从编剧、导演、表演、美工、照明等方面，我们都可以看到当时的电影受到戏剧的强烈影响。

到了1945年，好莱坞的戏剧式电影遇到挑战。这就是我们下面要提到的新现实主义电影的出现。但这里我们需要说明的是，戏剧式电影并未因遇到挑战而消亡，它的生命力很强，至今无论是中国还是外国，仍有大量的影片运用这种样式。仅国内所能看到的西方的现代戏剧式电影，就有上世纪70年代西德著名导演拍摄的《玛丽亚·布劳恩的婚姻》，以及美国影片《红衣主教》、《鳄鱼邓迪》、《坠入情网》、《致命的诱惑》、《漂亮的女人》等一大批。这一方面说明，体裁、风格、样式并非是以新代旧的，换句话说，当新的电影样式，如散文式电影、心理电影，或小说式电影出现之后，戏剧式电影并不会因此而被代替，作为一种样式，它仍会持续发展下去。这犹如文学中的小小说，在中国早就有之，后来又出现了短篇小说、中篇小说和长篇小说，但小小说这种体裁样式也并未消亡，至今仍有微型小说存在。另一方面，一种传统的样式若要生存下去，又必须求变化、求发展，如果一成不变，固守原有的那一套，那真会有被新的样式代替的可能。以戏剧式电影为例，它之所以能够生存发展下来，是和它的不断发展和变化分不开的。现代的戏剧式电影，运用新的电影语言，无论是在时空转换，还是在声画对位上都具有新的电影意识，有的甚至在结构上也突破了戏剧式的构架，找到了新的结构方式。如西德影片《玛丽亚·布劳恩的婚姻》虽仍属线形结构，包含开端、发展、高潮、结局几个组成部分，却又冲破了戏剧式的封闭结构形态，而以开放式的结构来结束。而有些现代戏剧式影片则把别的片种的拍摄手段融入自己体内，构成新的局面。如上世纪 80 年代的美国影片《致命的诱惑》，从总体结构来说完全是戏剧的构架，但作者却把现代电影中拍摄恐怖片的手法——机位不稳定加上平行蒙太奇融入其中，使影片具有新意。如母亲发现兔子被煮时，孩子奔向兔窝，机位摇晃不定，且是同一时间内两个不同空间；又如母亲惊恐万状地开车去找孩子，孩子却高兴地在坐“过山车”；两个女人在浴室里争斗，楼下开水壶鸣叫，狗舔着从楼上浴室里漏下来的水……都是运用同一手法，达到紧张、恐怖的效果，使传统的戏剧式电影具有新的活力。

所以，对待电影样式，我们完全没有必要去肯定一种，否定另一种。与其如此，倒不如认真研究一下，究竟如何才能使传统的样式继续更好地为观众服务。在这方面，具有艺术博大胸怀的世界著名的西德导演法斯宾德无疑是我们的榜样。他丝毫不轻视或蔑视好莱坞电影。相反，他公开表示好莱坞电影是他“要学习的一种纯粹的戏剧表现方式”，而且把他拍摄的如《玛丽亚·布劳恩的婚姻》、《莉莉·玛莲》、《恐惧吞噬灵魂》等影片，自称为“德国式的好莱坞影片”，即他要继承好莱坞电影独具的艺术魅力，去批判德国的现行制度。我以为，法斯宾德对待好莱坞电影的态度值得中国同行们深思。我们有些电影工作者，一味拜倒在西方现代派电影脚下，对传统电影嗤之以鼻，但结果又是如何呢？他们的影片观众不欣赏，观众也不理解。我并非反对借鉴西方现代派电影的创新手法，但我们应当博采众长，不要把观众喜欢的东西白白扔掉。

我们在上面已经讲了，戏剧式电影在西方仍旧活得很好，那么在中国呢？早在 1914 年，中国电影就和文明戏结合在一起了。当时由张石川导演的四本电影《黑籍冤魂》(内容暴露鸦片毒害中国老百姓)就是根据文明戏改编的。这部影片和舞台剧基本相仿，分成数幕。此后拍摄的《空谷兰》、《玉梨魂》等影片，也大都是先有鸳鸯蝴蝶派的小说，然后改成文明戏，再搬上银幕。这不仅说明中国电影和戏剧结缘很早，而且也说明了中国电影观众的审美情趣，长期以来由于受戏剧欣赏习惯的影响，他们重叙事，喜欢看有头有尾并富于戏剧性的电影。所以，戏剧式电影在中国的生存条件自然又要超过西方。故而重视对戏剧式电影的研究，对中国电影工作者来说，尤其不容忽视。

那么，什么是戏剧性风格样式的影视片呢？

所谓戏剧性风格样式，并非就是舞台上的戏剧艺术，但它又吸取了戏剧艺术中的一些重要元素。关于它们之间的异和同，推崇戏剧式结构的美国戏剧和电影理论家劳逊对此曾作过概括：戏剧按照冲突律来结构剧本，这一定律“也适用于电影剧本的结构”，但“电影在应用这一定律时必须注意一些重要的特殊条件”[①]。

这就是说，戏剧式电影和戏剧艺术的相同之处，在于它们都可以按照戏剧冲突律来结构剧本；它们的不同之处在于，电影具备一些自身的重要特殊条件。

为了论说的方便，让我们先来探讨一下电影有哪些“重要的特殊条件”，然后再来谈它们的相同之处。

与戏剧相比，电影具备的“重要的特殊条件”，主要是指电影在时间和空间转换上的自由，电影能将镜头迫近人物，电影用视觉形象的感染力代替冗长的舞台对话，以及电影将不同景别的镜头组接起来的独特的蒙太奇语言等。

电影正是通过上述这些“重要的特殊条件”，使自己摆脱了舞台的框框，不受三堵墙的束缚；同时，既将戏剧冲突律汲取到电影中来，又使戏剧冲突的动作性发生变化，取得了新的特质。以上就是电影和戏剧在表现手法上的相异之处。

它们的相同之处，则是两者都可以“按照戏剧冲突律来结构剧本”。这也就是普多夫金所指出的，戏剧格式的电影剧本“应该服从戏剧结构的法则”的方面。关于这一方面，又不外乎以下两个共同特征。

第一个共同特征，是以冲突为基础。法国戏剧理论家布伦退尔说，没有冲突就没有戏剧。所以，戏剧是以冲突律来处理冲突并安排结构的。而所谓“冲突律”，又是指戏剧作品的创作总是以一个主要冲突的迅速发生、发展和解决来完成的。因此，戏剧既然要按照戏剧冲突律来安排结构，那么在结构上必然会形成一条由冲突的动作所引起的，包括开端、发展、高潮和结局等结构要素在内的情节线索。电影的戏剧式结构除具有自身的“一些重要的特殊条件”外，从整体结构上来说，它和戏剧艺术的结构相仿，也有这样一条首尾一贯，包括各个结构要素在内的情节线索。而且，无论是戏剧艺术结构，还是电影的戏剧式结构，它们对这些结构要素都有一些共同的原则，或者说是一些戏剧结构发展阶段的原理。美国影片《魂断蓝桥》是戏剧式结构中具有代表性的例子。（必须说明一点：我无意将《魂断蓝桥》捧为经典。但据日本《电影旬报》在世界范围内向一些著名电影艺术家所做的调查证明，这是一部相当典型的戏剧性风格样式的影片，它具备戏剧式的各种因素。故而以此为例）下面就以这部影片为例，来说明

---

① 〔美〕劳逊：《戏剧与电影的剧作理论与技巧》，中国电影出版社 1961 年版，第 449 页。

戏剧式的一些基本原理。

这个电影剧本共分 58 场，如果加上第一场前的一个帽子和最后一场之后的一个尾巴，实为 60 场。根据剧情，我们可以把这 60 场戏分成 9 段。在这 9 段戏中，包含着序幕、开端、发展、高潮、结局和尾声 6 个组成部分。

剧本的帽子和第一场构成第一段，是序幕部分。写第二次世界大战期间，英国上校军官罗依站在滑铁卢桥上，回忆发生在上一次世界大战中他亲身经历过的一件事。它和最后一场的尾声（第 9 段）相呼应，写罗依怀着对往事的思念离去。

序幕和尾声不是每部影片都有的，就像现代戏剧也并非都有序幕和尾声一样。早期的戏剧则不然，几乎每个戏都有序幕（或用“进场歌”），用来说明人物的身世和剧情。到了 19 世纪，就很少再有人用序幕单独向观众介绍人物和剧情了，而是在戏的展开中同时向观众作介绍。原因是剧作家们感觉到序幕式的介绍，实际上是让演员和观众直接发生联系，必然会破坏舞台表演的客观真实感。可是，到了 20 世纪，又有些剧作家重新运用序幕。然而其作用已和过去大不相同，大致可分这样三种：一是为了使作品带有叙述的性质；二是为了使作品带有回忆的性质；三是为了赋予作品某种特殊的情调。但尽管序幕具有这些功能，仍然不是所有的剧作家都去采用。这是因为，一剧是否需用序幕和尾声，要视作品内容的需要，为作品的题材性质以及特赋的情调所决定。若滥加使用，则会画蛇添足，成为作品多余的部分。影片《魂断蓝桥》摄于 1940 年，据有关资料记载，作者雷缪是在影片中运用“回忆形式”的最先设计者，而影片《魂断蓝桥》又是美国影片中运用“回忆形式”较早的一部。

影片《魂断蓝桥》所以要在安排情节时，用罗依回忆的形式、以序曲进入本题，又以罗依怀着同样的回忆离去的结尾来结束，是为了给整部影片涂上一层回忆的美好情调，从而使人物的感情更能沁人肺腑，使悲欢离合的情节更为生动，使造成罗依和玛拉不能结合的、由于战争而加深了的社会等级差距这一主题得到强调。这种格局，使影片成为一个老军人的回忆，使这个带有梦幻般浪漫主义气氛的美好故事具有一种不可抗拒的魅力，然而它的能动作用却又表现在：完整巧妙的结构，能使主题更为突出，人物性格更为鲜明，情节更为生动。这就要求作者根据自己的创作意图，凭借自己的意匠经营去进行结构了。

序幕之后，便是开端部分。剧本中的 2 至 11 场是第 2 段，也是这部影片的开端。

在戏剧式结构中，一部影片如为7本，一个电影文学本子如分为7段(《魂断蓝桥》除去序幕和尾声，也是7段)，开端的部分约占一本或一段左右，它要求“开门见山”。

那么，怎样才能做到“开门见山”呢？好的开端，应当是在富于动作性的冲突中展开的。这是因为，戏剧是以冲突为基础的艺术，所以一剧的开始就应着眼于冲突的开展。然而，既然任何叙事艺术都以写人为中心，那么这个“冲突”又应体现为性格的冲突。所以在开端部分里，也就应当交代清楚主要人物之间的性格差异，和借以体现出来的社会性的矛盾冲突。一剧的开端对以后的情节来说，是矛盾的起点，它要能引起未来的冲突，为未来的冲突找到依据。并预示出冲突发展的方向和将来的结局，这种种可能性都应当包含于开端之中。当然，除了基本性格的差异之外，还有一个十分重要的东西也必须在开端部分里交代清楚，这就是基本情景。但对基本情景的介绍最好不是静止的，应当和基本性格的介绍结合起来。戏剧式结构的作者，要具有在介绍基本情景时就能同时表现基本性格的能力和技巧。

影片《魂断蓝桥》的开端便是在富于动作性的冲突中展开的，它一开始便在介绍基本情景的同时介绍了男女主人公之间的性格差异。如果我们把这部影片的高潮和结局部分用戏剧术语叫做“解扣”的话，那么作者在开端部分里就已把这个扣子系上了。你看，男主人公罗依和女主人公玛拉在第一次世界大战乱糟糟的空袭警报声中相遇了，这是大情景。罗依是个军人，他马上要上前线，玛拉是个芭蕾舞演员，她所在的芭蕾舞团纪律很严，这是小情景。这些基本情景都不允许他们相爱。可是，罗依对玛拉一见钟情，他不但取走了玛拉的小护身符，而且在当天晚上，没有去出席他的顶头上司上校举行的宴会，却跑到剧场里去观看玛拉的演出了。不仅如此，他又把玛拉从芭蕾舞团里私约出来，两人在“烛光俱乐部”里度过了一个十分美好的夜晚。玛拉虽然也陶醉在这邂逅之中，但她处处被动，而且不相信她和罗依能够结合。影片就这样结合基本情景的交代，从一开始就清楚地交代出这一对主人公的性格差异：罗依是一个浪漫的军人，玛拉是一个务实的姑娘。让我们再来重温一回开端部分两人的小小对话：

罗依：那么，你今晚还有演出吗？

玛拉：当然，十点钟开始。

罗依：我真想去看看。

玛拉：你就来吧！

罗依：可惜今晚上校那里有个宴会，我要不去得有点胆子！

玛拉：你是回来度假的？

罗依：嗯，就到期了，我家在苏格兰……

玛拉：那你就该回去了？去法国？

罗依：明天。

玛拉：太遗憾了，可恶的战争！

罗依：是的，我也是这么想。这战争，怎么说呢？它也有它的精彩之处——能随时随地叫人得到意外，就像我们现在这样儿。

玛拉：和平时期我们也会这样的。

罗依：你真是个现实主义者。

玛拉：是的，你好像很浪漫。

作者巧妙地把展示情景和表现性格融为一体了。看，在对待围绕着他们两人的大情景——战争问题上，玛拉谴责战争，认定它“可恶”，罗依却认为“它也有它的精彩之处”，能使他得到意外的爱情。但玛拉不这么想，她想得很实际，在她看来，真正的爱情在和平时期也能得到。值得注意的是，玛拉不仅对战争作如是观，作为这部影片的另一个重要情景，此时还作为伏线埋藏着的，即罗依出身贵族，玛拉出身平民，玛拉对此表现得更为实际。这就是在玛拉的性格内部，渗透着英国社会中传统的等级观念的重压，而罗依却没有这种压力。影片《魂断蓝桥》正是由于在开端部分里就让性格冲突接火交锋，这就为未来的冲突建立了依据，也为悲剧性的结局奠定了合理、可信的基础。所以，开端也往往是揭露矛盾、提出主题的地方。

我们有些初学者在写电影剧本时，是不大懂得这一点的，而是习惯于那种静止地交代时间、地点和人物的写法。像这样一类写法并非罕见的事：

蓝天白云下，若隐若现的山峦。镜头升起，一望无垠的麦田，成熟的麦穗迎风摆动。

缓慢而轻柔的旋律，歌声起：

神州处处开了花，麦香千里飘万家。

随着歌声从麦地里站起一个皮肤黝黑，身体健壮，粗眉大眼的青年，他叫大虎。

镜头摇移，歌声继续：

争先恐后夺高产，

人人努力建四化。

从麦地的另一端站起一个长得十分俊俏的姑娘，她用袖口擦去脸上的汗水，朝着大虎亲昵地一笑。她叫小俊。

显然，这个开端是离开冲突在那里交代时间、地点和人物，它只是为了说明情景，而没有能够展开剧情。这在戏剧式结构中不能算是好的开端。我们通常把这种开端叫做不能“开门见山”。因为片子跑了好几百尺，观众还没能入戏，是结构松散无力的表现。观众是不大喜欢这种开端的。前些年，我们看到一些内容较好的影片，在开端部分里却也存在着类似的毛病。如影片《残雪》的开端，写一老干部复职后参加春节联欢会，记者为他照相。这场戏主要是给下一场戏作准备，他在新疆的儿子从报上看到父亲的照片，知道父亲重新工作了。然而，影片却用很长的一段胶片去拍摄联欢会上的活动，久久不能入戏，显得十分拖沓。又如影片《扬帆》的开端，写一剧团在粉碎“四人帮”后重新演出，影片拍摄了一个又一个节目：钢琴独奏、孔雀舞……几乎成了舞台艺术纪录片。尽管这两部影片后来都入了戏，并能吸引观众，可是从心理学上来说，第一个印象虽不一定就能代表全部，但也往往能给人以深刻的印象。这说明，作者对待影片的开端，也必须慎重。英国近代戏剧理论家威廉·阿契尔对这个问题说过一段精彩的话，他说：“如果人物不在很早的时刻就进入戏，而且决定戏的发展的话，那么作为一件艺术作品来说，这个剧本是没有什么价值的。”①这段话，对电影中的戏剧式结构来说，也完全适用。

开端之后，是发展部分。《魂断蓝桥》剧本中的 12 至 49 场属于发展部分。

发展部分在剧本中占有很大的比重，一般来说，7 本中约占 5 本，7 段中约占 5 段。它是开端中引起的冲突的不断深化。我们根据发展部分的剧情内容，从结构上可以将其分成以下 5 段：（各段情节的内容请阅本书“影视剧作的结构”中的第 2 节）

第 12 场至 21 场是发展部分的第一段。简称“结婚”。

第 22 场至 28 场是发展部分的第二段。简称“开除”。

第 29 场至 36 场是发展部分的第三段。简称“沦落”。

第 37 场至 41 场是发展部分的第四段。简称“生还”。

---

① 〔英〕威廉·阿契尔：《剧作法》，中国戏剧出版社 1964 年版，第 19 页。

第 42 场至 49 场是发展部分的第五段。其中,第 48 场为全剧的高潮。简称“舞会”。

我们从以上 5 段戏中可以看到,它们不是随意的凑合,也并非是不受任何约束的。每段戏的比例和相互关系都经过仔细的安排。而这种安排的目的,又无非是为了使矛盾不断得到深化。试看,发展部分的第一段,还只是交代出由于罗依是贵族,玛拉是平民,因而他们想结婚,又不得不请求上级的批准,终于耽误了时间,没有结成婚。实际上,这段戏是为发展部分的第五段,即“舞会”那场戏做了个伏笔。发展部分的第二段,罗依突然接到命令马上去前线,玛拉不仅没能和罗依结合,而且被芭蕾舞团开除,这可以说矛盾向前推进了一步。发展部分的第三段,正当玛拉陷于生活贫困之中,又得知罗依阵亡的消息,她于贫困与绝望之中沦为妓女,此时的矛盾大大地向前推进。到了发展部分第四段,罗依突然生还,玛拉同意随他去庄园结婚,这是剧情的跌宕,然而又并非是矛盾的消失,因为矛盾不仅依然存在,而且正在积聚力量,准备向矛盾的激化过渡。到了发展部分的第五段,当发展部分第一段中潜伏下来的等级差距这一矛盾重新出现,和玛拉沦落(在发展部分的第二、第三段中形成)这一矛盾扭结在一起时,此时的矛盾便深化到了顶点,终于彻底摧垮了主人公,为矛盾的解决和紧张的消除做好一切准备。可见剧作者正是按照“冲突律”的法则,经过仔细的设计和安排,错落有致地把各个部分组织起来,以达到矛盾的深化。而且,由于矛盾的不断深化,便也造成了戏剧艺术必须具备的那种紧张感。作者必须使这种“紧张”感逐段加强,不让它松弛下来。唯有如此,作者才能促使观众也处于同样的紧张状态之中,使观众在长达一小时四十分钟的时间里,忘却一切,始终把注意力集中在银幕上。所以,熟悉戏剧艺术的阿契尔在他的《剧作法》一书中说:“戏剧建筑的秘密的最大部分在于一个词——‘紧张’。而剧作家技巧的主要内容就是在于产生、维持、悬置、加剧和解除紧张。”①

戏剧式结构为了不断加强这种紧张感,往往要遵循一条原则,即按照情节发展的逻辑,顺序地(故而也有人把戏剧式结构叫做“顺序式结构”)把来龙去脉交代清楚,使剧情能够以步步相逼的发展趋势,奔赴高潮。这也就是我们通常所强调的戏剧结构的连贯性、顺序性和逻辑性。所以,戏剧结构的关键在于,它必须按因果关系,把段和段、场和场,循序渐进地,承上启下地,合情合理地连接

① 〔英〕威廉·阿契尔:《剧作法》,中国戏剧出版社 1964 年版,第 158 页。

起来。这一原则,早在两千三百多年前就被亚里士多德在《诗学》中所确立。他说:"刻画性格,应如安排情节那样,求其合乎必然律或可然律;一桩事件随另一桩而发生,须合乎必然律或可然律。"[①]而这一原则又势必会造成段和段、场和场之间有着深远的依存关系,这是戏剧式结构的一个重要特征。正是这种相互依存的关系,使得整个戏像是一个活的有机体,甚至到了任何一处遭到割裂就会出血的程度。所以剧作家在结构剧本时必须弄清楚发展部分中的每一场戏在总体结构中所负有的任务。它既要发展前面的剧情,又要为往后的冲突深化做好准备。使人物关系和思想感情的变化一点也不偏离冲突的动作线,并将剧情合乎逻辑地向前推进。这也就是亚里士多德所主张的"各部分在结构上的统一"的理论。他说:"情节既然是行动的模仿,它所模仿的就只限于一个完整的行动,里面的事件要有紧密的组织,任何部分一经挪动或删削,就会使整体松动脱节。要是某一部分可有可无,并不引起显著的差异,那就不是整体中的有机部分。"[②]

在影片《魂断蓝桥》中,发展部分中的这五段戏,孤立起来看,各成段落。但仔细一琢磨,上一段是下一段的开始,下一段又是上一段必然的继续。没有上一段,就没有下一段,更没有逐步形成的高潮。试想,如果没有战争,没有那个只知道芭蕾的顽固的老家伙,怎能造成玛拉的失业?没有玛拉的失业和罗依的死讯,玛拉又怎能堕落为妓女?没有堕落,又怎能加深玛拉和罗依之间的等级差距,导致最后玛拉向罗依的母亲倾吐真情的高潮?《魂断蓝桥》就是这样一段紧接一段,顺序地、有逻辑地向前推进,一点也不偏离人物个性特征所引起的冲突的动作线。所谓"个性特征",在这里指的就是渗透在玛拉性格中的那个传统观念的重压。结构所体现出来的必然逻辑,也正是她这一性格和她所面临的环境造成的矛盾发展所形成的独特轨迹。

我们说,"要使剧情能够以步步相逼的发展威势奔赴高潮,"这是从戏剧性电影要求有紧张的冲突而言的。因此,紧张一经开始,就不应松弛,而应逐场逐段加以提高或加剧。但是,这不等于说,不允许在剧情的发展中出现"跌宕"。因为,"跌宕"就其外表来看,似乎是紧张的停止,而就其实质来说,却不是真正的停止,这只是暂时的抑制。而且,这"暂时的抑制"往往又意味着冲突正在积

---

① 《西方文论选》上卷,人民文学出版社 1964 年版,第 72 页。

② 同上书,第 64 页。

聚力量。因此，当行动重新恢复时，它犹如河水在经过一段沉静的状态之后，突然一下冲垮了堤坝那样，让人醒悟到那一段“暂时的抑制”的含义和所产生的力量。它将以更迅猛的威势奔赴高潮。可见，结构中出现的“跌宕”，是冲突激化过程中的必然，它符合冲突激化的发展规律。而对观众来说，在冲突已经发展到相当尖锐的程度时，突然“缓和”下来，也将刺激他们想知道后事如何的愿望，即产生所谓的“悬念”。在影片《魂断蓝桥》发展部分的第四段里，包含着剧情上的一个跌宕，这就是从罗依突然生还，到玛拉决定跟随罗依回到苏格兰乡间老家去结婚。这个“跌宕”之所以写得好，是因为作者写出了冲突发展到此出现“跌宕”的必然，或者说，作者写出了玛拉作出这一决定的性格依据。玛拉随罗依回去结婚，并非打算向罗依隐瞒自己曾一度沦为妓女的不幸遭遇，所以，她曾对她的女友凯蒂说过：“我一定要开诚布公，我不喜欢隐瞒。”而她暂时不告诉罗依有关她的过去，又正是出于她纯洁的心灵，以及她对罗依至死不渝的爱。她害怕说出自己严酷的遭遇这一生活真相，会使罗依向往美好爱情的心灵受到伤害。玛拉的这一想法，直至她已向罗依的母亲倾诉出自己的全部隐情时，还坚持不移。她恳求罗依的母亲说：“请答应我，您永远也不告诉他……他会受不了的……”正是这种纯洁而又善良的心理，使得玛拉既把跟随罗依回家结婚看成是未来幸福生活的开始，同时又怀着惴惴不安的心情。罗依虽不知内情，但也已觉察到这一点：

阳台上，夜色幽静。罗依和玛拉来到树旁花丛中的白石栏杆前停下。

罗依（长时间地吻着玛拉）：“幸福吗？”

玛拉：“是的。”

罗依：“幸福极了？”

玛拉：“是的。”

罗依：“陶醉了？”

玛拉：“是的。”

罗依：“不怀疑了？”

玛拉：“不！”

罗依：“不犹豫了？”

玛拉：“不！”（可是声音越来越无力）

罗依：“不泄气了？”

玛拉:“不!”

罗依:“亲爱的,有时候,你眼睛里含着恐怖,为什么? ……”

可见,玛拉出于诚挚的爱,暂时不让严酷的事实去伤害罗依的这一想法是极其脆弱的,连她自己都时时感到会出现危险。作者的这一段描写是极其周到和细致的。他形象地向人们揭示了,此时的矛盾非但没有消失,而且正在积聚力量,还有一触即发之势。因此,当潜伏着的另一个更重要的矛盾——等级差距出现时,旧有的矛盾和新的矛盾结合起来,犹如决堤之水,一下把冲突引向了高潮。所以,“跌宕”的出现常常意味着作者需要积聚剧情中出现的几股冲突的力量,是作者安置在剧情发展中的几种矛盾力量的汇集之处。

戏剧式结构就是要按照冲突发展的规律,不仅要逐步地造成“紧张”,而且要把紧张中必然会出现的“跌宕”巧妙地结合起来,做好仔细的安排。这样做的目的,既是为了充分展示人物的性格,从而当高潮来临时,人物在这一顶峰时刻所表现的行动,变得容易被人理解和接受;又是为了把摆在人物面前的各条路子统统堵死,只留下一条通向高潮的必然之路。玛拉曾把回家结婚视为“生命的一个转机”,但“贵族的荣誉”刺激了她深藏在内心的隐痛,把这个唯一的“转机”也给扼杀了。此时她可作抉择的,便是找罗依的母亲痛诉隐情。这样的安排,具有无可置疑的性格内在逻辑,也是玛拉的必由之路。正因为“跌宕”能积聚力量,迫使人物走向通往高潮的必然之路,因此,“跌宕”也往往(并非全部如此)被作者运用在高潮之前。

高潮是结构的顶点,是冲突从量变到达质变的时刻。影片《魂断蓝桥》的第48场是全剧的高潮。我们在上面已经分析过,如果说在发展部分里,由于战争、由于失业,玛拉沦为妓女还只是矛盾经历着量变的过程,而且这一矛盾还曾一度缓和,隐伏下来;那么,当一直被作为伏线处理的等级差距这一新的矛盾开始突现出来时,正是这一因素,促使缓和下来的旧矛盾产生了质变,形成了全剧的高潮。玛拉在舞会上听到人们窃窃私语,面对这壁垒森严、充满老传统的英国贵族社会,过去从未表现出来的、现在开始深刻感到的,她和罗依之间存在着的门第差距突然尖锐起来。而尤里公爵的话,进一步刺伤了她的隐痛。请看剧本中的这一段描写(第46场):

玛拉(诚恳地):我非常希望得到大家的好感,为了罗依,我愿意这样。

尤里公爵：你知道他们都是什么人吗？他们都是好心人，善良的人。不过，他们都是老派，改不了他们的老眼光。凡是阿弗烈大帝认为好的，他们都认为好。哈哈(指着他臂上的臂章)，看见这臂章吗？

〔特写〕公爵袖上两枝断枪交叉的臂章。

尤里公爵(指臂章)：断枪，我们团的臂章，也就是罗依的，它代表传统。他们以为，保持这个传统的唯一办法，就是过枯燥的生活，和我们之间的一个人结婚，他们认为舞蹈演员太离格了。我说得不客气一点，玛拉……可惜，你不能符合他们的标准，是吗？真有意思！

玛拉(显然受到新的刺激，低声)：有意思……

尤里公爵(爽朗地)：罗依对你这个人的识别，也是我对你的识别。你忠诚、善良，你是决不会辜负这个臂章的。对这一点我要是不能肯定，我就不会这样欢迎你了。

尤里公爵在影片中被描写成一个开明的、通情达理的好人。然而，他对玛拉的“肯定”，说她不会辜负贵族的传统，恰恰无意地触到了玛拉的隐痛，于是，使得玛拉原来想和罗依“开诚布公”谈一谈的念头也打消了，引起她激烈的思想斗争，并促使她作出了最后的抉择。她奔向罗依母亲的房间，向她剖白说：“我得走，我根本不该来这儿。我早知道不可能有重新开始的事情……是我自己骗自己。我一定得走，我再也不能见他了。”在高潮这一时刻里，人物往往将其精神本质最鲜明地表露出来。此时此刻，玛拉的精神本质被清晰地披露出来了，和我们初见时的印象一样，却又更加鲜明夺目：这是一个讲究实际的姑娘，一个受正统观念深深束缚的性格，一个肉体虽遭污辱而心灵至纯至美的女性！在高潮这一时刻里，体现在整个冲突中的两种力量，谁胜谁负已被确定：在纯洁爱情与传统观念的较量中，玛拉终于失败了。

高潮之后，是结局。剧本中的第50场至58场是结局部分。这部分的剧情是玛拉出走自杀。结局承担的是矛盾冲突的解决。而这一解决，必须是由高潮所确定的胜负形势所决定的，它也必须符合主要人物性格发展的必然逻辑，即只能如此，别无他途。《魂断蓝桥》中的玛拉，从回到罗依的苏格兰老家，准备和罗依结婚这一幸福生活的顶点，突然走向悲剧性的结局，便是如此。结局要求收得有力，因此结局最多一本，或一段，或者更少一些。因为高潮已经过去，问题已经解决，就应该收，不宜再拖！

有的结局(并非所有)与开端相呼应，于是在开端中出现过的人物和场面，在结局中重新出现。如在《魂断蓝桥》的结局部分里，玛拉重新出现在滑铁卢桥上，她迎着车队走去，倒在车轮下，从散乱的小手提包里滚出一只象牙雕刻的"吉祥符"。这一切，无疑会使观众联想起在影片开端部分里见过的情景：也是在这座滑铁卢桥上，玛拉也曾失手跌落了手提包，"吉祥符"掉在地上。然而，因为已经经过了一场矛盾和冲突，这重又出现的人物和场面已有了新的局面和新的含意，"人面不知何处去，桃花依旧笑春风"，这将促使观众去思索造成这首尾变化的内在含意是什么。可见，结局往往是在留有余味中，起着点题的作用。

有的结局给人以明确和清楚的解决和结束，有的作者却喜欢用"暗示"性的结局。这种暗示性的结局，是作者把问题交给观众自己去思索，因而常常能产生更大的艺术效果。当然，暗示性的结局，应当将"内在的结论"包含在其中。因此，矛盾冲突是如何解决的，应仍然是清楚和明确的，只不过是作者化被动为主动而已。

总之，按照戏剧冲突律结构剧本，必然是包含有开端、发展、高潮和结局在内的这样一个完整的结构形式。亚里士多德在他所著的《诗学》一书中说："所谓'完整'，指事之有头，有身，有尾。所谓'头'，指事之不必然上承他事，但自然引起他事发生者；所谓'尾'，恰与此相反，指事之按照必然律或常规自然地上承某事者，但无他事继其后；所谓'身'，指事之承前启后者。"①对亚里士多德的这段名言，我们只需作这样的补充，以求有一个正确的理解：即从唯物主义辩证法看来，剧中所取的那段完整故事，虽是有始有终的，然而就整个人类生活而言，却又是无穷无尽的，所以它只是生活长河中的一段。因此，"结局"虽是这段生活的结束，却又是另一段生活的开始。从这个意义上来说，结局是仍有"他事继其后"的。在有些影片里安排的"尾声"，便是为了展示新生活的开始，包含有这样的意义。

以上是戏剧和戏剧性电影在结构上的第一个共同特征。

第二个共同特征，表现在分场和分段上。

我们在上面说过，戏剧要求把冲突尽可能地描写得紧张，它是一种激变的艺术。但是，所谓激变，也并非没有发展，没有层层加深的过程。席勒在《论悲剧艺术》中说："一个新手就会把惊心动魄的雷电，一撒手，全部朝人们心里扔去，结果毫无收获，而艺术家则不断放出小型的霹雳，一步一步向目的走去，正

① 《西方文论选》上卷，《诗学》第7章，人民文学出版社1964年版，第62页。

好这样完全穿透别人的灵魂，只有逐渐推进、层层加深，才能感动别人的灵魂。”①在戏剧艺术中，这种逐渐推进、层层加深的过程，首先是由每场戏又都有自己富有情节性的小的开端、发展、高潮和结局，即形成席勒所说的一个“小的霹雳”来形成的。然后再由这些小的霹雳（小高潮），来推动冲突的展开和激化、情节的发展，形成全剧的大高潮（“惊心动魄的雷电”）。因此，这种结构形式，不仅从全剧来看，整体有起伏，有引人入胜之处；而且每场戏也各有起伏，也有引人入胜之处。电影中的戏剧式结构，在分段和分场上和戏剧结构也十分相似。

我们就拿影片《魂断蓝桥》中发展部分的第1段戏（即第12场至21场）为例：

罗依的出发日期推后，他决定马上和玛拉结婚，他去芭蕾舞团找玛拉。这是这段戏的富有情节性的小开端（见第12场至14场）。这个小开端引起观众对他们能否结成婚的关心。

可是，罗依是贵族，又是断枪团的上尉军官，他要和一个出身低微的芭蕾舞女演员结婚，有很多手续和仪式。他必须得到他的上级、断枪团团长的批准。可是，上校团长认为这件事情“事关重大”，他个人不能做主，必须征得该团名誉团长尤里公爵的同意才行。这是这段戏的情节发展部分中的第1小段（第15场至17场）。上校团长把批准的事推到公爵那里，不仅在“等级差距”这一题旨上加重了一笔，而且造成了这一小段戏中的一个“突转”，把开端中提出的悬念——能否结成婚，又向前推进一步，把戏剧冲突的弦收得更紧了。

于是，罗依和玛拉不得不又去找尤里公爵。尤里公爵竟然同意了。原来，一是由于这位公爵是罗依的伯父，而尤里公爵同意他们结婚的另一个原因，则完全出于一个偶然的因素，因为公爵年轻的时候也曾喜欢过一个舞蹈演员，可是没有能够结合，公爵至今还遗憾万分。他对罗依说，否则“她就是你的婶婶”了。这是这段戏情节发展部分中的第2小段（第18场至19场），是发展部分的继续，是一个喜剧性的转折。因为，对罗依和玛拉来说，最重要的一关通过了，他们可以去教堂举行仪式了。

下面便是这段戏的情节发展部分中的第3小段（第20场至21场），这里面还包含着这段戏的一个小高潮。罗依得到尤里公爵的同意，兴冲冲地跑出军营，告诉玛拉这一好消息。玛拉对这一得来似乎过于容易的幸福感到“有点

---

① 《古典文艺理论译丛》第6册，人民文学出版社1963年版，第98页。

怕”，罗依却笑责她是个“悲观派”，显然作者是在这段戏的小高潮将要来临前的时刻，又着意地渲染了一下这对情侣的不同性格。接着，罗依和玛拉两人赶去教堂举行结婚仪式，作者是这样来处理这场高潮戏的：

> 罗依走进(教堂)去。玛拉在门旁向里看，她看见罗依走到牧师跟前，由于远，听不见他们在说什么。玛拉转身仰望晴空，明亮的眼睛充满幸福、幻想、光明……之后，她又向里望去，只见罗依和牧师向这边走来。罗依做着多变化的手势，牧师却缓缓地摇着头。

作者在这里故意把这场戏延长，以造成高潮前的悬念。他通过玛拉的眼睛，她的思绪，造成一种急切等待会见牧师的情境；而罗依的手势，牧师的摇头，也加强了悬而未决的气氛。就这样，作者在做足了悬念之后，才把这段戏的高潮部分推向了顶点，终于牧师走出来了，他告诉玛拉，按照法律规定，三点以后，不能举行婚礼，要等明天。这又是一个转折，同时也是这段戏的结局。它为下一段戏做好了准备。

可见，在戏剧和戏剧式结构的电影中，每一段戏通常都具有这样的特点：遵循着人物性格的发展以及人物之间关系的变化，形成每段戏自身的开端、发展、高潮和结局，造成本段戏的起伏。而它又是整出戏的开端、发展和结局中的一个组成部分，造成步步推进、层层加深的局面，使整体又有起伏，又有引人入胜之处。

正是由于电影从戏剧中吸取了上述元素，有着以上这样两个共同的特征，就使戏剧和戏剧式电影也具有一些共同的特色：两者都以冲突为基础，都要求有紧张、强烈的冲突(可以这样说，没有冲突就没有戏剧和戏剧式电影)；它们都把矛盾集中起来，都使所有的人物围绕在一个中心冲突的周围，每场戏也都是为了推进冲突的发展。因此，凡采用这种结构形式写出来的剧本，剧中人的个性明确而集中，感情和欲望单纯而强烈，然而不如小说中人物那么丰满；情节紧张而激越，清晰而明了，然而要狭窄一些，不如小说中的情节广阔。所以，无论是戏剧或戏剧式电影，它们也都具有相同的艺术效果：因为情节来自生活的逻辑和顺序，因而清晰明了，观众易于接受；由于冲突造成的紧张感，也易于抓取观众的注意力。在我国电影观众的审美趣味中，包含着对戏剧性的偏好，这是值得电影剧作家重视的一个事实。

上世纪 80 年代初，我国电影界有人提出电影应和戏剧“离婚”，电影应该丢掉戏剧“拐棍”的主张。而在反驳这一主张时，也有人把它同上世纪二三十年代西方的卡努杜、雷内·克莱尔提出的类似主张等同起来。究竟应该怎样来看待这个问题呢？我以为，从电影的发展历史来看，戏剧对电影的影响无疑已成事实，特别是美国三四十年代的影片，几乎都是按照戏剧的结构原则构成的。而且其中也不乏思想进步、艺术成熟的佼佼者。本书所引述的劳逊的有关电影结构的理论，主要就是这一时期美国电影的经验。这些有关戏剧电影的经验，当然不能被当做唯一的理论，去替代丰富多彩的电影现象。但也不可否认，它毕竟属于电影理论的一种，应当视作电影理论的宝贵遗产，将它继承下来。在当前借鉴外国现代电影新经验的时候，如果片面地否定历史，否定过去的经验，对“戏剧性”或“戏剧式结构”一概加以排斥，这对电影的健康发展是不利的。因为，电影需要从戏剧中汲取营养，形成一种观众喜闻乐见的反映生活矛盾的形式和手段。完全排斥戏剧性，将会使电影失去大量的观众。这是问题的一个方面。但我也不同意把一些同志提出的“离婚”主张跟西方现代派电影的艺术主张等同起来。因为这些同志要求摆脱戏剧对电影的影响，是有一定依据的。这主要表现在以下两个方面。其一，无论是国内或国外，的确也比较普遍地存在着电影“舞台化”的倾向。所谓“舞台化”，简言之，即戏剧家根据舞台的法则，在创作中为适宜于舞台演出而创造的诸种条件。显然，这和“戏剧性”是两个不同的概念。电影所需要的，是从戏剧中汲取“戏剧性”的因素，而并不需要从戏剧中去汲取适宜于舞台演出的诸种条件；相反，当电影向戏剧借用了“戏剧性”之后，所要抛弃的恰恰是这个舞台化。电影必须将“戏剧性”通过电影的特殊思维，融于银幕形象的体系之中。所以，一些同志之所以会提出“与戏剧离婚”的主张，是与我们的电影编剧不能摆脱或克服戏剧的思维方式，以“舞台化”来代替“电影化”这一点不无关系的。其二，我们也必须看到，运用集中、统一的戏剧冲突去反映生活矛盾，不应是处理生活中矛盾冲突的唯一方式。电影反映现实的手段，其中包括处理冲突的方式，应当是多种多样的。电影除了应拥有戏剧的手段之外，还应拥有小说的手段、散文的手段，等等。是否正是由于过去电影界过于褊狭地把处理冲突的方式局限为“戏剧冲突”这一种，以致到了上世纪50年代才会遭到意大利新现实主义电影的纪实和叙事风格的冲击？我想，把戏剧冲突绝对化，恐怕也是一些同志提出“离婚”主张的另一个现实依据。

最后还需要说明一点：就戏剧艺术本身而言，它的结构形式也是多种多样的。如亚里士多德把戏剧的结构形式分为简单结构和复杂结构两种；苏联的戏剧理论家霍罗多夫在《戏剧结构》一书中又将结构分为开放式和锁闭式两种。此外，确实也有不按照戏剧冲突律来结构的戏剧剧本，如话剧《陈毅市长》，被称为“冰糖葫芦”式或“滚雪球”式的结构；而由人民艺术剧院演出的话剧《绝对信号》，则又借用了电影中的时空交错手法来结构剧本，突出了对人物内心世界的刻画，被称为“电影化的戏剧”。霍罗多夫对戏剧结构的这种多样化状况曾做过一个概述：“按照亚里士多德的话严格说来，作为一种标准，一种绝对纯净的形式，戏剧是统一而完整的行动的模拟……古代的戏剧基本上是符合这个标准的，其中行动的统一引出了行动时间和地点的统一，以及受到严格限制的角色人数。后来，在不同的时代和不同民族中间，戏剧有时接近于纯净的样式，有时和纯净的样式有较大的距离。”①而电影早期学习和借鉴的，正是这种所谓“纯净的”戏剧形式。所以这里介绍的戏剧式结构，也必然是带有“纯净”的特点和规律的那一种。

到了 1945 年，意大利新现实主义以及欧洲现代派如法国的“新浪潮”等艺术电影，以和戏剧性风格样式的影片全然不同的美学观念出现在好莱坞电影面前，而观众对好莱坞传统的叙事风格和结构样式也已感到厌倦，戏剧性的风格样式遇到挑战。但戏剧式并未消亡，特别是到了上世纪 60 年代，旧美国电影开始向新美国电影过渡，美国新一代的年轻的电影工作者和来自电视界的两位青年导演阿瑟·佩恩、萨姆·佩金帕拍摄了新的美国电影，对好莱坞电影从旧到新的转变起到很重要的作用，也标志着好莱坞电影演进的一个转折。一般的电影史均以阿瑟·佩恩拍摄的《邦妮和克莱德》(1967)为新与旧的分界线。当然，由于他们是在极其精致的传统电影的熏陶下成长起来的，所以，他们的电影是传统的戏剧性电影对欧洲新电影的修正和借鉴，基本上属于新旧并存的新美国电影的样式。这种电影样式，以美国为中心，同时也影响到其他国家。“新德国电影”的主将法斯宾德拍摄的影片《玛丽娅·布劳恩的婚姻》是这方面的一个代表。赏析这部影片，对我们了解戏剧性风格样式影片的演变是很有好处的。

这部影片给我们最大的教益是，如何对待传统与应如何发展传统。戏剧性风格样式的影片正是在既要继承又要发展的辩证关系中得以成长的。法斯宾德妥善地解决了继承模式和发展创造的关系，这种关系表现为旧模式限制着创造，却又完善着创造。因为，在法斯宾德看来，世界上没有无模式的创造，有才

① 〔苏〕霍罗多夫：《戏剧结构》，华东师范大学出版社 1981 年版，第 25—26 页。

华的电影艺术家往往不在于拒绝旧模式，而在于善于利用、发展和变化已有的模式，创造出新模式来。

法斯宾德就是一位不拒绝旧模式又能创造出新模式来的电影艺术家。他拍摄的《玛丽娅·布劳恩的婚姻》就是以好莱坞的情节模式构造自己情节的，他创造出上世纪70年代全新的戏剧电影来。那么，这部影片在哪些方面利用了好莱坞的情节模式？和以往的戏剧风格样式的电影比较又有了哪些发展和变化呢？我分以下几点来进行分析：

一、它确实是一部戏剧风格样式的电影。

二、它是一部发展和变化了的现代戏剧风格样式的电影。

时代赋予影片新的内容；

电影叙事手段上的创造。

1. 它确实是一部戏剧风格样式的电影

虽然还没有人提出过这样的疑问：《玛丽娅·布劳恩的婚姻》（以下简称《玛》）是不是戏剧风格样式的电影，但是，这样的疑问还是可能会产生。像法斯宾德这样一位世界影坛的电影大师，生活在上世纪七八十年代，拍摄过像《水手奎莱尔》这样表意性很强的影片的人，他能按照情节模式去进行创作吗？当然，回答这个问题，主要还是从分析着手，指出《玛》片确实是一部戏剧风格样式的电影。

先听法斯宾德自己是怎么说的。

法斯宾德对电影有过一种执著的追求，这就是他想拍出德国式的好莱坞影片。他说："你想看德国的好莱坞影片吗？是的，我很赞赏这种影片。我设想最好的影片就是一种结合体，它像好莱坞影片那样美，那样有力和那样奇妙，然而它又无疑是一部德国影片，能对制度持批判态度……"

这就是说，他要运用好莱坞的情节模式，去批判德国的现存制度。

他又说："我认为对于戏剧式电影来说，是否用美国方式来表现倒不是什么问题。美国人第一次运用起源于希腊的戏剧公式，这也正是我要学习的一种纯粹的戏剧表现方式。"

这说明他不仅不反对好莱坞影片，甚至还非常喜欢采用它的戏剧表现方式。

在他拍摄了《玛》等影片之后，他又说："这正是我考虑了十五年之久的问题——即好莱坞影片究竟有什么特别之处？我怎样才能在德国电影中做到这一点？现在我终于找到了恰当的表现方式。”

这可以说是法斯宾德自己对影片《玛》是否属于戏剧风格样式的电影最好的阐述。

现在让我们再从影片本身来考察一下，看看《玛》片是否属于戏剧风格样式的影片。

影片《玛》的情节如下：

> 玛丽娅和赫尔曼刚登记结婚，只生活了半天和一夜，赫尔曼就上前线了，接着就是玛丽娅无尽期的等待。她为了生活，在一家酒吧间当了女招待，美国黑人比尔对她颇有好感，他们成了朋友。玛丽娅有一女友叫贝蒂，一天，贝蒂的丈夫维利从前线回来，带来不幸的消息，赫尔曼死了。不久，玛丽娅与比尔同居，怀了孕，她没想到赫尔曼突然回来了。玛丽娅用酒瓶重击比尔头部，比尔被打死，法庭审讯，赫尔曼代妻受过，承认是他打死了比尔，于是他被关进监狱。玛丽娅为了丈夫出狱后能过富裕生活，她在火车上有意结识了工厂主奥斯瓦尔德。起初做他的私人顾问，很快和他同居。奥斯瓦尔德完全被她的姿色和才干迷住。与此同时，赫尔曼背着玛丽娅同奥斯瓦尔德签了秘密协议，同意玛丽娅做他的情妇。赫尔曼刑满，玛丽娅去接他，但他已经走了，留下一封信，说他到澳大利亚或加拿大去。后来，奥斯瓦尔德病故，赫尔曼从国外回来，奥斯瓦尔德的代理人来宣布遗嘱。将财产的一半给玛丽娅，一半给赫尔曼。丈夫回来，处于过度兴奋状态中的玛丽娅打开煤气点烟，没有关上开关，当她再点烟时，引起爆炸，他们双双死去。

如果我们把上述故事从叙事的角度分析一下，可以分成8段：

(1)第二次世界大战末期，玛丽娅在空袭的爆炸声中与赫尔曼在结婚证书上签了字，但丈夫出征，婚后生活只维持了“半天和一夜”。

(2)战争结束，误传赫尔曼已战死，玛丽娅自谋生计，并与美国黑人军官比尔同居。

(3)就在玛丽娅证实自己已怀孕的时候，赫尔曼奇迹般归来，为卫护丈夫，她杀死比尔。

(4)法庭上赫尔曼出面替罪，入狱服刑。

(5)玛丽娅为了丈夫出狱后能过富裕生活,在火车上结识了法国工厂主奥斯瓦尔德,开始为他工作,并与之同居。玛丽娅掌握了企业的管理权,等候丈夫刑满释放。与此同时,赫尔曼背着玛丽娅同奥斯瓦尔德签了秘密协议,同意玛丽娅做他的情妇。

(6)赫尔曼出狱后,留下一信,去国外。

(7)工厂主暴死,赫尔曼从国外回来,奥斯瓦尔德把遗产留给玛丽娅夫妇。此时,玛丽娅知道丈夫早已把她出卖给工厂主。

(8)在偶然的煤气爆炸中,玛丽娅和丈夫双双死去,她的婚姻以毁灭宣告结束。

从上述结构中我们可以看到以下五点:

(1)通俗易懂;

(2)动作建筑在尖锐冲突中;

(3)影片的总体构架是以主人公玛丽娅被战后德国社会的人性异化所造成的她的命运和遭遇为完整的线形构架的,段落分明;

(4)故事依靠因果链分布排列。所谓"因果链"是指段和段之间存在着严密的因果关系,它表现为必须循序渐进,承上启下,合情合理地连接起来。这一原则早在两千三百多年前就被亚里士多德在《诗学》中确立。他说:"刻画性格,应如安排情节那样,求其合乎必然律或可然律;一桩事随另一桩事而发生,须符合必然律或可然律。"在这部影片里:

①没有战争,赫尔曼不会上前线;

②上了前线,才会造成误传死讯,玛丽娅才会和比尔同居;

③同居才会造成在赫尔曼回来时玛丽娅打死比尔,赫尔曼入狱;

④玛丽娅为了赫尔曼出狱能过富裕生活,才去结识奥斯瓦尔德;

⑤奥斯瓦尔德和赫尔曼的协议,导致婚姻最后的死亡。

足见,这部影片的各个段落之间存在着严密的因果关系。

(5)戏剧化的冲突和偶然性因素占有极为重要的位置。

影片十分注意通过偶然因素造成剧情的跌宕起伏,或者如亚里士多德说的叫"突转"。比如,玛丽娅为了维持自己和母亲的生活,她主动结识了比尔。这时他们还仅仅是一般的相互间有好感,属于友谊关系。可是传来了赫尔曼死亡的消息。正是丈夫牺牲这个偶然因素使剧情迅速向相反的方向"突转",玛丽娅不再等赫尔曼,她和比尔同居了。就在玛丽娅怀孕,和比尔脱衣上床的时候,赫尔曼出现在门口(这叫“重逢”,是情节剧中常见的手法,如《魂断蓝桥》中罗依生还,《春闺怨》中克丽丝与鲍勃结婚才几天,丈夫出征,克丽丝和雕刻家好,知丈夫就要回来,刺死雕刻家),这个偶然因素又使剧情发生“突变”,玛丽娅打死了比尔。玛丽娅一心想同丈夫团聚,可是打死比尔这个偶然因素,又使剧情朝着和她愿望相反的方向转化,赫尔曼坐牢了。玛丽娅在头等车厢里与工厂主奥斯瓦尔德相遇纯属偶然。正是这个偶然因素,使玛丽娅有可能一步步实现自己的梦想。赫尔曼从国外回来,玛丽娅兴奋过度,没有关煤气,这又是一个偶然,恰恰是这个偶然因素造成了他们的死亡。

所以,可以这样说,是一系列偶然因素构成了影片《玛》的情节,这恰恰是戏剧式电影的一个主要特征。

从以上五个方面,我们可以看到,《玛》片确实是一部情节片;或者说,这五个方面正是法斯宾德从传统的好莱坞情节片中继承下来的东西。

但是,就像在诺贝特·斯帕罗访问法斯宾德时法斯宾德自己所说的那样:

> 情节剧电影是恰当的电影形式,然而,美国人拍情节剧影片的方式,只要求作用于观众的情感,别无所为,我则想在唤起观众感情的同时,为他们提供思考与分析其感受的可能。

这就是说,法斯宾德把大众化的、通俗的情节剧和他为了造成观众思考和分析而使用的新的叙事手段结合在一起了。

可见,情节剧的模式至今还吸引着一些电影艺术大师。但是,对我们来说,最感兴趣的并非是他们运用了戏剧式电影的一些原则,而是从《玛》中了解到法斯宾德以他独特的创作个性和风格,给戏剧式电影带来了哪些发展和变化,这是值得我们注意,并应当给我们以启迪的。

2. 它是一部发展和变化了的现代戏剧风格样式的电影

(1)时代赋予影片新的内容

《玛丽娅·布劳恩的婚姻》是实现法斯宾德情节化、大众化艺术主张的一部代表性作品。他的追求是:德国式的好莱坞影片。所谓“德国式的好莱坞影片”是指:力争要像好莱坞影片那样美,那样奇妙和有力;而又要对社会、对制度持严肃的批判态度。这部影片批判了德国战后的经济奇迹、物质的富裕和精神的极度空虚。换句话说,它通过玛丽娅坎坷的一生,概括了战后西德经济起飞和精神没落两者不可调和的矛盾。像玛丽娅这样一些德国妇女的思想行为以及她的悲剧命运，实际上早已超出她个人的情感范围，而深入到战后重建时期德国历史与现实之中。它比以往的情节剧影片能够提供给我们更多思考的东西，难怪有人说，与其说《玛》片是"情节电影"，还不如说它是"思考电影"。而我认为，它恰恰是两者的结合。

让我们结合这部影片的情节来看看个人命运和历史的结合。影片开始时十分精彩：一枚炸弹爆响，墙上一幅希特勒头像应声震落于地，满眼断壁残垣的市政大厅的结婚登记处里硝烟弥漫，玛丽娅和赫尔曼在这片硝烟中领到了结婚证书。于是，纳粹战争总崩溃和在这非常时刻里结婚这两件事，在同一时空里混成一体，给整个影片和女主人公的命运定下了一个基调，并将贯穿全片：战争将使玛丽娅的爱情在无尽的期待中一点点死去。

之后，她和三个男人相处，她在灵与肉的关系上是二元论者。玛丽娅对赫尔曼的爱情是严肃的、忠贞不渝的，但在肉体上却不是如此，充满了实用主义。她得知丈夫阵亡之后，为了活下去，委身于比尔，后又与纺织厂老板以性做交易，从平民社会爬到上层社会。她是 20 世纪野心勃勃的女强人。这时候的玛丽娅，除了仅存的对赫尔曼的一点爱外，早已从一个纯洁的少女变成了一个背负着历史的沉重的十字架，在"现代社会的一切违反人性的生活条件"下实现着人的异化。在她的性格中，凝聚着现代西方资本主义的全部复杂性。

影片采用了现代派的暧昧手法：以煤气引爆导致死亡。是自杀还是祸杀，或是两者兼有？影片给观众留下了思考的余地。但有一点是明确的：工厂主的遗书中说明了他在探监时曾和赫尔曼达成一项"转让妻子"的协议，到这时候，连玛丽娅深藏在心底的那一点点对爱情的憧憬也被粉碎了。正是人性的某种醒悟导致了这时只有"婚姻"形式的夫妻终于"情死"。影片告示观众：物质的富裕和精神的极度空虚之间的不调和，终于以"死"的形式作为解放，也终止了玛丽娅背负历史十字架无尽头的跋涉。

法斯宾德并没有正面去批判玛丽娅的道德观，而是把她的婚姻、发迹、死亡，同原西德战后的"经济奇迹"对比着、交替着展开故事，揭示了德国人的历史创伤。所以评论家说，玛丽娅的经历，实际上是"隐喻了战后德国经济复兴奇迹的奥秘"。

可见，影片《玛丽娅·布劳恩的婚姻》告诉我们情节剧变化的第一个信息是：法斯宾德的情节剧之所以能够透过情节给予观众一种获取人心的思辨力量，是因为在这外层的情节链之内，存在着内层的绝望的循环图。所以，我们从玛丽娅几次命运转折的重场戏里——即使是在那些她最顺利、最愉快、最光明的场面里——也永远能感到一种莫测的灾难和无处不在的苦涩。所以有人认为，法斯宾德的影片有着明显的后现代主义影片的民族反思特征。（后现代主义一词起源于北美洲的文学批评。20 世纪 60 年代后，美国、法国、意大利、德国、奥地利的一些作家都被归入后现代主义作家的行列。后现代主义的主要特征是，它批判陈腐的个性和既定的等级制度。）如他有很多影片是指向二次世界大战的德国，是在战争已结束三十年之后对于过去的一段痛苦经历的反思，他是当代德国少数几个敢于直接探讨战后德国人心理的电影大师之一。可见，情节剧本身在法斯宾德手里，已经不过是一种框架的外壳、一种手段。法斯宾德的美学原则和社会文化背景早已赋予了它不同的面貌和艺术功能。

（2）电影叙事手段上的创造

这又包括：①时空转换；②造型和声画对位；③间离效果、拍摄得很冷静；④结局的多义性。

①出色的时空转换

和影片《魂断蓝桥》不同，这部影片以其大幅度的时空跳跃，显示出现代戏剧风格样式的电影的独特风格。而造成大幅度跳跃的方法是，选择最有价值和最必需的场面，然后从场面间寻求内在的有机联系，这就使得影片的基本单元已不是“场”，而是“镜头”。

下面，我们且以“开端部分”和“与比尔相识到结束”这两场戏为例：

影片开端部分，介绍主要人物、时代背景以及环境气氛，只用了三个片段，显得非常简捷和明快。

> 大战已近尾声，德国某城市四周炮声隆隆，硝烟弥漫。
>
> 结婚登记处原先设在市政大厅内，如今大厅已成一片瓦砾。登记处被挤到法院大楼屋檐下。
>
> 断墙残壁之间挂着“卐”字旗和希特勒画像。
>
> 新娘玛丽娅和新郎赫尔曼站在屋中央。
>
> 结婚登记处官员问赫尔曼：“您愿意与玛丽娅结婚……”
>
> 突然，一颗炸弹落到附近，那幅希特勒像突然落下。

接着是他们从楼里跑到外面，在纷飞的纸片中，玛丽娅抓住了那张结婚登记表，趴在地上让那位官员在表上盖章、签字。

这个小片段给观众的印象是，这对青年男女来登记结婚时已是希特勒发动战争的尾声，但战争机器还在转动，有人还将去当炮灰。

片头字幕过后，法斯宾德没有表现赫尔曼如何告别新婚妻子，开赴前线……接下去却是，天渐黑，玛丽娅从外边回到家，告诉妈妈："结婚礼服没人要，新娘太多了，男人太少了，刮脸刀在市场上也卖不出去……"

法斯宾德用新婚礼服和上一场结婚登记相联系，造成大幅度的时空跳跃。卖结婚礼服，表明男人不在家，生活拮据，陷入困境；结婚礼服卖不出去，又表现了德国濒临失败的经济上的状况。

接着是，玛丽娅背着一块寻人的牌子，上面贴着丈夫的照片，写着他的名字。而在火车站，有好多女子也像玛丽娅这样背着牌子。这些牌子背在年轻女子身上，给观众一个沉重的信息，丈夫音讯久已隔绝，她们还抱有一线希望，但也有可能是无望的等待。

这四个镜头之间的时空跨度都相当大，但又十分自然，这和影片《魂断蓝桥》大块的延续戏显然不同。

下面我们再以玛丽娅与比尔这段戏作例子，它可分为六个小节。

a. 玛丽娅为了生存，在酒吧间当女招待。一天，一个长相憨厚的美国黑人军官独自坐在桌旁饮酒，女招待韦维望着那军官对玛丽娅说："在你来之前，他是一个很正常的人，可是现在，他坐在那儿像瘫痪了一样，他打听你，刨根问底。"玛丽娅听了，高兴地整理了一下头发，走过去，有礼貌地用英语说："比尔先生，您想同我跳舞吗?"比尔说，"谢谢，布劳恩太太。"

b. 他们跳了几步，镜头就转到外边，他俩在山坡上漫步。比尔一边走一边教她学英语，比尔带有挑逗性地指着对方的眼睛用英语说："这是你的眼睛。"玛丽娅重复着："这是我的眼睛。"比尔用手指轻轻抚摸玛丽娅的嘴唇，说："这是你的嘴唇。"玛丽娅重复："这是我的嘴唇。"从比尔的动作和玛丽娅对比尔动作的接受来看，他们的关系已相当亲密。

c. 贝蒂的丈夫维利从前线回来告诉玛丽娅，听说她丈夫死了。她很难过，便离开家，在灯红酒绿的酒吧间里，她走到比尔面前说："比尔先生，同我跳个舞好吗？我的……丈夫……死了。"玛丽娅这回邀请比尔跳舞与第一次不同，这时的比尔已是她最亲近的人了。

d. 玛丽娅和比尔、母亲、贝蒂夫妇以及邻居老爷爷一起野餐。母亲说："比尔先生，谢谢您为我们准备了丰富的野餐。"这话暗示出比尔已在经济上给予这个家庭帮助，并已取得他们的好感。

e. 比尔和玛丽娅做爱，比尔要送给玛丽娅一枚金戒指，表示求婚。玛丽娅回答说："不，比尔，我不能收下这戒指，我喜欢你，愿意和你在一起，但是我不能和你结婚，因为我和另一个结过婚了。"玛丽娅的拒绝，并不表示她不愿嫁人，而是说明在她的精神生活中只有赫尔曼是她的丈夫，是她最心爱的人。玛丽娅没有嫁给比尔，但与他同居了。

f. 玛丽娅从医生那儿回来，高兴地告诉比尔，她没有病，是怀孕了。就在他们相互脱衣服拥抱的时候，一个男人阴沉着脸出现在门口，这是赫尔曼。她开始不相信，但很快明白过来。她趁比尔没注意，拿起酒瓶朝比尔头上猛砸下去，比尔被打死。

法斯宾德通过上面这六个镜头，把玛丽娅和比尔从相识到结束的全部过程表现得清清楚楚，时空跳跃既大，却又显得非常自然流畅。它靠的是什么？靠的就是这六个镜头都曾经过法斯宾德的精选，犹如六颗大小、色泽均匀相适宜的明珠。因此，它们就能有机地构成一件艺术珍品。

那么，法斯宾德是怎样来选择这些珍珠的呢？他站在一个很高的高坡上，把宏观的历史和微观的性格统一起来。具体地讲，法斯宾德并不想把玛丽娅塑造成一个美的性格，他所塑造的只是一个分裂的复杂性格，一个被历史扭曲了和异化了的性格。正因为法斯宾德是这样去塑造玛丽娅的性格的，因此也就赋予了这一性格的审美价值，这就是玛丽娅的性格体现了从人道主义角度对纳粹历史的再认识和再批判。法斯宾德正是从这一审美角度去选择珍珠，并像一根银线那样，把六颗明珠缀连成一件艺术珍品的。

总之，传统的情节剧影片，它的时空转换是以"场面"为基本单位的，所以时空跳跃的幅度不大。而在现代的情节剧影片中，时空转换已经是以"镜头"为基本单位，时空跳跃幅度很大。

②出色的造型和声画对位

在这部影片里，最富有象征意义的造型就是战争的废墟，它成为伴随玛丽娅性格发展、贯穿始终的造型构思。在影片里，出现过三次：

第一次，出现在影片的"序幕"里。

我们在上一节中已经引用过，玛丽娅的结婚证书是从瓦砾堆上的纷飞的纸片中找到的。

第二次，出现在战争已经结束，玛丽娅和女友贝蒂一起，踏着满目瓦砾、尽是废墟的街道走向火车站。她们背着寻找丈夫的牌子。值得注意的是,法斯宾德在画面上表现废墟的同时,伴随以风钻声。这就用声画对位的方法把过去和现在、破坏与复兴结合在一起。特别应该提出的是,这里出现的风钻声,故意被处理成宛如机枪扫射的声音。

第三次,出现在玛丽娅已和工厂主结识之后的一天,她已经发迹,她和贝蒂一起在过去读书的小学——现在的一片废墟上谈心忆旧。她们触景伤怀哼唱起来,渐渐又抑制不住内心的感情,抱头痛哭起来,生动地呈现出玛丽娅的怀旧感、孤独感和失落感。

影片展示了玛丽娅生活中的十年,她面对的这一片废墟,意味着她曾经对爱期待和渴望过,但她一生中的爱已被纳粹战争夺走,被赋予了历史的悲剧感。

又如结局部分,也运用了画面与声音对位的象征手法。

这天晚上,赫尔曼奇迹般地从海外成为富翁回来,玛丽娅也在企业管理中摇身成为资方代理人,而工厂主死后留下的全部遗产又归他们夫妇所有。然而,他们虽然拥有了巨额财富,但在精神上却是极度贫困的,他们相互在心里爱了这么多年,盼了那么多年,真正聚到一起时反而如同陌生人一样。玛丽娅的"婚姻"从炸弹爆炸声中开始,又在煤气爆炸声中结束。而这一切,是通过画面造型、音响造型的独特处理来体现的。

法斯宾德在影片的结局部分,从头到尾不断地插入一场足球赛的电视实况转播的嘈杂音响。"德国是世界冠军"的体育评述和球迷们的欢呼声时起时伏,这同玛丽娅夫妻重圆的极度兴奋和知道内情后的极度绝望形成了强烈对照。这一组音画对位的构思,可以分成三个层次。

第一层次:丈夫突然从国外回来,玛丽娅慌忙裹着浴巾出迎,忙着给丈夫准备吃的,放洗澡水,找替换衬衫等等。她从厨房、卧室、浴室到楼上、楼下,手脚不停,心情兴奋不宁。足球赛的音响烘托出一种既热烈又透出几分不祥预感的情绪气氛;

第二层次:夫妻二人刚上床拥抱,门铃响起,代理人宣读遗嘱,玛丽娅痛苦地上楼,躲进浴室,拧开水龙头浇着自己。这时,足球赛则以震耳欲裂的音响,反衬出玛丽娅的绝望和痛苦。

第三层次:夫妻二人冷眼相对,再也无法沟通。他们对话也是冷冰冰的——

赫尔曼:我把一切都给了你,全部金钱……

玛丽娅：我也把一切都给了你，整个生命。有火柴吗？

玛丽娅的声音在发抖，手也在发抖。她独自走进厨房，到煤气灶上点烟，打开点火器，碰到从未关严的开关里跑出来的煤气，轰隆一声巨响，火苗冲天而起……

这时候的足球赛已决出胜负，球迷们的欢呼声已达最高的嘈杂程度，播音员叫喊着："Tor！Tor！Tor。"这个词有两种含义："进球"和"傻瓜"，造成一种双关语。音响和画面也呈现出胜利和毁灭的复杂交织。

总之，音响在这三个层次里所具有的意义是：它既干扰、破坏着夫妻重圆，又从反面有力地渲染和烘托着被战后德国经济起飞所掩盖着的人的精神毁灭。

③间离效果、拍摄得很冷静

a. 先介绍一下什么叫"间离"

> 间离效果这种艺术表现方式起源于戏剧，……是布莱希特戏剧理论中的独创术语。它是一种表演方法，包含着辩证地处理演员、角色、观众三者的关系，及舞台美术原则。[①]

其具体表现手法大致有四种：

ⓐ把一系列不连贯的场面组织在一起，以此取消传统戏剧中的悬念。

ⓑ运用开场白，对事件和人物进行评论，或由剧中人直接向观众讲话，或由演员同观众展开辩论（如在朝鲜影片《金姬与银姬的命运》中，演员直接向观众发了一大通对南北朝鲜命运的议论）。

ⓒ在布景设计上经常采用平台、台阶、支架和标语牌来说明剧情发生的时间，取消大幕，把舞台和观众席一起打亮，当着观众的面换布景，并使技工出现在观众面前，使布景的支架和灯光器材裸露在观众面前，甚至在两场历史正戏间插入一段当前社会现实的戏。（如《小街》拍"迁居"那场戏时，把摄影机连同说戏的导演一起拍下来。苏联影片《恋人曲》拍男主人公应征入伍前在家的最后一晚时，连同照明灯、照明师一起摄入镜头。）

ⓓ让演员意识到自己是在为观众演戏，演员不能化为角色，要与角色保持一定距离，对角色持批判态度；甚至有时要演员高声说出舞台指示。

所以，什么叫"间离效果"，布莱希特自己有解释。[②]

---

① 汪流主编：《艺术特征论》，文化艺术出版社 1984 年版，第 566 页。

② 同上书，第 481－482 页。

“间离”这个词，又可以译成“陌生化”。创作者虽然对所需要表现的对象是了解的，但是在表现时，看起来是陌生的，这就叫“间离效果”。

布莱希特说：“戏剧必须使观众惊异，而这就要依靠对热爱的事物加以陌生化的技巧。”

舞台上的间离效果，主要由演员的表演造成，所以，布莱希特对表演提出许多要求。①

在《玛》片中，法斯宾德是这样运用间离效果的：

例一，赫尔曼被苏联战俘营释放回家，他轻轻推开一道门缝，看见妻子正和比尔脱衣拥抱，他顿时沉下脸来。这本来是一个非常具有戏剧性的场面。但法斯宾德却是让这场戏这样发展下去的：赫尔曼一把将妻子推倒，没有立即扑向比尔，而是急步走向床头柜先找烟抽。这一动作细节既符合赫尔曼作为战俘回来的特定身份，又符合战后缺乏物资的时代特征。但是，在香烟和情敌之间的这种“选择”，却使得原来已经剑拔弩张的冲突场面，形成了经过“冷处理”的“冷场”。这种间离处理，实际上是给观众留下思考、辨析的间隙，带着几分对历史的嘲弄和苦涩。法斯宾德没有直接用言语去谴责战争，而是通过香烟表现战争带来的贫困和被贫困扭曲的灵魂，间接地谴责了希特勒的法西斯战争。

例二，这部影片的首尾是呼应的，而且产生了“间离效果”。

影片开头是希特勒的头像在战火硝烟中坠落。结尾处，在煤气爆炸的火焰被“空格”后，又以照相底版的影像效果，在银幕上相继呈现出联邦德国战后历届总理的头像，画外却是足球赛中的“德国是世界冠军”的音响的延续。这样，法斯宾德让观众超越情感陶醉，对性格进行理性分析，让观众的思绪脱离玛丽娅的个人悲剧命运的控制。这首尾呼应的音画结合体，就像一幅历史的画框，一下把观众的思索引向了对历史的思考。

可见，法斯宾德已不再在情节剧中满足于叙事的透明性，他在进一步追求把艺术家的评述融于叙事之中的叙事性的非透明性格局，使观赏和思辨、叙事与间离交织成为一种现代的艺术叙事风格。

b. 和间离效果相联系的，是法斯宾德的摄影特点

当有人问到他是否有意使用缓慢长镜头来表现人物之间充满感情的场面时，他回答说：“是的，就修辞而言，那是一种间离效果。我是这样来表现一个场

---

① 汪流主编：《艺术特征论》，文化艺术出版社 1984 年版，第 482—483 页的 47、48、49 节。

景的主题的变化的。当这个场景持续了很长一段时间，当它已经得到了充分表现之后，观众才能真正看到剧中人物之间究竟发生了些什么。假如我从中间切掉，观众就不能看到事件的全貌。”

我们上面提到的玛丽娅和比尔幽会，被丈夫撞见，以及奥斯瓦尔德和美国人谈尼龙生意这两场戏都是使用缓慢长镜头拍摄的。

摄影上的另两个特点是：一、法斯宾德的影片，内景占绝大多数，外景较少。而内景又充分使用空间、多层次的纵深环境来展开场面调度。二、法斯宾德还喜欢用摄影机围着演员转的拍摄方法，或让演员围着摄影机转，即转着圈走位。这两种绕着一个中心转，效果是一样的，都是为了表现在一个封闭的空间里，人只能做循环往复、毫无出路的动作。

c. 拍摄得十分冷静

这部影片的另一特点，或者说不同于传统情节剧的特点是，拍摄得十分冷静。对于女主人公那段被称作“隐喻了战后德国经济复兴奇迹的奥秘”的经历以及其中奇特的人生逻辑，法斯宾德几乎不加任何褒贬。这里用的并不是客观纪实手法，因为这段人生经历本身就有极大的戏剧性。然而戏剧性在这部影片里似乎只是被作为情节展示和发展的必要基础，而没有作为我们所习惯的情绪因素被予以大喜大悲地渲染一番。像玛丽娅的丈夫战后意外归来正好撞见她和黑人军官睡觉这个场面，可以说，包含着最常用的戏剧因素，可是影片却处理得那么平静而简练。丈夫先是不喊叫、不动手，只是蹲到一边坐下，然后去找烟抽；玛丽娅突然呆住，半天木然，然后冷静地举起酒瓶朝比尔头上一砸，……下一个镜头已经转到法庭。法庭审判的场面，同样拍得平和而恬淡，丈夫站起身来替罪前，没有拍他怎样“思想斗争”，他就是那么站了起来，说：“你们不必再审问了，是我把黑人打死的。”等他说完话，也没有拍玛丽娅怎样意外，怎样感激涕零，只是给了法官一个镜头，一张茫然的脸，说：“这就是您要说的话？”

又如影片的结尾，玛丽娅究竟是自杀还是死于灾祸？法斯宾德自己说：“兼有双重因素。”就连这一点他都要转到最含混的地步。显然，这是法斯宾德故意不表态，他拍得很冷静。为什么他要这样？有人怀疑法斯宾德对战后的德国怀着一种既恨又爱的心情。但是，法斯宾德自己却说：“我并不想去拍什么学术性的历史片，我只想去启发人们提出问题，了解各种事物的进展。”

④结局的多义性

这部影片的结局，在原剧本中是这样的：玛丽娅受不住最后的精神打击，带着赫尔曼开车外出，车坠入深渊。现在的影片采取了现代影片的多解性处理，以煤气爆炸，既毁灭了玛丽娅和赫尔曼的躯体，也毁灭了他们之间从未有过的真正爱情，徒具形式的婚姻关系。玛丽娅没有关煤气导致爆炸这个偶然性的细节，必然会给观众带来不同的理解，是自杀还是祸杀，或是两者兼有？但内在的结论是明确的，工厂主的遗嘱，揭穿了三年来的历史之"谜"，原来深藏在玛丽娅心底的期待和憧憬，随着谜的揭穿也统统被粉碎了。就在这一瞬间，在玛丽娅身上，集中了爱和幻灭，物质的富裕和精神的贫困，她自身的人格分裂和在处理性爱关系上的失误。于是，玛丽娅只有以"情死"的方式作为解脱，终止自己毫无希望的人生跋涉。这是她的必由之路，别无他途。

总之，法斯宾德用这种内容上促人反思、形式上的不透明格局，造成了人们对历史的思辨力，这是好莱坞情节剧根本不具备的特征。

以上四点，可以说，是法斯宾德对传统的好莱坞戏剧风格样式的电影的发展。足见，一位具有大师风格的电影艺术家，他既能汲取一切对他有益的艺术营养，甚至包括被我们有些电影艺术工作者所鄙视的好莱坞电影，但他又绝不会满足于继承传统。他要发展，要变化，创造出具有自己独特风格的现代戏剧式电影来。斯特拉夫斯基在他所著的《当代美学》一书中说："真正的传统并不是一去不复返的过去遗迹，它是一种生气勃勃的力量，给现在增添着生机和活力。……传统决不意味着过去的重复，它假定了不朽的东西的存在，它像是传家宝，一份遗产，人们接受它是为了在将它传诸后代之前，先叫它结出硕果。"

在现代电影里，叙事性一度成为国际影坛（包括中国）上引起争论的课题。以情节为核心的叙事性电影被认为是传统的、陈旧的、通俗的、模式的形态，遭到轻视和摒弃。于是，一些现代电影不再向人们叙述故事，而转向表现艺术家的主观个性，或表现心灵的真实。但其结果是，电影艺术渐渐脱离了现实，受到伤害，也渐渐丧失了群众，走进了艺术的象牙之塔。

法斯宾德是清醒的，他对现代电影作出的贡献恰恰在于重新呼唤电影的叙事性，并赋予叙事性电影以现代的内涵，创立了"德国式的好莱坞电影"。

因此，法斯宾德的新戏剧式电影具备了好莱坞的戏剧式电影根本不具备的一些特征。这些特征归纳起来就是：内容上的反思和形式上的不透明性。可见，法斯宾德改造的戏剧式电影生动地说明了一个艺术发展的重复现象。这就是，在新起点、新高度上的螺旋形的循环上升，而决不是原地踏步式的无限重复。

戏剧风格样式的电影没有消亡，它在发展变化中。但是法斯宾德的新戏剧式电影又非终极，它还将继续发展变化下去。这是因为，戏剧风格样式的电影依然是支撑着电影艺术的基础。电影艺术大师们从这一传统样式中找到了能够吸引观众的“诱饵”和“磁铁”，也从中找到了至今仍未过时的戏剧性。法斯宾德以他的“奇才”从上述多方面发展了戏剧风格样式的电影。艺术贵在独创，我们肯定法斯宾德的戏剧风格样式的电影，当然不是为了“描红”。换句话说，不是亦步亦趋地也去拍摄一部《玛丽娅·布劳恩的婚姻》，也去搞什么间离效果，而是为了从中得到启示。我们一定要记住：艺术贵在独创，只有你的作品不同凡响，具有新意，才能引起人们注意。那么，我们将如何写出具有中国特色的21世纪的戏剧风格样式的电影来呢？这恐怕是我们共同来讨论戏剧风格样式的电影发展和变化的最终目的。

总之，西方的新戏剧风格样式的电影，有一种向欧洲艺术片（或向本国民族艺术——如《玛》片）靠拢的倾向。欧洲艺术片的许多特点，如开放式的结构，多义性的结局，纪实主义手法的运用，拍摄得客观、冷静，线形叙事的中断，等等，都可以在西方新戏剧风格样式的影片中找到。但值得提出的是，新戏剧风格样式的影片无论在形式、手法上对传统规则有多大的突破，它们仍然保持着传统戏剧风格样式的结构的特征，保持着它的情节性和情绪感染力。而这些，是新戏剧风格样式的电影所无法超越的。戏剧风格样式的影片的发展，始终只能是在服从一些基本规则前提下的“修正”。

最后，我想用法斯宾德说过的一句话来结束对这一问题的讨论。他说：“我是一个为德国观众拍摄德国电影的德国人。”我以为，中国的电影工作者也应该喊出：“我是一个为中国观众拍摄中国电影的中国人。”其含意是，既擅长于继承中外传统中有用的东西，又要会发展、会变化，以拍摄出具有中国特色的、有质量的新戏剧风格样式的电影来。

第二节　纪实性观念形成的风格样式

第二次世界大战结束的1945年，意大利新现实主义电影兴起。这是一次具有社会进步意义和艺术创新特征的电影运动。这一运动从1945年始，至1951年结束，持续了大约六年。大部分影片的主题都是反映二战结束后存在于意大利国内的严重失业和贫困。因此，到了1951年，当战后资本主义复兴，再难以通过普通人的遭遇去反映社会现实时,它自然也就解体了。

向当时日益走向戏剧化的美国好莱坞电影提出挑战的,就是意大利新现实主义电影。

新现实主义强调以高度的纪实性去反映生活的本来面目和表现普通人的精神美,并借此揭露出第二次世界大战后存在于意大利生活中的许多尖锐问题:失业、贫困、抵抗运动。因此,新现实主义被称为新时代条件下的批判现实主义。

新现实主义电影的代表人物及影片有柴伐蒂尼编剧、德·西卡导演的《偷自行车的人》,德·桑蒂斯导演的《罗马 11 时》,罗西里尼导演的《罗马,不设防的城市》、《德意志零年》等。

新现实主义电影在创作方面的特点,可以柴伐蒂尼提出的"新现实主义创作六原则"来说明:

一、用日常生活事件来代替虚构故事;

二、不给观众提供出路的答案;

三、反对编导分家;

四、不需要职业演员;

五、每个普通人都是英雄;

六、采用生活语言。

除了上述六条原则外,在他们拍摄影片中逐渐形成的特点还有:

一、反映本国当代社会生活现实,通过普通人的真实生活遭遇来反映当代社会问题;

二、重细节,不重情节;

三、拍摄方法上注意真实感,实景拍摄,并运用自然光。

我们如果拿新现实主义电影提出的上述诸原则,去和好莱坞电影从编剧、导演、表演、美工、照明诸方面全面戏剧化的做法作比较,则可以感到这是两种完全不同的电影美学思想指导下产生出来的风格迥异的影片:一是主张戏剧化,一是主张纪实性。

从电影剧作方面来讲,新现实主义电影反对好莱坞电影那种戏剧式的、人工气较浓、编造痕迹较重的编剧方法。在这方面,柴伐蒂尼有他自己的看法。他说,影片不应该有故事。为什么影片要有故事呢?主要因为有些人在不知不觉中把人生痛苦,人的生活所处的那种逆境掩盖起来。而只有在这种情况下才需要有个故事。他说，编故事实际上是一种把死板的公式硬套到活生生的社会事实上去。为了掩盖生活真相，所以才需要故事。他认为，真正的影片应当把眼光放在日常的普通事件上，而不应该把它编起来。他说，生活里充满了戏剧性的事件，没有必要把它们编在一块儿，搞成什么说明、进展、高潮。把这些事件按其本来面目表现出来，就可以是一部很好的影片。他认为，在我们的生活里面，每一个细小的事件都是一个金矿，你只要往下采掘，是取之不尽的。艺术家的任务并不是要去激起人们对于虚构故事的同情或憎恨，这个没有意义。而是要使他们去回顾他们自己和其他人正在做的事情，并且要使他们根据真实事物的本来面貌来进行思考。这才是编剧的目的。

总括起来说，新现实主义电影在编剧方面的特点，也离不开"纪实"二字。他们追求那种缩短银幕和生活距离的编剧方法。或写真人真事，或仿真人真事；情节自然展开，不受开端、发展、高潮、结局这一套传统的剧作程式束缚，尽力消除艺术加工的痕迹。

公平而论，柴伐蒂尼对电影的理解，也有过于极端或失之偏颇之处。比如，他过分贬低"编剧"的作用，似乎只要一编，就会"在不知不觉中把人生痛苦，人的生活所处的那种逆境掩盖起来"，而且断言，"编故事实际上是一种把死板的公式硬套到活生生的社会事实上去，"而似乎只要"把这些事件按其本来面目表现出来，就可以是一部很好的电影"。实际上，无论是《偷自行车的人》，或是《罗马，不设防的城市》，都并非完全是"按其本来面目表现出来"的影片。如果完全没有"编"，怎会在影片《偷自行车的人》中出现以下的场面：里西好不容易找到一份贴海报的工作，但条件是必须自备一辆自行车，第一天上班去贴海报，偏巧自行车又被偷；里西找车无望，只能铤而走险，也去偷别人的车，偏巧又被捉住；里西在偷车前，打发儿子回家，儿子走向有轨电车，偏巧没有赶上车，看到父亲被人抓住，致使他在儿子面前失去做父亲的尊严。这说明，新现实主义电影仍难免要受到传统影片的影响，运用偶然去揭示社会的必然规律。可见，即使是柴伐蒂尼本人，在他所编写的这部影片里，也未能完全实现自己的主张。所以我们固然要反对充塞在商业片中的那种胡编乱造的倾向，但也不能因此而去否定电影编剧的作用。这恐怕也是为什么 20 世纪 40 年代后发展起来的散文式电影并不像柴伐蒂尼规定得那么严格的原因吧！

纪实性美学思想及其风格样式的特点对我国的影视创作也有影响。在电影方面，如张艺谋导演的《秋菊打官司》和宁瀛导演的《民警故事》等，在电视剧方面则有《新闻启示录》、《公共汽车咏叹调》和《强行起飞》等。

由于题材不同，编导性格各异，更重要的是国情各不相同，因此，中国纪实性风格样式的影视剧和意大利新现实主义作品必然不会完全一样，显露出它们之间的差别。试以张艺谋拍摄的《秋菊打官司》为例：

首先，应确定《秋菊打官司》是一部纪实性风格样式的影片。张艺谋自己是这样讲的：

> 《秋菊打官司》怎么讲也是小事，如果不换个拍法，无论多努力，拍出来充其量和《老井》、《野山》差不多，我脑海里闪过这么一个念头："咱们是否改一个路子，用纪实手法，拍出一部像纪录片式的东西。"大家一听顿时有了柳暗花明之感，你一言，我一语纷纷贡献意见，最后决定采用超16毫米摄影器材，取其小巧灵活，操作简单的特点，进行大量偷拍。我们觉得，既然影片是现实题材的生活剧，用最大限度地贴近生活的方法去拍，容易获得成功。

果然如张艺谋所预料的，这部影片"获得成功"，而且是在具有新现实主义传统的意大利威尼斯电影节上获得成功的。意大利的《独立报》也是从"纪实性美学思想"的高度给予赞誉的："张艺谋拯救了这逐渐衰落的威尼斯电影节。"

但尽管《秋菊打官司》是一部"以完整体现纪实风格"的影片，与意大利新现实主义有着许多相似之处；可是，无论在电影观念上，还是在表述思想内涵上，都有差异。

1. 在电影观念上，张艺谋和意大利新现实主义所提倡的观念不尽相同

新现实主义电影的理论奠基人、著名新现实主义电影编剧柴伐蒂尼（曾著有《偷自行车的人》、《温别尔托·D》、《米兰的奇迹》等）说："新现实主义最突出的特征及其最重要的新意就在于它证实了一部影片并不一定需要有一个'故事'，即一种根据传统臆造的故事；新现实主义的最大努力就表现在它尽可能使叙事浅显，讲得尽可能简明，总之，它不是故事，而是一种实录，一种记录精神。"①

可是，张艺谋却说："既然影片是现实题材的生活剧，用最大限度地贴近生

① 阿里斯泰哥：《1960年的意大利电影》，《电影艺术讲座》，中国电影出版社1985年版，第469页。

活的方法去拍,容易获得成功。"

显然,尽管在观念上都追求纪实性的风格样式,但又不尽相同。柴伐蒂尼把新现实主义电影视为一种对现实生活的实录,因为在他看来,"生活就是艺术"。张艺谋不这么看,他要把《秋菊打官司》拍成"生活剧"。所谓"生活剧"也就是"戏",即"把电影作为表现'戏'的手段"。所以,他没有把《秋菊打官司》拍成"生活的实录",而是用"纪实手法,拍出像纪录片式的东西。""像"就不完全是纪录片,它仍要有戏、有故事。因此,我们看到,在《秋菊打官司》里有着明显的开端、发展、高潮和结尾的冲突律的过程。张艺谋为什么要这样做?这又受着他的电影观念的制约。在第五代,包括他在内的导演中间,本身就有对纪实美学的追求,然而,他毕竟扎根在中国这块土地上,受着中国传统电影观念的影响,又与中国观众有着割不断的情结。中国观众爱看像生活的戏,于是,在张艺谋的观念深处必然要将纪实性风格和观众的审美心理结合起来。我觉得张艺谋能将纪实性和艺术性结合起来的做法,是完善了纪实派的审美意识。正如法国著名电影理论家所指出的:"人正是在构成所谓戏剧性的特殊情况下才能够展示出自己的个性和自己的本质。如果只是拍摄下他的日常活动(乘地铁、进咖啡馆读报、上班、回家、谈情说爱),我们就挖掘不出多少东西,因为完全不同的人在这种情况下是没有多少差别的。这种观窥癖表现不出什么东西。"①应该看到,意大利新现实主义电影带有一定的自然主义倾向,而我们的纪实风格样式的影视剧,是不应该完全抛弃戏剧性的。

2. 在表述思想内涵方面,新现实主义电影和张艺谋的《秋菊打官司》也有不同之处

意大利的新现实主义电影主张多义性和模糊性,他们往往只提出问题而不解决问题(如在影片《偷自行车的人》中表现了战后意大利严重的失业和贫困现象,但影片却以"父子两人无奈地消失在茫茫人海之中"作结。自行车丢了,明天上不了班,又失业了,怎么办?编导均不予答复),因此影片出现开放式的结构,作者无意去突出和升华主题。正如评论家们所说:"意大利新现实主义,在其记录电影观念及'纪实性'艺术倾向的支配下,在其主题机制建构方面表现出尊重现实生活现象的多义性、模糊性、多解性,不人为突出主题内涵,也不有意升华主题思想……因此,意大利影片往往不在叙事过程中,直接暗示或道出答

---

① 《现代电影的剧作艺术》,《世界电影》,1985年第1期,第14—15页。

案，而其结尾也往往呈现出含糊的、模棱两可的多种可能性。”①

而《秋菊打官司》的主题是明确的，它通过农村妇女秋菊为维护个人尊严状告村长来体现法律和传统伦理之间的人情冲突。这一主题还在结尾处因村长被拘留而得到进一步的强化。

观念和思想内涵上的差异，又必然会导致创作手法上的不一样。试作比较如下：

意大利新现实主义电影依据“新现实主义创作六原则”，并结合其创作实践的特点，可归纳出以下九条：

1. 以真人真事或准真人真事反映社会问题；
2. 重细节，不重情节，呈现出“情节淡化”的状态；
3. 按生活的原貌再现生活，追求“实录精神”；
4. 反对搭景，主张“将机器扛到街上去”；
5. 不写英雄，主人公是普通人；
6. 人物性格模糊，作为社会现象的象征出现；
7. 反对明星制，用非职业演员；
8. 不追求玩弄手法的形式主义表现，主张朴实无华；
9. 人物对白生活化，反对文人化倾向。

再来看看《秋菊打官司》的创作手法：

1. 将戏剧性渗入纪实性，艺术生活化；
2. 有头有尾，有完整的情节线索；
3. 将有组织的拍摄和偷拍相结合，以改变现实来满足剧情的需要；
4. 将专业演员和业余演员结合运用；
5. 始终把对秋菊的刻画放在第一位，以体现人的尊严这一时代特征。

总之，张艺谋的《秋菊打官司》更适合中国国情。

第三节　散文诗的观念形成的风格样式

我们先来谈谈由诗的观念形成的风格样式。这是一种导源于对电影的抒情诗本性的理解的电影风格样式，叫做诗电影。它通过蒙太奇技巧的运用，在

① 张亚彬、姜永环：《纪录与影戏：电影观念上的差异》，《电影、电视艺术研究》，1990年第8期。

银幕上造成系统性隐喻、象征性效果和带有极强节奏性的电影。正像苏联著名电影理论家尤列涅夫在评论苏联大导演杜甫仁科的风格时所说:“隐喻,夸张手法和节奏——‘诗的’手段。”[①]它主张电影应像抒情诗那样达到“联想的最大自由”,使想象自由驰骋,摆脱情节的联系。所以,创作过诗电影《战舰波将金号》的爱森斯坦曾于1924年写过《打倒情节和故事》的文章。而“结构诗学”学派的主将史克洛夫斯基更是宣称:“没有情节的电影,就是诗的电影。”诗电影的代表人物有爱森斯坦、杜甫仁科、卡拉托佐夫、塔尔可夫斯基、卡立克和帕拉让诺夫等。代表作品有《战舰波将金号》、《肖乐斯》、《海之歌》、《落叶》、《愿望树》、《牧歌》等。

自从电影进入有声电影时期,艺术散文语言的运用逐渐成为主导趋势,于是很少有人再单独去探索“诗的语言”了。更何况,当叙事的元素在影视中越来越成为主导趋势的时候,人们也往往把“诗”只作为一种手段运用到电影中去,诸如隐喻、象征、节奏等手段成为现代电影表现手段的有机部分。于是出现了“散文诗”电影,或在戏剧动作中散发着诗情的电影样式。这类影片正如多宾所说,“具体的细节描写——散文的语言”,而不是“隐喻、夸张手法和节奏——‘诗’的手段”[②]。

总之,电影发展到今天,普遍的状况已不再是史克洛夫斯基所主张的“没有情节的电影,就是诗电影”了,更多的影片有了情节,而其中有些影片则成为带有诗意的电影。究其原因,诗与有情节的电影是相悖的。诗的元素只能化合于情节性的电影之中。即使是与电影较为接近的叙事诗,它们也不尽相同。这是因为叙事诗毕竟是诗,它具有诗的一般特征。虽然它也要叙事,但它侧重的是思想感情的抒发,不像诗的电影那样,侧重于客观事物的描写。别林斯基说:“纯抒情的作品看来仿佛是一幅画,但主要之点实则不在画,而在于由那幅画在我们心中引起的感情。”[③]而情节性的电影毕竟是电影,它具有电影的一般特征。虽然它也要抒情,但不同于叙事诗中的抒情,它是在电影可视的形象内部流动着抒情的诗意。它写人,不能像叙事诗那样,只挑选人物的几个特征来写;而要求多方面地展开对人物的刻画,即使着笔不多,但刻画仍需周到。它写事,也不能像叙事诗那样对事件不作详尽的叙述,甚至省略掉许多情节和细节;而必须

---

① 〔苏〕多宾:《电影艺术诗学》,中国电影出版社1984年版,第14页。

② 同上。

③ 〔俄〕别林斯基:《诗的分类和分型》,《别林斯基论文学》,上海译文出版社1979年版,第175页。

描述事件的发展、变化过程。它虽然也十分强调去写由生活事件所激起的人物的强烈感情，但它不能只写人物的感受，还需要写出事情的发展过程。总之，这是一种把诗情糅合在情节进程中的艺术作品。在结构上，如果说叙事诗是根据语言的节奏，侧重音群；那电影则是根据剧情，侧重意群。

可见，不能拿抒情文学的特征套用到电影上，这是它们之间的区别。换句话说，必须把抒情建立在情节的具体性上。唯有如此，电影才有基础，我们也才有可能去探求银幕的诗学。

所以，我们这里所要研究的是，电影可以从诗中吸取哪些元素，从而使电影充满诗的激情（或叫做"诗情"）和取得诗的意境。

首先，诗的电影像诗歌一样，最富于作者（主人公）的主观感情。

虽然电影作品都要包含作者的主观感情，并将这一感情倾注在客体的形象之中，但是具有诗意的电影中洋溢着的感情毕竟是最强烈的。而且，影片往往要通过主人公尖锐的、感情上的变动和主人公主观的、心理上的折射，去反映故事情节。因此，观众所看到的，是主人公所感受的现实。观众从中既能感到诗意的激情，又处处不脱离现实的具体性。在这一点上，电影与诗有共同之处。比如影片《巴山夜雨》，它并不直接描写"四人帮"的法西斯暴行，却是通过一群善良的人们心理和情绪上的折射，反映了暴行留在人们心灵上的创伤。这不仅表现在影片一开始，作者让他们都带着过去一段生活的烙印走入银幕：诗人秋石眼中透露的深沉的忧思和隐痛，京剧演员关盛轩言谈中流露的恐惧心理，工人宋敏生对人对事的冷嘲热讽，女教师心中愤懑不平的情绪……使观众从他们的心理上感觉到这是一群无辜的受害者。而且，在这部影片的发展部分，如杏花被卖，大娘祭子等，也仍然是通过秋石的心灵和眼睛，用实写心灵，虚写事件的手法来描述的。固然，由于在这部影片的发展部分，有些回忆、回述的镜头过实、过露，在一定程度上破坏了诗情的风格，但作者毕竟还是力求从表现人物的心灵着手，不落俗套地构成诗一般的抒情格局。

其次，具有诗意的电影中表现的思想感情，有别于一般影片中所表现的思想感情。

一般影片中表现的思想感情，是基于现实生活的，是现实主义的；而具有诗意的电影中表现的思想感情，虽也必须植根于现实的土壤之中，但它富于想象，具有人物个性的独特之处，是作者抓取了人物情感中升华了的、最具光彩的那一部分，因此，它具有浪漫主义的色彩。影片也借此构成了诗一般的意境。在这一点上，具有诗意的电影和诗也是相通的。而且，为了造成这种诗的意境，电影也往往要采用诗中寓意的手法，即将那种升华了的感情，通过寓意的手法加以表现。这种寓意的手法，以单纯代表繁复，以微小代表巨大。换言之，它要在有限的画面中，表现出无限的意境来，使影片摆脱了"写实"，走向"写意"，并产生了含蓄、淡雅、发人深省、情意深长的艺术效果。如影片《巴山夜雨》的独特构思，便是以一条江轮上的一个舱间这一有限的空间，勾绘出十年动乱的缩影，具有发人深省的寓意。编剧叶楠同志认为："这比直接将一场风暴呈现给观众，也许更能引起人们的冷静的思索，也许还能产生'别有幽愁暗恨生'的效果。"①又如影片中"祭子"那场戏，虽只用了几个写景镜头和白发苍苍老人洒红枣的特写，但是，由于影片抓取了老人这一闪光的动作和思绪，将无限的激情寄寓在有限的场景之中，却能引发观众浮想联翩：冤死在"文化大革命"中的，又岂止是大娘的独子；随波而去的不仅仅是大娘洒下的红枣，也是那千千万万个无辜的牺牲者；那随即消逝的流水不正像那一段流淌而去的无情历史；祭奠这千千万万个亡灵，是为了永远记住这段不能重演的历史……这不正如毛泽东同志词中所描绘的"把酒酹滔滔，心潮逐浪高"吗？《巴山夜雨》的导演说："如果说我有什么追求的话，那么我只希望能在有限的时间、空间里，寓意多一些，表现更多一些内容。"②恐怕正是因为导演有这样的追求，才使《巴山夜雨》这部影片具有一定的诗的意境，抒发了导演自己的情怀和愿望。

影片中的寓意手法，虽常要采用诗中情景交融等手段，但因它们各自使用的工具不同，电影和诗便具有各自的特色。诗是通过有韵律的语词，写给人看，引起联想；电影则要运用造型的画面和画外音等艺术手段，诉诸人们的视觉和听觉，产生出影片独具的深邃而优美的意境来。如在影片《巴山夜雨》中，导演用红枣和流水一起旋转这样富有寓意的视觉形象去表现母亲的心，便是运用了电影的造型表现手段，取得了独特的艺术效果。又如这部影片的"基调"和"色彩"是"顽强地去追求美好，至死不渝"。影片又运用了造型和画外音相结合的寓意手法，即以贯穿全片的一个造型细节——蒲公英——和那首歌唱蒲公英的歌，去着力体现这一基调和色彩。蒲公英在影片中曾多次出现，它象征着小娟子孤苦、飘零却又晶莹、可爱的形象。而那首与之相配合的歌，唱的虽是蒲公

---

① 叶楠：《西窗剪烛话巴山》，《电影文化》，1981 年第 2 期。

② 引自《却话巴山夜雨时》，《电影艺术》，1981 年第 1 期。

英，实际上却又唱出了人间美好的感情和对生活美的执著追求。可见，影片的编导正是通过蒲公英的画面和蒲公英的歌，在视觉和听觉上一起来拨动观众的心弦，产生了电影独特的诗一般的意境的。

在我们谈到电影可以应用画面去表现诗的意境的时候，我不由地想起，在中国古典文论中，早就有"诗中有画，画中有诗"的说法。可惜我们有些电影艺术工作者还没有能够充分认识到这一点，利用手中所掌握的"活动画面"这一有力工具，创造出更多的"画中有诗"的艺术境界来。在我们比较多的影片当中，所摄的画面往往只是为了叙述故事，还不擅长于同时传达出含蓄的意境。比如，中国画论中有一句大家比较熟悉的话："景愈藏，境界愈大，景愈大，境界愈小。"意思是说，画面的诗情有时就来源于画面的简洁和含蓄。这对电影艺术工作者来说就很具有学习和借鉴的意义。我们大可不必现实生活中有什么就拍什么，或者把画面拍得那么直和露，没有一点诗情画意；要善于选择那些最能触发观众联想的东西去进行拍摄。我们上面提及的"洒红枣"、"吹蒲公英"便属于能够触发观众联想、充满诗意的画面。然而，电影和绘画毕竟又有不同，它是活动的造型艺术；所以，电影的诗意应当不只是产生自一个画面之中，更应当产生自一组连续的画面之中。在这方面，有许多出色的例子可举。如苏联影片《安娜·卡列尼娜》中的"赛马"那场戏，导演没有直接去拍赛马的场面，而是从侧面拍摄安娜看赛马时的紧张心情和她丈夫对她的观察。通过这组画面，能够更加刺激观众对赛马的关心，并且产生出对不幸者安娜的无限同情。不仅如此，这组画面也能使观众联想到，招致安娜不幸的真正原因，正是那位站在她的身后，代表着上流社会，用虚伪、冷酷的道德观压迫着她的贵族丈夫，这是一组构思巧妙、含蓄而又能触发观众联想的画面。而在另一些影片里，盎然的诗意却又来自像是一幅幅风俗画的画面本身。在"人物"一章里，当我们谈到环境时曾举过英国影片《苔丝姑娘》的例子，"它受到观众欣赏和赞誉的几个画面：初秋的原野，一条乡间大道伸向远方；夕阳西照，草地金黄，树丛呈现出深棕色；慢慢地，夕阳的残照转换成苍茫的暮色……便是活脱脱的一幅幅英国农村的风俗画。这些画面几乎可以和 19 世纪欧洲农村风俗画家们的作品媲美。画面中贯穿着两种意境：一种是恬静的田园风光；另一种则是为苔丝的规定情景所需要的冷峻色调。艺术家正是凭借他对本民族风土人情的熟悉了解，以及他深厚的艺术造诣，把这两种意境融会成一种诗情，具体地表现在画面中的。在影片《巴山夜雨》中也有类似的好画面：三峡中的波光水色、岸壁洲渚，霏霏细雨中神女峰的朦胧剪影……也都是我国特有的风俗画。若把影片《苔丝姑娘》中的那些画面比作一幅幅精致的油画;那么,《巴山夜雨》中的这些画面就像中国传统的水墨画长卷,联系着人对自然的深切感受,同样也显得那么冷峻,犹如祖国和人民正在那湍急的江水中航行。总之,用电影画面去表现影片的诗意,是使影片具有诗意的重要组成部分,值得电影艺术工作者重视。”

再次,电影也从诗中学习了诗一般的结构美。

我们前面说过,诗依据语言的节奏来结构,侧重音群,这是电影无法接受的。但是,诗在感情和想象的转移和变化方面,由这一事物飞翔到那一事物,常常呈现出一种千变万化的景象,表现出一种极大的深度和跃进性;它使诗人摆脱了现实生活的拘泥,形成了诗一般的结构美,这一点是电影可以吸取的。吸取诗的结构方法,使得诗的电影从开头到结尾,既有情节发展的清楚的内在逻辑联系,而形象的开展却又比较迅速;往往只用几个镜头就表达了无限深厚的感情,摒弃了单纯的交代,省略了镜头与镜头之间的一些浮面的、形式上的联系。如影片《巴山夜雨》,形象的开展就要比一般影片迅速。其中秋石和柳姑的爱情、柳姑之死、小娟子流落街头等细节,都只用几个镜头,结合秋石对柳姑的思念,或秋石为了振作杏花对生活的信念而作的回述等这样一些人物的思绪,流泻出来;而秋石的回述,又触发起刘文英对自己原有思想的撞击,使影片随着人物感情的波涛在情节上呈现出较大的跃进性,省略了许多浮面的东西。至于诗人秋石具体犯了哪些罪?小娟子怎么会跑到船上来找爸爸的?看守人李彦的来龙去脉是怎样的?杏花将来的命运如何?刘文英的结局又会怎样,等等,似乎在诗的电影中已成为次要的东西。它已让位于诗一般的意境和诗一般的格局。但是,作者又让观众从内在情节的完整性中,自己去探索那些没有交代的东西。

必须说明,具有诗意的电影在结构上的这种跃进性,必须是以尊重生活的逻辑和人物性格的逻辑作基础的。某些作者把跃进性理解为可以脱离生活,任意使用,甚至去编造生活,于是,弄得故事像海外奇闻,人物像手中傀儡,唤之即来,挥之即去,跃进性固然具备了,真实性却也丧失了。说明这一点并非是无的放矢,在我们拍摄的个别影片中已经出现这种情况,作者以追求“诗的格局”为理由,替自己辩护。至于西方(包括苏联)的一些运用“电影诗”手法拍摄的影片,强调意想的随意性,不尊重人物性格的逻辑,弄得晦涩难懂,更是不足取的。

具有诗意的电影还往往要采用诗的重叠、对比等手法。重叠的手法,在诗板块结构)。下面让我们先谈谈线状的散文电影,并以日本影片《远山的呼唤》为例。我们之所以要选择它做例子,也是因为考虑到评论家们把这部影片称为"散文诗电影",亦即在散文风格中洋溢着浓厚的诗情,而本节所要阐述的恰恰就是"散文诗的风格样式"。

曾在我国上映的日本影片《远山的呼唤》(获1980年加拿大国际电影节蒙特利尔特别奖),是一部采用散文形式去处理富有浓厚感情色彩和动人心弦故事的优秀影片。这部影片的情节十分简单,男主人公耕作流落到女主人公民子的牧场里,民子开始对他很戒备,后来在劳动中,在相互的关心和帮助中,加深了信任感,逐渐发展到两人相爱。可是就在这时候,侦缉队把耕作抓走了。原来,耕作的妻子是被高利贷者逼死的,耕作又打死了高利贷者,所以他一直流落在外。故事的结尾是,耕作判刑后被押去服刑,民子跑来相送,她告诉耕作,决心等他释放归来。

这个电影剧本共有117场。按照剧情的内容,从结构上我们可以将这117场戏分成以下9段:

第1场至11场为第1段(序幕):耕作第一次到民子的牧场投宿,帮助民子给母牛接生。

第12场至30场为第2段(开端):耕作第二次来民子的牧场谋生,帮助民子收割、干活。

第31场至55场为第3段(发展部分一):耕作维护民子,和虻田争斗。

第56场至79场为第4段(发展部分二):民子在劳动中受伤,进医院治疗到治愈出院。

第80场至89场为第5段(发展部分三,插曲):民子表弟、表弟媳来访。

第90场至96场为第6段(发展部分四):耕作教民子骑马,两人产生爱情。哥哥来(社会矛盾初露)。

第97场至109场为第7段(发展部分五,其中第109场为高潮):他们去参加赛马,受到侦缉队的注意。耕作决定离去。

第110场至112场为第8段(结局):耕作被捕、受审。

第113场至117场为第9段(尾声):民子探望,决定等耕作刑满归来。

如果拿《远山的呼唤》和《魂断蓝桥》这两个电影剧本来做比较,那么我们可以发现,虽然它们大致都可分成六七段,都包含有开端、发展、高潮和结局这几个构成部分,但它们属于两种完全不同的结构形式。它们之间的区别可归纳为以下四点：

一、如果说《魂断蓝桥》是以冲突为基础，着眼于冲突的开展和解决，那么《远山的呼唤》是以描写人物感情的细致变化为目的，着意于场面的积累。

从上面的故事叙述和分场分段中可以看到，在《远山的呼唤》中，没有紧张的冲突（真正的社会冲突——耕作一家和高利贷者之间的矛盾和斗争，被虚写了），更没有冲突不断深化的过程。在段落和段落之间，也没有那种逐步推进、层层加深的矛盾关系。作者似乎并不想在这部影片里造成什么高度戏剧性的情境。他只是通过一个个场面的积累，着力去写民子从对耕作从戒备到相爱的心理和感情的细微变化。

这部影片的第一段，写耕作打死放债人后（这一情节被作为暗线处理，一直到高潮部分才从耕作的口中说出），不能在家存身，流落到坐落在标津川上游的民子（一个寡妇）的牧场里。民子对这个外形强悍、突然闯入她生活中的不速之客，开始完全持怀疑的态度。因此，她嘱咐儿子武志把厨房里的菜刀收起来，以免被这个流浪者利用；当她给这个流浪者送去一条旧毯子后，也紧张得"像逃跑似的消失在雨中"。影片是以描写民子对耕作充满疑虑的心情开始的。但是，就在这天晚上，耕作帮助民子给临产的母牛接生。耕作给予这个孤单的女人的这一点帮助，开始稍稍溶解了他们彼此之间的隔阂。这也为耕作第二次来民子处谋生打下了基础。

第二至六段是这部影片的发展部分。从描写的事件来看，也不过是日常的、普普通通的这样几件事：第二段，写耕作第二次来到牧场，帮助民子收割、干活；第三段，当饭馆老板虻田想用强制的手段让民子嫁给他时，耕作帮助了这个既孤单又倔强的妇女；第四段，民子在劳动中受伤，去疗养院医治，耕作不仅承担了农场的劳动，并且照顾了民子的儿子武志；第六段，耕作教民子骑马，他们又一起去参加赛马会。影片正是通过这些日常的、而非故弄玄虚的事件，构成一个个场面的积累，它们像涓滴的水点聚成河流那样，异常真切而自然地让观众看到，民子和耕作在劳动中，在相互关心和相互理解中，逐渐加深了信任感，一点一点地消除了隔阂，变得如此亲密无间。换句话说，影片也正是通过这些场面的积累，委婉而又细致地着力去写民子对耕作从戒备到相爱的心理和感情的变化过程。而当剧情发展到高潮时，代替民子原有的疑虑和担心的，已是美好的倾慕之情。

二、如果说《魂断蓝桥》是通过对冲突的不断深化，有意地把最初的动作和原，却能淡泊经营，性格十分坚毅。这种写法，恰恰又是线形的散文式结构的一个特点。

四、我们说，线形的散文式结构“比较松散”，这是和戏剧式结构的“比较严谨”相对而言的。“比较松散”，并非是说可以任其松散，可以不讲求结构。恰恰相反，线形的散文式结构是非常讲求内在结构的。

从整体来说，线形的散文式结构要求有场面的有效积累，以保证人物的多姿多彩和主动有力；而且，很重要的一点是，为了这种积累的有效，又必须使一部分行动蕴涵在另一部分行动之中。如，民子第二次收留耕作这一行动，已经蕴涵在耕作第一次留宿的行动之中，因为在那次留宿时，耕作曾帮助民子为母牛接生，稍稍解除了一些民子的戒备，她对耕作已有了一点信任感。在谈这个问题时我们不得不涉及另一个问题，即由于线形的散文式结构的作者擅长于选用平凡的生活细节或普通道具，挖掘出潜藏其间的含义，使之成为刻画性格的有力手段，因而，这种依存关系又往往会发生在一件道具的运用，或一桩生活细节的彼此照应之间。如虻田第二次来欺侮民子，遭到耕作的痛打，民子为此给耕作送来了螃蟹和酒，这无言的嘉奖也已蕴涵在虻田第一次来欺侮民子时的行动之中；那时，民子不仅责备耕作为什么不帮助她，而且还将虻田送来的大盘“寿司”（一种生鱼饭卷）转送给耕作作晚餐，作为无言的谴责。又如，作者在虻田两次欺侮民子的情节中，巧妙地使用了“屋门”这一道具：

> 民子手里拿着木棒，怒气冲冲，脸都气白了。身后传来耕作的声音。
>
> 耕作：不要紧吧？
>
> 民子回过头来，脸色眼看红起来。
>
> 民子：你看见了，看见了为什么不来帮我？
>
> 耕作：我以为他是你亲近的人呢。
>
> 民子：亲近的？谁和这种人亲近？你大概有点迟钝吧。说完跑回屋内。

民子的话暗示了她孤立无援，希望耕作来保护她，但是她没有得到这个坚强男子的保护。因此，她感到委屈，她赌气地跑进屋里去。可是，在她使劲关门的时候，恰恰门坏了，关不严实。导演故意让门留着一条宽宽的缝隙。

让我们再来看看耕作帮助民子赶走虻田的那场戏：

耕作：滚出去。

蛇田：好小子，你等着。

虻田不服输似的叫了几句，钻进汽车跑了。

虻田：以后有你好瞧的。

屋门口，民子站在那里看着，耕作回转身。

耕作：不要紧吧！

民子一刹那间脸红了，把门砰的一声关上。

这次，门关得严严实实的。显然是耕作默默将门修好了。编导不仅从耕作的旁观到相助，体现了他对民子的感情，还从“修门”这一细节，含蓄而真切地描绘了他们之间微妙的心理变化。可见，无论是民子感情的变化，还是耕作感情的变化，都有着内在的联系和照应，而这种内在的联系和照应，又必然要体现在用以表现这种感情变化的每段戏之间。扩而言之，主要情景和次要情景、插曲之间如何穿插和搭配，也都要求作家在结构时作出适当的安排，让次要情景和插曲去推动主要情景的变化。所以，所谓线形的散文式结构“比较松散”是从这个角度来说的：它不像戏剧冲突在激变中不断深化，形成逐步推进，层层加深的结构形式，因为毕竟它是一种渐变的艺术。

线形的散文式结构不仅在整体上讲求结构，而且非常强调每段戏的内部要有精心的安排。是否可以这样说，正因为线形的散文式结构在整体上似乎有些“松散”，因此，它更需要依靠每段戏内部的紧凑和严谨来弥补不足，以保证人物形象的丰姿多彩。苏联电影艺术家罗姆说，“一般说来，有这样一条规律：总的情节线索越不紧凑，每场戏的剧作结构就必须越严谨，越富于冲突。”[①]这段话对线形的散文式结构来说完全适用。

且以《远山的呼唤》中的第 4 段为例来说明这一点。这段戏写民子受伤住院到治愈出院的过程。民子在住院治疗期间，既放心不下牧场的工作，更放心不下的是她心爱的儿子武志无人照管。根据这一内容，作者是这样来结构这段戏的。

作者先是有意地反复交代民子惦念儿子的心情。她一住进医院就问：“武志，怎么样了？”（第 63 场），后来又从医院里打电话到家里，询问武志的生活情况（第 68 场至 70 场）。但是，就在民子这一次次的询问和关心之中，作者又穿

① 〔苏〕罗姆：《电影剧作讲话》，中国电影出版社 1958 年版，第 42 页。

插进以下几场戏：

柳荫下耕作正在打瞌睡。脸上露出筋疲力尽的神态。武志却用草叶调皮地捅着睡着了的耕作的鼻子。

（第 64 场）

耕作把马牵出来，备上鞍子。武志高兴地看着。耕作拍拍手上的土。

耕作：武志，赶牛去。

说着把武志抱到马上，自己灵巧地跳上马，催马向草原深处跑去。

（第 66 场）

耕作躺在被窝里望着天花板。小煤油灯发出"渍渍"的声音。马棚那边，马吃草的响音也听得见。

门"吱"的一声开了，穿着睡衣的武志抱着枕头和毯子走进来。

耕作：怎么了？

武志：阿瞳姐姐回家了。

武志的眼睛湿润了。

耕作：啊，你一个人寂寞，到这儿来了？

武志：是的。

耕作：好吧，躺在这儿睡吧。

武志高兴地上了床，放下枕头就躺下来。……

（第 76 场）

于是，人们一方面看到民子在医院中因惦念儿子而忐忑不安，另一方面却又看到耕作像一个慈爱的父亲那样关心和照管着武志。这两条平行的线索交替出现，为民子伤愈回到农场后出现的这段戏的小高潮做好了准备。民子下了汽车，看见农场井井有条，她担心的第一件事放下了。接着，她又看见耕作推着小车从牲口棚里出来，武志抱着他的后腰，缠着耕作要骑马。耕作一面推车，一面假意撩腿去踢武志。此时，"看到他俩的亲热劲，民子的心情很复杂"，脸上露出难以觉察的动人的笑（第 79 场）。影片正是通过这种严谨的结构，展示了封闭于民子内心的强烈冲突。

接着我们再来谈谈散文风格样式的另一种，即块状的散文风格样式。它有着自身特征，和线状的散文电影截然不同。下面我们以中国影片《城南旧事》为例说明。

前些年,有一种风姿独具的风格样式出现在我国影坛上,这就是1981年由上海电影制片厂和上海人民艺术剧院联合摄制的影片《陈毅市长》,以及1982年由上海电影制片厂摄制的影片《城南旧事》。这类影片的结构,既不同于戏剧式又不同于线形的散文式。它具有自身鲜明的特征。我们用什么来称呼这类影片的结构形式呢?影片《陈毅市长》的作者沙叶新自称,他用的是"冰糖葫芦式"的结构形式。可是"冰糖葫芦式"当做一个"小名"来称呼还可以,似乎还应给它取个"学名"。那么,能否就叫它"块状的散文式电影"呢?因为这种影片的结构实在和文学中散文的结构太相似了。普多夫金说,电影"在一般结构方面还要遵循与电影有关的其他艺术的创作法则。一个电影剧本可能是以戏剧的格式结构的,因此应该服从戏剧结构的法则。在另一种情况下,电影剧本也可以和小说相类似,因而它的结构又将受到小说法则的限制"。虽然普多夫金并没有说,一个电影剧本还可能是以散文的格式结构的,因此应该服从散文结构的法则,但是,事实上,不已经有那么一些电影剧作家有意无意地受了散文结构法则的影响,创造出一种散文风格样式的电影来了吗?

在说明这种风格样式的影片在结构上从散文中受到哪些结构法则的影响之前,有必要先从散文式电影在内容诸要素方面和散文有哪些相似之处谈起。因为,结构上的相似正是由内容上的相似决定的,这主要表现为以下四个方面:

第一个特征是强调纪实性,要求纪实主义地表现现实生活。散文虽然允许在真人真事的基础上作适当的艺术加工,但又反对虚拟情节和制造人为的戏剧纠葛。散文中的优秀篇章《白洋淀纪事》的作者孙犁就曾说过:《白洋淀纪事》是时代的仓促记录,有些近于原始材料,是璞不是玉。

散文式电影也具有这一特色。如影片《城南旧事》,尽管作者林海音笔下的"旧事"早已因岁月的流逝而消失,但她还怀念着自己住过的屋,走过的胡同,相聚过的亲人,见过的疯子、妞儿、小偷和宋妈,记得那些酸的、甜的、苦的童年的琐事和感情。正如影片一开始的旁白中所说"不思量,自难忘,半个多世纪过去了,我是多么想念北京城南的那些景色和人物呀,而今或许物异人非了。可是,随着岁月的荡涤,在我,一个远方游子的心头却日渐清晰起来。"所以,就影片的原作而言,虽说是篇小说,但我以为,这是一篇接近于生活原型的散文体小说。依据它而改编成的影片,也可以说是一种对遥远生活的回顾,对过去时代的纪实性追述。

可见,散文式电影和散文一样,不在于更多的虚构和想象,而在于作者要有厚实的生活基础和深入的观感。散文式电影应扎根在生活的沃土之中，做时代和人物的忠实记录，以生活本身的生动性取胜，而这种生动性往往是虚构的情节所不具备的。

块状的散文式电影追求真实这一特点，使得这类影片在拍摄上也尽量使用实景。诚如熟悉北京的同志所知，影片《城南旧事》选择了北京城南的新帘子胡同为实地拍摄的地点。这个地点在剧本中也是有的：秀贞和妞儿死后，小英子生了一场大病，病后她家就搬到新帘子胡同。实景拍摄所造成的真实感，已取得使观众易于产生感情上共鸣的效果。所以，块状的散文式电影的拍摄特点，也可以证实这类影片的纪实性特征。

第二个特征是，它不仅强调生活的纪实性，而且强调情感的真实性，偏重于抒写真情实感。这也就是散文作家十分强调的，要与宇宙万物"同其感情，同其生命"。真情实感从哪里来？来自作家亲身的体验，或来自作家对客观事物深切的观感。

在这一点上，块状的散文式电影与散文又十分相似。影片《城南旧事》以抒发真切的情思见长。可以设想，如果作家林海音没有她儿童时代那段亲身体验过的生活，以及在她写作时那种强烈的"往事感"，那么，她就不可能从所状之物、所写之人中，留给观众那么悠长、真切的韵味。可见，作家对客观事物观感之深浅，决定着作品情真意切的程度。而正是由于这类影片的作者，对所状之物、所写之人、所抒之情有了透彻的了解和深刻的体验，所以他们才能够把至真、至美和至善水乳交融地凝结在一起。

其实，块状的散文式电影之所以要去实地拍摄，其目的也是为了在真实的环境中诱发演员产生出真情实感来。可见，把生活的真实和情感的真实交织起来的这一做法，是贯穿在块状的散文式电影创作的各个部门之中的。

第三个特征是"借一论之，一索引千钧"，虽着笔于细小微末之处，却又处处与整体相联系，起着"一以当十"的作用。

清刘熙载在《艺概》一书中说："人多事多难遍论，借一论之，一索引千钧，是何关系？"①散文的这一特征，在块状的散文式电影中也表现得十分鲜明。

影片《城南旧事》只写了四个人物、三段故事。以北平之大、历史之久、人物之多来说，未免过于褊狭。然而这三个生活侧面，都是从作者童年生活中精选

---

① 〔清〕刘熙载：《文概》，见《艺概》第 43 页，上海古籍出版社 1978 年版。

出来的，是她体验最熟、观感最深的三段生活。这三段生活看似平凡，却能表现出旧北平那种古老、苍凉的独有风貌和旧社会人世间特殊的气质和情调来。

足见，块状的散文式电影之写人与写事，既不同于线形的散文式电影，也不同于戏剧式电影。固然，无论是线形的散文式电影还是戏剧式电影都要讲求一以当十，讲求典型化；然而，它们是在完整的故事情节的构思、尖锐矛盾冲突的发展和对人物做细致详尽描绘的过程中完成典型化任务的。块状的散文式电影则不然，它们只是从作家感受最深的那一部分中，选取事物的几个侧面，传神地勾勒几笔，从而取得"以一索引千钧"的效果。

第四个特征是"形散而神不散"。上面已经提到，散文没有完整的情节，没有高度集中的矛盾冲突；它写事写人只有看似零散的几个侧面。然而，却又"不散"。因为它们题旨透彻，笔力仍然集中。故而散文中的"形散而神不散"之说，用在这类影片身上又觉十分贴切。

散文中有"曲径通幽"之说。"曲径通幽"是指主旨含而不露。那么"含而不露"又来自何处呢？唐代散文家孙樵说，"意必深然后为工"。所谓"工"，就是指"含蓄的功夫"。原来"含蓄"来自"意深"。影片《城南旧事》的编导可以说是已经寻觅到了散文"意深"的奥秘，追求到了散文"含蓄"的功夫。粗看起来，编导似乎在写秀贞、妞儿、小偷、宋妈，以及关于他们的故事，但这些人和事反映在小英子幼小的心灵上都显得如此的"愚骙而神圣"。细一琢磨，这"愚骙"因其寄托着作者对苦难过去的追忆，带着落寞而愁苦的思绪，故而显得"愚骙"；这"神圣"，因其发生在一个"海外游子的心头"，怀着深深的"离愁"，映出她对祖国深情的向往，故而又显得"神圣"。原来作者似在写人写事，实在抒发自己委婉的情思。其意不可谓不深矣，这曲径通幽造成的弦外之音，实在逗人遐思。但影片不也正是通过这"弦外之音"，做到了使全篇形散而神不散的吗？

上述四点，虽非块状的散文式电影的所有艺术特色，却是它的几个主要特征。归纳起来就是：讲求材料的真实和情感的真实，忌讳雕琢杜撰，而真实又来源于作者对生活观感的深切；要求作家体物入微，故虽着笔于些微之处，却能概括出整体面貌来；形似散乱不周，实则题旨清晰，或是"曲径通幽"，能做到"形散而神不散"。而上述这四个特征，又必将影响并决定着本章论述的中心，即块状的散文式结构的艺术特色。

块状的散文式结构的艺术特色，主要表现在以下三个方面。

1. 段落和段落之间不存在必然的依存关系

戏剧式电影和线形的散文式电影都十分讲求段与段之间的依存关系，其中的一部分行动必须蕴涵在另一部分行动之中。显然，这是由于冲突的激化过程以及人物性格发展的轨迹向结构提出的要求。而在块状的散文式电影中，正是由于没有高度集中的矛盾冲突，写人也只是抓住最具有性格特征的几个侧面传神地勾勒几笔，因而在结构上也就必然会造成段与段之间缺少必然的依存关系。故而，在这类影片之中，只要一个段落能够颇为合理地由另一个段落产生出来(有时甚至连这一点联系都没有)，即可将剧情发展下去。所以，构成块状的散文式电影剧本的，实际上只是一些串联起来的段落而已，它们并不讲求段落与段落之间的必然性，以及它们之间深远的依赖关系。

影片《城南旧事》完全是由可以独立成章的三段故事串联而成的。

(1)镜头 11—245：写秀贞和妞儿的故事；

(2)镜头 246—426：写小偷的故事；

(3)镜头 427—516：写宋妈的故事。(以上依据完成台本)

所以总起来看，在影片《城南旧事》中的三个小故事(段落)之间，都没有一个贯穿首尾的中心事件，也没有一个连贯的故事情节。

记得在戏剧式结构一章中，我曾着重指出过，在这种结构样式的段落与段落之间，具有一个鲜明的特点：如果某一段落摆错了位置，整体就会发生混乱；如果抽动其中的一部分，就像一个有机体那样，会流血。所以，圣约翰·欧维恩说："一出戏应该是一个活的有机体，活到任何一处遭到割裂后便会流血的程度。"[①]而这种情况在块状的散文式电影中似乎并不存在。可以这样夸张地说，它们几乎到了抽掉一段还能生存下去的程度，最多在形象上稍有削弱而已。

块状的散文式结构的这一特征，和文学中的散文讲求"贵散"十分相似。所谓"贵散"，就是无定型、无限制，可以不拘一格。大可不必像戏剧式结构那样，在段落之间必须遵循那种严谨的因果关系，必须恪守那种戏剧式的集中，完全可以放开手去写。

然而，散文又十分讲求"忌散"。所谓忌散是指：若把散文中的每一个段落比作一颗颗明珠，则又需作家找到一根串珠的金线，方能使散乱的珠子变成一件艺术珍品。所以，"贵散"和"忌散"在散文中是辩证统一的关系。它就统一在

---

① 〔美〕劳逊：《戏剧与电影的剧作理论与技巧》，中国电影出版社 1961 年版，第 224 页。

“形散而神不散”这句话上。我以为，影片《城南旧事》的作者不仅深知这种辩证关系，而且已经将其出色地运用到电影创作中来了。

影片《城南旧事》在“形散而神不散”这一点上，又有它自己的特色。它是在精心寻求和精心表现诗意的过程中，去追求情绪上的统一，使全篇结构起来的。散文界对此也有称呼，叫做“从动情的事中觅诗意”。粗看起来，影片《城南旧事》似乎是借小英子这个小主角的眼睛把影片连接成为一个整体的，实质上，真正将影片串联起来的，是影片中的不同段落已经同受着一种美好思想的冶炼，这就是一个海外游子的离愁，以及她对祖国的思念之情。用导演的话来说，就是“淡淡的哀愁，沉沉的相思”。于是，秀贞也好，妞儿也好，小偷也好，宋妈也好，这些看来平凡的人物在这一特定的情绪和感受之中被照亮了。浓郁的民族感情，使这部影片显示出不平凡的意义和诗一般的意境来。可见，编导正是借助产生于动情之中的诗意将全篇结构起来，做到“形散而神不散”的。而且，正如我们前面已经提及的，在这类富有诗意的影片中，往往题旨是含而不露的，需要观众在观后凝思默想，才能体味出来。诚如白居易所说，“卒章显其志”。

总之，散文和块状的散文式结构的电影，都是用片段而不是完整的故事将事物点染得如此朴素和优美。块状的散文式结构的电影靠的是人物性格的光彩和作家美好思想的冶炼。它们用的虽是散文笔法，却能收到与以冲突表现事物变化见长的戏剧性电影和以描绘人物行动著称的线形的散文式电影相同的艺术效果，具有异曲同工之妙。

2. 块状的散文式结构在结构上的另一特点是看不到在戏剧式结构中必有的那种高潮和结局

这是由于这种结构样式既没有戏剧冲突所形成的那种紧张发展的过程，也没有矛盾激化后必然要出现全剧高潮的那种形势。这类影片的结构，总是以匀称、平衡的画面，从容不迫地来展示生活中发生的一个个事件。可以这样比喻：块状的散文式电影如行云流水，它以“简约平易”和“罗罗清疏”见长；而戏剧式电影如雷雨天气，它不断发出小的霹雳，然后形成一声巨雷。

影片《城南旧事》中的三段故事，完全是并列的。正因为它们之间并无外在的联系，因此也就形不成戏剧式的冲突，找不到全剧的高潮。影片以宋妈最后离去作结局，这个结局和前面两段故事也毫无联系，它不是贯穿全局的矛盾激化后所形成的那种结局。可见，这样的结局，虽然不是戏剧化了的，或者说虽然不是被强化了的生活现象，但是，它仍然具有很强的概括意义和特殊的艺术魅力。

3. 在结构上的第三个特点是：属于顺序式结构，基本上很少运用闪回

不采用把现在、过去和未来交织起来的手法去组织情节；而是按照生活本身的顺序向前发展。在这一点上，它似乎和戏剧式结构相似，而和时空交错的影片不同。在影片《城南旧事》中即或有好几处写秀贞对思康（她的情人）的回忆，主要也是靠秀贞的讲述，并没有出现回忆镜头。唯有其中一场戏，是秀贞向小英子述说初见思康的情景，编导是这样处理的：

秀贞自言自语地："那年，就这时候，他来的。……"

秀贞回忆道："一卷铺盖，一口皮箱，他穿一件灰大褂（拉出小英子侧背），大襟上别着一支笔。我正在屋里擦窗户玻璃……"

小屋的窗户，窗格上的许多窗纸已经破了。（摇）另一扇窗户，窗上玻璃闪着光……

秀贞（画外）："……擦着擦着，就听我爹说'正院屋子都住满了，您就在这跨院里将就住吧'……"

跨院圆洞门。（拉）

秀贞（画外）："说着说着就进来人了。我爹问他'在哪家学堂'，他说'在北大'。我爹说'这道不近哪，沙滩去了！可是个好学堂啊'。（摇向小屋）他笑了，那一笑真甜！我就站在窗户那儿看着（推近窗户）。他过来啦，正巧走到窗户跟前，他忽然那么一抬头……"

秀贞沉浸在美好的回忆里，慢慢抬起头来对英子（侧背）："缘分啊，你明白吗？缘分！"

对回忆的这种处理方法，显然和一般的闪回镜头不同。如果是用时空交错的手法来拍摄这场戏，自然要从思康带着铺盖、皮箱来秀贞家借宿拍起，接着是秀贞爹把他安置在跨院里住，然后是秀贞爹和思康的那段对话，最后是秀贞窥视思康，和思康双目相遇。但是，现在的影片根本就没有让思康和秀贞爹出现，导演只拍摄了"玻璃闪着光"、"跨院圆洞门"以及"小屋的窗户"，把其余的东西统统留给秀贞去叙述。而且，上述这些闪回镜头实际上也并未脱离今天的现实，只是让眼前的情景从秀贞的眼中看出，蒙上了一层回忆的色调而已。导演为什么不用一般闪回的拍法，而要用这样的方法去处理呢？我想，这也和块状

的散文式电影强调纪实性有关；导演尽可能让观众看到现实行动的纪实，这就要求影片的情节也尽可能地按照生活原来的样子往前走。

块状的散文式电影的出现，无疑又为我们电影的百花园中增添了一枝独具一格、光彩夺目的鲜花。这种影片的文体自由，取材不受限制，于形似散乱之中寓有强烈、真挚的感情，富有内在的旋律。这些特点，使得电影在描绘事件、刻画人物等方面具有独到之处，无疑可以扩大原有的电影题材范围。而且，由于它接近生活所带来的不容置疑性，更使它具有别类影片不可替代的真实感和艺术说服力。故而，它的出现，不仅可以丰富我们电影的结构样式，而且对克服我们有些影片人工气太重、缺乏生活和真情实感的弊端也具有积极意义。所以，从理论上研究这种新样式，提倡这种新样式，应当说是一件有价值的事情，也希望能见到更多的这类影片出现在我国银幕上。

但也不可否认，要想写好这类影片，确也并非一件容易的事。王国维说："散文易学难工。"这句话，很值得写块状的散文式电影的作者思考。惟其允许散，所以很不容易写好。如果有人把写块状的散文式电影当做顺手写来，可以很自由，不费思索，写到哪儿算哪儿，这就大错特错了。写块状的散文式电影最要防止对生活材料作无选择的罗列和作者对生活材料缺少必要的思想冶炼，这正是造成散文式电影冗长、拖沓和结构涣散的主要原因，甚至还会走向自然主义。在《基督山恩仇记》一书中，基督山伯爵曾批评过一个青年人画的一幅画，他说："照搬生活，是背叛生活。"这句带哲理性的话，是可以供块状的散文式电影的作者引以为座右铭的。

第四节 表现性观念形成的风格样式

在影视剧的审美观念中，有一对带有对立色彩的观念，这就是再现和表现。再现是指逼真地去反映生活，表现是指反映人物内心世界。所以，前者强调客观，后者强调主观。在这一节中，谈的是表现性的观念所形成的风格式样，并特指西方现代主义影片中的一种。即受西方意识流小说手法的影响产生的西方意识流电影。

为了说明问题，我们且以法国新浪潮电影的代表作《广岛之恋》为例。

先介绍一下影片《广岛之恋》。

这部影片由法国著名导演阿仑·雷乃执导于 1959 年，是一部黑白影片。

它不仅"震惊了西方影坛",成为西方电影史上的一部名作,而且也使导演本人名声大噪,成为具有国际声誉的电影人物。(继《广岛之恋》后,1960 年,他又运用意识流电影手法,拍摄了《去年在马里昂巴德》。)

这部影片的编剧叫玛格丽特·杜拉。她是法国著名"新小说派"的女作家。她所写的《广岛之恋》这个电影剧本,具有以下两个主要特点:

第 ,影片《广岛之恋》可以说是导演和编剧合作得非常出色的一个例子,阿仑·雷乃在把文字转化为银幕形象的过程中,无论是在细节上,或是在思想意图上几乎都原封不动地把杜拉所写的保留了下来。之所以能如此,首先是由于杜拉的本子具有极强的电影意识,她充分调动了电影的画面和声音这两种手段,即所谓的"视听语言"。(请参阅本书"影视剧本是叙事和造型的结合"中所举《广岛之恋》开端一段的例子。)

我想,这也就是导演阿仑·雷乃能把杜拉所写的东西都保留下来的重要前提。

第二,这部影片的独白、内心独白或旁白被写成祷文式的叠句。用杜拉自己的话来说:"这是一种歌剧吟唱般的谈话。"

如影片中的女主人公,当她在向日本建筑师倾诉了初恋的故事(与一个德国士兵)之后,回到自己的房里,有一段独白和内心独白。让我们来重温一下前面已经引用过的这段独白和内心独白:

> 你还没有完全死,
> 我把我们的故事告诉别人了。
> 我今天晚上在这个陌生人面前对你是不忠实的。
> 我把我们的故事告诉他了。
> 你看,这是一个可以告诉别人的故事吗?
> 十四年了,我没有再尝到……不能实现的爱情的味道。
> 自从内韦尔以后,
> 看我怎样正在忘掉你……
> 看我怎样已经忘掉你……

下面再概述一下这部影片的故事:1957 年,一个法国女演员来到广岛,拍摄一部宣传反对原子战争的影片。她遇到一个日本建筑师,产生了短暂的爱情。在他们的相处中,她深深地陷入了痛苦的回忆之中。在第二次世界大战期间,在法国一个叫内维尔的城市里，她曾和一个德国士兵相爱，并因此而遭人辱骂。旧恨新愁，使她意识到他们不过是萍水相逢，最终是要分手的。影片结束时，他们互唤对方的地名。

杜拉的电影剧本共分“五个部分”，我们拟将它分成七个段落。在这七个段落中，贯穿着女主人公的旁白和独白。而每一个段落，有的属于现实动作，有的则属于现实和回忆的交织。（请读者参照附录在书后的《广岛之恋》电影剧本来阅读。）

第一段：第一天早晨，凌晨四点，旅馆房间里。法国女演员向日本建筑师倾诉她来广岛拍摄电影期间，见到的广岛当年遭受原子弹破坏的种种情况，包括一些资料影片。（这一段落相当于原电影剧本中的“第一部”。）（现实和回忆交织）

第二段：第一天早晨，旅馆房间里。法国女演员告诉日本建筑师，她的影片已拍完，明天要回法国。日本建筑师要求她留下。法国女演员对日本建筑师说，她在内韦尔曾经疯狂过。她过去和德国士兵相恋的故事在这里开始露头。（这一段落相当于原电影剧本中的“第二部”。）（现实）

第三段：当天上午，拍摄场地。日本建筑师到电影拍摄现场，要求法国女演员跟他回去，第二次做爱。法国女演员感叹道：“不过是萍水相逢的爱情。”（这一段落相当于原电影剧本中的“第三部”的上半段。）（现实）

第四段：当天下午，日本建筑师家里。法国女演员向日本建筑师讲述在第二次世界大战期间，在法国巴黎附近的一个小镇内韦尔，她曾和一个德国士兵相爱。（这一段落相当于原电影剧本中的“第三部”的下半段。）（现实和回忆的交织）

第五段：当天晚上，美国化的咖啡馆里。法国女演员向日本建筑师讲述，她和德国士兵相爱后，被父母关在地下室里，被剃光了头，遭到人们的辱骂，以及德国士兵被打死，她恢复理智后去巴黎的种种情况。（这一段落相当于原电影剧本中的“第四部”。）（现实和回忆的交织）

第六段：当天深夜，旅馆。法国女演员回到旅馆，独白：不该把过去的事告诉别人。她又漫步街头，日本建筑师走来，要求她留下，她内心矛盾痛苦。（这一段落相当于原电影剧本中的“第五部”上半段。）（现实）

第七段：第一天凌晨，“卡萨布兰卡”夜总会。法国女演员和日本建筑师来到夜总会，他们坐在两张桌子上，标志着他们永别的开始。法国女演员回到旅

馆房间里，日本建筑师跟随而来，他们在互唤对方的地名中告别。（这一段落相当于原电影剧本中的“第五部”下半段。）（现实）

我们从以上七个段落中可以看到：

第一，整部影片是依据法国女演员的意识活动结构起来的。

第二，影片包含了两个时空。一个是现实时空（时间是1957年），在这个时空里，人物及动作是法国女演员和日本建筑师在一起，他们相爱，虽然难舍难分，最终还是分手了；另一个时空是过去的时空（时间是1943年，距现实时空为14年），在这个时空里，人物及动作是法国女演员和一个德国士兵相爱，以及她被关在地下室里，并遭到人们的辱骂。影片就是把这两个时空交织起来，形成时空交错式的叙事结构的。

第三，影片采用这种叙事方式的目的，在于剖析法国女演员的内心世界。

影片映出后，引起不同的理解。有人说，影片的主题是描写异国男女爱情的；有人说，是为了宣扬和平、反对原子战争；也有人说，是要人们忘却痛苦的过去……我们似乎又都可以从银幕上找到它们各自的根据。这恰恰显示了现代电影的一个特点：它不主张把现实分析给观众看，而是把现实展示在观众眼前，让他们自己去分析，这就必然会造成主题的多义性。

为了准确理解这部影片的创作意图，我想借用编剧玛格丽特·杜拉在她所写的“剧本大纲”中的一些话来做说明。

1. 关于编剧给剧本确定的规定情景

杜拉说：“故事发生在这个法国女人回国的前夕。她参加演出的这部电影实际已经拍完，只剩下一组镜头要拍摄。”

杜拉又说：“她遇到一个日本人（工程师或建筑师），于是，他们之间产生了一段过眼云烟的恋情。”

2. 关于影片开始时，编剧对画面的要求

杜拉说：“影片开始时，既见不到她，也看不见他。见到的是一些残缺不全的躯体——被齐头齐腰截去的部分——在蠕动着，在欲海情焰中或在临终挣扎中蠕动着……”

3. 编剧对独白和旁白的要求

杜拉说：“这是一种歌剧吟唱般的谈话。”

4. 关于为什么要把广岛和情欲结合在一起来写

杜拉说:"如果不坚持这个前提条件,那么,这部影片只能是一部'遵命'电影,索然寡味,不过是一部小说体裁的纪录片而已。如果坚持了这个前提,那就将摄制成一部近于杜撰的纪录片,而在汲取广岛事件历史教训方面却要比一般的新闻纪录片更具有说服力。"

5. 关于法国女演员为什么如此渴望经历萍水相逢的恋情,而面对爱情为什么又如此懦弱胆怯呢

杜拉说:"这场短命的爱情就像内韦尔的爱情那样,也将被扼杀。因此它注定要被遗忘掉,因此它是永恒的。"

杜拉又说:"她有着一切人所有的怯懦。"

6. 关于影片结束时,为什么不互唤对方的名字,而互唤对方的地名

杜拉说:"他们只拥有地名,这些不是姓名的名字。就好像一个在内维尔被剃了光头的女子的灾难与广岛的灾难准确地互相映衬。"

从杜拉在"剧本大纲"中所述的创作意图中,我们可以把握到,这部影片主要还是要让人们去"汲取广岛事件的历史教训",而杜撰的爱情故事,是为了让创作意图"更具有说服力"。

这部影片荣获1959年戛纳国际电影节国际评委会奖。

有关影片《广岛之恋》的介绍就到这里。

上世纪50年代后期,受西方意识流小说手法的影响,产生了西方的意识流电影。到了70年代末,中国某些导演又受西方意识流电影的影响,拍摄出中国的心理电影。第一批中国心理电影有:1979年由北京电影制片厂摄制的《小花》、上海电影制片厂摄制的《苦恼人的笑》,以及由北京电影学院青年电影制片厂摄制的《樱》。到了1980年,则又有上海电影制片厂摄制的《天云山传奇》等。

为了证实中国的心理电影确实是受西方意识流电影的影响而产生的,我们引用《小花》的副导演黄健中的一段话来做证明:

> 在《小花》这部影片里,我们承认,在电影语言上汲取了新浪潮和意识流电影的长处,为我所用。影片里多次出现闪烁般的穿插,把过去和现在、幻想和现实交织在一起,这是新浪潮的手段,它不受时、空

的约束，自由奔放浪漫多端。[1]

但是，中国的心理电影不同于西方的意识流电影。由于借鉴西方的意识流，两者有相似之处；又由于仅是“借鉴”而非照搬，因此肯定又有相异之处。究竟它们的同和异表现在哪些方面呢？为了更好地比较，下面我们先来介绍一下中国心理电影的一些特征。

如果将心理电影和戏剧式电影做比较，那么戏剧式电影是依据外部冲突进行结构，而心理电影则是依据人物的意识活动来进行结构的一种风格样式的影片。也由于这种结构样式在叙述方式上不同于戏剧式结构要按照时间顺序来进行，而是根据人物的心理活动的变化，把过去、现在和未来相互穿插起来进行，所以也有人把戏剧式结构称为顺序式结构，而把心理结构称为时空交错式结构。

所以，心理结构的特点在于：它着力去表现人物的内心世界和对人物内在感情的剖析，以达到刻画人物的心理活动的目的。1981 年获“金鸡奖”的影片《天云山传奇》，在改编中采用的也是这种结构样式，因而这部影片保留了原小说中“许多心理结构的东西”。[2] 可见，这种结构样式是比较重视对人物的内心状态和意识活动的描写，并以此来结构全片的。

这种结构样式的另一特征是，追求叙述上的主观性和心理性，并根据人物的心境变化，用回忆倒叙的“闪回”形式，把过去的事情交织到现实的动作中来，以此进行布局和裁剪，加深影片的感人力量。

为了说明这种结构样式的特征，我们不妨将影片《天云山传奇》的情节先按照时间顺序分段叙述一下，然后再将已摄制成的影片分成几个段落，从比较中来看它是怎样以人物的心境为依据进行结构的。

按照传统的写法，这部影片的情节结构大致如下：

1. 1956 年，宋薇在天云山考察队和新来的政委罗群相识。罗群尊重和团结知识分子，找到了丰富的矿藏资源。宋薇爱上了这个博学多才和对党的事业赤胆忠心的新政委。

2. 1957 年，“反右”斗争开始，前任政委、现任地区特委运动办公室的领导吴遥，把罗群错划为右派。宋薇在“党组织”撮合下，嫁给了吴遥。

---

① 黄健中：《思考 ·探索 · 尝试——影片“小花”求索录》，《电影艺术》，1980 年第 1 期。

② 谢晋：《心灵深处的呐喊》，《电影艺术》，1981 年第 4 期。

3. 宋薇的好友冯晴岚却作出了一般人难于理解的抉择，她找到罗群，主动提出和他结合。她帮助罗群在忍辱负重的生活中，写下有关天云山的科学考察资料。

4. 十年动乱中，林彪、“四人帮”又给罗群加上“反革命”的帽子。为了拼死不交出罗群的著作，冯晴岚被折磨成疾。

5.“四人帮”被粉碎后，宋薇接到冯晴岚的来信，得知罗群20年来的遭遇。此时宋薇已是地委组织部副部长，她欲替罗群改正错案，但遭到丈夫——地委副书记吴遥的反对。后来，宋薇得到地委书记的支持，罗群的错案终于得到改正。

6. 宋薇想把好消息亲自带给罗群和冯晴岚，遭到吴遥的殴打。宋与吴决裂。宋薇回到天云山时，冯晴岚已与世长辞。宋薇面对冯晴岚的新坟，痛切地反省了自己的人生历程。

下面我们再将上海电影制片厂的《天云山传奇》的“电影完成台本”划分一下段落结构，大致是这样的：

1. 镜头1—204：1978年冬天，女青年周瑜贞从天云山回来，向已是地委组织部副部长的宋薇讲述她在天云山见到的一个“怪人”。宋薇从她口中得知，这个“怪人”就是罗群，罗群和他的妻子冯晴岚现在的生活很困难。（现实）

2. 镜头205—506：周瑜贞的讲述，引起宋薇对21年前往事的追忆——她在天云山认识了新来的政委罗群，罗群的博学多才和对党的事业的忠诚，使宋薇和他相爱。但在“反右”运动中，前任政委——现任地区特委运动办公室领导吴遥将罗群打成右派分子，并在“党组织”的撮合下，与宋薇结成夫妻。（回述）

3. 镜头507—540：宋薇欲替罗群改正错案，遭到吴遥的亲信朱科长的阻拦。吴遥曾表示，这个案子不予复查。（现实）

4. 镜头541—730：宋薇接到冯晴岚的来信，从信中得知罗群被错划为右派后的种种情况——冯主动提出和罗结婚，罗在忍辱负重的生活中写下天云山考察资料，十年动乱期间罗又被加上“反革命”的帽子，冯为不交出罗的著作而被折磨成疾。但冯告诉宋，她和罗群虽一直生活在逆境中，但精神生活却是昂扬和丰富的。（回述）

5. 镜头731—894：宋薇为改正罗群的错案召开会议，与吴遥发生冲突。宋薇找第一书记，得到支持。宋薇想去天云山见罗群和冯晴岚，并亲自带给罗群错案得到改正的好消息，遭到吴遥殴打，宋、吴最后决裂。（现实）

6. 镜头895—951:冯晴岚去世。宋薇重回天云山,在冯晴岚坟前反省自己的人生历程。(现实)

对照起来,就可以清楚地看出两种不同结构样式在布局和剪裁上的不同。

首先,影片的编导没有用传统的以时间为序的结构,没有从外部冲突着手去加强动作性和戏剧性,也没用一般常用的客观叙述的方式。而是以宋薇的回述为核心,把1978年宋薇为罗群改正错案这一段现实动作(完成台本中的一、三、五、六段)和20余年前“反右”运动前后这段过去的生活(完成台本中的二、四段),一纵一横地交织起来。

当然,影片中除了宋薇的回述,还有周瑜贞和冯晴岚的回述。所以,实际上影片是由三个女性的共同回述所构成的一条对历史回顾的经线,和当前改正错案这条纬线,交织成影片的结构。但是,周瑜贞的回述,在结构上起的是穿针引线的作用,引起宋薇对往事的追忆和思考;而冯晴岚的回述,被安排在影片的后半部分,在结构上实际起着补叙“反右”以后罗群和她在一起的那段生活的作用。而这段生活是宋薇所不知道的。因此,无论是周瑜贞的还是冯晴岚的回述,都并非是独立的,它们都为了把宋薇推向思考过去和反省自己的纽结上去。这样,由三个女性的回述巧妙地结合在一起,形成了影片完整的心理结构样式。难怪有人说,《天云山传奇》这部影片,是“从三个女性的眼里看一个男性”。

影片正是通过这一独特的心理结构样式,渲染了人物的感情,剖析了人物的性格内涵,取得它自己独具的艺术效果。请看,如果我们把三个女性的这三段回述连接起来,便是罗群的完整经历及其思想面貌。然而,这不是用客观的方式叙述出来的,而是带有三个女性浓厚的主观感情色彩,因而她们的回述,又各具自己的心理特征。周瑜贞怀着对罗群的钦佩心情,以其青年人特有的棱角,向宋薇、向吴遥、向错误的历史,展开严厉的批评;宋薇则是怀着忏悔的心情回忆过去,回忆罗群,反省自己痛苦的人生历程;冯晴岚却以其高洁的心灵,怀着幸福和满足的心情,回述与罗群共处的那段生活,感到青春短暂,但因自己用生命照亮了别人,精神无比充实。于是,在三个女性回述罗群的同时,又显示了她们各自不同的个性、理想和情操。而其中,尤因通过周瑜贞和冯晴岚两人的回述,把历史和现实的对照展现在宋薇面前,撞击了她的心灵,触及了她的隐痛,并促使她既去解剖自己,也去解剖历史,从而使宋薇的精神世界在影片中得到了最充分的展示,并具有哲理的深度。能够取得这样的艺术效果,无疑是和影片采用的这种结构样式有关。

上面我们以《天云山传奇》为例，阐明心理结构影片的一些特征。但切莫产生一种错误的看法，以为凡是心理结构的影片，都必须像《天云山传奇》那样，把现实和过去一经一纬地加以交织。如果真是这样去想，那就是把“原理”当做一种“模式”去理解了。为了说明这个问题，我们再来分析一下北京电影学院青年电影制片厂摄制的影片《樱》的结构，拿它来和《天云山传奇》做个比较。

如果以时间为序，《樱》的故事可以分成以下三段：第一段是，抗日战争刚刚结束，高崎洋子托孤，陈嫂收养光子并抚养他 10 年，后高崎洋子来信把光子接回日本；第二段是，20 年后，即 1975 年，光子作为日本专家来中国帮助建设，与养母陈嫂和中国哥哥建华相逢，但不能相认；第三段是，又过了三年，到了 1978 年，光子再度来中国，终于和养母、哥哥团聚。那么，拍成的影片又是怎样结构的呢？影片是以光子第二次来中国为现实动作（即上述的第三段时间），写建华去机场接光子的途中，回忆起三年前光子来中国不能相认的情景（即上述的第二段时间），以及当时他们在不能相认的痛苦心情中各自对童年生活情景的回忆（即上述的第一段时间）。可见，《樱》采用的是“回忆里套回忆”的具体结构。从《天云山传奇》和《樱》这两部影片的比较中我们可以看到：前者犹如织布，一经（过去）一纬（现实）交织而成；后者如两个相套的圆圈，回忆里还有回忆，在现实动作的基础上把对过去的回忆重叠起来加以表现。但它们却又在两个根本点上相同：一、依据人的心理活动进行结构；二、运用时空交错的手法把现实和过去组织起来。这就告诉我们，无论是学习心理结构，还是学习其他哪种结构样式，需要掌握的都是每一种结构样式的原理，决不能把原理当模式。根据这些原理，还需要我们匠心独运，创造出各种各样的具体结构来。艺术贵在独创。

在这类结构的影片中，之所以可以不遵循时间的顺序，把过去、现在和未来相互穿插起来，是依据了这样一条原理：人的心理活动（如回忆、联想、梦幻等）是不受时间和空间限制的。《天云山传奇》中宋薇的回忆和联想，《樱》中建华和光子对往事的种种回忆，都是依靠不受时间和空间限制的心理活动这一点，打破了以时间为序的叙述方式，形成心理结构的样式，并赋予人物以强烈的感情色彩。

这种结构样式，不仅长于对人物内在情感的剖析，而且，因其根据抒发人物情感的需要去进行布局和裁剪，因此它往往可以省略掉与人物无关的、过程性的描写，在结构上显得十分凝练。如影片《天云山传奇》中“宋薇读冯晴岚来信”这场戏便是这样处理的：

冯晴岚半躺在自己家的床上给宋薇写信，她的画外音："由于'四人帮'的迫害，我的身体被摧垮了，我现在随时都有着死亡的可能。"

冯晴岚却又欣慰地微笑了。画外音继续："我一开始就告诉你了，即使今天我就离开人世，(推成特写)我也可以骄傲地宣告，我是幸福的。"她抬起头，画外音继续："宋薇同志，你呢?"

宋薇画外音："我? ……"

冯晴岚画外音："你这个心地善良而聪明的人……"

宋薇悲凉、茫然的脸。

冯晴岚画外音："我相信你也一定能够总结历史经验(宋薇又低下头读信，镜头拉开成近景)……"

影片在冯晴岚写信的连续镜头中，"切入"两个宋薇读信的镜头，便把一对分别在两地的朋友连接起来，打破了时间和空间的界限，省却了许多过程性的描写和交代。而且，让她们同时去回忆往事，凝练而又动情地一起来共同总结20年的人生道路。这种剪裁和布局，不仅在结构上很经济，而且加深了这段戏的感人力量。

需要说明一点。在戏剧式结构里，有时也要运用闪回，出现回忆、联想等镜头。如影片《魂断蓝桥》从一开始就运用了闪回，通过罗依的回忆来叙述故事。在我国早期拍摄的影片中，也已开始运用时空交错手法表现人物的回忆和联想。如1933年郑正秋导演《姐妹花》，写女子大宝(胡蝶饰)在富家当奶妈。丈夫桃哥干活时从房上摔下来，身受重伤。大宝的母亲跑来告诉她这一不幸消息，并要大宝赶快预支一些工钱好给桃哥治病。但主人不仅不借，还打了大宝一记耳光。大宝为了救活自己的丈夫，在万分痛苦和矛盾的心情下，不得已偷了小主人身上的金锁片。导演在表现大宝想偷又不敢偷的矛盾心情时，插入一个联想镜头：桃哥从高处摔下来，呼唤大宝救他。但戏剧式结构中的"闪回"和心理结构中的时空交错是有区别的，其区别就在总体结构上。戏剧式结构虽也在局部情节中运用"闪回"手法，但其基本结构是以冲突所展开的运作过程——开端、发展、高潮、结局来结构的；而时空交错则以意识活动的跳跃为依据，用现在、过去、未来交替进行的方法去组织整个情节。它们在结构的根本之点上是很不相同的。

心理结构由于运用了时空交错的手法，在分段和分场的格局上也明显地与戏剧式结构不同。如果说，在戏剧式结构的影片里，段落是十分分明的，场景有一定的限制，那么，在心理结构的影片里，根据意识活动的跳跃改变场景，不仅段落不甚分明（导演往往使用“无技巧剪接”，直接切入的方法），场景的转换也很多，因此每场戏很短，场景也明显地增多了。我们从下面的统计数字中可以看出这种变化：

20世纪30—50年代拍摄的戏剧式结构影片

《列宁在十月》　　59个场景

《乡村女教师》　　46个场景

20世纪70年代拍摄的心理结构影片

《望乡》　　120个场景

《苦恼人的笑》　　122个场景

多场景的格局有其长处，它能使人物的思想情绪处在多样变化的背景之中，因而人物的性格也能得到充分的刻画和展示。而且，有情则长，无情则短，也能使结构变得紧凑和凝练。当然，在使用时空交错时，也要防止把场景搞得支离破碎，避免把观众弄得头昏目眩，不知所云。而这往往是由于作者脱离内容，在那里玩弄形式的结果。因此，对运用时空交错手法应确立这样一条原则：必须服从现实规律，反映生活现象的内在联系。如果完全颠倒时空，就会模糊了现实的真面目，变得不可理解了。

心理结构还常常采用主观叙述的方式，即透过主人公的主观角度和视野，去观察发生在他周围的事情。这就使影片更接近于小说。影片《小花》、《天云山传奇》等都采用了这种主观叙述的方式。这种叙述方式，以“我”为核心，着意于对作品中主人公感情的渲染和抒发，使整部影片带有浓厚的主人公的心理色彩。如影片《天云山传奇》从宋薇的旁白“我要讲的故事……”开始，接着通过她的眼睛，以及她充满悔恨、惆怅、揪心感情的回忆和思考，使整部影片带着强烈的主观色彩和抒情意味，在银幕上塑造了一个对党虽有淳朴感情，但也有政治上的虚荣这样一个悲剧性的性格，并突出地揭示了罗群和冯晴岚给予宋薇的巨大精神影响。

应当特别提出的是，影片《天云山传奇》中这种主观叙述方式，属于一种复杂的主观叙述结构。因为，我们在前面已经提及，这部影片以宋薇的视角为主，但同时又通过另外两个女性——冯晴岚和周瑜贞的眼睛和思索，从她们各自不同的角度，展示了经过她们观察和思考过的周围一切，这就形成了在一部影片之中包含着三个不同角度的主观叙述式的结构。这种复杂的主观叙述结构方式，可以同时提供给观众几个人物的心境和感受，使影片具有强烈的、浓郁的人物心理色彩。

这种主观心理色彩，不仅表现在整个布局上，而且也表现在一些细节描写上。如影片一开始，周瑜贞来看宋薇，宋薇下楼去接她时，电影运用宋薇的旁白："她是一位革命前辈的女儿，她开朗、大方，思想解放。"这显然是小说中用直接手法介绍人物的一种方法。现在，电影也借人物之口向观众作介绍，使影片同样带有主观心理的色彩。

心理结构除了采用主观叙述的方式外，还打破了过去认为"只有请人物用自己的行动语言"去表现人物内心世界的局限，采用了与小说相似的直接披露人物内心世界的手法。但是它与小说又有不同：小说用语言进行心理描写，电影用画面和声音达到相同的目的。电影是借鉴了小说的表现方法，而又将之变成"电影的"。如在影片《天云山传奇》中，当吴遥向宋薇讲到罗群如何反党时，影片切入一个个罗群美好的、朝气蓬勃的镜头(请参阅本书103页所举例证)。

影片就是以这种用直接视像表现心灵的手法，体现了宋薇此时此刻复杂的内心感情。

对于电影中的内心"直视"手法，是有争议的。比如，有人认为：把人物的内心活动，用具体的画面，或用人物的内心独白，诉诸观众的视觉和听觉，并不是一种好方法，因为这会妨碍观众的联想。确实，能否使艺术形象令人信服、激动人心和引起"联想"，是检验艺术手法高低的标准。但是，用这一标准去衡量内心"直视"的手法，恰恰是能够产生艺术魅力的。比如，在《天云山传奇》这部影片的结束部分，宋薇重新来到天云山，耳边回响起20多年前的声音：

宋薇向桥边走去(摇)。

春风吹动她的头发，她站在桥边，感慨无限，忽又转过身来，遥望远处的天云山，她抚着头发，微笑了。

宋薇旁白："啊，天云山，我的青春，我的爱情，我的事业，都是在那里开始，又是在那里夭折的……"

昔日考察队扎营的河边，宋薇背镜走去。

宋薇旁白："难道它们还能够再回来吗？"

她的耳边响起当年凌曙和她、罗群开玩笑的声音："老罗，你们俩该不是在谈恋爱吧？哈哈……"

她微笑着，走向前去(跟摇)。

宋薇旁白:“往昔的种种情形使我心跳了。”

杜鹃盛开的山路。宋薇兴奋地迎镜走来。

这一内心“直视”手法的运用,诚如导演谢晋自己所言:“它不仅表现出觉醒后的宋薇的愉悦心情,也展示了她所付出的巨大代价,同时,更表明她对新生活的向往。”[①]这不仅是一种能够服务于人物心理刻画的极为精练的电影语言,而且,这是懂得心理学的艺术家,善于创造和运用技巧去激动人心的一种具体表现。至于说到是否因为有了具体形象或声音会妨碍观众的联想,也未必如此。由于影片出现的银幕视像所造成的声画对位蒙太奇,已使影片具有更为丰富的新的含义,引起了更为广阔的联想。试想,耳边所响是20多年前的声音,画面所现却是情景美好现实中的天云山,这就把往事和现实联系起来,形成诗一般的对照。这是电影用以发挥观众联想的特殊手段,怎能说反而削弱了观众的联想呢?

描写个性,不外乎两种方法:一是从行动中去写人,一是直接展示人物的内心世界。那么,让电影冲破传统的外部表现的方法,去探索出更多更深刻的内心“直视”的艺术手法,以扩大电影的表现能力,这又有什么不好呢?导演谢晋同志有一段语重心长的话值得我们重视:“我们千万不能保守,这跟写文章一样,语汇多了,下笔就会自如些。手段多了总归有好处。”[②]这是一个力求使中国电影赶上世界同行的艺术家,以其切身的创作经验向我们发出的由衷之言,这段话对探索和创造出更多的艺术手法具有不容漠视的意义。

过去,我国电影界对心理描写、心理结构和主观叙述方式等,都认为是电影所不能胜任的。现在采用心理结构和运用心理描写、主观叙述方式的影片已经逐渐多起来,丰富了我国影片的结构样式和描写手段。看来,心理描写和心理结构对电影来说,并非是它的短处,恰恰是可以变为电影用以表现人物、刻画性格的特长。过去,我们曾经错把长处当短处,于是采用了艺术上所谓“扬长避短”的做法。犹如造型艺术为了产生动感,而去使用富于流动感的线条,以引起观众运动的联想;语言艺术为了取得视觉形象的效果,而在锤炼语言上下工夫,以产生让读者在想象中睹物的作用。电影也同样把心理描写改成外部动作,总认为唯有如此才能扬长避短,才是电影的特长。这说明,我们对电影的特长和局限还不甚清楚。也说明过去我们对电影不仅可以和戏剧发生联系,而且可以

---

① 谢晋:《心灵深处的呐喊》,《电影艺术》,1981年第4期。

② 同上。

和小说等叙事文学发生联系，是认识不足的。《天云山传奇》等影片的探索和尝试，为电影表现形式和手法打开了新的天地。它说明电影还蕴藏着巨大的能量，有待电影艺术家们去发掘。我们完全有可能从因袭现成的程式中摆脱出来，为着在题材、形象和创作意图上的多样，不断大胆探求出与之相适应的表现形式和表现手法来。

但目前也有人认为，传统的戏剧式结构旧了，心理结构优于戏剧式结构。在分场和分段问题上，有人认为戏剧式结构分场太死，也有人认为心理结构分场太碎。究竟应当怎样来看待这些问题呢？我个人认为，在这两种不同结构形式之间，并不存在孰优孰劣的问题。因为，它们都能达到一种特殊的艺术目的。题材不同，构思不同，就相应的要求有一种与它相适应的叙述方式和结构方法。比如，某些题材本身就发生在比较集中的有限场景里面，或某个作家根据题材本身充满紧张的冲突的需要，就会要求每场戏的动作有较长的延续时间，这恰恰需要用适合于这一内容的戏剧式结构去叙述和表现。而另有一些题材含有大量的人物内心生活，充满了随着境遇的变迁而带来的复杂的心境变化，这又恰恰需要适合于它的心理结构去叙述和表现。可见，把整个戏集中在按照冲突来结构的段落和场面之间，造成有头有尾，步步推进，场场有戏，各有起伏，引人入胜，是一种方法；而在多种背景之下，描写人物丰富多彩的思想情绪，有情则长，无情则短，造成多场景的格局，也是一种方法。只要它们能够获得应有的艺术效果，就都不应该拒绝采用。为什么非要强求一律，让电影只有一种结构样式呢？

总之，电影应当有传统的戏剧式结构，也应该有叙事因素较多的散文式结构；可以依据外部冲突去进行结构，也可以依据人物的意识活动来进行结构。电影根据自己内容的需要，把戏剧文学、叙事文学和抒情文学的长处都吸收过来，为我所用，使电影在刻画性格、组织人物关系、开展情节冲突、展现情景诸方面，拥有更多的技巧和手段。我们没有必要去排斥任何一种能够服务于反映现实内容的结构样式。唯有如此，才能满足人民多方面的欣赏需要，使电影的道路越走越宽广。

以上是我们对中国心理电影《天云山传奇》的分析。现在，我们可以拿法国影片《广岛之恋》和中国影片《天云山传奇》做比较了：一方面看看它们在哪些方面相似，又在哪些方面相异；另一方面，通过对这两部影片的比较，可以进一步理解由表现主义观念所形成的风格样式的影片有哪些特征。

首先，从结构依据来看，两者都依据主人公的内心活动、内在思想感情的变化来结构全片。但是，中国的心理电影，侧重表现理性的思维活动（如影片《天云山传奇》中宋薇的思想活动，虽然偶尔也会出现一些潜意识或下意识的心理活动，如白马车奔跑），而西方的意识流电影所依据的，不仅是理性的思维，更主要的是非理性的思维所产生的幻觉、幻想、情感波动等。其表现形态是无逻辑和跳跃多变。

其次，从叙事形式来看，两者都运用闪回的形式，都采用时空交错的结构样式，而且，都用主人公的独白或旁白来贯穿全片。但是，由于中国心理电影侧重表现的是主人公理性的思维活动，换句话说，表现的是主人公随着境遇的变迁心境发生的变化，如周瑜贞的叙述引起宋薇对往事的回忆，她对往事的回忆又引起她要为罗群改正错案……因此，中国的心理电影，无论是现实还是回忆部分都是以一段一段的形式出现的，显得非常规整。而西方的意识流电影，正如美国哲学家詹姆士在《心理学原理》一书中所说："意识……并非以一段段的形式出现的，像'链'或'环节'那样。它不是联结起来的，而是流动的。河流或流水是描写意识状态的借喻。"因此，它时空跳跃多变，现实和回忆不断地切换，采取无逻辑联系等自由联想的形式。影片《广岛之恋》中的第四、第五两段，即法国女演员叙述她与德国士兵相爱和被关在地下室里这两个段落，上述这些特点表现得尤为鲜明，回忆的镜头不断侵入现实动作中，而回忆镜头的出现，似乎是法国女演员想到哪里就出现在哪里，无逻辑可循。难怪有人把西方的意识流电影称为"错乱"的艺术。

再次，从目的来看，两者都是为了剖析主人公内在的思想感情。但中国心理电影侧重展示主人公理性的思维活动；而西方的意识流电影则是为了描写人物复杂的精神世界，表现现代人心理的复杂性。

以上总共介绍了四种风格样式的影视。这四种影视，各有其审美特点和个性特征，不应将它们混为一谈，但它们又不可能是绝对的"纯风格"，特别是在创作实际里，它们并非总是表现得那么单纯，往往在一种风格样式中，交错、渗透进去其他的因素。造成这种状况的原因，从电影剧作家的角度来说，是出于他所要表达内容的需要，也是出于他已形成的独特风格的需要，于是他就不可能受这种或那种风格样式的限制。他为了能够更完善地表达出他所要表达的内容，做到内容和形式的和谐统一，自然而然地便会产生出并不那么纯净的种种风格样式来。而从电影作为一门综合艺术的角度来说，电影也只有通过综合（不仅是各种文学形式的综合，还包括各种艺术的综合），才有可能将极为丰富的现实生活内容完善地表现出来。所以，爱森斯坦说过："现实的事件只有在这里才保存着它那物质的感性的全部丰富内容，因而这种事件能够同时在揭示内容方面是史诗的，在处理情节方面是戏剧的，而在表达作者对主题的细致感受的完善程度方面则是抒情的，也唯有像电影的音画形象体系这样一种精美的典范形式才足以表达这种细致的感受。"①爱森斯坦的这段话，向我们阐明了各种风格样式不可能那么"单一"和"纯净"的原因，同时，也向我们指出了电影剧作风格样式的发展趋向。初学写作电影剧本的人应当从这段话中进一步理解"形式决定于内容"这一基本原理，决不能把样式当做"模式"去对待。

爱森斯坦所说的电影以其综合性完善地保存着现实的丰富内容这一事实，在许多优秀的电影剧作中存在着。比如，由格里菲斯摄制的美国影片《党同伐异》，在揭示内容方面，具有史诗的气魄，而在每个段落之中，却又充满着戏剧性的冲突和激变；另一部史诗式的影片，由苏联导演爱森斯坦拍摄的《战舰波将金号》非常忠实于现实，被称为"重新排演的实况记录"，然而整部影片又充满了诗情画意，被公认为"电影诗"的开山之作；我国影片《青春之歌》是以抒情性的叙事体来结构全片的，但其间又无不展现着戏剧性的矛盾和纠葛。就以本书中所举的一些例子来说，它们也并非都是那么纯净的：《远山的呼唤》虽属线形的散文式结构，但就像一些评论文章指出的那样，影片"像一首田园诗，清新质朴，含蓄感人"，"宛如一首农村生活的抒情诗"。《巴山夜雨》虽然充满诗情画意，然而作者自己说过："通过一条航行着的江轮上那窒息人的空气，那样被压抑了的思想感情，那样的命运悲剧，交织着戏剧冲突。"《天云山传奇》是依据人物的内心活动来进行结构的，然而它同样"富于戏剧性"。至于影片《城南旧事》的第一个段落，写秀贞和妞儿的相遇及其悲剧性的结局，无疑又包含着明显的戏剧因素。而影片《周恩来》显然又把块状的散文式结构和心理结构二者交融在一起了。因此，除戏剧、纪实、散文、心理等风格样式外，还有"散文诗"、"戏剧动作中抒发着诗情"等带有混合性质的风格样式名称的产生。其实，这种情况在文学中也是存在的，别林斯基说过，文学中的三种类型——抒情、叙事和戏剧"并不总是以一定界限严格区别开来的"。

① 〔苏〕爱森斯坦：《自豪感》，苏联《电影艺术》杂志，1940 年第 112 期。

思考题

1. 戏剧风格样式的影片《魂断蓝桥》可以分成哪七个段落？它如何体现出冲突律？
2. 传统的戏剧风格样式电影具有哪些特征？
3. 从哪些方面看，《玛丽娅·布劳恩的婚姻》是一部戏剧风格样式的影片？
4. 法斯宾德赋予《玛丽娅·布劳恩的婚姻》的思想内涵是什么？
5. 在时空转换上，《玛丽娅·布劳恩的婚姻》和上面我们分析过的影片《魂断蓝桥》有什么不同？
6. 在声画对位上，《玛丽娅·布劳恩的婚姻》又有哪些出色的设计？
7. 请谈谈《玛丽娅·布劳恩的婚姻》结局的多义性。
8. 归纳一下《玛丽娅·布劳恩的婚姻》在哪些方面继承了传统的戏剧风格样式的影片，又在哪些方面发展和变化了传统的戏剧式影片？
9. 柴伐蒂尼提出的"新现实主义创作六原则"是哪六条？
10. 文学中的诗与带有叙事性的艺术电影之间的区别是什么？
11. 诗的电影与一般故事影片，在倾注作者主观感情方面有什么不同？
12. 诗的电影如何运用寓意的手法？
13. 诗的电影中的结构美是如何得到体现的？
14. 如果说戏剧风格样式电影的结构依据是冲突，那么《远山的呼唤》这部散文风格样式电影的结构依据是什么？
15. 影片《远山的呼唤》在取材角度上有什么独特之处？
16. 有人说：散文风格样式电影的一个重要特征是重细节而不重情节，你能指出在《远山的呼唤》这部影片里，有哪些细节是被着重描写，并成为人物感情变化的有力手段的？
17. 如果说，戏剧风格样式电影的高潮是通过冲突的不断深化而获得的，那么，散文风格样式电影的高潮是如何形成的？
18. 新现实主义电影大师柴伐蒂尼认为，真正的电影，不应该把事件编起来，你怎么看待这个问题？
19. 散文风格样式电影的结局部分具有什么样的特色？
20. 影片《城南旧事》在拍摄时，特别强调实景拍摄，甚至要找到原来的服饰或物件，这是为什么？
21. 在写人和写事的关系上，影片《城南旧事》具有什么样的特点？

22.《城南旧事》在段落和段落之间似乎缺乏必然的依存关系，你如何看待这个问题？它和戏剧风格样式的电影在这一点上有什么不同？
23. 影片《城南旧事》有无高潮和结局？
24. 西方现代派电影之一，“生活流”影片的电影美学观念是什么？
25. 西方现代派电影之一，“意识流”影片的电影美学观念是什么？
26. 我们应如何正确对待西方现代派电影？
27. 影片《广岛之恋》的规定情景是什么？
28. 影片《广岛之恋》开始时的画面具有什么样的内涵？
29. 为什么编剧杜拉要把广岛事件和一个杜撰的爱情故事结合在一起来写？
30. 影片中的女主人公（法国女演员）为什么如此渴望经历和日本建筑师的爱情，而当她面对爱情时为什么又变得那么懦弱和胆怯了呢？
31. 影片《广岛之恋》结束时，为什么男女主人公不呼唤对方的名字，而要呼唤对方的地名？
32.《广岛之恋》的编剧叫玛格丽特·杜拉，你知道她写的这个电影剧本具有哪些特色？
33.《广岛之恋》的结构依据是什么？
34.《广岛之恋》的叙述方式是怎样的？
35. 通过这种特殊的叙述方式，想达到一个什么样的目的？
36. 影片《天云山传奇》表现谁的内心世界？
37. 如果说，戏剧风格样式影片的结构依据是“冲突律”，那么，心理电影的结构依据是什么？
38. 如果说，戏剧风格样式影片的叙述方式是顺时空的，那么，心理电影的叙述方式是什么？
39. 如果说，戏剧风格样式的影片最终要达到的目的是矛盾冲突的发生、发展和解决，那么，心理电影最终要达到的目的是什么？
40. 将中国的心理电影和西方的意识流电影，从结构依据、叙述方式以及所要达到的目的这三个方面做一个比较，谈谈它们之间的相同之处和相异之处。

本章参考阅读书目

1.〔英〕阿契尔:《剧作法》。

2.〔德〕席勒:《论悲剧艺术》。

3.〔美〕劳逊:《戏剧与电影的剧作理论与技巧》。

4.〔英〕林格伦:《论电影艺术》。

5.〔俄〕别林斯基:《诗的分类和分型》。

6.〔美〕梭罗门:《现代电影结构》。

第七章
再创作——电影改编

第一节　改编是影视创作的重要来源之一

关于改编是影视创作的重要来源这个问题，我们可以从中外电影发展的历史中，求证到以下三种情况：一是电影改编的历史长；二是改编影片的数量多；三是改编影片的质量高。

首先，让我们来看看电影改编的历史。电影从其摆脱“活动照相”那个阶段起，即从电影也学会了向观众去叙述一个故事那时候开始，它便向戏剧或小说借取原料，电影改编也就随之出现。以我国的电影历史为例，1914 年，《黑籍冤魂》刚上演数月，电影导演张石川便将这部颇受观众欢迎的连台文明戏搬上了银幕。这是一部暴露鸦片毒害中国老百姓的影片，主题极富积极意义。它被拍摄成四本，相当于舞台上的四幕，和舞台剧完全相仿。但它已成为我国电影史上的第一部改编影片。自此之后，出现了一批改编影片，如《空谷兰》、《玉梨魂》等，它们都是先有鸳鸯蝴蝶派的文学作品，然后被改成文明戏，再从文明戏被改编成电影。

西方的第一部改编影片出现于 1902 年，这就是法国的梅里爱根据儒勒·凡尔勒和 H. G. 威尔斯的同名小说《月球旅行记》改编的。在改编时，梅里爱在原小说的基础上，加进了一段动人的幻想：一群天文学家坐进一个大炮弹，被发射到月球上去旅行，欣赏美丽的星座，经历了一些危险后重返地球。而这些内容在拍摄前，都已由梅里爱在改编时设计好了。

从以上叙述中，我们可以归纳出以下两点。

一、如果说，电影至今已有 114 年的历史，那么，在西方，电影改编的历史已有 107 年了，而在中国，也已有 95 年了。它比电影的历史短不了多少，足见电影改编历史之长。

二、为什么无论是西方还是中国，电影在诞生后不久，就想到了要去改编戏剧或小说了呢？我想在这里引用法国著名电影史学家萨杜尔的话来做解释，他说：

> 当电影描写心理，复杂的情节或一些来自历史和戏剧中的题材时，它还不知道怎样叙述故事。

他又说：

> 为了把那些比光顾市集木棚的观众更有钱的人吸引到电影里来，电影就必须在戏剧和文学方面寻找高尚的题材。①

足见，无论是西方还是中国，改编的起因都是为了：一、赚钱；二、为了赚钱，必须从戏剧或小说中借取讲故事的方法和故事的题材。

接着，让我们再来看看改编影片的数量和质量。据资料统计，在世界影片的年产量中，改编影片约占40%左右。我国近年来根据文学作品改编成的影片也在日益增多，大体占全年故事片生产量的30%左右。应当说，这是一个相当可观的数字，足可说明改编影片数量之多，它是电影创作的重要来源之一。

改编的影片不仅数量大，而且还不乏高质量的影片。改编影片经常独占鳌头，获得影坛上的最高荣誉。我们只要查一查历届奥斯卡，以及戛纳、威尼斯、西柏林等国际电影节的获奖影片，便可以列出一串长长的名单来证明，其中有许多都是改编影片。我国的改编影片情况也是如此，在历届获"金鸡奖"最佳故事片奖的影片中，竟然大部分是改编影片。

1981年，第1届"金鸡奖"最佳故事片奖：《天云山传奇》，根据鲁彦周同名小说改编。

1982年，第2届"金鸡奖"最佳编剧奖：《被爱情遗忘的角落》，根据张弦同名小说改编。

1983年，第3届"金鸡奖"最佳故事片奖：《人到中年》，根据谌容同名小说改编；《骆驼祥子》，根据老舍同名小说改编。

1984年，第4届"金鸡奖"最佳故事片奖：《乡音》，由王一民编剧，不是改编作品。

---

① 〔法〕萨杜尔：《世界电影史》，中国电影出版社1982年版，第73页。

1985年,第5届"金鸡奖"最佳故事片奖:《红衣少女》,根据铁凝的小说《没有纽扣的红衬衫》改编。

1986年,第6届"金鸡奖"最佳故事片奖:《野山》,根据贾平凹的小说《鸡窝洼的人家》改编。

1987年,第7届"金鸡奖"最佳故事片奖:《芙蓉镇》,根据古华的同名小说改编。

1988年,第8届"金鸡奖"最佳故事片奖:《老井》,根据郑义的同名小说改编。

1989年,第9届空缺。

1990年第10届、1991年第11届、1992年第12届最佳故事片奖分别为《开国大典》、《焦裕禄》和《大决战》,均不是改编作品。

1993年,第13届"金鸡奖"最佳故事片奖:《秋菊打官司》,根据陈源斌的小说《万家诉讼》改编。

1994年,第14届"金鸡奖"最佳故事片奖:《凤凰琴》,根据刘醒龙的同名小说改编。

1995年,第15届"金鸡奖"最佳故事片奖:《被告山杠爷》,根据李一清的同名小说改编。

1996年,第16届"金鸡奖"最佳故事片奖:《红樱桃》,不是改编作品。

1997年,第17届"金鸡奖"最佳故事片奖:《鸦片战争》,不是改编作品。

1998年,第18届"金鸡奖"最佳故事片奖:《安居》,不是改编作品。

1999年,第19届"金鸡奖"最佳故事片奖:《那山,那人,那狗》,根据彭见明的同名小说改编。

总起来说,从1981年起共19届"金鸡奖"的评选中,除1984年的第4届,1989—1992年的第9至第12届,1996—1998年的第16至第18届的最佳故事片奖或最佳编剧奖的获奖影片不是改编作品外,其余各届均属改编作品。这张名单可以有力地说明,改编影片在中国电影生产中占有极其重要的位置。特别是,它在一定程度上保证了中国电影的质量。

毋庸讳言,这一状况同时也说明了中国电影编剧的素质亟待提高。我们的一些电影编剧家还拿不出漂亮的电影剧本来,还必须依赖小说家或戏剧家来讲故事。当年萨杜尔先生在回溯历史时说,电影"还不知道怎样叙述故事",这是出于一种无奈,因为那时电影刚诞生不久;时至100多年后的今天,如果电影编剧家自己还讲不好故事,仍“必须在戏剧和文学方面寻找高尚的题材”,这不能不说是一种悲哀。

其次,还需要说明一点,我们并不想从以上获奖名单中得出这样的结论:凡是获奖的改编影片,都属改编方面的佳作。换句话说,原作好,不等于改编得也好,它之所以获奖是有多方面原因的。比如,是由于原作中的艺术形象早已深入人心(如《骆驼祥子》),因而容易获得观众的赏识;又如除原作早已深入人心外,又因演员的出色表演创造了一个迷人的银幕人物而获奖的(如影片《人到中年》中的陆文婷)……总之,获奖的原因较复杂,尚需仔细研究。难怪无论中外评奖,都要专设一个“改编奖”,以示区别。

然而,如果我们认真地去分析一下,也不难发现,有些改编影片的获奖原因就在于改编得好。这些影片不仅出色地运用了电影手段,在银幕上传神地传达出原作的风貌,甚至还超过了原作,以至于广大观众,甚至是原作者本人,都不得不承认这是一部电影改编的佳作。在这方面,根据台湾小说家林海音的小说改编而成的同名影片《城南旧事》可以说是一个范例。林海音的儿子夏祖焯在来大陆访问时,曾对影片《城南旧事》的导演吴贻弓说过以下这番话:“片子有些悲的气氛,但英子从头到尾没有掉一滴眼泪,这是成功之处。我妈妈要到一部电影录像,一遍又一遍地看。她很喜欢这部电影,认为电影比小说更好,又获得了第二届马尼拉国际电影节最佳故事片金鹰奖。妈妈说要特别感谢吴导演。”(1984 年 10 月 8 日《中国新闻》)

我们所以要不厌其烦地从中国影片改编的历史,以及改编片的数量和质量等方面来进行论证,无非是想说明电影改编在电影创作实践中的重要意义,即:一、它已成为中国电影艺术的重要创作来源之一;二、它已创作出不少同原作一样辉煌,甚至超出原著的电影艺术杰作。

正是基于上述观点,故而,我以为必须重视对“电影改编”这门学问的探讨,应当把它视为电影美学中的一个重要课题,认真地去研究它的规律。

第二节　文字形象能否转化为银幕形象

首先要解释一下,为什么在谈论电影改编问题时会提出“文字形象能否转化为银幕形象”这样一个问题来呢?这是因为,在当今的世界影坛上,确实存在着这样一种流派和这样一种观点:他们只把专为电影编写的剧本拍成影片,而从不改编文学作品。这就是上世纪 50 年代末出现在法国的一个电影导演集团，因成员都住在巴黎塞纳河的左岸而得名的“左岸派”。其实，在这个流派里还包括一些法国新小说派的著名电影编剧，如影片《广岛之恋》的编剧玛格丽特·杜拉和影片《去年在马里昂巴德》的编剧阿仑·罗布－格里叶。阿仑·罗布－格里叶曾于 1984 年 6 月应中国电影家协会和中国世界电影学会的邀请来我国访问。他在访问期间，向中国同行做了一个题为《我的电影观念和我的创作》的报告(报告整理稿已发表在 1984 年第 6 期《世界电影》上)。在这个报告里，他就具体地谈到了他的电影改编的观点。他说：“经验证明，当人们把一伟大的小说搬上银幕时，这部伟大的小说将遭到完全的破坏。一般来说，改编出来的影片总是荒唐可笑的。”他的理由是，“文学——这是词汇和句子，电影——这是影像和声音。文字描述和影像是不相同的。文字的描述是逐渐推进的，而画面是总体性的，它不可能再现文字的运动。”接着，他反问道：“一个画面怎样能忠实于一段文字呢?”

罗布－格里叶的话涉及改编理论中的一个重要问题，即文字形象能否转化成为银幕形象。其实，这个问题在现代西方某些导演中，已不仅成为他们反对电影改编的重要原因，而且导致了部分人对整个电影剧作的否定。如瑞典的伯格曼，意大利的安东尼奥尼都认为，出现在电影艺术家头脑里的是非语言的影片思想，这种思想“是和色彩、构图以及情绪联系在一起”的，而不是和语言联系在一起的。所以他们认为，写电影剧本很“困难”，主张废除电影剧本，主张直接用摄影机去制作影片。可见，他们所反对的不仅是电影改编，而且是电影创作。

在我们国内，虽还没有人直接提出反对电影改编或废除电影剧本的主张，但因受西方影响，某些持“影像美学”观点者，在他们所写的某些理论文章中，对文字能否表达银幕形象持不同程度的怀疑，也还是有的。

正是由于在当前电影创作实践与电影理论研讨中已经出现这一问题，故而似有必要把“文字形象能否转化为银幕形象”的问题先做一番讨论，否则，还谈什么电影改编问题呢?

现在就让我们探讨一下罗布－格里叶提出的改编中的一个重要美学课题——文字形象能否转化为银幕形象吧。

无可否认，文学和电影是两门不同的艺术，它们在形象、思维和手段等方面都存在着质的不同。因此，在电影改编这门学问中，就有许多重要的课题需要我们去研究和解决。本章中的以下数节，基本上谈的就是在艺术质的不同情况下进行改编时需要注意的诸种问题。但我们也必须看到，这只是存在于这两种艺术之间的一个方面，即相异的方面。除此之外，还有相同的一面，即在文艺的某些基本特征、基本规律、美学特征和表现手段上，电影和文学之间还存在着一些相同和可以相通的方面，这就是它们能够互相转化的基础。

首先，无论是电影还是文学，它们都是生活的反映。虽然文学用文字，电影用画面去反映生活；它们运用的具体手段不同，但它们反映生活的方式却又相同，都是通过具体的形象反映生活。俄国著名文艺评论家别林斯基把形象称为“图画”，这意味着，即使文学是用文字构成形象，不具备形象的直观性，但它完全能够通过改编者的想象，在人的内心视像中构成一幅幅生动的画面，使它有可能去进行改编。何况，形象的构成主要是依靠描写社会中的人及其生活，即通过对人，以及人与人之间关系的描写，表现出错综复杂的社会关系。在这一点上，电影和文学又是相同的。这些相同之处就成为它们之间能够相通和转化的重要基础。总之，虽然电影属于直观的形象，文学属于非直观的形象，但由于它们在艺术的基本特征和规律上相同，它们之间也就存在着相通的可能性。我们认为，不能相通的是另外一种反映生活的方式，即以概念、逻辑思维去反映生活的方式。抽象的概念难以构成形象，同电影不具备互相转化的可能。如果有人打算把一篇社会科学论文改编成电影，那倒确实会如罗布－格里叶所说的，显得十分“荒唐可笑”了。

其次，电影是一门综合艺术，这也是使电影改编成为可能的另一个原因。电影除综合了美术、音乐、摄影等许多艺术成分外，还汲取了戏剧和文学的艺术特长。如电影艺术在其发展的初期，曾经和戏剧有过密切的联系。它从戏剧那里借用了通过矛盾冲突来展开情节和塑造人物的表现形式；以后，它又从小说那里吸取了状物和抒情、外部动作和内心刻画、时空转换等多种塑造人物形象的手段。这说明，电影之所以能够借用、吸取戏剧和文学之长，是由于在它们之间除了有相互排斥（相克，不能转换）的一面外，还具有可以取长补短（相生，能够转换）的另一面。而这“相生”的一面，又是建立在它们都属于叙事艺术这一基础之上的。因此，尽管电影在成为一门综合艺术之后，它既不是戏剧的分支，也不是文学的从属，它们各自按照自己的艺术规律去刻画人物、叙述故事和揭示主题。然而，我们仍然可以从这些各自独立的艺术中发现它们之间具有许多相同的美学规律，甚至有些表现手法也是相似的。例如，在人物塑造方面，电影和有些小说相似，它们都要通过人物的语言和动作去刻画人物性格。在情节的表现形式方面，电影有的以“激变”形式出现，颇似传统的以冲突为基础的戏剧式情节，也有以“渐变”形式出现，颇似以表现人物心理细微变化见长的小说式情节；在场面和段落的安排方面，电影和小说又都具有蒙太奇的特点；在情景交融方面，由于有些小说中的景物描写极具画面感，因而也能起到电影中以景写情的相似效果。总之，叙事艺术中种种相同的美学特点及表现手段，无疑又为电影改编增添了一个可以转化的因素。

随着电影艺术自身的发展和电影艺术手段的不断丰富，这种转化的可能也在不断增长。如在电影样式上，它已不只有适应于改编戏剧的戏剧式结构，而且也有适应于改编小说的小说式结构。它不仅能够生动地表现人物的外部动作，而且能够像意识流小说那样深入、细微地去表现人物的内心世界，形成心理电影或意识流电影的结构样式。这就使得电影在改编各种不同形式的文学作品时，酷似原作形式风貌的可能性越来越大。

文学形象所以能够转化为银幕形象的第三个依据是，电影和文学都具有时间艺术的美学特征，而在罗布一格里叶的改编观点里，恰恰忽略了这一十分重要的事实。

罗布一格里叶说：“文学的描写是逐渐推进的，画面……不可能再现文字的运动。”这句话从表面上看，似乎一点都没有错。因为文学中的文字描写确实是逐渐推进的，因此它构成了小说在延续的时间中运动，使小说成为一种时间艺术。而画面只展现空间，如巴拉兹所说，“画面是没有时间性的！”因此它是一种空间艺术。但罗布一格里叶错就错在把电影说成是画面，而且说成是“一个画面”。电影当然不是“一个画面”（如果真是一个画面，那就不是电影而是绘画了）。它拥有一系列的画面，而且正是通过这一系列画面的运动，形成了在连续时间中运动的银幕形象，这就是时间艺术。美国电影理论家布鲁斯东指出：“电影处在不断的运动中，使它有可能模仿时间的流动。”罗布一格里叶说：“一个画面怎么能忠实于一段文字呢？”我们说，一个画面确实无法表达用文字表现出来的时间流程，难以忠实于一段文字，然而，电影用连续的画面，依靠镜头的积累，却又完全可以表达文字所表现的时间感，“模仿时间的流动”。我们必须明确，电影中的单个画面是被织缀在连续时间的锁链之中的，因此电影既是空间艺术，也是时间艺术。不过，文学是用文字描写时间，电影是用画面运动去表现时间。电影的运动性决定了电影的时间性。正因为电影也可以在流动的时间中去展现生活的流程和表现人物性格的发展，因此，它获得了“再现文字运动”的可能。总之,由于电影和小说都具有时间艺术塑造形象的连续方式,这就为电影改编小说奠定了又一个基础。

综上所述,我们从三个方面:电影和文学都通过具体形象反映生活,电影是一门综合艺术,电影和文学同属时间艺术,证明了两者存在着相似和相近的方面,这些就是文学形象能够转化为银幕形象的依据。

第三节　电影和文学是两种不同的艺术形式

在上一节中,我们阐述了电影和文学有着某些共同的艺术规律,然而这决不是两者的全部,否则它们也就不成其为两种独立的艺术了。在这两种艺术之间,也还存在着一些无法相互替代、相互适应的情况。因此,我们既要看到它们之间有共同的艺术规律,找到转化和改编的可能,又要看到它们代表着两种不同的艺术,各有自己的特性,各有自己的表现手段。这就告诉我们:改编不应是照搬,改编需要艺术的再创造。

存在于电影和文学之间不相适应的情况有哪些呢?

1. 电影用镜头构成银幕形象,文学用语言构成文学形象

我们在上一节中说到,电影和文学具有共同的艺术规律,都是以形象反映生活,然而它们在构成形象的思维形式和表现手段上又各不相同。电影用镜头画面构成银幕形象,文学用语言构成文学形象。因此,虽然构成的都是艺术形象,然而无论在作家思维还是在读者(观众)的感受上都不相同。

先说作家思维。小说家在构思时,可以不必从开始到结束,始终在头脑中出现塑造的形象,他可以做概括性的叙述,也可以发表议论。比如我在上编第一章中举过小说《人到中年》的例子,其中有这样一段文字叙述:“医院和别的单位不同,一级一级,等级森严。这倒也没有什么明文规定,然而,低年大夫要服从高年大夫;住医院要听主治医生的;教授、副教授的意见则是不容辩驳的,如此等等。这个还算不上高年大夫的陆文婷竟然能对主治医生的诊断提出不同看法,不能不引起孙逸民格外的重视。”作家在写这段文字的时候,运用的不是形象思维,而是抽象思维。因为,在这种时候,作家并没有在塑造形象,而是对人和事做一种抽象的介绍,在表达自己的观点。电影编剧则不然,他必须在整个创作过程中从头至尾地运用形象思维,而且是造型的形象思维,就如普多夫金所说的那样:“小说家用文字描写来表述他的作品的基点,戏剧家所用的则是

一些尚未加工的对话，而电影编剧在进行这一工作时，则要运用造型（能从外形来表现的）形象思维。”因此，电影编剧习惯于在写作时，将自己所想到的任何东西，都像未来表现在银幕上那样，让视觉性的画面出现在自己的脑海里，以防止不具备造型形象的文字进入自己的电影剧本中去。

从观众的感受来说。首先，由于电影以镜头画面表现生活，文学以文字语言表现生活，读者（观众）在脑海中构成形象的过程就不可能一样。我在上编第三章“时空结合的艺术”中曾举过一个例子，林海音在小说中描写秀贞家墙上的那张年画：“那画的是一个白胖大娃娃，没有穿衣服，手里捧着大元宝，骑在一条大大的红鱼上……”读者要获得这个形象需要花一定的时间。他随着阅读每一个字，脑海中先出现局部的形象：胖娃娃—手捧大元宝—骑在红鱼上，在读完整段文字之后，才能获得年画的整体形象。观众看电影则可以同时看到胖娃娃、大元宝和红鱼的全部细节，一眼就能获得年画的全貌。这说明，读者接受文学形象，要靠语言文字的时间积累；而观众接受银幕形象，靠的是视觉画面的空间表现。其次，文学中的文字所构成的语言形象，并不直接构成生活形象，它只是以形象性的语言做桥梁，然后才在读者的脑海里出现一幅幅生活画面。可见，文学形象的形成，最后还要靠读者自己去完成。这是一种间接的、二度体验的艺术。正因为如此，所以，由于读者个人经历、审美趣味的种种不同，虽然他们读的是同一篇小说，然而在他们的脑海中所显现出来的具体形象却个个不同。比如，一家人都读《林冲夜奔》，林教头的形象在父母、兄弟姐妹们的心目中不可能完全一样。他们对后来在影片中看到的、已被确定下来的林冲形象，也会因其和早已在自己的想象中出现过的那个形象不同而感到失望。电影则不然，它是以镜头画面去构成银幕形象的，它和客观世界的成像相连接，具有自然原始的表现力，它直接作用于观众的视觉，具有视觉形象的确定性。所以，日本电影理论家岩崎昶说：“作为文学手段的语言和文字，对我们的心理起到一种抽象作用，而电影则直接作用于我们的感官。”再次，由于文学除了用形象描绘的手段外，还运用隐喻、转义等各种表达方式。因此，文学形象的含义需要读者分析，往往带有多义性，不如银幕形象单纯。

总之，电影形象是直接的，文学形象是间接的；电影形象是具体的，文学形象含有抽象的成分；电影形象是单一的，文学形象是多义的；电影形象是一种侧重于直接感觉的体验艺术，文学形象是一种侧重于理解的分析艺术。于是，电影改编实际上也就需要改编者把间接、抽象、多义的文学形象变为直接、具体、单一的银幕形象；把侧重理解分析的艺术，变成一种侧重于直感体验的艺术。这就告诉改编者，在改编时必须注意以下几点：

(1)从小说到电影，必须使小说的叙事内容在进入电影后，都赋予原作以逼真、具体的视觉造型特征。这应当说是电影改编工作最基本的一条要求。

所谓“赋予原作以逼真、具体的视觉造型特征”，如果说只是对原作中缺乏造型性的描写找到相应的动作和语言，那还是容易做到的；难于做到的是达到银幕造型的准确性。试想，为什么观众会异口同声地称赞影片《城南旧事》中的小英子就是原作中的小英子，影片《人到中年》中的陆文婷就是原作中的陆文婷；而又认为影片《骆驼祥子》中的祥子不像是原作中的祥子，影片《子夜》中的吴荪甫也不像是原作中的吴荪甫呢？这就是造型准确与否的缘故。可见，小说家只消准确地去表现人与人的关系以及事件的发展，而改编者还必须比原作者多一层本事，这就是造型的功力。固然，银幕上最后出现的造型是编剧、导演和演员通力合作的成果，但是，改编者毕竟是纸上设计影片的总设计师，如果它从造型上能使人物性格和动作的基本点达到极度的明晰，就能为再创造打下良好的基础。改编者为做到这一点，又必须明确，一个造型动作的准确选择和处理，往往要比大段的文字描写更具感染力和说服力。日本影片《远山的呼唤》中有个孩子叫武志，他妈妈民子住院时，他去看她。母子相见时，他极想和妈妈亲热一下，但他又克制住自己，因为他以为自己已经是一个男子汉了。为了表现武志的这种心理，作者选择了这样一个造型动作：他没有扑进妈妈怀里，而是装作无所谓的样子，趴在栏杆上，脸上露出一副不好意思的表情。这时，民子走上前看着武志，说：“怎么了，怎么害羞了？”这种在银幕上通过造型运动所取得的艺术效果，往往是用文字描述所难以达到的；银幕上的艺术效果也不是改编者把小说描写作一番机械的“图解”所能得到的。这需要改编者在改编工作中注入符合电影造型规律的创造性因素。所以，改编者应是一个擅长将原作的文学形象转换成既符合原作风格，又能创造出新的电影视像的能手。

(2)由于文学形象是联想性和感受性的，而电影形象则是直接性和体验性的，因此，文学中的象征和比喻不宜直接转化为银幕形象。比如在小说《城南旧事》中，把妞儿又黄又短的辫子说成“像妈在土地庙给我买的小狗的小尾巴”；又如妞儿告诉小英子她爸妈都是不幸的，“小英子的话说得那样快，好像闪电那么快，跟着就像一声雷打进了我的心。”这些比喻和象征，在原小说里显得自然真切，能够引起读者浮想联翩，然而，如果一一如实地搬上银幕，则不仅破坏了联想,还将破坏电影和现实之间的联系,反而显得虚假了。

(3)小说善于用一种复杂的方式处理人物的思想观点,因此它除了可以通过人物的语言和动作去表现外,还可以直接去探索人物的意识活动。如小说《人到中年》中有一段文字,写陆文婷受秦波挑剔后的心理:"秦波对她的挑剔和轻侮,换了别人,十有八九会当面顶撞,即使不说出口,也会怒形于色,或者过后愤愤不平,耿耿于怀。陆文婷呢?她从院长办公室出来的时候心平如镜,一如往常。她没有把替焦副部长做手术看做是不可多得的荣誉。手术做不做,要看病人是否自愿,愿意就做,不愿意就不做,这有什么呢?"这段文字,在改编时因无法转换而被全部删去了。我们在进行改编时,常会遇到类似的情况,原作中丰厚的形象因不能转换受到削弱。这又告诉改编者,改编不仅要将感受性的文学形象转变为直观性的银幕形象,而且,还应对原作进行必要的丰富和补充,以弥补转化时的损失。

(4)电影发展至今天,已经可以用"闪回"手法构成的"内心时空",使得影片中的心理分析有所突破。然而这不等于说,电影在表现心理方面已和小说享有同等的自由。这是因为,电影可以运用'闪回',但故事照旧随着影片的前进运动而不断地向前推进。在"人物"一章中,我们说过,克拉考尔曾以伯格曼的《野草莓》为例,说明过这个观点。他说,"伯格曼的《野草莓》中的老医生深感内心空虚、世态炎凉,便不时堕入回忆,对某些往事愈来愈有如在眼前之感。然而这些闪回的画面并非孤立的插入镜头,他亲身进入这些镜头,他往昔的朋友们、年轻时代的他和害得他腼腆难言的可爱的姑娘,都跟他近在咫尺",因此"过去和现在之间……这种距离也被消除了。……过去不再是一个与现在相隔绝的领域,它于是就名副其实地变成了现在,而当渐次展开时,老医生本人便发生了变化"①。所以,改编者必须明确:小说可以把过去的事情和现在的事情交杂在一起来写,电影虽然也可以运用"闪回",把过去、现在交织起来,但是出现在银幕上的东西仍然带有当前事件的烙印。因此,电影用"闪回"展现人物的心理,不仅不如小说自由,其所展示的内容也不尽相同。

2. 小说、电影:不同的叙述形态

这首先表现在:小说有时需要让动作停顿下来,进行描写,电影却必须使动作不停顿地进行下去。作家与小说,在需要描写和交代人物外形、心理活动、景

① 〔德〕齐格费里德·克拉考尔:《电影的本性》,中国电影出版社 1981 年版,第 298—299 页。

物状态，以及抒发作者的议论和感慨时，都是在让人物的动作停顿下来、处于静止的状态后进行的。如在小说《被爱情遗忘的角落》中，关于存妮的悲剧在荒妹心中投下的阴影是这样描写的："存妮的死，绝不仅仅给她留下葵绿色的毛衣。在她的心灵上留下了无法摆脱的耻辱和恐惧。她过早地接过姐姐的桑木扁担，纤弱的身体不胜重负地挑起家庭的担子，稚嫩的心灵也不胜重负地承受着精神的重压。她害怕和憎恨所有青年男子，见了他们绝不交谈，避而远之。她甚至鄙视那些对小伙子并不害怕也不憎恨的女伴们。她成了一个难以接近的孤僻的姑娘。"在电影里，不可能有类似小说的这种动作停顿下来的描述、感慨和议论。因此，改编者就必须赋予原作以丰富的动作。改编后的《被爱情遗忘的角落》中对荒妹的这段描写就变成这样的了：

荒妹失声痛哭，紧紧搂住这件毛线衣。

"怎么了？……又想你姐姐了？"菱花已经来到床前。

"不！"荒妹怨恨地扔开毛衣，"我恨她，恨她！"

……

清晨。塘边。水面结着一层薄冰。心情沉重的荒妹在挑水。

"喂！荒妹！"挑着空桶的荣树走来，兴奋地问："跟你爹说了吗？怎么样？"

荒妹冷漠地瞟了他一眼，一声不响，走了。

"你怎么啦？荒妹！……"荣树奇怪地问。

这样一改，就将原作的静止描写变成了流动的画面。可见，电影是以运动的画面表现时间进程并区别于小说的，这是它的一个主要特征。

其次，电影虽然具有时间和空间的双重特征，但它不只是在时间上展开，而是以空间表现力征服观众的。因此，改编者必须充分意识到电影的空间表现力所具有的那种直接的感情冲击力。理查德·布鲁斯克说："电影把一个微妙的手势和措词重复一两次便可取得效果，小说家可能需要重复二三十次才能取得。"[①]看过影片《城南旧事》的观众，怎能忘记小英子随着骆驼吃草，上下腭也交错地动着的稚气动作？看过影片《红衣少女》的观众，又怎能忘记安然那双纯净、真诚、坦荡地审视着生活的眼睛？虽然在原小说中也有对小英子的嘴巴、安

---

① 〔美〕理查德·布鲁斯克：《小说不是电影》，《世界电影》，1982年第1期。

然眼睛的描写,但以空间表现力产生出来的这种强烈的感觉上的冲击力,却是语言的描述难以企及的。

再次,作家写小说不一定会有很强的空间意识,而电影改编者恰恰需要在空间构思方面予以补充。比如在小说《被爱情遗忘的角落》中有这样一段描写:

直到过年的一次团支部会上,她才又一次见到荣树。他几天前刚从部队复员。进了大队会议室的门,羞涩地向大家一瞥,就像荒妹她们那批刚入团的姑娘们一样,悄悄在屋角坐下了。这时几个同他相熟的活跃分子围过来,硬要他讲讲战斗生活。只见他窘得满脸通红,腼腆地推辞着说:"当了几年和平兵,又没打过仗,说啥呀!……"全然没有青年人心目中那种革命军人的威武气派。但不知为什么,这却引起了荒妹的好感。

作家的这一段文字构思,侧重于描写荣树的神态,以及他同伙伴们的对话内容。然而对于支部会的环境造型(包括光彩、色彩),以及说话人所在的位置和听话人之间的画面组织形式等,都没有明确的交代。改编后的电影剧本是这样写的:

大队会议室。悬着明亮的马灯。

青年团员们聚集在这里,热气腾腾。

小伙子们热情地围着许荣树,七嘴八舌地问……姑娘们也含笑地交头接耳,偷偷地打量着他。

只有荒妹沉静地坐在屋角,对这一切毫无兴趣。

二槐喊道:"我们请荣树哥讲个战斗故事好不好?"大伙齐声喊好。荣树涨红了脸,腼腆地说:"没,没啥说了,当了几年和平兵,没啥说的!"

小伙子们:"嗨,别谦虚了!""快讲吧!"

荣树更加窘了:"真,真没啥说的……你们饶了我吧!……"姑娘们都吃吃地笑开了。

荒妹不由地瞟了他一眼,他那腼腆的神情,引起她的好感。

这样一改,空间感显然增强了:荣树他们开会的会议室变得具体了,还点着明亮的马灯,这里包含着明确的光影构思,通过青年团员们聚在一起的环境设计,显出热气腾腾的景象,环境气氛也有了;荣树和荒妹等人在画面中的位置及其分割形式也都被确定下来。他们是在场面的不断变换中进行着交谈。这个例子可以说明，改编者不应只注意故事的进展，还需要在故事的进展中结合考虑空间的构思。

从以上的论述中我们可以看到，电影和文学确实是两种不同的艺术形式。虽然它们都是时间艺术，但电影的时间还必须通过空间才得以展现。因此空间就成为电影和文学的主要区别点。这就告诉改编者，在将文学作品改编成电影的过程中，既要看到它们都是在时间的延续中塑造人物、表达感情和叙述故事，文学作品有可能被搬上银幕；但同时也要注意到，电影要靠空间画面去展现时间，在它们之间也还存在着一些无法替代的情况和矛盾。所以改编者切忌照搬原作。如果改编者不将原作中无法体现在银幕上的部分割舍掉，同时加强空间表现力，通过空间去表现人物情感和故事，创造出一个全新的电影艺术境界来，那么，再好的原作也难以体现在银幕上。总之，我们在不同意罗布－格里叶无法进行电影改编的那种观点的同时，必须建立起电影是一门独立艺术的观点。改编是可能的，但也不是轻而易举就能做好的，它意味着在种种不相适应的情况下要将一种艺术形式转变成另一种艺术形式。所以，电影改编并不比创作一部影片容易。改编者必须对两种不同的艺术形式有较深的认识：他既要能吃透和掌握原作，又要具有电影剧作美学的深厚功力，两者缺一不可。

第四节　电影改编的几种方式

文无定法，电影改编也没有一成不变的方式。何况，改编的方式要依据改编者对原材料取舍运用的情况来定。这个领域是最富有创造性的，不宜规定出某几种方式去加以限制。可是，为了供初学者参考，我们从已有的改编作品中归纳出来几种类型。从这几种类型中可以看到，它们在忠实和创造的程度上，显然是很不相同的。关于分类，美国电影理论家杰·瓦格纳把改编的方式分为三种：一、移植式，二、注释式，三、近似式。[①] 我们则拟分成以下六种。

1. 移植

此法一般是以容量相近的中篇小说为改编对象。中篇本身已比较符合电影的容量，具有改编成电影的较大可能性。因此，改编中篇，对原作中的人物、

---

① 〔美〕杰·瓦格纳：《改编的三种方式》，《世界电影》，1982 年第 1 期。

情节、主题均可少作明显的改动，大多直接挪移过来即可。如《早春二月》、《天云山传奇》和《人到中年》的改编。

2. 节选

从一部作品中，选出相对完整的一段，予以改编。节选的主要对象往往是长篇小说，节选的部分往往是人物、事件、场景较为集中的段落。如影片《战火中的青春》是从长篇小说《踏平东海万顷浪》中节选出来的；电影《林海雪原》是根据同名小说中的一个章节《智取威虎山》改编的；故事影片《林冲》则是从古典小说《水浒》中节选有关林冲的所有回目，集中组织而成的；影片《孙悟空三打白骨精》也是根据《西游记》中同名回目改编的。

3. 浓缩

浓缩的对象，往往是指那些篇幅长、内容丰富、头绪繁杂的原作，改编者又不想从中节选一段，而要全部搬上银幕，这就需要对原作做浓缩工作。此种方式抓住与主题有关的人物、事件，以主人公的思想情绪脉络为贯穿线，对原作删繁就简，去枝砍蔓，以适应电影结构单纯、集中、简捷、明了等特点。如影片《青春之歌》、《基督山伯爵》、《悲惨世界》等的改编均采用这种方式。

4. 取意

从某一作品中得到某种启示，重新构思，但仍保留原作中的人物和情景，这种改编方式叫取意。我国影片《达吉和他的父亲》、《小花》，外国影片《塔曼果》、《幸福的黄手帕》等均属此法。

5. 变通取意

日本导演黑泽明等多用此法去改编世界名著。他们将外国作品本国化，造成一系列风格、内容独特的电影作品，而绝少忠实于原著的思想。如将陀思妥耶夫斯基的小说《白痴》日本化，把莎士比亚的《麦克白》改编为日本古装片《蛛网宫堡》。他们又把莎士比亚的《李尔王》拍成场面宏伟的16世纪古装影片《乱》。

对于这种将外国原著改编成适合本国国情的电影作品的改编方式，鲁迅先生是持反对意见的。他在给翻译家孟十还的信中说："《表》将改编为电影，曾在一种日报（忘其名）上见过，且云将其做得适合中国国情。倘取其情节，而改成中国事，则我想：糟不可言！我极愿意这不成为事实。”[①]

6. 复合

这是指将两部作品合而为一，用来表达改编的某种设想。如电影《罗生门》是把芥川龙之介的两篇小说合并改编，它以小说《罗生门》做影片的框架，以《筱竹丛中》的故事做影片的中心事件。又如日本影片《生死恋》也是由两篇小说《爱与死》和《友情》合并改编而成的。再如，苏联早期影片《彼得堡之夜》是根据陀思妥耶夫斯基的两部小说《白夜》和《涅兹万诺娃》合并改编的。

西方把电影的改编方式分为上述六种。在我国，主要是三种。

第一，忠实于原著精神基础上的创造。

这种方式一般用于改编名著。所谓“忠实于原著”，是指改编影片一定要忠实于原作的精髓——或叫做“神韵”和“实质”，不能走样。所谓“创造”则是指创造出新的银幕形象来。这种方式，已常见于影片改编名著中。如夏衍改编的《祝福》、凌子风改编的《骆驼祥子》、吴贻弓改编的《城南旧事》等。改编者在改编前表示所改者为名著，因而要抱忠实于原作的虔诚态度，但其结果却不尽相同，有的影片受到观众和原作者的首肯，有的则引起争议。

第二，忠实原著文字语言的改编（也被称为“描红式”的改编）。

张瑶均改编鲁迅先生的《伤逝》，虽未明确表示要采用此法，但从完成片来看，实际上是用了忠实于原著文字语言的改编方式（虽又增添了原著中没有的新内容）。

这种改编方式西方也有，他们还有理论。法国的著名导演布莱松（《乡村牧师的日记》即是由他改编的）就曾说过：“一部真正伟大的小说的实质是不能够从体现它的文字中抽取出来的，忠于原著就应该忠于它的文字。”布莱松的意思是：既然小说的实质无法从文字中抽出，那么，就只能忠于它的文字了。

布莱松身体力行，他改编的电影《乡村牧师的日记》用画外音把内容读给我们听。

美国影片《老人与海》采用了同样的改编方式。

这种改编方式受到巴赞的欣赏。他在《电影是什么？》一书中谈到了他的看法和评价：

---

① 1935年4月21日《致孟十还的信》，见《鲁迅与电影》第52页。《表》是苏联安德莱耶夫的中篇小说，1935年由鲁迅翻译成中文，1949年由佐临改编、上海文华影业公司摄制成电影。

……《乡村牧师的日记》一经问世便获得成功，支撑和阐述这一成功的美学体系仍然是最逆乎常规的，甚至可能是有声电影为我们提供的最复杂的一例。

……改编伊始，他（布莱松）便声称要采取忠实原著的作法，立志字比句次地不离原书，因此人们一直期待他照此处理。影片确实证实了这一点。……①

但是，从实践情况来看，这种改编方式似乎不甚适合中国观众的口味。因为，这种充满画外音的影片往往被批评"过于文字化"；而观众则认为，他们到电影院里来，"不是听小说的"。

第三，最不忠实于原著的改编。

这种改编，往往只从原作中提取了一个意念或某些素材，而把原作中的人物、故事都做了改动，几乎找不到原作的影子。这种改编，严格地讲，已经不能叫改编，因为它离原著已很远。所以，这类影片在拍成后，为了尊重原作，会在片头上写明"取材于某某小说或戏剧"。

在西方，这种改编方式相当盛行，如戈达尔根据梅里美的小说《卡门》改编的影片《名字：卡门》，他把时间改在现代。日本著名导演黑泽明也喜欢这种改编方式。他往往把外国名著本国化。

总之，在中国，改编名著一般采用"在忠实于原著精神基础上的创造"这种方式；而对待一般作品，则采用改动较大的方式，而"忠实于原著语言文字"这种方式似乎不太行得通。

第五节　忠实于原著精神基础上的创造

在电影改编中争论最多，以及在改编过程中最难于把握的，莫过于忠实与创造的关系。自然，由于原作声誉地位的不同，及其在读者中影响程度的大小不同（如有经典著作、得奖作品以及一般作品之分），由于原作体裁的不同（长篇、中篇或短篇），以及由于所拟采用的改编方式的不同（移植、节选、取意或浓缩），在忠实和创造的侧重上，自然也会有所不同，不应同等对待。但如果改编的对象是一篇名著，那么究竟是以忠实为主，还是以创造为主呢？说法似乎也

---

① 〔法〕安德烈·巴赞：《电影是什么？》，中国电影出版社 1987 年版，第 109－110 页。

很不一致。我认为，对待名著，还是应在忠实原作精神的基础上，以电影的方式进行创造，这是一种比较妥当的观点。其理由是：一、原作已经具有反映生活的深刻程度和思想高度，有的已经达到当时历史条件下的顶点。如果改编者违背历史真实，任意篡改，或拔高原作，其结果必然会损坏原作真实完美的艺术形象。这种状况，在电影改编中已屡屡发生，似不少见。如《伤逝》原作写的是个人奋斗、爱情至上的失败，改编后的主题成为"通过一对年轻人恋爱的悲剧来反对封建势力，抨击旧社会"（水华：《关于影片〈伤逝〉》），反而破坏了原作形象的完整性。又如小说《骆驼祥子》的改编者因为"不忍心让人们在银幕上看到祥子颓然堕落"（《访〈骆驼祥子〉编导凌子风》），其结果反而削弱了原作中"人把自己从野兽中提拔出，可是到现在人还把自己的同类驱逐到野兽里去"（老舍语）的主题意义。故而，无论是影片《伤逝》还是影片《骆驼祥子》，在现实主义的深度上反倒不如原作深刻了。二、原作中的人物形象已经活跃在读者心中，形成较固定的印象。如果改编者任意改动，变化他们在整个艺术形象中的位置，使原作中的人物形象或被抬高，或被压低，也都会引起观众的反感。如老舍先生早已提醒："我的眼一时一刻也不离开祥子，写别的人正可以烘托他……我决定不许任何人压去祥子的主角地位。"（《我怎样写〈骆驼祥子〉》）改编者恰恰在影片中让虎妞去代替祥子的主角地位，既违背了老舍先生的原意，也使观众感到失望。又如影片《伤逝》给涓生加上写下杂文《洋狗·大帅·国人》的反封建英雄行为，他也已不是读者心目中处于无爱、分离、死亡中的涓生了。再如影片《药》，把原来处理为暗线的夏瑜改编成明线，大写特写其行刺、就义等行为，无疑也使原作形象起了变化。观众对这种任意改变人物形象的做法是不满的。三、原作中的风格、情调和意境，是成功之作所独具的重要方面，它为读者所欣赏和熟悉，若加破坏，更会使观众感到不可容忍。如小说《药》中悲凉、孤寂、黑暗、阴冷的调子，被影片中夏瑜壮烈、激越的调子所代替；小说《伤逝》中那种凝固、困窘的意境，被影片中反封建的高昂情调所代替；小说《骆驼祥子》中冷静、严峻的批判现实主义和悲剧色彩，也因虎妞被突出而遭到削弱。于是，观众因再难以从这些影片中领略到原作的气质和情趣，再难品尝到原作的"味儿"而感到失望。那么，似乎可以得出这样的结论：由于经典作品从内容到气质，都已凝聚成为一个整体，因此改编起来，比起改编其他作品要困难得多。所以改编经典作品，不如多强调一些"忠实"，不要再在内容、情调和意境上做什么创造，这样反而容易受到观众的肯定。

1. 什么叫忠实于原作

忠实于原作,并不是要使电影成为原作的附庸,丧失自身的美学价值,而是要能创造出全新的电影艺术形式来。因此,所谓"忠实",主要是指忠实于原作的精髓(或叫做"神韵"和"实质"),决非是指要受原作形式的束缚。这就要求改编者在改编之前,先要深入地研究原作,吃透原作。据有经验的同志说,这种吃透原作的程度,要使自己被原作的艺术感觉所震动,和原作者产生共振。这恐怕是改编过程中最重要的一环,是电影改编成功和失败的关键所在。对改编者来说,也是最见功力的一环。美国一位影评家说:"要在一部影片的短暂时间内抓住一部重要小说的实质和精神通常是一种可怕的挑战。"

下面我们用正反两个例子来说明这一点。陆小雅在谈到怎样改编小说《没有纽扣的红衬衫》时说,首先她抓住了原作的"实质和精神",这就是:"铁凝在生活中发现了一个新时代的新人——安然。她没有世俗观念,而是纯净的,真诚的,坦荡的。生活中最可贵的莫过于真诚,而真诚就是美。我为小说创造了真诚而坦荡的安然这一艺术形象所震动,我和小说从平淡生活中所揭示的深刻的思想内涵产生了共振。啊,生活是美的,也是沉重的!"改编者以为,"这部影片将要歌颂的是真诚,歌颂真诚带给我们的美,带给我们的激动,以及真诚所引起的纷纭复杂生活中多种多样的矛盾。"这恐怕是影片《红衣少女》能够既不走样地使原作的主题风貌再现在银幕上,又创作出体现了原作精髓的电影形式的主要原因。难怪原作者铁凝在看了这部影片以后说:"我感谢编导陆小雅同志这次成功的再创造。"

相反,根据蒋子龙的小说《锅碗瓢盆交响曲》改编成的同名影片,由于改编者没有吃透原作、掌握原作的精髓,因而成为失败的改编作品。原作联系社会变革,写了一个站在新时代前列的社会主义改革者牛华,写他在改革中所遇到的各种社会矛盾,以及在改革过程中焕发出来的朝气蓬勃的精神。影片原应发扬原作的这一长处,把因改革而在饮食业及社会各个阶层中所引起的心理震动,以及所遇到的阻力、干扰,作为主要的东西(也就是所谓"精髓"、"神韵"、"实质")来写,可是改编者为了探求一种"哲理",偏偏扩展了原作中的薄弱部分——爱情部分,写改革者牛华的痛苦、忧虑、孤独,写他的情场失意,致使影片落入了一个老套子——事业上的得意,情场上的失意。正是由于改编者对原著的理解不够准确,导致了影片的失败。

影片《锅碗瓢盆交响曲》改编的失败教训还告诉我们:所谓抓住原作的精

髓，是指改编者应该把影片的主题、人物的塑造放在改编工作的首位，而不应单纯地去探索和追求电影艺术手法上的创新。这部影片之所以失败，正是由于改编者只追求主题思想的哲理性、多义性，追求生活化的流动画面感，等等，为风格而风格，恰恰没有将这一切建立在思想倾向比较鲜明的基础上。这反映了改编者并没有深刻地理解和把握生活的底蕴，而只是在形式上搞花样，但形式上的光华毕竟是掩盖不了内容的陈旧和贫乏的。

2. 创造新的银幕形象

改编者在吃透原作的基础上，就要着手创造新的银幕形象。这又包括：(1)对原作进行增删；(2)重新构思；(3)要有声画结合的意识；(4)要有时空综合的意识。

对原作进行增删。我们上面已经提到过，对于经典作品最好能做到“忠实”于原作，特别是在改编者还拿不出比原作更高的表现方式时，还不如老老实实地照原作去写，这可能是一种最好的选择。当然，这并非是说，改编名作，只消依样画葫芦。改编者为了能传达出原作的风貌，仍需在空间画面的构思上、声音处理上，以及情景的运用上，施展自己的才能，创造出新的银幕形象来。而对于那些虽属成功之作，但难免还有瑕疵的作品，或改编一部长篇或短篇，对原作进行增删，往往又显得十分必要。

如何增删？关键仍然是要吃透原作。越能吃透原作，就越能明确要增什么，应删什么。我们知道，在小说《没有纽扣的红衬衫》里原来有一场戏，写安然家的煤气罐因漏气失火，以及怎样灭火的情况。改编者在吃透原作之后，认识到这场戏和整篇小说那种朴实、自然的风格极不协调，改编时便将这场戏去掉了。原作者铁凝对此深感满意，她说：“小说中‘救火’那段高潮，这个与小说的整个风格很不协调的情节，在改编中给删掉了，这一删节是成功的。幸亏没有救火，那火太可怕了！使观众不能接受了。”

而在原小说《赤橙黄绿青蓝紫》里，同样也有一场油库失火的戏，原作只是想在这里展示一下几个人物心灵的撞击，至于救火情节本身，原作者蒋子龙自己说，他也并不满意。可是改编者却偏偏让救火警笛响了大概有一分多钟。这说明，改编者不仅没有吃透原作，认识到这是原作的薄弱部分，反而扩展了这场戏，把小说中的薄弱部分当做主要的东西去表现了。蒋子龙对此曾说过：改编是对原作进行艺术的升华，是用电影手段对文学人物的再认识、再提高。因此，改编者和原作者须得“心有灵犀一点通”。改编者必须十分清楚原作者的长处和短处，以便在改编时扬长避短。两者心不相通，很可能会造成扬短避长的悲剧。

“心有灵犀一点通”，建立在改编者吃透原作的基础上；而改编者能否吃透原作，又取决于他有没有能和原作者相匹敌的艺术功力和审美情趣，若把热闹（如救火）当好戏，自然难以通晓原作的长处和短处了。

删减原作要吃透原作，增加什么同样也应以吃透原作的精神为主。比如影片《红衣少女》在三个地方加强了原著：一、母亲的形象增强了，原作写母亲被动乱时代扭曲了的性格一面多了，表现她的烦躁、好唠叨等等，而对她发自内心对丈夫、对女儿的那种关心（尽管有时也以唠叨的形式出现）则表现得不够，这就造成母亲形象的单一。影片弥补了这一不足。二、小说写了男孩刘冬虎，但没有展示他的家庭，影片对此也做了补充，使影片的社会意义更加广泛了。三、小说主要把安然放在家庭环境中去塑造，影片加强了她在学校里的戏，使安然得以多侧面地得到表现。无疑，这三个方面对原著的加强，都是为了把影片中的生活表现得更真实、更严峻和更复杂，这是符合原作精神实质的。顺便说一句，有一种改编理论认为，改编工作的第一步，必须是“凿去石料上的多余部分”（即删去次要人物和次要情节），我以为这一观点是有失偏颇的。因为这对戏剧式影片来说虽较合适，因为它讲求情节的集中和人物的集中，需要去掉一些次要人物和次要情节；但对比较接近生活状态的散文电影来说，由于它需要铺展，就不应一律要求“凿”去，有时反而还应加强。总之，这要根据不同题材、不同风格样式的影片去定，不能一律强求。

对原作无论是进行增补，还是进行删减，其目的自然是为了丰富原作，而不是为了削弱原作。即或是对原作进行删节，其目的也仍然是为了突出题旨，使形象更加集中，从这个意义上讲，也是为了丰富原作。所以，这应是增删的一条原则。如果我们把《天云山传奇》的小说和影片做一番比较，便可发现，当影片决定尊重原作的精神，着重表现三个女性（宋薇、冯晴岚和周瑜贞）的内心世界时，改编者便处处设法加强它，使之得到更完善的体现。比如，影片对小说的第七节“宋薇读冯晴岚的来信”，便作了两处重要的改动。一是小说中的信只是着重叙述了罗群的遭遇，冯晴岚是叙述人，她自身的思想和行动并不突出。影片根据总体结构的特点，为了使冯晴岚这条心理线索得到加强，于是便利用电影的手法，在展示罗群遭遇的同时，使冯晴岚的思想感情和置身其间的一些行动也得到充实和表现。如冯晴岚拉板车这场戏，在原小说中只有四行文字，影片却运用了17个镜头,并与“板车之歌”组成声画对位的蒙太奇,将它发展成一段重场戏,目的是揭示冯晴岚高洁的内心世界。第二个改动,小说中宋薇读冯晴岚的来信原是一叙到底的,影片却巧妙地把小说第一节中宋薇的一个幻觉——冯晴岚病危,她自省一生是幸福的,并反问宋薇如何——借用过来,运用电影镜头的组接,变为现实中冯来写,宋读信,二人一问一答的电影场面。这一改动,不仅保留了原小说中宋、冯二人的心理线索,而且,影片把这两条心理线索纠结起来,使二人的感情发生交流,使二人之间产生了联系和对比,于是,她们的性格内涵得到了比原小说更深的挖掘。这不仅说明改编的增删是为了丰富原作,而且,这也决非那种简单的模仿式的改编所能做到的。

但也有这样的情况,一部原来比较厚实的文学作品,经过改编,影片中的人物变得单薄了,性格变得浅显了。影片《老板哥和电妹子》便是一例。这部影片是根据古华的中篇小说《蒲叶溪磨房》改编的。看过小说的人大概都会有一种感觉,影片把原著中的人物简单化、类型化了。主人公(转业军人)莫凤林在改革中碰到的种种有形无形的“网”,被简单化为只是碰到一个吃喝风。在大刀阔斧进行改革的同时,莫凤林在感情纠葛中表现出来的与自身的旧观念、旧习俗的矛盾和经过痛苦的斗争而达到的解脱,在影片中也都被浅化、淡化了。影片一旦失去了原著中这些独到的、颇具艺术魅力的东西,也就失去了它应有的生命力和艺术特色。

重新构思。由于小说和电影是两种不同的艺术形式,有时就需要来一番重新构思,才能使文体自由的小说变为比较集中紧凑的电影。

如在小说《被爱情遗忘的角落》里,写了母女三人,作者是以她们各自的身世和命运较为独立地展现出一段农村历史的:母亲菱花这个在土改时曾经反抗过封建包办婚姻的女子,由于后来极“左”的农村政策夺去了她和丈夫沈山旺的幸福生活,变得消极和麻木,走了回头路;长女存妮和小豹子之间的“贫困爱情”,揭示了农村中长期存在的封建意识及其在十年动乱中严重“回潮”所造成的悲剧;次女荒妹起初受到姐姐悲剧的影响,后又成为农村这个角落里的第一个觉醒者。可见,小说的构思是通过三个女性各自的生活道路体现主题的一个侧面。虽然她们之间有联系,但小说基本上分成两个部分,前半部写存妮,后半部写荒妹,写得从容自在,符合小说的文体,自然不会有什么问题。但是,将它改编成电影,就不能再平分秋色了,面临一个以谁为主的重新构思问题。

改编者张弦认为,母亲菱花的生活道路与她两个女儿的性格和命运没有

"直接的纠葛",而且,菱花这条线索不足以反映今天农民的新转机;而存妮的性格固然是三个女性中色彩最为强烈的一个,但是她的死必然会使整个剧情分成两段,造成结构上的不完整。故而改编者在再三斟酌之后,决定选择荒妹为主角,尽管她性格内向,行动也没有存妮那种大起大落的变化,然而以她为主线,却可以将姐姐和母亲的命运扭结在一起,在她身上既可找到姐姐精神的延续,又可形成与母亲生活道路的对比,因而成为角落里第一个觉醒者。

要有声画结合的意识。电影艺术的特点最明显地表现在两个方面:它既是声画结合的艺术,又是时空综合的艺术。这就是说,电影的内容是通过银幕上的时间和空间展开的,通过声画结合的形象来表达的。因此,在将其他文艺作品改编成电影时,为了创造出新的银幕形象,从这两个方面着手是非常重要的。关于电影的画面问题,我们已经论述过了,这里再就如何增强画面补充几句,并谈一谈声画结合的问题。

罗布－格里叶说过一句很好的话:"构思一个电影故事……实际上就是构思这个故事的各种形象,包括与形象有关的各种细节,其中不仅包括人物的动作和环境,同时还包括摄影机的位置和运动,以及场景的剪辑。"这句话说明:为创造银幕形象,不能只抓住大段的情节和大块的人物特征去改编原作,还需要抓住和原作精神相适应的那些视觉性很强的生活细节,并通过这些细节的有效积累,把文学形象转变为银幕形象。例如影片《红衣少女》,为了通过视觉形象去塑造安然真诚、纯净、坦荡的形象,便抓住了视觉性很强的表现她的眼睛这一细节,反复运用,取得了很好的艺术效果。在安然同韦老师谈话时,影片用了一个大特写,加上她回答老师的话,"我是用自己的眼睛发现的",造成画面和声音的默契,产生出震动人心的力量。以后,影片又多次运用白杨树上的"眼睛",一个镜头一个镜头地切换,突出地表现了安然要用"我"自己的眼睛去审视生活。可以设想,如果改编者不去发展原作中这一视觉性很强的生活细节,那么,今天年青一代要用自己的实践去明辨是非、检验真理,也就不能如此具有感染力地被体现在银幕上了。张弦在改编自己的小说《被爱情遗忘的角落》之后,也曾深有体会地说过:"以视觉形象为主要特征的电影尤其需要可视性强的生活细节,在改编文学作品时,我把小说作为叙述所提到的细节尽可能发展了。"他的经验很值得初学者重视。

改编者除了要充分发展原作中具有视觉性的细节,还必须意识到:原作中的声音是听不见的,但改编后的声音立即会伴随着视觉形象出现在银幕上;不仅听得见了，而且由于视听的结合，会产生出意外的银幕效果。所以，改编者要自觉地把视听结合起来，并要预见到组合之后可能出现的传达人物思绪的感情力量。

比如，上面我们已经提到过的，将安然眼睛的特写和她的声音“我是用自己的眼睛发现的”声画配合起来，又如冯晴岚拉板车的画面和“板车之歌”的声画对位，宋薇和冯晴岚二人一问一答的声画组合所造成的心理纠葛，都是改编方面运用视听结合的成功例子。

要有时空综合的意识。我们在前面已经提到过，小说通过时间上的逐步推进造成空间幻觉，而电影则是通过空间上的逐步推进造成时间的流程。因此，在将电影改编成小说的过程中，改编者一定要具有时空综合的意识。改编原著，何处要作时空的延伸和扩展，以达到反复渲染的艺术效果，何处需压缩省略时空，以做到简练的艺术处理，何处要以时空交叉来叙述，这些都是改编者必须认真考虑并精心处理的。电影享有时空表现的巨大自由，为电影改编的时空结构方式开辟了多样化的途径。但这种自由的运用，又必须依据内容的需要，以能体现出原作的精神实质为原则，当然，也应兼顾到电影有限的容量。所以，电影改编既可基本保持原著的时空形态，在电影形式上有所创新；也可以向更具有电影特点的方面靠拢，不受原作时空形态的束缚。

比如《城南旧事》的改编者并没有打散原小说的时空结构，保持了原作的基本段落和时空顺序，使影片富有原作的内在神韵，忠实地传达出“回忆感”和“往事感”。

而根据舞台剧改编的法国影片《老枪》，若不说明是改编作品，几乎找不出一点舞台剧的痕迹。它的时空结构完全打破了舞台框框，在为亲人复仇的动作时空中，穿插入主人公触景生情的多处闪回，多时空多场景地表现主人公昔日与亲人共度幸福生活的情景。这样，和平生活的回忆与复仇动作的现实时空相撞击，展示了主人公复杂的内心世界。

可见，如何处理电影改编中的时空，不可随心所欲，要以原作所要表达的总意图和总构思为依据。如一旦陷入盲目，即无时空自由可言。

改编者要有时空综合意识，还表现在应将原作中的时间流动改变成视觉的流程，使所要表现的人物和事件，是在可见可感的具体时空中流动的。比如，电影《人证》就是依照这一原则去改编小说《人性的证明》的。

影片首先是让原小说中较为分散的事件和人物发生联系，以便将其相对集中地纳入时空的流动线中。如小说里恭平是在事发之后，瞒着母亲偷去美国避风的，如不改动，时空结构势必分散。于是，改编者将这一细节改为八杉恭子发现儿子犯罪，偏护性地劝其离家出走美国，后来由栋居赴美国，与美方警探一起追捕恭平，将其击毙。这样，从总体环境上说，由于人物和事件的集中，时空也相对地集中了；而从分体环境上说，则因运用交叉叙述动作，使时空又显得变化多姿，从而组成了一个色彩斑驳、变化多端的视觉流程。

其次，高明的改编者不仅应当利用时空场景的分切和组合去交代情节和事由，使之成为叙述的电影语言，还应当用它来展示人物的心理，使之成为描写性的电影语言。例如影片《人证》，改编者在侦破会议中，不断穿插少年栋居目睹美军暴行的画面；又如，在八杉恭子致答词和驱车上山的段落中，频频插入她刺杀焦尼和与他共同生活的回忆画面，这样的时空结构处理，其中的回忆部分，就不只是单纯地为了交代过去，而且成为此时此地、此情此景中人物心理的确切表现。这就将原作中人物的心理，用电影的时空语言活画出来了。

总之，电影改编中的时空处理，既要符合电影剧作的特点，使人物始终处于时空的流程之中，又要有利于塑造人物、揭示主题。这都是改编时需作周密考虑的。

第六节　关于将话剧改编成电影

前面几节，更多地论述了如何将小说改编成电影。这一节想谈谈如何将话剧改编成电影的问题。将话剧改编成电影，在许多基本理论问题上，应和改编小说相似。如话剧也应是电影创作的重要源泉之一，舞台形象也能转化为银幕形象，但它们又是两种不同的艺术形式；改编既应忠实于话剧原作，又要创造出新银幕形式，等等。下面我们仅就改编话剧中的几个具体问题谈一些看法。

1. 关于扩充和丰富原作的问题

由于话剧在取材和表现生活时有其独特的观念、形态和手段，因而，它有许多东西被推到了幕后，即被处理成所谓的“幕后戏”；另一方面，即使是已被表现在舞台上的幕前戏，也会因时空的限制而受到局限，具有很大的假定性。所以，改编话剧，决非是将原来受舞台限制的场面增加几个，将通过对白交代出来的幕后戏搬到幕前来，那实际上还是一种化简为繁的“加戏”做法。其结果，不能带给观众一点新鲜的感觉。应当是“把原来就想在话剧中写出来的东西，用另一种艺术形式——电影的形式重新写出来”。正如电影剧本《日出》的改编者曹禺所说:“以前我在朦胧的意识中想到过却没有地方写进去的,现在可以由我从容地展现出来”,而且,这并非是“照猫画虎”,“不是摆弄一点陈旧的玩意儿,冒充新货。”

2.彻底摆脱舞台,转化为银幕形象

由于电影“在一切视觉艺术中是最接近于生活的”(罗姆语),因此,电影反映现实比话剧更为直接,电影比话剧更接近于现实生活,更真实自然一些。这也必然给话剧改编成电影带来一定的难度。在改编中,如何将戏剧的假定性,如夸张突出的舞台形象,改变为真实性较强的银幕形象,这无疑是改编话剧面临的一个主要任务。若不注意,那种残留的舞台痕迹就会时时出现在银幕上,使观众感到格格不入和极不舒服。

故而,改编话剧,切忌如老太太的“放小脚”,放则放了,却只是在时空上放大了一些,或在舞台假定性上缩小了一些,但依然是半大不大的小脚。要放,就得放成让观众感觉不到是从话剧改编过来的(如法国影片《老枪》);要改,就要改得让观众找不到丝毫舞台的影子。可是,在我们的银幕上,有一些由话剧改编的影片,人物的对白仍是舞台腔十足,做作得让人受不了:部分场景仍然保留住原舞台的艺术假定性,于是,和那些新补充进去的、较为现实的场景一衔接,就犹如让观众跳跃于现实和假定之中,产生出极不协调的感觉。当然,这并非是说要改编者丢弃原作。原作的精神实质不能变,原作的风貌也不能变,改编过程中,应当使原作的精神实质和风貌更加深化、更加浓郁,同时也注重使原作的内容完全体现在电影形式之中。

3.在改编话剧时,不能脱离原作内容去追求电影化

获1951年美国十大最佳影片第一名的《欲望号街车》(该剧本发表在《电影艺术译丛》1981年第1期上),是根据舞台剧改编的。该片编导卡赞最初请了一位电影编剧对原作进行了电影化的改编。这位改编者“从时间和事件发生的地点着眼,把原剧‘加以扩大’,从布兰奇(该剧中的女主人公)的过去写起……在原剧的开场前加了几场戏,旨在表现布兰奇离家出走时的处境。”可是,这样一改,失去了原作中最好的东西。因为,《欲望号街车》这出戏的力量全在于“紧迫”二字,而舞台上出现的狭小的公寓,恰恰是最能体现出这种“紧迫”感的。于是,卡赞重新做出决定——照拍原作。他把大部分戏都放在室内,为了体现原

作的根本特质——紧迫(周围一切都仿佛在压向布兰奇,使她拼命想保持的美貌和爱情的梦想终归粉碎),影片尽力把人物——尤其是布兰奇,压缩在狭小的公寓住所的一角里。原改编者所拟表现的布兰奇坐在欲望号街车里的情景,卡赞也不予采用。他认为,这不过是玩弄一下视觉的把戏,决定仍用舞台剧的处理方法,由女主人公布兰奇自己来谈这件事。这样,由于带着她的感情,反而使人感到亲切。于是,卡赞几乎完全按照为舞台形式写下的原作进行改编,拍成影片。当然,拍成的影片不等于就是舞台剧,因为其中也有电影的构思,如卡赞充分强调了三件东西:热、闹和光亮。他运用这三件东西,仍然是为了加强这种紧迫感。这个例子说明,改编舞台剧也并非一律要求突破舞台时空,有时为了内容的需要,恰恰需要保持原作的时空,就像影片《欲望号街车》需要原作中狭小公寓的时空天地,以体现出全剧的神韵来。所以说到底,是内容决定了影片中时空结构的形式。

4.改编经典性的话剧,其难度来自原作的个性魅力

有些评论文章指出,"《茶馆》改编成电影后,人们感到缺了一点原来的'味儿'。"这种感觉是很值得电影改编者们去思索的。话剧《茶馆》最见作者功力的,莫过于用非戏剧式的叙事性结构展示出旧中国半个世纪的历史画卷,这就造成了《茶馆》虽是话剧,却又以"散"见长的特点。《茶馆》的事件虽不集中,场景却集中,依然保存着浓厚的舞台"味儿",显示着话剧的个性魅力。故而,改编者如果只抓住"散"的一面,而破坏了这种个性魅力,其"味儿"也就减少、削弱了。

改编者应知,话剧作者写下的每个字都是为话剧这一特定的艺术形式所作。因此,它的内容和它的形式已经结合得十分紧密。这在一篇普通的话剧之作中可能还表现得不那么明显,因而,也还能允许改编者对它施加砍伐。但如《茶馆》、《雷雨》这样的名剧,经过老舍和曹禺精心的艺术安排,它们已在有限的舞台上取得了无限广阔的天地,成为真正的舞台精品,对于这些舞台精品,改编起来,其难度也就可想而知了。难怪有人已得出这样的结论:由经典作品改编成最佳电影的例子似乎极少(不等于没有),然而由二流作品改编成最佳电影的却不乏其例。我以为这种说法是有一定道理的。

第七节 电影改编理论需要突破

我们原有的一些电影改编理论已经显得不足，需要突破。因为它们已不适应当前电影改编实践中出现的新情况。如不加改变，势必会造成这样一种后果：不是理论指导创作，而是理论阻碍创作。

比如，有一种传统的电影改编理论认为，把一个文学作品改编为电影剧本，必须要有一个比较完整紧凑的情节，要有一个比较完整的故事，即要有矛盾、有斗争、有结局。这实际上是一种"戏剧式电影"的理论。应当肯定，在这一理论的指导下，确实已经编出一大批为广大电影观众喜闻乐见的好影片，它也培养了中国电影观众的一种欣赏习惯：比较熟悉，也比较喜欢有头有尾的故事。因此，在今后的改编作品中也必然还会有一批"戏剧式电影"出现。可是，我们如果把这一电影改编理论奉为"唯一"的理论，甚至在改编实践中，也不管原作已具有的艺术形式是戏剧的，还是小说的，或是散文的，只是褊狭地认为只有"戏剧式"一种改编样式，甚至随意地去破坏原有的形式，强求它去就范于"戏剧式"这样一种不相适应的形式，其结果必将是完全破坏原作的内容和风格，使改编因不能忠实于原作而遭到失败。

在这种"戏剧式"改编理论的指导下，相应地产生出一整套改编方法。其中最明显的，表现在把小说改编成电影的过程中：首先改编者往往要去挑选一部结构紧密、富有戏剧性的中篇小说来改编。因为，这样的小说，既符合他们所需求的结构特点，篇幅的长短也比较适合于一部影片的容量。而如果被改编的是一篇叙事性较强而戏剧性较弱的小说，那么改编者也往往要把小说中作者用叙述口吻所作的侧面描写，一律改为人物的外部行动，并把通过作者叙述出现的一个个场面，删去枝蔓，用情节线索贯穿起来，加强情节的紧张性，这无疑是一种"削足适履"的改编法，怎能谈得上忠实于原作的精神实质呢？

今天，电影艺术工作者已经探求出与原作相适应的种种电影形式。如根据散文体小说《城南旧事》改编的影片，它就不拘泥于要有一个"比较完整紧凑的情节"和"一个比较完整的故事"，更谈不上有一个不断激化的矛盾斗争和一个必然的结局。它只有作家感受最深的三个生活侧面（秀贞、小偷和宋妈的生活），串联在一起，它们之间没有必然的联系，没有首尾一贯的矛盾发展线索，因而也不具备"戏剧式电影"中必需的那种高潮和结局，但它却能做到形散神不散，具有独特的散文艺术风格。又如，日本影片《远山的呼唤》，写民子对耕作从戒备到相爱的心理和感情变化，并不呈现一种"激变"的冲突形式，而犹如实际生活中那样，精细到了在一个镜头和一个镜头之间简直使人难以觉察出来变化的程度，这可以说成是一种"渐变"的艺术。而"某些小说家的确正好是长于这样一种艺术的：他们把一个性格或者是一种环境的变化阶段表现得那么委婉细致，以致在一页与一页之间简直使人很难觉察出来"（阿契尔语），这种影片的形式又酷似小说的艺术风格。如果我们要求可供改编的作品必须具有一个"激变"的矛盾冲突，那就势必会将一大批具有散文风格和小说风格的文学作品排斥在外。何况，电影恰恰又是十分长于表现"渐变"的冲突和情节的。因为电影的本性要求逼肖生活，要求有较强的生活感。又如，在《天云山传奇》这部影片的改编中，整部影片的构思采用了心理结构的形式，使影片保留和采用了同原小说的内容相一致的结构形式。可以设想，如果这部影片不是采用和小说同样的心理线索式的结构，而像我们过去常做的那样，也去采用戏剧式结构，那么，小说中人物固有的丰富多彩的内心世界，以及它的风格特色，也将会随之消失无踪。影片《天云山传奇》的导演谢晋自己说过：由于影片采用了与小说同样的结构形式，因而使这部影片保留了原小说中"许多心理结构的东西"。①

在电影的表现手段方面，由于电影艺术家们的不懈努力，也已探求出一些与小说相适应的表现手段，突破了一些旧有的改编理论。比如，过去被认为是电影之"短"的无法表现的心理描写，电影也已找到相应的手段可以表现，这又使改编从因袭现成的程式中摆脱出来。过去的改编理论认为，影片若要表现人物的思想和性格，只能通过人物的行动和语言加以表现，小说里的心理描写部分，是电影无法胜任的。今天，影片运用"内心时空"的手法，以直接视像去揭示心灵，达到和小说相似的披露人物内心世界的目的。我们在第三节中说到过，虽然"这不等于说电影在表现心理领域方面已和小说享有同等的自由"，然而，它毕竟使影片中心理分析的领域有所突破。如前面我们曾经举过的例子，在《天云山传奇》这部影片的结束部分，宋薇重到天云山，耳边响起二十多年前的声音，它体现了宋薇此时此刻反省自己二十多年来走过的人生道路，那种复杂矛盾的内心感情："它不仅表现出觉醒后的宋薇的愉悦心情，也展示了她所付出

① 谢普：《心灵深处的呐喊》，《电影艺术》，1981年第4期。

的巨大代价,同时,更表明她对新生活的向往。”[①]影片是运用了声画对位蒙太奇(耳边所响是二十年前的声音,画面所现却是现实中的天云山),以及现实和回忆的组合(宋薇重游天云山的现实动作和宋薇对过去的回忆),形成了“人面不知何处去,桃花依旧笑春风”的强烈对照,达到了揭示人物内心世界的目的。电影艺术冲破传统的外部表现方法,探索出内心直视的艺术手法,无疑增强了电影表现能力,同时也为电影改编创造出能够传达原作精神的艺术手法,这是值得我们重视的。导演谢晋说得好:“我们千万不能保守,这跟写文章一样,语汇多了,下笔就会自如些。手段多了总归有好处。”又如,《小花》、《天云山传奇》这些根据小说改编的影片,还突破了传统的客观叙述方式,保持了原作的主观叙述方式,这是创造性地运用叙事因素的又一个方面。这种主观叙述方式,以“我”为核心,着意于对作品中主人公感情的渲染和抒发,使整部影片带有浓厚的主人公的心理色彩。影片《天云山传奇》便属于一种复杂的主观叙述结构。因为,这部影片虽以宋薇的视角为主,但同时又通过另外两个女性——冯晴岚和周瑜贞的眼睛和思索,从她们各自不同的角度,展示了经过她们观察和思考的一切。这就形成在一部影片之中包含着三个不同角度的主观叙述式的结构。影片用周瑜贞的发现和叙述来引起宋薇的回忆,又以冯晴岚给宋薇写信的方式把冯晴岚的主观叙述融入故事之中,这样,三条主观叙述的线索就巧妙地被纠结在一起了。这种复杂的主观叙述结构方式,可以同时提供给观众几个人物的心境和感受,使影片具有强烈的、浓郁的人物心理色彩。

电影改编的艺术实践已经为我们提供出很多可供改编的影片样式和电影手法:有戏剧式、小说式、散文式、诗的电影,等等。它不仅表现人物的外部动作,而且能深入细致地描绘人物的内心活动、情绪变化,以及回忆、梦幻、联想等等,凡是小说能表现的,电影几乎也都能表现了。电影艺术本身的发展已经突破了早期电影理论给电影定下的某些框框,切莫再让一种样式、一种手法束缚住我们的手脚。长期以来,我们对戏剧式电影是偏爱的,偏爱到了似乎“非他莫属”的程度。这对打开电影改编的新局面不利。我们在电影改编中必须提倡“探求与原作相适应的电影形式和电影表现手段”,这至少会给我们的电影改编带来以下三个好处:

一、使得我们的电影改编在题材、品种、样式、风格等方面多样化,避免电影

---

① 谢晋:《心灵深处的呐喊》,《电影艺术》,1981年第4期。

改编形成清一色的戏剧电影，打破十分单调的局面。

二、使得我们观众的欣赏口味也变得多样起来。他们不只爱看戏剧电影，对别的样式的影片也能欣赏和接受。欣赏习惯的形成是和欣赏对象有直接关系的；随着欣赏对象的多样化，人们的欣赏习惯也会发生一定的变化。从电影改编的角度来说，确实也面临一个需要随着“欣赏对象”的变化，以促进观众欣赏习惯发生变化的局面了。

三、可以避免在改编工作中“削足适履”的做法，使改编忠实于原作的精神实质成为可能。那种不论原作是什么样的作品，一律都朝“戏剧式”中去塞的改编做法，必将使原作的风貌，从内容到形式统统被破坏殆尽。

电影是一门十分年轻的艺术，它尚有许多潜在的表现力尚未被发掘出来。可以深信，电影的表现力发掘得越多，它的改编手段也会越见丰富，其转化能力也将越来越强。

第八节　电影改编者必须具备的几个条件

通过以上的论述，我们已大致可以明确，改编决不是一条创作的捷径，决非是只要有一套“电影化”的手法就可以进行改编的。那么，改编者应具备哪些条件呢？

第一，要热爱原作。1983年5月，在《电影艺术》编辑部召开的“电影改编学术讨论会”上，有不少人发言认为，改编者必须要热爱原作，要被它打动，要为之倾倒。有的同志将这种“爱”比之为“初恋情人”，要爱得“钟情甚至痴情”。有的同志将这种“爱”比之为“饿虎扑羊”，就像是“两颗创造者的心一下子发生了猛烈的吸引，仿佛‘神交已久’，心心相印；两个艺术家的灵魂发生了碰撞，而且碰出了火花。他怎么可能不产生老虎见了羊的那种气魄！”对此，陆柱国同志还以自己的切身体会谈到：长春电影制片厂的导演王炎同志半夜叩开厂长家门，坚决要求把他的长篇小说中的片段《战火中的青春》搬上银幕，后来他们俩合作改编了这个片段。陆柱国说：王炎“对小说的热爱，恐怕不能不说是影片《战火中的青春》能够赢得不少观众的一个重要原因”。

影片《红衣少女》的编导陆小雅在她的导演阐述中也说到：“我之所以将铁凝的中篇小说《没有纽扣的红衬衫》改编成电影文学剧本并搬上银幕，是因为这篇小说曾使我激动。不，用‘激动’形容也并不准确。应该说，是这篇小说使我的心颤动；撬掘开了我生活和记忆的积累；点燃了我思想库存的导火线。”

改编者只有热爱原作才能着手改编，这就意味着电影改编不能由领导下命令分配任务，也不能由电影厂的编辑撮合某位电影剧作家去改编某篇作品。就像青年人找对象，不能凭父母之命、媒妁之言，要自己去热恋。

第二，改编者如果仅仅是出于激情而热爱原作，但对原作中所描写的生活并不熟悉，而又要着手去改编，那么，仍然是改编不好的。陆柱国和王炎之所以能够改编好《战火中的青春》，无疑是因为这两位同志都拥有部队生活的财富。

当然，所谓生活财富不是指改编者必须已经拥有。如果改编者对所要改编的作品的生活陌生，也可以深入到这方面的生活中去努力缩小这种差距。如陆柱国自己谈到，他虽是个老兵，但他没有在炮兵部队呆过，对炮兵的生活并不熟悉，他在改编小说《射天狼》之前，便跑到原作者朱苏进当战士时所在的那个连队里去，对小说中所描写的环境和各类人物的原型都尽力查访，及时纠正了在改编时可能出现的种种谬误。

此外，改编小说，不可避免地会碰到容量不足的问题，这就更需要改编者有深厚的生活感受。有人以为，容量不足的问题只会发生在将短篇改编成电影的时候，若将中、长篇改为电影，只需删节就行。这不完全符合改编的实际情况。固然，改编中、长篇，就总体来说，材料已经够了，甚至多了，需要删去副线、枝蔓。然而，就每场戏的局部来说，仍需改编者扩充和丰富。在不同样式的改编影片中，其扩充和丰富的程度也各不相同。而且，所谓扩充和丰富，绝不是指“拉长”、“放大”，添枝加叶，而应在丰富人物的性格上下工夫。这就需要改编者从原作人物性格的发展中找到新的行动，这些行动又有助于推动性格的发展、情节的发展，并有助于开掘生活，深化主题。如果改编者不熟悉生活，不熟悉人，要做到这一点是不可能的。可见，改编的过程，实际上还是一个改编者补充大量生活感受的过程。

例如，小说《被爱情遗忘的角落》中的荒妹，她的行动是不充分和不具体的，当改编者在重新构思确定她为主角之后，她的整个行动线索就必须得到充实。就以其中“看电影”这场戏来说，原作中只有几句话：

> 小伙子和姑娘们三五成群，欢天喜地，笑语喧哗，有人大胆地哼起了山歌。简直像过节一样。荒妹这才生平第一次坐在有靠背、有扶手的椅子上，舒舒服服地看了一场电影。

在改编本中,这几句话发展成为整整一场戏:

吴庄公社礼堂。铃声响了,说说笑笑的观众纷纷入座。

他们多半是吴庄的青年社员,个个穿着新衣。小伙子当中,有我们曾经见过的英娣的对象。

观众差不多坐定了。人们注意到中间的座位,空着整整三排。正奇怪着,许荣树率领男女青年们浩浩荡荡地赶到了,一个个满头大汗向空位子挤。引起了小声的议论:"他们是哪儿的?"

"天堂大队的!看衣服就知道!"——的确,他们的衣着相形之下显得寒伧多了。几个小伙子立刻问英娣的对象:"喂,你的对象来了吗?""是哪个?"英娣的对象做个怪相,撅了撅嘴。小伙子们:"是她?""真漂亮!""花了多少钱?"……

英娣隐约听见了,无地自容地蜷缩着。好在同志们并未注意,他们大都是第一次来这里看电影,兴奋地打量着银幕、屋顶和"禁止吸烟"的红灯。

荒妹最后一个入座,她刚解开外衣扣子,就发现自己葵绿色毛衣太破旧了,又立刻扣上。这时,观众厅的灯熄了。放映机的强光投射到银幕上。

荣树安排大家坐好后,才坐到荒妹身旁的座位上来。他问荒妹:

"这电影,看过吗?"

荒妹摇摇头,微笑着。

"这礼堂,你也第一次来?"

荒妹点点头,微笑着。一面摸摸椅背,小心翼翼地靠在上面,又轻轻抚摸着两旁的扶手。突然,她的笑容收敛了,原来无意中触到了荣树的手。她急速地抽回手来,红着脸偷偷地瞟了荣树一眼,又挪了挪身子,但仍然心慌意乱。……终于,她悄悄站起来,向坐在前一排的女伴们走去。

荣树正津津有味地看电影,发现荒妹躲开了他,别别扭扭地挤到女伴们中间坐着,不禁露出会心的微笑。

然而没等荒妹坐稳,服务员打着电筒过来了:"喂,同志,回到自己的座位上去。"荒妹只好再挤回来。

当她在原位坐下时,却发现身旁的座位空了。

荣树走到会场后面，靠墙站着。

荒妹心中涌起一股尊敬、感激和慰藉的暖流。银幕上返射过来的彩色的、不断变换着的柔光，映在她的脸上。恰如描绘着她激荡的思绪。初恋的萌芽，就在这一刻从她心田里破土而出了。

张弦自己说："在写这场戏时，我并没有去搜寻生活积累的库藏。事实回顾起来，如果我没有多年同农村乡亲们挤在一条长凳上看露天电影的感受，如果我没有三年多在电影院'监督劳动'当服务员的感受，就不可能写出这场戏来。农民们难得来城市的影院看场电影，他们不大懂得对号入座的规矩，青年农民常常不习惯于单独和异性邻座。这些现象对于当时作为服务员的我来说，是件头痛的事。但当我写这场戏时，以往的感受很自然地改换了角度并且用了进去。"可见，改编者对原作的扩充和丰富，有时靠的是生活积累。

第三，要有足够的艺术功力。我们在前面已经提到过，电影改编实际上是既要保持原作的风貌和精髓，又要改变原作的艺术形式(从小说或是戏剧改编成电影)，所以改编者必须从思想上充分估计到改编甚至比创作还要困难。因为它既受原作的制约，还需用完整、独立的电影构思创造出摄人心魄的银幕形象来。这意味着，改编者必须具有和原作者不相上下的功力，必须有能与原作者抗衡的魅力，否则，他怎能做到把已经被原作征服了的观众，运用银幕画面的艺术威力，再一次将他们征服呢！

电影改编中的许多问题还存在着争议，本书论及的诸点虽力求准确妥当，但仍难免会失之偏颇。故请同学们参照阅读有关改编的其他文章进行思索。我想，这样的学习当会更有意义，收益也会较多。

思考题

1. 为什么说改编是电影创作的重要来源之一？
2. 为什么在谈电影改编问题之前，会提出"文字形象能否转化为银幕形象"这个问题？
3. 你认为文学形象能否转化为银幕形象，为什么？
4. 为什么在肯定了文学形象能够转化为银幕形象之后，又要提出"电影和文学是两种不同的艺术形式"？这两个观点是否矛盾？
5. 在哪些方面表现出电影和文学确实是两种不同的艺术形式？
6. 电影有哪几种改编方式？中国的电影改编，又有哪几种方式？

7. 你觉得哪种改编方式最好，为什么？

8. 什么叫忠实于原作？

9. 什么叫“创造新的银幕形象”？

10. 将话剧改编成电影，应注意哪几个方面的问题？

11. 传统的电影改编理论是怎样的？

12. 为什么必须要突破传统的改编理论？

13. 电影改编者必须具备哪些条件？

本章参考阅读书目

1. 〔法〕萨杜尔：《世界电影史》。

2. 〔日〕岩崎昶：《电影的理论》。

3. 〔美〕乔治·布鲁斯东：《从小说到电影》。

4. 〔德〕齐格弗里德·克拉考尔：《电影的本性》。

5. 〔美〕理查德·布鲁克斯：《小说不是电影》（见《世界电影》1982 年第 1 期）。

6. 《欲望号街车》“编者按”（见《电影艺术译丛》1981 年第 1 期，第 81 页）。

7. 谢晋：《心灵深处的呐喊》（见《电影艺术》1981 年第 4 期）。

附录

电影文学剧本《广岛之恋》*

编剧:〔法〕玛格丽特·杜拉

导演:〔法〕阿仑·雷乃

译者:刘寿康

(剧本中的黑体字是对每个段落所做的分析性标记)

第一部

剧本的第一部拍摄成影片后,成为影片的第一个段落。在这个段落中,主要表现法国女演员对广岛原子弹给人们带来灾难的"旧恨"。是现实和回忆的交织。

(电影开始时,两对赤裸裸的肩膀一点一点地显现出来。我们能看到的只有这两对肩膀拥抱在一起——头部和臀部都在画外,上面好像布满了灰尘、雨水、露珠或汗水,随便什么都可以。主要的是让我们感到这些露珠和汗水都是被飘向远方、逐渐消散的"蘑菇云"污染过的。它应该使人产生一种强烈而又矛盾的感觉,既使人感到新鲜,又充满情欲。两对肩膀肤色不同,一对黝黑,一对白皙。弗斯科的音乐伴随着这种几乎令人窒息的拥抱。两个人的手也截然不同。女人的手放在肤色较黑的肩膀上。"放"这个字也许不大恰当,"抓"可能更确切些。传来平板而冷静的男人声音,像是在背诵那样。)

他:你在广岛什么也没有看见,什么也没有。

(这句话可以任意重复。一个女人的声音,同样平板、压抑和单调,像在背诵。)

* 此剧本原载《外国电影剧本丛书》(19),本次转载征得中国电影出版社同意。

她：我都看见了，都看见了。

（弗斯科的音乐在上述对白开始之前本来已经逐渐消失，在女人的手抓紧男人肩膀的那一刻，它又逐渐加强了。接着，她的手放松了，然后又抚摸男人的肩膀。较黑的皮肤上留下了指甲印，它似乎能够给人一种幻觉：男人因为说了"不，你在广岛什么也没有看见"这句话，而受到惩罚。接着又响起了女人的声音，仍然是冷静、平淡，像念咒似的。）

她：比方说医院，我看见了。我的确看见了。广岛有一家医院，我怎么能看不见它呢？

（医院、过道、楼梯、病人，这些镜头都是冷静和客观地拍下来的。① 但我们从来没有看见她在那儿看着。接着我们又看见女人的手抓住——紧紧抓住肤色较黑的肩膀。）

他：你没有看见广岛的医院。你在广岛什么也没有看见。

（女人的声音变得愈来愈冷漠。博物馆的镜头。② 同样炫目的灯光，和医院的灯光一样令人讨厌。各种解说牌、原子弹爆炸后的物证、按比例缩小的模型、钢铁碎片、人皮、烧焦的头发、石蜡模型，等等。）

她：我到博物馆去过四次……

他：广岛的什么博物馆？

她：我到广岛的博物馆去过四次。看见人们在里面徘徊。他们若有所思地在照片和复制品之间徘徊，想要找到什么别的东西。在照片之间、在照片和复制品之间徘徊，想要找到什么别的东西。在解说牌之间徘徊，想要找到什么别的东西。

我到广岛的博物馆去过四次。

我看着那些人们。我自己也心事重重地看着那些铁块，烧焦的、破碎的、像肌肉一样脆弱的铁块。我看见一大堆瓶盖子：谁能料到会看见这个？人类的皮肤在飘浮，生命在延续，还在痛苦中挣扎。石头。烧焦的石头。粉碎的石头。不知是谁的一缕缕头发，广岛妇女睡醒一觉，发现头发全脱光了。

在和平广场我感到热极了。足足有一万度。我知道有一万度。和平广场上阳光的温度。你怎么能不知道呢？……地上的草，就别提了……

---

① 雷乃拍戏时只有一个提纲式的原始剧本作为依据，他从日本带回来许多材料。因此在剪辑影片时，对原始剧本进行了个性化的和适当的扩大。

② 隔一定的时间，镜头就再一次回过来拍两个人的身体。

他：你在广岛什么也没有看见，没有看见。

（更多的博物馆镜头。接着是和平广场的一个镜头，前景有一个烧焦的头颅。玻璃展览橱里陈列着烧焦了的模型。广岛的新闻镜头。）

她：复制品做得尽可能地逼真。

影片拍得尽可能地逼真。

幻景做得这样逼真，让游览的人看了都哭了。

一个人总是可以嘲笑别人的，但说真的，一个旅游者除了哭泣之外，还能怎么样呢？

我总是为广岛的命运哭泣。总是为它哭泣。

（一个广岛被炸之后的照片的全景镜头，一个与世上其他沙漠绝无共同之处的"新沙漠"。）

他：不要哭，你为什么要哭呢？

（空空荡荡的和平广场，炫目的阳光使人想起原子弹夺目的光芒。1945 年 8 月 6 日以后拍摄的新闻片。蚂蚁和蚯蚓从地里钻了出来。这里插进去一些肩膀的镜头。又传来女人的声音，近乎疯狂的声音，而后面的一连串镜头也是近乎疯狂的。）

她：我看了新闻片。

第二天，历史就是这样写的，不是我杜撰的，第二天，有些动物又从灰烬中、从地里很深的地方钻出来了。

人们拍下了狗的照片。

留作永久记录。

我看见它们了。

我看了新闻片。

我看见它们了。

我看见第一天的情景。

第二天的情景。

第三天的情景。

他：（打断她）你什么也没有看见，没有看见。

（一只断了一条腿的狗。人群。儿童。受伤的人。烧伤的儿童在尖声叫喊。）

她：……还有，在第十五天。

广岛开满了鲜花。到处盛开着矢车菊和唐葛蒲。早晨开的牵牛花和白天开的百合花生机勃勃地从灰烬中钻出来,在此之前,还没听说过花有这么大的生命力。①

我没有编造任何东西。

他:全都是你瞎编的。

她:我没有瞎编。

就像在恋爱的时候产生的一种幻觉,一种永远不会被人忘记的幻觉,我产生了这样的幻觉:我永远不会忘记广岛。

就像在恋爱的时候一样。

(正在准备用手术镊子把一只眼睛取出来。更多的新闻镜头。)

我也看到活下来的人和那些当时在广岛妇女肚子里的胎儿。

(各式各样幸存者的镜头:一个美丽的孩子,他转过脸来,原来瞎了一只眼睛;女孩子在镜子里看她烧伤的面孔;盲女用变了形的手在弹奏着齐特拉琴;母亲在她垂死的孩子身边祈祷;一个好几年不能睡觉的男人在死亡线上挣扎。每周一次,别人把他的孩子带来看他。)

我看到广岛暂时的幸存者以忍耐、淳朴和显而易见的温驯态度使自己适应如此不公平的命运——就连平常极其富于想象力的人都无法想象的命运。

(镜头又回到那两个热情拥抱的身体。)

她:听……

我知道……

我知道一切。

一切都照常进行。

他:你不知道。你什么都不知道。

(一朵盘旋上升的原子云。下着雨,人群在街上游行。渔民被放射性物质感染。不能吃的鱼。把成千上万不能吃的鱼埋在地下。)

她:妇女冒着生育畸形婴儿和怪物的危险,但一切照常进行。

男人冒着绝育的危险,但一切照常进行。

人民害怕下雨。

① 这一句话几乎是一字不差地从约翰·赫塞那篇令人钦佩的广岛报道上抄下来的。我只是把它用在受害的儿童身上罢了。

雨尘落在太平洋上。

太平洋的海水毒死生物。

太平洋的渔民死了。

人们害怕食物。

一个城市的食物全都扔掉了。

许多城市,全城的食物全都埋掉了。

整个城市愤怒地行动起来了。

许多城市,全都愤怒地行动起来了。

(新闻片镜头:示威游行。)

全城的愤怒是针对谁的?

全城的愤怒,不管他们是否愿意,都是针对某些人用来欺压别人、某些民族用来欺压别的民族、某些阶级用来欺压别的阶级的那种不平等原则。

(示威群众在前进。有些人在扩音机前正在发表"无声"的演说。)

她:(温柔地说)……听我说。我和你一样,知道忘记意味着什么。

他:不,你不知道忘记意味着什么。

她:我和你一样,也有记忆力。我知道忘记意味着什么。

他:不,你没有记忆力。

她:和你一样,我也曾尽力想不要忘记。但和你一样,我忘记了。和你一样,我曾想记住一段无法慰藉的回忆,影子和石头的回忆。

(影子的镜头,一个广岛死难者的影子"映在"石头上。)

我,我每天都在拼命挣扎,担心不能再理解为什么一个人需要记忆。和你一样,我忘记……

(店铺里有成百的工业馆的缩小模型,工业馆是唯一残存下来的遗迹,在轰炸之后,它的歪歪扭扭的骨架仍然屹立——后来也就这样保存了下来。一间空店铺。一车一车的日本旅游者。他们来参观和平广场。一只猫走过广场。)

很明显,记忆是必要的,为什么要否认呢?……

(这句话不时被工业馆骨架的几个镜头隔断。)

……听我说,我还知道一些别的事。一切都会重新开始。

二十万人死亡。

八万人受伤。

在九秒钟之内。这是官方数字。一切都会重新开始。

（树木。教堂。旋转木马。重建广岛。平凡的事物。）

地上温度将有一万度。他们说，一万个太阳，沥青都会燃烧起来。

（教堂。日语的广告牌。）

到处将是一片混乱。整座城市将要从平地升起，再变成灰烬……

（沙粒。一包“和平”香烟。一棵生长茁壮的植物像蜘蛛似的在沙粒上摊开。）

沙地上将长出新的花草……

（河边有四个濒死的学生在聊天。河流。潮水。重建后的广岛码头。）

四个学生在一起共同等待着传奇式的死亡。

大田川三角洲的七条支汊按时涨落，非常准确。水流清澈，渔产丰富，河水的颜色按照不同的时辰或季节现出灰色或蓝色。大田川三角洲七条支汊的潮水慢慢地上涨，人们不再沿着泥泞的两岸观赏这种景色了。

（念咒般的声音停止了。广岛的街道。更多的街道。各式各样的桥。隐蔽的小巷。街道。郊区。铁路。郊区平凡的景物。）

她：……我遇到你。

我记着你。

你是谁?

你把我毁了。

你对我多好呀。

我怎能知道这座城市是正适合恋爱的呢?

我怎能知道你是正适合我的身体的呢?

你真了不起。太好了。你真了不起。

突然之间时间过得多慢呀。

多么美妙。

比你所能知道的更美。

你把我毁了。

你对我多好呀。

你把我毁了。

你对我多好呀。

有的是时间。

求求你。

占有我吧。

毁坏我吧，让我变丑吧。

你为什么不这样呢？

在这座城市、这个和别的夜晚并没有什么不同的夜晚，为什么你不这样做呢？

求求你。

（突然得异乎寻常，现出了女人的面孔，充满了柔情，转过来朝着男人。）

她：你的皮肤美得令人惊奇。

（他叹了一口气。）

你……

（现出他的面孔。他出神地笑了，这一笑和他们的谈话没有关系。他转过身子。）

他：不错，是我。你是能看见我。

（重新现出两个赤裸的身体。女人继续发出同样的声音，不清楚的声音，但这一次用的不是背诵的声调了。）

她：你是纯粹的日本人，还是不纯粹的日本人？

他：我是纯粹的日本人。

你的眼睛是绿的，对吧？

她：我想是这样……是的……我想它们是绿的。

他：（温柔地，看着她）你像是由一千个女人合成的……

她：那是因为你不了解我。就是这个缘故。

他：也许这不是唯一的原因。

她：这个想法倒很妙，为你把一千个女人合成一个人。

（她吻他的肩膀，把头藏在他的肩窝里。她的头朝着那扇打开的窗户，朝着广岛，朝着夜色。有一个男人在街上走过，咳嗽。〔我们看不见他，只听到他的声音。〕她抬起身子。）

她：听……四点钟了……

他：为什么说四点了？

她：我不知道他是谁。每天早上四点钟，他都经过这里，而且总是咳嗽。

（沉默。互相对视。）

那天你在这儿，在广岛……

他：(笑起来，好像听到一个小孩子的问话)不在……我当然不在。

她：(再次抚摸他赤裸的肩膀)不错……我多蠢呀。(几乎笑了。)

他：(严肃地，踌躇地)不过我的家人都在广岛。我在外边打仗。

她：(腼腆地，露出微笑)很幸运，是不是？

他：(没有看她，犹豫是否同意这句话)是吧。

她：这也是我的幸运。

(停顿。)

他：你来广岛干什么？

她：拍电影。

他：什么，拍电影？

她：我在一部片子里担任一个角色。

他：来广岛之前，你在哪儿？

她：在巴黎。

(较长的停顿。)

他：在巴黎以前呢……

她：巴黎以前？……在内韦尔。内——韦尔。

他：内韦尔？

她：它在涅夫勒省。你不知道那个地方。

(停顿。然后，他仿佛刚刚发现广岛和内韦尔之间的联系，便问：)

他：为什么你想看见广岛的一切？

她：(尽量显得诚恳)因为它使我感兴趣。我有我自己的看法。例如，我认为细致地观察事物是一种必须学会的本领。

第二部

剧本的第二部拍摄成影片后，成为影片的第二个段落。在这个段落中，主要透露出法国女演员在第二次世界大战中曾与一个德国士兵相恋，写的是爱情上的"旧恨"。主要是现实动作。

(一大群自行车从街上蜂拥而过，声音由轻而重，然后逐渐消失。她穿着晨衣站在旅馆的阳台上。她在看着他，手里拿着一杯咖啡。他还在睡着，趴在床上，两臂成十字形，上身裸露。她目不转睛地看着他的手，它们微微颤抖，就像小孩子在睡觉时手会颤抖那样，他的手很好看，富于男性美。

在她注视着他的双手时，突然现出一个年轻男人的身体取代了日本人，他躺在那里，姿势相同，但是是垂死的姿势，他躺在阳光充足的河边。〔旅馆房间的光线是半明半暗的。〕年轻人快要死了。他也有一双好看的手，和那个日本人的手十分相像。临死之前，它们猛烈地颤抖着。

这个镜头非常短暂。

她呆呆地靠着窗户站着。他醒了，朝着她微笑。她没有立刻回报他的微笑，还是一动不动地注视着他。然后，她把咖啡送到他跟前。)

她：你要喝点咖啡吗？

(他点点头，接过杯子，停顿。)

她：你刚才梦见什么啦？

他：我记不起来了……怎么啦？

(她清醒过来，十分温柔地。)

她：刚才我在看你的手。你睡着的时候，它们也在动。

他：(查看自己的手，动了动手指头)也许在梦中它们不知不觉地在动。

她：(冷静地，愉快地，不过好像并不相信他的话)唔，唔。

(他们在旅馆房间里一起淋浴，心情十分舒畅。他把手放在她额头上，让她仰起头。)

他：你是一个美丽的女人，你知道吗？

她：你认为这样吗？

他：我认为是这样。

她：有点儿衰老，对吗？

他：(笑了)有点儿丑。

她：(他的爱抚引起她微笑)你不在意吗？

他：我昨天晚上在咖啡馆里发现你有点丑。还有……

她：(非常从容地)还有？……

他：还有，你有种厌倦的感觉。

她：(引起了好奇心)你再往下说……

他：你的那种厌倦使男人产生想要接近你这个女人的欲望。

她：(微笑，垂下眼睑)你的法语说得很好。

他：(高兴地)可不是！你终于注意到了我的法语说得多好，这让我很高兴。(停顿)我倒没有发现你不会说日语……你注意到吗，人们对事物的判断能力都是一样的？

她：不，我只注意你，别的我全不管。（欢笑。）

（洗澡之后，她的头发全湿了。她慢慢地吃苹果，穿着浴衣站在阳台上，她看着他，伸伸腰，好像在精确地估量他们的处境，然后慢慢地、字斟句酌地对他说：）

她：在——广——岛——相——会，这种事可不是每天都会发生的。

（他已经穿好衣服——衬衫领子敞开——走到阳台上，坐在她对面，犹豫一阵后问道：）

他：对法国人来说，广岛意味着什么？

她：战争结束了，就是说，真正结束了。我感到诧异……他们居然敢这样做……我感到诧异的是他们居然成功了。后来，我们也产生了一种无名的恐惧。接着就觉得无所谓了。还有，就是对无所谓感到可怕……

他：那时你在哪儿？

她：我刚刚离开内韦尔。在巴黎。在街上。

他：这是一个美丽的法国名字——内韦尔。

她：（停顿了一下）它和别的名字没有什么不同。就像和别的城市没有什么不同一样。

（她走开了。他们开始谈家常。）

（他坐在床上，点燃了一根香烟，目不转睛地看着她，问道：）

他：你在广岛认识许多日本人吗？

她：是的，我认识了几个……但没有一个人像你……

他：（愉快地微笑）我是你生活中的第一个日本人吗？

她：是的。

（看不见了她的笑脸。再出现时，她正在穿衣服。）

她：广——岛。

他：（垂下眼睛，冷静地说）全世界都很高兴。你和全世界一起感到很高兴。（用同样的声调说下去）我听说那天巴黎天气很好，一个美丽的夏日，对吗？

她：不错，那天天气很好。

他：那时你有多大？

她：二十岁，你呢？

他：二十二岁。

她:差不多是同样的年龄。

他:不错,是差不多。

(她已经穿好衣服了,正在戴她的红十字会头巾。她突然在他身边弯下身子,或者躺在他身旁。她抚摸他的手,吻他光着的膀子。他们在谈家常。)

她:你搞什么工作?

他:搞建筑。还有政治。

她:哦,所以你的法语说得这样好。

他:不错。为的是读有关法国革命的书。

(他们笑起来。绝对不能明确指出他的政治见解,因为那样就立刻给他贴上了标签。而且,这也显得太幼稚了。不要忘记,只有见解开明的人才能说出刚才那句话。)

他:你演的是一部什么样的电影?

她:一部关于和平的电影。你想,除了关于和平,他们还会在广岛拍别的电影吗?

(一群自行车熙熙攘攘而过。)

他:我希望再能见到你。

她:(做出一个否定的姿态)明天这个时候,我就要上路回法国了。

他:真的吗?你没有告诉过我呀。

她:是真的。(停顿)没有必要告诉你。

他:(吃了一惊,认真起来)所以你昨天晚上让我到你房间来,是吗?……因为这是你在广岛的最后一晚。

她:一点也不是。我脑子里从来没有过这个念头。

他:你说这话,我真不知道是真话还是假话。

她:是假话,可也是真话。不过我没有任何理由对你撒谎。怎么……

他:告诉我……像这样的事……你经常遇见吗?

她:不太经常。但也有过。我喜欢男人。(停顿)你知道,我这个人道德上是可疑的。(她笑了。)

他:怎么叫道德上是可疑的?

她:就是对别人的道德表示怀疑。

(他由衷地笑起来。)

他:即使明天飞机就要起飞,即使你道德上可疑,我还是想再看到你。

(停顿。两个人心中又泛起了爱的波澜。)

她:不。

他:为什么?

她:(烦躁地)因为……

(他没有追问什么。)

她:你不想再和我说话了吗?

他:(停了一会儿)我想再看见你。

(他们在旅馆的走廊里。)

他:你去法国什么地方?内韦尔吗?

她:不。去巴黎。(停顿)我再也不到内韦尔去了。

他:再也不去了吗?

她:(说话时做了一个怪相)再也不去了。(接着,她发现不能自圆其说,便说:)在内韦尔的时候我比什么时候都年轻……

他:在——内韦尔的时候——很年轻。

她:在内韦尔的时候我很年轻。而且,在内韦尔的时候我有一次还发了疯。

(他们在旅馆前面慢慢地走来走去。她在等待应该前来把她送到和平广场去的汽车。行人不多,但来往车辆很多。那是一条林荫大道。因为车声喧嚣,说话时几乎要大声喊叫。)

她:你知道,在世界上所有的城市中、甚至所有的事物中,我在晚上梦见得最多的是内韦尔。但我在清醒时想得最少的也是内韦尔。

他:你在内韦尔的时候是怎样发的疯?

她:你知道,疯狂就像智慧一样,是无法解释的。它和智慧一样。它来了,你的脑子塞满了它,那时你理解它。但在它离开你之后,你就一点儿也不再理解它了。

他:你心里是充满了仇恨吗?

她:我就是这样发的疯。我恨得发疯。我觉得一个人完全可能专门去仇恨,因为我用心想的只是仇恨。你明白吗?

他:我明白。

她:那是真的。我想你一定也明白那是真的。

他:这事后来又发生过没有?

她:没有。(几乎是耳语般的声音)一切全过去了。

他:是战争期间的事吗?

她:刚刚结束之后。

(停顿。)

他:那是战后法国生活中的困难的一部分吗?

她:是的,这样说也未尝不可。

他:你的疯狂是什么时候才好的?

她:(低声地,就像平时说话那样)它一点一点地过去了。当然,后来我有了孩子。

(来往车辆的声音逐渐加强和逐渐变弱,与谈话的严肃性正好成反比。)

他:你刚才说什么来着?

她:我说它一点一点地过去了。当然,后来我有了孩子……

他:我真希望在什么时候、什么地方和你一起消磨几天。

她:我也是。

他:今天看见你,不能算真的再见面。在这样短的时间里不能算是再见面。我真希望再看见你。

她:不。

(她固执地、默默地、一动不动地站在他面前。他几乎要同意了。)

他:好吧。

(她笑了,但带点儿勉强,好像带点儿、真的带点儿怨恨。出租汽车来了。)

她:因为你知道我明天就要走了。

(他们笑了。不过他笑得更勉强。停顿。)

他:可能这是部分原因。不过这不也是个挺好的理由,不是吗?一想到再也见不到你了……永远……几个小时以后。

(出租汽车来了,停在十字路口。她给它打了个手势表示她这就过去。她不慌不忙地看着日本人说:)

她:不。

(他的目光随她而去。也许他笑了。)

第三部

剧本的第三部分的上半部拍成影片后,成为影片的第三段。在这个段落中,主要表现日本建筑师跟着法国女演员来到拍摄现场并要求第二次做爱。法

国女演员虽然同意，但也感叹道：“不过是萍水相逢的爱情。”写的是爱情上的“新愁”。影片巧妙地利用拍摄现场表达了反战的主题。此段都是现实动作。

（下午四点钟在广岛和平广场。远处有一群电影技师拿着摄影机、灯和反光板正离开广场。日本工人正在拆除影片最后一场里刚刚用完的官方看台。）

注意：我们总看见技师在远方出现，却永远不知道他们在广岛拍什么片子。我们看见的只有正在拆除的布景。舞台工作人员拿着各种文字——日文、法文、德文等等写成的标语，上面写着“永远不要再出现第二个广岛”。工人们正忙着拆掉官方看台和拔掉装饰的旗帜。我们在拍摄现场看到那个法国女人。她睡着了。她的护士头巾从头上脱落下来一半。她躺在一个看台的阴凉儿里。

我们猜想他们刚刚在广岛拍完一部有启发性的、宣传和平的影片。它不一定是一部很特别的影片，只不过有启发性罢了。一群人从他们刚才拍片的地方经过。人群对此已经漠不关心，除了几个小孩以外连看都没有人看，他们对在广岛拍片已经司空见惯了。但有一个人经过那里停下脚步，仔细地观看，他就是我们刚才在她的旅馆房间里看见的那个人。他走近护士，看着她睡觉。他看了她良久，最后是他的凝视使她醒了过来。

在这场戏里，或许我们还能看见远方的景象：例如工业馆的模型，旅游者围着向导，几个穿白衣服的残废军人在讨饭，一家人站在街角闲聊。她醒了。疲劳消失了。他们突然发现又卷进自己故事的漩涡里，这个个人的故事永远支配着那个注定要表现的广岛故事。

（她站起身来，走到他面前。他笑了，有点儿不自然。然后他又变得严肃起来。）

他：在广岛要找到你倒也不难。

（她愉快地笑了。停顿。他又注视着她。两个工人在他俩中间穿过，他们扛着影片《广岛儿童》里面的一幅放大照片，照片里浓烟滚滚的广岛废墟旁有一个死去的母亲和一个啼哭的孩子。他俩没有看这幅照片，一幅爱因斯坦的照片紧跟在后面。）

他：你拍的是一部法国片子吗？

她：不。是国际的。宣传和平的。

他：拍完了吗？

她：是的，我那部分已经拍完了。他们还要拍一些群众场面……我们有不少推销肥皂的广告节目。因此……为了强调……也许。

他:(对这个问题有非常清楚的看法)不错,为了强调。在广岛我们是不跟宣传和平的影片开玩笑的。

(他转过脸对着她。举着的几幅照片都过去了。他们本能地互相靠拢。她整理了一下在睡觉时脱落了的头巾。)

他:你累吗?

她:(用挑逗和温柔的眼光看着他。然后几乎是忧郁地微微一笑说)不比你累。

他:(意味深长地)我想到了法国的内韦尔。

(她微笑着。)

他:我一直在想你。你们的飞机还是明天起飞吗?

她:还是明天。

他:不能改变了吗?

她:是的。电影没有赶上进度,一个月以前,我就该回巴黎了。

(她正视着他。他慢慢地摘下她的头巾。她或者是由于浓妆,弄得嘴唇发黑;要么就是淡抹,淡得在阳光下显得苍白。

男人的动作十分随便和从容,就像影片开始时一样产生引起性欲冲动的效果。她的头发和昨天晚上在床上时一样乱。她让他摘掉头巾。她让他爱怎么样就怎么样,就像昨晚在相爱时她不能不让他随心所欲一样。〔这里,让他扮演了一个挑起性欲的角色。〕

她垂下眼睛,莫名其妙地撅起了嘴。她拨弄着地上什么东西,然后又抬起眼睛。)

他:你引起我强烈的情欲。

(她没有马上回答。他的话使她不知所措,她又垂下了眼睛。难道是和平广场的一只猫在她脚上蹭来蹭去吗?)

她:(慢慢地)永远是……萍水相逢的爱情……我也是这样。

(有一件什么离奇古怪的东西,很难说是什么,在他们当中穿过。一个四方形的画框,形象〔原子弹的?〕鲜明,但一点也看不出是做什么用的。他们没有注意它。)

他:不,不总是这样的。这你知道。

(远处呐喊声。接着是儿童在唱歌。但这些都没有分散他的注意力。她做了一个费解的表情。〔应该说是放荡的表情。〕她又抬起了眼睛,不过这一次是望着天空，一边擦额头上的汗珠，一边莫名其妙地说：）

她：他们说在天黑之前会有雷阵雨。

（她所看到的天空的镜头。朵朵白云掠过天空……歌声更加清晰。接着游行〔的尾声〕开始了。

他们往后退。她靠在他身上，〔用的是妇女杂志上的姿势。〕把手放在他肩上。他把脸贴着她的头发。她抬起眼睛看着他。他想带她离开游行队伍。她想拒绝。但无论如何，她还是不知不觉地跟他走了。

儿童托着标语牌游行。）

第一组标语牌

第一个标语牌

如果14颗原子弹等于10,000万颗普通炸弹。

第二个标语牌

如果一颗氢弹等于1,500颗原子弹。

第三个标语牌

世界上实际上制造的四万颗原子弹和氢弹，相当于多少普通炸弹？

第四个标语牌

在地球上投下10颗氢弹意味着恢复史前时代。

第五个标语牌

四万颗原子弹和氢弹意味着什么？

第二组标语牌

Ⅰ

这个卓绝的成就证明人类具有科学上的才知。①

Ⅱ

遗憾的是人类政治上的才智比科学上的才智低100倍。

Ⅲ

这使我们不能真正赞美人类。

（男人和妇女跟在唱歌的儿童后面。狗跟着儿童。猫躲在窗后。〔和平广场的猫对游行早已习惯，它们睡着了。〕

标语牌。更多的标语牌。每个人都热极了。游行队伍的上空酝酿着一场暴风雨。乌云遮住太阳。队伍里有许多儿童，美丽的儿童。他们觉得很热，他们带着只有儿童才有的热情在唱歌。那个日本人不由自主地、几乎是不知不觉地推着法国女人顺着——或逆着——游行的方向前进。她闭上眼睛，叹了口

① 标语牌上把“才智”误写为“才知”。

气，她正在叹气时。）

他：想起你明天要离开，我心里就难过。我觉得我爱上了你。

（他把嘴唇贴着她的头发。她的手紧紧地抓住他的肩膀。她的眼睛慢慢地睁开了。游行继续进行。孩子们脸上涂着白粉。白粉上面现出点点汗珠。两个孩子在争一个橘子，都很生气。有一个男人打扮成在轰炸时被灼伤的样子，经过那里。他很可能在影片里扮演了一个角色。他脖子上的蜡熔化了，掉了下来。也许使人感到厌烦和害怕，他们你看着我，我看着你。）

他：你跟我来，再来一次吧。

（她没有回答。一个美丽的日本女人坐在彩车上过去了。她放出一群鸽子。〔或者是别的彩车，一部讽喻式的彩车——例如原子芭蕾舞彩车。〕）

他：回答我。

（她没有回答。他俯下身子，对着她的耳朵悄声说：）

他：你害怕啦？

她：（微笑地摇摇头）不。

（变换着的儿童歌声继续不断，但逐渐远去了。班长骂那两个抢橘子的孩子。大孩子拿走橘子，开始吃起来。这些镜头比应该拍的时间长一些。在哭着的孩子后面来了五百个学生的队伍。这有点可怕。他把她拉到身旁。他们好像有点儿心神不定。他看着她，她看着游行队伍。观众应该感觉到游行在剥夺他们那一点点余下的时间。他们默不作声。他拉着她往前走。她让他拉着手。他们走出人群，逆着游行的方向朝前走。我们看不到他们了。[1]）

剧本第三部的下半段，拍摄成影片后，成为影片的第四段。在这个段落中，法国女演员在日本建筑师家第二次做爱，并向日本建筑师诉说她和德国士兵相爱的情况。写的是爱情的“旧恨”。在这一段落里出现了频繁的时空交错，将现实生活中的诉说和表现往事的画面交织在一起。

（他们再度出现时，是在一间日本式的大房间里。光线柔和。在狂热的游行之后，给人一种清新的感觉。这是一座现代化的房子，里面有椅子之类的设备。她像一个客人那样站在那里，有点儿踌躇。他从房间的远端向她走过来。〔就像他刚刚关上门，或者从汽车间来似的，等等。〕）

他：坐下。

---

① 雷乃让他们在群众中消失——译注。

（她没有坐下。两个人继续站在那里。我们觉得爱情在防止他们发生性的冲动，至少目前是这样。他面对着她。这样呆了一会儿，感到有点儿尴尬。一个男人有了这种意外的机会，是不会像他这样做的。）

她：（找话说）你一个人在广岛吗？……你的妻子在哪里？

他：她在温泉，在山上。我现在是一个人。

她：她什么时候回来？

他：再过几天。

她：（轻轻地，像是在旁白）你妻子长得怎么样？

他：（故意地）很漂亮。我是一个和妻子过得很幸福的男人。

（停顿。）

她：我也是。我是一个和丈夫过得很幸福的女人。

（说这些话时，两个人的感情都是真挚的，这种感情延续下去。）

她：你难道不是在下午工作吗？

他：是的，事情不少，主要是在下午工作。

她：这整个事情都是够蠢的……

（说这句话就像在说"我爱你"。他们接吻时，电话铃响了。他没有去接。）

她：是我妨碍了你下午工作吗？

（他还是不去接电话。）

她：告诉我，有什么影响吗？

（广岛。在他们爱过之后。光线已和原先不同。）

他：在战争年月你爱的那个人是法国人吗？

（内韦尔。黄昏时分，一个德国人经过广场。）

她：不……他不是法国人。

（广岛。她躺在床上，累了，但感到挺舒适。天更黑了。）

她：不错，是在内韦尔。

（内韦尔。一个爱情的镜头。自行车在奔驰。树林，等等。）

她：最初，我们在谷仓会面。后来在废墟中，后来在屋子里，就像在任何别的地方一样。

（广岛。房间里，光线更暗了。他们安静地拥抱在一起。）

她：后来他死了。

（内韦尔。几个内韦尔的镜头。河流、码头、迎风飘扬的白杨树，等等。码头空荡荡的。花园，又是广岛。）

她：那时，我十八岁，他二十三。

（内韦尔。晚上，在一间“小屋”里。在内韦尔的“结婚”镜头。在映出内韦尔场面的期间，假定他问了些问题，她在回答，但声音不大。内韦尔的镜头继续下去。接着：）

她：（平静地）为什么不谈别的，单单要谈他呢？

他：为什么不呢？

她：不。为什么？

他：为了内韦尔。我才刚刚开始了解你。在你一生成千上万的事情当中，我选择了内韦尔。

她：就像你也可能选择别的地方？

他：是的。

（我们知道他在撒谎吗？我们怀疑他是在撒谎。她几乎发火了，找些话来说：）

她：不，这不是偶然的。（停顿）你得告诉我为什么。

（他可以——这是影片中很重要的一点——这样回答：）

他：在那儿，我想，你一定很年轻……年轻得还没有属于一个人。我喜欢这样。

她：不，这不是真话。

（或者：）

他：在那儿，我想，我几乎……失掉你……很可能没有机会认识你。

（或者：）

他：在那儿，我想，你一定已经开始逐渐形成今天的你了。

（在这三种可能性当中选择一种，或者三种全用，一个接着一个，或分开，随意插到床上的性爱动作中间。我喜欢最后一种办法，如果这不会使这一场太长的话。①）

她：（大声喊）我要离开这儿。（她几乎是粗野地抱住他。）

（他们穿好了衣服待在早先待过的那间屋子里。现在灯已经亮了。两个人都站着。）

---

① 雷乃这三种全用，不是只用一种——译注。

他：（十分平静地）在你走之前，我们只能消磨时间了。离飞机起飞还有十六个小时。

她：（心烦意乱，十分苦恼）时间太长了……

他：（温柔地）不，你千万不要害怕。

第四部

剧本的第四部拍摄成影片后，成为影片的第五段。在这个段落中，法国女演员向日本建筑师讲述她和德国士兵相爱后被剃了光头、关在地下室里的种种情况。写的是爱情上的“旧恨”。这个段落时空交错更加频繁，是体现意识流最充分的一段。

（夜幕在广岛降临，只留下一缕缕长长的光线。河水按时涨落。潮水。人们有时沿着泥泞的河岸观察慢慢上涨的潮水。

河对岸有一家咖啡馆。现代化的、美国化的咖啡馆，有一扇宽阔的凸窗，坐在咖啡馆后面的顾客只能看见河，看不见河岸。河口那边的轮廓更是模模糊糊的。那儿是广岛的末端、太平洋的开始。咖啡馆空着一半。他们在房间后半间的一张桌子旁边面对面地坐着，不是脸贴着脸，就是额顶着额。在上一场里，他们被在十六小时之内就要永别的想法所压倒。现在再看到他们时，他们几乎是快乐的，没有注意到时间的流逝，因为发生了一个奇迹。什么奇迹？内韦尔复活了。心里充满了这种绝望而又幸福的爱，他说：）

他：除此以外，内韦尔在法语里就没有旁的意思吗？

她：不，没有。

他：我们如果在内韦尔相爱，你会觉得地下室里冷吗？

她：会的。内韦尔的地下室很冷，夏天和冬天都是这样。因为这座城市是沿着卢瓦尔河建筑的。

他：我想象不出内韦尔是个什么样子。

（内韦尔的几个镜头。卢瓦尔河。）

她：内韦尔。四万居民。建筑得像座首都——但，连一个孩子都可以环城走一圈。（她离开他身边。）我出生在内韦尔，（她喝酒）在内韦尔长大。我在那儿读书，在那儿长到二十岁。

他：卢瓦尔河是什么样儿的？

（他双手捧着她的头。内韦尔。）

她：它是一条完全不能通航的河流，河上总是空荡荡的。因为水流曲折，河里有沙洲。在法国，人们认为卢瓦尔河是一条非常美丽的河流，特别是它的光线……这样柔和，你要是知道就好了。

（心醉神迷的声音。他放开她的头，注意聆听。）

他：你在地下室的时候，我已经死了吗？

她：你已经死了……而且……

（内韦尔：那个德国人在码头上慢慢地死去。）

她：……怎么能忍受这样的痛苦？地下室很小。

（她把贴着他的脸缩回来，用手比画着地下室有多小。然后接着说下去，仍然靠得很近，但没有碰到他。没有妖冶的表情。她真挚热情地和他说话。）

她：……很小。《马赛曲》的音调在我头顶上飘过。歌声……震耳欲聋……

（她在咖啡馆〔在广岛〕里捂上耳朵。咖啡馆突然变得十分安静。插进几个内韦尔的镜头。丽娲的血迹斑斑的手。）

她：在地下室，手变得没有用处了。它们只能用来挖洞。把皮都磨掉了……在墙上磨的……

（内韦尔某地，血淋淋的手。她放在桌子上的手并没有受伤。丽娲舔舔自己的血。）

她：……这是你唯一能做的事，它使你感到舒服一点儿……也是为了要记住……自从我尝过你的血之后，我喜欢血。

（她谈话时，他们很少互相观看。他们在看内韦尔。两个人好像都被内韦尔迷住了。桌子上有两个杯子。她贪婪地大口地喝酒。他慢慢地喝。他们的手放在桌子上。）

（内韦尔。）

她：地球在我的头顶上转动。当然……我看见的不是天……而是地在动。从星期一到星期六过得很快，星期天过得很慢。——人们不知道我在地下室。他们假装我已经不在人世，死在远离内韦尔的地方。我父亲希望的就是这样。因为我使他丢了脸，我父亲希望的就是这样。

（内韦尔。父亲，一个内韦尔药剂师，站在他药店的窗后。）

他：你尖声叫了吗？

（内韦尔的一间房子。）

她：开头我没有喊叫，没有。我轻轻地呼唤你。

他:可是我已经死了呀。

她:虽然你已经死了,我还是呼唤你,后来,有一天,我尖叫起来,像一个聋子那样拼命地尖叫。于是他们把我关进了地下室。为了惩罚我。

他:你叫了些什么?

她:你的德国名字。只喊你的名字。我只记得一件事——你的名字。

(内韦尔的一间屋子,听不见尖叫声。)

她:我答应不再叫了,于是他们让我回到屋里。

(内韦尔的一间屋子。她躺在床上,弓起一条腿,充满了情欲。)

她:我实在需要你,我忍受不了啦。

他:你害怕吗?

她:我怕。不论在哪儿我都害怕。不论在地下室,还是在我屋里。

他:你怕什么?

(内韦尔天花板上的斑点,内韦尔各种可怕的东西。)

她:怕再也看不到你。永远、永远看不到你。

(他们像这一场的开头那样,彼此又靠在一起。)

她:有一天,我满二十岁那天。我在地下室。我母亲走进来告诉我,我已经满二十岁了。(停了一下,像是在回忆)我母亲哭了。

他:你向你母亲的脸上吐唾沫了?

她:是的。

(他们仿佛共同感受到这些事。他移开了一点。)

他:喝点什么吧。

她:好的。

(他把杯子递过去让她喝。她由于回忆而显得疲乏不堪。)

她:(突然之间)后来,我什么也记不起来了。什么也记不起来了……

他:(设法提醒她)这些地下室非常古老,非常潮湿,这些内韦尔的地下室……你刚才在说……

她:不错,到处都是硝。

(她把嘴贴着内韦尔地下室的墙壁,啃着墙皮。)

她:有一只猫有时跑进来东张西望。这只猫并不令人讨厌。我什么也记不起来了。

(一只猫跑进内韦尔地下室,看着这个女人。)

她：后来，我什么也记不起来了。

他：这样有多久？

她：（还是神思恍惚）永无尽期。

（有一个人，一个孤独的人，在自动电唱机上选了一张法国风笛舞会音乐的唱片。为了使内韦尔失去的回忆这一奇迹持续下去，为了让一切都“静止不动”，日本人把自己杯子里的酒倒进她的杯子。

在内韦尔的地下室时，猫的眼睛和丽娲的眼睛闪闪发光。听到唱片的音乐时，她〔醉了或疯了〕又笑又叫：）

她：噢！我从前曾经是多么年轻呀！

（她的心又回到内韦尔，其实从来也没有离开过。她入魔了〔这里用什么形容词都行〕。）

她：晚上……我母亲把我带到花园里。她看着我的头，每天晚上都仔细地看着我的头。她仍然不敢靠近我……我只有在晚上才能看得到广场，于是我就看啊，它大极了！

（做手势）广场的中间往下洼。

（内韦尔地下室的通气洞。透过它可以看见彩虹般的自行车车轮在黎明时分经过。）

她：我到黎明时刻就想睡了。

他：那边有时也下雨吗？

她：……顺着墙边下。

（她在寻找，寻找，寻找。）

她：（几乎带有恶意）我想念你，不过我再也不提这件事了。

（他们又靠拢来。）

他：疯了。

她：爱你爱得发疯了。（停顿）我的头发长出来了。每天我都可以用手感觉出来。我并不在乎。不过，不管怎么说，我的头发又长出来了。……

（丽娲躺在内韦尔她自己的床上，把手伸到头发里，用手指理头发。）

他：住进地下室之前，你叫喊过吗？

她：不，我麻木了。

（他们脸贴着脸，半闭着眼睛。广岛。）

她：他们把我的头发仔仔细细地剃光了。他们认为把妇女的头好好剃光是他们的责任。

他：(非常清楚地说)亲爱的，你为他们感到惭愧，是吗？

(在剪头发。)

她：不，你死了。我心里太痛苦了。(天愈来愈黑了。她用冷冰冰的声音说出下面的话)我听到的只有头顶上剪刀的声音。这使我对……你的死，感到舒服一点儿，就像……就像……噢，我举不出更好的例子，就像在我愤怒的时候……我就用手指甲挖墙……

(她接着说下去，在广岛，绝望地偎依着他。)

她：啊！多么痛苦！我的心中多么痛苦。简直无法令人相信。全城都在唱《马赛曲》。天黑了。我那死去的爱人是法国的敌人。有人说，她应该被拉去游街示众。由于耻辱，我父亲的药店关了门。我孤独一人。有些人在耻笑我。当天夜里我回了家。

(内韦尔的广场。她尖声叫喊，却听不见叫什么，只是从她的口形上，猜得出那是任何民族都通用的一个孩子在呼唤妈妈。他仍旧依偎着她，拉着她的手。)

他：后来，有一天，亲爱的，你摆脱了无穷无尽的痛苦。

(丽娲在内韦尔的那间房间里来回踱步。撞翻了东西，像野兽一样暴怒。)

她：是的，经过了很长的时间。他们告诉我，经过了很长很长的时间。不论是冬是夏，圣艾蒂安大教堂都在每天晚上六点响起钟声。有一天，我真的听见了钟声。

我记得从前我也曾听见过——从前——在我们相爱的时候，在我们幸福的时候。

我开始看清楚东西了。

我记得从前也曾看见过——从前——在我们相爱的时候，在我们幸福的时候。

我记得。

我看见了墨水。

我看见了白天。

我看见我的生命、你的死亡。

我的生命在继续着。你的死亡也在继续着。

(内韦尔的房间和地下室。)

现在阴影遮住屋角的时间要比从前晚了，阴影遮住地下室墙角的时间要比从前晚了，大约要在六点半钟。

冬天过去了。

(停顿。广岛。她在浑身颤抖,把贴着他的脸移开。)

她:啊!真可怕。我对你的记忆开始淡漠了。

(他端着酒杯让她喝酒。她对自己感到震惊。)

她:……我开始忘却。我颤抖,因为我竟能忘却这么深沉的爱……

……更多的爱。(他又给她喝酒。)

(她在往事中徘徊。这一次是独自沉思。他把握不住她了。)

她:我们约好中午在卢瓦尔河码头见面。我要跟他走。我中午来到码头的时候,他还没有断气。有人从花园里朝他开了枪。

(在卢瓦尔河码头上面的那座花园。她变得神志不清,不再看着他了。)

她:我在他身边呆了一天一夜。第二天早晨,他们把他装上了一辆卡车。就在那天夜里内韦尔解放了。圣艾蒂安大教学的钟声彻夜不停……在我的身体下面他一点一点地变冷了。啊!他弥留的时间可真长啊!到底是什么时间死的?我也不大清楚。我趴在他身上……是的……我实在不知道他是什么时候死的,因为……因为即使在当时,即使在事后,对,即使在事后,我也分不清他的尸体和我的身体。我只感到他的尸体和我的身体融为一体,你明白吗?(喊叫)他是我的初恋啊……

(日本人打了她一个耳光。〔或者,你宁愿要他拚命捏紧她的手。〕她好像不知道怎么挨的打,但突然清醒过来,看来她理解他这样做是必要的。)

她:后来,有一天……我又尖叫起来了,因此,他们又把我关进地下室。

(她的声音恢复了正常的节奏。现在到了玻璃球这一场:玻璃球滚进地下室,她拾起它,把带着人的体温的玻璃球握在手里,等等,后来又把它还给外边的儿童,等等。)

她:……它是暖和的……

(他不明白她在说什么,但让她说下去。她继续下去。)

她:(停顿片刻)我想我是在那时忘却仇恨的。(停顿)我不再叫喊了。(停顿)我恢复了理性。他们说:"她恢复理性了。"(停顿)在一个节日的晚上,他们把我放了出来。

(黎明。内韦尔。河边。)

她:卢瓦尔河畔。黎明。人们正在过桥,人数有时很多,有时很少,那要看是什么时候。远处一个人都没有。

（内韦尔共和广场，晚上。）

她：不久以后，我母亲告诉我，我得趁晚上到巴黎去。她给了我点钱。我在晚上骑自行车到巴黎去了。那时是夏天，晚上天气也很暖。当我在两天以后到达巴黎时，报纸上满版都是关于广岛的消息。我的头发已经长得很像样了。我走到街上的人群中间去。

（有人把另外一张风笛舞会唱片放在自动唱机上。）

她：（仿佛刚刚清醒过来）十四年过去了。

（他递给她一点喝的。她喝了，显然平静了下来。他们从内韦尔的往事中挣脱出来。）

她：我甚至不大记得他的了……那种痛苦，我还记得一点儿那种痛苦。

他：今天晚上吗？

她：不错，今天晚上我记起了那种痛苦。不过总有一天我会把它也忘掉。完全忘掉。一切都忘掉。

她：（抬起头看着他）到明天这个时候，我和你之间就要相隔万里了。

他：你的丈夫知道这件事吗？

她：（犹豫）不知道。

他：那么，只有我一个人知道吗？

她：是的。

（他站了起来，抱住她，把她强拉起来，紧紧地拼命地抱住她。人们看着他们。他们并不理会。他非常快乐。他笑了。）

他：只有我知道。没有别人知道吗？

她：（闭上眼睛）别再说了。

（她更紧地贴近他，抬起手轻轻地抚摸他的嘴唇。接着，好像突然之间变得非常快乐：）

她：啊，有些时候，能有个人在身边是多好呀！

（他们慢慢地分开，他又坐下了。）

他：是的。

（有一盏灯灭了，也许是河边的灯，也许是酒吧间的灯。她跳了起来。把又在抚摸他嘴唇的手抽了回来。他没有忘记时间过得很快。）

他：再对我说一点吧。

她：好吧。

(思索,想不出什么。)

他:再对我说一点吧。

她:我还要再经历那个时刻。那个永劫不复的时刻。

(她在喝酒。他在说话,他好像游离了现实。)

他:几年之后,当我已经忘掉你的时候,当我纯粹出于习惯,又有这类事情的时候,我仍然会把你当做爱情忘却的象征来怀念。我想起我们的邂逅就会想起忘怀的可怕。我知道我会那样的。

(人们正在走进咖啡馆。她看着他们。)

她:(抱着希望说)在广岛,晚上会停止活动吗?

(他们开始玩最后一场互相欺骗的游戏。)

他:永远不会,广岛晚上永远不会停止活动。

(她放下酒杯,微笑着,微笑里隐藏着忧伤。)

她:我喜欢那样……喜欢不论白天还是黑夜都有人醒着的城市——

(酒吧间的老板娘关了一盏灯。唱机也停了。他们处于半黑暗状态。咖啡馆关门的时刻很快就要到了。他们都闭上了眼睛,好像突然害起羞来。循规蹈矩的世界把他们驱逐出来,因为在这个世上容不得他们这种奇遇。没有必要斗下去了。她突然明白了这一点。当他们再睁开眼睛时,他们确实笑了,"为的是不要哭出来"。她站起身。他没有阻拦她。他们走出咖啡馆,在茫茫的黑夜里,站在咖啡馆门前。她面对着他站着。)

她:有时需要忘掉社会造成的困难,否则就会闷死。

(咖啡馆关掉最后一盏灯。两个人都垂下了眼睛。)

她:走吧,离开我吧。

(他开始走了,抬起头望着天空。)

他:天还没有亮……

她:没有(停顿)也许我们永远不会再见面了。

他:是的,可能是这样。(停顿),也许有那么一天,战争爆发了……

(停顿。)

她:(讽刺地)不错,战争……

第五部

剧本的第五部的上半部分拍摄成影片后,成为影片的第六段。在这个段落

中主要表现法国女演员和日本建筑师的难舍难分以及她陷入矛盾痛苦之中。写的是“新愁”。这一段基本上都是现实动作。

（又过了些时候。我们看见她在街上出现了，走得很快。接着，又看见她在旅馆的门廊里，拿了房间钥匙。然后，我们看见她在楼梯上。然后，她打开她的房门，走了进去，突然站住，就像面临深渊、或发现屋子里有人。她退了出来，轻轻地关上房门。

上楼，下去，又上楼，等等。她折了回来，在过道上走来走去。绞着双手，考虑该怎么办，她想不出办法，又突然回到她房间。这一次在房间里待定了。

她走到洗脸盆跟前，往脸上撩了些水。我们听到她的第一句内心独白。）

她：你以为你知道，不，你不知道。

在内韦尔，在她年轻的时候，有一个德国情人……我们要到巴伐利亚去，亲爱的，我们要在那儿结婚。她从来没有去成巴伐利亚。（照镜子）

我倒要看看没有到过巴伐利亚的人谁敢对她谈论爱情。

你还没有完全死。

我把我们的故事告诉别人了。

我今天晚上在这个陌生人面前对你是不忠实的。

我把我们的故事告诉他了。

你看，这是一个可以告诉别人的故事吗？

十四年了，我没有再尝到……不能实现的爱情的味道。

自从内韦尔以后。

看我怎样正在忘掉你……

看我怎样已经忘掉了你。

看着我呀。

（从打开的窗户看出去，我们看见新建的广岛，它安静地沉睡着。她忽然抬起头，在镜子里看见她那潮湿的面孔——好像是眼泪，变老了，变憔悴了。这一次，她厌倦地闭上了眼睛。她擦干脸，很快地离开屋子，走出门廊。）

（我们再看见她时，她坐在一张长凳或一堆石头上，离开他们晚上待过的咖啡馆大概五十英尺远。咖啡馆的灯光射到她的眼睛上。目光呆滞，几乎是空洞的，因为他已经不在那儿了。她在石堆上〔躺下，坐着〕继续看着咖啡馆。〔现在酒吧间只剩下一盏灯了。刚才他们坐着的那个房间已经没有人了。通往房间的一扇门微微开着，微弱的灯光刚刚能使人看出桌椅陈设的位置，它们真像一

些模糊的、虚幻的影子。〕

她闭上了眼睛,然后又睁开了。她好像睡着了,但实际上并没有。她睁开眼睛时,像猫一样地突然睁开。然后,我们听到她的声音——内心独白:)

她:我要待在广岛。每天晚上和他在一起。在广岛。(睁开眼睛)我要待在这儿,这儿。

(她的视线离开了咖啡馆,茫然环视四周。接着突然像孩子似的紧紧缩成一团,双手抱着头,蜷起双脚。日本人走近她。她看见他,却没有动,没有反应。两个人都开始有点儿心不在焉。彼此没有感到惊讶。他在抽烟。)

他:留在广岛吧。

她:(看了他一眼)当然我要留在广岛,和你在一起。(她又埋下头,用孩子的腔调说)噢,我真难受啊……

(他走近她。)

她:我没有想到会发生这样的事,真的……走开吧。

他:(走开)我离不开你。

(他们现在是在林荫大道上。背景是夜总会的霓虹灯广告。林荫大道是笔直的。她在前面走,他跟在后面。我们先看到一个,再看到另一个。他们的脸上都充满了忧伤。他追上了她。)

他:(温柔地)和我一起待在广岛吧。

(她没有回答。然后,我们听到她的内心独白,声音很响,控制不住感情:)

她:他将会朝我走过来,要搂着我的肩膀了,要吻——我——了……他要吻我了……我将会不知所措了。

(说"不知所措"这个词儿时她几乎出神了。)

(镜头转向他。我们看到他愈走愈慢,故意拉开他们之间的距离。因此,不但没有靠近她,反而离得更远了。她没有回头。)

(一连串的广岛和内韦尔街道的镜头。丽娲的内心独白。)

她:我遇到了你。

我记住你。

这座城市的大小正适合恋爱。

你天生适合我的身体。

你是谁?

你把我毁了。

我渴望，我渴望背叛上帝、和人通奸、撒谎，我渴望死。

我一直是这样。

我一直希望有一天你会来到我面前。

我静静地极其耐心地等待着你。

占有我吧。你随心所欲地把我变形吧，这样，再不会有人在你之后理解为什么会有如此强烈的欲念了。

只有你我两个人，我的爱。

夜晚将永远不会终止。

太阳将永远不会再升起。

永远不，永远不会。再也不会了。

你把我毁了。

你多好呀。

让我们一起心平气和地、带着良好的祝愿来哀悼那过去的日子。

我们没有别的事可做，只能哀悼那过去的日子。

那个时刻将要来临。

那个时刻一定会来临。那时，我们不会再知道是什么把我们联系在一起。渐渐地，这个字眼就会在我们的记忆中淡漠下去。

然后，它就完全消失了。

（这次他面对她走过去——最后一次——不过保持着一段距离。从那时起，她是不可亵渎的。天在下雨。他们站在一家店铺的天篷下。）

他：你能不能留下来呢。

她：你知道是不可能留下来的。比走掉的可能性小。

他：一个星期。

她：不。

他：三天。

她：三天够做什么的？为了活下去？还是为了死掉？

他：足够弄清楚是要活下去还是去死掉。

她：这不可能。不论活下去还是死掉，这点时间都不够用。因此，我根本不予考虑。

他：你还不如在内韦尔死了呢。

她：我也这样想。可惜我没有死。

（她坐在广岛火车站候车室的一张长凳上。又过了不少时间。她旁边坐着一个日本老太太。又一段内心独白：）

她：内韦尔，这个我已经忘怀了的城市，今天晚上我希望能再看见你。一连几个月，每天晚上，当我的身体燃烧着对他的怀念时，我也看到烈火中的你。

（日本人像一个影子那样走了进来，坐在长凳上，在老太太的另一边。他没有看那个法国女人，他的脸被雨水淋湿了，嘴唇微微颤抖。）

她：当我的身体还燃烧对你的怀念时，我想再看看内韦尔……还有卢瓦尔河。

（内韦尔的镜头。）

可爱的涅夫勒白杨树，我要把你忘掉。（说"可爱"这个词儿时，应该像说情话那样。）

不值钱的故事，我要把你忘掉。

（内韦尔废墟。）

在没有你的夜晚，我只好等待白天来解脱我。

（在内韦尔"结婚"。）

一天没有他的眼睛，她就活不下去。

内韦尔的小姑娘。

内韦尔的不害臊的小姑娘。

一天没有他的手，她就觉得堕入情网是多么可怜。

傻姑娘。

她在内韦尔为爱情而死去了。

剃光头的小姑娘，你把一切都忘了吧。

不值钱的故事。

至于他呢，他要从你的眼睛忘起。

和你完全一样。

至于他呢，他将要忘记你的声音。

和你完全一样。

至于他呢，他将把你一点一点地整个忘掉。

你将要变成一支歌曲。

（他们当中隔着一个日本老太太。他抽出一支香烟，微微抬起身子，把那包烟递给法国女人，"我能为你做的只有这一点点了，请你抽支烟，就像请任何人，比如请这位老太太抽一支一样，”她不抽。他把香烟递给老太太，给她点火。

内韦尔森林的景色在曙光中移动着，逐渐消失。内韦尔。广岛车站的高音喇叭随着内韦尔的镜头高声广播：

“广岛！广岛！”

法国女人好像睡着了。旁边的两个日本人怕把她吵醒，在小声说话。）

老太太：她是谁？

他：一个法国女人。

老太太：出了什么事啦？

他：她过一会儿就要离开日本，我们要分开了，心里很难过。[1]

剧本的第五部分拍摄成影片后，成为影片的第七段。在这个段落中，法国女演员终于因过去和德国士兵的恋情带给她的伤痛，使她下决心离开了日本建筑师。写的是“新愁”。这一段基本上都是现实动作。

（她走了。又在车站外边见到了她。她坐进一辆出租汽车。车子在夜总会门前停下。那是“卡萨布兰卡”夜总会。接着，他也来了。

她一个人坐在一张桌子旁。他坐在她对面的一张桌子旁。这就是一切的结束。这个夜晚的结束标志着他们永别的开始。屋子里有一个日本人走上去和她搭讪。）

日本人：你单独一个人吗？[2]

（她只用手势回答。）

日本人：你愿意和我聊聊吗？

（那个地方几乎是空的，人们感到很无聊。）

日本人：这会儿一个人孤零零的可是太晚了。

（她让别的男人和自己交谈，为的是“丢掉”我们认识的那一位。不过这不但不可能，而且也毫无意义。因为那一位已经不见了。）

日本人：我可以坐下吗？你是刚到广岛游览的吗？

你喜欢日本吗？

你住在巴黎吗？

---

① 他们用日语对话。电影里不加翻译。

② 以下的一段对话在电影里用的是英语。

（从窗户往外看，我们可以看到天将破晓。内心独白停止了。不知名的日本人还在对她讲话。她看看他。不知名的日本人停止和她讲话。接着，她吓了一跳，“可诅咒的曙光”已经从夜总会的窗户射进屋里来了。）

（再看见她时，她在旅馆屋里靠着门站着，手按着胸口，敲门声。她打开门。）

他：我不能不来。

（他们面对面地站在屋子里，两手下垂，身子没有接触。房间很整洁。烟灰碟是空的。床铺得整整齐齐。现在已经是白天了。太阳已经升起。床没有动过，没有人说话，甚至连烟都没有人抽，彼此注视着对方。寂静的黎明笼罩着整个城市，他走进她的屋子。远方，广岛还在沉睡。她忽然坐了下来，用手抱着头，紧握拳头，闭上眼睛，长叹了一声，这是一声极其忧伤的叹息。她的眼睛反射出城市的亮光。）

她：我要把你忘掉！我已经在忘掉你了！你看我是怎样地在忘掉你！看着我！

（他抓住她的胳膊〔手腕〕，她面对着他，头往后仰。她突然挣开身子。他茫然地扶住她，仿佛她遇到了什么危险。他看着她，她看着他，就像看这座城市，忽然之间，她非常温柔地呼唤他。她迷迷惘惘地，仿佛从远方将他呼唤。她已经能够把他忘怀，这使她十分惊奇。）

她：广—岛。

广—岛。这就是你的名字。

（他们彼此看着对方，却视而不见。）

他：不错，那就是我的名字。你的名字叫内韦尔。法国的内—韦—尔。

（剧终）

＊读这个剧本，主要应注意作者是怎样运用时空交错手法去表现人物（法国女演员）的意识活动的。

——本书作者注

〔法〕乔治·普罗第的“三十六种戏剧模式”

种类	主要的即观众所同情的人物	其他必要的人物	细　目
1. 求告	求告者	逼迫者	A:(1)帮助他去对付敌人。 (2)准许他去做一件他应做而被禁止做的事情。 (3)给予他一个可以终其天年的地方。 B:(1)舟行遇灾的人,请求收留帮助。 (2)行事不端,被自己人斥逐而祈求别人的慈悲。 (3)祈求恕罪。 (4)请求准许收葬尸骨取回遗物。 C:(1)替自己亲爱的人求情。 (2)在亲戚面前替另一亲戚求情。 (3)在母亲的情人面前,为母亲求情。
2. 援救	不幸的人	威胁者、天外飞来的救星	A:(1)救援一个被认为有罪的人。 B:(1)子女援助父母恢复王位。 (2)受过恩惠的人报恩施救。
3. 复仇	复仇者	作恶的人	A:(1)为被害的祖宗或父母复仇。 (2)为被害的子女或后人复仇。 (3)为被侮辱的子女复仇。 (4)为被害的妻子或丈夫复仇。 (5)为妻子受侮辱(或几乎受侮辱)而复仇。 (6)为被害者的情妇复仇。 (7)为朋友被杀或受损害而复仇。 (8)为姊妹被奸污而复仇。 B:(1)为了存心作对,故意为难而复仇。 (2)为了趁人不在,暗加攘夺而复仇。 (3)为了蓄意谋害而复仇。 (4)为了故入人罪而复仇。 (5)为了逼奸强暴而复仇。 (6)为了夺去所有而复仇。 (7)为了一两个人的奸诈,对整个团体的复仇。 C:(1)职业地追捕有罪的人。

续表

种类	主要的即观众所同情的人物	其他必要的人物	细目
4. 骨肉间的报复	报复者	作恶者，已死的受害人	A：(1)父亲的死，报复在母亲身上。 (2)母亲的死，报复在父亲身上。 B：(1)弟兄的死，报复在儿子身上。 C：(1)父亲的死，报复在丈夫身上。 D：(1)丈夫的死，报复在父亲身上。
5. 逋逃	逋逃者	追捕或惩罚的势力	A：(1)违反法律（有时为不得已）的或因其他政治行为而逃。 B：(1)因恋爱的过失而逋逃。 C：(1)好汉对着伟大势力的抗争。 D：(1)半疯狂的人对着阴谋的政治的抗争。
6. 灾祸	受祸者	胜利的人	A：(1)战败。 (2)亡国。 (3)人类的灭亡。 (4)天灾。 B：(1)君位被夺。 C：(1)旁人的忘恩负义。 (2)不公道地被惩罚或受敌视。 (3)遭遇横逆或暴行。 D：(1)被情人或丈夫遗弃。 (2)丧失子女。
7. 不幸	不幸的人	制约他的人	A：(1)无辜的人，为野心者的阴谋所牺牲。 B：(2)无辜的人，受了那应该保护他的人的残害。 C：(1)能人，有力的人在困苦贫乏之中。 (2)一向被宠爱的人，或一向受亲昵的人，发现此刻他是被遗忘了。 D：(1)失去了唯一的希望。
8. 革命	革命者	暴行者	A：(1)一个人的反抗 (2)数个人的反抗。 B：(1)一个人的革命，而影响了许多人。 (2)许多人的革命。
9. 壮举	勇敢的领袖	敌人(对象)	A：(1)备战。 B：(1)战事。 (2)争斗。 C：(1)劫夺一个所欲的对象或人物。 (2)夺回那所欲的对象或人物。 D：(1)冒险的远征。 (2)为了获得所爱的妇人而冒险。

续表

种类	主要的即观众所同情的人物	其他必要的人物	细　　目
10. 绑劫	绑劫者	被绑劫者,保护人	A:(1)绑劫一不愿顺从的女子。 B:(2)绑劫那愿意顺从的女子。 C:(1)夺回那被绑的女子,但未杀死绑劫者。 (2)夺回那被绑的女子,同时杀死暴行者。 D:(1)救出那被绑的朋友。 (2)救出一被绑的小孩。 (3)救出一信仰错误的人。
11. 释迷	解释的人	迷	A:(1)必须寻得某人,否则处死。 B:(1)必须解释谜语,否则遇祸。 (2)同(1),但谜为所爱的女子所作。 C:(1)悬赏以寻出人的名字。 (2)悬赏以寻出人的性别。 (3)试验一个人是否疯狂。
12. 取求	取求的人	拒绝的人,判断的人	A:(1)用武力或诈术,获取目标。 B:(1)用巧妙的言词,获取目标。 C:(1)用言语打动判断的人。
13. 骨肉间的仇视	仇恨者	被恨者或互恨者	A:(1)兄弟间一人为诸人所嫉视。 (2)兄弟间互相仇视。 (3)为了自利,亲戚间互相仇视。 B:(1)子仇视父。 (2)父与子互相仇视。 (3)女恨父。 C:(1)祖仇视孙。 D:(1)翁仇视婿。 E:(1)姑仇视媳。 F:(1)婴儿杀戮。
14. 骨肉间的竞争	得胜者	被拒者	A:(1)恶意的竞争者为自己手足。 (2)两兄弟间,彼此恶意地竞争。 (3)两兄弟间的竞争,其一犯了奸淫。 (4)两姊妹间的竞争。 B:(1)为了一个未嫁女子,父与子的竞争。 (2)为了一个已嫁女子,父与子的竞争。 (3)同(2),但此女已为其父之妻。 (4)母与女的竞争。 C:(1)嫡堂手足或姑表间的竞争。 D:(1)朋友间的竞争。

续表

种类	主要的即观众所同情的人物	其他必要的人物	细　目
15. 奸杀	有奸情的人	被害者	A:(1)情人杀害丈夫,或为了情人杀害丈夫。 (2)杀害一个"推心置腹"的情人。 B:(1)为情妇或为了私利,杀害妻子。
16. 疯狂	疯狂者	受害者	A:(1)因为疯狂而杀害了骨肉。 (2)因为疯狂而杀害了恋人。 (3)因为疯狂而杀害了无辜的人。 B:(1)因为疯狂而受耻辱。 C:(1)因为疯狂而失去了亲人。 D:(1)因为怕有遗传的疯狂,而竟致疯狂。
17. 鲁莽	鲁莽者	受害者或失去的对象	A:(1)因鲁莽而自致不幸。 (2)因鲁莽而自致耻辱。 B:(1)因好奇而自致不幸。 (2)因好奇而丧失所爱的人。 C:(1)因好奇而致别人死亡或不幸。 (2)因鲁莽而致亲族死亡。 (3)因鲁莽而致爱人死亡。 (4)因轻信而致骨肉死亡。
18. 无意中的恋爱的罪恶	恋爱者	被恋者,说明者	A:(1)误娶自己的母亲。 (2)误以自己的姊妹为情妇。 B:(1)误娶自己的姊妹为妻。 (2)同(1),唯系受人陷害。 (3)几乎以自己的姊妹为情人。 C:(1)几乎奸淫自己的女儿。 D:(1)几乎在无意中犯了奸淫的罪。 (2)无意中犯了奸淫的罪(如误以为丈夫已死而改嫁,其实未死之类)。
19. 无意中伤残骨肉	杀人者	被害者	A:(1)受神命,几乎在无意中杀了自己的女儿。 (2)同(1),但因政治上的必要。 (3)同(1),但因与人作恋爱上的争宠。 (4)同(1),但因怨恨那他所不认得的女儿的情人。 B:(1)无意中杀害或几乎杀害了自己的儿子。 (2)同(1),但系受奸人的拨弄。 (3)同(1),同时并有对其他骨肉的仇视。 C:(1)无意中杀害了或几乎杀害了自己的手足。 (2)为了职务的关系,无意中杀害了自己的姊妹。 D:(1)无意中杀死了自己的母亲。 (2)受奸人的拨弄,无意中杀死了自己的父亲。

续表

种类	主要的即观众所同情的人物	其他必要的人物	细　　目
			E:(1)为报仇或受拨弄,无意中杀害了自己的祖父。 (2)迫于不得已的杀害。 (3)无意中杀了家翁。 F:(1)无意中杀了一个所爱的女子。 (2)几乎杀害了一个不认识的情人。 (3)没有去救一个不认识的儿子的性命。
20. 为了主义而牺牲自己	牺牲者	主义	A:(1)为了诺言而牺牲自己的性命。 (2)为了自己种族的成功或幸福而牺牲性命。 (3)为了孝道而牺牲性命。 (4)为了自己的信仰而牺牲性命。 B:(1)为了信仰而牺牲了恋爱与性命。 (2)为了事业而牺牲了恋爱与性命。 (3)为了国家的利益而牺牲了恋爱。 C:(1)为了义务而牺牲了自己的幸福。 D:(1)为了信仰而牺牲了自己的荣誉。
21. 为了骨肉而牺牲自己	牺牲者	骨肉	A:(1)为了亲戚或所爱的人的生命而牺牲自己的生命。 (2)为了亲戚或所爱的人的幸福而牺牲自己的生命。 B:(1)为了父母的幸福而牺牲自己的前途。 (2)为了父母的生命而牺牲自己的前途。 C:(1)为了父母的生命而牺牲了自己的恋爱。 (2)为了子女的幸福而牺牲了自己的恋爱。 D:(1)为了父母或一个所爱的人的生命而牺牲自己的生命与荣誉。 (2)为了亲戚或所爱的人的生命而不顾自己的贞操。
22. 为了情欲的冲动而不顾一切	恋爱者	对象,被牺牲者	A:(1)为了热欲而破坏了宗教上的贞操与誓言。 (2)破坏了普通的贞操的自誓。 (3)为了热欲而毁灭了自己的前程。 (4)为了热欲而毁坏了自己所有的权力。 (5)热欲毁灭了脑力、健康、甚至生命。 (6)热欲毁灭了富贵、荣誉、若干人的性命。 B:(1)因遇诱惑而忘了义务。 C:(1)因为情欲的罪恶而致丧失生命、地位、荣誉。 (2)为了别种罪恶,而得同前的结果。

续表

种类	主要的即观众所同情的人物	其他必要的人物	细　　　目
23. 必须牺牲所爱的人	牺牲者	被牺牲的所爱的人	A:(1)为了公众的利益,必须牺牲一个女儿。 (2)因为遵守对神所立的誓言,有牺牲她的义务。 (3)为了个人的信仰,有牺牲恩人或所爱的人的义务。 B:(1)在必要的情形之下,牺牲人家所不知道的而实在是他的女儿。 (2)在同样的环境中,牺牲他的父亲。 (3)在同样的环境中,牺牲自己的丈夫。 (4)为了公众的利益,而牺牲自己的女婿。 (5)为了公众的利益,而对付自己的郎舅。 (6)为了公众的利益,对付自己的朋友。
24. 两个不同势力的竞争(为了恋爱)	两个不同势力的人	对象	A:(1)神与人。 (2)有妖术者与平常人。 (3)得胜者与被征服者,主与奴,上司与下属。 (4)上国的君王与属国的君王。 (5)君王与贵族。 (6)有权威者与新兴之人。 (7)富人与穷人。 (8)有荣誉的人与犯嫌疑的人。 (9)两个差不多势均力敌的人。 (10)同前,而其中一个人从前犯过奸淫。 (11)一个被爱的人与一个"没有权利去爱"的人。 (12)离过婚的妇人的前后两个丈夫。 (以上是在两男之间) B:(1)一个妖妇和一个平常女人。 (2)得胜者与囚徒。 (3)皇后与臣民。 (4)皇后与奴隶。 (5)女主与仆人。 (6)高贵的女子与低微的女子。 (7)两个差不多地位相等的人,其中一个纵恣任情。 (8)对于高贵女子的理想或记忆,与一个不如她的真的人。 (9)神与人。 (以上是在两女之间) C:(1)重复的竞争——(甲爱乙,乙爱丙,丙爱丁。) D:(1)神与神。 (2)人与人。 (3)法律上的两个妻子。 (以上是东方式的)

续表

种类	主要的即观众所同情的人物	其他必要的人物	细　　目
25. 奸淫	两个有淫行的人	被欺骗的丈夫或妻子	A:(1)为了另一少妇,欺骗了情妇。 (2)为了自己的少妻,欺骗了情妇。 (3)为了一个少女,欺骗了情妇。 B:(1)为了那个他所爱但并不爱他的女奴,欺骗了妻子. (2)为了纵欲,欺骗了妻子。 (3)为了已婚的少妇,欺骗了妻子。 (4)意欲重婚,欺骗了妻子。 (5)为了他所爱但并不爱他的少女,欺骗了妻子。 (6)妻子为那个爱她的丈夫的少女所嫉妒。 (7)妻子为一个娼妓所嫉妒。 (8)一个冷淡的妻子和一个热情的情妇间的竞争。 C:(1)为了一个"相投"的情人,牺牲了那"不合"的丈夫。 (2)忘记了自己的丈夫(以为他是死了)去和他的情敌要好。 (3)为了一个能够同情她的情人,牺牲了她平凡的丈夫。 (4)欺骗了好的丈夫,为了一个不如他的情敌。 (5)同前,为了一个怪僻的情敌。 (6)同前,为了一个令人讨厌的情敌。 (7)热恋的妻子,欺骗一个好的丈夫,为了一个平凡的情人。 (8)欺骗丈夫,为了一个虽不如他那样好,但更加有用的情人。 D:(1)被欺骗的丈夫的复仇。 (2)为了主义,打消了嫉妒的念头。 (3)丈夫被那失败的情敌陷害。
26. 恋爱的罪恶	恋爱者	被爱恋者	A:(1)母恋子。 (2)女恋父。 (3)父对女施暴行。 B:(1)少妇恋其丈夫的前妻之子。 (2)少妇与前妻之子彼此爱恋。 (3)一个女子同时为父与子的情妇。 C:(1)为嫂或妗的恋人。 (2)兄妹恋爱。 D:(1)男爱另一男子。 E:(1)人与兽。

续表

种类	主要的即观众所同情的人物	其他必要的人物	细　　目
27. 发现了所爱的人的不荣誉	发现者	在过失者	A:(1)发现了母有可羞耻之事。 (2)发现了父有可羞耻之事。 (3)发现了女儿有不荣誉的事。 B:(1)发现了未婚夫或妻的家庭中有不荣誉的事。 (2)发现了自己的妻子在未婚前经人污辱。 (3)发现她从前有过“失足”。 (4)发现自己的妻子从前是娼妓。 (5)发现自己的情人有不荣誉的事。 (6)发现自己的情妇以前本来是做娼妓的,又恢复了旧生涯了。 (7)发现自己的情人是个无赖,或情妇是个坏女人。 (8)发现自己的妻子是一个坏女人。 C:(1)发现了自己的儿子是一个杀人犯。 D:(1)儿子是一个卖国贼。 (2)儿子违犯了他自己定的法律。 (3)儿子被认为是有罪的。 (4)立誓欲除暴君,此刻方知暴君就是他的父亲。 (5)发现了自己的手足是一个杀人犯。 (6)发现了自己的母亲是害死父亲的人。
28. 恋爱被阻碍	两个恋爱的人	阻碍	A:(1)因为门第或地位不同而不能结为婚姻。 (2)因为财富不同而不能结为婚姻。 B:(1)因有仇人从中阻挠而不能结为婚姻。 C:(1)因女子先已许为他室。 (2)同(1),并误会所爱的对象已和别人结婚。 D:(1)亲戚们的反对。 (2)亲戚间不和。 E:(1)男女间性情不和。
29. 爱恋一个仇敌	被爱恋的仇敌	爱他的人,恨他的人	A:(1)被爱者为爱人的亲族所痛恨。 (2)爱人为被爱者的亲族所痛恨。 (3)被爱者(男)是爱他的女子的伙伴的仇人。 B:(1)爱人(男)是杀死被爱者的父亲的人。 (2)被爱者(男)是杀死她的另一爱人的父亲的人。 (3)被爱者(男)是杀死她的另一爱人的兄弟的人。 (4)被爱者(男)是杀死那爱他的女子的丈夫的人。 (5)被爱者(男)是杀死那爱他的女子的原来爱人的人。 (6)被爱者(男)是杀死那爱他的女子的一个亲族的人。 (7)被爱者(女)是杀死爱人的父亲的人的女儿。

续表

种类	主要的即观众所同情的人物	其他必要的人物	细　　目
30. 野心	野心者	阻挡他的人	A:(1)野心为自己的亲族——兄弟——所阻止。 (2)野心为亲戚或受恩的人所阻止。 (3)为自己的党羽所阻止。 B:(1)反叛的野心。 C:(1)野心与贪婪连续地造成罪恶。 (2)枭獍似的野心。
31. 人和神的斗争	人	神	A:(1)和神斗争。 (2)和那信仰某一种神的人斗争。 B:(1)和神争论。 (2)因为侮辱神道而被罚。 (3)因为神前傲慢而被罚。 (4)狂妄地和神竞争。 (5)鲁莽地和神竞争。
32. 因为错误而生的嫉妒	嫉妒者	见妒的人	A:(1)错误因嫉妒者的疑心而生出来。 (2)错误的嫉妒,因为凑巧而生出来。 (3)误认友谊的爱为男女的爱。 (4)嫉妒为恶意的造谣所引起。 B:(1)嫉妒为怀恨的叛徒所挑起。 (2)同(1),但是叛徒是为了自己的利益。 (3)同(1),但是叛徒是为了自己的利益与嫉妒。 C:(1)夫妻间的相互嫉妒,为情敌所挑起。 (2)丈夫的嫉妒,为失败的情敌所挑起。 (3)丈夫的嫉妒,被一个爱他的女人所挑起。 (4)妻子的嫉妒,被一个受过斥逐的情敌所挑起。 (5)一个得意的情人的嫉妒,被那一向受欺的丈夫所挑起。
33. 错误的判断	错误者	受害人,错误的原因	A:(1)须要信托的地方,发生了错误的疑忌。 (2)误疑自己的情妇。 (3)误会爱人的态度而生疑忌。 (4)因对方冷淡而生错误的疑忌。 B:(1)为救一个友人,故意使人怀疑自己。 (2)打击一个冤枉无辜的人。 (3)同(2),但冤枉的人因曾生过恶念,自觉有罪。 (4)一个目击罪恶的人,因为欲救一个所爱的人,听任旁人责备那冤枉的人。 C:(1)听任旁人责备一个敌人。 (2)错误是由一个仇敌故意引起的。

续表

种类	主要的即观众所同情的人物	其他必要的人物	细　　目
			(3)错误是由她的兄弟故意引起的。 D:(1)犯罪者嫁祸于他的仇人。 (2)犯罪者早就布置好的,嫁祸于他的第二个欲害的人。 (3)嫁祸于一个情敌。 (4)嫁祸于一个无辜的人,因为此人不肯和他共同作恶。 (5)一个被遗弃的情妇,嫁祸于她从前的情人,因为他不肯去欺骗她的丈夫。 (6)受了人家的故意陷害(错误的判罪)之后,努力恢复地位并设法报复。
34. 悔恨	悔恨者	受害人或罪恶	A:(1)为了一件人家所不知的罪恶而悔恨。 (2)为了弑父而悔恨。 (3)为了谋杀而悔恨。 (4)为了谋杀丈夫或妻子而悔恨。 B:(1)为了恋爱的过失而悔恨。 (2)为了犯了奸淫而悔恨。
35. 骨肉重逢	寻觅者	寻得的人	
36. 丧失所爱的人	眼见者	死亡者	A:(1)眼看骨肉被残而不能救。 (2)为了职务上的秘密,以不幸加到自己人身上。 B:(1)预见一个所爱的人的死。 C:(1)得知了亲族或挚友的死亡。 D:(1)听得所爱人的死,因失望而蛮性发作。

思考题答案

“一剧之本”

1. *电影剧本是在电影发展的什么形势下应运而生的？*

电影的幼年时期，没有电影剧本。后来，也只有草图、提纲、梗概一类的作为未来影片骨架的文稿。到了有声电影诞生之后，随着电影内容的复杂化和含义的深化，便需要专门有人运用电影的形象思维，把结构复杂的内容，脉络分明和细致入微地在拍摄前事先做好周密的计划。电影剧本在这种情况下应运而生了。

2. *为什么说电影剧本是电影创作的“基础”？*

创作一部电影，要由编剧、导演、演员、摄影、美工、化装、道具、剪辑等许多电影工作者集体努力。但是，电影编剧把生活素材经过他的提炼、加工和构思，用文字构成银幕形象，然后交给以导演为核心的摄制组，进行“二度创作”，把文字形象转化为银幕形象。所以，电影编剧创作的电影剧本是影片创作的“基础”。

应当特别指出的是，尽管在电影编剧手里的“银幕形象”，尚处在用文字表现的阶段，但它能“独立地描绘出鲜明的生活图画”（巴拉兹语）。所谓“独立地”，是指电影编剧所写的剧本，是一种用独特的银幕画面来构造形象的剧本。因此，它虽是文字的，却能向导演提供出拍摄影片的、包括思想的和艺术的“基础”。

3. *苏联的杜甫仁科和日本的黑泽明是怎样论述电影剧本的“基础”作用的？*

杜甫仁科说：“艺术电影是以文学，即电影剧作为基础的，因此，影片的高质量首先要以具有创作上真正优秀的电影剧本为前提。”

黑泽明说：“弱苗是绝对得不到丰收的，不好的剧本绝对拍不出好的影片来。剧本的弱点要在剧本完成阶段加以克服，否则，将给电影留下无法挽救的祸根。这是绝对的。无论拥有多么优秀的导演力量，也无论在导演时做了多大的努力，结果也无济于事。当然，导演对剧本要尽一番努力，那是另外一个问题，正因为有人把这种努力和导演混为一谈，所以才认为导演能够掩饰剧本的缺陷，那完全是一种错觉。总之，一部影片的命运几乎要由剧本来决定。我甚至认为，抓住一个好的剧本是导演艺术的第一步。”

“影视剧本是叙事和造型的结合”

1. 请将电影和小说、戏剧做比较，说明电影属于“视觉造型性”的艺术。

电影和小说、戏剧一样，都要讲故事，即“叙事”。不过，小说是在书本里讲，戏剧是在舞台上讲，而电影是在银幕上讲。不管在哪儿讲，毕竟它们都属于叙事艺术。

可是，它们叙事的表现方式却很不一样。苏联电影艺术大师对此曾说过一段著名的活，他说：“小说家用文字描写来表述他作品的基点，戏剧家所用的则是一些尚未加工的对话，而电影编剧在进行这一工作时，则要运用造型的（能从外形来表现的）形象思维。”

所以，小说中的夹叙夹议手法，或是夸张的、带比喻性的描写，在电影中是不适用的，因为它们和电影的视觉造型性相抵触。而戏剧因受三堵墙的限制，在时空转换上很不自由，而电影在空间转换上享有极大的自由，这又是戏剧和电影的差别。此外，戏剧家塑造人物形象主要依靠性格语言，电影虽也要求人物语言性格化，但它更依赖运用人物造型以及人物的造型动作去塑造人物，这也是戏剧和电影的相异之处。从电影和戏剧、小说的不同方面，我们可以感到，电影特别强调它的视觉造型性。

2. 所谓视觉造型性的画面语言，包含哪些方面？

电影的视觉造型性的画面语言，是电影的特有表现形式，它综合了画面的光影、色彩、构图以及镜头剪辑所造成的节奏和情绪冲击力等。

3. 如何正确对待画面的造型功能和叙事功能？

总的来说，应把两者很好地结合起来，不要偏废。

因此，电影工作者不应脱离人物命运而专门去追求造型。如果只强调了画面的造型功能，而忽略了画面的叙事功能，必然会导致造型失去意义。这样的画面造型再美，光影、构图再讲究，它的意义最多也就局限在画面本身，不可能产生出更丰富的内容和含义来。这是因为：电影毕竟是造型性和叙事性相结合的一门艺术，说得通俗些，电影是一门用镜头（或造型画面）讲故事的艺术。离开造型不行，离开叙事也不行。作为一名电影艺术工作者，应同时在这两个方面下工夫。

“影视剧本是画面和声音的结合”

1. 你认为，电影中的声音和画面哪一个更为重要？

首先应当说明，这是一个有争议的问题。比如，法国著名的电影理论家巴赞认为，不要分什么主要和次要，电影是一门视听结合的艺术。但有更多的电影工作者却认为，电影应是一门以视觉为主、听觉为辅的艺术。如英国著名电影理论家欧纳斯特·林格伦、匈牙利著名电影理论家贝拉·巴拉兹等都持这一观点。

其次，要看如何来使用电影声音。如果电影声音的三个组成部分——对话、音响和音乐——交叉出现，并与画面配合，凝结成一个整体，构成一个和谐而又复杂的完整的银幕形象，那么，声音就不在于它的多寡，即使多了仍不失为成功之作。

更何况，视觉空间在实际生活中总是和声音联系在一起的，也只有当两者结合起来时，才能给人以完整的真实感。所以，电影编剧在重视电影的视觉造型的同时，还应当重视对声音的描写，要善于在剧作中把两者结合起来。

2. 有声电影诞生于哪一年？第一部有声片产生于哪一个国家，叫什么名字？初期的有声电影遭到哪些人的反对，为什么？

有声电影诞生于 1927 年 10 月 23 日。美国生产出第一部有声电影《爵士歌王》，使单纯依靠画面来表情达意的默片，变成了声画结合的艺术。

电影一旦能发声，导致了影片制作者过于依赖声音的倾向。如大量使用“对话”。故而早期的有声片又被称为“会话电影”。正是由于当时的电影过于仰仗“对话”，以致丧失了运用造型画面叙事的功能，以及简单地让人物开口说话，未能创造出真正音画结合的整体，于是遭到了一些电影艺术大师如卓别林、爱森斯坦等的反对。卓别林在 1930 年拍摄的《城市之光》中，只有音乐；1935 年拍摄的《摩登时代》中，只有音乐和音响，仍无人物对白；一直到 1940 年，他在《大独裁者》一片中，才运用对白。卓别林自己说过：“如果我（流浪汉）一开始说话，我的步伐就应该完全改变。”他又说：“……如果我想扮演‘说话的’角色，那么，我就要改变我所创造的形象。”这说明，不是卓别林顽固地拒绝使用声音，而是由于音画结合是一个完整的艺术结合体，他正在酝酿和创造一个真正能说话的新形象。果然,“不鸣则已,一鸣惊人”,他在《大独裁者》中创造的理发师和那段脍炙人口长达六分钟的演讲,不仅给了法西斯有力的鞭笞,而且创造了一个运用对白的出色的音画体系。

3. 电影中的声音包括哪三个方面?它们之间的关系如何?

电影中的声音包括人声、音响和音乐这样三个方面。它们不是简单地相加。只有当它们结合在一起,相互交织,相互补充,成为一个艺术整体时,才有意义。

4. 音响在整个电影声音中占有多大比重?它能起到哪些作用?

音响在电影声音中是占比重最大的一个,约占电影声音总和的三分之二。它所起的作用也是多方面的,如显示环境,造成空间感,又如能衬托人物的思绪,甚至能成为剧作的元素。

5. 电影音乐基本上可以分成哪两类?它们所起的作用有哪些?

电影音乐基本上可以分成故事空间内的音乐(又称画面音乐或写实性的音乐)和画面空间外的音乐(又称表现性音乐或假定性的音乐)两种。前者是指影片中的人物所演唱、演奏或播放的音乐,后者是指不是画面中人物发出的,属于画面以外的音乐。画面内音乐可以起到展示人物身份、性格和内心情感的作用。画面外音乐,应用的范围甚广,既可展示环境,烘托气氛,又可抒发人物感情,表述创作者的主观评价,甚至还可以制造悬念,表现各种情绪效果。

6. 有人认为,电影音乐的使用属于音乐家或导演的事,编剧可以不管。你认为这种看法是否正确?

一名好的电影编剧不仅应当懂得音乐,而且还应善于把音乐作为一个剧作元素,运用到他所写的电影剧本中去。如果编剧撰写的是一部以音乐家为题材的电影剧本,而他不懂或不重视音乐,那么简直是难以下笔的。这是因为,在这类影片里,音乐已和剧情紧密地联系在一起了;音乐始终推动着剧情的发展,成为剧作的主要手段。即或是在一部不是以音乐家为题材的影片里,音乐同样可以成为剧作中的一个重要元素,如英国影片《苔丝姑娘》的舞蹈音乐,苏联影片《两个人的车站》中的手风琴声,西德影片《铁皮鼓》中的铁皮鼓把法西斯的阅兵音乐转变为优美的《蓝色多瑙河》等均是,更何况,音乐还可抒发人物感情,烘托环境,制造悬念,表现各种情绪效果,甚至表达编剧的主观评价等等。所以,电影编剧应当重视电影音乐的剧作作用,充分地使用它,为自己所撰写的电影剧本服务。

7. 为什么要提出"声画分立"的原则，它的依据是什么？

普多夫金在《有声电影的一个原则——音画分立》一文中说："有声电影的主要因素不是音画合一，而是音画分立"，因为，"音响的首要作用是增加电影内容的可能的表现力。"这说明，"音画合一"局限于告诉观众他们已经知道了的东西，而"音画分立"则能增强电影的表现力。

"声画分立"的依据，来源于现实中人对客观世界的感觉。在生活里，往往会出现客观的声音不等于感觉到的声音的现象，而如果电影剧作者让画面去表现客观部分，而让声音去表现主观部分，则会出现"音画分立"，达到刻画人物心理的目的。

"声画分立"的依据，还来源于人们的感觉过程。在现实生活里，音响和形象并不总是同时出现的，人们或是先听到音响，或是先看到形象。如果电影剧作者掌握这种感觉过程，就会让音响和形象互相补充，不仅能增强电影的表现力，更能逼真地表现生活的形态。

8. 什么叫"速剪艺术"？它的特点是什么？

在现代的西方电影中，出现了一种艺术倾向，创作人员在剪辑一部影片的时候，不像过去传统的做法那样，主要依靠画面，而是依靠声音的节奏。这就使得电影声音在影片里变得越来越重要，而且也使得画面的变化显得非常简明、快速。这就是所谓的"速剪艺术"。

速剪艺术片，不仅重视声音的作用，对画面的要求也非常高，要求摄影师像画家那样，把画面拍摄得非常优美。而且，主张画面具有象征意义。

从技术方面来说，速剪艺术片运用的都是最新技术，如电脑绘画、动画卡通、蓝幕合成等。总之，它追求高、精、尖，追求艺术的高质量。

"影视剧本是时间和空间的结合"

1. 你能证明电影是时间和空间结合的艺术吗？

德国文艺批评家莱辛在他所著的《拉奥孔》一书中，把艺术分成两大类："诗"和"画"。他并且说："绘画运用在空间中的形状和颜色。诗运用在时间中明确发出的声音。"这说明，绘画是在空间中展开的艺术，属于空间艺术；而诗是在时间中展开的艺术，属于时间艺术。

莱辛接着又说："绘画描绘物体，通过物体，以暗示的方式，去描绘运动。诗描绘运动，通过运动，以暗示的方式，去描绘物体。"这又说明，绘画（空间艺术）

的长处在于它有具象,即"通过物体"所呈现的可视的具体形象。但它的弱点是不能表现"运动",即事件的过程。因此,它只能用"暗示的方式"(如"选择最富于孕育性的那一顷刻")去表现时间。而诗(时间艺术)的长处恰恰在于它能表现运动,但它的弱点是缺乏具象。因此,它也只能用"暗示"的方式(通过读者自己的想象)去表现空间。电影则对时间艺术(诗)和空间艺术(绘画)的长处兼而有之。电影以镜头画面去构成银幕形象,直接作用于观众的视觉,使电影具有视觉形象的确定性;同时,电影又以运动的画面去表现事件的过程,按照时间的推移,把情节和事件展示出来。这样,电影在获得了双重艺术手段之后,成为具有最大表现可能的艺术品种。

2. 电影中的时空与现实生活中的时空是否相同?它呈现出哪几种状态?

电影时空不等于现实时空,我们往往把电影中的时空叫做"电影的新时空"。

电影的新时空往往呈现出两种状态,即:第一,现实时空被压缩了;第二,现实时空被延长了。

现实时空在电影中被压缩,这是经常发生的。如从北京开车去天津,实际时间需要一个多小时,但在电影里只消用几个切换的镜头,用不到一分钟的时间就能表现出来。如果每一部影片描绘运动的事件都要和实际时间等同,那么,这样的影片看起来是会相当冗长和沉闷的。可见,在电影里时间的压缩意味着艺术的取舍原则。

现实时间在电影里有时也会被延长、放大,但这不是经常发生的。只有当电影创作人员需要去突出、夸张、强调、渲染人物的某种思绪,或某一事物时才被运用。延长、放大时间的手法有两种:一是高速摄影(又叫做"时间的特写",因为它能捕捉到时间的每一瞬间);二是多方位、多视点、多景别地拍摄同一事物,再把它们剪辑起来。

3. 有没有这样的影片,它的故事时间和放映时间是相等的呢?或者说,电影中的时空和现实时空是同步的呢?

美国影片《正午》追求故事时间和放映时间的同步。故事发生在上午10点到12点,放映时间差不多也是两个小时。这说明还没有完全做到同步。这是因为影片使用了蒙太奇的穿插,破坏了时空的连续。苏联著名导演罗姆说:"任何蒙太奇的穿插都将破坏实际占用时间的连续性,从而不可避免地使时间缩短或拉长。"

此外,强求电影时间和生活时间等同是没有什么意义的。因为电影中的时间似乎总是随着人物的心理或表现内容的需要,被缩短或拉长,因此,它总是需要破坏生活时空的连续性。

4. 影片怎样造成电影的新时空?

造成电影新时空的手法是多种多样的,如运用光影的变化、季节的变化、景色的变化、服饰的更换,或用更迭地名的方式来表现,等等。但是,造成电影新时空的最根本的手法,是时间和空间的交织。具体来说,就是让时间随着空间的变化而流动,空间随着时间的延续而变化。在电影里,时间的体现离不开空间,空间的表现也离不开时间。就连表现时间的长短,也离不开空间的变化。因此,电影剧作家无论是组织一场戏、一段戏或整个剧本,一时一刻也离不开对时间和空间的把握,也就是说,必须具备电影的时空结构意识。

5. 就整部影片而言,因时空结构的变化而造成的电影的不同样式,基本上可以分成哪两大类?

"时空顺序式结构"和"时空交错式结构"。

"时空顺序式结构"是指那种按照故事发生、发展的时间顺序向前推进的一种结构样式。属于这种结构样式的影片主要有两种,一种叫"戏剧式结构",一种叫"散文式结构"。

"时空交错式结构"是指那种按照人物的心理活动,把现在、过去和未来相互穿插起来结构成的一种影片。

6. 电影时间包括哪三个含义?

第一,放映时间。一般为100分钟到120分钟。

第二,表现时间,即影片故事的时间长度。

第三,观众心理感受时间。在不同层次的观众中,其时间长度是不等的。

对于电影剧作家来说,放映时间要遵守,必须让自己所写的剧本,在拍成影片后,局限在规定的放映时间内。剧情展示的时间是自由的。也就是说剧作家可以根据剧情的需要表现得或长或短。最重要的是观众心理感受时间,如果剧本写得拖沓、冗长,毫无艺术感染力量,那就是失败之作了。

7. 电影时空观念的演变,可以分为哪几个阶段?

可以分为四个阶段。

第一,卢米埃尔——记录性电影时空阶段。

这一阶段的电影,在时空上与现实时空完全等同。属于电影对生活最简单的摹写。

第二，梅里爱——舞台式的电影时空阶段。

梅里爱运用“停机再拍”的原则，用一个镜头拍摄一段戏，类似舞台上的一幕或一场，局部改变了现实时空。

第三，格里菲斯——电影的新时空阶段。

格里菲斯从梅里爱的“停机再拍”原则中得到启示，用以分解每段戏中的动作和事件，并用不同方位、不同景别的镜头来造成空间运动……形成电影自由处理时空转换的原则。至此，电影时空出现了飞跃，形成自己独特的电影语言。

第四，伯格曼——心理时空阶段。

伯格曼之前的电影，都是按照顺时空的方式表现人物的外部动作；而他在《野草莓》中，运用时空交错的方式，表现人物内在心理活动，创造了电影的心理时空。

“蒙太奇思维是影视剧作的构思和形式”

1.“蒙太奇”这个词来源何处？它的原意是指什么？作为一种电影美学学派，它的奠基人是谁？这一美学学派理论主张的核心内容是什么？

“蒙太奇”(MONTAGE)这个词的原意是安装、组合、构成，是法国建筑学上的一个名词。借用到电影中，指镜头和镜头的组接。

“蒙太奇电影美学学派”的奠基人是库里肖夫、爱森斯坦和普多夫金。由于他们都是苏联人，所以有人也把这一学派称为“苏联电影美学学派”。

这一学派理论主张的核心内容，如爱森斯坦在他的重要文章《蒙太奇在1938》一文中所说：“两个蒙太奇镜头的对列不是二数之和，而更像二数之积……”什么叫做“二数之积”呢？苏联电影艺术家罗姆解释说：“把两个镜头连接起来，有时可以产生这两个镜头本身所没有包含的第三种意义，同样地，把画面和声音配合，也可能产生这种新的意义。”匈牙利电影美学家巴拉兹也说过：“镜头的组接，能使我们感受到镜头里看不到的东西。”

2. 有人认为，蒙太奇应由电影导演去掌握，电影剧作者可以不管，对此你怎么看？

这种看法是完全不对的。既然蒙太奇是电影的语言，电影的特殊表现手段，那么包括编剧、导演、演员、摄影、剪辑等在内的所有的电影艺术工作者，都应当学会、掌握和运用它。这是因为，在电影里没有一个创作过程是能够分割开、处于完全的独立状态中的，所以，普多夫金说过：“蒙太奇是电影艺术家所掌握的最重要的造成效果的方法之一，因而也是编剧所掌握的最重要的造成效果的方法之一。”

普多夫金所说的“最重要的造成效果的方法”，当然离不开声音和画面的组合，时间和空间的组合等。而电影剧作家必须通过视听语言和时空结构去构思与表现自己的电影剧本，这又怎能离得开蒙太奇呢？

3. 电影镜头组接理论的心理学基础是什么？

它来源于生活中人们对周围事物观察的习惯。人们在生活里观察某一事物，总是要不断变换视点的，他们正是通过视点的变化，以及从不同视点上所得的综合印象了解和掌握对象。电影依据人们的这种习惯，产生了远景、中景、近景、大写、特写、俯拍和仰拍，以及包括推、拉、摇、移、升、降在内的各种移动镜头，并将各种镜头组接起来，使观众可以像在现实生活中那样去观察反映在银幕上的生活，产生一种接近于现实生活的逼真感。所以，英国著名电影理论家林格伦说，“蒙太奇作为一种表现周围客观世界的方法，它的基本心理学基础是：蒙太奇重视了我们在环境中随注意力的转移而依次接触视像的内心过程。电影是用画面记录物象和重现运动的，它能使我们看到栩栩如生的景象；它应用了蒙太奇后，就能准确地重现我们通常察看事物时的方式。这说明了为什么现代的电影能如此生动、有趣和逼真，能远胜那些局限于不自然、不真实的舞台方式的初期影片。”

4. 请谈谈通过电影镜头的组接，对素材进行去粗取精工作的意义。

电影镜头的组接过程，意味着电影对生活进行去粗取精的工作。电影选取了那些能表现事物实质的有意义的素材，去掉了那些带过程性的无意义的素材。普多夫金就十分主张运用蒙太奇“对素材进行严格选择”的过程。他说：“那就是要删去现实中必然带有的，但只能起过场作用的无意义的素材，而只保留那些能表现出戏剧高潮的及富有戏剧性的素材。电影创作的基本方法——蒙太奇的重要意义，就在于这种去粗存精的可能性。”

5. 电影和戏剧有哪三个主要不同之点？

第一，电影打破了舞台演出和观众之间所保持的一定距离，使电影的镜头能够迫近人物。

电影正是通过各种镜头的运用，去突出电影所要表现的内容，并引导观众去欣赏和注意这些内容的。并通过电影艺术家所做的“蒙太奇处理方案”，让观众接受电影艺术家对银幕形象所做的解释。所以爱森斯坦说，“蒙太奇的力量就在于:它把观众的情绪和理智纳入创作过程之中,使观众也不得不通过作者在创造形象时所经历过的同一条创作道路。”

第二,电影的蒙太奇语言使得舞台上不能表现的东西在电影中变为可能,这就是动作的平行发展。

电影可以使发生在同一时间内交替出现的场景呈现在观众眼前,使之和实际生活相似。而且,由于场面和场面之间的相互加强,能给人以动人心魄的印象。

第三,运用蒙太奇,还可以打破戏剧受时间和空间的限制,创造出新的电影时空来。

6. 蒙太奇的种类很多,基本上可以分成哪两大类?

为了掌握各种蒙太奇的性质和功能,我们把各种类型的蒙太奇分成两大类,这就是叙事性蒙太奇和表现性蒙太奇。

所谓“叙事性蒙太奇”是指用来叙述故事、交代情节的那一类蒙太奇,它讲求镜头和镜头之间的连接,属于这一大类的蒙太奇有:连续式、平行式、交叉式、积累式、复现式、颠倒式等。

所谓“表现性蒙太奇”,是指用来加强情绪感染力的那一类蒙太奇,它讲求镜头和镜头之间的对列,以产生出艺术的感染力量。属于这一大类的蒙太奇有:对比蒙太奇、隐喻蒙太奇、象征蒙太奇、抒情蒙太奇等。

7. 请简述各种类型蒙太奇的基本特征。

连续式蒙太奇　是电影中用得最多的一种,它按照情节的发展、结构的顺序表现下去,以造成叙事上的连贯性。

平行式蒙太奇　把发生在同一时间内不同场合的事件平行地叙述出来,它们互相衬托、补充,使得矛盾更加激烈。因此,平行式蒙太奇是多线索的,而且具有同时性。

交叉式蒙太奇　让具有同时性的两个以上的平行动作或场面交替出现,这就是交叉式蒙太奇。由于场面和动作的交替出现,它往往能给人以惊心动魄的印象。

积累式蒙太奇　把一连串性质相近、说明同一内容的镜头组接在一起,造成视觉形象的积累效果,叫做积累式蒙太奇。

复现式蒙太奇　凡前面已经出现过的人物动作、语言、场面、道具或音乐,后面再次出现,产生出前后呼应的艺术效果的,叫复现式蒙太奇。

颠倒式蒙太奇　把剧情从现在转到过去，又从过去转回到现在，造成倒叙或插叙的艺术效果的，叫颠倒式蒙太奇。

对比蒙太奇　把不同内涵的镜头组接在一起，造成强烈对比关系的，叫对比蒙太奇。

隐喻蒙太奇　将外表相同，实质不同的两个镜头加以并列，以此喻彼，突出它们相似特征的，叫隐喻蒙太奇，又称"类比蒙太奇"。

象征蒙太奇　用某一具体东西去和另一事物并列，用以表现出这一事物的某种意义的，叫象征蒙太奇。

抒情蒙太奇　创造影片诗意的一种蒙太奇手法。

8. 什么叫"蒙太奇思维"?

希区柯克认为，蒙太奇思维，就是电影的形象化能力。电影剧作者的思维和小说家、戏剧家都有所不同。小说家用文学语言去叙述；戏剧家要注意人物动作的连续性；电影剧作者则是通过画面（或镜头）的组接而清楚、生动地表现出全部思想意图。

9. 什么叫"长镜头"? 这一电影美学主张和蒙太奇电影美学理论有什么不同?

所谓"长镜头"，就是连续地用一个镜头拍摄下一个场景、一场戏或一段戏，以完成一个比较完整的镜头段落，而不破坏事件发展中时间和空间的连贯性。其艺术效果是给人以身临其境的感受。所以，它是纪实派的主要创作手段。

长镜头电影理论大师巴赞认为，蒙太奇过于强调把现实分切之后重新组合的作用。他说，蒙太奇"创造一个含义，它是形象在客观上并不包容的，仅仅是从它们的关系中引出来的"，于是，"尽管每个画面都是具体的，可是它只有叙述性的、而不是真实性的价值。"简言之，巴赞对蒙太奇理论的批判集中到一点上，就是蒙太奇使电影离开了真实。所以他又说："蒙太奇是典型的反电影性的文学手段。与此相反，电影的特性，暂就其纯粹状态而言，仅仅在于从摄影上严守空间的统一。"

而且，巴赞主张，影片应当由若干长镜头组成。在这些镜头之间，虽也需要剪辑，但这种剪辑只应当起连接作用，而不应当像蒙太奇理论所提倡的那样，起创造思想和含义的作用，这样，就不仅可以免除作者对现实的歪曲，而且观众也可以从长镜头中自由地去进行审美判断，发挥自己的思考和评价的主动性。

10. 应如何正确看待蒙太奇和长镜头这两大电影美学学派?

我们既应看到长镜头理论在追求真实上有其值得称道的方面,特别是巴赞在景深镜头的美学功能和艺术运用方面做出了可贵的建树,在发掘镜头内部的潜力、开阔电影语言的视野方面作出了贡献。同时,我们也必须看到,巴赞的理论是一种不很完善的纪实性电影理论,他十分强调电影是在“没有人的创造性干预下自动形成”的。一方面这是不实际的,因为世界上不存在纯客观的、毫不受艺术家主观干预的艺术。另一方面,这一主张必然要反对艺术家对生活进行提炼和加工,以揭示出事物的本质。

蒙太奇若使用不当,确实会引导观众去错误认识生活,甚至有作假的可能。但也不能说,蒙太奇必然会使电影离开真实。如果这种分切和组合来自艺术家对生活的真知灼见,如爱森斯坦所说,能够“反映出生活的内在联系”,那么,它不仅不会引导电影离开生活,反而能更加接近生活,形成一种高度的艺术美。

所以,对于这两种电影美学学派,没有必要去肯定一种,否定另一种。而在创作实践中,它们往往是被交替使用的。如在英国著名导演大卫·里恩拍摄的影片《阿拉伯的劳伦斯》中,当表现劳伦斯因车祸丧生时,他运用了短切镜头;而当表现沙漠征战的宏伟场面和为了表现出空间的真实感时,他又运用了长镜头。

“视觉的主题”

1. 请述说主题的概念。

高尔基说:“主题是从作者的经验中产生、由生活暗示给他的一种思想,可是它聚集在他的印象里还未形成,当它要求用形象来体现时,它会在作者心中唤起一种欲望——赋予它一个形式。”

2. 什么是“无中生有”?

无中生有,是作家对生活和生命本身更深层次的总体把握与判断。作家一旦从生活中获得主题之后,想象的翅膀张开,通过“无中生有”去表现和深化主题。它围绕着主题展开,比生活本身更真实。

3. 影视剧的主题具有什么样的特征?

法国著名导演雷内·克莱尔把电影的主题称为“视觉的主题”。“视觉的”便是影视剧主题的特征。

视觉的主题,首先应当通过细节所构成的剧情,或由人物和动作所构成的剧情去体现。而无论是细节，还是人物和动作，必须是视觉的，因而剧情也必定会以造型的形式出现。

4. 为什么电影的主题必须单纯、明确？

要求电影主题单纯，是因为电影的长度有限。而且，电影为了给予观众深刻的印象，就必须要有许多细致的描写，这也决定了它不可能去表现一个很复杂的主题。

要求电影主题明确，是因为电影属于“一次过”的艺术，它不可能像小说那样，可以翻回去重读。而且，只有主题明确，才能使作者创作的目标明确，把整个剧本组织起来，达到思想和艺术上的统一。

5. 是否由于样式不同，主题的表达方式也会不同？

是的。一般而言，戏剧式电影的主题表现得较为明显。这是因为在冲突双方的矛盾解决之后，是非曲直会相应地呈现出来，主题也会表露出来。

在那些写意性、抒情性较强的散文电影中，主题就表现得不那么明显了。这是因为它与切近的、直露的思想主题保持着一定的距离，而在更大的心灵空间里让生活自然流淌，让意蕴自然展现；它们又不主张把现实分析给观众看，而是把现实展现在观众眼前，让他们自己去分析，这就必然会造成主题的多义性。

而在西方现代主义电影中，“生活流”影片“按照生活原来的样子”去记录生活，客观主义地将生活片段混杂在一起；“意识流”电影又是将一些彼此缺少联系的回忆、幻觉构成影片。因此这两种影片都给人以支离破碎、晦涩难懂的感觉。

“影视剧中的人物”

1. 为什么说人物是影视剧作的核心？

这是因为，人物是影片主题的体现者，矛盾冲突要靠人物来展开，情节的安排、场面的处理、细节的选择和运用，也都要以人物为依据。所以，影视剧创作必须抓住写人物这个中心，抓住了人物也就抓住了影视剧创作的关键。

2. 怎样塑造人物性格？

把人物放到一定的环境中去，也就是一定的人物关系中去，特别是放到包含着矛盾冲突（或“抵触”，或“差异”）的人物关系中去，就可以展示出他的行动和语言，看到他的性格特征。

3. 在影视剧中塑造人物形象，需注意什么特点？

影视剧主要依靠视觉形象作用于观众，因此，影视剧中的人物必须具有视觉造型的特点。它又包含造型的动作、具有视觉造型性的环境,以及用造型的手段去表现人物的内心世界。

"视觉的情节"

1. 高尔基是怎样解释情节的?

他说:"文学的第三个要素是情节,即人物之间的联系、矛盾、同情、反感和一般的相互关系——某种性格、典型的成长和构成的历史。"

2. 为什么要强调情节的典型化和提炼?

虽然情节来自生活,而生活又是广阔无限的,是纷纭复杂的,是绚丽多姿的。但生活是以杂乱无序的、平淡无奇的自然形态呈现在我们面前的。因此,电影编剧在从生活中选择素材,组织情节时,首先要熟悉生活、理解生活,但还必须在这个基础上去"编",要编出个"乌有之乡"来。但这个"编"绝不允许脱离生活,去胡编乱造,相反,"编"的目的,正是典型化和提炼的过程,恰恰是为了比生活更真实、更丰富、更生动、更深刻,因而作品比生活本身更能说明生活。

3. 有人说,影视剧的情节的基础是冲突,你如何看待这个问题?

影视剧的情节的基础应根据不同的样式而论。如戏剧式电影的情节的基础应是冲突。而那种主张情节淡化、着重描写人物思想感情细微变化的散文电影的情节的基础,应是场面的有效积累。在块状的散文电影里,情节的基础则是形散而神不散。而在心理电影(或西方的意识流电影)里,它们的情节的基础是运用闪回,将现在、过去和未来交织起来,形成时空交错,用以剖析主人公的内心世界。

4. 什么叫"情节点"?

美国电影理论家悉德·菲尔德说:"情节点,它是一个事件,它'钩住'动作,并且把它转向另一方向——它把故事推向前进。"可见,所谓"情节点"就是:一、它是一个事件;二、它把故事转向另一方向;三、它把故事推向前进,直至结局。

5. 西方现代主义电影的情节特征是什么?

西方现代主义电影的一个共同的最基本的特征,便是对传统情节的否定。他们主张以非理性的直觉、本能和下意识来体现创作者的"自我",采用了适宜于非理性的主观想象任意跳跃的非情节的模式。

"影视剧作的结构"

1. 结构的依附性体现在什么方面?

怎样结构一部影视剧,是由内容来决定的。而内容又包括题材和作家的创作意图,也就是构成影视剧内容的主客观两个方面。

2. 结构的能动作用又体现在哪些方面?

结构是为了更好地体现出主题和去塑造人物形象,并使剧情引人入胜。所以,怎样去结构一部影视剧,作家总是要从满足主题的需要,塑造鲜明生动的人物形象和怎样能激发起观众的兴趣这样几个方面去考虑如何安排情节。

3. 影视剧本的蒙太奇结构是如何构成的?

影视剧是将若干镜头构成场面,又将若干场面构成段落,最终将若干段落构成一部影视剧。这是影视剧特有的结构方法。

4. 影视剧作结构的表现技巧,主要有哪些方面?

对比、平行、象征、交叉、重复、视点。

"影视剧作中的语言"

1. 影视剧作中的语言可以概括为哪几类?

可以概括为叙述性的语言、对话和对话以外的话语三类。

叙述性的语言包括人物造型描写、造型动作描写(包括表情、手势等)以及景物描写。对话用于展现、说明和塑造性格,它还包括有潜台词的对话。对话以外的话语是指独白和旁白。

2. 对叙述性的语言最主要的要求是什么?

最主要的要求是必须具备造型性,必须是"看得见的"。因此,无论用叙述性的语言去描写人物,描写人物动作,还是描写景物,都要用叙述性语言去创造银幕形象,要避"虚"就"实"。缺乏具象性是叙事性语言的大忌。

3. 写作影视剧中的对话应注意什么?

影视有自己强大的造型表现手段,没有必要像话剧那样完全仰仗对白。所以,不应把影视剧本写成通篇都是对话的东西,而应发挥电影之所长,让画面为观众提供更多的东西。有些关键性的对话应起到画龙点睛的作用。总之,影视剧中的声音和画面应当是一个相互补充的完整的艺术形象。

4. 什么是“潜台词”？通常运用的方法有哪几种？

潜台词是指在人物的对白背后隐蔽着的想法和内心活动。通常运用的方法有：一、让角色说出想说的意思中的一部分，而将大部分含而不露；二、让角色说话时的神态貌似平静，实际上内心却十分不平静；三、让角色用平常口气来说，其实说出来的话却很不平常；四、让角色将正面的话反着来说；五、由于某种原因，角色不便直说，借他人之口来说，等等。其根本原则是虚实相间。

5. 什么叫独白和旁白？

独白是指角色在规定情景下产生的内心活动，并用语言的方式表述出来。它常以角色自我心灵的对话形式出现。

旁白往往以画外音的形式出现。它或以剧作者的身份出现，或以剧中人的身份出现。

“影视剧的风格样式”

1. 戏剧风格样式的影片《魂断蓝桥》可以分成哪7个段落？它如何体现出冲突律？

这部影片包含58场，我们又可以将这58场戏分成7个段落：

2场—11场	开端	玛拉和罗依相识
12场—21场	发展一	玛拉和罗依去结婚
22场—28场	发展二	罗依突然出发
29场—36场	发展三	玛拉沦为妓女
37场—41场	发展四	罗依生还
42场—49场	发展五	舞会后玛拉出走
50场—58场	结局	玛拉自杀

这7个段落体现出戏剧式电影的结构依据——冲突律，即这种影片总是要以一个主要冲突的发生、发展和解决来完成，因此它也必然包含有开端、发展、高潮和结局这几个部分。

2. 传统的戏剧风格样式电影具有哪些特征？

具有7个方面的特征：

(1)通俗易懂；

(2)动作建筑在尖锐冲突的基础上；

(3)线形的封闭式结构；

(4)因果链，即段落和段落之间存在着必然的依存关系；

(5)偶然性在剧情中起着极大的作用；

(6)影片诉诸观众的情感，使观众对主人公产生同情，属于煽情艺术；

(7)叙事的基本单元是"场"，而不是"镜头"，属于戏剧思维，时空跨度不大，尚未能够用电影的时空结构去叙述故事。

3. 从哪些方面看，《玛丽娅·布劳恩的婚姻》是一部戏剧风格样式的影片？

(1)通俗易懂；

(2)动作建筑在玛丽娅和德国战后社会的冲突基础上，即影片把玛丽娅的婚姻、命运和德国战后的经济发展结合在一起；

(3)影片的总体构思是以玛丽娅被战后德国社会的人性异化所造成的她的命运和遭遇为完整的线形构架的；

(4)故事依靠因果链分布排列，段落和段落之间呈因果关系；

(5)戏剧化的冲突和偶然性因素占有极为重要的位置。

从以上 5 个方面可以证明影片《玛丽娅·布劳恩的婚姻》确实是一部戏剧式结构的影片；或者说，这 5 个方面正是法斯宾德从传统的好莱坞戏剧式电影中继承下来的东西。

4. 法斯宾德赋予《玛丽娅·布劳恩的婚姻》的思想内涵是什么？

这部影片批判了德国战后的经济奇迹：物质的富裕和精神的极度空虚。换句话说，它通过玛丽娅坎坷的一生，概括了战后原西德经济起飞和人们精神没落两者不可调和的矛盾。像玛丽娅这样一些德国妇女的思想行为，她们在战后德国社会中所发生的人性的异化，以及她们的悲惨命运，实际上早已超出了玛丽娅个人的情感范围，而深入到战后重建时期德国历史与现实之中。

5. 在时空转换上，《玛丽娅·布劳恩的婚姻》和上面我们分析过的影片《魂断蓝桥》有什么不同？

和影片《魂断蓝桥》不同之处是：这部影片以其大幅度的时空跳跃，显示出现代戏剧式电影的独特风格。而造成大幅度跳跃的方法是，选择最有价值和最必需的场面，然后从场面间寻求内在的有机联系。这就使得影片的基本叙事单元已经不是"场"，而是"镜头"。

6. 在声画对位上，《玛丽娅·布劳恩的婚姻》又有哪些出色的设计？

一是在画面出现废墟时，伴随以风钻声。这就用声画对位的方法把过去和现在,破坏和复兴结合在一起。特别应该提出的是,这里出现的风钻声,已被法斯宾德故意地处理成宛如机枪扫射的声音。

二是伴随影片结局部分的整个画面,不断地插入一场足球赛的电视实况转播的嘈杂音响。"德国是世界冠军"的体育评述和球迷们的欢呼声时起时伏。这同玛丽娅夫妇重逢的极度兴奋和玛丽娅知道了两个男人背着她达成协议后的极度绝望,形成了强烈的对照。

7. 请谈谈《玛丽娅·布劳恩的婚姻》结局的多义性。

我们知道,这部影片的原剧本不是这样结局的,当玛丽娅从工厂主的遗嘱中得知他曾和她的丈夫达成过一项转让妻子的协议时,受不住精神的打击,便驱车外出,带着她丈夫,坠入深渊。但是,当法斯宾德拍摄时,他感到这样的结局过于传统化、好莱坞化。换句话说,这种过于明确的结局会给整部影片的内涵带来局限性,而且用不着观众自己去思考和分析了,这不符合法斯宾德的创作风格。因为他素来主张要把影片拍得冷静一些,要能引起观众的思考和分析。因此,他临时把影片的结局改成现在这样,采取了现代影片的多解性处理,以煤气爆炸,既毁灭了玛丽娅夫妇的躯体,也毁灭了他们之间从未有过的爱情和徒具形式的婚姻关系。当然,这样的改动,会给观众带来一种不确定的答案:究竟是自杀还是祸杀?或是两者兼有?法斯宾德需要的正是这种"多义性"的效果,因为只有如此,才能把法斯宾德企图表达的众多含意,如爱和幻灭,物质的富裕和精神的贫困,玛丽娅自身的人格分裂和处理性爱关系上的失误等等,都囊括在内。所以当记者追问法斯宾德结局的含意时,他回答说:"……我只想去启发人们提出问题,了解各种事物的进展。"在《玛丽娅·布劳恩的婚姻》这部影片里,法斯宾德向观众充分展示了战后德国社会的"发展"状况,他在影片中也已向观众提出了带"启发"性的"问题",至于结论,法斯宾德留给观众自己去思考和分析了。

8. 归纳一下《玛丽娅·布劳恩的婚姻》在哪些方面继承了传统的戏剧风格样式的影片,又在哪些方面发展和变化了传统的戏剧式影片?

继承的有:

(1)通俗易懂;(2)冲突律;(3)线形构架;(4)因果链;(5)偶然性。

发展的有:

(1)巧妙的声画对位等现代化的电影表现技巧和手段,以及富有象征意义的造型设计等;

(2)开放式的结局,造成主题的多义性;

(3)没有大喜大悲的渲染,拍摄得非常客观和冷静,已不属煽情艺术;

(4)影片以"镜头"为基本叙事单位,时空跳跃的跨度很大。

9. 柴伐蒂尼提出的"新现实主义创作六原则"是哪六条?

(1)用日常生活事件来代替虚构故事;

(2)不给观众提供出路的答案;

(3)反对编导分家;

(4)不需要职业演员;

(5)每个普通人都是英雄;

(6)采用生活语言。

10. 文学中的诗与带有叙事性的艺术电影之间的区别是什么?

诗的元素只能化合于电影之中。即使是与诗的电影较为接近的叙事诗,它们也不尽相同。这是因为叙事诗毕竟是诗,它具有诗的一般特征。虽然它也要叙事,但它侧重的是思想感情的抒发,不像诗的电影那样,侧重于客观事物的描写。

而诗的电影毕竟是电影,它具有电影的一般特征。虽然它也要抒情,但不同于叙事诗中的抒情,它是在电影可视的形象内部流动着抒情的诗意。它写人,不能像叙事诗那样,只挑选人物的几个特征来写,而要求多方面地展开对人物的刻画,即使着笔不多,但刻画仍需周到。它写事,也不能像叙事诗那样对事件不作详尽的叙述,甚至省略掉许多情节和细节,而必须描绘事件的发展、变化过程。它虽然也十分强调去写由生活事件所激起的人物的强烈感情,但它不能只写人物的感受,还需要写出事情的发展过程。

总之,这是一种把诗情糅合在情节进程中的艺术作品。在结构上,如果说叙事诗是根据语言的节奏,侧重音群,诗的电影则是根据剧情,侧重意群。

11. 诗的电影与一般故事影片,在倾注作者主观感情方面有什么不同?

一般的故事影片也必然会包含作者的主观感情,并将这一感情倾注在客体的形象之中。如前面我们提到过的一些影片:在美国影片《魂断蓝桥》中,编导既同情玛拉的不幸遭遇,而且对英国社会中的等级制度以及战争给人们带来的不幸是持否定态度的。又如在日本影片《远山的呼唤》中,编导把感情倾注在耕作和民子身上,为他们的暂时不能结合而叹息,同时,又对日本社会中的阶层矛盾持批判态度。

但是，诗的电影中所洋溢着的作者情感是最强烈的，而且，影片往往要通过主人公尖锐的、感情上的变动和主人公主观的、心理上的折射，去反映故事情节。在这方面，它和一般的故事影片是不相同的。

如在影片《巴山夜雨》中，编导在“杏花被卖”、“大娘祭子”这些情节上，采用了实写心灵、虚写事件的手法来描绘，让观众看到的是主人公所感受的现实。于是，观众从中既能感到诗意的激情，又处处不脱离现实的具体性。

可见，诗的电影中表现的思想感情，有别于一般影片中所表现的思想感情。一般影片中表现的思想感情是基于现实生活的，是现实主义的；而诗的电影中出现的思想感情，虽也必须植根于现实的土壤之中，但它富于想象，具有人物个性的独特之处，是作者抓取了人物情感中升华了的、最具光彩的那一部分，因此，它具有浪漫主义的色彩。影片也借此构成了诗一般的意境。

12. 诗的电影如何运用寓意的手法？

诗的电影，往往要将那种升华了的感情，通过寓意的手法加以表现。

这种寓意的手法，以单纯代表繁复，以微小代表巨大。换言之，它要在有限的画面中，表现出无限的意境来，使影片摆脱“写实”而走向“写意”，并产生出含蓄、淡雅、发人深省、情意深长的艺术效果。

如影片《巴山夜雨》，以一条江轮上的一个舱间为有限空间，却勾绘出十年动乱的缩影，具有发人深省的寓意。正如这部影片的编剧叶楠自己所说：“这比直接将一场风暴呈现给观众，也许更能引起人们的冷静的思索，也许还能产生‘别有幽愁暗恨生’的效果。”

又如影片中“祭子”那场戏，虽只用了几个写景的镜头和白发苍苍的老人洒红枣的特写，但是由于影片抓取了老人这一闪光的动作和思绪，将无限的激情寄寓在有限的场景之中，却能引发观众浮想联翩：冤死在“文革”中的，又岂止是大娘的独子；随波而去的不仅仅是大娘洒下的红枣，也是那千千万万个无辜的牺牲者；那随即消逝的流水不正像那一段流淌而去的无情的历史；祭奠这千千万万个亡灵，是为了永远记住这段不能重演的历史……正如《巴山夜雨》的导演所说：“如果说我有什么追求的话，那么我只希望能在有限的时间、空间里，寓意多一些，表现更多一些内容。”

诗的电影运用寓意手法，除了借用诗中情景交融等手段外，还必须注意到电影自身的特殊表现手段，即它是一种声画结合的艺术。因此，诗的电影，往往是在诉诸观众的视觉和听觉的时候，产生出影片独具的深邃而优美的意境来。

如在《巴山夜雨》中，导演用红枣和流水一起旋转这样富有寓意的视觉形象去表现母亲的心，便是运用了电影的造型表现手段，取得了独特的艺术效果。

又如，在这部影片里，多次出现蒲公英，用它来象征小娟子的孤苦和飘零，同时，又出现了一首蒲公英的歌，唱出了人间美好的感情和对生活美的执著追求。影片的编导正是通过蒲公英的画面和蒲公英的歌，在视觉和听觉上一起来拨动观众的心弦，产生出电影独特的诗一般的意境的。

13. 诗的电影中的结构美是如何得到体现的？

第一，诗在感情和想象的转移和变化方面，由这一事物飞翔到那一事物，常常呈现出一种千变万化的景象，表现出一种极大的深度和跃进性，它使诗人摆脱了现实生活的拘泥，形成了诗一般的结构美，这一点诗的电影是吸取了的。

这就使得诗的电影从开头到结尾，既有情节发展的清楚的内在逻辑联系，而形象的展开却又比较迅速。往往只用几个镜头就表达了无限深厚的感情，摈弃了单纯的交代，省略了镜头与镜头之间的一些浮面的、形式上的联系。如影片《巴山夜雨》中，秋石和柳姑的爱情、柳姑之死、小娟子流落街头等细节，都只用几个镜头，结合秋石对柳姑的思念，或秋石为了振作杏花对生活的信念而作的回述等这样一些人物的思绪，流泻出来；而秋石的回述，又触发起刘文英对自己原有思想的撞击，使影片随着人物感情的波涛在情节上呈现出较大的跃进性，省略了许多浮面的东西。

第二，诗的电影还往往要采用诗的重叠、对比等手法。

重叠的手法，在诗中是一种回环的形式，它重复地说，目的却并非为了说得少，而是为了说得强烈些，或是为了使形象更为饱满，更是为了使意境更加深远。诗的电影借用这种重叠的手法，是为了根据情节或人物情绪发展的状态，用它来造成一种感动人的调子。因此重叠手法的出现，总是在合理、巧妙的布局中，造成动静结合，互相依托，前后呼应的局面。如在影片《巴山夜雨》中，用重叠的手法七次去写蒲公英，就不仅把秋石、柳姑和小娟子的关系以及他们的命运和发展联结了起来；而且，由于这七次蒲公英的出现，都紧扣住秋石的情绪，形成前后呼应的局面，便也开拓了主人公的情怀，使秋石的形象显得更为饱满。而且，说的虽然都是蒲公英，但因说的次数多了，主要之处被突出强调了出来，影片的意境便也更加幽深，同时深化了影片的主题：蒲公英象征的是真理一定会传播开去，总有一天，它要在广大人民的心中开花、结果。

对比的手法和重叠的手法不同，它不是同一事物的再度出现，而是用相反的事物造成呼应和对照，以强化人物情感的波澜，以达到渲染和强调的目的。比如，在影片《巴山夜雨》中，秋石思念柳姑的戏，便是依据人物心境的变化，把秋石和柳姑一起摘、吹蒲公英的往事，穿插、交织到令人窒息和痛苦的现实中来。它把过去和现在连接起来，形成对照，激起秋石此时此地的感情波澜，从而生发出诗情来。

这种对比手法，在电影中还可以运用电影特有的表现手段——色彩的变化和对比加以渲染，产生出较强的艺术魅力。如有些影片，在拍摄往事时用黑白片，拍现实动作时用彩色片。这就把两种不同色彩的胶片交替剪接来形成对比，从而产生出诗情来。

14. 如果说，戏剧风格样式电影的结构依据是冲突，那么，《远山的呼唤》这部散文风格样式电影的结构依据是什么？

线形散文式电影的结构依据是人物思想感情的细微变化。

如在日本影片《远山的呼唤》中，当耕作闯入寡妇民子家时，民子的心情是恐惧、不安和戒备的，而在影片结束时，民子却倒在耕作的怀中说："你不能走，哪也别去，你走了，我会感到孤独。"所以，这部影片所描写的，就是民子对耕作从戒备到相爱的过程；而且，这一变化过程是表现得十分细微的。影片正是根据这一细微的变化过程把情节结构起来。

15. 影片《远山的呼唤》在取材角度上有什么独特之处？

其实，这部影片触及了一个社会性的主题，它不仅表现了日本平民之间的相互关心和帮助，而且表现了高利贷者和受其剥削的平民之间的矛盾。但影片在表现这一社会性的主题时，没有用正面接触或直接表现的手法，而是采取了侧面切入，间接表现的手法。

这部影片之所以要采用后一种手法，显然是和它们的样式有关。因为散文式电影不像戏剧式电影那样，侧重表现冲突，它侧重表现人物思想感情的细微变化。这也就决定了这部影片在取材上也必须着重选取那些能够表现人物思想感情细微变化的材料，而把所描写的社会冲突推到后景上去。

当然，这样做的结果，并非是要削弱对社会性主题的表现。相反，当我们看到民子爱上耕作，而耕作却因打死过放债人而被抓走，因此而不能结合时，深刻的社会性主题得到了更具有感情色彩的表现。这与正面去写，具有异曲同工之妙。

16. 有人说:散文风格样式电影的一个重要特征是重细节而不重情节,你能指出在《远山的呼唤》里,有哪些细节是被着重描写,并成为人物感情变化的有力手段的?

在日本影片《远山的呼唤》中,有这样一些细节是被着重描写的:

(1)第一次虻田来欺侮民子,耕作不知内情,不敢管,受到民子责备,当天晚上,民子将虻田送来的大盘"寿司"转送给耕作,作为无言的谴责。

耕作明白了民子的心思。于是,当虻田又来欺侮民子时,遭到了耕作的痛打。当天晚上,民子为此给耕作送来了螃蟹和酒。无疑,这又是无言的嘉奖。

通过上述两个细节的重复、对照使用,展示了两人之间感情的变化。

(2)编导在虻田两次欺侮民子的情节中,还巧妙地使用了"关门"这一细节。

第一次,民子责备耕作不帮助她,怒气冲冲地转身进屋,她使劲关门,可是门坏了。第二次,耕作赶走虻田,民子目睹这一场面后转身进屋,门砰的一声关上了。

在这两次关门的场面中间,编导穿插了一个镜头:耕作在修门。

这两个细节的前后照应,不仅表现了耕作从旁观到相助,体现了他对民子的感情,还从"修门"这一细节,含蓄而真切地描绘了他们之间微妙的心理变化。

17. 如果说,戏剧风格样式电影的高潮是通过冲突的不断深化而获得的,那么,散文风格样式电影的高潮是如何形成的?

它是在场面的有效积累中形成的,人物的思想感情在逐渐变化中达到了情感的顶点。在高潮时刻,人物的思想感情应表现得格外感人与动情。

此外,它不具备戏剧式电影达到高潮前的那种紧张感;相反,它来得从容不迫,好似水到渠成一般。

18. 新现实主义电影大师柴伐蒂尼认为,真正的电影,不应该把事件编起来,你怎么看待这个问题?

柴伐蒂尼的这句话,确实道出了散文式电影的一个特点,即不要像好莱坞的戏剧式电影那样,"搞成什么说明、进展、高潮",显得人工气很重,生活气息相应也就弱了。而且,这种做法本身,必然会在影片中注入强烈的作家主观上的东西,如他对生活的分析和看法,对人物是非的判断等等。而这些恰恰是新现实主义反对的。他们主张把现实生活展示给观众看,让观众自己去思考和分析。

然而,对生活事件丝毫不作安排,想做纯客观的报道,或者说,想拿影片完全去等同于生活，这在实际创作中又是做不到的。所以，即使是在新现实主义的影片中，我们仍然可以看到把生活事件编起来的痕迹。比如，无论是《偷自行车的人》还是《罗马11时》，叙述的都是一个完整的故事，而且通过银幕形象向观众提出一个值得深思的问题；又如，影片中出现的有些事件，也带有极大的偶然性和巧合性……

所以，对于柴伐蒂尼所说的"不应该把事件编起来"的理解，只是指不要像戏剧式电影那样，按照冲突律，去制造高度的戏剧性情境，以相对地缩短银幕和生活的距离。

19. 散文风格样式电影的结局部分具有什么样的特色？

往往是开放式的，呈现出一种戛然而止的势态，并给整部影片带来主题的多义性。

20. 影片《城南旧事》在拍摄时，特别强调实景拍摄，甚至要找到原来的服饰或物件，这是为什么？

这和这种影片追求纪实性有关。块状的散文式电影由于讲究真实感，所以在拍摄上尽量使用实景，少用搭景。影片《城南旧事》选择在北京城南的新帘子胡同拍摄，这是原小说作者林海音小时候住过的地方。正如影片《陈毅市长》的总导演黄佐临在谈到这部影片的拍摄时所说："还决定了以实景拍摄为主的拍摄方案。"另一部影片《周恩来》为了追求真实，还曾动用了当年总理用过的服饰，甚至手绢。这说明，散文式电影之追求真实，不仅体现在编剧、导演、表演等部门，也落实到摄影、服装、道具等方面。

而散文风格样式电影之所以要去实地拍摄，或动用真的服饰和道具，其目的又是为了在真实的环境中能够诱发演员产生出真情实感来。所以，黄佐临在谈到影片《陈毅市长》决定采用以实景拍摄为主的拍摄方案之后，紧接着他又说："力图使演员在真实的生活环境中，触发真情实感，更为自然地表现人物。"

21. 在写人和写事的关系上，影片《城南旧事》具有什么样的特点？

影片《城南旧事》只写了四个人、三件事，未免过于褊狭。然而，这三件事都又不是随便拾取而来的，它们具有典型意义，足以概括出林海音童年的精神面貌来。

可见，块状的散文式电影在写人和写事上，既不同于戏剧式电影，也不同于线状的散文式电影。戏剧式电影和线状的散文式电影都是在完整的故事情节构思中和对人物作细致详尽的描绘过程中，完成写人和写事任务的。而块状的散文式电影则不然，它们只是从作家感受最深的那一部分中，选取事物的几个侧面，传神地勾勒几笔，从而取得“一以当十”的效果。

22.《城南旧事》在段落和段落之间似乎缺乏必然的依存关系，你如何看待这个问题？它和戏剧风格样式的电影在这一点上有什么不同？

戏剧式电影的段落之间，存在着一种互相依存的因果关系，它们紧密相连，不能任意挪动或删削，否则就会使整体松动或脱节。

块状的散文式电影则不然，正是由于没有高度集中的矛盾冲突，写人也只是抓住最具有性格特征的几个侧面传神地勾勒几笔，因而在结构上也就必然会造成段和段之间缺少必然的依存关系。故而，在这种样式的影片中，似乎只要一个段落能够颇为合理地由另一个段落产生出来（有时甚至连这一点联系都没有），即可将剧情发展下去。所以，构成块状的散文式电影的，实际上只是一些串联起来的段落而已，它们并不讲求段落与段落之间的必然性，以及它们之间深远的依赖关系。几乎可以这样夸张地说，它们几乎到了抽掉一段还能生存下去的程度，最多在形象上有所削弱而已。

这恐怕就是文学中的散文所谓的“贵散”。它无定型，无限制，可以不拘一格。不必像戏剧式电影那样，必须遵循严谨的因果关系。

然而，块状的散文式电影又十分讲求“忌散”。所谓忌散是指：若把这种影片中的每一个段落比作一颗颗明珠，则又需要作家找到一根串珠的金线，方能使散乱的珠子变成一件艺术珍品。这就是所谓的“形散而神不散”。可见，块状的散文式电影在写人和写事上看似只有零散的几个侧面，然而，却又不散。因为在这几个不连贯的侧面之间，有一个“神”把它们凝聚成一个整体。在影片《城南旧事》中，这个“神”就是从“淡淡的哀愁，沉沉的相思”中透露出来的一个海外游子对祖国的思念之情。

23. 影片《城南旧事》有无高潮和结局？

我们很难从这部影片中找到高潮和结局。影片《城南旧事》中的三段故事，完全是并列的，形不成戏剧冲突，所以也找不到高潮和结局。这是由于块状散文电影既没有戏剧冲突所形成的那种紧张的发展过程，也没有矛盾激化后必然要出现全剧高潮的那种形势，以及矛盾解决后的那种结局。这种影片，总是以匀称、平衡的画面，从容不迫地来展示生活中发生的一个个事件。可以这样比喻：块状的散文式电影如行云流水，它以“简约平易”和“罗罗清疏”见长。而戏剧式电影却如雷雨天气，它不断发出小的霹雳，然后形成一声巨雷。

24. 西方现代派电影之一,“生活流”影片的电影美学观念是什么?

“生活流”电影主张“让生活本身说话”,按照“生活本身的自然流动”,对生活作一种“纯”客观的记录。换句话说,这种影片要求“按照生活原来的样子”去记录生活,对于所描写的对象不作任何思考和概括,也不作任何评价和分析,认为应该由观众自己去得出结论。这种力主以“自我溶解”于客观之中的影片,必然会导致艺术家的创作活动仅仅是不偏不倚地、客观主义地去记录日常的“生活流”,而不必去考虑作品的情节和结构。而事实上,他们也正是这样主张的,即在艺术上,主张用事件的无逻辑组织去代替或打乱有逻辑的情节结构,造成这类影片根本排斥结构。于是,在“生活流”的影片中,时间的联系被打断了,世界上的一切似乎都处于分崩离析之中。对这类影片,德国电影理论家爱因汉姆曾经做过这样形象的描绘:“在此之前,我从未想到过某些纪录片的风格竟和现代抽象艺术的特有倾向联系如此密切。令人疲倦的无休止的人群的喧闹和拥挤,无数的行人和景物的迅速交换,它们组成一幅匀净的仿佛是从时间的织机上随手剪下来的、描写无尽混乱的画面。”

然而,就是这种“仿佛是从时间的织机上随手剪下来的、描写无尽混乱的画面”,却曾一度被西方电影理论界认为它将取代传统的有情节结构的影片。法国电影批评家马赛尔·马尔丹在一次国际电影节举行的讨论会上盛赞这种影片说:“他(指安东尼奥尼)的影片的剧本,既没有传统的开头,也没有结尾。影片反映的是一个生活片段,一段生活插曲,所有其余的东西——过去和未来——都留在镜头以外。但是对于现在,却表现得极其充分,其中有许许多多细节和插曲,这些细节和插曲看起来仿佛跟剧情的发展很少联系,跟它没有直接的关系。不论在《奇遇》或是《喊叫》里,安东尼奥尼都没有力求把他选取的每一条线索贯彻到底。他是按我们所看到的生活的原来模样来表现生活面貌的,既表现主要的东西,也表现次要的东西,他既没有挑选本质的东西,也没有抛弃掉无足轻重的东西。”

从马尔丹的这段发言中,我们可以清楚地看到他的电影美学观:不必对生活作任何选择,只需抓取一些生活片段,客观主义地将它们混杂在一起即可。马尔丹的电影美学观也正是“生活流”电影所积极主张的那些东西。

25. 西方现代派电影之一,“意识流”影片的电影美学观念是什么?

“意识流”电影主张以非理性的意识流动构成影片的内容。所谓“非理性的意识”,是指一种不清醒状态的意识活动,如梦、幻觉等都是。所以,意识流电影即是由一连串彼此毫无联系的回忆、幻觉等景象的流动所构成的影片。如果说"生活流"主张以"自我溶解"于客观之中,那么,"意识流"主张以"自我表现"去代替客观,而且就连影片中的时间和空间也被"主观化"了。于是,映现在观众眼前的是一幅被主人公主观认识到的,那种颠倒、错乱了的世界形象。正因为这类影片在内容上是颠倒、错乱、无联系的,所以,在结构上也表现为"用非理性的意识活动"来代替或打乱有逻辑的情节结构,使得这种影片也是根本排斥结构的。

"意识流"电影结构上的特点可以归纳为:一、抛弃了传统的叙事顺序,以非理性的心理连续代替传统的叙事逻辑顺序;二、在时、空方面打破了传统的顺序结构,影片中大量地运用闪回和倒叙,把过去、现在和未来交织在一起,把回忆和幻想,真实的物象和错觉糅合在一起。"意识流"影片的结构公式是:回忆(包括联想、幻觉和梦)+现实。但是,这不是一般正常人的现实和回忆的结合,而是狂乱的心理活动不间断地侵入影片人物的现在生活所形成的一种影片的剧作结构。

但是,在我们看来,由于这种艺术所追求的是一种下意识活动,所以往往给人以支离破碎、晦涩难懂的感觉。在结构艺术上也是不和谐、不统一的。西方有些电影理论家也承认这一点。梭罗门就曾指出过:西方现代主义电影结构,"还没有成为一部完全统一的艺术品","如果没有一个能让人很快就看清楚的电影结构,那么要表达电影思想会遇到什么困难?"

26. 我们应如何正确对待西方现代派电影?

我们不应盲目模仿西方现代主义电影。自然,这也并非是说,对待西方现代主义电影,我们可以采取一概排斥的态度。我国《诗经》中有"它山之石,可以为错"的说法。我们可以借鉴西方现代主义电影中的长处,丰富和发展我们的电影艺术手段。当然,这种借鉴,是以和原来的内容剥离,以适合于表现我们的生活内容为前提的。1979年以来,我国一些电影艺术工作者已经从"意识流"电影中借鉴了时空交错手法、创造了一种能够揭示和剖析主人公内在思想感情的心理电影,便是一个例子。

27. 影片《广岛之恋》的规定情景是什么?

编剧杜拉为这部影片设计的规定情景是:故事发生在这个法国女人回国的前夕。她参加演出的这部电影实际已经拍完,只剩下一组镜头要拍摄。她遇到一个日本人(工程师或建筑师),于是,他们之间产生了一段过眼云烟的恋情。

从现在摄制成的影片中我们可以看到,“只剩下一组镜头要拍”,指的是那组“群众游行,反对原子战争”的镜头。而编导正是借用这组镜头起到表现“反战”这一主题的作用。

此外,“他们之间产生了一段过眼云烟的恋情”,是形容这段恋情的时间不长,犹如过眼云烟一般。现在摄制成的影片可以告诉我们,大概只有一天时间。因为第一个镜头发生在第一天凌晨四点,而他们呼唤对方的地名后分手,则是在第二天凌晨。

28. *影片《广岛之恋》开始时的画面具有什么样的内涵?*

编剧对这部影片开始时的画面作了详尽的设计,无论是摄影技巧,摄影构图,对导演、演员的提示,以及色彩(指黑白),音乐等,都作了周到的考虑。她的考虑,不只是为了形式或手段,而是为了造成一定的内涵。所以杜拉自己解释说:“影片开始时,既见不到她,也看不见他。见到的是一些残缺不全的躯体——被齐头齐腰截去的部分——在蠕动着,在欲海情焰中或在临终挣扎中蠕动着。”

可见,杜拉对影片开始时画面的设计,是为了达到把“反战”和“情欲”从一开始就结合起来的目的。所以,她把法国女演员和日本建筑师做爱的镜头处理得既可以让人感到在做爱,又可以让人理解为在遭受原子弹灼伤后的临终挣扎。

29. *为什么编剧杜拉要把广岛事件和一个杜撰的爱情故事结合在一起来写?*

我们知道,当初制片人来找杜拉,向她提出写一个反映广岛事件的电影剧本。杜拉认为,如果单纯去写广岛事件,拍出的电影会是索然寡味的。如果在广岛事件之外,杜撰一个爱情故事,把它们结合起来写,则会收到好的效果,即在汲取广岛事件历史教训方面会更具有说服力。所以后来杜拉设计了一个法国女演员来广岛拍摄反战影片时遇到一个日本建筑师,产生了恋情,以及她在第二次世界大战期间曾和一个德国士兵相爱的故事。

关于这个问题,杜拉自己这样说:“如果不坚持这个前提条件,那么,这部影片只能是一部‘遵命’的电影,索然寡味,不过是一部小说体裁的纪录片而已。如果坚持了这个前提,那就将摄制成一部近于杜撰的纪录片,而在汲取广岛事件历史教训方面却要比一般的新闻纪录片更具有说服力。”

30. *影片中的女主人公(法国女演员)为什么如此渴望经历和日本建筑师的爱情,而当她面对爱情时为什么又变得那么懦弱和胆怯了呢?*

杜拉说:“这场短命的爱情就像内韦尔的爱情那样,也将被扼杀。因此它注定要被遗忘掉,因此它是永恒的。”

杜拉又说:“她有着一切人所有的怯懦。”

31. 影片《广岛之恋》结束时,为什么男女主人公不呼唤对方的名字,而要呼唤对方的地名?

杜拉说:“他们只拥有地名,这些不是姓名的名字。就好像一个在内韦尔被剃光了头的女子的灾难与广岛的灾难准确地互相映衬。”

这就是说,如果在影片结束时,让男女主人公互唤对方的地名,其含意就大了,就像杜拉所说,把两个“灾难准确地互相映衬”,这里既有个人的遭遇和不幸,更有战争给人们带来的灾难和不幸。

32.《广岛之恋》的编剧叫玛格丽特·杜拉,你知道她写的这个电影剧本具有哪些特色?

首先是她的本子具有极强的电影意识,她充分调动了电影的画面和声音这两种手段,让导演或读者似乎已能看到和听到未来影片的画面和声音。她写的这个本子,把对导演、表演、摄影、音乐和色彩的具体要求都一一规划好了。

其次,她把影片中的独白和旁白写得很优美,富有文学性。用杜拉自己的话来说:“这是一种歌剧吟唱般的谈话。”

正因为如此,影片《广岛之恋》成为世界影坛上编导合作的出色范例。阿仑·雷乃在把杜拉的电影剧本拍摄成影片时,无论在细节上,或是在思想意图上,几乎都原封不动地把杜拉所写的一切保留了下来。

33.《广岛之恋》的结构依据是什么?

整部影片是依据法国女演员的意识活动结构起来的。

34.《广岛之恋》的叙述方式是怎样的?

影片包含了两个时空:一个是现实时空(时间是1957年),在这个时空里,人物及动作是法国女演员和日本建筑师在一起,他们相爱,虽然难舍难分,最终还是分手了。另一个时空是过去的时空(时间是1943年,距现实时空为14年),在这个时空里,人物及动作是法国女演员和一个德国士兵相爱,以及她被关在地下室里,并遭到人们的辱骂。影片就是把这两个时空交织起来,形成时空交错式的叙事方式的。

35. 通过这种特殊的叙述方式,想达到一个什么样的目的?

目的在于剖析法国女演员的内心世界。她觉得和日本建筑师在一起,不过是萍水相逢的恋情,最终会像过去在内韦尔和德国士兵的恋情一样,也是短命的。因此，尽管她和日本建筑师难舍难分，最后还是分手了。

36. 影片《天云山传奇》表现谁的内心世界？

这部影片实际上是由三个女性（周瑜贞、冯晴岚和宋薇）的共同回述构成一条对历史回顾的经线，而又把宋薇在1978年为罗群改正错案的事件构成纬线。这一经一纬交织成影片的结构。但是，周瑜贞的回述，在结构上起的是穿针引线的作用，引起宋薇对往事的追忆和思考；冯晴岚的回述，被安排在影片的后半部分，在结构上实际起着补叙"反右"以后罗群和冯晴岚在一起的那段生活的作用，而这段生活是宋薇所不知道的。因此，无论是周瑜贞还是冯晴岚的回述，都并非是孤立的，它们都为了把宋薇推向思考过去和反省自己的纽结上去。可见，这部影片是为了表现宋薇的内心世界和她内在的思想感情。

37. 如果说，戏剧风格样式影片的结构依据是"冲突律"，那么，心理电影的结构依据是什么？

以影片《天云山传奇》为例。这部影片可以分成六个段落，而这六个段落完全是依据宋薇的心理活动结构起来的。比如，第一段周瑜贞向宋薇提到她见到一个"怪人"，他就是罗群。这就引起了第二段宋薇对往事的回忆。而她对往事的回忆使她内疚，使她感到对不起罗群，于是又引出了第三段她决心要为罗群改正错案……可见，心理电影的结构依据是主人公的心理活动，以及内在的思想感情。

38. 如果说，戏剧风格样式的叙述方式是顺时空的，那么，心理电影的叙述方式是什么？

是运用"闪回"，把现在、过去和未来交织起来，形成时空交错。此外，这种影片，还往往要运用主人公的独白或旁白来贯穿全片，形成较强的主观叙述方式。

比如，影片《天云山传奇》就是把现实动作——宋薇为罗群改正错案和过去——三个女性的回忆，运用"闪回"交织起来，形成时空交错的。而这部影片，又贯穿着宋薇的旁白，类似小说中的第一人称，表现出极强的主观叙述方式。

39. 如果说，戏剧风格样式的影片最终达到的目的是矛盾冲突的发生、发展和解决，那么，心理电影最终要达到的目的是什么？

心理电影之所以要把现实时空和过去时空交错起来，无非是为了揭示和剖析主人公内在的思想感情。就影片《天云山传奇》来说，也就是为了揭示和剖析宋薇的忏悔心情，在反省自己痛苦的人生历程之后总结历史经验。

40. 将中国的心理电影和西方的意识流电影，从结构依据、叙述方式以及所要达到的目的这三个方面做一个比较，谈谈它们之间的相同之处和相异之处。

首先，从结构依据来看，两者都依据主人公的内心活动、内在思想感情的变化来结构全片。但是，中国的心理电影，侧重表现理性的思维活动（如影片《天云山传奇》中宋薇的思维活动），而西方的意识流电影所依据的，不仅是理性的思维，而且还包括非理性的思维所产生的幻觉、幻想、情感波动等。其表现形态是无逻辑和跳跃多变（如法国影片《广岛之恋》中法国女演员的思维活动，她被关在地下室的那些镜头不断切入她和日本建筑师谈话的现实动作中来，而且，她的叙述是无逻辑、无次序的）。

其次，从叙事形式来看，两者都运用闪回的形式，都采用时空交错的结构形式，而且，都运用主人公的独白或旁白来贯穿全片。但是，由于中国的心理电影侧重表现的是主人公理性的思维活动，换句话说，表现的是主人公随着境遇的变迁而发生的心境的变化，如周瑜贞的叙述引起宋薇对往事的回忆，她对往事的回忆又引起她要为罗群改正错案……因此，中国的心理电影，现实和回忆部分都是以一段段的形式出现的，表现得非常规整。而西方的意识流电影，正如美国哲学家詹姆士在《心理学原理》一书中所说："意识……并非以一段段的形式出现的。像'链'或'环节'那样。它不是联结起来的，而是流动的。河流或流水是描写意识状态的借喻。"因此，它时空跳跃多变，现实和回忆不断地切换，采用无逻辑联系等自由联想的形式。影片《广岛之恋》中的第四、第五两段，即法国女演员向日本建筑师叙述和德国士兵相爱，被关在地下室里这两个段落，这些特点表现得最为鲜明，过去的镜头不断侵入现实动作中，而过去的那些镜头的出现，似乎是法国女演员想到哪里就出现在哪里，无逻辑可循。难怪有人把西方的意识流电影称为"错乱"的艺术。

再次，从目的来看。两者都是为了剖析主人公内在的心理活动。但中国的心理电影侧重展示主人公理性的思维活动，而西方的意识流电影则是为了描写人物复杂的精神世界，表现现代人心理的复杂性。

"再创作——电影改编"

1. 为什么说改编是电影创作的重要来源之一？

这可以从三个方面得到论证：

第一，电影改编的历史长。

中国的电影改编至今已有 95 年历史。中国的第一部改编影片,是将文明戏《黑籍冤魂》搬上银幕,它产生于 1914 年。西方的第一部改编影片,是 1902 年法国梅里爱根据同名小说改编而成的《月球旅行记》,距今已有 107 年。

可见,电影改编的历史比电影的历史短不了多少,那么,为什么在电影诞生后不久,就产生电影改编作品了呢?对于这个问题,著名电影史学家萨杜尔做了很好的回答,他说:"当电影开始描写心理、复杂的情节或一些来自历史和戏剧中的题材时,它还不知道怎样叙述故事。"他又说:"为了把那些比光顾市集木棚的观众更有钱的人吸引到电影里来,电影就必须在戏剧和文学方面寻找高尚的题材。"足见,电影改编的起因是为了赚钱。为了赚钱,必须从戏剧或文学中借取讲故事的方法和故事的题材。

第二,改编影片的数量多。

世界影片的年产量中,改编影片约占 40%左右。这个数字也足可说明电影改编是电影创作的重要来源之一了。

第三,改编影片的质量高。

改编影片无论在中方还是西方,经常独占鳌头,获得影坛上的最高荣誉。

只要我们查一查历届奥斯卡,以及戛纳、威尼斯、西柏林等国际电影节的获奖影片,便可以列出一串长长的名单来证明,其中有许多属于改编影片。

我国的改编影片情况也是如此,就以历届"金鸡奖"为例,获"最佳影片奖"的影片中,竟有大部分属改编影片,它们在一定程度上保证了中国影片的质量。

以上三个方面可以证明电影改编确属电影创作的重要来源。正因为如此,我们必须重视对"电影改编"这门学问的探讨。

2. *为什么在谈电影改编问题之前,会提出"文字形象能否转化为银幕形象"这个问题?*

这是因为,在当今的世界影坛上,确实存在着这样一种流派和这样一种观点:他们只把专为电影编写的剧本拍成影片,而从不改编文学作品。这就是上世纪 50 年代末出现在法国的一个电影导演集团——"左岸派"。在这个集团里还包括一些法国新小说派的著名电影编剧,如玛格丽特·杜拉和阿仑·罗布-格里叶。格里叶就曾说过:"经验证明,当人们把一部伟大的小说搬上银幕时,这部伟大的小说将遭到完全的破坏,一般来说,改编出来的影片总是荒唐可笑的。"他的理由是,"文学——这是词汇和句子,电影——这是影像和声音。文字描绘和影像是不相同的,文学的描述是逐渐推进的,而画面是总体性的,它不可能再现文学的运动。”

正是由于在电影理论中已经出现了这一问题，故有必要把“文学形象能否转化为银幕形象”这个问题先予以解决，否则，还谈什么电影改编问题呢？

3. 你认为文学形象能否转化为银幕形象，为什么？

不可否认，文学和电影是两门不同的艺术，它们在形象、思维和手段等方面都存在着质的不同。但我们也必须看到，这只是存在于这两种艺术之间的一个方面，即相异的方面。除此之外，还有相同的方面，即在文艺的某些基本特征和基本规律，以及在美学特征和表现手段上，还存在着一些相同或者可以相通的方面。这就是它们可以互相转化的基础。

第一，它们都是通过具体形象反映生活。尽管文学形象不具备直观性，但它完全可以通过改编者的想象在人的内心视像中构成一幅幅生动的画面，使他有可能去进行改编。

何况，形象的构成离不开人与人之间关系的描写，在这一点上，电影和文学又是相同的。

第二，电影是一门综合艺术，它在汲取许多艺术成分的同时，也汲取了文学的艺术特长，这是使得电影改编成为可能的又一因素。无论是电影还是文学都属于“叙事艺术”，因此，它们具有许多相同的美学规律，甚至相似的表现手法。如在塑造人物方面，它们都要通过人物的语言和动作；在情节方面，有长于表现人物心理细微变化的小说式情节；在场面和段落的安排方面，电影和小说都具有蒙太奇的特点……上述这些，都为电影改编增添了一个可以转化的因素。

第三，随着电影艺术自身的发展和电影艺术手段的不断丰富，这种转化的可能也在不断增长。以电影样式为例，已不只有适应于改编戏剧的戏剧式电影，也有适应于改编小说的小说式电影，更有能够去表现人物内心世界的意识流电影或心理电影。这就使得电影在改编各种不同形式的文学作品时，酷似原作形式风貌的可能性越来越大。

第四，电影和文学都属于时间艺术，文学是时间艺术；电影固然用画面去讲故事，但它是通过一系列画面的运动，形成了在连续时间中运动的银幕形象，所以它也属于时间艺术。更准确地说，它属于时空结合的艺术。正因为电影可以在流动的时间中展现生活的流程和表现人物性格的发展，因此，它获得了“再现文学运动”的可能。

上述三个方面是文学形象能够转化为银幕形象的依据。

4. 为什么在肯定了文学形象能够转化为银幕形象之后，又要提出“电影和文学是两种不同的艺术形式”，这两个观点是否矛盾？

我们不否认，电影和文学有着某些共同的艺术规律，然而这决不是两者的全部，否则它们就不成其为两种独立的艺术了。在这两种艺术之间，也还存在着一些无法相互替代、相互适应的情况。因此，我们既要看到它们之间有共同的艺术规律，找到转化和改编的可能，又要看到它们代表着两种不同的艺术，各有自己的特性，各有自己的表现手段。这就告诉我们，改编不应是照搬，改编需要艺术的再创造。从这一角度来看，这两个观点并不矛盾，它们被统一在改编的转化和创造的一体之中。

5. 在哪些方面表现出电影和文学确实是两种不同的艺术形式？

具体表现在两个方面：

第一，电影用镜头构成银幕形象，文学用语言构成文学形象；

第二，小说通过语言叙述故事，电影通过画面的流动展现故事。这就造成两者虽同属时间艺术，但其表现形态却又完全不同。

总之，空间成为电影和文学的主要区别点。电影要靠空间画面去展现时间。故而改编者在将小说改编成电影时，必须加强空间的表现力，通过空间去表现人物情感和故事，创造出一个全新的电影艺术境界来。

6. 电影有哪几种改编方式？中国的电影改编又有哪几种方式？

文无定法，不宜规定出某几种方式来加以限制。下面介绍的几种，是从已有的改编作品中归纳出来的。美国电影理论家杰・瓦格纳把改编的方式分为三种：一、移植式；二、注释式；三、近似式。

一般来说，又可分成六种：一、移植；二、节选；三、浓缩；四、取意；五、变通取意；六、复合。

从以上六种改编方式中我们可以看到，它们在忠实和创造的程度上，显然是很不相同的。

中国的电影改编方式主要是三种：一、忠实于原著精神基础上的创造，这种方式一般用于改编名著；二、忠实于原著文字语言的改编，也被称为“描红式”的改编；三、最不忠实于原著的改编，这是指仅从原著中提取一个意念，或某些素材，严格地讲，已经不能叫改编，只能说取材于某某作品。

7. 你觉得哪种改编方式最好，为什么？

在中国，改编名著一般采用第一种方式，即“在忠实于原著精神基础上的创造”方式，而对待一般作品，则采用改动较大的方式，而“忠实于原著文字语言”这种方式，似乎不太行得通。

8. 什么叫忠实于原作?

忠实于原作，并不是要使电影成为原作的附庸，丧失自身的美学价值，而是要能创造出全新的电影艺术形式来。因此，所谓“忠实”，主要是指忠实于原作的精髓，决非是指要受原作形式的束缚。这就要求改编者在改编前，先要深入地研究原作，吃透原作。

9. 什么叫“创造新的银幕形象”?

改编者在吃透原作的基础上，就要着手创造新的银幕形象。这又包括:

第一，对原作进行增删。

如何增删? 关键仍然是要吃透原作。越能吃透原作，就越能明确要增什么，应删什么。而改编者能否吃透原作，又取决于他有没有能和原作者相匹敌的艺术功力和审美情趣。对原作无论是进行增补，还是进行删减，其目的，自然是为了丰富原作，而不是为了削弱原作。即或是对原作进行删节，其目的也仍然是为了突出题旨，使形象更加集中，从这个意义上讲，也是为了丰富原作。

第二，重新构思。

由于小说和电影是两种不同的艺术形式，无论在塑造形象还是在进行艺术构思方面，小说比电影要自由得多。因此，从小说到电影，有时就需要来一番重新构思，才能使文体自由的小说变为比较集中紧凑的电影。

第三，要有声画结合的意识。

电影的内容是通过声画结合的形象来表达的。因此，在将其他文艺作品改编成电影时，为了创造出新的银幕形象，从这方面着手是非常重要的。所以，改编者除了要充分发展原作中具有视觉性的细节，还必须意识到，改编后的原作中的声音，立即会伴随着视觉形象出现在银幕上。不仅听得见了，而且由于视听的结合，会产生出意外的银幕效果。所以，改编者要自觉地把视听结合起来，并要预见到组合之后可能出现的传达人物思绪的感情力量。

第四，要有时空综合的意识。

改编者除了要有声画结合的意识，还应具备时空综合的意识。这是因为，小说通过时间上的逐步推进造成空间幻觉，而电影则是通过空间上的逐步推进造成时间的流程。因此，在将电影改编成小说的过程中，改编者一定要具有时空综合的意识。改编原著，何处要作时空的延伸和扩展，以达到反复渲染的艺术效果；何处需压缩省略时空，以做到简练的艺术处理；何处以时空顺序为结构格局；何处以时空交叉来叙述，这些都是改编者必须认真考虑并精心处理的。由于电影享有时空表现的巨大的自由，为电影改编的时空结构方式开辟了多样化的途径，但这种自由的运用，又必须依据内容的需要，以能体现出原作的精神实质为原则。当然，也应兼顾到电影有限的容量。所以，电影改编既可基本保持原著的时空形态，在电影形式上有所创新，也可以向更具有电影特点的方面靠拢，不受原作时空形态的束缚。改编者要有时空综合意识，还表现在应将原作中的时间流动改变成视觉的流程，使所要表现的人物和事件，是在可见可感的具体时空中流动的。不仅应当利用多时空的场景的分切和组合作为叙述性的电影语言，还应以此来展示人物的心理，使之成为描写性的电影语言。总之，电影改编中的时空处理，既要符合电影剧作的特点，使人物始终处于时空的流程之中，又要有利于塑造人物、揭示主题。这些都是在改编时需作周密考虑的。

10. 将话剧改编成电影，应注意哪几个方面的问题？

一、在将话剧扩充和丰富成电影时，切忌将原来受舞台限制的场面增加几个，或将通过对白交代出来的幕后戏搬到幕前来。而应把原来就想在话剧中写出来的东西，用电影形式写出来。

二、应彻底摆脱舞台，转化为银幕形象，切忌如老太太“放小脚”，只在时空上放大一些，要改就要改得让观众找不到丝毫舞台的影子。必须了解，“在一切视觉艺术中，电影是最接近生活的。”因此，改编时，必须改掉原话剧严重的假定性。

三、在有些场合，却又不能脱离原作的特殊要求，强求电影化。如有些话剧，通过舞台的狭小时空，以体现出全剧的神韵，这就需要在改编时，保持原作的时空。如《欲望号街车》用舞台时空表现狭小公寓的时空天地，体现出环境对主人公造成的“紧迫”感。这固然是一个较为突出的例子，但也告诉我们一个道理，在“电影化”方面，是内容决定了影片中的时空结构形式。

四、改编者必须意识到，话剧作者笔下的每一个字都是为话剧这一特定的艺术形式所作，因此，它的内容和它的形式已经结合得十分紧密。这种状况，在话剧名著中表现得尤为突出，它们已在有限的舞台上取得了无限广阔的天地。因此，改编话剧名著往往不易成功，观众往往以缺少一点原作的“味儿”来批评改编影片。这是自然的，也是必然的事情。

11. 传统的电影改编理论是怎样的？

传统的电影改编理论认为，把一个文学作品改编为电影剧本，必须要有一个比较完整紧凑的情节，要有一个比较完整的故事，即要有矛盾、有斗争、有结局。这实际上是一种“戏剧式电影”的理论。

在这种“戏剧式”改编理论的指导下，相应地产生出一整套改编方法，其中最明显地表现在把小说改编成电影的过程中。首先改编者往往要去挑选一部结构紧密、富有戏剧性的中篇小说来改编，因为这样的小说，既符合他们所需求的结构特点，篇幅的长短也比较适合于一部影片的容量。而如果被改编的是一部叙事性较强、戏剧性较弱的小说，那么改编者也往往要把小说中作者用叙述口吻所作的侧面描写，一律改为人物的外部行动，并把通过作者叙述而出现的一个个场面，删去枝蔓，用情节线索贯穿起来，加强情节的紧张性。

12. 为什么必须突破传统的改编理论？

这是因为，传统的电影改编理论已经显得不足，它已不适应当前电影改编实践中出现的新情况，如不加改变，势必会造成不是理论指导创作，而是理论阻碍创作。

无可否认，“戏剧式”的电影改编理论，在它的指导下，确已改编出一大批为广大电影观众喜闻乐见的好影片，它也培养了中国电影观众的一种欣赏习惯——比较喜欢有头有尾的故事。因此，这一理论在今后的改编中仍将占有一席之地，在我们将来的改编作品中也必然还会有一批“戏剧式电影”出现。可是，我们如果把这一电影改编理论奉为“唯一”的理论，甚至在改编实践中，也不管原作已经具有的艺术形式是戏剧的，还是小说的，或是散文的，只是褊狭地认为只有“戏剧式”一种，甚至随意地去破坏原有的形式，强求它去就范于“戏剧式”这样一种不相适应的形式，其结果必将是完全破坏原作的内容和风格，使改编因不能忠实于原作而遭到失败。前面我们已经分析过的影片《祝福》和影片《骆驼祥子》的改编，都足以说明这个问题。影片《祝福》由于不适当地采用了“戏剧式”，导致影片失却了原作外冷峻内炽热的风格。影片《骆驼祥子》也由于不适当地采用了“戏剧式”，致使少言少语的祥子失却了主角的位子，最终削弱了对旧社会进行批判的主旨。

13. 电影改编者必须具备哪些条件？

第一，要热爱原作；第二，要熟悉原作中所描写的生活，否则就无法对原作进行必要的增删；第三，要有足够的艺术功力。

后 记

《电影编剧学》于2000年付梓，至今已有八年。由于多所大学采用它做教材，因此曾多次印刷。2003年该书又获得“第三届中国高校人文社会科学研究优秀成果奖”艺术学一等奖。作者也被“中国校友会网”评选为“2007中国杰出社会科学家”。

中国传媒大学出版社决定重新出版此书，作者对局部进行修改，基本保持了原貌。

作者

2008年11月26日

图书在版编目(CIP)数据

电影编剧学/汪流著．一修订本．--北京：中国传媒大学出版社，2009.5(2023.4 重印)
(实用影视艺术丛书)
ISBN 978-7-81127-240-6

Ⅰ．电…　Ⅱ．汪…　Ⅲ．电影编剧　Ⅳ．I053.5

中国版本图书馆 CIP 数据核字(2009)第 011494 号

电影编剧学(修订版)
DIANYING BIANJUXUE (XIUDINGBAN)

著　　者　汪　流
策　　划　欧丽娜
责任编辑　董媛婷　罗　刚
封面制作　泰博瑞国际文化传媒
责任印制　李志鹏

出版发行　中国传媒大学出版社
社　　址　北京市朝阳区定福庄东街 1 号　　**邮　　编**　100024
电　　话　86-10-65450528　65450532　　**传　　真**　65779405
网　　址　http://cucp.cuc.edu.cn
经　　销　全国新华书店

印　　刷　三河市东方印刷有限公司
开　　本　730mm×988mm　1/16
印　　张　24
字　　数　393 千字
版　　次　2009 年 5 月第 2 版
印　　次　2023 年 4 月第 13 次印刷

书　　号　ISBN 978-7-81127-240-6/I·240　　**定　　价**　48.00 元

本社法律顾问：北京嘉润律师事务所　郭建平